Cristina López Barrio
Der Garten des ewigen Frühlings

Cristina López Barrio

Der Garten des ewigen Frühlings

Roman

Aus dem Spanischen von Elisabeth Müller

Droemer

Originaltitel: La Casa de los Amores imposibles
Originalverlag: Random House Mondadori S.A., Barcelona

Die Folie des Schutzumschlags sowie die Einschweißfolie
sind PE-Folien und biologisch abbaubar.
Dieses Buch wurde auf chlor- und säurefreiem Papier gedruckt.

Besuchen Sie uns im Internet:
www.droemer.de

FSC
www.fsc.org
MIX
Papier aus verantwortungsvollen Quellen
FSC® C006701

Umschlaggestaltung: ZERO Werbeagentur, München
Umschlagabbildung: © Clayton Bastiani
Satz: Adobe InDesign im Verlag
Druck und Bindung: CPI – Ebner & Spiegel, Ulm
Printed in Germany
ISBN 978-3-426-19896-4

2 4 5 3 1

Für Carlos, der mir die Zeit geschenkt hat,
dies Buch zu schreiben, und noch viel mehr.

Und für meine Eltern
und meine Schwester Pitu,
für alles.

… – Heimat hatte ich dort,
wo der Duero strömt zwischen grauen Felsen
und den Gespensterwäldern alter Steineichen,
dort in Kastilien, dem Land der Mystiker
und der Krieger, voll Adel, schlicht und wild,
Kastilien des Trotzes und der Kraft …

Antonio Machado: Campos de Castilla CXXV

Nicht die Liebe ist es, die stirbt;
Wir selbst sind es.

Luis Cernuda: Donde habite el olvido XII

Kapitel 1

Es roch nach Pulver in dem kastilischen Dorf, nach dem Blut der Rebhühner und Hasen und nach dem aus den Schornsteinen strömenden Rauch. Umrahmt vom goldenen Herbst stellten die Jäger in den ersten Windstößen ihre Beute zur Schau. Die alten Frauen mit den schwarzen Schultertüchern setzten sich vor den Häusern in die Reihe zu den Nachbarinnen und tuschelten über jeden, der vorüberging. Und ihre von Frost, Eintopfgerichten und Messen rauen Stimmen waren dabei vom Rascheln des trockenen Laubs kaum zu unterscheiden. Die jungen Frauen duckten sich indessen hinter die Fenstergardinen, um die Jäger unentdeckt auszuspähen und leise über sie zu reden, ohne mit dem Tod auf Tuchfühlung zu gehen.

Im letzten Licht des Tages belagerten die Jagdhunde, die sich bei der Spurensuche im Gebirge die Schnauzen wundgerieben hatten, den Dorfplatz und hoben das Bein am Becken des steinernen Brunnens mit den drei Wasserrohren. Manchmal hoben sie es auch an der Pforte zur Kirche, deren Glockenturm mit Landschaftsbildern des Duero bemalt war, oder an den Häusern mit den Familienwappen an den Fassaden. Ihr Gebell schreckte die Esel auf, weckte die Kinder in den vornehmen Häusern und ließ die Katzen in die Innenhöfe flitzen, wo sie sich hinter den Feuerholzstößen verkrochen. Nur die Jäger saßen, unbehelligt von diesem Aufruhr, in der warmen Schenke am Dorfplatz und stärkten sich nach ihren Streifzügen in den Bergen mit Rotwein und Ziegenbraten. Sie kamen ins Dorf, um in den Bergen Rebhühner und Hasen zu jagen, vielleicht ein Wildschwein oder einen Hirsch.

Diese Hoffnung lockte Ende 1897 auch einen jungen andalusischen Gutsbesitzer in den kleinen Ort mitten in Kastilien. Er traf mit der Postkutsche ein, die das Dorf am Nachmittag anfuhr, begleitet von zwei Dienstboten und einem Wagen mit seiner Windhundmeute, der ihnen quer durch Despeñaperros und die Meseta hinterhergefahren war. Er nahm drei Zimmer im besten Gasthof und für seine rotbraunen Windhunde einen eigenen Pferch. In seinen olivgrünen Augen spiegelte sich der Wunsch nach einem großen Hirschgeweih, doch er verschwand auf der Stelle, als er tags drauf im Morgengrauen auf einem Spaziergang durch die Gassen einem bernsteinfarbenen Augenpaar begegnete, den Augen von Clara Laguna.

»Die sind ja wie aus Gold, Mädchen. Du bist so schön!«, sagte er und fasste sie am Arm.

Bei dem Versuch, ihn abzuschütteln, vergoss sie das Wasser aus dem Krug, den sie in die Hüfte gestemmt hatte. Wie eine Schlange floss es über die Pflastersteine des Gässchens ab.

»Komm, ich will ihn dir am Brunnen neu füllen.«

»Das kann ich auch selbst.« Clara entzog sich ihm und kehrte zum Platz zurück, doch er folgte ihr lachend.

Zu jener Jahreszeit war der Dorfplatz am frühen Morgen von einem dichten Nebel überzogen. Der andalusische Gutsbesitzer sah die Gestalt des Mädchens darin eintauchen, dann war sie verschwunden. Er blieb stehen, ein eisiger Wind fegte ihm ins Gesicht und zerzauste ihm die geölten Locken im Nacken. Die Welt schien sich mit einem Mal vor ihm zu verschließen, so dass er dem Mädchen nicht weiter folgen konnte. Er wollte sie rufen, aber der Nebel legte sich wie ein eisiger Knebel auf seine Stimme. Er erinnerte sich an das milde Klima seiner Heimat, an sein Gut mit den von Blüten überbordenden Orangenbäumen, dann läuteten die Kirchenglocken, und mit dem aufsteigenden Nebel verblasste die Erinnerung. Als das Totengeläut verklungen war, sah er Clara Laguna am Brunnen stehen, wo sie soeben den Krug neu füllte.

»Ihr seht blass aus«, sagte sie zu ihm, als er sich näherte und die in Unordnung geratenen Locken im Nacken glättete.

»Daran ist das kastilische Wetter schuld, man muss sich erst umgewöhnen.«

»Wenn es Euch nicht gefällt, dann geht doch dorthin zurück, wo Ihr hergekommen seid.«

Er stützte sich auf den Brunnenrand und sah sie mit einem Lächeln an.

»Wie hübsch du bist, meine Kleine, und wie unfreundlich. Wie heißt du?«

»Ihr solltet Euch lieber dafür interessieren, warum dieser Nebel nur dann auf dem Dorfplatz erscheint, wenn sich Allerseelen nähert.«

»Das Einzige, was ich erfahren möchte, ist dein Name, um mit ihm deine Augen zu schmücken.«

»Ihr versteckt Euch hinter Schmeicheleien, aber erst vor wenigen Minuten wart Ihr bleich vor Schreck.«

»Schon gut, mein Mädchen, ich gestehe, dass ich erschrocken bin, doch weder über den Nebel noch über das traurige Glockengeläut. Ich bin erschrocken, weil ich dich plötzlich nicht mehr sehen konnte und glaubte, dich schon verloren zu haben, ehe ich dich recht gefunden hatte. Ich bin erschrocken, weil ich dachte, du hättest dich in Luft aufgelöst wie der verteufelte Nebel, der plötzlich wieder weg ist. Und es ist mir einerlei, wo er herkommt und wo er hingeht, solange ich nur dich anschauen kann.«

Clara sah das Glänzen in seinen Augen.

»An den letzten Oktobertagen darf niemand im Morgengrauen den Dorfplatz betreten, ehe die Glocken geläutet haben. Weil sich dann die Gräber der Ritter öffnen, die in der Kirche bestattet sind, und ihre Seelen die Pforte durchqueren, um sich in Wind und Nebel zu verwandeln. Bis ihre Schuld gesühnt ist, sind sie dazu verdammt, mit Schilden und Schwertern im Nebel zu kämpfen. Nach dem Läuten kehren sie in ihre Grüfte zurück, und dann betet das ganze Dorf, damit sie in Frieden ruhen. Habt Ihr verstanden, was ich gesagt habe? Bis zum Glockengeläut gehört der Dorfplatz den toten Rittern, das sagt man den neuen Jägern ganz deutlich, denn wer die Tradition missachtet, hat mit Folgen zu rechnen.«

»Und was ist mit dir, Mädchen? Du hast den Platz betreten und warst wie vom Erdboden verschluckt.«

»Mir sind in diesem Dorf die Toten lieber als die Lebenden. Mit ihnen komme ich besser aus.«

»Du scheinst ein kluges Mädchen zu sein.«

»Deshalb sage ich Euch auch, lasst mich in Ruhe und kümmert Euch um Eure Jagd.«

»Als ich herkam, wollte ich einen Hirsch jagen, aber ich glaube, ich habe etwas sehr viel Reizenderes gefunden.«

Clara strich sich mit der Hand über das lange rotblonde Haar.

»Ich bin kein Wild, Señor.«

»Du hast recht. Erlaube mir wenigstens, dir den Krug nach Hause zu tragen, damit du mir vergibst. Ich möchte nicht, dass dein hübscher Rücken unter seinem Gewicht zerbricht.«

»Mein hübscher Rücken kommt Tag für Tag, um Wasser am Brunnen zu holen, und dann krümmt er sich in meinem Tomatengärtchen. Macht Euch also keine Gedanken um ihn. Außerdem solltet Ihr Eure Nase lieber nicht in mein Haus stecken, denn Ihr müsst wissen, meine Mutter ist eine Zauberin. Sie hat mir dieses Amulett angefertigt, damit ich gegen Männer wie Euch geschützt bin«, Clara zeigte ihm den Hasenknochen, den sie an einer Kordel um den Hals trug, er war geteert und mit Federn besetzt.

»Ich bin nur ein Ritter, der dir helfen möchte.«

»Die letzten Ritter dieses Dorfes liegen in der Kirche begraben – ihre Überreste, meine ich natürlich.«

»Ich bin auch kein kastilischer Ritter, ich komme aus Andalusien.«

»Und wo ist das?«

»Im Süden, wo die Sonne wie deine Augen aussieht, wenn sie untergeht.«

»Meine Augen, das wisset, sind wie die Ebenen eines Landstrichs, den man die Mancha nennt, und gleichen denen meines Vaters, denn er kam von dort – so erzählt es meine Mutter.«

Sie setzte sich den Krug auf die Rundung der Hüfte und bog in eine der engen Straßen ein, die vom Dorfplatz wegführten. Die Sonne war inzwischen ganz aufgegangen, und am Himmel sammelten sich graue Wolkenfetzen. Ein Duft nach Speck und frischem Brot umfing das Mädchen, als sie die Gasse betrat. Die Hoftore der Häuser standen offen und gaben den Blick frei auf Holzstöße, glänzend vom Morgentau, auf Esel, beladen mit Packtaschen voller Steingut und Töpferwaren, und auf die Wachhunde mit den gespitzten Ohren. Clara drehte sich um und entdeckte den jungen Jäger dicht hinter sich. Mit aufrechtem Gang folgte er ihr in der hellen Reithose.

»Sag mir, wie du heißt.«

»Ich heiße Clara. Clara Laguna. Und bin stolz darauf.«

Am Ende der Gasse tauchten zwei Frauen mittleren Alters auf; sie trugen dicke Mäntel mit Pelzkrägen und feine Hüte, auf denen Fasanenfedern hin und her wippten. Clara reichte dem jungen Mann den Krug. Als die Frauen nah genug herangekommen waren, richtete sie sich auf und schenkte ihrem Begleiter zum ersten Mal ein bezauberndes Lächeln. Daraufhin fasste eine der Frauen die andere am Arm und flüsterte ihr etwas ins Ohr. Der andalusische Gutsbesitzer trat zur Seite, um den Damen Platz zu machen, was diese ihm mit einem winzigen Kopfnicken dankten.

»Du hast ein atemberaubendes Lächeln, auch wenn es eigentlich den beiden Damen gegolten hat und nicht mir.«

»Nun geht endlich jagen und lasst mich in Frieden«, mit diesen Worten nahm Clara barsch den Krug wieder an sich und setzte ihn sich erneut auf die Hüfte. Dennoch gestattete sie dem jungen Mann, sie aus dem Dorf hinaus bis zu ihrem Haus zu begleiten, wo das Straßenpflaster längst einem schlammigen Weg gewichen war und die Armut die Abstände zwischen den Gehöften vergrößerte. Die Dachziegel waren von Feuchtigkeit und Alter verwittert und die Fassaden mit einer hartnäckigen Moosschicht bedeckt. Magere Hunde strichen umher und jagten schwanzwedelnd dem aufwirbelnden Laub nach.

Claras Haus stand an einer Böschung und drohte jeden Augenblick in einen trockenen Bachlauf abzurutschen, in dem das Mädchen eine bescheidene Tomantenzucht angelegt hatte. Dahinter lag ein Hühnerhof mit vier Hennen und einer Ziege. Ein Stück weiter begann ein Pinienwäldchen, durchquert von der Landstraße, die ins Nachbardorf führte. Das Mädchen lebte allein mit seiner Mutter, einer früh gealterten Frau, die allerlei Zauberei und Heilkünste beherrschte, um den bösen Blick abzuwenden, Amulette als Talisman für das Jagdglück anfertigte, Jungfernhäutchen flickte und die Zukunft aus einem Katzenskelett las, das sie wie einen Schatz hütete und in einem stocksteifen, mit einer Mischung aus Harz und Pflanzensäften eingeriebenen Sack aufbewahrte.

Clara blieb vor der Tür stehen. Ein erdiger Fichtenduft umhüllte sie aus dem noch herbstlich feuchten Nadelwäldchen, in dem die Pilze aus dem Boden sprossen. Aus dem Haus drang das Schnarchen der Mutter, die die Nacht mit Wahrsagereien am Katzenskelett für die Frau des Apothekers und deren Kinder zugebracht hatte.

»Morgen um die gleiche Zeit werde ich kommen und dich zu einem Ausritt mitnehmen.«

»Tut, was Ihr nicht lassen könnt.«

Sie zog die Tür hinter sich zu, lief jedoch sogleich zum Fenster und beobachtete, wie er, die Hände unter den Umhang geschoben, allmählich in der Ferne verschwand. Vielleicht kommt er nie wieder, dachte sie, während sie die Töpfe von den Zaubertränken ihrer Mutter reinigte; vielleicht kommt er nie wieder, dachte sie, als sie zum Pferch ging und die Hühner fütterte; vielleicht kommt er nie wieder, dachte sie, als sie die Ziege melkte; vielleicht kommt er nie wieder. Gegen Mittag weckte sie die Mutter und aß mit ihr einen Brotkanten mit Chorizo; vielleicht kommt er nie wieder; die Sonne sank zwischen den Baumwipfeln des Nadelwäldchens; vielleicht kommt er nie wieder; sie bereitete der Mutter Zwirn und betäubende Kräuter für das Jungfernhäutchen der Tochter eines Dorfvorstehers vor; vielleicht kommt er nie wieder; aß einen Teller Bohneneintopf mit Knoblauch zu Abend; vielleicht kommt er nie wieder; sie träumte im Schlaf von seinen Augen. Aber als sie am nächsten Morgen im Sonntagsstaat den Krug vom Brunnen heimbrachte, erwartete sie der andalusische Gutsbesitzer am Ende des trockenen Bachlaufs auf dem Rücken eines Apfelschimmels.

»Ich komme dich abholen«, sagte er beim Absitzen.

»Nun, dann seid Ihr wohl umsonst gekommen.«

Das Mädchen flüchtete ins Haus, während ihr Herz gegen die tönerne Wand des Kruges hämmerte. Der junge Mann ging zu einem der Fenster, stützte den Ellbogen auf die staubige Fensterbank und stimmte ein Lied an, denn außer der Jagd verstand er sich auch auf den Gesang und hatte eine sehr schöne Stimme.

»Wollt Ihr mir die Hühner aufscheuchen?«, fragte Clara ihn, als sie die Tür öffnete.

Hinter dem Mädchen entdeckte der Gutsbesitzer eine Frau mit einem kleinen, grauen Haarknoten und einem blinden linken Auge.

»Es ist mir eine Ehre, Señora. Bitte vergebt mir, wenn ich Euch geweckt habe.«

»Guten Tag, junger Mann«, erwiderte die Frau mit rauer Kehle. »Was führt dich und deinen Gesang zu so früher Stunde hier heraus?«

»Hättet Ihr die Güte, mir zu verraten, ob Ihr Claras Mutter seid?«, fragte dieser zurück und bemühte sich, dabei nicht die ausgetrocknete, weißliche Pupille des blinden Auges anzuschauen.

»So ist es, auch wenn dir die Vorstellung schwerfallen mag, dass es eine Zeit gab, in der ich genauso schön war wie sie.«

»Dann würde ich Euch oder Claras Vater gerne bitten, dass Ihr mir gestattet, Eure Tochter auf einen Ausritt mitzunehmen.«

Die Frau brach in schallendes Gelächter aus.

»Du müsstest sehr weit reisen, um ihren Vater um Erlaubnis zu bitten. In diesem Haus habe ich und nur ich Erlaubnis zu erteilen, und vor mir war es meine Mutter – möge die Erde sie gründlich verschlingen«, bei diesen Worten zitterte die schwarze Pupille des rechten Auges. »Bist du Jäger?«

»Natürlich.«

»Dann solltest du ein Amulett kaufen.«

Die Frau verschwand im Haus, kam aber kurz darauf mit dem Stoßzahn eines Wildschweins zurück, der mit Fasanenfedern geschmückt war.

»Glaub mir, mein Junge, hiermit werden dir die Tiere im Gebirge direkt vor die Flinte laufen, und kein Schuss wird danebengehen.«

Der andalusische Gutsbesitzer gab ihr ein paar Münzen.

»Meine Tochter trifft ihre Entscheidungen selbst und macht, wozu sie Lust hat, aber was sie heute angezogen hat, zeigt mir, dass sie bereit ist, mit dir auszureiten.«

»Sei nicht albern, Mutter, ich habe mich nur zurechtgemacht, um zum Dorfplatz zu gehen.«

Der Gutsbesitzer saß als Erster auf, dann half er Clara auf den Rücken des Apfelschimmels.

»Nicht allzu weit von hier ist ein Eichenwäldchen. Wenn Ihr wollt, kann ich Euch dorthin führen.«

Den Anweisungen des Mädchens folgend, lenkte er das Pferd in die genannte Richtung. Sie verließen die Landstraße, auf der Karren und Kutschen verkehrten, und ritten in den Wald hinein, während ein eisiger Wind die Schüsse der Jäger vom Gebirge herabtrug.

»Lasst es galoppieren, lasst es galoppieren!«

»Das kann gefährlich sein zwischen den Bäumen.«

»Seid kein Feigling«, drängte Clara.

Er schwang die Zügel, und die Pferdehufe schlugen im gleichen Rhythmus wie Claras Herz auf den von Moos und gelbem Farn bedeckten Waldboden auf. Sie umklammerte seine Taille, spürte seinen kräftigen Rücken und sog den Olivenduft seiner Locken ein. Noch nie war sie geritten wie an diesem Tag, und niemals würde sie es vergessen: die angespannten Arme mit den Zügeln, um Bäumen und Felsbrocken auszuweichen; die im Nebel kreisenden

Adler; das Wiehern des Pferdes, als seine Hufe für einen Augenblick im Nadelbett den Halt verloren und der Gutsbesitzer Orangenduft auszuschwitzen begann. Ein Nieselregen setzte ein und traf sie von vorn, während der junge Mann die Schenkel an den Pferdeleib presste und Clara ihre Schenkel an die seinen. Als sie bei den letzten Fichten angekommen waren, die verstreut am Fuß eines Hügels standen, brach das Gewitter richtig los.

»Das Tier braucht eine Pause.«

»Der Eichenwald ist nicht mehr weit.«

Während das Pferd den Hügel hinaufstieg, lockerte Clara den Griff um die Taille des Reiters und spürte, wie ihre Arme schmerzten. Ein Stück weiter oben tauchten die Umrisse einer Ebene auf, wo die Wipfel riesiger Steineichen in den Himmel ragten. Es regnete jetzt kräftiger, ein Blitz flammte auf und beleuchtete die rote, aufgeweichte Erde. Der Mann fröstelte unter dem durchnässten Umhang. Um ihn zu wärmen, schmiegte sie sich ganz dicht an ihn.

Als sie das Eichenwäldchen erreichten, verzog sich der Nebel, Blitz und Donner verschwanden, und der Himmel entließ einen durchsichtigen Regen. Bevor sie absaß, riss sich Clara Laguna das Amulett vom Hals und steckte es in die Rocktasche. Der Wind ließ nach.

Quer durch das Eichenwäldchen strömte ein Fluss zwischen Wirbeln und Untiefen dahin. Clara stellte sich am Ufer bei einer Eiche unter, die im Laufe der Jahrhunderte ganz knorrig geworden war; sie lehnte sich an den schwarzbraunen Stamm und wartete, bis der junge Mann das Pferd versorgt hatte. Das rauschende Wasser schien ihr Geschichten von früher zuzuraunen. Kurz darauf war er bei ihr und ließ seine Finger über ihren Hals wandern, bis zu der kleinen Einbuchtung, wo zuvor das Amulett gelegen hatte und sich jetzt der Regen sammelte. Er sah ernst aus. Clara nahm seine Hand, die Haut war an der Innenfläche vom Halten der Zügel aufgeschürft.

»Ihr seid verletzt.«

Ohne zu antworten, fasste er sie am Kinn, und bevor er sie küsste, sah er ihr in die bernsteinfarbenen Augen und atmete den feuchten Duft ihres Haars ein, das nach Zaubermitteln roch.

Um die Mittagsstunde kehrte der Gutsbesitzer in den Gasthof zurück. Ein Knecht kam heraus und führte den wiehernden Schimmel in den Stall. Einer seiner Diener half ihm aus den Stiefeln und den nassen Kleidern und entfachte ein Feuer im Kamin. Das Mittagessen nahm der Andalusier am Kamin ein – kastilische Suppe und geschmortes Rebhuhn, dazu einen Rotwein, der ihn den halben Nachmittag im Sessel schlummern ließ. Als er seine Siesta beendet hatte, ging er zu den Ställen hinunter, um nach seinen Jagdhunden zu sehen. Sie empfingen ihn recht nervös, schließlich war die Meute eingesperrt, seit sie im Dorf angekommen waren.

»Bald, bald nehme ich euch mit raus in die Berge.«

Nach dem Gewitter am Vormittag war der Himmel wolkenlos geblieben, jetzt zog schon der Abend auf und tauchte ihn allmählich in eine sternenbesäte Finsternis. Immer deutlicher durchwehte ein Eintopfgeruch die Gassen, und die alten Frauen, die vor den Häusern gesessen und die Jäger beobachtet hatten, waren spurlos verschwunden. Der Andalusier überquerte den Dorfplatz in Richtung der Schenke. Als er am Brunnen mit den drei Wasserrohren vorbeikam, kehrte die Erinnerung an die erste Begegnung mit Clara Laguna zurück. Nicht einmal während der Siesta war es ihm gelungen, seine Sehnsucht nach ihr zum Schweigen zu bringen. Er hatte ihr versprochen, sie am nächsten Morgen noch einmal zu einem Ausritt zu holen, und hoffte jetzt, dass die Nacht schnell vergehen und es bald wieder Tag werden würde.

In der Schenke zog der Rauch von Zigarren und Zigaretten in dichten Schwaden durch die Luft. An den grob verputzten Kalkwänden hingen ausgestopfte Hirschköpfe. Ein riesiges Geweih über dem offenen Kamin beeindruckte den jungen Gutsbesitzer besonders. Bevor Clara Laguna seinen Weg gekreuzt hatte, war es sein Traum gewesen, einmal solch ein stolzes Tier zu erlegen. Um auf einen freien Tisch zu warten, ging er an die Theke, wo zwei Männer standen und Rotwein aus dickwandigen Gläsern tranken. Als sie ihn sahen, gaben sie der Wirtin, einer Rothaarigen in den Vierzigern, Bescheid. Die Frau mit dem Spitznamen »die Rote« war dabei, mit einem Tuch ihre Gläser zu trocknen, und blinzelte den Gutsbesitzer mit hellen, fast durchsichtigen Augen an.

»Wünscht der Señor zu Abend zu speisen?«

»Wenn das möglich ist. Ein Stück Ziegenbraten.«

»Die Schenke ist sehr voll. Wenn es Euch recht ist, könnt Ihr dort bei den Herren aus Madrid Platz nehmen«, dabei zeigte sie auf drei junge Männer an einem Tisch in der Nähe des Kamins, die sich angeregt unterhielten, »sie sind auch Jäger und eine angenehme Gesellschaft.«

»Wenn sie es gestatten.«

Im Zuge des Abendessens bestätigte sich die Aussage der Wirtin, und der Andalusier verbrachte einen vergnüglichen Abend mit den drei Jägern, aß Ziegenbraten und trank mit ihnen vier Flaschen Rotwein, während sie Anekdoten über ihre gemeinsame Leidenschaft austauschten. Als sich der Gutsbesitzer am Ende des Abends von den Jagdgenossen verabschiedete, steuerte die Wirtin, die gerade die Tische abwischte, auf ihn zu.

»War alles nach Wunsch?«

»Bestens, Ihr wart sehr aufmerksam, danke.«

»Dann gestattet mir, dass ich Euch warne, Señor, und bitte haltet mich nicht für vorlaut, sondern versteht mich als eine Frau, die es gut mit Euch meint und Euch auf eine Gefahr hinweist. Es heißt, man habe Euch verschiedentlich in Begleitung der Tochter der Hexe gesehen, Ihr wisst schon, wen ich meine, die Kleine mit den goldbraunen Augen.«

Er spürte, wie sich das Verlangen nach dem Mädchen wie Gift in seinem Herzen ausbreitete. Die »Rote« tätschelte ihm freundschaftlich den Unterarm.

»Ihr solltet wissen, dass Clara verflucht ist, so hübsch sie auch sein mag. Verflucht, und abermals verflucht, wie ihre ganze Familie, das schwöre ich Euch.«

»Ich verstehe nicht«, der Rotwein war ihm zu Kopfe gestiegen.

»Kennt man denn in Eurer Heimat keine Verwünschungen?«

»In meiner Heimat, Señora, gibt es genauso viel Aberglauben wie überall.«

»Was Ihr Aberglauben nennt, ist bei uns eine handfeste Verwünschung, so groß wie ein Kuhfladen, und bei den Laguna-Frauen, zumal bei Clara, der letzten aus der Sippe, noch größer. Ihr solltet wissen, dass alle Lagunas, jede einzelne von ihnen, so weit das Dorfgedächtnis zurückreicht, mit einem Fluch belegt waren.«

»Die Männer der Familie sind also nicht davon betroffen?«

»Männer!«, die »Rote« klatschte sich genüsslich auf den Schenkel. »Was für Männer? Kein Laguna-Leib hat je einem männlichen Nachkommen das Leben geschenkt, und keine von ihnen hat je die Ehe geschlossen. Sie sind zur Schande verflucht und dazu, weibliche Kinder zu gebären, die unverheiratet bleiben und das gleiche Schicksal erleiden.«

»Und kein Mann …«

»Keiner, Señor«, unterbrach sie ihn, »keiner hat es je gewagt, sich dem Fluch zu widersetzen. Bedenkt nämlich, dass dem, der das Wagnis auf sich nehmen sollte, nichts als Unglück prophezeit ist.«

»Was für ein Unglück?«

»Das weiß man nicht mit Gewissheit. Es heißt, die Hexe Laguna habe vor Jahren versucht, einen Mann mit ihren Tränken zu verzaubern, aber sie hatte keinen Erfolg und erblindete kurz darauf auf einem Auge.«

Am nächsten Morgen fiel dem andalusischen Gutsbesitzer noch vor dem Aufstehen die Bemerkung des Mannes ein, der ihn am Abend zum Gasthof zurückbegleitet hatte, weil er zu viel getrunken hatte. »Und ob ich Euch verstehen kann. Nicht nur ich, alle männlichen Dorfbewohner!«, hatte er gesagt, »wenn sie doch bloß nicht verflucht wäre, die Laguna mit den goldbraunen Augen …«

Es war Allerheiligen und vom Morgengrauen an lag eine sonntägliche Stimmung auf dem Dorf. Nach dem Glockengeläut in der

Frühe verzog sich der Nebel, und die Bewohner strömten in ihren Festtagskleidern auf die Straße, um ihrer Toten zu gedenken. An jeder Straßenecke war ein Blumenstand aufgebaut. In Trauer gekleidete Frauen boten rote und weiße Nelken, Margeriten und für die Reichen auch Rosen zum Verkauf an. Neben der Kirche führte ein steiniger Weg einen Hügel hinauf, der nach den letzten Häusern des Dorfes im Gebüsch verlief und unversehens vor dem Friedhofstor endete. An diesem Weg stand, halb verdeckt von einem Torbogen, die Hexe Laguna und verkaufte den Hinterbliebenen Lilien, die mit einem Gift beträufelt waren, um die Seelen, denen sie gespendet wurden, im Grab festzuhalten. Raschelnde Röcke und verschleierte Hüte, Zylinder und Tuchhosen kamen zu Dutzenden vorüber, und viele von ihnen kauften der Alten verstohlen jene Lilien ab, die sie vor der Heimsuchung eines verstorbenen Verwandten bewahrten.

Ganze Fluten von Zypressen und ein halbes Dutzend Grüfte, an denen dieselben Wappen prangten wie an den Fassaden der vornehmen Häuser im Dorf, dominierten den Gottesacker. Die übrige Fläche war ein Sammelsurium der unterschiedlichsten Gräber. Vor der Andacht und der Erneuerung des Blumenschmucks widmete sich die auf den Friedhof strömende Masse der rituellen Pflege der Grabsteine. Zu diesem Zweck schleppten die Frauen Putzzeug herbei, mit dem sie die Goldlettern der Inschriften und die ovalen Bilder der Verstorbenen polierten, während die Männer das Unkraut aus den Beeten zupften. Wer seine Toten in eine Familiengruft gebettet hatte, brachte seine Hausangestellte mit, die mit roten Händen die Grabpflege übernahm. Um die Mittagsstunde stank der Friedhof wie ein frisch gescheuerter Fußboden.

Der Gutsbesitzer verbrachte den Vormittag auf seinem Zimmer, trank Kaffee gegen den Kater und dachte an die Warnung der Schankwirtin vor dem Fluch, mit dem die Laguna-Frauen belegt waren. Indessen erwartete Clara ihn in ihrem Haus am Ende des Dorfes für den versprochenen zweiten Ausritt.

Nach dem Mittagessen entschloss sich der Gutsbesitzer, mit der Madrider Jagdgesellschaft vom Vorabend in die Berge zu ziehen. Seine rotbraune Hundemeute folgte mehrmals der Spur eines Rehs, doch jedes Mal, wenn er das geduckte Tier hinter den Sträuchern erspähte und es direkt vor dem Lauf hatte, bebte ihm die Flinte in der Hand, die Flanke des Rotwilds verwandelte sich in die Haarpracht des Mädchens, und das Reh sprang ins Gebirge davon. Er vermochte auch keinen der von den Hunden gehetzten Hasen zu erlegen, denn die gelben Buchenblätter, die ihn an Claras Augen erinnerten, lenkten ihn zu sehr ab, und er vergaß, wozu er an diesem Nachmittag eigentlich in die Berge gekommen war. Er saß im Farnkraut und spürte, wie ihm langsam die Feuchtigkeit in die Kleidung stieg, während seine Flinte schwieg. Die Madrider Jagdgesellen fragten sich, was mit diesem Mann wohl sein mochte, der halb Spanien durchquert hatte, um in den kastilischen Bergen zu jagen, und sich jetzt lustlos dahinschleppte, unfähig auch nur einen Schuss abzufeuern.

Als die Sonne schon hinter dem Gebirge verschwunden war, kehrten sie ins Dorf zurück. Er schlug die Einladung der Madrider Jäger aus, mit ihnen in der Schenke zu speisen, und ließ stattdessen seinen Apfelschimmel satteln. Kurz darauf gab er dem Tier die Sporen und flog im Galopp davon.

Der Vollmond beschien die Ankunft des Andalusiers bei Clara Laguna, die er im trockenen Bachlauf neben ihren Tomaten fand, die wie Riesenperlen schimmerten. Die Mutter war unterwegs im Dorf, wo sie mit dem Katzenskelett durch Hintertüren Einlass bekam, um in Küchen und guten Stuben den Lebenden und den Toten die Zukunft zu lesen. Er kletterte die Böschung hinunter und gelangte ins steinige Flussbett, während er vor sich hin murmelte: »Es ist mir einerlei, ob sie verflucht ist, es ist mir einerlei, wenn ich die Folgen zu spüren bekomme.«

Kaum dass sie ihn erblickte, sprang Clara auf die Füße. Ihr Gesicht war vom Weinen gerötet. Als er sie erreichte, sank er vor ihr auf die

Knie und sang ihr ein Liebeslied. Davon aufgeschreckt, jaulten die Hunde von der Straße mit und im nahen Pinienwäldchen schrien die Eulen. Clara warf einen kleinen Stein nach ihm und verwundete ihn leicht an der Stirn. Der Gutsbesitzer spürte, wie ihm das Blut in einem dünnen Faden über die Haut rann, und stimmte ein Prozessionslied aus der Karwoche an. Das helle Mondlicht ergoss sich über das Leiden Christi, und das Mädchen warf keinen zweiten Stein mehr. Sie betrachtete stattdessen sein blau schimmerndes Haar, seine blutende Stirn, seine Augen, die grün wie Oliven waren und wie die eines Märtyrers glänzten, küsste ihn auf die Lippen und wischte ihm mit dem Rocksaum das Blut ab. Er ließ sie gewähren. Dann schlang er den Arm um ihre Taille und trug sie eilends zu seinem Apfelschimmel.

Sie ritten zum Eichenwald; die Sterne funkelten über dem erstarrten Herbstlaub. Unter Küssen saßen sie ab und gingen zu Fuß zum Fluss, über Baumschatten, die aussahen wie prähistorische Tiere. Dort nahm der Andalusier den Umhang ab und breitete ihn auf der Erde aus, sie legte ihr wollenes Schultertuch dazu und löste das erneut umgelegte Amulett vom Hals. Der Wind half ihnen, sich von Verwünschungen, von unangetasteten Patronengürteln, von Kleidern und Röcken und Jagdhosen zu befreien, und das weiche Lager des Lehmbodens gab ihren Körpern sanft nach. Clara spürte seine Küsse, seine Hände, seine Brust und den Schmerz des ersten Mals, während das Wasser ihr leise zuraunte und das bemooste Ufer ihr Zeuge wurde.

Kapitel 2

Der Andalusier blieb bis zum ersten Schnee im Dezember, erst dann kehrte er auf sein Gut zurück. Bis dahin traf er Clara im Eichenwald, ihr bevorzugter Platz, um sich zu lieben. Und als der Wind ihre Küsse gefror, suchten sie Zuflucht im Haus des Mädchens. Während die Mutter mit dem Katzenskelett auf dem Rücken ins Dorf gezogen war, warfen sie in der Hexenküche Töpfe und Tiegel der Zaubermixturen um, denn das Haus verfügte nur über einen einzigen Raum, in dem gekocht, geschlafen und geliebt wurde. Mit von Salben gegen den bösen Blick klebriger Haut und Fasanenfedern im Haar kehrte er in den Gasthof zurück, aber all das war ihm gleichgültig, solange er auch den Duft nach feuchter Erde aus Claras Schoß mitnahm. Es kam auch vor, dass sie auf sein Zimmer gingen, aber in dem Bett mit den gestärkten Laken, die erst von einem riesigen Kamin gewärmt sein wollten, fühlte sie sich nicht wohl, denn das Krachen und Zischen der Holzscheite im Feuer erinnerte sie an die tuschelnden Mäuler im Dorf.

Die Liebe zwischen der Laguna mit den goldbraunen Augen und dem jungen Andalusier war überall Gesprächsthema. Bei den Witwen, die in der Kirche den Rosenkranz herunterbeteten, genauso wie in den Stuhlreihen der Alten mit den schwarzen Schultertüchern; bei den Dienstboten in Küchen und Hinterzimmern genauso wie bei den Kaffeekränzchen ihrer Herrschaft in den spitzengeschmückten Salons der Häuser mit den Familienwappen; bei den jungen Frauen, die am Brunnen die Wasserkrüge in die Hüften stemmten oder am Fluss die Wäsche wuschen, genauso wie bei den

Männern in den Ställen oder hinter den Ochsenpflügen oder in der Schenke vor dem Anisschnaps.

Eines Abends ging der Gutsbesitzer zum Essen in die Schenke, nachdem er den Tag auf der Jagd verbracht und einen Hirsch erlegt hatte. Diesmal hatte ihm die Flinte nicht gebebt und die Flanke des Wilds hatte ihn auch nicht an die Haarpracht des Mädchens erinnert, denn er wusste, dass Clara Laguna auf ihn wartete und die begehrteste Trophäe von allen war. Nachdem er eine Weile an der Theke gewartet hatte, wies ihm die »Rote« einen Tisch zu. Die Madrider Jagdgesellschaft war längst wieder abgereist.

»Ich kann Euch unsere geschmorten Schweineöhrchen empfehlen«, sagte sie und musterte ihn mit ihren hellen Augen.

»Bringt mir auch eine Flasche guten Rotwein, damit will ich meine Jagdbeute begießen – einen schönen Hirsch.«

»Ich hoffe, Ihr seid nicht selbst zur Jagdbeute geworden. Ihr habt meinen Rat nicht befolgt.«

»Eine schöne Frau wie Ihr müsste wissen, dass wir Männer auf manches nicht verzichten wollen. Und jetzt bringt mir die Schweineöhrchen, die Berge haben mich hungrig gemacht wie einen Wolf.«

Er genoss die Schweineöhrchen mit dem Landwein und die Blicke der männlichen Dorfbewohner und der Jäger, in denen eine Spur Neid funkelte. Der junge Andalusier hatte bekommen, was viele von ihnen begehrten, aber sich nicht zu nehmen wagten, und die, die es versucht hatten, waren zurückgewiesen worden.

Am Nachmittag vor seiner Abreise suchte der Gutsbesitzer Clara zu Hause auf, wo sie ihn am Fuß des Bachlaufs erwartete. Seit dem Beginn ihrer Liebe hatte sie ihm die schönsten Plätze in der Umgebung gezeigt: die verborgenen Lichtungen in den Wäldern, die kobaltblauen Berge mit den kreisenden Gänsegeiern über den Gipfeln, die gewundenen Hohlwege in den Schafweiden und an Hirtenhütten vorbei. Doch einen Platz, der in ihren geheimsten Träumen auftauchte, hatte sie sich für den letzten Nachmittag aufgehoben; einen Platz, der ihr Haar mit Blütenduft erfüllte, als sprössen Margeriten in ihren rotblonden Strähnen.

Etwa drei Kilometer vom Dorf entfernt lag, an der Landstraße im Nadelwald, ein unbewohntes Gehöft. Das Wohnhaus hatte zwei Etagen und ließ trotz Moos und Schmutz noch das einstige Rot seiner Fassade erkennen. Es war von einem ungewöhnlich großen Garten umgeben, den eine Steinmauer einrahmte. Vorn reichte das Gestrüpp bis über das angrenzende Stallgebäude, bedeckte die Viehtränke und breitete sich über die Zäune der Pferche aus. Das Unkraut überwucherte auch die Hortensien und Wicken in den Blumenkästen aus Granit und kletterte die Stämme der Obstbäume und einer Kastanie empor, die im Sommer ihr Blätterdach über eine steinerne Bank breitete. Hinter dem Haus lag ein Gemüsegarten mit Tomaten- und Kürbispflanzen, daran angrenzend eine Wiese, die ganz von dicht wucherndem Geißblatt umrahmt war. Dann kamen ein kleiner Fliederhain und ein verwilderter Rosengarten.

Sie hielten vor dem hohen Eisengitter am Eingang des Hauses, und Clara umschlang den Geliebten auf dem Rücken des Pferdes, während ihre Blicke dem Weg vom Tor bis zum Haus folgten. Er war mit großen Steinplatten belegt, einige davon mit verästelten Adern durchzogen.

»Das ist ja ein großartiger Hof, obwohl mich irgendetwas daran stört, vielleicht, dass er so ungepflegt aussieht«, sagte er.

»Weil er verlassen ist.«

»Möchtest du eines Tages hier leben?«

»Ich glaube schon«, Clara schmiegte die Wange an den Umhang des Andalusiers. »Ich kenne einen Durchschlupf in den Garten. Kommt, ich zeige Euch etwas.«

Durch ein Loch in der Steinmauer gelangten sie in den Teil des Grundstücks, in dem sich der Rosengarten befand. Er bestand aus mehreren ringförmig angeordneten Pfaden, an denen sich Rosenstöcke um Rankhilfen schlangen und mit ihren winterlich kahlen Zweigen eine skelettartige Pergola bildeten. Übereinandergestapelte Gewitterwolken senkten sich vom Himmel in den Garten herab, drangen durch das Flechtwerk und wurden zu dichtem Nebel. Der Wind aus dem Pinienwald fegte die letzten, auf welkem Rosenlaub vermodernden Blütenblätter davon. Clara führte den Gutsbesitzer zu einem Pfad, wo eine gelbe Rose blühte und dem ersten Schnee trotzte.

»Wenn sie den Schnee überlebt, dann werde auch ich durchhalten, bis Ihr zurückkehrt«, flüsterte sie.

Er nahm sie in die Arme und küsste sie.

»Im nächsten Herbst bin ich zurück, und wenn das Gut mich entbehren kann, schon früher, im Spätsommer. Ich möchte, dass du auf mich wartest, keinen anderen liebst, ja, nicht einmal einen anderen anschaust. Du bist mein.«

»Versprecht Ihr mir, dass Ihr zurückkehrt?«

»Ich werde zurückkehren, mein Mädchen, ich komme wieder.«

Als der Andalusier zurück im Gasthof war, setzte er sich in den bequemen Sessel an seinen Kamin und wärmte sich die im kastilischen Winter durchgefrorenen Glieder. Er trank ein Glas Wein und schloss die Augen. Da merkte er, wie sehr er die Wärme seiner Ländereien vermisste, die von Apfelsinen und Olivenbäumen überbordende Erde, die sich wie Öl ergießende Sonnenwärme, das schwarze Fell der Stiere aus seinen Beständen, die mit Schellen angeschirrten Pferde, die Lieder seiner Zigeuner, die der Wind aus den Ställen über das Land trug. Er würde noch einmal die Meseta durchqueren müssen, diesmal im Schnee, und die rotbraune Hundemeute in jenem Wagen mitführen, der unschwer von den Burgen hinter den Bergvorsprüngen zu erspähen war.

Da pochte es mit ein paar harten Schlägen an seine Tür, und vor dem jungen Mann erschien das blinde Auge von Claras Mutter, gepaart mit der schwarzen Pupille und einem vom Wind zerzausten grauen Haarschopf. Die Frau hielt in einer Hand den steifen Sack mit dem Katzenskelett und in der anderen eine perfekt gekrümmte Geierklaue an einer Schnur.

»Ich bin gekommen, dir dieses Amulett zu bringen«, sagte sie und hielt ihm die Klaue hin, »damit es dich auf deiner Rückreise beschützt.«

»Ich glaube, das kann ich gut gebrauchen. Denn das Jagdamulett, das ich Euch abgekauft habe, hat seinen Zweck erfüllt, ich habe das Geweih eines mächtigen Hirschs im Gepäck.«

»Und noch etwas, junger Mann, noch etwas«, die Frau schnalzte mit der Zunge.

»Wartet, dass ich Euch ein paar Münzen gebe«, kam er ihr zuvor.

»Nicht weniger habe ich mir erhofft. Ein paar Münzen tun einer Frau wie mir not, die sich obendrein um ihre einzige Tochter kümmern muss.«

»Hütet sie gut, bis ich wiederkehre«, er gab ihr das Geld, worauf sie ihm das Amulett um den Hals legte.

Die Frau stank nach Rattengift und nach der Schwermut ihrer Weissagungen.

»Du hast also vor, zurückzukommen?«

»Wenn meine Ländereien es gestatten, komme ich, sobald ich kann, um Clara wiederzusehen und einen zweiten Hirsch zu erlegen.«

Er versuchte ein Lächeln, doch jene Frau flößte ihm ein flaues Gefühl ein, das ihm auf den Magen schlug.

»Überleg es dir gut. Meine Tochter ist bereits verloren, sie ist nicht zu retten. Aber für dich ist es noch nicht zu spät. Ich nehme an, man hat dir im Dorf von dem Fluch erzählt?«, fragte sie mit einem Flackern in der blinden Pupille.

»In der Schenke hat man mir das Märchen zugetragen, Ihr wärt verflucht, Ihr hättet bloß weibliche Nachkommen und wärt zur Schande verdammt«, er räusperte sich, weil er das zuletzt Gesagte bereute.

»Sie haben vergessen, dir zu erzählen, worin unsere Verdammnis besteht. Es stimmt, dass wir nur weibliche Säuglinge zur Welt bringen, und dass sie später ehelos bleiben. Das ist es, was die Leute als Schande bezeichnen. Aber wir sind noch zu etwas viel Schlimmerem verurteilt, guter Freund, zur unglücklichen Liebe! Wir sind zum Liebeskummer verflucht, um einer einzigen Liebe willen, die uns die Seele raubt. Deshalb gibt es keinen Zauber, um unser Leid zu lindern oder vergessen zu lassen. Wo keine Seele ist, da ist auch jeder Zauber gegen Seelenqualen unwirksam.«

»Ich habe Clara versprochen ins Dorf zurückzukehren, und ich werde mein Versprechen halten.«

Der Gutsbesitzer spürte das Feuer des Kamins auf den Wangen.

»Meine Tochter ist ein reinrassiges Exemplar, wie einst ihr Vater«, erwiderte sie und verdrehte die Augen, so dass anstelle der blinden Pupille ein weißer Augapfel zu sehen war. »Sie ist sehr schön und sehr stolz, sie ist schon für sich selbst verantwortlich. Das mit dir musste früher oder später geschehen. Mein Amulett, das sie davor schützen sollte, wirkt bei dir nicht. Es hat sie nur so lange vor den Männern bewahrt, bis der kam, der ihr bestimmt ist. Clara fürchtet unseren Fluch, ich glaube sogar, dass sie nichts anderes fürchtet als das. Gebt mir ein wenig Wein«, sie zeigte auf die Rotweinflasche auf einem Tisch. »Wenn man über Flüche redet, wird einem der Mund so trocken.«

Er goss ihr ein Glas ein, und die Hexe schüttete es in einem Zug hinunter.

»Und nun sag mir, ob ich dir die Zukunft in meinem Katzenskelett lesen soll. Wenn du die Knochen ausgeworfen hast, wird uns die Lage der Schwanzwirbel zeigen, ob du männliche Nachkommen haben wirst oder nicht.«

»Ich muss beizeiten aufbrechen, um mit der Postkutsche am Morgen abzureisen, vielleicht habe ich bei meiner Rückkehr Zeit dafür.«

»Verstehe, mein Junge«, er sah ihre vom vielen Kosten der Zaubertränke schwarze Zungenspitze zwischen den Lippen auftauchen. »Dann lass mir noch ein paar Münzen für etwas anderes da, das dir von Nutzen sein wird«, mit diesen Worten zog sie an einem Beutel, den sie um die Taille trug, holte ein grünliches Fläschchen heraus und überreichte es ihm. »Wenn du dieses Gebräu in einer Nacht beim letzten Viertel des abnehmenden Mondes trinkst und dann deine Brust dort, wo das Herz wohnt, mit Rosmarin- und

Thymianwasser wäschst, so wird es dir helfen zu vergessen, damit du nicht zurückkehren musst.«

»Ich will aber nicht vergessen.«

»Nimm es und bezahle mich, dann will ich dich nicht länger aufhalten.«

Die Hexe Laguna hob den steifen Sack auf die Schulter und nahm die Münzen entgegen. Während sie das Zimmer und den Gasthof verließ, saß der Gutsbesitzer reglos mit dem Fläschchen in der Hand da und bemerkte darin ein winziges Pochen. Daraufhin öffnete er die Hand, das Glasfläschchen fiel zu Boden und zersprang in hundert Splitter. Hervor quoll eine gelbliche Flüssigkeit, die nach verfaulten Feigen roch und in der ein um sich schlagender Eidechsenschwanz schwamm.

In jener Nacht bekam er kaum ein Auge zu, und als ihn schließlich doch die Müdigkeit übermannte, träumte er mit trockenem Mund vom stinkenden Gift des Vergessens und zerstückelten Reptilien. Die Augen vom fehlenden Schlaf gerötet, bestieg er zur ersten Stunde des nächsten Tages die Postkutsche, um seine Rückreise ins heimatliche Andalusien anzutreten; dahinter fuhr der Wagen mit den Windhunden, die ein ohrenbetäubendes Gebell anstimmten.

Clara Laguna stellte sich darauf ein, zu warten. In der Frühe ging sie weiter zum Dorfplatz, um ihren Krug zu füllen, und jeder, der ihr begegnete, sei es Mann oder Frau, jung oder alt, starrte auf ihren Bauch, um festzustellen, ob er anschwoll und darin die nächste Laguna-Frau wuchs. Doch die Monate vergingen, Clara pflegte ihre Tomatenbeete, reinigte den Hühnerhof, fütterte das Federvieh und die Ziege, half der Mutter Jungfernhäutchen flicken und Zaubertränke rühren, ging zum Eichenwald, damit ihr die Bäume von der Liebe erzählten und ihr der Fluss Geschichten zuraunte, besuchte das verlassene Gehöft, um zu beobachten, wie die gelbe Rose die sich in die Länge ziehenden Jahreszeiten überdauerte, während ihr Bauch, den alle erwartungsvoll anstarrten, flach blieb und stumm.

Alle zwei bis drei Monate trafen Briefe für sie von dem Gutsbesitzer aus Andalusien ein. Es waren mit Olivenöl getränkte und an der Sonne getrocknete Zettelchen, in Seidenpapier gewickelte Orangen- und Jasminblüten anstatt schriftlicher Liebesschwüre, da Clara weder lesen noch schreiben konnte. Sie antwortete ihm mit getrockneten Eichblättern, Rindenstücken, gelben Rosenblättern und Fichtennadeln, nach Hexenkunst duftenden Haarsträhnen, das alles in blaue Couverts verpackt, die sie mit bebender Stimme im Dorfladen erstand und an den Liebsten adressierte, indem sie mit ungelenken Buchstaben seinen Absender kopierte.

Als Klatschmohn und Margeriten in voller Blüte standen, wurde Clara Laguna vor Ungeduld krank und bat ihre Mutter, das Katzenskelett zu befragen, ob die Rückkehr des Gutsbesitzers bevorstehe. Sie schütteten die Knochen auf das Schlaflager, dann nahm Clara Laguna sie in die Hand und warf sie in Gedanken an ihn aus.

»Die Lage der Schienbeine zeigt eindeutig, dass er in der Brunftzeit des Rotwilds zurückkommt.«

Die Hexe Laguna täuschte sich nicht. Als der September das Laub zaghaft golden zu färben begann, traf der Andalusier mit der Nachmittagskutsche im Dorf ein, begleitet von seinen beiden Dienern, jedoch ohne die rotbraune Hundemeute. Die Hirsche röhrten in den Bergen, in den Pinienwäldern, in den Tälern, als er im Gasthof dieselben Zimmer bezog; sie röhrten vor Sehnsucht, sich mit den Hirschkühen zu paaren, als er einem Pferd die Sporen gab und zu Claras Haus ritt; das Echo vom Liebesgebrüll der Tiere hallte heiser und unheilvoll bis zu den letzten Häusern des Dorfes wider und umgab die Begrüßungsküsse des Liebespaares. Im Galopp eilten sie zum Eichenwald davon, wo sie sich im Mondschein liebten, während in der Ferne die Geweihe der um die Hirschkühe kämpfenden Hirsche krachten und die Sieger schließlich lustvoll aufheulten.

Die Haut des Andalusiers war sonnengebräunt und barg den Geruch des Meeres, den Clara nicht kannte. Doch es war nicht nur der Andalusier, der die See ins Dorf brachte. Am gleichen Tag wie er war nämlich mit der Vormittagskutsche der Mann eingetroffen, der von nun an die Seelen der Gläubigen von der Kanzel aus leiten sollte.

Der letzte Pfarrer war vor wenigen Monaten verschieden, nachdem er am Ende gottlose Reden gegen das Alter und seine kranke Leber geführt hatte, so dass die Kirchgänger bis ins Nachbardorf wandern mussten, wenn sie in der Messe Erbaulicheres hören wollten. Als der neue Pfarrer davon erfuhr, war er sicher, jener unwirtliche Flecken mitsamt seinen Bewohnern sei allzu lange dem Einfluss des Bösen ausgesetzt gewesen. Seit seiner Ausbildung im Priesterseminar war er nämlich der leidenschaftlichen Überzeugung, es sei nur eine Frage der Gelegenheit, damit der Teufel in der Welt sein Unwesen treibe. Als er sich zum Dienst als Soldatenpfarrer der spanischen Truppen gemeldet hatte, die gegen kubanische Freiheitskämpfer in den Krieg zogen, war aus dieser Überzeugung bald eine Obsession geworden. Zwei Jahre lang hatte er von Bajonetten, Schwarzpulver oder Fieber niedergestreckten jungen Männern, die hinter Moskitoschwärmen, Zuckerrohr oder Tabakpflanzen auftauchten, hastig die Letzte Ölung verabreicht.

Er hatte zwar gelobt, erst nach Spanien zurückzukehren, wenn seine Truppen den Feind endgültig geschlagen hatten, wurde aber gegen seinen Willen schon vorher auf die Heimreise geschickt, nachdem sein Bataillon in einen Hinterhalt geraten war und er mehr als einen Monat durch den tiefsten Urwald irrte, nur den Hunger als treuen Begleiter an seiner Seite. Man fand ihn halbtot vor Hitze in der Hütte einer Heilerin, die aus den Linien seiner Hand gelesen hatte, dass sein Schicksal mit dem des Bösen eng verknüpft war, und der Teufel versuchen würde, sich überall dort niederzulassen, wo der Pfarrer hinkam. Er war noch sehr jung, keine dreißig Jahre alt, aber sein Gesicht war schon von Furchen durchzogen, die von der Sonne der Karibik und vom Anblick des Todes herrührten.

Resigniert willigte er in den Wunsch seiner Vorgesetzten ein, ihn aufs Land zu versetzen, um ihn von seinem Teufelswahn zu kurieren, weil sie glaubten, dass jener entlegene Winkel Kastiliens zwischen Bergen und harten Böden, wohin sich kaum je eine Nachricht aus den Kolonien verirrte, der beste Platz für den jungen Mann sei, seine Obsession aufzugeben – entweder durch ein ruhiges Leben zwischen Bauernpredigten, Kartenspiel und Anisschnaps oder durch die eisigen Winter.

Doch als der Pfarrer zum ersten Mal sonntags auf die Kanzel stieg, ging es in seiner Predigt keineswegs um die Zukunft von Weizenfeldern oder Roggenernten; vielmehr breitete er die Arme aus wie ein Adler, der sich über Gebirgskämme aufschwingt, und hielt der Gemeinde eine Predigt über den Ruhm des spanischen Königreichs und die am eigenen Leib erfahrenen teuflischen Tricks, in einem Land, das von einem türkisfarbenen Meer umspült wurde0, in dem er um Haaresbreite seine letzte Ruhestätte gefunden hätte. Die Kirche war brechend voll, sogar die Hirten waren aus ihren abgelegenen Hütten heruntergekommen, denn der junge Pfarrer mit dem wettergegerbten Gesicht weckte große Erwartungen. Am Ende der Messe waren einige Besucher blind vor Tränen, ohne recht zu wissen, weshalb, denn sie hatten von der Predigt kein Wort verstanden und warfen den Teufel mit den Moskitos durcheinander, während sich andere fragten, gegen wen die spanischen Truppen Krieg führten und wer ihnen eigentlich ihr Königreich stehlen wollte.

Jene fiebrigen Predigten wiederholten sich an den folgenden Sonntagen mit dem gleichen Besucherzustrom. Die Gläubigen drängten sich in den dicht besetzten Kirchenbänken. Ein Räucherfass wurde im Altarraum von einer Seite zur anderen geschwenkt, um den durchdringenden Schafsgeruch einiger Hirten und andere Düfte zu überdecken, die die Gemeinde begann, zu verströmen, sobald der Pastor die Gemüter mit seinen Berichten von Schlachten auf krokodilsverseuchten Feldern und einer von der Hitze angefachten Frömmigkeit in Wallung brachte. Doch wenn nach diesen ersten Predigten dem Dorf eins klar war, dann, dass der junge Mann mit den schwarzen Augen und der zu weiten Soutane die Fähigkeit besaß, die Herzen der Zuhörer mit seinen Worten zu berühren, selbst wenn sie davon kein einziges verstanden. Sein Name war Juan Antonio Escabel de Castro, doch schon bald nannte man ihn Pater Imperio, nach seinen schwärmerischen Reden für das spanische Königreich, ein Spitzname, den er freudig annahm und bis zum Ende seiner Tage beibehielt.

Das Aufsehen über die Ankunft des Pastors und seine Predigten lenkte die Leute von der erneuten Liebschaft zwischen Clara und dem jungen Andalusier ab. Und wenn dieser an den Alten vorüberkam, fragten sie sich nur kurz, ob er wohl in der Lage sein würde, den Fluch der Laguna-Frauen aus der Welt zu schaffen, indem er eine von ihnen heiratete und glücklich machte. Dann kehrten sie unverzüglich zu Pater Imperios tropischen Krokodilen zurück, die handtellergroße Krebse und spanische Gliedmaßen verschlangen und zweifellos Ausgeburten der Hölle waren.

Sogar als der andalusische Gutsbesitzer eines Abends zur »Roten« in die Schenke zum Essen ging, beschränkte auch sie sich darauf, ihm einen Geflügelmagen mit Pilzen zu empfehlen und beim Auftragen die Bemerkung fallen zu lassen: »Mal sehen, ob Ihnen die Dinge schöner Frauen bekommen.«

Clara gehörte zu den wenigen Frauen im Dorf, die in jenem Herbst 1898 von Pater Imperios Predigten unbeeindruckt blieben. Sie ging ebenso wenig wie ihre Mutter sonntags zur Messe, denn beide wurden von den Schleiern und Mantillen nicht gerade freundlich empfangen. Außerdem hatte ihr die Hexe Laguna beigebracht, dass eine verfluchte Frau nur einmal im Leben geweihten Boden betreten dürfe, nämlich wenn sie den Geschmack des Todes auf den Lippen spürte. Clara, die im Grunde nicht an einen von Analphabetismus und Aberglauben freien Gott glauben konnte, war das einerlei. Wenn sie den Drang zu beten verspürte, dann sandte sie das einzige ihr bekannte Gebet in der freien Natur zu Gott oder zur heiligen Pantolomina de las Flores, der Schutzpatronin des Dorfes, eine Märtyrerin mit Lilien in den blonden Haaren, die gefoltert worden war, bis sie ihr Leben aushauchte.

Clara war völlig eingenommen von ihrer Liebschaft. Zwischen

den Jagsausflügen des Gutsbesitzers ritt sie mit ihm querfeldein durch die Wälder, und dann liebten sie sich, wo auch immer ihnen der Sinn danach stand. Sie genoss es, im Garten des verlassenen Gehöfts unter der Pergola mit den letzten Rosen die Hände des Liebsten auf der Haut zu spüren und den salzigen Duft einzusaugen, der nicht von ihm weichen wollte. Eines frühen Abends fragte er sie, warum sie sonntags nicht zur Kirche ginge, um den packenden Predigten des neuen Pfarrers zu lauschen, auch wenn deren Botschaften bisweilen im Dunkeln blieben.

»Wenn Ihr wollt, begleite ich Euch am nächsten Sonntag«, erwiderte sie und stellte sich vor, wie sie in einem Festtagskleid die Kirche betreten würde, den verfluchten Arm in dem des Gutsbesitzers. Sie stellte sich weiter vor, dass ihr Kleid weiß wäre und er sie bis zum Altar führte, wo ihre Ringe lagen und der Segen auf sie wartete, weil der Fluch ihrer Familie an der Schwelle zur Kirche stehen bleiben musste und jetzt vor Wut kochte.

Der Andalusier, der sich bis auf die Hochzeit das Gleiche ausgemalt hatte, wusste plötzlich, dass er mit der Frage zu weit gegangen war. Dass man im Dorf gesehen hatte, wie er mit dem Mädchen durch die Straßen spazierte oder Ausritte ins Gebirge unternahm, war das eine, eine ganz andere Sache wäre es, wenn man sähe, wie er sie am Arm zur Kirche führte.

»Ich halte es für besser, wenn du mit deiner Mutter hingehst.«

»Ja und noch besser ist es, wenn ich gar nicht gehe, oder mit wem es mir passt.«

Clara rückte von ihm ab. Ihre Glieder wurden von einer eisigen Kälte durchströmt, und die Tränen sprangen ihr wie Messer aus den Augen, während sich auf ihrer Zunge eine nach Blut schmeckende Übelkeit ausbreitete. Sie erkannte darin die von der Mutter vielfach geschilderten Symptome des Fluches, die ersten von ihm ausgelösten Schmerzen, die Vorboten ihres künftigen Verderbens.

Auch am folgenden Sonntag gingen weder Clara Laguna noch ihre Mutter zur Kirche. Worauf gegen Mittag Pater Imperio vor ihrer

Tür stand. Sie empfingen ihn, während ihr hartes Brot mit einem Stück Talg und einer Alraunenwurzel im Feuer röstete und Frösche gegen den Zauber des bösen Blicks in einem Topf garten. Der Pfarrer zog ein Taschentuch hervor und bedeckte sich damit Mund und Nase.

»Gelobt sei der Heiligste, in dieser Hütte riecht es nach Hexerei!«

»Wonach es hier riecht, ist nach Frühstück und nach Armut«, erwiderte Claras Mutter.

Der Pfarrer wirkte blass in der schwarzen Soutane. Er presste das Taschentuch noch stärker vors Gesicht, während sich auf seiner Stirn und an den Schläfen ein tropischer Schweiß sammelte. Ein einziger Atemzug jener Kochdünste weckte seine Erinnerungen, und er fand sich für Augenblicke in einer windschiefen Hütte mitten im Urwald wieder, wo eine schokoladenfarbige Medizinfrau an Lammkeulen nagte und seinen Hals mit einem gelblichen Pflaster kurierte.

»Setzt Euch, Pater, Ihr seid ja bleich wie eine tote Ziege«, forderte die Hexe Laguna ihn auf und wies auf einen schmutzigen Hocker, den der Pfarrer mit einer Handbewegung ablehnte.

»Es scheint also zu stimmen, was die Leute sagen, in diesem Haus treibt man Zauberei. Ich komme, um zu erfahren, ob hier auch der Teufel angerufen wird«, beim letzten Wort schaute sich der Pfarrer im Zimmer um und entdeckte in einer düsteren Ecke Clara Lagunas Augen.

»Der einzige Teufel, der mir je begegnet ist, Pater, steckt in vielen meiner Kunden.«

Als sie das sagte, zitterte die blinde Pupille der Frau, worauf Pater Imperio dem Verlangen nachgab, sich zu bekreuzigen.

»Kommt zur Messe, Señora, und bringt Eure Tochter mit, so etwas auszusprechen kann eine Todsünde sein.«

»Ihr müsst wissen, dass wir verflucht sind, und unter diesen Umständen darf man die Kirche nur zum Sterben betreten. So wenigstens hat es mich meine Mutter gelehrt.«

»Ich habe schon von dem Fluch gehört, der auf Eurer Familie liegt, daher komme ich auch, um Euch zu sagen, dass in solchen Fällen allein Keuschheit hilft. Ihr dürft Euch nicht fortpflanzen.«

Clara Lagunas Augen trafen Pater Imperios Blick und entfesselten einen Wirbelsturm in der Brust des jungen Mannes. Hastig steckte er das Taschentuch in die Hosentasche zurück und nahm überstürzt Abschied. Im Blick des Mädchens hatte er die Wildheit und die Einsamkeit einer Katze gesehen.

Nachdem sie die ersten Symptome des Fluches durchlitten hatte, glaubte Clara Laguna, sie könnte Pater Imperios Anweisungen befolgen und sich fortan dem andalusischen Gutsbesitzer verweigern. Doch sie irrte. Je mehr sie sich seinen Küssen entzog, desto stärker brannte sein Verlangen, ihren verfluchten Körper zu besitzen. Er kaufte dem Mädchen ein Armband aus Flussperlen im Dorfladen. Er umgarnte sie mit Liebesliedern und frommen Gesängen, die er unter einer Eiche kniend anstimmte, während Mondstrahlen die Baumkrone durchbrachen und sich wie Lanzen in ihr Herz bohrten.

Clara verlor den Appetit, das Gehör, die Sprache, bis sie sich ihm erneut auf einem Pfad des Rosengartens hingab, auf einem Bett aus Rosenblättern und raschelndem Herbstlaub.

»Das war richtig, denn es gibt keinen Ausweg mehr«, sagte die Mutter zu ihr, als sie wieder zu Hause war. Sie öffnete ihr den Mund und untersuchte die Backenzähne der Tochter wie bei einem Pferd, dann ließ sie Clara in einen Topf urinieren, warf ein paar Wurzeln dazu und brachte das Ganze zum Sieden. Als ein süßlicher Geruch nach Körperausscheidungen das Zimmer durchzog, verdrehte die Frau die blinde Pupille. »Du bist schwanger, schon seit der Brunftzeit der Hirsche vor über einem Monat.«

Es war wieder die Jahreszeit, in der der Nebel der toten Ritter den Dorfplatz beherrschte, ein eiskalter Wind voller Rüstungen und Schwerter peitschte darüber hinweg. Doch für Clara, die auf dem Brunnenrand saß, war der Wind, der ihr durch das Gesicht fuhr, sanft, und die Klagen der Geister stimmten in ihre eigenen ein. Sie liebe einen Mann, hob sie zu erzählen an, den sie kaum ein Jahr kenne, und jetzt erwarte sie ein Kind von ihm. Die Glocken schlugen trostlos die volle Stunde, der Nebel löste sich auf, und das Mädchen sah, wie sich in den dunstigen Fäden ein schwarzer Fleck auf die Fensternischen zubewegte. Es war Pater Imperio, der Weihwasser versprengte. So sehr die Leute sich auch bemühten, ihm den Zusammenhang des Geläuts und der Erscheinungen nahezubringen, er bestand darauf, sie dem Teufel zuzuschreiben. Als sich die letzten weißen Nebelfetzen verflüchtigt hatten, entdeckte er die Bernsteinaugen und bekreuzigte sich.

»Mädchen, was atmest du hier diese teuflischen Dämpfe ein?«

»Hier gibt es keine teuflischen Dämpfe, Pater, sondern eine Menge Trost. Ihr werdet Euch schon noch daran gewöhnen.«

Am Morgen von Allerseelen, als das ganze Dorf mit Blumen und Bürsten zum Gottesacker aufgebrochen war, traf Clara ihren Liebsten im Eichenwald. Seit der Frühe war der Himmel von Wolken verhangen, und in eben jenem Augenblick, als sie ihm ihre Schwangerschaft ankündigte, ging ein von Donnergrollen und goldenen Blitzen begleiteter Guss über dem Dorf und den Bergen nieder. Wer noch auf dem Friedhof weilte, floh in die Krypten der Familiengrüfte, aber die boten dem Sonntagsstaat aus Röcken und Trauerhüten nicht genug Platz, so dass ein Gerenne losging, den Hügel hinunter, bis die Dorfbewohner die ersten Torbögen des Ortes erreichten. Indessen lag sich das Liebespaar, geschützt vom welken Blätterdach einer altehrwürdigen Eiche, in den Armen. Clara weinte, und ihre Tränen mischten sich mit dem Regen. Der Gutsbesitzer bedauerte ihren Kummer und flüsterte ihr tröstende Worte ins Ohr, aber das war nicht, was sie zu hören erhoffte. Die Warnung der »Roten« kam ihm in den Sinn, dass kein Mann es je gewagt habe, den Fluch der Lagunas zu brechen, und er dachte an das dunkle Unglück, das jedem vorausgesagt war, der es dennoch versuchte.

Als Claras Tränen versiegten, klarte auch der Himmel wieder

auf, allerdings drohte er mit einem weiteren Gewitter, bis es Nacht wurde und sie sich auf ihr kaltes Lager schlafen legte.

Tags drauf nahm der junge Andalusier, nachdem er im Ort einige Erkundigungen eingezogen hatte, die Nachmittagskutsche und fuhr in die rund fünf Reisestunden entfernte Hauptstadt der Provinz. Seine beiden Bediensteten nahm er mit, ließ jedoch mehrere Truhen mit Kleidung und Jagdgewehren im Gasthof zurück. Vier Tage später kehrte er mit einer von Schlaflosigkeit gezeichneten Miene zurück und machte sich mit mehreren Aktenordnern unterm Arm unverzüglich auf den Weg zu Claras Haus. Er fand sie beim Unkrautjäten im Tomatenbeet. Sie hatte auf ihn gewartet, und als sie ihn jetzt erblickte, brannte ihr die Brust vor Stolz und Erwartung.

»Ich fürchtete schon, Ihr wärt ohne einen Gruß nach Andalusien aufgebrochen«, sagte sie spitz.

»Ich werde übermorgen fahren, meine Ländereien brauchen ihren Herrn. Aber vorher möchte ich dich bitten, mich zu dem verlassenen Gehöft zu begleiten.«

»Wozu?«

»Das erfährst du, wenn wir dort sind.«

Sie durchquerten schweigend das Pinienwäldchen über die unbefestigte Landstraße, bis in der Ferne das hohe Eisengitter vor ihnen auftauchte.

»Diesmal werden wir das Grundstück betreten, wie es sich gehört.«

Der Gutsbesitzer zog einen Schlüssel aus der Tasche und öffnete das Tor. Das rostige Scharnier quietschte in den Angeln. Clara Laguna setzte den Fuß auf den Steinplattenweg, der zur Haustür führte, und erinnerte sich im gleichen Augenblick an ihren Traum, in dem sie bereits hier entlanggegangen war, während Margeriten in ihrem Haar wuchsen.

»Du wirst dir deinen Lebensunterhalt als Bäuerin verdienen«, verkündete er ihr und seine olivgrünen Augen leuchteten.

»Ich möchte nur mit Euch zusammen sein.«

»Ich habe dir das Anwesen gekauft, es ist für dich und das Kind.«

»Dann wird es ein Mädchen.«

Der Gutsbesitzer reichte ihr die Papiere, die er unterm Arm trug.

»Was ist das?«

»Die Urkunde aus dem Grundbuch. Alles ist auf deinen Namen eingetragen. Und ich lasse dir etwas Geld da, für den Anfang. Ich bin in die Stadt gefahren, um den Kauf zu regeln. Übermorgen breche ich die Heimreise an, wie ich dir bereits gesagt habe, aber ich werde zurück sein, wenn das Kind auf die Welt kommt.«

»Ich habe davon geträumt, in diesem Gehöft zu leben, aber nur mit Euch.«

»Du kannst gewiss sein, dass ich wiederkomme, um das Kind zu sehen, das der liebe Gott uns schenkt, ein Mädchen oder ein Junge, und um zu erfahren, wie du dich als Bäuerin machst.«

»Und werdet Ihr mich dann heiraten?«

»Clara, ich werde dich niemals heiraten, das war auch nie meine Absicht. Du bist ein sehr schönes Mädchen, aber ich kann dich nicht lieben wie eine Frau meines Standes und meiner Stellung. Deine Mutter ist eine Zauberin, sie liest die Zukunft aus einem Katzengerippe, und du kannst noch nicht einmal deinen Namen schreiben, Kleines. Wie sollte ich dich in die Gesellschaft einführen? Ich würde deiner über kurz oder lang überdrüssig werden, und du würdest anfangen mich zu hassen. Du bist wie die wunderschöne gelbe Rose in dem Garten, der jetzt dir gehört. Sie hat sehr lange geblüht, ehe sie welk wurde, aber schließlich ist sie doch verblüht, und jetzt ist nichts mehr davon übrig. Ich weiß nicht, ob du verstehst, was ich damit sagen will.«

»Ich verstehe es, so ungebildet, wie Ihr denkt, bin ich nicht. Versprecht Ihr mir wenigstens, dass Ihr hierher zurückkehren werdet?«

»Ja, mein Mädchen.«

»Ich werde auf Euch warten.«

Bevor der Gutsbesitzer am Nachmittag mit seinen Dienern und seinen Truhen in die Kutsche stieg, verabschiedete sich das Liebespaar im Eichenwald. Die letzten Sonnenstrahlen ertranken im Fluss, während sie im Moos am Ufer hockte und auf ihn wartete, bis sie den Hufschlag seines Pferdes vernahm. Der rasante Galopp hallte in ihrem Leib wider, und ihre Glieder wurden weich wie Schnee. Stattlich sah er aus, saß ab und ritzte mit einem Taschenmesser ein Herz in einen hohlen Baumstamm, durchkreuzte es mit einem Pfeil und setzte ihre beiden Namen dazu, dabei wiederholte er sein Versprechen, ins Dorf zurückzukehren. Dann küsste er sie, bestieg das Pferd und trabte langsam und mit einem Liebeslied auf den Lippen am Fluss entlang davon.

Der Wind trug das Glockenläuten der Sieben-Uhr-Messe herbei. Clara Laguna stand vom Schatten einer Eiche umhüllt da, während sie in der Ferne immer noch die den Flusswindungen folgende Silhouette ihres Liebsten erkennen konnte. Sie begriff, dass der Geruch dieses Baumes mit den ledrigen Blättern immer mit ihrer Liebe verbunden sein würde, und sie verfluchte Gott. Er würde eine andere heiraten, eine Frau in Tüpfeln und gestärkten Volants, eine Frau, die nicht nur ihren Vor- und Nachnamen schreiben konnte, sondern auch Liebesbriefe.

Bei der Vorstellung dieser Rivalin weinte Clara so bitterlich, dass ihren Augen die Tränen ausgingen und ihr Leib zu schluchzen begann, bis die Trauer schließlich ihren Schoß erreichte, den jener Mann mit so viel Leidenschaft beglückt, und ihm jetzt wieder entrissen hatte. Sie verbrachte die Nacht im Freien, zugedeckt von Eichenlaub, Raureif und ihren Erinnerungen. Als der Morgen graute, ging sie nach Hause, weckte die Mutter und bat sie, im Katzenskelett zu lesen, ob er auch diesmal sein Versprechen halten würde.

»Dieser Mann kommt nie mehr zurück«, urteilte die Alte mit vom Schlaf belegter Stimme. »Das sehe ich eindeutig in den Rippen.«

»Warum belügt er mich dann, Mutter, warum belügt er mich?«

Clara schlug mit der Faust auf den Tisch, wo die Katzenknochen lagen, so dass eine Rippe und die Zwirnrolle für die Jungfernhäutchen durch die Luft flogen.

»Was hast du anderes erwartet, zumal von einem reichen Mann? Du wolltest zu hoch hinaus, vielleicht habe ich dich doch nicht so gut vorbereitet, wie ich dachte. Du trägst deine Tochter im Bauch, und dein Geliebter hat dich verlassen. Du bist verflucht, Clara.«

»Ich sage mich los von diesem Fluch. Ich weigere mich, seinetwegen zu leiden. Er kommt bestimmt zurück, das hat er mir versprochen, und er hat seine Versprechen stets erfüllt. Aber wenn er kommt, dann soll er derjenige sein, der leiden wird.«

»Du bist ein dickköpfiges Mädchen, man kann sich nicht einfach vom Schicksal lossagen, das einem auferlegt ist.«

»Doch, das kann man. Außerdem habt Ihr ein vertrocknetes Auge und das andere erblindet allmählich, so dass ich mich nicht mehr darauf verlasse, was Ihr in diesem vergammelten Katzengerippe voller Fliegendreck seht. Und nur damit Ihr es wisst: Er hat mir das rote Gehöft geschenkt, für mich allein, und er hat mir Geld dagelassen.«

»Na bitte! Ein anständiger Junge, hab ich's mir doch gedacht, und hübsch dazu. Deine Wahl war sehr gut.«

»Ihr werdet keinen Fuß in meinen Hof setzen, obwohl er Euch so erfreut, und auch mein Geld rührt Ihr nicht an!«

»Ich verstehe deine Bitterkeit ja, liebes Kind, denn auch ich habe gelitten. Es ist der Liebeskummer, er hat dich fest im Griff. Aber dein Vater ließ mir damals nichts als meine Tränen, ein noch größeres Elend und eine Tochter mit gelben Augen im Leib. Dein Liebster hat dir wenigstens ein Anwesen hinterlassen. Mehr kann eine verfluchte Frau, und dazu arm wie du, wohl kaum verlangen. Und wenn du erst gelernt hast, mit deinem Liebeskummer umzugehen, dann wirst du auch begreifen, dass es genügt, von seinem Liebsten ein Gehöft zu bekommen, und er nicht obendrein noch zurückkommen muss.«

»Da täuscht Ihr Euch, mir genügt es nicht.«

»Wozu, du dummes Ding, soll er denn zurückkommen, wozu? Damit du noch mehr leidest?«

»Nein, Mutter, damit ich mich an ihm rächen kann.«

Kapitel 3

Man erfuhr nie, wie jenes Frühlingswunder geschah, aber als Clara Laguna den Steinplattenweg betrat, der zum Eingang des roten Gehöfts führte, blühten in den Fugen zwischen den Trittsteinen Margeriten auf, genauso wie sie ihr im Traum aus den Haaren gewachsen waren. Zunächst merkte sie nichts davon, weil sie das knisternde Hervorbrechen der Knospen für das Rascheln des trockenen Laubes in den Obstbäumen hielt. Unaufhaltsam wie das Gestrüpp, das den Stall, die Pferche und die Viehtränke überwucherte, setzte sie ihren Weg zum Eingang fort. Die herbstliche Stille wurde nur vom Gebell der Hunde gestört, die auf der Flucht vor den Stockschlägen ihrer Bauern durch das Mauerloch in den verlassenen Garten eingedrungen waren und jetzt da herumstreunten.

Das Erdgeschoss des Hauses bestand aus einer Eingangsdiele mit roten Tonfliesen, einem Wohnzimmer mit einer großen Feuerstelle, einer Küche, die einen Ausgang zum Gemüsegarten hatte und an die sich eine Speisekammer mit gemauerten Regalen anschloss, und einem Schlafzimmer, in dem es nach Gewürzkräutern und Gartengemüse roch. Aus der gefliesten Eingangsdiele führte eine wurmstichige, mit einem Trauerflor aus Spinnweben verhängte Treppe nach oben und von dort bis auf den Dachboden.

Während Clara in den ersten Stock stieg, betrachtete sie die für die nächste Spinnenmahlzeit in den seidigen Bauten gefangenen Motten, die noch mit den Flügeln zappelten. Das Obergeschoss bestand aus vier Schlafzimmern und einem Bad, alle zu erreichen über einen Flur und mit Balkonen zum Garten versehen, die ein von Geißblattstauden grünlich gefärbtes Licht hereinströmen ließen. In einer Ecke des größten Schlafzimmers stand auf einem Eisengestell ein alter Waschkrug aus Ton, verziert mit blauen Arabesken. Die anderen Zimmer waren leer, und jeder Atemzug schien darin widerzuhallen.

Die Treppe zum Dachboden war schmaler als die untere, und die Stufen waren so morsch, dass sie laut knarrten, als Clara darauf trat. Am Ende der Stiege bündelte eine runde Luke das Licht und sah dadurch aus wie der Vollmond. Auf dem Dachboden standen mehrere mit Laken bespannte und nach verdorrtem Lavendel riechende Betten und eine zusammengebrochene Kommode französischen Stils, an der ein nach Schießpulver stinkendes Jagdgewehr lehnte. Clara rang im Staub dieser vergessenen Welt nach Luft und ging die Stiege wieder hinunter.

Nachdem sie für sich selbst das größte Schlafzimmer gewählt hatte, streckte sie sich der Länge nach auf dem Fußboden aus und bettete den Kopf auf das Bündel mit ihren Habseligkeiten. Obwohl es erst Mittag war, wollte sie schlafen. Sie musste Kräfte sammeln, um dem Beschluss, sich zu rächen, Taten folgen zu lassen. Am nächsten Morgen wollte sie auf die Postkutsche warten und in die Provinzhauptstadt fahren. Dort würde sie alles besorgen, um aus der roten Villa nicht, wie ihr Geliebter es wünschte, einen blühenden Bauernhof zu machen, sondern ein prachtvolles Bordell.

Als Erstes schaffte sie für jede Ecke des zukünftigen Salons vier Kerzenleuchter mit Totenlichtern an, die ihr ein Alteisenhändler für ein Schäferstündchen unter den Pinien hinterließ. Jener Mann wurde Claras erster Freier und nahm für immer ihre Lebensfreude mit, als er auf dem Kutschbock seines schwankenden Eselskarren von dannen fuhr.

In der Stadt vervollständigte sie die Einrichtung des Salons durch zwei mit lachsfarbenem Satin bespannte Canapés, mehrere Bilder von Odalisken in malvefarbenem Tüll, einen Teppich mit einer Fuchsjagdszene und grüne Damastvorhänge. Das Geschäft, in dem sie diese extravaganten Gegenstände erstand, hatte sich auf Opernrequisiten spezialisiert und verkaufte die aus Alters- oder Modegründen von den Bühnen ausrangierten Möbel und Dekorationsgegenstände. Der Inhaber, ein in Ungnade gefallener Bariton, entbrannte für Clara Lagunas Dorfschönheit, sobald sie in ihrem braunen wollenen Kleid, dem geflickten Rock und dem Schultertuch, das so rau war wie ein Eselsrücken, seinen Laden betrat.

Zunächst nahm er an, sie wolle nur ihre Neugier befriedigen, nachdem sein protziges Schaufenster sie angelockt hatte, zumal ihre glühenden Wangen und das Staunen in ihren goldenen Augen verrieten, dass dies ihr allererster Ausflug in eine Stadt war. Eine Stadt mit einer Plaza Mayor voller Menschen und Wirtshäusern, mit herrschaftlichen Gebäuden und Kirchen und den von Läden gesäumten und von Pferdekutschen befahrenen Straßen, wie sie auf dem Land nirgends zu finden waren. Aber als sie ihm mit der Bestimmtheit ihrer Rache erklärte, was sie suchte, half ihr der Bariton mit nützlichen Ratschlägen, um ihre Villa zu einem prunkvollen Freudenhaus umzugestalten; damit nicht nur die an Ochsengespanne, Sicheln und Heugabeln gewöhnten Mannsbilder bei ihr abstiegen, sondern auch Bürger von Welt, Reisende und Jäger.

Neben dem Mobiliar und der Dekoration für ihren Salon nahm sie auch die Negligés und Maurenkostüme einer Vorführung von der *Entführung aus dem Serail* mit, weil sie den betörenden Schnitten und anschmiegsamen Stoffen nicht widerstehen konnte und diese Kleidungsstücke gute Köder für das männliche Verlangen zu sein schienen, auch wenn sie nichts mit Fliegen und Würmern beim Forellenangeln gemein hatten.

Als ihr Vorschuss schon ausgegeben war, verliebte sich Clara in das Bett, in dem Othello Desdemona getötet hatte. Es bestand aus einem schwarzen Eisengestell und einem purpurnen Himmel und hatte kolossale, für den Bühnenauf- und -abbau so ungeeignete

Maße, dass es nur bei wenigen Aufführungen zum Einsatz gekommen war. Sie blieb so hartnäckig dabei, dieses Bett um jeden Preis mitnehmen zu wollen, dass der Bariton es ihr schließlich im Tausch gegen den Genuss ihrer ländlichen Reize überließ.

So lernte sie auf einer Ladentruhe, von einer Arie aus *Rigoletto* betäubt, ihren zweiten Freier kennen. Den dritten, einen Anwalt, den ihr der Bariton vorstellte, brauchte sie, um die Pension zu bezahlen, in der sie weinend und sich an den andalusischen Gutsbesitzer erinnernd, die Nacht verbrachte. Am nächsten Morgen fuhr sie in einem Wagen, beladen mit ihren ganzen Anschaffungen, zu ihrem Gehöft zurück. Es war nicht schwer, einen der Packknechte davon zu überzeugen, nach dem Abladen ihr vierter Freier zu werden und mehrere Tage ihre Verführungs- und Kochkünste zu genießen. Im Gegenzug befreite er ihr den Garten von Gestrüpp und Laub. Der Schmied, der ihr in drei zärtlichen Tagen ein schmiedeeisernes Schriftband anfertigte, wie man sie von den Kränzen Verstorbener auf dem Friedhof kannte, und darauf in goldenen Lettern »Willkommen in der roten Villa« schrieb, war ihr fünfter und entscheidender Freier, damit der Bordellbetrieb in Gang kam.

»Die Laguna mit den bernsteinfarbenen Augen verkauft sich für gutes Geld oder ein Paar Kaninchen in der Villa, die ihr der Geliebte geschenkt hat«, sagte er zu jedem, der in seiner Schmiede ein und aus ging, und zu allen, denen er in der Schenke beim Kartenspiel und Weintrinken begegnete.

Mit der Befestigung des Schriftbandes am Eisengitter des Gartentors betrachtete Clara ihr Haus als eröffnet, auch wenn die meisten Männer es nicht lesen konnten, weil sie gar nichts lesen konnten, dafür konnten aber wenigstens die Vögel darauf kacken wie auf die Grabsteine und Friedhofskreuze.

Clara trug entweder die Negligés oder die maurischen Hosen aus der *Entführung aus dem Serail,* wenn sie die männlichen Dorfbewohner empfing, die ihre Schönheit und Jugend begehrt hatten und jetzt ohne Furcht zum Freudenhaus kamen, denn hier war kein Fluch mehr im Spiel, hier ging es um ein handfestes Geschäft. Das exotische Flair, das ihr diese Kleidungsstücke verliehen, der als Wartesaal genutzte Salon mit seinen violetten Odalisken an den Wänden, dem Jagdteppich und den Opern-Canapés, all das machte die Männer sprachlos. Denn sie waren es gewohnt, derartige Dienste in einem Stall, auf einem Speicher oder an eine Bergpinie gelehnt in Anspruch zu nehmen.

Auch die Jäger erlagen den Reizen jenes Hauses. Und das Bordell, wo eine Prostituierte mit goldenen Augen, in Tüll und Pumphosen gekleidet, ihrem Gewerbe nachging, wurde neben den Hirschen, den Wildschweinen und Hasen zu einem weiteren Anreiz, um im nächsten Herbst wieder in das kastilische Dorf zurückzukehren.

Als Clara Laguna im Dezember des Jahres 1898 ihre Villa für Liebesdienste öffnete, lief sie den Predigten von Pater Imperio den Rang ab. In den Stuhlreihen der schwarzen Schultertücher wechselte das Thema: Fortan ging es nicht mehr um tropische Krokodile, Sümpfe und von kubanischen Rebellen verseuchte Urwälder. Das von der Laguna mit den goldbraunen Augen in dem Gehöft eingerichtete Bordell rückte ins Zentrum der Aufmerksamkeit und sämtlicher Unterhaltungen.

Als Pater Imperio wenige Tage nach seiner Eröffnung von der Existenz des Freudenhauses erfuhr, erschien ihm wieder das Gesicht der kubanischen Heilerin, wie sie ihn darüber aufklärte, dass sein Schicksal mit der Ankunft des Bösen auf Erden unauflöslich verbunden sei. Er warf eine Soutane über, die er zuvor in Weihwasser förmlich getränkt hatte, und machte sich auf den Weg zur roten Villa. Auf dem Rücken des Maultiers, das ihn zu entlegenen Bauernhöfen im Gebirge zu tragen pflegte, um den Sterbenden die Letzte Ölung zu geben, erschienen ihm sogar die Buchen am Wegesrand obszön, wie sie ihm die nackten, vom gelben Blätterkleid schon entblößten Leiber, entgegenstreckten, während sie die Arme im Wind verrenkten.

Er fand das große Tor offen, band das Maultier an einen Gitterpfosten und ging über den Steinplattenweg auf die Tür der roten Villa zu; ein ganzes Margeritenbeet knickte unter seinen Kirchenstiefeln ein. Bevor er den Türklopfer betätigte, bekreuzigte er sich. Er musste mehrmals rufen, ehe Clara öffnete. Das Mädchen war in ein wollenes Tuch gehüllt und gähnte.

»Kommt herein, Pater.«

»Ich werde hier stehen bleiben.«

»Wie Ihr wollt.«

Ein feuchter staubiger Geruch drang aus dem Haus, wie Schwefel, fand er. In den Augen des Mädchens entdeckte er die Verlassenheit der Buchen am Wegrand, und ihn schauderte. Der Entschluss herauszufinden, ob sich in jenem zum Schandfleck gewordenen Haus der Teufel verstecke, habe ihn hergeführt, begann er.

»Hier versteckt sich niemand, nicht einmal meine Rache«, erwiderte sie.

Er sei voller Tapferkeit und in der Amtskleidung gekommen, fuhr er fort, und werde, wenn nötig, zur Kirche zurückgehen und die Instrumente für einen Exorzismus holen, weil er bereit sei, sich dem menschlichen Antlitz des Teufels entgegenzustellen, falls dieser sich in Claras Gehöft niedergelassen habe, um ihr das Herz mit seiner Bosheit zu verderben.

»Pater, bringt mir keine Instrumente für Exorzismen, bringt mir lieber einen Laib Brot, weil man mir im Dorf kein Brot verkaufen will und ich keine Zeit hatte, es selbst zu backen.«

»Ihr sollt wissen, dass ich bereit bin, Euch, trotz Eurer Katzenaugen, Eurer Unsitte, mit den Toten zu reden, wie die Leute es erzählen, und trotz Eures Berufs, den Ihr willentlich oder gegen Euren Willen gewählt habt, um jeden Preis zu retten, vor Euch selbst oder vor dem Teufel«, sagte er mit einer in den Tropen erworbenen Unbeirrbarkeit.

Dann ging er den Steinplattenweg zurück und verließ den Garten, stieg auf sein Maultier und ritt ins Dorf – die schwarzen Augen gerötet von seiner Jugend, vom Morgenlicht und vom unzüchtigen Anblick der Buchen.

Clara Laguna wollte nicht, dass ihre Mutter zu ihr zog, bis die Last ihrer Pflichten, der Schmutz und die Einsamkeit ihr so schwer wurden, dass sie ihre Meinung änderte. Sie konnte nicht gleichzeitig die Freier in dem großen Himmelbett empfangen und sich um die Wartenden kümmern. Wenn sie die Türe verschlossen hielt, dann sammelten sich die Männer in der nächtlichen Kälte davor; ließ sie das Haus aber offen, dann schnüffelten sie überall herum, manche schlichen sogar bis ins Schlafzimmer, um die Intimität ihrer Nachbarn auszuspionieren, oder in die Speisekammer und futterten Claras kärgliche Vorräte auf. Sie hatte auch keine Zeit, den Gemüsegarten zu pflegen, den sie angelegt hatte, oder den Salon und ihr Schlafzimmer vom Stiefeldreck ihrer Freier, von deren Auswurf und den Haaren der Maulesel zu reinigen; sie hatte keine Zeit, das Essen zuzubereiten, Einkäufe zu machen und den Steinplattenweg vom Herbstlaub zu befreien, das allmählich die Margeriten zudeckte.

Eines Abends sah sie die Sonne von einem der Balkone im Obergeschoss aus untergehen und wusste, dass sie in jenem Bordell, in dem sie ihre Erinnerungen begrub, niemals alleine würde leben können. Sogar die Einsamkeit der Motten, die in den Spinnweben auf den Tod warteten, quälte sie. Sie vermisste den Geruch der Zaubertränke ihrer Mutter, das gemeinsame Zerlegen von Reptilien und das Flicken der Jungfernhäutchen. Sie vermisste das Klappern des Katzenskeletts in dem Sack, und sie vermisste sogar die Ziege, die sie allmorgendlich gemelkt hatte. Gleichzeitig schob sie der Mutter die Schuld für ihr Unglück zu, weil sie ihr den Fluch weitervererbt hatte.

An jenem Abend versuchte Clara, sich die Zuneigung, die sie für die Mutter und für das Kind empfand, das in ihrem Bauch wuchs und die Sippe fortsetzen würde, aus dem Herzen zu reißen. Als sich der Mond hinter den Wolken zeigte, weinte sie bitterlich um die verlorene Liebe, um Orangenblüten und Oliven, um Liebeslieder und den frommen Gesang des verwundeten Christus, um ihre Rache mit dem Beigeschmack fremder Männer. Und sie fand keinen Trost, weder in der feuchten Nachtluft aus den Bergen noch in der eisigen Stille, die ihr in die Knochen drang. Erst als sie entdeckte, dass anstatt der Sterne ein schwarzes Augenpaar in der Nacht funkelte, spürte sie Linderung für ihren Schmerz, schluckte die Tränen hinunter und schloss die Balkontür – es waren die Augen von Pater Imperio.

Tags darauf ging sie zum Haus ihrer Mutter. Der Himmel war so weiß, als staute sich darin der Schnee, der noch nicht auf das Dorf gefallen war.

Clara fand ihre Mutter, die sie nicht mehr gesehen hatte, seit sie ihr verkündet hatte, bei ihrer Rückkehr aus der Stadt ein Bordell zu eröffnen, auf dem Schlaflager. Als sie die Tochter kommen hörte, richtete sich die Alte auf, das blinde Auge geschlossen, die schwarze Pupille dagegen alles scharf beobachtend. Clara sah, dass sie abgenommen hatte und gealtert war.

»Esst Ihr nichts mehr?«

»In Kürze wird es wohl dazu kommen. Hier hast du deine arme alte Mutter. Gestern musste ich sogar ein Huhn schlachten. Aber kümmere dich nicht um mich, genieß du nur dein schönes großes Haus.«

Seit die Tochter begonnen hatte, Männer zu empfangen, hatte sich das auf das Geschäft der Mutter ausgewirkt. Die Katzenknochen hatten schon seit Tagen den Sack nicht mehr verlassen. Denn die Frauen, die sonst die Wahrsagerkunst der alten Laguna in Anspruch nahmen, rächten sich an ihr dafür, dass sich ihre Ehemänner, Brüder und Söhne jetzt in Claras Gehöft austobten, in dieser Villa, die ausgestattet war wie ein Palast. Auch die Aufträge aus dem Dorf für die Anfertigung von Jungfernhäutchen oder die Zubereitung von Tränken gegen den bösen Blick waren versiegt. Nur hin und wieder kaufte ihr ein ahnungsloser Jäger ein Amulett ab. Wenn das so weiterging, prophezeite sie der Tochter, dann werde sie am Ende des Monats die Miete für das Haus nicht mehr zahlen können.

»Nehmt die restlichen Tiere und kommt zu mir.«

»Es wurde aber auch Zeit, dass du dich meiner erinnerst. Seit du dir in den Kopf gesetzt hast, eine Hure zu werden, machst du mir das Geschäft kaputt.«

»Kommt und helft mir bei dem meinem, Ihr werdet sehen, dass es gutes Geld abwirft.«

»Und wenn du auf deine alte Mutter hörst, kann es noch mehr abwerfen. Du brauchst für die vielen Männer ein paar zusätzliche Dirnen, ich werde dir welche besorgen. Denn bedenke auch, dass du in ein paar Monaten, wenn sich die Schwangerschaft bemerkbar macht, nicht mehr arbeiten kannst.«

Sie nahmen die Kochtöpfe, Flaschen und Büchsen mit den Zutaten für die Hexenküche, den Hausrat, die letzten Hühner und die Ziege und packten alles auf einen altersschwachen Wagen, den sie zur roten Villa zogen.

Die Hexe Laguna wohnte erst wenige Tage im Freudenhaus, als die Nachricht von Spaniens Niederlage im Krieg gegen die kubanischen Rebellen und die Vereinigten Staaten von Amerika kam, also der Verlust der letzten Kolonien, die dem Königreich noch geblieben waren. Darauf stieg sonntags der junge Pfarrer, noch von dem Schock bebend, auf die Kanzel, breitete die Arme aus wie ein Adler seine Flügel und hielt eine flammende Predigt über das Übel des Zuckers, der im Wesentlichen aus Kuba stammte und dessen Verwendung er in Kaffee und Süßigkeiten geißelte. Wer Glauben habe, so rief er, möge freimütig die Bitterkeit der spanischen Niederlage auf sich nehmen.

Als die Messe zu Ende war, löste sich endlich der erste Schnee vom Himmel. Die Straßen, der Platz, die Kirche, der Brunnen, der Friedhofshügel, die umliegenden Felder und Wiesen, die Pinienwälder, die Berge, die Ufer des Duero, alles verschwand unter der weichen Decke eines Schnees, der in unzähligen unbefleckten

Körnchen durch die Luft schwebte. Pater Imperio deutete den verspäteten Niederschlag als erneuten Schachzug des Teufels, der ihm Pulverschnee schickte wie kubanischen Zucker, nur um ihn zu demütigen. Darauf schloss er sich in der Kirchensakristei ein, weil ihn der Anblick der weißen, die kantigen Gebirgszüge weich zeichnenden Kruste und des so plötzlich im ewigen Schnee versunkenen Dorfes peinigte. Er weigerte sich herauszukommen, bis der Nachtfrost die Schneedecke verharschte und Menschen und Tiere sie mit ihrer Betriebsamkeit beschmutzt hatten. Da war der Schnee wieder Schnee, und Pater Imperio ging darin spazieren, um die toten Soldaten einzufrieren, die sich in seiner karibischen Erinnerung angesammelt hatten. Er wollte, dass die Leute aufhörten, ihn Pater Imperio zu nennen, aber niemand nahm Rücksicht darauf, dass er Juan Antonio hieß, und am Ende siegte die Gewohnheit.

Die Nachricht von Spaniens Niederlage und das Zuckerverbot des Pfarrers drängten den Skandal von der Ankunft zweier neuer Huren in der roten Villa in den Hintergrund. Die Männer ließen sich beim Kartenspiel in der Schenke mit ebenso viel Eifer über die Staatspolitik aus wie über die Reize der beiden Dirnen. Aber vor den Häusern saß niemand beim Tratsch, denn der nasskalte Schnee, die bitteren Nachspeisen und tristen Kaffeegenüsse brachten die Zungen zum Schweigen.

Die Hexe Laguna war stets stolz gewesen auf ihre praktische Ader, die auch ein Unglück, wie den Fluch, der die Familie geißelte, zum Guten zu wenden verstand. Als sie nun merkte, dass es ihr nicht gelang, der Tochter ihre törichte Rache auszureden, beschloss sie, auch daraus das Beste zu machen. Also stellte sie zwei Mädchen aus dem Nachbardorf ein. Tomasa und Ludovica waren arm, aber hübsch und gewillt, für ein warmes Bett, ihre Mahlzeiten und ein paar Münzen, damit sie sonntags ausgehen konnten, zu arbeiten. Von der immer zahlreicheren Kundschaft waren ihre Dienste bald durchaus begehrt, obwohl sie an die Beliebtheit der Hure mit den goldenen Augen nicht herankamen.

Weil die Landstraße das Dorf mit anderen Dörfern und mit der Provinzhauptstadt verband, fuhren täglich zahlreiche Kutschen und Karren an der Villa vorbei, und weil sich der Ruf des Bordells in Windeseile verbreitet hatte, machten viele Männer spontan Halt. Sie unterbrachen die Strapazen der Reise mit einem leidenschaftlichen Tag unter dem purpurnen Himmel oder in den Betten, die Clara für ihre neuen Freudenmädchen vom Dachboden geholt hatte.

Eines frühen Morgens, es war am letzten Tag jenes Jahres, drang plötzlich, von allen unbemerkt, ein Mädchen mit Knollennase in die rote Villa ein. Die Hexe wartete im Salon den Freiern auf, welche die Canapés belagerten, bis sie in die Zimmer hinaufgebeten wurden. Sie verteilte auf Wunsch Glühwein in dickwandigen Gläsern oder warf die Knochen ihres Katzenskeletts für die Gäste aus, die erfahren wollten, wie sich im neuen Jahr die Ernte und ihre Geschäfte entwickeln würden. Das duftende Feuerholz im riesigen Kamin wärmte die Wahrsagerei. Dann und wann drang aus dem oberen Geschoss ein langer Siegesseufzer oder das Quietschen eines alten Bettes zu ihnen herunter, das kurz davor war, vor Wonne in die Knie zu gehen.

Weil jemand vergessen hatte, von innen den Riegel vorzuschieben, schlüpfte das Mädchen mit der Knollennase durch die Küchentür ins Haus. Sie war hungrig und hatte versucht, eine Tomate vom Beet zu stehlen, doch war die vom Frost steinhart gefroren, und das Mädchen brach sich beim Hineinbeißen fast die Zähne aus. Da sie fror und die Tür unverschlossen fand, suchte sie Schutz in der Bordellküche, ohne an etwas anderes als das Wohlbefinden ihres nach Stute stinkenden Körpers zu denken.

Der Raum zappelte im trüben Licht zweier Öllampen. In der Mitte der Küche entdeckte sie auf dem Tisch einen Krug mit dampfendem Wein und mehrere Gläser. Sie nahm ein paar Schlucke, bis ihr die Kehle brannte und die Eiszapfen in ihren Brauen, ihren Schnurrbarthaaren und an ihrem Kinn knackend schmolzen.

Sie hörte Stimmen aus dem angrenzenden Wohnzimmer, beachtete diese aber nicht weiter, denn sie hatte soeben die Kaninchen erblickt, die einer der Freier als Bezahlung für die Dienste des Freudenhauses mitgebracht hatte, und beschloss, sie mit Knoblauch zu braten. Die nötigen Zutaten fand sie in der Speisekammer. Nachdem sie lustvoll in eine Zwiebel, mehrere Knoblauchzehen und einen Laib Brot gebissen hatte, begann sie, den Tieren das Fell abzuziehen, und lutschte sich beim Zerlegen das Blut von den Fingern. Dann machte sie im Eisenherd Feuer, setzte einen Bräter darauf und begann das Ganze zu schmoren.

Niemand hatte ihre Anwesenheit bemerkt, bis ein köstlicher Duft den Salon durchwehte und die wartenden Weintrinker und die Wahrsagerin verstummen ließ. Die Hexe Laguna begab sich, gefolgt von zwei Kunden, denen von dem herrlichen Geruch die Mägen knurrten, in die Küche. Da sahen sie das Mädchen im Halbdunkel der Öllampen hantieren und bekamen einen ordentlichen Schrecken.

Die Fremde rührte indes unbeirrt weiter in ihrem Topf, als wäre nichts geschehen. Sie hatte nicht nur eine Knollennase, ihr Gesicht war außerdem übersät von blauen Flecken, die Augen waren grün und schmal, das Haar kurz und dunkel mit breiten Koteletten, die in einen ausgeprägten Damenbart mündeten. Sie war nicht aus dem Dorf, und als die Alte sie fragte, wer sie sei und was sie in ihrer Küche zu suchen habe, löste sich aus der Kehle des Mädchens ein ganzer Schwall von Grunzlauten und abgehackten Worten, denen leidlich zu entnehmen war, dass sie Bernarda hieß und ein Kaninchen mit Knoblauch kochte.

Sie trug ein zerschlissenes Samtkleid und zerlöcherte, vom Schnee durchweichte Stiefel. Als die alte Laguna sich ihr näherte, ging das Mädchen in die Hocke und hob die Arme schützend über den Kopf.

»Wer hat dich denn so zugerichtet?«, fragte einer der Freier sie.

Das Mädchen fuchtelte mit ihren breiten Händen herum und stammelte weitere Worte, die diesmal aber niemand verstand.

»Du bist von zu Hause weggelaufen, weil sie dich geprügelt haben, stimmt's?«, fragte der zweite Kunde.

Der Stutengeruch, der von ihrem Körper ausging, verstärkte sich, aber sie blieb stumm.

»Ganz gleich woher du kommst, du scheinst dich aufs Kochen zu verstehen. Sobald das Kaninchen fertig ist, will ich einen Teller haben«, sagte der erste Freier.

»Ich auch«, fiel der andere ein.

»Dann steh auf und mach das Kaninchen fertig«, befahl ihr Claras Mutter.

Darauf verband sich Bernarda, von einer Freude beseelt, die keiner so recht nachvollziehen konnte, die Augen mit einem Geschirrtuch und begann mit dem Kochlöffel zu jonglieren. Diesen tauschte sie alsbald durch ein Messer aus, und schließlich hackte sie vor den erschrockenen Augen der Hexe und der beiden Kunden, blind wie sie war, eine winzige Knoblauchzehe, ohne dass die Schneide ihre Finger auch nur berührte. Sie war im Begriff, den Knoblauch in den Topf zu geben, da bückte sie sich unversehens, verharrte einen Moment reglos und lauschte, um dann das Messer auf eine Maus zu schleudern, die gerade in die Speisekammer floh, und sie in der Mitte aufzuspießen.

»Wer zum Teufel ist diese Frau?«, ließ sich in diesem Moment Clara Laguna vernehmen, die vergeblich oben auf den nächsten Freier gewartet hatte und schließlich dem Essensgeruch gefolgt war.

Das Mädchen nahm das Geschirrtuch von den Augen, und der Anblick der Prostituierten mit den goldenen Augen, dem orangefarbenen Negligé, den bis zum Po fließenden offenen Haaren und den von der Schwangerschaft geschwollenen Brüsten unter dem Tüll beeindruckte sie so tief, dass er sich ihr für alle Zeiten unauslöschlich einprägte. Grunzlaute ausstoßend, nahm sie ein paar Zwiebeln vom Tisch und begann, diese durch die Luft zu wirbeln, bis Clara ihr Einhalt gebot.

»Hier bleib ich«, stammelte Bernarda und verschlang die Zwiebeln mit einem unbändigen Appetit.

Seit jenem Abend sollten mehr als zwei Jahre vergehen, die Bernarda als Köchin im Bordell diente, ehe sich die anderen auf ihr Grunzen und Stammeln einen Reim machen konnten und erfuhren, dass ihr Vater aus der Kartoffel, die in ihrem Gesicht stand, Gewinn geschlagen und die Tochter an einen Zirkus verkauft hatte. Damit war klar, wo sie ihre Kunststücke herhatte und den Spaß am Jonglieren mit Obst und Gemüse und Gegenständen aller Art. Aber dort endeten Bernardas Fähigkeiten beileibe nicht, denn sie war eine begnadete Köchin. Ihre Küche wurde so berühmt, dass sie ebenso viele Kunden anlockte, die vor oder nach dem Liebesspiel einen ordentlichen Teller davon verschlangen, wie Claras fleischliche Fertigkeiten unter dem purpurnen Baldachin. Jedenfalls glückte ihr die Kommunikation mit der Außenwelt sehr viel besser durch ihre Kochkunst als mit den Grunzlauten und ihrem Gestammel.

Darüber hinaus besaß sie eine beeindruckende Fähigkeit im Umgang mit Tieren, die zahm wurden, sobald Bernardas Hände sie berührten. Deshalb wurde ihr Aufgabenfeld bald erweitert, denn mit zunehmendem Erfolg des Bordells füllte sich der Hof nach und nach mit Hühnern und der angrenzende Stall mit Schafen und Ziegen und sogar mit einigen Pferden, die vor Freude wieherten, wenn sie den Stutengeruch wahrnahmen, der Bernardas Körper wie eine unsichtbare Glocke umgab.

Es mussten ein paar weitere Jahre ins Land gehen, ehe herauskam, dass sie aus Soria stammte und ohne Mutter aufgewachsen war. Dass sie aus dem Zirkus Reißaus genommen hatte, weil sie dort geschlagen wurde, war schon bekannt, aber nun erfuhr man endlich, dass es der Raubtierdompteur gewesen war, der sich aus Langeweile betrank, sie verprügelte und sie zum Vergnügen am Bart zog.

Was jedoch schon wenige Tage nach ihrer Ankunft feststand, war, dass Bernardas schlichtes Gemüt, das sie im Übrigen immer behalten sollte, nicht auf ihre Schüchternheit zurückzuführen war und auch nicht auf die Stockschläge des Dompteurs, sondern darauf, dass ihr Verstand von Geburt an irgendwo zwischen Himmel und Erde steckengeblieben war. Sie wurde in der Schlafkammer neben dem Vorratsraum untergebracht, mit einem Strohsack auf dem blanken Fußboden. Wenn sie sich abends auszog, verbreitete sich ihr Geruch im ganzen Haus, kroch über die Treppe nach oben und schleuste sich heimlich in Claras Zimmer ein, wo sie ihn im Traum wahrnahm und das Kind sich in ihrem Leib drehte.

Kapitel 4

Bis zum Einbruch des Winters war niemandem im Dorf aufgefallen, wie sich das Grundstück der roten Villa dem Klima und den Jahreszeiten entzog. Die ersten Vorboten dieser Eigentümlichkeit waren die Margeriten gewesen, die zwischen den Steinplatten des Weges ihre Köpfe reckten, sobald Clara das Haus bezog, und deren robuste Blütenstände seitdem nicht aufgehört hatten auszuschlagen; nicht einmal während der kalten Jahreszeit, als sie sich durch Schnee und welkes Laub hindurch weiter ausbreiteten, um die Erde und auch diesmal Claras Träume zu bewohnen. Inzwischen quoll der Garten der roten Villa über von Blumen, Bienen und Grashüpfern.

Ab dem sechsten Monat ihrer Schwangerschaft empfing Clara keine Freier mehr, sondern schickte die Mutter los, einen Ersatz für sie zu suchen, während sie nichts anderes tat, als auf die Geburt ihrer Tochter zu warten. Sie schob das Bett unter das Schlafzimmerfenster, das vom Gerüst des Purpurhimmels eingerahmt wurde. Mit ihrem gewölbten Bauch ließ sie sich darauf nieder und verbrachte die Zeit damit, den Steinplattenweg zu beobachten. Sie stellte sich den Anbruch des Herbstes vor und mit ihm den andalusischen Gutsbesitzer, wie er mit seinen Stiefeln auf die Margeritenstauden trat, seinen festen Gang, seinen gefüllten Patronengürtel an der Hüfte, seine Augen wie zwei eisige Oliven, sein Umhang auf dem Rücken und sein gelocktes, öliges Haar. Wie er so über den Weg kam, sang er ein Liebeslied, um ihr seine Ankunft kundzutun, dann einen frommen Gesang, damit sie ihm vergab.

Jener Weg wurde das Erste, was Clara sah, wenn sie morgens die Augen aufschlug, und das Letzte, bevor sie einschlief. Aber ihre Vision setzte sich im Traum fort, und beim Aufwachen rochen ihre Haare nach Blumen, wie in der Zeit, als sie den Gutsbesitzer zum roten Gehöft mitgenommen hatte – mit dem Unterschied, dass die Margeriten ihre Knospen nicht mehr aus ihren rotblonden Strähnen hervorstreckten, sondern aus der Erde des gewundenen Weges.

Eines Morgens, im siebten Monat ihrer Schwangerschaft, glaubte sie, mit noch schläfrigem Blick die Gestalt eines Mannes zu erkennen, der sich auf die Haustür zubewegte. Sie wischte sich die Augen. Kein Schlaf sollte ihre Hoffnung trügen, dass er ins Dorf zurückkehrte, sogar eher als versprochen, denn das Frühjahr hatte soeben erst die Flinte angelegt. Doch der Mann trug keine Stiefel und keine Reithosen, auch keinen Umhang und kein Öl im Haar, seine Hose war schwarz und ausladend, die Stiefel grob, es waren vielmehr wollene Stulpen, in die Jacke hätte er zweimal hineingepasst, und den Hals darüber bedeckte ein Kollar, ein schneeweißer Stehkragen, der verriet, dass er sein Leben Christus geweiht hatte – es war Pater Imperio. Clara brach in Tränen aus.

Der Pfarrer betätigte den Türklopfer, worauf ihm die alte Laguna öffnete. Im ersten Moment fragte er sich, ob der Teufel in der blinden Pupille jener Alten lauerte, die nicht aufhörte, nach Hexenwerk zu stinken, und bekreuzigte sich vorsichtshalber im Geiste.

»Was für eine Überraschung, kommt herein.«

»Ich werde hier stehen bleiben.«

Pater Imperio hatte sich vorgenommen, niemals einen Fuß über jene Schwelle zu setzen.

»Aber Ihr werdet mir doch wenigstens sagen, was Euch herführt?«

»Ich möchte Clara sehen.«

»Sie ruht, Pater, und das braucht sie auch, weil sie in anderen Umständen ist.«

»Ich habe im Dorf davon gehört. Dann werde ich warten. Sagt ihr, dass ich ihr gerne etwas geben würde.«

»Aber sie ist noch nicht auf den Beinen, und es kann Stunden dauern, bis sie herunterkommt. Sie schläft viel, wie das bei schwangeren Frauen eben ist.«

»Ich bin schon auf, Mutter, lasst nur, ich werde mich um ihn kümmern«, rief Clara Laguna, als sie in der Eingangsdiele mit den roten Tonfliesen erschien. Ihre Augen waren vom Weinen gerötet, das Haar zerzaust, und ihr Bauch wölbte sich unter dem Musselinkleid aus der *Entführung aus dem Serail.*

Die Hexe Laguna ging in die Küche frühstücken.

»Sagt geschwind, was Ihr von mir wollt, und dann geht wieder. Ich will nichts mit Gott zu tun haben, bis der Tod an meine Tür klopft.«

Der Pfarrer hielt eine Bibel mit violettem Einband in der Hand und fixierte diese mit gesenktem Blick.

»Ich bin gekommen, Euch das zu geben«, sagte er und reichte ihr die Bibel. »Ihr solltet nicht lange warten.«

»Sehe ich aus, als könnte ich lesen, Pater? Wie sehr ihr Männer euch doch darauf versteift, dass wir Frauen gebildet sein müssen. Glaubt Ihr denn, er hätte mich verlassen, wenn ich imstande wäre, dieses Buch zu entziffern?«

»Wenn Ihr nicht lesen könnt, dann werde ich es Euch vorlesen. Morgen um dieselbe Zeit komme ich wieder. Ich erwarte Euch im Garten, kommt dann angekleidet heraus«, erwiderte er mit einer Entschlossenheit, die ihm während seiner Zeit im Dickicht des Urwalds das Leben gerettet hatte. Pater Imperios Augen, jene schwarzen Augen, in denen Clara in einer Winternacht Trost gefunden hatte, durchbohrten das Mädchen mit Blicken. Sie schwieg, während eine leichte Frühlingsbrise zur Tür hereingeweht kam.

Am Nachmittag wanderte sie im Gemüsegarten umher, zwischen Salatbeeten, Tomaten und Kürbissen; zwischen Obstbäumen, Hortensien und Klatschmohn, dessen Blüten die Qualen ihres bekümmerten Herzens nur noch verstärkten. Ihr verlangte nach der nackten Strenge des Winters und der Einsamkeit des Adlers, aber das Kind in ihrem Bauch war anderer Meinung und hüpfte freudig herum. Das Summen der berstenden Natur und das explodierende Grün der Zweige, die noch vor kurzem wie Lanzen gegen den Wind gefochten hatten, durchbohrten sie wie Pfeilspitzen. Doch das Schmerzhafteste, das, was sie dem fruchtbaren Boden der roten Villa niemals verzeihen würde, war die Fülle der in allen Farben schwellenden Knospen des Rosengartens.

Nie mehr hatte sie jene Pfade betreten, wo sie geliebt hatte, wo sie glücklich gewesen war, und wo eine gelbe Rose sie verraten hatte und welken würde wie sie; wo deren weiße, blaue und rote Schwestern so groß geworden waren, dass ihre Blütenblätter wie Zungen über ihren Kummer zu lästern schienen.

Sie hasste jenen Ort, der ihre Hoffnung genährt und dann zunichtegemacht hatte, so sehr, dass sie befahl, den Durchschlupf in der Steinmauer, wo sie mit dem andalusischen Gutsherrn ein und aus gegangen war, zu schließen. Zudem verbot sie Bernarda, ihrer Mutter und den beiden neuen Dirnen, den Rosengaren zu pflegen. Ja, sie errichtete im Eingangsbogen sogar eine Sperre mit Schubkarren, womit sie die streunenden Hunde, die sich darin versteckten, zu einem duftenden Tod verurteilte oder zumindest dazu, sich bei der Flucht auf den von Dornen überwucherten Pfaden das Fell wund zu reißen. Der Rosengarten sollte verrotten, vertrocknen, verwildern.

Nachts erbrach Clara Pollen und wurde von Alpträumen gepeinigt, die nach Seife, nach Rasierwasser und Salben rochen, bis sich ihre Unruhe unter einem schwarzen Umhang, der aussah wie eine Soutane, legte und sie in einen traumlosen Schlaf sank.

Wie angekündigt erschien Pater Imperio auf seinem Maulesel und im Kollar, das seinem von tropischen Falten durchfurchten Gesicht Würde verlieh, vor der roten Villa. Vom Schlafzimmerfenster aus erspähte Clara seinen plumpen Gang zwischen den Margeriten und bat ihre Mutter, ihn unter dem Vorwand fortzuschicken, dass sie unpässlich sei. Ich habe keine Zeit für Rettungsversuche, dachte sie, nur für meine Rache. Sie bürstete sich das Haar, während sie zusah, wie die Alte dem Pfarrer die Nachricht überbrachte und wie er, anstatt zu gehen, auf der Steinbank unter der Kastanie

Platz nahm und über den violetten Deckel eines Buches strich, das Clara als heilig erahnte.

»Er sagt, er geht nicht. Der Mann ist so stur wie das Maultier, das er reitet.«

»Ich sehe es.«

In einem von der Mutter geliehenen Kleid, weil ihre eigenen Bauch und Brüste kaum noch verhüllten, ging Clara in den Garten hinunter. Die Vögel trällerten ihr zu laut, der Himmel war ihr zu blau und die Luft zu lau. Pater Imperio erhob sich von der Bank, als er sie kommen sah.

»Ihr solltet wissen, dass Ihr Euch im Garten eines Freudenhauses befindet.«

»Ich befinde mich in einem von der Natur und damit auch von Gottes Güte gesegneten Garten«, wie jedes Mal, wenn er Clara in die Augen sah, durchzuckte es Pater Imperio, und er fragte sich, ob hinter diesem betörenden Blick nicht das Fegefeuer loderte.

Sie ließ sich an einem Ende der Bank nieder, er am anderen, und die steinerne Lücke zwischen ihnen war so groß, dass die Gefahr sich zu berühren gering war.

»Ich würde Euch gerne einen Abschnitt aus der Bibel vorlesen, damit Ihr versteht, warum ich hier bin und was ich Euch sagen möchte«, begann er, und seine schweißnassen Hände klebten am Einband.

»Jemand hat mir einmal von Euren Predigten in der Kirche erzählt und mich aufgefordert hinzugehen, um Euch zu hören. Ich bin neugierig zu erfahren, was Ihr eigentlich erzähltet.«

Pater Imperio legte die Bibel neben sich auf die Bank. Er nahm einen tiefen Atemzug, und dann begann er von einer fernen Insel mit Namen Kuba zu erzählen, von Soldaten, die über das Meer bis dorthin gefahren waren, um den Ruhm eines Imperiums zu verteidigen.

Clara hielt den Blick zunächst gesenkt und starrte auf die wilden Blumen, die sich unter ihren Füßen ausbreiteten, doch mit fortschreitender Schilderung hob sie den Kopf und sah ihn erst aus dem Augenwinkel an, dann wandte sie ihm den Oberkörper zu und schaute ihm direkt ins Gesicht. Sie hatte nie auf seine Lippen geachtet, die schmal waren, in einem Mundwinkel eine sternförmige Narbe trugen und jetzt ganz und gar in seinen Erinnerungen aufgingen: Pater Imperio in Soldatenuniform, der Hals schmutzstarrend und im Kollar, das Herz überquellend vom wahren Glauben, marschierte er mit einem Bataillon durch die Sümpfe, in denen sich die Rebellen versteckten; Wollbäume und Palmen hingen voller Feinde und in der Ferne lag der weiße Strand.

Die Augen des Pfarrers waren nicht mehr schwarz, sie waren jetzt blau wie die Karibische See. Man hörte Schüsse und roch den Tod. Im Garten der roten Villa fielen die ersten Soldaten, ihr Blut befleckte den Steinplattenweg und die Margeriten, das Pulver zerstob im Pollenflug, die Krokodile krochen hinter der Kastanie hervor, das Weihwasser aus der Feldflasche benetzte die Stiefel des Pfarrers, Claras Füße, die Stirn eines gefallenen Soldaten. Es war ein Hinterhalt. Die Mittagshitze bestürmte die rote Villa, so dass er das Kollar lockerte und das Mädchen die Narbe auf seinem Hals entdeckte, die seine Gurgel von einer Seite zur anderen zerschnitt.

»Ich komme an einem anderen Tag wieder, um Euch ein paar Gleichnisse aus der Bibel vorzulesen.«

Er ergriff das Heilige Buch und erhob sich von der Bank, sein Mund war trocken. Der ans Tor gebundene Maulesel wurde schon unruhig.

»Kommt, solange man Euch lässt.«

»Oder bis Ihr zur Einsicht gelangt und kommt, meine Predigten zu hören, wo man sie hören soll – in der Kirche.«

»Ihr habt Euch Gott verpflichtet, ich meiner Rache.«

»Ihr seid noch sehr jung und erwartet ein Kind.«

»Aber ich habe keine Seele mehr, Pater. Die Liebe hat sie mir geraubt, der Fluch meiner Familie hat sie mir gestohlen.«

»Das ist nicht wahr, Eure Seele gehört Gott.«

Er wollte noch sagen, dass er die Seele finden würde, die sie verloren wähnte, schwieg dann aber. Sie gaben sich weder die Hand, noch berührten sie sich auf andere Weise, vielmehr verabschiedeten sie sich mit den Augen, dann ging der Pater, umgeben von der gleichen Einsamkeit wie das Mädchen, zu seinem Maulesel.

Es dauerte eine Weile, ehe er wieder zur roten Villa hinausgeritten kam. Clara bemühte sich, nur an ihn zu denken, wenn die Schmerzen des Fluchs ihr unerträglich wurden. Dann legte sie ihn wie Balsam, wie eine Arznei aus schwarzen Blicken, auf ihren Kummer. Sie suchte andere Beschäftigungen, um sich die Zeit bis zur Niederkunft zu vertreiben, und fand Gefallen daran, ins Dorf zu gehen. Aber nicht, um mit einem Krug in der Hand und der Erinnerung an einen Mann, der gewiss schon einer anderen gehörte, Wasser zu holen, wie sie es vor ihrem Umzug gemacht hatte – zumal sich neben dem Gemüsegarten ein Brunnen mit frischem Wasser befand, der nie versiegte. Nein, sie fand Gefallen daran, ins Dorf zu gehen, um ihre Schwangerschaft auf dem Platz und in den Gässchen bei den alten Klatschweibern zur Schau zu stellen. Sie wollte, dass über sie geredet wurde, über die verfluchte Laguna-Sippe, die nicht etwa ausstarb, sondern immerfort in Schande mit Töchtern geschwängert und sitzengelassen wurde. Wenn der Fluch ihr die Seele geraubt hatte, würde sie dem Dorf eben die Männer rauben.

Wenn sie ganz dicht an der Kirchentür vorbeikam, vergaß sie zuweilen für einen kurzen Augenblick ihren Namen, ihre Sippe und ihr Unglück, und hatte das Verlangen, den heiligen Raum zu betreten, auf der Kirchenbank zu sitzen und zu sehen, wie Pater Imperio auf der Kanzel die Flügel seines Talars ausbreitete, die Predigten von seinen Lippen fließen und ihr Gold in seinen Augen schimmern ließ.

Die Abstände zwischen ihren Spaziergängen wurden immer größer, denn Mitte Mai war ihr Bauch so dick, dass sie die Entfernung von der roten Villa ins Dorf nicht mehr zu Fuß bewältigen konnte. Ihre Mutter, die ein Interesse daran hatte, dass sie ihren Kundinnen nicht weiter vor der Nase herumspazierte, überzeugte sie davon, ihr wieder beim Hexengeschäft zur Hand zu gehen. Dieses hatte bei der Eröffnung des Bordells zwar gelitten, erlebte derzeit aber einen Aufschwung, denn die Männer warfen durchaus mal einen neugierigen Blick in die Zukunft, während sie im Salon auf die fleischlichen Lüste warteten. Auch den Frauen fehlten die Wahrsagerei und die Tränke gegen den bösen Blick, den der Dorfneid verursachte, so dass sich die Hexe Laguna den Umstand zunutze machte, dass Clara sich um die Wartenden kümmerte, um an einigen Abenden mit dem Katzenskelett auf dem Rücken ins Dorf zu ziehen.

Bernarda passte es nicht, dass die blinde Alte die Küche vereinnahmte, sämtliche Feuerstellen belegte und dann in ihren rußgeschwärzten Töpfen Heilsuppen und Tinkturen kochte. Sie beschwerte sich knurrend, sie habe keinen Platz für ihre Schmorgerichte, kratzte sich an der Knollennase und zupfte zornig an ihren Barthaaren.

»Halt den Mund, Kind, du führst dich ja auf wie ein angestochenes Wildschwein. Hier ist genug Platz für uns beide, die Küche ist doch groß«, belehrte sie die Alte.

Darauf zog sich Bernarda eingeschnappt auf ihren Strohsack zurück, doch kaum kam Clara und ging der Mutter zur Hand, da erwachte plötzlich ihr Interesse an der Hexenkunst, am Zwirn und an den Nadeln für versehrte Jungfernhäutchen.

»Herrin, liebe Herrin«, schnurrte sie dann, während sie die Messer schliff und auf Hochglanz brachte, damit Clara Eidechsen, Frösche und kleine Nagetiere zerlegen konnte. Sie wich ihr nicht von der Seite und beobachtete scharf, wie sie die Tiere zerteilte, um sie haltbar zu machen oder in einen Topf zum Kochen zu geben. Und als die Herrin wegschaute, steckte sie flink ein Stück Fleisch in den Mund, nachdem Clara es berührt hatte, denn die Liebe ging für das Mädchen buchstäblich durch den Magen.

»Mutter, habt Ihr den Eidechsenschwanz hier weggenommen?«, fragte Clara.

»Wieso sollte ich. Und lenk mich nicht ab, sonst verwechsle ich noch die Kräuter.«

»Und du, Bernarda?«

Mit offenem Mund, Zähne und Zahnfleisch blutverschmiert, grinste diese sie breit an, während sie die von der vergötterten Berührung geadelte Zutat verspeiste.

»Kriegst du denn bei uns nicht genug zu essen? Die Tiere sind für die Zaubertränke, du dummes, ungehobeltes Ding!« Clara gab ihr einen Klaps auf den Hinterkopf.

Immer noch grinsend lief Bernarda in ihre Kammer und hielt sich mit einer Hand genau die Stelle, wo die Herrin sie gemaßregelt hatte.

»Komm raus aus deiner Höhle und Schluss mit diesem Theater!«, schrie Clara hinter ihr her.

Aber Bernarda versteckte sich und säbelte mit dem Taschenmesser die Strähne vom Kopf, wo der Schlag sie getroffen hatte, dann verschlang sie diese gierig mit einem Stück Gemüse oder Obst aus der Speisekammer. Jeder andere Magen hätte sich unter schrecklichen Schmerzen gewunden, Bernardas Verdauung indes war imstande, ausnahmslos alles ohne die geringsten Beschwerden zu verwerten, was vom Tisch ihrer geliebten Herrin abfiel.

»Fang jetzt an, das Abendessen für die Señores vorzubereiten«, befahl Clara ihr, als die Köchin nach gestillter Lust wieder in der Küche erschien. »Und lauf nicht andauernd hinter mir her!«

Mit einem gebrummten Einverständnis begann Bernarda einen Hahn zu rupfen und einen Hasen auszunehmen, blieb aber so nah wie möglich bei ihrer Herrin, um ja nicht zu verpassen, welche Ingredienz die Angebetete berührte.

Das Aroma der Zaubersuppen von der Hexe Laguna verbreitete sich immer öfter in der roten Villa. Es schwebte über der Arbeitsplatte aus Gips, an der sich Clara zu schaffen machte, hing über dem Tisch in der Küchenmitte, wo Bernarda die Tiere für das Essen ausnahm, und kräuselte sich mit dem Blutdunst um die Knoblauch- und Zwiebelzöpfe an den Wänden, es drang in die Geschirrschränke ein und umspielte den Esstisch, an dem die Freier ihr Abendessen verspeisten.

Wenn Bernarda sich unbeobachtet wusste, griff sie in die Töpfe, nahm die Zutaten heraus, die durch die Finger ihrer Herrin gegangen waren, und hortete sie eifersüchtig, um sich später selbst etwas daraus zuzubereiten. Gewöhnlich genehmigte sie sich den Festschmaus, ohne große Umstände, aber manchmal machte sie sich die Mühe, die gestohlenen Ingredienzien durch Ähnliches zu ersetzen, dem es jedoch an Claras geheimem Hautkontakt mangelte. Auf diese Weise wurden aus den Heiltränken gegen den bösen Blick mit einem Mal Mixturen gegen Migräne oder den ersten Liebeskummer.

Die Glaubwürdigkeit der Hexe Laguna litt durch diese, ihr selbst unerklärlichen Ausrutscher einigen Schaden, bis die Alte eines Tages Verdacht schöpfte und die Gier der Köchin ins Visier nahm. Sie spionierte ihr nach und überraschte sie beim Stehlen von Froschschenkeln. Daraufhin schlug sie Bernarda so hart mit dem Ochsenziemer, dass sie nie wieder die Hand in einen Kochtopf steckte und sich fortan damit begnügte, die von Clara berührten Küchengeräte mit Tomaten oder Brei einzuschmieren und dann genüsslich abzuschlecken, denn ein Nudelholz oder einen Mörser hätte ihr Magen dann doch nicht vertragen.

Einen weiteren Zeitvertreib fand Clara darin, sich um die Schönheit der drei Prostituierten in ihrem Dienst zu kümmern. Die zuletzt eingetroffene Dirne aus einem nahegelegenen Dorf war die Tochter eines Schafhirten und brachte die Angewohnheit mit, sich ein flauschiges Stück Wolle hinter die Ohren zu klemmen. Sie empfing ihre Freier nach Viehweide riechend und mit solchen Segelohren, dass sich sicher nur wenige gefunden hätten, um sich mit ihr zu vergnügen, wären da nicht ihre Brüste gewesen, die, einer Amme würdig, unter dem Morgenmantel wogten. Clara kontrollierte ihre Ohren, ehe sie das Mädchen in den Salon schickte, und zog ihr die Negligés und Maurenhosen an, um ihren Teint und ihre Haarfarbe besser zur Geltung zu bringen. Widersetzte sich die Kleine, dann behielt Clara einen Teil ihres Sonntagsgeldes ein oder traktierte ihr die Segelohren mit dem Ochsenziemer.

Obwohl Clara etwa im gleichen Alter war wie ihre Mädchen, besprach sie nie etwas anderes mit ihnen als die Belange des Bordells, die Verteilung der häuslichen Pflichten und ihre Ideen, um die Kunden zufriedenzustellen. Es war ihr Geschäft und ihre Rache, für Freundschaften oder Unterhaltungen bot es keinen Platz, dafür traf sie einmal im Jahr die toten Ritter, die sie besser verstanden als jeder andere. Dennoch war sie manchmal eifersüchtig auf die enge Vertrautheit zwischen Ludovica und Tomasa und fragte sich, wie es wohl sein mochte, einen lebendigen Freund zu haben, mit dem man Freud und Leid teilen konnte.

Eines Tages beschloss sie, Bernarda die Koteletten und das Zirkusbärtchen abzurasieren. Obwohl die Köchin nicht die Freier bediente, kam es vor, dass der eine oder andere die Küche betrat, um einen Blick in die Töpfe zu werfen, und wenn er sie im Halbschatten der Öllampen stehen und sich am Bart zupfen sah, fuhr er ordentlich zusammen. Bernarda schrie und sträubte sich wie ein Schwein, das zur Schlachtbank geführt wird, als Ludovica und Tomasa sie zu dem Schemel auf der Veranda brachten, die sich auf der Rückseite der roten Villa befand, und die Hexe Laguna mit einem Rasiermesser, einer Schüssel Wasser und einem Stück Seife anrückte.

»Halt den Mund, wir schneiden dir doch nicht die Kehle durch!«, brüllte sie die Köchin an und verdrehte dabei die blinde Pupille.

Erst als Clara erschien, beruhigte sich Bernarda, ließ sich von ihr ein warmes Handtuch auf das Gesicht legen, dann die Wangen einseifen und rasieren, während sie die warme Frühlingssonne genauso gierig aufsaugte wie die Nähe, die Berührung und den Atem ihrer Herrin.

Von diesem Tag an fuhr sich Bernarda in einem fort mit den Händen über das Gesicht und suchte nach einem Härchen, das sie erneut in den Genuss der samtigen, nach Korn duftenden Haut bringen könnte, nach der sie sich verzehrte.

»Herrin, Herrin, Herrin«, rief sie und deutete, nach einer weiteren Ration Liebe lechzend, auf ihre stachelige Oberlippe.

»Noch nicht, Bernarda, es muss noch mehr sein.«

»Es piekst, es piekst«, jammerte sie, indem sie sich die Pausbacken kratzte und die Lippen schürzte.

»Dann kratz dich eben und stell dir vor, es wäre einer der vielen Flöhe, die du ohnehin hast.«

Bei einer dieser Rasuren auf der Veranda erinnerte Clara der Stutengeruch der Köchin mit einem Mal an die Ausritte mit dem andalusischen Gutsherrn. Augenblicklich wurde sie von einer unerträglichen Sehnsucht überwältigt, so dass ihr das Messer in der Hand zu zittern begann. Ohne sich recht zu besinnen, begann sie Bernarda von jenem Galopp zwischen Pinien, Felsen und Buchen zu erzählen, der in einer Talsohle geendet hatte, mit einem regennassen Kuss im Schatten der Steineichen. Die Köchin überliefen Glücksschauer bei diesem Redeschwall, zumal jeder Tadel und jeder Befehlston verschwunden waren und Claras Stimme nunmehr von Vertrautheit und Nähe überfloss. Da sie keine Ahnung hatte, wie sie sich diesen köstlichen Klang einverleiben sollte, den man weder sehen noch anfassen konnte, war sie zutiefst überrascht von der Feststellung, dass etwas, was man nicht essen konnte, solch selige Empfindungen in ihr zu wecken vermochte.

So kam es, dass Clara Laguna wusste, mit wem sie ihre Bedrängnis und ihre Erinnerungen teilen konnte: Bernarda lauschte ihr fortan voller Andacht bei der Rasur – weil Clara sie nur bei dieser Gelegenheit ins Vertrauen zog –, unterbrach sie nie, weinte, wenn ihre Herrin weinte, lachte, wenn ihre Herrin lachte, und schnaubte vor Wut, wenn ihre Herrin zornig war.

»Kein Wort zu niemandem von dem, was ich dir erzählt habe, oder ich peitsche dich mit dem Ochsenziemer aus, verstanden?«, warnte Clara sie.

»Schhhh!«, machte die Köchin, legte den Finger auf den Mund und grinste.

Anfang Juni 1899 kam in dem Himmelbett Claras Tochter zur Welt. Bernarda, die es gewohnt war, den Schafen bei der Geburt der Lämmer zu helfen, zog der Herrin das Kind aus dem Körper, während sich diese vor Schmerz die Seele aus dem Leib schrie und zwischen Presswehen und Stöhnlauten ihren Racheschwur wiederholte. Clara nannte die Kleine Manuela, die, kaum auf der Welt, schon die blutverschmierten Fingerchen in den Mund steckte und damit von Geburt an den rohen Appetit bewies, der sie zeitlebens beherrschen würde.

Die Entbindung einer weiteren Laguna-Frau galt im Dorf als Ereignis, das den Fluch der Sippe verbürgte. Die Alten in den Stuhlreihen, die ihre schwarze Kleidung sommers gegen etwas Helleres eintauschten, weideten sich am Stigma der Neugeborenen, weil die Mutter sie in einem Bordell zur Welt gebracht hatte. Sie erdreisteten sich sogar, ihr, abgesehen von einer solchen Geburt, eine noch größere Schande zu prophezeien. Die Jüngeren fragten sich dagegen, ob der Vater wohl käme, um den Bastard zu sehen, ob sie ihn mit seinen öligen schwarzen Locken und der Flinte über der Schulter je wieder zu Gesicht bekämen. In der Schenke begossen die Männer die Nachricht mit ein paar Gläsern Anisschnaps und rauchten dazu ihre filterlosen Zigaretten. Die Laguna mit den bernsteinfarbenen Augen hatte die ihr bestimmte Tochter geboren und würde sie nun bald wieder in ihren Hosen und Kitteln aus dem Morgenland empfangen.

Pater Imperio sprach in der Julihitze erneut bei der roten Villa vor. Wenn er sich vorgenommen hatte, um jeden Preis die Mutter zu retten, musste er auch über das geistliche Wohl der Tochter wachen, und der erste Schritt dazu war eine christliche Taufe. Er band den Maulesel an den Pfosten. Clara sah ihn von ihrem Fenster aus melancholisch zwischen den Margeriten über den Steinplattenweg kommen. Die glühende Hitze, die den Landstrich belagerte, erinnerte ihn an die Tage im Bataillon, der Glaube und die Moskitos an die Niederlage und seine Verbannung in dieses Dorf voller grober Seelen. Beim letzten Besuch der Villa hatte er Clara wenige Tage vor der Entbindung von der Heilerin erzählt, die ihn im

Urwald aufgelesen und mit Pflastern kuriert hatte, und die – aber das behielt er für sich – die gleiche Augenfarbe hatte wie die Hure. Der Pfarrer nutzte an jenem Tag Claras gute Verfassung, um ihr einige Gleichnisse aus der Bibel mit dem violetten Einband vorzulesen und ihr ein Bildchen der heiligen Pantolomina de las Flores zu schenken, das Clara erst ans Herz drückte und dann in den Büstenhalter schob.

Der in seiner Soutane vor Hitze fiebernde Pfarrer hatte den weißen Stehkragen gelockert, die Grillen zirpten, die Sonne blendete und, bis auf den Hauch seiner Worte, stand die Luft über der Steinbank unter der Kastanie.

»Ich werde meine Tochter taufen lassen, sobald ihr Vater kommt«, erklärte Clara.

Die schwarzen Augen des Pastors wurden stechend.

»Und wann soll das sein, wenn Ihr es denn wisst?«

»Im Herbst, es dauert nur noch wenige Monate.«

»Und wenn er nicht kommt? Denn wer sagt Euch, dass er es tut?«

»Ein Versprechen.«

»Die Versprechen von Männern seines Schlages gelten nichts. Euer Geliebter wird nicht zurückkommen, Clara.«

»Wie könnt Ihr es wagen, so etwas zu behaupten? Wer nicht zurückkommen sollte, seid eher Ihr mit Euren Predigten und Euren Gleichnissen. Denn meine Rettung besteht ganz allein darin, meine Rache in den Augen des Mannes gespiegelt zu sehen, den ich immer noch liebe.«

Er erhob sich von der glühenden Bank, die freiliegende Narbe am Hals leuchtete als rote Furche, und die Grillen zirpten laut.

»Geht nur, ja, ich will nicht, dass Ihr mich mit weiteren Rettungsversuchen von meinem Plan abbringt«, stieß Clara hervor, indes Tränen und Vorwürfe ihr die Kehle zuschnürten.

Pater Imperio ging über den Steinplattenweg zu seinem Maultier, stieg auf und ritt davon.

»Bernarda! Bernarda!«, rief Clara.

Die Köchin rupfte gerade ein Huhn, als sie die Herrin nach ihr rufen hörte. Sie ließ das leblose Tier fallen und lief auf der Stelle in den Garten hinaus.

»Herrin! Herrin!«

Pater Imperios Silhouette entfernte sich über die Landstraße, vom gleißenden Sonnenlicht in ein Trugbild verwandelt, das von einem Schwalbenschwarm durchkreuzt wurde.

»Bernarda, zur Rasur!«

Die Köchin strich sich mit der Hand über das Gesicht und fand weder an den Wangen noch unter dem Kinn ein einziges Barthaar.

»Es ist mir egal, dass noch nichts da ist, bring mir Rasiermesser und Seife.«

Bernarda trocknete sich die roten Hände an der Schürze ab, lutschte an ihren Lippen und grinste. Die Sonne stand im Zenit, die Spatzen drängten sich in den schattigen Zweigen, und Hortensien und Wicken dienten den Grashüpfern als Unterschlupf. Die Köchin kehrte mit dem Verlangten zurück, setzte sich auf die Steinbank genau dorthin, wo vorher der Priester gesessen hatte, und ihre Herrin erhob sich, um ihr die Wangen glatt zu schaben, bis er hinter den Bergen verschwunden war.

»Er kommt wieder«, flüsterte Clara, »genauso wie der andere wiederkommen wird.« Dann seifte sie Bernarda noch einmal das Gesicht ein und erzählte ihr plötzlich von Pater Imperios Narbe, die sich wie eine leibhaftige Schlange um seinen Hals legte.

Nach einem Sommer voller Muttermilch aus überquellenden Brüsten, voller Rasierschaum und Spaziergängen in der Tomatenpflanzung brach der Herbst an. Und eines Nachmittags im Oktober stand der Pfarrer wieder vor der Tür der roten Villa. Er übergab der Hexe Laguna die Bibel mit dem violetten Einband, in einen Bogen Papier gewickelt. Weder verlangte er Clara zu sprechen, noch ließ er ihr irgendetwas ausrichten. Er wollte mit dieser Bibel, die niemand im Haus lesen konnte, nur seinem Wunsch nach Versöhnung Ausdruck geben und danach, das Kind zu taufen. Wer nicht mehr kam, war der andalusische Gutsherr.

Die Buchenblätter wurden gelb, segelten zu Boden und begruben allmählich Claras Herz. Wieder röhrten die Hirsche, liebten sich in den Bergen, und die Bullen ließen die Geweihe krachen. Da dachte sie, gleich werde ich ihn kommen sehen, und starrte zum Steinplattenweg hinunter, gleich werde ich seine andalusische Stimme vernehmen. Doch es fielen weitere Blätter, das Wild wurde es müde, sich zu paaren, die Hirschkühe trugen schon, Claras Brüste schwollen an und ab im Rhythmus der Mahlzeiten ihrer Tochter, und der Weg zur roten Villa blieb leer.

Die Jäger kehrten mit Rebhühnern und Kaninchen, nach Schwarzpulver stinkend von ihren Ausflügen aus dem Gebirge zurück, ihre Hundemeuten belagerten bei Sonnenuntergang den Dorfplatz, hoben das Bein, wo es ihnen passte, und lagen am Ende erschöpft unter den Sternbildern. Clara pilgerte zum Eichenwald, wo sie sich das erste Mal geliebt hatten, zum Ufer mit dem fleischfarbenen Lehmboden, zu dem nach Erde duftenden Regen, der auf ledrige Blätter fiel, und zu ihren Namen, die er in den Stamm geritzt hatte. Sie suchte den Platz so häufig auf, dass ihre Haut am Ende den Geruch jener Bäume annahm.

Es war wieder die Zeit der rauchenden Schornsteine, der Holzfeuer, Totennebel, schneidenden Winde und des tristen Glockengeläuts, während weiter die Blätter fielen. Erst als die kahlen Äste auf den ersten Schnee warteten, drängte sie die Mutter, ihre Magie anzuwenden, damit er zu ihr zurückkehrte.

»Es wird nicht gelingen«, warnte diese sie.

»Ihr solltet es wenigstens versuchen, wenn Ihr weiter in diesem Haus leben wollt.«

Sie setzte einen dampfenden Tiegel auf den Dreifuß der Feuerstelle und warf unter anderem einen Kranz aus Vergissmeinnicht in seinen schwarzen Bauch, ein Stück Schafsfett, ein paar Spinnenbeine und die Briefe des Gutsbesitzers mit den getrockneten Jasminblüten und den öligen Zettelchen. Einen vollen Tag köchelte der

Sud vor sich hin und benötigte einen weiteren, um so weit abzukühlen, dass Clara ihn trinken konnte. Das Mädchen rief den Geliebten mit ihrem ganzen Körper herbei, doch der Zaubertrank vergor in ihrem Magen, ohne dass er zurückkehrte.

Als das Dorf den ersten Schnee erlebte, schlüpfte Clara Laguna in ihre Negligés und Pumphosen und ließ wieder den Himmel über dem großen Bett im Rhythmus ihrer Rachegefühle tanzen, die mit jedem Tag des Wartens stärker wurden. Aber davor nahm sie die Tochter und ging in einem Morgenrock aus Satin, der ihre Beine mit den durchsichtigen Strümpfen und dem Strumpfband sehen ließ, zu Bernarda in die Küche hinunter.

»Rasieren?«, knurrte die Köchin, als sie Clara erblickte.

Diese schüttelte den Kopf und legte ihr das Kind in den Arm.

»Gib ihr zu essen«, befahl sie, »und pass auf, dass sie nicht friert. Wenn sie stirbt, bring ich dich um. Hast du begriffen, was ich gesagt habe?«

Die Köchin starrte sie stumm mit ihren Stallaugen an. Aus Claras Ausschnitt lugte eine Brust hervor, und sie stellte sich vor, diese, mit Tomaten und Bohnen bedeckt, in den Mund zu nehmen.

»Antworte!«, verlangte die Herrin barsch.

Bernarda warf einen Blick auf das Baby, es hatte angefangen zu weinen und mit den Beinchen gegen ihre Rippen zu treten. Sie steckte der Kleinen ihren Daumen in den Mund, an dem noch das Blut eines soeben ausgenommenen Hahns hing, und Manuela Laguna kostete zum ersten Mal die Süße des Todes.

Kapitel 5

Im Winter 1900 breitete sich das, was sich mit den Margeriten angekündigt hatte, im ganzen Garten der roten Villa aus. Dort herrschte von nun an ein immerwährender Frühling. Es blühten nicht allein die Margeriten, Hortensien und Wicken, auch die Kastanie, die Geißblattstauden hinter dem Haus und dazu der Rosengarten mit seinen vielfarbigen Knospen, die sich handtellergroß öffneten. Sogar der Gemüsegarten war pausenlos belagert von Unmengen Tomaten, Salatköpfen und Kürbissen.

Diese wundersame Fruchtbarkeit, die im Laufe der Jahre noch zunahm, gab im Dorf Anlass zu Gerede. So vermuteten die Alten auf den niedrigen Stühlen vor den Häusern und ihre Töchter vor den Kochtöpfen als Grund für diese Fülle einen ebenso feuchten wie schändlichen Umstand: Der Garten wurde mit Sperma gedüngt. Schließlich war allen im Dorf bewusst, dass die rote Villa inzwischen das berühmteste und prächtigste Bordell der Provinz war. Der Bariton des Geschäfts, in dem Clara ihre Einrichtung erstanden hatte, trug Maßgebliches dazu bei. Er schickte ihr seine Kunden und Bekannten, wenn sie in der Provinz Geschäfte machten, darunter vornehme Leute wie einen Diplomaten, der seine Heimkehr aus fernen Ländern bei der Prostituierten mit den goldenen Augen zu feiern pflegte. Auch wenn diese dann und wann nicht ganz anwesend zu sein schien und sich zwischen einem Freier und dem nächsten immer wieder zum Schlafzimmerfenster wandte und auf den Steinplattenweg hinaussah.

Der Winter mündete ins Frühjahr, aber Clara und ihrem Garten war das einerlei. Die Margeriten blühten weiter, und der andalusische Gutsbesitzer blieb aus. Vielleicht kommt er im nächsten Frühjahr, sagte sich Clara, ja, ganz bestimmt, und wenn der Herbst ihn mir nicht bringt, dann der erste Schnee, aber ich werde ihn gewiss wiedersehen, bevor ich sterbe. Bald fing sie an, sich um ihre Gesundheit zu sorgen, und empfing die Freier gelegentlich sogar mit einem wollenen Unterhemd unter den Negligés, um sich in dem zugigen Haus nicht zu erkälten oder gar eine Lungenentzündung zu holen.

»Wenn du dich so keusch anziehst, dann wird es mit unserem Geschäft bald vorbei sein«, unkte die Mutter.

»Lasst mich die Katzenknochen auswerfen und sie befragen, ob mir der Tod bevorsteht, so dass er nur noch mein Grab vorfindet, wenn er zurückkehrt.«

»Ich habe dir schon vor vielen Jahren gesagt, dass ich in den Rippen gelesen habe, er kommt nicht zurück, aber du hast mir nicht glauben wollen. Warum solltest du mir jetzt glauben?«

»Diesmal geht es um meinen Tod.«

»Aber es ist das Skelett derselben Katze und der seherische Blick derselben Hexe.«

»Befragt die Knochen und sagt mir, ob Ihr darin seht, dass ich bald sterben werde. Ob ich es glaube oder nicht, das ist meine Sache.«

Die Frühlingssonne schien durch das Fenster, und der purpurne Baldachin schillerte im Sonnenaufgang. Das Mädchen hatte auf der Bettkante Platz genommen, schlug die Beine übereinander und öffnete den Sack, um die Knochen auf dem Laken auszuwerfen, während sie fest an den andalusischen Gutsbesitzer dachte.

»Der Schädel sagt mir, dass der Tod dir zum jetzigen Zeitpunkt noch nicht bestimmt ist«, prophezeite ihr die Mutter.

»Und wann ist er mir bestimmt?«

»Du hast noch viele Jahre zu leben, wirst aber nicht alt werden.«

»Er wird also kommen, bevor ich Falten kriege und hässlich werde wie Ihr.«

Die Frau steckte das Katzenskelett in den Sack zurück und verließ das Zimmer. Ihre Tochter bürstete sich das lange Haar, während sie auf die Margeriten hinuntersah.

In jenem Frühjahr kam der Tod dann aber doch noch und nahm eines Morgens die Hexe Laguna mit. Sie war in einem der vornehmen Häuser gewesen, um die Zukunft zu lesen und ein Jungfernhäutchen zu flicken. Ihre Rückkehr zur roten Villa trat sie beherzt auf der noch finsteren Landstraße an und ging in der trockenen Fahrrinne. Da steigerte sich das Grillengezirp unversehens zum Rattern eines rasenden Pferdewagens, der über sie hinwegrollte.

Ein Mann, der sich nach einem erotischen Abstecher und einer Portion von Bernardas Schmorgerichten auf dem Heimweg befand, entdeckte das Bündel. Er lud die Alte auf seinen Karren zu Ackergeräten, Hacke, Sichel und einem Sack Mehl. Die Zähne der Hexe waren blutverschmiert, und der Geifer rann ihr in einem rosa Faden über den Hals geradewegs auf das Herz zu; die schwarze Pupille war geschlossen, doch die blinde weiße schimmerte wie die Glasmurmel eines Kindes, während sie mit den gebrochenen Händen ihren Sack fest umklammert hielt.

»Lasst den Sack los«, befahl ihr der Mann.

Sie schüttelte den Kopf und lutschte an ihren Lippen, dann versuchte sie zu sprechen.

»Schon gut, ich gebe Eurer Tochter Bescheid.«

Der Mann kehrte zum Bordell zurück.

»Wollt Ihr nochmal?«, fragte Tomasa ihn verwirrt.

»Sag der Chefin Bescheid, dass ich ihre Mutter halbtot auf dem Karren liegen habe.«

Tomasa fand sie in der Küche, wo sie nach einem weiteren Tag der Rache ein Stück Hasenbraten mit Kartoffeln verspeiste.

»Ich glaube, man hat Eure Mutter umgebracht«, sagte sie.

Clara fuhr sich mit der Hand über die Lippen, um die Saucenreste abzuwischen.

»Unkraut vergeht nicht«, sagte sie leise.

Der Mann wartete in der gefliesten Eingangsdiele, und sie folgte ihm zum Wagen. Sie trug einen langen Morgenmantel aus Satin, darunter ihre Pumphosen. Der Morgen war frisch, die Grillen zirpten noch und in der Luft lag ein Versprechen von Sonne und Blumen.

»Mutter.«

Die Alte hatte den Kopf auf den Mehlsack gebettet. »Zur Kirche, zur Kirche«, winselte sie.

»Aber, was ist passiert?«

»Sieht aus, als hätte ein Pferdewagen sie überfahren«, vermutete der Mann.

»Zur Kirche«, bat sie.

»Ich bringe Euch hin.«

Clara riss der Mutter den Sack mit den Katzenknochen aus der Hand.

»Den ganzen Tag treibt Ihr Euch mit dieser vergammelten Katze herum, das wird Euch noch das Leben kosten.«

»Nein«, protestierte die Alte.

Der Karren polterte durch den frühen Morgen.

»Warum wollt Ihr zur Kirche? Wir sollten sie lieber zum Arzt oder zum Apotheker bringen«, fand der Mann.

Indem sie mit der gebrochenen Hand ihre Lippen berührte, stammelte die Hexe die Worte »verflucht« und dann »Tod«.

»Verfluchte Frauen betreten die Kirche nur, wenn sie spüren, dass der Tod naht, das ist es, was Ihr mir sagen wollt, nicht wahr?«, gab Clara zurück, als die ersten Strahlen der Morgenröte ihre feuchten Augen trafen.

Ihre Mutter nickte, und ein roter Schwall kam zwischen ihren Zähnen hervor.

»Beeilt Euch!«

Der Mann peitschte den Pferderücken mit den Zügeln, so dass das Mehl in einer bleichen Wolke aufstob. Das Dorf empfing sie mit nass glänzendem Kopfsteinpflaster, und das Echo der Hufe prallte gegen die Häuserfassaden. Der Platz tat sich vor ihnen auf, und der Karren hielt vor der Kirche. Clara stieg eilends ab und pochte so fest sie konnte an das Tor. Sie rief nach Pater Imperio, schrie, schluchzte und malträtierte sich die Fingerknöchel an den kalten Holzsplittern. Schließlich erwachte der Pfarrer in seiner schmucklosen Schlafkammer neben der Sakristei. Er hatte von Clara geträumt, von der Errettung der goldenen Augen und die ans Tor hämmernde Stimme in seinen Traum eingebaut. Verschlafen stieg er im grauen Pyjama aus Seminarszeiten in die Pantoffeln, die ihm eine treue Kirchgängerin geschenkt hatte. Anstelle eines Bademantels warf er eine Soutane über, die den Blick auf seine rote Narbe freigab. In diesem Aufzug, das schwarze Haar wirr um die Augen hängend, öffnete er die Kirchentür, durch deren Spalt zuerst die Morgenröte wie ein Schwert eindrang und dann Clara in ihrem Serail-Kostüm, gefolgt von einem Mann mit dem lädierten Körper der Hexe Laguna auf den Armen.

»Sie stirbt, Pater, sie stirbt«, das Mädchen legte ihm beide Hände auf die Brust. Es war das erste Mal, dass sie ihn berührte, und als ihr dies bewusst wurde, zog sie die Hände schnell wieder zurück und ballte sie zu Fäusten.

Der Pfarrer errötete.

»Legt sie auf eine Bank, in die Nähe vom Altar.«

Die Frühlingsluft drang durch die vergitterten Glasfenster ins Gotteshaus ein, und die kastilischen Ritter rumorten in ihren Gräbern.

»Was ist passiert?«

»Ich glaube, dass ein Pferdewagen sie überfahren hat, ich habe sie am Straßenrand gefunden, als ich vom …«, der Mann senkte den Blick zum Boden, »verzeiht mir, Pater.«

»Darum geht es jetzt nicht. Hat der Arzt sie gesehen?«

»Sie will nicht, sie hat mich gebeten, sie zur Kirche zu bringen«, erwiderte Clara.

Pater Imperio ging neben der Sterbenden auf die Knie und strich ihr mit der Hand über das Haar. Die Frau öffnete das Auge mit der schwarzen Pupille und flüsterte den Namen des Pfarrers. Er legte sein Ohr ganz dicht an die Lippen mit den blutigen Mundwinkeln und lauschte ihren schwachen Worten. Dann schloss er die Soutane und ging zur Sakristei. Kurz darauf kehrte er mit einer Stola um den Hals zurück, in der Hand das Tablett mit den heiligen Ölen. Er schlug über dem Gesicht der Frau das Kreuzzeichen und gab ihr die Letzte Ölung. Augenblicklich verschwand der Geruch nach Hexerei, den sie in die Kirche mitgebracht hatte, und wich dem Duft der geweihten Öle.

Niemals würde Clara Pater Imperios Hände vergessen, als er das Kreuz Christi in die Luft zeichnete, die Zärtlichkeit seiner Letzten Ölung, seine Lippen, die die lateinischen Formeln der Andacht formten, und den Glauben, der sich in seinem gegerbten Antlitz spiegelte.

»Kommt. Sie will Euch etwas sagen.«

Als sie das Gesicht ihrer Tochter sah, schloss die Alte das blinde Auge. Clara beugte sich zu ihren Lippen herab und umschloss eine Hand der Hexe mit den ihren. Die gewisperten Worte verwoben bereits ihr Ende mit den Anfängen ihrer Seele, sie drückte ein letztes Mal Claras Hände und starb.

In den Glasfenstern der Kirche räkelte sich die Morgensonne in lauter Blau-, Orange- und Gelbtönen.

»Aus«, sagte Clara und legte eine Wange auf ihre Brust.

Pater Imperio betrachtete die rotblonde Haarpracht, die sich im Sonnenlicht wie ein Fächer über ihren geraden, verfluchten Rücken breitete. Aber er berührte sie nicht.

»Sorgt Euch nicht«, sagte er, »sie ist in Frieden gegangen.«

»Ich sorge mich nicht um sie, sondern um mich«, sie hob das verweinte Gesicht zu ihm auf.

»Ihr habt noch Eure Tochter, Manuela heißt sie, oder?«

»Sie ist ja der Grund für mein Unglück. Wenn es sie nicht gäbe, wäre ihr Vater zurückgekommen.«

»Ich mach mich auf zur Arbeit, es ist längst Tag«, unterbrach der Mann sie.

»Bitte bringt Clara nach Hause.«

»Das könnt Ihr nicht von mir verlangen. Versteht doch, Pater, das kann ich nicht, am helllichten Tag mitten durchs Dorf. Außerdem hat sie nichts an, wenn Ihr versteht«, widersetzte er sich und zeigte auf die Maurenhosen, die unter dem Satinrock hervorschauten.

»Geht nur, ich gehe zu Fuß nach Hause.«

Hastig stürzte der Mann aus der Kirche, stieg auf seinen Karren mit dem blutverschmierten Mehl und nahm den schnellsten Weg zu seinem Acker.

Auf der Bank, wo die Tote lag, stand der Morgen still; ebenso in Pater Imperios Augen und in Claras Tränen. Er nahm die Stola ab. Clara richtete sich bebend auf.

»Danke.«

»Gerne. Ich bin nur ein Diener Christi«, lächelte er.

»Ich komme wieder, um sie zu sehen.«

»Ich kümmere mich um den Schreibkram.«

»Ja, Ihr wisst ja, dass ich nicht lesen kann, auch die Bibel nicht, die Ihr mir geschickt habt. Kommt bald und lest sie mir vor, Pater. Adiós.«

»Wartet, Ihr könnt so nicht hinausgehen. Ich werde Euch die Kleider von dem Mädchen geben, das zum Saubermachen kommt. Sie sind nicht sehr vornehm, aber wenigstens braucht Ihr dann nicht im Nachthemd auf die Straße.«

Er begleitete sie in eine Kammer, wo Besen, Schmierseife und weitere Putzsachen aufgehoben wurden. Ein Rock aus grobem Leinen und eine weiße Bluse hingen auf einem Kleiderbügel.

»Zieht Euch in Ruhe um«, sagte er und zog die Tür hinter sich zu. Clara hörte, wie sich seine Schritte entfernten.

Kurz darauf fand sie ihn auf Knien in einer Seitenkapelle, die der heiligen Pantolomina de las Flores geweiht war. Er hatte eine Decke über den Leichnam gebreitet und sein Kollar umgelegt.

»Ich werde jetzt gehen. Ich will Euch nicht weiter stören.«

Er drehte sich um und sah sie an. Die Kleider waren ihr zu weit und das Haar trug sie immer noch offen, ihre Augen waren so goldgelb wie immer.

»Wartet. Nehmt meinen Maulesel, ich komme ein andermal, ihn holen.«

Auf Pater Imperios Maultier ritt Clara über den Dorfplatz und durch die Gässchen, bis sie die Landstraße erreichte. Sie hatte den Morgenmantel und die Satinhosen unter dem Arm, die Mähne flog offen im Wind, und es dauerte nicht lange, da rumorte es unter den schwarz gekleideten Klatschweibern, dass die Hure auf dem Maultier des Pfarrers aus dem Kirchhof gekommen sei, und zwar in den Kleidern von dessen Dienstmädchen. Außerdem sei die Hexe Laguna von einem Pferdewagen überfahren worden und liege tot in der Kirche. Sie erzählten sich weiter, dass dies nicht der erste Kontakt zwischen dem Pfarrer mit jener verfluchten Familie sei, schon öfter habe man sein angebundenes Maultier an den Eingangspfosten vor der roten Villa gesehen.

Das Dorf, das den Pfarrer seit seiner Ankunft verehrt hatte, begann ihn nun mit Argwohn zu beäugen. Letzten Endes war er noch jung, kaum dreißig Jahre alt, und unter der Soutane ein Mann wie jeder andere. Nach der Bestattung der Toten nahm das Gerede noch zu.

Am Morgen des Begräbnisses war der Dorffriedhof voller Elstern. Clara kam mit ihren Mädchen aus dem Bordell und Pater Imperio mit seinem Latein und seinem Weihwasser, aber es kam kein einziger Dorfbewohner, obwohl die Frau ihnen jahrelang die Zukunft im Katzenskelett gelesen, die Jungfernschaft der Töchter gerettet und den bösen Blick von ihnen abgewendet hatte. Stattdessen fragten sie sich, warum diese Laguna, die vor ihrem Tod nie einen Fuß in die Kirche gesetzt und sich ein Leben lang mit Hexerei abgegeben hatte, jetzt auf einmal eine christliche Bestattung bekam. Sie fragten sich, ob die Tochter den Pater darum gebeten hatte und er es ihr nicht ausschlagen wollte. Tatsächlich erfüllte Pater Imperio bloß den letzten Willen der Verstorbenen: Gebt mir die

Letzte Ölung, hatte diese ihm zugeraunt, und legt mich dann in geweihte Erde, damit ich in Frieden ruhen kann.

Als die Erde den Sarg zudeckte, drückte der Pfarrer Clara sein Beileid aus, indem er ihr die Hand gab und fest schüttelte. Sie spürte die Wärme seiner Haut, und beide erröteten.

»Kommt nicht mehr zur roten Villa, Pater, in diesem Dorf gibt es viel Gerede. Noch morgen schicke ich Euch mit Bernarda Euer Maultier zurück.«

»Schließt Euer Geschäft, bringt mir die Kleine zur Taufe und kommt sonntags zur Kirche.«

»Ich habe Euch schon einmal gesagt, dass ich mich der Rache verschrieben habe, seit man mich verlassen hat.«

»Und ich habe Euch schon einmal gesagt, dass ich mir vorgenommen habe, Euch zu retten.«

»Rettet Euch selbst, Pater – das braucht Ihr jetzt mehr als ich –, und lasst mich in Ruhe.«

Clara machte sich auf den Heimweg, entschlossen, sich für immer von Pater Imperio abzuwenden. Tränen, die wie Edelsteine glänzten, liefen ihr über die Wangen und erregten die Aufmerksamkeit der Elstern, während sie sich den Weg zwischen Grabsteinen und Kreuzen hindurch bahnte.

Auf Anweisung ihrer Herrin trug Bernarda die Töpfe der Hexenküche, den Zwirn für versehrte Jungfernhäutchen, den Sack mit dem Katzengerippe sowie Büchsen und Gläser mit den Zutaten für die Hexenküche auf den Dachboden. Und je dicker die Staubschicht darauf wurde, desto mehr verblasste die Erinnerung des Dorfes und der Huren an die Besitzerin all dieser Dinge. Sie vergaßen auch die erfolglosen Ermittlungen der Ortspolizei, die sich wochenlang vergeblich bemühte herauszufinden, wer auf dem Kutschbock des Pferdewagens gesessen hatte, als die Hexe Laguna überfahren wurde.

Nur Clara vergaß nichts von alldem. Ebenso wenig die Nacht, in der ihre Mutter getötet worden war. Von da an fand sie nur noch Halt in ihrem Bordell und im Warten auf den andalusischen Gutsherrn. Sie regelte die erotischen Termine ihrer Mädchen, sorgte dafür, dass den vornehmen Freiern die Wartezeit im Salon mit Rotwein und Kartenspielen verkürzt wurde, und plante Bernardas Abendessen. Unter dem purpurnen Himmel empfing sie nur noch die besseren Herren, die ihr der Bariton schickte, und auch diese bediente sie nur, weil sie auf den Reizen der Prostituierten mit den goldenen Augen bestanden. Doch es gab eine Ausnahme: Männer mit gelockten Haaren, die nach Olivenöl rochen oder sie mit ihrer Sängerstimme an den Gutsbesitzer erinnerten, ließ sie immer noch vor.

Das Gemunkel über Pater Imperios Besuche in der roten Villa und über die Ereignisse am Tag, als die Hexe Laguna verstorben war, kam zum Schweigen, nachdem der Pfarrer mehrere Sonntage hintereinander von der Kanzel herab die Herzen seiner Gemeinde erneut zu packen vermocht hatte. Auch wenn die schwarz verschleierten alten Weiber nicht dahinterkamen, was er ihnen mit seinen Predigten über Schäfer sagen wollte, die auf der Suche nach verlorenen Schafen durch die Berge irrten, um sie vor den Wölfen zu retten. Es genügte, dass seine von Glauben brennenden Wortkaskaden ihnen die Witwentränen in die Augen trieben.

Wenn der Pater in seinen Predigten Weidenzäune durchbrach, sich von Brot und Käse ernährte, Blitz und Donner überlebte, der Kälte und den wilden Tiere trotzte, den Höllenfeuern des brennenden Dickichts entkam, dann fieberte die Gemeinde mit. Das Räucherfass wurde jeden Sonntag aufs Neue von einer Seite zur anderen geschwenkt. Und beim Ausgang der Messe, wenn die alten Weiber den süßen Weihrauchduft in ihren Schleiern mitnahmen und die feinen Damen ihn in ihren Spitzenmantillen einfingen, sagten die einen zu den anderen: Wenn er sich vergangen hätte, dann hätte er doch das Maultier nicht vor aller Augen am Tor der roten Villa festgemacht, sondern es versteckt. Nein, er sei sicher nur hingegangen, um sie aufzufordern, den Sündenpfuhl zu schließen. Aber diese verfluchte Laguna wolle das eben nicht, unverschämt wie sie sei.

Clara versuchte indes, Pater Imperio aus ihren Gedanken zu vertreiben. Sie legte sich einen Pferdewagen und einen Apfelschimmel zu und fuhr damit im Dorf und der Umgebung spazieren. Wenn der Pfarrer ihren Weg kreuzte, dann sah sie weg und drosch gnadenlos auf den Rücken des armen Zugtiers ein, während das Bildchen der heiligen Pantolomina in ihrem Büstenhalter pochte.

An einem Morgen im Frühsommer erhielt Bernarda von ihrer Herrin den Auftrag, zur Kirche zu gehen und die Bibel mit dem violetten Einband zurückzugeben. Die Tauben turtelten im Glockenturm der Kirche und die alten Weiber schlummerten noch hinter den dicken Lehmmauern ihrer Häuser. Da schlüpfte die Köchin mit der kleinen Manuela auf der Hüfte durch den Seiteneingang, der zum Friedhofshügel führte, und lieferte die sorgfältig eingewickelte Bibel wieder ab. Pater Imperio bat sie, in einer Kirchenbank auf ihn zu warten.

»Wozu?«, fragte sie achselzuckend.

»Das wirst du gleich sehen. Ich weiß, warum du die Kleine mitgebracht hast.«

Er verschwand für einen Augenblick in der Sakristei und kam im Messgewand und mit einem Krug Weihwasser wieder.

»Gib mir das Kind für einen Moment.«

Bernarda fügte sich mit einem Grunzen.

»Ich tue ihr schon nichts, Frau.«

Er nahm Manuela auf den Arm, ging zum Taufbecken und besprengte den Kopf des Mädchens mit Weihwasser.

Als Bernarda zur roten Villa zurückkam, wartete die Herrin schon in der Küche auf sie.

»Hat er dem Kind Wasser auf den Kopf geschüttet?«, fragte sie.

»Wasser, Wasser«, antwortete die Köchin und strich sich mit der Hand über die dunklen Haare.

»Na schön, dann hat er endlich, was er wollte«, murmelte Clara, »jetzt ist aber Schluss mit der Beterei.«

Sie nahm das Bild der heiligen Pantolomina aus dem Busen und stellte es hinter die Gläser mit den eingemachten Pfirsichen in der Speisekammer.

Manuela Laguna war gut genährt und ihre Augen waren noch dunkler geworden. Gebetsmühlenartig wiederholte Bernarda allmorgendlich die Anweisung ihrer Herrin – »Gib ihr zu essen und pass auf, dass sie nicht friert« – und mästete das kleine Mädchen, als handle es sich um ein Opferlamm. In den kalten Nächten drückte sie das Kind an den nach Stute riechenden Körper und brachte sie ohne weitere Zärtlichkeiten als ihren stolpernden Atem zu Bett. Wenn Manuela weinte, nahm die Köchin ein paar Apfelsinen oder Tomaten und fing an zu jonglieren. Aber sie tat nichts, um ihr das Laufen beizubringen. So machte Manuela ihre ersten Schritte an der Hand eines Stammkunden, der sich häufig in der Küche aufhielt, um am Herdfeuer seine Frostbeulen zu kurieren und dabei einen Teller Eintopf oder ein Stück Schmorbraten zu genießen. Auch das Sprechen brachte sie dem Kind nicht bei, wie auch, da sie doch selbst den Worten kaum traute und sie mied so oft es ging. Ihre Sprache waren die Kochkunst und ihre Knurrlaute.

Zu diesem Zeitpunkt wurde eine weitere Dirne im Bordell eingestellt, ein nach Eukalyptus duftendes Mädchen mit langen schwarzen Zöpfen, frisch aus Galizien eingetroffen, mit einem großen Herzen. Es war Herbstanfang im Jahr 1902 und das Kind war schon drei Jahre alt. Aber bis auf ein unverständliches Gebrabbel und dem von der Köchin erlernten Brummen war sie so stumm wie das Ungeziefer, mit dem sie aufwuchs. So kam es, dass Manuela Laguna für ihr Leben die Marotte entwickelte, mit Küchenschaben und Tausendfüßlern zu spielen. Sie badete sie in warmem Wasser, trocknete sie mit einem Tuch ab und band ihnen, wenn sie die Prozedur überlebten, mit unglaublichem Geschick eine Schnur um.

Als die galizische Prostituierte das Kind zum ersten Mal dabei beobachtete, wie es mit einem Stock die Schaben unter den Küchenmöbeln herausscheuchte, dachte sie, die Frau mit der Knollennase, die daneben stand und lachte, so dass man ihr dunkel verfärbtes Zahnfleisch sah, müsse wohl ihre Mutter sein. Manuela trug ein mottenzerfressenes Wollkleidchen und ein paar Puschen, die ihr die Köchin für kalte Nächte gestrickt hatte.

»Wie heißt du?«, fragte die Neue das Kind.

Aber die Kleine starrte sie nur mit großen Augen an und bedrohte sie mit dem Stock.

»Was für ein ungezogenes Kind«, lächelte die Prostituierte. »Soll ich dir was schenken?«

Sie hatte die letzten Brombeeren von draußen in der geschlossenen Hand. Als sie sie öffnete, ließ das Kind den Stecken fallen, grabschte nach den Brombeeren und stopfte sie alle auf einmal in den Mund, so dass ihr der Saft übers Kinn lief.

»Wenn du mir jetzt deinen Namen sagst, erzähle ich dir eine Geschichte.«

Doch Manuela verschwand knurrend in der Kammer, die sie mit Bernarda teilte. Und während die Buchen ihr Blätterkleid abwarfen, begriff die galizische Prostituierte, dass Manuela, die sie stets an Früchten oder Hühnerknochen knabbernd unter Bernardas Rockschößen sah, wenn sie nicht gerade auf der Jagd nach Küchenschaben und anderen Insekten war, kein Wort sprechen konnte. Zur Frühstückszeit strömte der Frühling der roten Villa durch die Küchenfenster, und die galizische Prostituierte saß vor einer Tasse Milch und einem Butterbrot. Mit dem Ende eines ihrer Zöpfe fegte sie die Krümel vom Brotschneiden auf dem Tisch zusammen. Manuela stand lachend dabei und kletterte zu ihr hoch, um einmal selbst den Zopf als Besen auszuprobieren.

»Du heißt Ma-nu-e-la«, nutzte die Prostituierte die Gelegenheit und drückte sie auf ihren Schoß. »Manuelita.«

Und so sagte Manuela ihre ersten Worte mit dem Akzent des Nordens, den sie nie mehr ablegte. Zuerst lernte sie ihren Namen, Bernardas Namen und die Bezeichnungen von Obst und Gemüse; dann die der Küchengeräte und der toten Tiere. Tag für Tag lernte Manuela beim Duft des Milchkaffees und der Butterschnitte im goldenen Herbstlicht, das sich jenseits der roten Villa über die Landschaft breitete, die Laute aus dem Mund der Prostituierten nachzuahmen. Wenn sie ihre Sache gut machte, bekam sie von ihrer Lehrerin einen feuchten Kuss auf die Pauspacken, wie sie noch nie einen bekommen hatte, weil Bernarda sie nur abschleckte, als wäre sie eine Kuh und die Kleine ihr Kalb.

Die Köchin beäugte eifersüchtig die sprachlichen Fortschritte des Kindes und dessen Anhänglichkeit an die galizische Prostituierte. »Herrin nur essen und nicht frieren gesagt, Worte nein«, stellte sie klar, hielt dabei der Neuen die Knollennase direkt vors Gesicht und fixierte sie mit ihrem stummen Blick, während ihr Stutengeruch der anderen Gänsehaut verursachte.

»Soll das heißen, dass dir die Herrin auch befiehlt, was du mit deiner Tochter zu tun hast?«

»Nicht meine Tochter, Tochter von Herrin.«

Auf diese Weise erfuhr die galizische Prostituierte, dass Manuelas Mutter die Frau war, die immer auf irgendjemanden zu warten schien, die ihre Tage und Nächte in duftigen Negligés, Morgenmänteln oder Maurenhosen verbrachte, sich die Lippen rot und die Lider blau schminkte und ihre Augen stets auf den Steinplattenweg richtete, während sie sich die Haare kämmte.

Wenn Clara die Arbeiten des Bordells einteilte, endeten ihre Anweisungen immer mit dem gleichen Satz: Tut, was ich sage, weil er seine Stiefel jeden Augenblick auf die Margeriten setzen kann. Die Galizierin wusste weder, von welchen Stiefeln ihre Madame redete, noch von welchen Margeriten, obwohl sie sich denken konnte, dass die unvergängliche Blütenpracht auf dem gewundenen Weg zum Haus gemeint war. Aber sie war nur darauf bedacht, ihre Arbeit zu tun, sich ihr Brot zu verdienen und der Kleinen die Welt außerhalb jener Küche zu zeigen, in der Bernarda sie großzog.

Als der Schnee den Frühling der roten Villa zudeckte und die Margeriten ihn durchbrachen wie eine Eierschale, rollte eine Grippewelle über das Land und fesselte die Liebesdienerinnen einschließlich ihrer Madame ans Bett. Die galizische Prostituierte nutzte die Gelegenheit, um sich mit der Kleinen im Salon ans Kaminfeuer zu setzen und ihr die Geschichten von Matrosen und Sirenen zu erzählen, mit denen sie selbst aufgewachsen war.

So erfuhr Manuela Laguna, dass eine Wassermasse existierte, die sich von dem Kesselwasser unterschied, das die Köchin in die Sonntagssuppe goss, damit Brotbrocken und die von der Woche übrigen Eier darin schwammen. Jenes andere Wasser war ein Brausen in Blau und Grün, das nach Belieben Menschenleben verschlang und dessen Name »Meer« Manuela tief beeindruckte. Sie erfuhr alles über die zerklüfteten galizischen Küsten, wo sich die Wassermasse paarte, und über die weißen Sandstrände, wo sie schlief. Sie lernte die Gesichter und den Geruch der Männer kennen, die zum Fischen hinausfuhren, nachdem sie sich von ihren Tränen losgerissen hatten; denn diese gehörten dem Meer und verrieten ihm, wo sich die Seeleute befanden, damit es sie unter einem Wellenberg begraben konnte, wenn ihm danach zumute war.

Das Meer veränderte sich nicht, auch die Matrosen nicht, wohl aber Manuela. Unter dem Eindruck jener Geschichten wuchs sie heran, die Fantasie voller Schaum und Wellen, Möwen und Steilküsten, die das Gebirge und die Eichenwälder niemals verstehen würden. Ihre Augen wurden zu Abgründen und das schwarze Haar lockte sich wie Algen. Mit vierzehn Jahren beherrschte sie nicht nur die Sprache der galizischen Prostituierten, sie hatte von Bernarda auch meisterlich kochen gelernt und drehte den Hähnen die Hälse um, rupfte und briet sie zu den köstlichsten Gerichten. Was sie nicht ahnte, war, dass sie in diesem Alter auch bei ihrer Mutter in die Lehre gehen sollte.

Eines Oktobermorgens im Jahr 1913 kam Clara Laguna in die Küche, um Manuela ins Bordellleben einzuführen. Ihr Herz war längst nicht mehr imstande, die Schüsse der Jäger in den Bergen zu hören, auch nicht das Röhren der Hirsche, das Krachen ihrer Geweihe und den Wind, der den Buchen die Blätter entriss, oder die Nebelschlachten der toten Ritter. So wie es im Garten der roten Villa ewig Frühling blieb, so blieb Claras Herz für immer auf dem Steinplattenweg, und sie vermochte nur noch die knisternd sprießenden und welkenden Margeriten wahrzunehmen. Ihr langes Haar war von grauen Fäden durchzogen, und die gelben Augen wurden von den ersten Fältchen umspielt wie Sonnenstrahlen. Als sie die Küche betrat, trug sie ein dunkelrotes Negligé und darüber einen Seidenmantel, denn das Fleisch ihres Körpers war im gegensatz zu ihrer Rache nicht mehr fest wie einst. Neugierig bohrten sich ihre Blicke wie Messer ins Halbdunkel auf der Suche nach dem Gesicht der Tochter. Sie fand es über das Blut eines Hahns gebeugt, den Manuela soeben mit Bernarda ausgenommen hatte.

»Rasieren?«, fragte die Köchin und strich sich mit der Hand über das frisch rasierte Gesicht.

»Nein, ich komme nicht dich holen, sondern sie«, Clara musterte die Tochter. »Du wirst ja wohl wissen, dass ich deine Mutter bin. Komm her, damit ich dich sehen kann.«

Manuela begann in ihrem zerschlissenen Kleid zu zittern und rührte sich nicht von der Stelle. Sie hatte die Frau schon häufig durch den Salon oder über die Treppe ins Obergeschoss schweben sehen, dessen Zutritt ihr verwehrt war, den Körper umhüllt von durchsichtigen Orientstoffen, das rotblonde Haar bis zur Taille und das Gesicht schöner als das Bildchen der Virgen de los Remedios, der Muttergottes der Heilmittel, das sich die galizische Prostituierte zwischen den erotischen Überfallen unter das Strumpfband klemmte. Die Köchin gab ihr einen Schubs und stieß ein Knurren aus. Den direkten Blickkontakt mit ihrer Herrin mied sie, hielt aber gierig Ausschau nach einem nackten Stück von deren weißem Fleisch, das sie sich dann in einsamen Minuten wollüstig ins Gedächtnis rufen könnte.

»Ich habe Angst«, flüsterte Manuela zu Bernarda gewandt, »sie sieht aus wie eine Magierin.«

Ohne zu verstehen, was das Kind meinte, gab sie ihr einen weiteren, diesmal stärkeren Schubs hin zu ihrer Herrin.

»Tu, was ich dir sage«, befahl Clara und ließ einen Oberschenkel unter dem Morgenmantel sehen.

Manuela bewegte sich auf die goldenen Augen zu, die im Laufe der Zeit vom Hass versteinert worden waren.

»Dein Blick ist so dunkel wie der deiner Großmutter, dein Haar ist gelockt wie bei deinem Vater, du wirst lernen, es zu ölen«, sagte sie und nahm sie am Kinn.

Die eiskalte Berührung brachte das Mädchen auf die Idee, dass es sich bei der Frau nicht um eine Magierin, sondern um eine Sirene handeln musste.

»Alles andere sieht nach nichts aus, du bist eine Laguna mit rauer Haut und viel zu behaart«, dabei kniff sie ihr in die Arme. »Ich werde eine Menge Arbeit haben, um aus dir die Beste von uns allen zu machen.«

Clara schlug ihren Morgenmantel auf, nahm aus einem Spitzenbeutel, den sie im Strumpfband trug, ein Bündel Geldscheine und reichte es der Köchin.

»Du hast deine Arbeit gut gemacht. Ab jetzt ist meine Tochter nicht mehr deine Angelegenheit.«

Bernarda schnappte nach dem Geld, die Nachspeise für den Abend war gesichert. Sie würde die Scheine in einer Schokoladensauce kochen und sie in Gedanken an den betörenden Schenkel, den sie eben erspäht hatte, verspeisen.

»Komm schon, beeil dich«, Clara führte die Tochter in den Salon. »Heute sind mir aus der Stadt ein paar Bänder geliefert worden, die zu deiner Haarfarbe passen. Dein Vater kann jeden Moment eintreffen, ich will, dass er dich fertig zurechtgemacht vorfindet.«

Als Manuela Laguna zum ersten Mal die intime Bekanntschaft mit einem Mann machte, einem Butterhändler aus Burgos, schloss sie sich anschließend im Stall ein und schrubbte sich von Kopf bis Fuß mit der Parasitenbürste der Pferde ab. Sie scheuerte so lange, bis ihre Haut nicht mehr nach einem anderen Menschen roch. Danach ging sie in den Rosengarten und blieb für den Rest des Tages zwischen den Beeten hocken. Clara suchte sie in allen Zimmern und auch auf dem Dachboden, wo die staubbedeckte Hinterlassenschaft ihrer Mutter stand. Als sie das Kind nicht fand, schickte Clara die Prostituierten des Bordells, sie im Garten zu suchen, ebenfalls vergeblich. Denn Manuela hatte inzwischen an einem der am tiefsten im Rosengarten verborgenen Pfade ein Loch gegraben, in das sie hineinschlüpfte, sobald sie das Knirschen der auf dem gefrorenen Boden nahenden Schritte hörte; die Öffnung bedeckte sie mit Zweigen und trockenen Blättern.

Als es Abend wurde, entschuldigte sich die galizische Prostituierte unter dem Vorwand ihrer Monatsblutung, kniete sich in ihrem Zimmer vor das Bildchen der Muttergottes der Heilmittel und betete, dass die Herbstkälte das Mädchen nicht umbrächte.

In dieser Nacht wünschte sich Clara zum ersten Mal seit fünfzehn Jahren, dass der andalusische Gutsherr nicht über den Steinplattenweg mit den Margeriten auf ihr Haus zukommen möge. Als die Sonne am nächsten Tag schon hoch am Himmel stand, schüttelte sie sich die durchwachte Nacht aus den Gliedern und machte sich auf den Weg zum Pinienwald. Sie fahndete hinter jedem Granitfelsen, die wie Saurierrücken zwischen den Bäumen und dem gelblichen Farn lagen, nach dem Kind; sie schrie sich die Seele aus dem Leib, aber Manuela blieb verschollen. Da beschloss sie, ihr Glück im Eichenwald zu versuchen. Sie hatte der Tochter erzählt, dass ihr Vater einst ein liebendes Herz in einen der hundertjährigen Stämme geritzt und ihr am Flussufer Liebeslieder gesungen hatte. Da sah sie mit einem Mal einen dicken Maulesel mit gestreiften Satteltaschen aus den Bergen kommen, auf seinem Rücken erkannte Clara die Umrisse der schwarzen Soutane. Es war Pater Imperio, der einem Gläubigen in den Bergen die Letzte Ölung brachte. Seit der Bestattung ihrer Mutter hatte sie nie mehr das Wort an ihn gerichtet, obwohl er ihr all die Jahre häufig begegnet war, aber sie hatte sich jedes Mal abgewandt. Doch dieser herbstliche Vormittag war prächtig und der Berg menschenleer.

»Guten Morgen, Pater.«

Die von der karibischen Sonne im vergangenen Jahrhundert hinterlassenen Furchen teilten sich das Gesicht nun mit den Falten der spanischen Reife.

»Guten Morgen«, sagte sie noch einmal.

Das Maultier kam so nah an ihr vorbei, dass eine Satteltasche Claras Kleid streifte.

»Guten Morgen«, erwiderte Pater Imperio.

Sein dunkles Haar war von Grautönen durchsetzt.

»Ist jemand krank?«

»Ein Schäfer.«

Das Maultier blieb nicht stehen, aus den Satteltaschen drang das Klirren der Flaschen mit den heiligen Ölen.

»Pater.«

»Ja.«

Ein Adler segelte über den strahlend blauen Himmel.

»Bringt Ihr ihm die Letzte Ölung?«

Das Maultier blieb stehen. Pater Imperio drehte sich um und sah Clara an.

»Ich werde ihm helfen, in Frieden zu sterben.«

Das Heiligenbildchen der Pantolomina de las Flores, das seit vielen Jahren vergessen hinter den Gläsern mit den eingemachten Pfirsichen lag, kam ihr in den Sinn.

»Hoffentlich seid Ihr rechtzeitig dort«, sagte sie und sah ihm in die schwarzen Augen. »Adiós, Pater.«

Der Maulesel setzte sich wieder in Gang.

»Adiós, Clara.«

Pater Imperio spürte eine Übelkeit aufsteigen und hatte plötzlich den Eindruck, von der rötlichen Narbe gewürgt zu werden.

Zurück in der roten Villa, beorderte Clara Bernarda in die Küche zur Rasur. Sie rasierte ihr die Stoppeln vom Kinn und plapperte überstürzt drauflos, ohne dass die Köchin ein Wort verstand. Im Topf schmorte ein Zungenragout.

»Nicht traurig, Herrin, ich weiß, wie Kind zurückkommt.«

»Weißt du denn, wo Manuela ist?«

»Ich bringen.«

Sie packte mit zwei Lappen, um sich nicht die Finger zu verbrennen, den großen Topf mit dem Zungenragout und wanderte damit erst durch das Haus, dann durch den Garten. Manuela hockte mit Magenschmerzen im Rosengarten, nachdem sie versucht hatte, sich von Blütenblättern zu ernähren. Da roch sie das köstliche Essen und dachte, Bernarda käme, um sie vor dem Hungertod zu retten. Doch als sie daraufhin zum Vorschein kam, entdeckte sie hinter der Köchin ihre Mutter, die sie am Ohr packte und schimpfend ins Haus zerrte. In diesem Moment schwor sich Manuela Laguna, Bernarda nie wieder zu vertrauen.

Es war die galizische Prostituierte, die ihre Misshandlungen kurierte. Sie machte ihr kalte Umschläge und verabreichte ihr entzündungshemmende Mittel, während sie ihr die Geschichte einer Gruppe Matrosen erzählte, die sich im Nebel verliefen.

Als Manuela wiederhergestellt war, fügte sie sich widerstandslos dem Bordellleben. Sie schrubbte sich auch nie wieder die Haut wund, rieb sich aber nach jedem Beischlaf mit den Kunden von oben bis unten mit dem erstbesten Gegenstand ab, der in ihrer Reichweite lag, einer Haarbürste, einem Knoblauchzopf, einem Negligé. Sie riss auch nicht wieder aus, denn inzwischen wussten alle, dass Manuela, wenn sie nicht im Haus war oder die Einkäufe im Dorf erledigte, im Rosengarten hockte und sich auf seinen überwucherten Pfaden in ihre Melancholie verkroch. Dann redete sie mit den Rosen, wie es ihre Mutter mit den toten Rittern getan hatte, bevor sie Bernardas Damenbart für sich entdeckte, oder badete Tausendfüßler in den Pfützen, kämmte sie mit trockenen Blütenblättern und legte sie in Moosbetten schlafen. Unentwegt träumte sie davon, zum Meer zu gehen und die Kälte der Wellen auf der Haut zu spüren statt der warmen Hände der Männer.

Ihre fehlende Anmut sorgte dafür, dass ihre Bordelllaufbahn erfolglos blieb. Der einzige Reiz, den die letzte Laguna zu bieten hat, ist ihre Jugend, hieß es im Dorf. Wenn sie neben Bernarda auf dem Kutschbock des Pferdekarrens ins Dorf fuhr, hielt sie den Blick stets auf ihre Schuhe gerichtet oder verbarg das Gesicht im Schal, und im Laden sprach sie mit dem Besitzer nur das Nötigste, um die fehlenden Vorräte für die rote Villa einzukaufen. Ihre Stimme sei heiser, sagten die Dorfbewohner, ihre Haut grob und sie habe die Augen einer Hexe, so dass sie bald anfingen, sie die hässliche Laguna zu nennen.

Das einzig Schöne an ihr war das andalusische Haar ihres Vaters, das Clara mit Olivenöl zum Glänzen brachte. Aber das genügte nicht, damit die Kundschaft sie den beiden hübschen jungen Dirnen vorzog, die zum Bordellbetrieb gehörten, seit Ludovica, Tomasa und das Mädchen, das sich Wollbüschel hinter die Ohren klemmte, mit erschlafften Formen in ihre Dörfer zurückgekehrt waren. Manuela verhielt sich im Bett kratzbürstig, und wenn ein Freier nach getaner Arbeit bei ihr einschlief, dann steckte sie ihm Küchenschaben und Spinnen in Jacken- und Hosentaschen. Aus diesem Grund wählten die Männer lieber die galizische Prostituierte, die zwar schon reif war und breite Hüften bekommen hatte, es aber verstand, ihnen ein Ohr zu leihen, und liebevoll auf ihre Sonderwünsche einging.

Manchmal rief Clara ihre Tochter am Morgen zu sich unter den Purpurhimmel. Dann erzählte sie ihr vom Fluch der Familie, vom Kummer, der einem die Knochen aufweicht, von den wie Messerstiche brennenden Tränen, vom Schwindel eines unbewohnten Körpers, weil ihm die Seele geraubt wurde. Auch das, was sie die Hexe Laguna gelehrt hatte, gab sie an Manuela weiter. »Sie sagte immer, eine verfluchte Frau muss in einer Kirche sterben, um in Frieden gehen zu können, und wenn du vom Fluch sprichst, dann versuche stets, einen Schluck Wasser oder Wein zur Hand zu haben, weil es den Mund austrocknet.«

Aber vor allem lehrte sie die Tochter, auf den andalusischen Gutsherrn zu warten. Seine olivgrünen Augen waren auf Claras Lippen nicht gealtert, keine Falte konnte ihnen etwas anhaben, auch seine Beine waren fest wie eh, wenn sie in ihren Träumen die Schwelle der roten Villa betraten, und sahen in den Reithosen und Stiefeln herrschaftlich aus.

»Wer sich rächen will, muss warten können«, erklärte sie der Tochter.

»Ja, warten«, wiederholte diese.

»Warten will gelernt sein.«

»Ja, ich werde warten.«

Und Manuela Laguna lernte zu warten, indem sie sich in den Rosengarten verkroch, sich in Gedanken das Meer ausmalte und es auf die mit Blütenblättern und Tausendfüßlern bedeckte Erde zeichnete. Sie wartete ganze zehn Jahre, bis ihre Mutter eines Wintertags nicht mehr aus dem Bett aufstehen konnte, weil die vom Arzt bei ihr diagnostizierte Syphilis ihr das Fleisch zersetzte und sie mit Pusteln überzog.

Als Pater Imperio von ihrer Erkrankung hörte, schickte er ihr per Post die schon der Vergangenheit angehörende Bibel mit dem violetten Einband. Bernarda trug ihr das Paket ans Bett, und die Herrin öffnete es mit Leichenfingern.

»Bring sie dem Pater zurück. Und achte darauf, dass du die Kirche durch die Hintertür betrittst, damit dich niemand sieht«, befahl sie ihr.

Dann lehnte sie sich in die Kissen zurück und stellte fest, dass ihr keine Tränen mehr geblieben waren.

»Und wenn du wieder da bist, komm hoch, ich will dich rasieren.«

»Ja, Herrin.«

Ein paar Wochen später kam ein weiteres Päckchen mit der Post. Es war in buntes Papier gewickelt und mit über fünfzig Briefmarken frankiert. Diesmal musste die Tochter es öffnen. Ein Set für den Frisiertisch war darin, Kamm, Bürste und Spiegel, mit Griffen aus behauenem Silber, das ihr vornehmster Freier, der Diplomat, aus einem Ort in irgendeinem fernen Land an Clara geschickt hatte.

»Damit kann ich mich im Grab schön machen«, sagte sie, sich im Bett aufrichtend. »Bürste mir die Haare, Manuela, ich habe keine Kraft dazu.«

Sie saß wie immer mit Blick zum Fenster und kehrte der Tochter die graue Mähne zu. Über die Scheiben rann das Wasser der Schneeflocken. Plötzlich löste sich ein Röcheln aus ihrer Brust, als hätte sie jemand mit einer Handvoll Erde beworfen. Sie ging im Bett auf die Knie, die Lippen starr, und klopfte an die vereisten Scheiben.

»Öffne das Fenster, öffne es«, bat sie die Tochter. »Öffne es, jetzt muss er kommen.«

»Es ist zu kalt, Ihr werdet erfrieren«, widersprach die Tochter.

»Ich muss ihn kommen sehen«, wimmerte sie, »ich habe schon zu lange gewartet.«

»Man kann immer noch länger warten, Mutter, warten will gelernt sein, das habt Ihr mir selbst beigebracht«, lächelte Manuela.

Clara Laguna brach auf den Kissen zusammen, war aber noch am Leben. Sie erinnerte sich an die Worte, die ihr die Mutter vor ihrem Tod ins Ohr geflüstert hatte: Warte nicht länger auf ihn, weil der junge Mann nie wiederkommen wird, ich habe es in den Rippen gelesen. Sie erinnerte sich an den Geruch von damals nach heiligen Ölen und kaltem Weihrauch. Sie erinnerte sich an Pater Imperios Glauben und seine Hände, als sie das Kreuz schlugen.

Einen Moment lang wollte sie die Tochter bitten, ihr das Heiligenbild der Pantolomina hinter den Pfirsichkonserven hervorzuholen und sie auf dem Karren zur Kirche zu fahren, damit sie bei Pater Imperio sterben konnte, wie es sich für eine verfluchte Frau geziemte. Doch ein titanischer Zorn hielt sie davon ab. Sie war zornig auf das Schicksal der Laguna-Frauen, zornig auf das Warten der Margeriten, zornig auf ein vergeudetes Leben, einer Rache gewidmet, die sich auf dem Totenbett als sinnlos erwies, zornig auf den andalusischen Gutsherrn und den Mond im Eichenwald.

Sie klammerte sich an die Fensterscheibe und hörte ihn, einen frommen Gesang auf den Lippen, herbeireiten, jung und anmutig, das Haar mit den Olivenlocken unversehrt und die Stiefel voller Margeriten. Als wäre es ein Kuss, so hauchte sie ihr Leben aus, während auf dem Steinplattenweg nur der Wind einen Sonnenuntergang anheulte.

Als ihr Leichnam erkaltete, verströmte er einen Duft nach Eichen, der sich im ganzen Schlafzimmer ausbreitete und für immer darin haften blieb.

Die galizische Prostituierte übernahm es, die Tote aufzubahren. Niemand anderer war gewillt, den vom Siechtum zerfressenen Körper anzufassen. Wie die Verstorbene es verfügt hatte, zog sie ihr das Kleid an, das sie getragen hatte, als sie den andalusischen Gutsbesitzer zum ersten Mal geliebt hatte; Manuela stand indessen hinter der Tür und sah zu. Die Mutter hinterließ ihr ein gutgehendes Bordell, eine chronische Abscheu gegen jeglichen Körperkontakt und die Bürde ihrer Rache. Mit vierundzwanzig Jahren war Manuela Laguna eine ebenso wohlhabende wie abweisende junge Frau.

Claras Bestattung wurde im engsten Kreis der roten Villa begangen, nachdem Pater Imperios Bemühungen, die Verstorbene in der geweihten Erde des Dorffriedhofs zur letzten Ruhe zu betten, fehlgeschlagen waren. Manuela erteilte ihm die Absage, denn ihre Wartezeit war abgelaufen. Das Bordell und die sterblichen Überreste der Mutter gehörten allein ihr, und sie war entschlossen, damit so zu verfahren, wie es ihr passte.

Bernarda und die drei im Bordell tätigen Prostituierten hoben den Sarg auf ihre Schultern, als handle es sich um die Beisetzung einer Königin, und trugen ihn auf Manuelas Anweisung in den verwilderten Rosengarten. Dort hatte sie eigenhändig ein Grab geschaufelt, so dass ihr die Erde auf den Brauen, unter den Fingernägeln und im Lächeln hing. Von Blumen und Strumpfbändern umgeben standen sie schweigend da, ehe die Prostituierten den Sarg in das Loch fallen ließen und mit dem Poltern die Vögel aufschreckten. Als die Köchin anfing Erde ins Loch zu schippen, suchte Manuela die olivgrünen Augen des andalusischen Gutsherrn, auf die ihre Mutter sie zu warten gelehrt hatte, seit sie vierzehn war. Vielleicht treffen sie nicht viel eher ein, aber am Tag meines Todes, kannst du ganz gewiss sein, da werden sie kommen, hatte sie ihr ein ums andere Mal eingeschärft. Aber während der Bestattung war das einzige Olivgrün, was sie sah, der Schal der galizischen Prostituierten, die eine Halsentzündung hatte. Es kam überhaupt kein Mann in jenen einsamen Rosengarten, der nach all den Jahren und all dem Groll ein Labyrinth aus dornigen Pfaden geworden war, genauso wie Manuelas Herz.

Indessen lag Pater Imperio in der Seitenkapelle der heiligen Pantolomina auf den Knien und flehte schluchzend und sich die Lippen aufbeißend um Vergebung für eine Seele, die er nicht zu retten vermocht hatte. Ich wusste nicht wie, klagte er und raufte sich das weiße Haar an den Schläfen. Oder doch, ich habe es gewusst, sagte er zerknirscht, und bin meinem Stolz erlegen, vergib mir, Gott, es war so schmerzhaft festzustellen, dass ihr meine Worte und meine Gegenwart gleichgültig waren. Er weinte bitterlich vor dem Altar der Dorfpatronin, bis die Sonne unterging, die alten Witwen sich vor dem geschlossenen Beichtstuhl versammelten und tuschelnd und mit ihren Rosenkränzen klappernd seinen Tränen nachspionierten. Aber er blieb in seinen Kummer versunken, weil er sich für gescheitert hielt, genauso wie einst bei seiner Mission in den Tropen. Diese tiefe Verzweiflung ließ ihn mit einem Schlag altern, und als er in jener Nacht in seiner Kammer neben der Sakristei schlief, drangen zwei goldgelbe Augen in seine Träume ein und blieben dort bis zu seinem Tod.

Nach dem Begräbnis packte Manuela ihre Koffer, denn ihr ganzes Wesen lechzte nach Freiheit. Sie würde die Leitung des Bordells in die Hände der galizischen Prostituierten legen – der Clara ohnehin seit Jahren die Hauptverantwortung für die Geschäfte übertragen hatte – und sich auf den Weg zum Meer machen. Doch bevor sie zur Küste aufbrach, ging Manuela im Nebel eines Wintermorgens in den Rosengarten, um ein letztes Mal das Grab ihrer Mutter zu besuchen. Jedem anderen hatte sie verboten, sich dem Erdhaufen zu nähern, dem sie nur ein Eisenkreuz ohne den Namen der Toten aufgesetzt hatte. Sie hatte es bei einem Schrotthändler gekauft, der am Todestag der Mutter draußen am Tor stand und Liebeslieder sang. Manuela wollte, dass Clara Lagunas Grab unter den Dornen und im Vergessen versank.

Schnellen Schrittes folgte sie den verschlungenen Pfaden, da riss kurz vor ihrem Ziel der Nebel auf, der den Himmel erstickte, so dass ein Sonnenstrahl mitten auf das Grab traf und eine darauf kniende Frau beschien. Manuela erkannte Bernarda – ins Licht getaucht wie in einen Heiligenschein –, die in einer Hand einen Bund frischer Tomaten hielt und in der andern einen Salznapf, als wäre sie im Begriff zu frühstücken. Die Köchin warf ihr grinsend einen ihrer unterwürfigen Blicke zu.

Kapitel 6

Als sie aus dem Eisenbahnfenster am Horizont die glatte Meeresoberfläche erblickte, dachte Manuela Laguna im ersten Moment, es handle sich um eine gefrorene Wiese, die blau schimmerte. »Und die Kühe?«, murmelte sie vor sich hin, »vielleicht ist ihnen die Weide zu hart und sie sind eine andere suchen gegangen.«

Doch als der Zug näher kam, entdeckte Manuela, wie sich die Oberfläche kräuselte. Die Erinnerung an die Geschichten ihrer Kindheit ließ ihr vor Freude fast die Brust zerspringen: Sie drückte Nase und Hände ans Abteilfenster, so dass die Scheibe von ihrem Atem beschlug, und stand so da, bis die Eisenbahn in einen Tunnel fuhr und die Landschaft plötzlich schwarz wurde. Als der Zug wieder herauskam, war das Meer verschwunden. Stattdessen waren jetzt beeindruckende Gutsherrenhäuser zu sehen, umgeben von Feldern und Gemüsegärten. Manuela nutzte den Moment, um wieder auf dem Holzsitz Platz zu nehmen, wie es sich gehörte; sie strich sich das Kleid glatt, streckte den Rücken und legte die Hände in den Schoß, wo sie brav ihr Täschchen festhielten. Am Fenster waren noch die Abdrücke von Nase und Fingern zu sehen, sogar ein achtloser Kuss. Sie sah aus den Augenwinkeln zu ihren Spuren, drückte das Täschchen im Schoß noch fester, musterte die Mitreisende gegenüber, eine ältere Frau in Begleitung ihrer Tochter, und lächelte sie an, obwohl deren Gesichtausdruck Härte verriet.

Die Eisenbahn lief im Bahnhof von La Coruña ein. Manuela zitterten die Hände, als sie ihren Koffer nahm.

»Adiós und gute Reise«, sagte sie zu der Frau und ihrer Tochter. Sie antworteten nicht, aber Manuela lächelte weiter. Als sie über den Bahnsteig ging, begannen ihr auch die Knie zu zittern, und sie lief so vorsichtig, als könnten sie ihr unter dem Kleid zerbrechen. Die Lokomotive pfiff und spuckte Dampfwolken, die einen rußigen Geruch auf dem Bahnsteig hinterließen.

»Möchten Sie einen Wagen, Señorita?«, fragte sie ein Bediensteter.

»Nein, noch nicht, danke.«

Es war um die Mittagszeit und die Wolken am Himmel schienen aus Gischt zu sein. Im Dunst hatte Manuela ein schweres, salziges Aroma ausgemacht, das einem auf der Haut klebte, und sie wusste, dass es zu ihrem Empfang gekommen war. Sie setzte sich im Bahnhof auf eine Bank, stellte den Koffer neben ihre Stiefel und saß einfach da, um die feuchte Brise einzusaugen, die das Meer ihr schickte. Um sie herum schleppten Träger das Gepäck der Reisenden, Frauen halfen ihren Kindern in die Waggons und Männer ihren Frauen, Angehörige lagen sich in den Armen, Verliebte sahen sich in die Augen; alle fern und uninteressant gegenüber dem köstlichen Duft des Meeres.

Manuela Laguna zog in ein Hotel in der Nähe des Hafens. Es war klein und nicht teuer, aber sauber, obwohl bisweilen in den Fluren der Teergestank der Matrosen hing. Sie hatte es wegen der überdachten Terrasse mit der Steinbalustrade gewählt, die direkt gegenüber dem Strand lag, und wo für die Gäste mehrere Tische mit Sesseln standen, um die Tageszeitung zu lesen oder Karten zu spielen. Obwohl es gerade Anfang Februar war, verbrachte Manuela ihre Nachmittage auf dieser Terrasse. Das Klima kam ihr milder vor als in ihrer Heimat, und die Feuchtigkeit störte sie nicht, im Gegenteil, ihre Haut und ihre Knochen lechzten förmlich nach dem eisigen, durchdringenden Atem des Ozeans. In ihrer Jugend hatte sie gelernt, dass es nicht angenehm war zu lieben, sondern schmerzhaft, und sie wusste, dass das Schicksal einer Laguna-Frau von ihr verlangte, aus Liebe zu leiden und sich das Herz brechen zu lassen – und sei es von der Kälte.

Zu Beginn saß sie da und betrachtete stundenlang das Meer, während sie seine Farbe in die verschiedenen Blau- und Grüntöne zerlegte und dem Gespräch der Wellen lauschte. Von der Terrasse führte eine Treppe zur Straße, und wenn sie diese überquerte, kam sie an den Strand. An manchen Tagen lief sie hinunter zum Strand, obwohl es schon dunkel war, ließ die Stiefel im weißen Sand versinken und sich von den salzigen Böen übers Lächeln fahren; die Möwen krächzten am Himmel und stießen zum Wasser hinunter, um Fische zu fangen.

»Ihr glaubt wohl, ihr wärt die Einzigen, die es anfassen dürfen«, zischte sie eifersüchtig zwischen den zusammengebissenen Zähnen hervor.

Dann wagte sie sich bis ans Ufer. Die Wellen kreischten und überspülten ihr die Stiefel und den wollnen Rocksaum, aber sie bückte sich nur und liebkoste das Wasser, roch an ihm und leckte sich die Finger, um es zu schmecken.

Vormittags spazierte sie gewöhnlich durch den Hafen und an den Fischerbooten vorbei. Sie sah gerne zu, wenn die Frauen die Netze flickten und die Männer die Fische mit der spiegelnden Haut und dem Geruch nach Meeresbauch abluden. Auch auf die Fische war sie eifersüchtig, obwohl sie tot waren und sie mit stumpfen Augen ansahen, und sie selbst lebendig genug war, um ihnen die Schuppen auszureißen, sie auszunehmen und nach Belieben zu kochen.

Ja, das Kochen mit Bernarda, das vermisste sie am meisten. Deshalb ging sie eines Nachmittags, an dem ihr das Heimweh allzu sehr zu schaffen machte, in die Hotelküche hinunter, wo die Wirtin dabei war, für das Abendessen eine Brasse in Sauce vorzubereiten.

»Soll ich Ihnen helfen?«, fragte sie und warf einen sehnsüchtigen Blick auf die Fleischstücke, die auf einer Marmorplatte ausgebreitet waren.

Die Wirtin musterte das Mädchen, das schon seit einem Monat

in einem ihrer Zimmer wohnte und an niemanden das Wort richtete; eine junge Frau mit schwarzen Augen, ohne Anmut und Reize, die derbe Bauernkleidung trug und dazu längst aus der Mode gekommene Strohhütchen.

»Ich habe zu Hause, weit weg von hier, immer gekocht, und …«, entschuldigte sich Manuela mit dem Akzent des Nordens.

»Und das fehlt Ihnen«, antwortete die Frau. »Aber sind Sie denn Galizierin oder sind Ihre Eltern aus Galizien, dass Sie wie die Leute hier sprechen?«

»Nein, nein, ich habe bloß mit jemandem aus Galizien zusammengelebt. Wenn Sie ein Huhn hätten, könnte ich es Ihnen mit Zwiebeln zubereiten.«

»Ich habe Geflügel da, aber das wollte ich in die Suppe tun.«

»Gut, dann bereite ich Ihnen einen Hühnereintopf zu. Sie werden nicht enttäuscht sein.«

Manuela zog eine Schürze an, rupfte das Geflügel und zerlegte es mit einer Geschicklichkeit, die der Señora den Atem nahm.

Als das Frühjahr kam, begab sich Manuela begeistert auf die Suche von Muscheln, Schnecken und allem, was ihr das Meer vor die Füße spülte. Sie legte es in Schachteln in ihren Kleiderschrank, und wenn sie abends von ihren Strandspaziergängen zurückkam, sortierte sie die Funde nach Farben, Größen und Gerüchen. Sie frönte auch weiter ihrer Liebe zur Schönheitspflege von Insekten, fing Schaben in den Hotelfluren und unterzog sie einem Aromabad.

Als sie in den Sträßchen rund um den Hafen unterwegs war, entdeckte sie eines Tages einen Handarbeitsladen mit Wolle, Stickgarn und anderen Kurzwaren. Sie kaufte sich eine Stickvorlage mit einer roten Rose und begann, sich damit die Nachmittage zu vertreiben, während sie auf der Terrasse saß und den Neuigkeiten lauschte, die ihr das Meer zuraunte. Als das Bild fertig gestickt war, kaufte sie ein Schiff, dann ein anderes Bild, bis sie die Gobelinstickerei zu ihrer Alltagsroutine, zu ihrer Liebesroutine gemacht hatte.

Der Sommer kam und mit ihm die Badegäste in den kurzen Hosen, die Kinder, die im Sand spielten. Manuela beneidete jeden, der ins Meer ging, der im Wasser schwamm und über die Wellen sprang. Von der Hotelterrasse aus beobachtete sie eifersüchtig die Sommerfrischler. Ihr Lärm, ihr Geschrei, ihre Ausgelassenheit störten sie. Wenn sie auf der Terrasse saß und handarbeitete oder im Hafen spazieren ging, näherten sich ihr mehrmals junge Männer und wollten mit ihr ein Gespräch anknüpfen oder anbandeln, aber sie erteilte ihnen sofort eine Abfuhr – von Männern hatte sie für alle Zeiten genug.

Eines Abends im August unternahm sie einen ihrer Spaziergänge am Meer bis in die Nähe des Hafens. Sie trug ihre Stiefel in der Hand und trat mit nackten Füßen auf das gleißende Mondlicht, durch das sich ihr schmaler Schatten vom Sand abhob. Es war eine feuchte Nacht. Sie vernahm den grölenden Gesang von Männern, die offenbar gerade eine Hafenschenke verließen. Es waren Lieder in einer fremden Sprache, Matrosen, dachte sie. Häufig legten im Hafen Schiffe aus fernen Ländern an und die Besatzung ging von Bord, um sich zu betrinken, ehe sie wieder die Segel setzten. Das Grölen kam näher, und Manuela wusste, dass die Matrosen nun am Strand waren. Auf der Meeresoberfläche spiegelte sich eine silbrige Schlange. Aus dem Gesang wurden Rufe und Pfiffe. Manuela erkannte hier ein rötliches Gesicht, dort eine speckig glänzende Mütze. Sie zog das Kleid hoch und watete ins Wasser, damit das Meer sie beschützte.

Manuela erwachte im Krankenhaus in einem der Eisenbetten, die nebeneinanderstanden, wie die Stuhlreihen der alten Klatschweiber in ihrem Dorf, und nach Medizin rochen.

»Wie geht es Ihnen«, erkundigte sich eine Stimme, »haben Sie Verwandte?«

Sie schüttelte den Kopf.

»Jetzt ist alles vorbei. Sie werden sich wieder erholen.«

Manuela hatte noch den Geschmack des Meeres im Mund und lauter Sand zwischen den Zähnen.

Die Wirtin kam zu Besuch. Seit Manuela in der Küche aushalf, waren sich die beiden nähergekommen. Fest steht, dass dieses Mädchen hervorragend kochen kann, dachte sie, ich sollte ihr vorschlagen, bei mir in Stellung zu gehen, aber nach dem nächtlichen Vorfall fühlt sie sich womöglich bei uns nicht mehr sicher und will lieber wieder zurück, wo sie hergekommen ist.

»Geht's schon ein bisschen besser, mein Mädchen?«, fragte sie, indem sie ihr über die Stirn strich. »Die Leute sagen, es wären Norweger gewesen, von einem Schiff, das im Hafen angelegt hatte.«

»Wer?«

Dem Kleid der Wirtin entstieg der Teergeruch, der sich in den Ecken ihrer Flure ablagerte. Manuela wurde übel.

An einem anderen Tag kamen Männer zu ihr, die sie noch nie gesehen hatte, und stellten ihr Fragen, auf die sie keine Antwort wusste, und wiederholten ein ums andere Mal: Sie hatten sehr viel Glück, um ein Haar wären Sie ertrunken.

Als sie eine Woche später entlassen wurde, lächelte ein Arzt sie hinter seiner Brille an. »Sie müssen schwimmen lernen, verstehen Sie. Wenn Sie das nicht tun, dann dürfen Sie nie wieder im Meer untertauchen. Versprochen?«, und er reichte ihr die Hand.

Manuela starrte die Hand des Mannes an und bat ihn, ihr ein paar Handschuhe zu bringen.

»Wozu, mein Kind?«

»Um sie anzuziehen.«

Sie verließ das Krankenhaus in Gummihandschuhen, die zur Versorgung von Brandwunden verwendet wurden. In einem Laden der Innenstadt kaufte sie sich ein Paar aus weißer Baumwolle und tauschte es gegen die Gummihandschuhe aus. Dann kaufte sie in einer Bildergalerie ein Ölgemälde von einem ruhigen Meer mit Schiffen darauf und Möwen.

Die Wirtin empfing sie herzlich. Sowohl die Ringe unter Manuelas Augen als auch ihre Lippen waren bläulich verfärbt, als hätte sich der Ozean des Mädchens bemächtigt und ihren Körper zu seinem Zuhause gemacht.

»Würdest du gerne dableiben und bei mir in der Küche arbeiten? Das Zimmer wäre dann umsonst und ich würde dir auch ein kleines Gehalt zahlen. Was meinst du?«

Manuela nahm das Angebot an und kochte von nun an mit Baumwollhandschuhen. Weil sie schnell fleckig wurden, musste sie sich allerdings vier oder fünf Paare davon zulegen. Die Wirtin wagte nicht, ihr zu sagen, dass sie die Hühner und Kaninchen mit bloßen Händen ausnehmen sollte, also ging das Mädchen mit blutverschmierten Handschuhen durch die Hotelflure. Sie nahm wieder ihre Gewohnheit auf, nachmittags auf der Terrasse zu sitzen und mit Blick aufs Meer zu handarbeiten, aber Abendspaziergänge unternahm sie keine mehr.

Eines Morgens in den letzten Herbsttagen, als ihr die Kleider nicht mehr passten, machte sie sich genauso verschwiegen wieder davon, wie sie gekommen war, ohne sich von irgendjemandem zu verabschieden, nicht einmal von der salzigen Seeluft, die sie bis zum Bahnhof begleitete.

Verschlossen wie die Einsamkeit kehrte sie zur roten Villa zurück, und sie brachte Neuigkeiten mit: ein Paar Baumwollhandschuhe – die sie bis zum Tod beibehalten sollte – und einen Bauch, der sich zwischen den Hüftknochen wölbte. Nach mehreren Monaten legte sie sich, ohne zu wissen wozu, in das Bett mit dem Purpurhimmel und rief, wie vor Jahren ihre Mutter, nach Bernarda, die inzwischen ziemlich füllig geworden war.

»Geh zwischen meine Schenkel und hol mir das Kind raus, wie du es bei den Kälbern machst.« Die Köchin ließ ein Knurren vernehmen, spuckte in die Hände und rieb sie kräftig.

Am frühen Abend brachte Manuela eine Tochter von schier übernatürlichem Aussehen zur Welt und nannte sie Olvido. Im Dorf tuschelten die Klatschweiber über die Bedeutung dieses Namens, aber es blieb im Dunkeln, ob sie ihn gewählt hatte, um ein bestimmtes Ereignis in ihrem Leben zu vergessen, oder einfach aus einer Laune heraus.

Nach Olvidos Geburt fasste Manuela den Entschluss, ihr eigenes Leben und das ihrer Tochter einem einzigen Ziel zu widmen: aus den Laguna-Frauen anständige Bürgerinnen zu machen und damit etwas zu bekommen, was ihnen nie zuteilgeworden war, nämlich die Achtung des Dorfes. Das Erste, was sie dafür tat, war, ein riesiges Opferfeuer im Garten der roten Villa zu veranstalten. Sie verbrannte die Operncanapés, die Damastvorhänge, die Odaliskenbilder, die Strumpfbänder, die Morgenmäntel aus Satin, die Negligés, die Maurenhosen von der *Entführung aus dem Serail.* Sie verbrannte alles, was daran erinnerte, dass das Haus ein prunkvolles Bordell gewesen war, und zwar vor aller Augen; die Dorfbewohner sollten wissen, dass die Zeiten der Laguna-Huren in diesen reinigenden Flammen ein für alle Mal zu Ende gingen.

Da sie es nicht wagte, die Mädchen aus dem Bordell kurzerhand mit zu verbrennen – obwohl ihr dieser Sühnegedanke im Grunde nicht missfiel –, gab sie jeder einen Packen Geld, den Laufpass und den Rat, sich in Zukunft woanders auf der Welt als Hure zu verdingen. Die galizische Prostituierte, die im letzten Jahr zur Madame aufgestiegen war, glaubte, von dieser inquisitorischen Säuberung verschont zu bleiben, aber da täuschte sie sich. Eines frühen Morgens, als sie in der Küche beim Frühstück saß, verkündete Manuela ihr mit ihrem nordischen Akzent, dass auch sie entlassen sei.

»Ich weiß nicht, wo ich hin soll. An den Weg zum Meer kann ich mich nicht mehr erinnern. Das hier, bei dir, ist mein Zuhause …«

»Ich gebe dir so viel Geld, dass die Erinnerung zurückkommt, aber geh bitte. Meine Tochter und ich sind ab jetzt anständige Leute.«

In der darauffolgenden Nacht nahm die galizische Prostituierte einen Strick und erhängte sich in der Kastanie; da ihr Leichnam bis zum nächsten Morgen dort baumelte, wurde er zum Räuchergefäß und verbreitete den Eukalyptusgeruch, den ihr totes Herz ausströmte, im ganzen Dorf. Manuela begrub sie in der Mitte des Labyrinths, das einst ein Rosengarten gewesen war. Außer ihr kannte niemand die verschlungenen Pfade, die dorthin führten, und sie hatte nicht das Bedürfnis, sich mit einem anderen Menschen über jene Grabstelle und jenen Ort auszutauschen. Verschiedenfarbige Rosen wuchsen dort wild übereinander, und ihre Ranken häuften sich zu einem turmartigen Gebilde, während die Sonne auf der Erde lag wie ein Mann und Manuela mit sich und der Welt im Reinen war.

Die Köchin blieb somit als einzige Arbeitskraft in der roten Villa. Denn Manuela fürchtete, sie könnte sich ebenfalls an der Kastanie erhängen, wenn sie sie hinauswarf. Und am Ende würde man ihr vorwerfen, die Straßen des Dorfes mit dem Stutengeruch der Knollennasigen verpestet zu haben.

Als Pater Imperio die Nachricht von der Zerstörung des Bordells erhielt, packte ihn erneut ein krampfartiges Schluchzen. Diesmal lag er vor dem Christus im Altarraum auf den Knien und dankte Gott, beklagte aber im gleichen Atemzug, dass die Zerschlagung zu spät käme. Während er sich mit der Faust auf die linke Brust hämmerte, um sein von Erinnerungen stechendes Herz zu bändigen, hörte er im Rücken Schritte, die auf den ausgetretenen Bodenfliesen widerhallten.

»Fertig, Pater, ich habe all das Böse verbrannt, was noch in der roten Villa war.«

Als er sich umdrehte, stand Manuela vor ihm. Er musterte sie eingehend, die Haare, die Augen, die Lippen, die knochige Gestalt, doch er konnte nicht die geringste Gemeinsamkeit mit Clara Laguna erkennen.

»Wieso starren Sie mich so an? Ich bin Manuela. Hab ich irgendwo ein Tier sitzen, oder was?«

Nicht einmal die Stimme der jungen Frau erinnerte an die der Mutter. Claras Stimme war zwar tief gewesen, hatte aber harmonisch und schön geklungen, bei Manuela hörte man dagegen deutlich die Rauheit der ersten von Bernarda erlernten Knurrlaute heraus.

»Du hast getan, was getan werden musste, mein Kind«, erwiderte Pater Imperio.

»Kann ich jetzt zur Kirche kommen wie die Vornehmen und die Anständigen?«

»Gottes Haus steht jedem offen, erst recht denen, die Seiner am meisten bedürfen«, setzte der Pfarrer hinzu, indem er sich bekreuzigte.

Bei dem letzten Schritt der Säuberung half Manuela die Bekanntschaft mit einem kürzlich zugezogenen Mann, einem Anwalt aus Segovia, der auf der Hauptstraße des Dorfes eine Kanzlei eröffnete und sich auf Erbangelegenheiten, Grundstücks- und Vermögensverwaltungen spezialisiert hatte. Er war um die vierzig und brachte mit dem schwarzen Automobil, das er fuhr und für das ihn alle bewunderten, die seinen Weg kreuzten, den Glanz der Moderne ins Dorf. Dieser Mann kannte den Landstrich und seine Leute, war mehr als einmal in den Genuss der orientalischen Künste der roten Villa gekommen und übte seine Tätigkeit mit der Einstellung aus, dass Geld nicht stinkt. Deshalb hatte er keine Skrupel, Manuelas Auftrag anzunehmen und das Vermögen zu verwalten, das ihre Mutter mit dem Bordell angesammelt hatte. Er legte es außer Reichweite der verrenkten Mäuler des Dorfes in Staatsanleihen und Immobilien an.

Der Reichtum der Laguna-Frauen und des Anwalts – der sich aus den Gewinnen ein großzügiges Honorar genehmigte – wuchs auf diese Weise rasch zu einem beachtlichen Berg heran. Deshalb beschloss Manuela, die rote Villa zu renovieren. Sie dachte sich, ihre Ehrbarkeit müsse auch im Geschmack ihrer Wohnumgebung sichtbar werden, um sich ein für alle Mal durchzusetzen. Also ließ sie die nach dem Feuer rußgeschwärzte Fassade in einem matten Rot streichen, von dem sich die Fensterläden weiß abhoben. Sie ließ die Zimmerdecken und den Salon mit einer Stuckgirlande verzieren und schaffte für das Badezimmer eine Emaillewanne mit Löwenfüßen an sowie für die Eingangsdiele einen Schrank für weiße Wäsche. Das einzige Möbel, das die Zerschlagung des Bordells überlebte, war das große Eisenbett mit dem Purpurhimmel, dessen Wollmatratze Zeugin der fleischlichen Heldentaten ihrer Mutter, ihrer eigenen Geburt und der ihrer Tochter Olvido geworden war. Dieses Bett ließ Manuela in einer ihr sonst fremden Anwandlung von Wehmut unangetastet an seinem Platz stehen.

Kapitel 7

Sonntags wurde das kastilische Dorf vom Läuten der Kirchenglocken geweckt. Ihre vom Grünspan belegten Stimmen kündigten einen Gott geweihten Ruhetag an, während die Tauben dicht gedrängt im Glockenturm saßen und flügelschlagend die Glieder reckten und der Glöckner, »El Tolón« genannt, auf Bergen von Vogelexkrementen zur Messe rief. Über Straßen und Gärten hing der Duft nach geröstetem Brot, nach Kernseife und sauberen Kleidern. Die Messe begann um zehn. Um halb zehn öffnete Pater Imperio die große Flügeltür, die artig die herbeiströmende Gemeinde verschlang – die Schleier, die Mantillen und das Flanell der Reichen genauso wie die Flicken und das grobe Tuch der Armen. Dann war der Platz wie leergefegt und lag fast wehrlos da, ohne Gerede, ohne Maulesel, ohne Kindergeschrei, nur der Brunnen mit den drei Rohren plätscherte seine Wassermusik, und die trägen Hunde dösten in den Hauseingängen, während sie ihre Schnauzen gen Himmel streckten.

Aber an jenem Sonntag Ende Mai wehte die Fahne der Republik an der Fassade des Rathauses – einem klassizistischen Bau gegenüber der Kirche – und der Platz lag keineswegs leer da, als der Pfarrer die großen Flügel der Kirchtür wieder schloss. Bauern und Tagelöhner in Arbeitskleidung hatten sich vor dem Rathaus versammelt und forderten von den Großgrundbesitzern bessere Löhne und die Verteilung ihrer Ländereien.

Seit sie die Pracht des Bordells in den Flammen hatte aufgehen lassen und Pater Imperios Segen dazu bekommen hatte, ging Manuela sonntags zur Kirche, obwohl Clara sie gelehrt hatte, dass eine verfluchte Frau dazu kein Recht hat, sondern eine Kirche erst betreten dürfe, wenn sie den Tod nahen fühlt. Auf dem Kutschbock ihres Pferdewagens, der von einem schwarzen Gaul ohne Namen, aber mit dem Geruch ihrer Kindheit, gezogen wurde, kam sie ins Dorf.

Sie trug stets gedeckte Farben, hochgeschlossene Blusen, weite Röcke, in der Einsamkeit ihrer Handschuhe gehäkelte Kopfbedeckungen und blickdichte Strümpfe. Sie war gerade Anfang dreißig, aber ihre Züge waren vorzeitig gealtert, die Augen glanzlos, die Wangen rau, die Lippen zerfurcht. Niemand verstand, wie Manuela Laguna nur so hässlich sein konnte, am wenigsten jene, die ihre Mutter gekannt hatten. Obendrein war sie im Begriff, das einzig Reizvolle ihres Äußeren zu verlieren: ihr andalusisches Haar. Denn wenn sie auf ihrem Wagen saß, fielen ihr bei dem Geholper die Haare in grindigen Büscheln aus und flatterten im Fahrtwind davon. Es soll vorgekommen sein, dass diese Haarbüschel – ohne dass sich dafür eine Erklärung fand – auf der granatfarbenen Heiligen Schrift landeten, die den Kirchenaltar dominierte, in der Frühstückstasse des Bürgermeisters oder in den vom Apothekermeister gemischten Arzneien schwammen.

An diesem Sonntag begleitete Olvido Laguna die Mutter zum ersten Mal beim Kirchgang. Sie war gerade sechs Jahre alt geworden und hatte bisher selten die Gelegenheit gehabt, die alte Villa zu verlassen. Manuela hielt sie nämlich versteckt. Sie wusch ihr das Gesicht mit Insektenwasser und schrubbte es anschließend mit Geißblattwurzeln und Schweineborsten, aber weder diese noch die anderen von Manuela ersonnenen Mittel zeigten auch nur die geringste Wirkung. Olvidos unerklärliche Schönheit, die ihr die Mutter mit Zauberwässern, Abreibungen und Auflagen austreiben wollte, schien immun dagegen und nahm nach derartigen Behandlungen sogar zu. Das Mädchen war am nächsten Morgen noch hübscher, die Haut von den künstlichen Entblätterungen sanfter, die Wangen leuchtender, die Lippen mit ihrer roten Linienführung anziehender, die blauen Augen reiner und strahlender; ihre Schönheit war auf eine geheimnisvolle Weise ungehorsam.

Nach jedem dieser missglückten Versuche schloss sich Manuela in ihrem Schlafzimmer ein und heulte die wütenden Tränen einer Adoleszenten. Es kam auch vor, dass sie vom frühen Morgen bis zur Stunde der Siesta heulte und überrascht war, ihre Tochter noch am Leben zu sehen, wenn diese zaudernd an die Tür klopfte. Olvido war noch schöner als ihre Großmutter, die Prostituierte mit den goldenen Augen, und Manuela dachte, ihre Tochter müsste eines plötzlichen Todes sterben, weil niemand auf die Dauer imstande sein konnte, die Last eines so schönen Gesichts zu tragen. Dennoch machte sie die Idee, Olvido zu verlieren, wütend, schließlich hatte sie den Plan, sie mit einem wohlhabenden, anständigen Mann zu verheiraten, dessen Abstammung das »Laguna« aus ihrem Nachnamen verdrängen würde. Darin sah Manuela die einzige Möglichkeit, sich im Dorf Achtung zu verschaffen, so dass Olvido, bis das erreicht war, unbedingt am Leben bleiben musste. Starb ihre Tochter danach, sollte es ihr egal sein.

Olvido probierte ein Kleid an. Es war aus grobem Stoff mit einem Ährenmuster und bedeckte sie vom Hals bis zu den Knöcheln, während sie überall auf der Haut der Frühling juckte. Schlimmer jedoch als die Quaddeln, die nach dem Aufkratzen zu brennen anfingen, war für das Kind die von der Mutter verordnete Blindheit. Auf dem Weg ins Dorf konnte sie weder die aufgehenden Pfingstrosen noch die von Ast zu Ast hüpfenden Eichhörnchen anschauen, weil ein tief ins Gesicht gezogener Strohhut mit einer riesigen Krempe sie daran hinderte.

Als sie an der Kirche ankamen, half Manuela der Tochter vom Wagen und strich ihr die Knitter aus dem Kleid, bevor sie ins Dämmerlicht der großen Tür eintauchten. Sie betraten das Gotteshaus, wo die Blicke des Dorfes nach Verachtung rochen, und setzten sich in eine der hintersten Bänke, wo sie als Mitglieder einer sündigen Familie hingehörten. Als Olvido auf dem harten Holzsitz saß, befreit von der Tyrannei des Hutes, den ihr Manuela aus Gottesfurcht abnehmen musste, beobachtete sie, wie die Geister der Verstorbenen die Kerzenlichter zum Flackern brachten, und bildete sich ein, es wären lauter Feen. Der gelblichen Miene der Mutter ausweichend, lächelte sie ihnen zu und wagte sogar, sich etwas von ihnen zu wünschen: Liebe leuchtende Feen, ich wünsche mir, dass ich ein Kind zum Spielen habe, dass meiner Mutter die Rute zerbricht und dass meinem Papa die Flöhe abfallen. Sie hatte die Hände gefaltet und hielt nach jedem Wunsch die Luft an.

Am fernen Altar stand Pater Imperio mit ausgebreiteten Armen wie der Adler, der er einst war, und kramte die Predigten über das spanische Imperium aus dem Gedächtnis, die ihm seinen Namen eingebracht hatten, als er sie mit dem Eifer der Jugend kurz nach seiner Rückkehr aus den Kolonien hielt. Die Karibik hielt wieder Einzug in die Kirche, mit ihren Hinterhalten zwischen Kokospalmen und Tabakpflanzen und dem Tod in den Sümpfen. Noch einmal nahm der Teufel die Gestalt von Bajonetten, Moskitoschwärmen, einer erbarmungslosen Hitze und dem Fieber an. Auch diesmal ließen sich die älteren Gottesdienstbesucher davon anrühren, obwohl so manchem noch nach dreißig Jahren die tiefere Bedeutung dieser Ansprachen verschlossen blieb. Andere dagegen weinten, weil sie den Pater endlich verstanden, während den Jüngsten der Ruhm und die Angst, die in den schwarzen Pupillen des Pfarrers schimmerten, fremd blieben. Aber obwohl sie die Geschichte, die sich hinter seinem Namen verbarg, nicht kannten, stiegen auch ihnen die Tränen in die Augen. Ein paar junge Mädchen mutmaßten, dass der Pfarrer ein entfernter Verwandter von Imperio Argentina war, der Hauptdarstellerin in *La Hermana San Sulpicio,* einem Film, den sie im Sommerkino gesehen hatten, das seit einigen Jahren mit den ersten warmen Tagen des Jahres ins Dorf kam.

Pater Imperio trocknete sich mit einem Stofftaschentuch die schweißnasse, von weißem Haar bekränzte Stirn und bekreuzigte sich, als er feststellte, dass mehrere Bankreihen leer geblieben waren und das Gotteshaus nicht mehr wie im vergangenen Jahrhundert vor Frömmigkeit und dem Geruch nach Schafspelz überlief. Er ließ die Arme sinken, es war nicht mehr nötig, das Weihrauchfass von einem Ende zum anderen zu schwenken und in die Gebete der Gläubigen duftende Furchen zu ziehen; er legte die Hände auf die granatfarbene Bibel und seufzte.

Als die Liturgie beim *Gloria* angekommen war, setzte Manuela Laguna in den Gesang der Gemeinde mit ein, aber kaum hörten die Leute sie, da verstummten sie trotzig, und ein eisiger Vorwurf durchlief das Kirchenschiff. Es dauerte Minuten, bis das *Gloria* zu den Kehlen zurückkehrte, ein arktisches *Gloria* nebenbei gesagt, das Christus die Lippen blau gefroren hätte. Dann schickte sich Pater Imperio an, das Abendmahl auszuteilen. Manuela rührte sich nicht von der Stelle, sie musste noch von vielen Sünden reingewaschen werden, ehe sie es wagen durfte, die Kommunion zu empfangen.

Beim Hinausgehen lastete erneut das Gewicht des Hutes auf Olvidos Kopf. Sie nutzte jedoch den Tumult von Tagelöhnern und Bauern auf dem Platz, als sie lautstark ihre Rechte einforderten und die gerade aus der Taufe gehobene Republik hochleben ließen, um die Strohkrempe zurückzuschlagen und einige Dorfbewohner anzulächeln. Nur einer erwiderte, zwischen den Erwachsenen umhertollend, die Geste: der jüngste Sohn des Lehrers. Er war sieben Jahre alt, hatte mittelbraunes Haar mit einem Nackenwirbel, graue Augen, ein Grübchen am Kinn – in dem sich Jahre später der Mond verstecken würde – und volle Lippen. Er spitzte sie, um sich bei ihr bemerkbar zu machen, und Olvido bewahrte sie für alle Zeiten zwischen den blutroten eigenen.

»Was machst du? Was machst du?« Manuela hatte die Tochter beim Lächeln ertappt. »Man lächelt niemanden an, den man nicht kennt, schamloses Ding«, damit packte sie das Mädchen am Arm. »Wir gehen nach Hause, ich werde dir schon noch Manieren beibringen.«

Sie bestiegen ihren Karren. Das schwarze Pferd scharrte schon mit den Hufen und wieherte. Der Dorflehrer, ein hagerer Mann mit aschgrauen Augen, schaute ihnen nach. Manuela nickte ihm zu, doch er ließ den Gruß unerwidert. Es ist noch zu früh, um den Lagunas die fleischlichen Sünden zu vergeben, dachte sie, die Zügel fassend, irgendwann werden sie schon noch grüßen. Sie drosch mit der Peitsche auf den Rücken des Tieres ein und bekam, wie jedes Mal beim Geruch von Pferden, Appetit auf Huhn mit Eigelbsauce.

Auf dem Rückweg zur roten Villa stürmte der Frühling in seiner ganzen Fülle auf sie ein, mit Bienensummen, Wicken- und Maiglöckchenfeldern und der von Pollen geschwängerten Luft. Olvido dachte an den Jungen mit den grauen Augen, während ihre Mutter den Karren eilends nach Hause lenkte. Als endlich vor ihnen das Tor mit dem eisernen Schriftband erschien, nahm Manuela dem Kind den Hut vom Kopf.

»Geh aufmachen.«

Das Gebell eines Hundes war zu vernehmen.

»Ich werde nie wieder einen Unbekannten anlächeln, Mutter, ich verspreche es dir.«

»Halt den Mund und warte im Haus auf mich«, erwiderte Manuela mit den steifen Handschuhen an den Zügeln und dem Frühjahr im Nacken.

Das Kind lief über den von Großmutter Claras Blicken abgenutzten Steinplattenweg zum Haus und wartete in der Eingangsdiele. Sie lehnte sich an den Schrank mit der weißen Wäsche; seinen geflochtenen Türen entwich der Duft von Lavendelsäckchen, die zwischen Handtüchern und Bettlaken verteilt waren.

Als Manuela kam, öffnete sie den Schrank und holte die Binsenrute heraus, mit der sie die Teppiche auszuklopfen pflegte.

»Zieh das neue Kleid aus, ich will nicht, dass es Flecken kriegt.«

Olvido knöpfte das Oberteil auf und zog den Reißverschluss an der Seite herunter. Dieses Kind wird den Ruf der Lagunas reinwaschen, flüsterte Manuela und fixierte den schmalen Körper der Tochter, als er unter dem Kleid zum Vorschein kam. Und wenn ich sie kurz und klein schlagen muss, damit sich das erfüllt, dann war das der Wille Gottes. Sie ließ die Rute auf den Rücken des Kindes hinabsausen, und das Licht der Sonne, die schon hoch am Himmel stand, mischte sich mit dem Geräusch der zarten Knochen.

Als die Rute wieder an ihren Platz bei der sauberen Wäsche und den Lavendelsäckchen zurückgekehrt war, schlüpfte Olvido in den Garten hinaus, wo sich aus dem Pinienhain der Geruch nach Regen verbreitete. Hinter den Hortensien und den Wicken lebte in aller Verschwiegenheit ihr Vater. Denn das Mädchen stellte sich vor, dass eine böse Hexe diesen in einen abgemagerten Hund mit schwarzem Fell und voller Flöhe verwandelt hatte.

»Papi, Papi, schau mal, was ich dir mitgebracht habe«, sagte sie und zog aus einer kleinen Hirtentasche zwei Zimtschnecken und ein paar Scheiben Chorizo.

Die Augen des Hundes glänzten beim Anblick solcher Leckerbissen, seine Schnauze wurde feucht, und er kam, mit seinem zerbissenen Schwanz wedelnd, auf das Mädchen zu.

»Papi, ich habe dich so vermisst«, sagte sie, umschlang den Hundehals und ließ sich von dem Tier das Gesicht abschlecken. »Das kitzelt«, lachte sie und öffnete die Hand, so dass sich der Hund über die Zimtschnecken und die Wurst hermachte, während sie ihm den Kopf kraulte. »Lecker, nicht wahr, Papi? Du musst schön fressen, damit du gesund wirst.«

Der Hund genoss sichtlich die verzweifelte Kinderliebe.

»Jetzt leg dich hin und halte deine Siesta im Laubbett, dann wirst du schon sehen, dass die Flöhe bald weggehen. Ich habe nämlich zu den Feen gebetet, die in der Kirche waren. Adiós, Papa, ich gehe jetzt mit meiner Freundin spielen.«

Sie nahm Abschied von den afrikanischen Hundeaugen und ging durch die Kürbisse, Salate und Tomaten des Gemüsegartens bis zu der von Geißblatt umstandenen Wiese. Der Rücken brannte ihr immer noch, die Sonne verbarg sich hinter den Wolken, und es fing an zu regnen.

»Hallo«, begrüßte sie die größte Pflanze, »was wollen wir heute spielen?«

Ein Rascheln von Stängeln und Blättern war aus der Staude zu vernehmen.

»Du willst immer dasselbe spielen«, erwiderte Olvido und begann mit einem langen Ausläufer des Geißblatts Seil zu hüpfen. Der Regen wurde jetzt stärker und die Feuchtigkeit durchnässte den vom Schmerz überzogenen Mädchenrücken.

»Wenn ich groß bin, lerne ich Zaubern und werde den Bann brechen, der meinen Vater und dich verhext hat, dann hast du wieder Arme und Beine und lange blonde Haare, aus denen ich dir Zöpfe flechten werde.« Vom Seilspringen trat ihr der Schweiß auf die Stirn, und ihre Schuhe versanken im aufgeweichten Boden.

Als der Duft von Huhn in Eigelbsauce den Garten durchwehte, ging sie zurück ins Haus. Seit Bernarda vor einigen Monaten verstorben war, hatte Manuela begonnen, die Rezepte ihrer Kindheit zu kochen. Die Knollennasige war bei einem Unfall im Stall ums Leben gekommen. Eines Morgens hatte sie sich nach getaner Arbeit heimlich zwischen die Alfalfasäcke gehockt und an ihrem kostbarsten Besitz genuckelt: einem Fetzen von Clara Lagunas bäuerlichem Leichentuch. Aber der schwarze Gaul hatte den Stutengeruch ihres Körpers wahrgenommen und sie mit einem brünstigen Pferd verwechselt. Er trat gegen die Stalltür, bis sie aufflog, dann stürzte er sich voller Verlangen auf die Alfalfasäcke. Bernardas Schädel wurde beim ersten Tritt zerschmettert. Schutzlos floss das Gehirn in ihr gelbes Versteck, den Fetzen vom Leichentuch behielt sie zwischen ihren Lippen.

Pater Imperio entschied, dass sie auf dem Dorffriedhof bestattet werde, denn letzten Endes habe sie den schändlichen Beruf nie ausgeübt, da ihre Schwachsinnigkeit sie vor der Sünde bewahrt habe. Es war Winter, weißer Schnee legte sich auf die Erde, und trotzdem stank es wochenlang im Eichenwald und in der Umgebung des Gottesackers nach Stute.

Manuela zog in die Kammer der Köchin neben der Speisekammer ein, in das Zimmer, in dem sie groß geworden war und dessen Geruch nach Kalk und frischem Fleisch ihr vertraut war. Sie hatte beschlossen, das Messer aufzuheben, mit dem ihre Mutter Bernarda rasierte, um sich damit jetzt selbst im Gedenken an ihre Ziehmutter zu rasieren. Sie hätte mir ruhig noch ein Weilchen Gesellschaft leisten können, dachte sie, während sie ein paar Scheiben Hühnerbrust anbriet, aber sie wollte wie immer lieber zu ihr.

Nach dem Mittagessen legte sich Olvido in ihrem Zimmer im Obergeschoss hin und hielt ihre Siesta. Sie hoffte, dass die Stunden schnell vergingen, damit bald ihre liebste Tageszeit kam, denn nach dem Abendessen ging Manuela mit ihr in den Salon, der nun wieder ein Wohnzimmer war, setzte sich vor den Kamin und erzählte ihr Geschichten. Wenn sie dann vom Meer sprach, von den Stränden und den Steilküsten, verlor ihre Stimme die sonst übliche Rauheit. Aber manchmal schaute sie die Tochter auch nur streng an. »Ich habe es für dich getan.«

»Was, Mutter?«

»Sie zu bitten, dass sie geht.«

»Wen?«

»Sie hätte es verstehen müssen und brauchte sich nicht an der Kastanie zu erhängen.«

»Wer hat sich an der Kastanie erhängt?«

»Halt den Mund, du wirst mich für ihren Tod entschädigen.«

Manuelas Mund füllte sich mit Reisig, und sie setzte zu einer Geschichte an, um damit das Feuer zu entzünden.

So wuchs Olvido Laguna auf, mit Messen, Geschichten, Hühnergerichten, Zauberwerk und Prügeln. Manuela dachte zufrieden, dass sich die Pläne, die sie für die Tochter hegte, erfüllen würden. Das Einzige, was ihrem Vorhaben noch im Weg stand und sie quälte, war, dass die Kleine nicht lesen und schreiben konnte. Seit mehreren Jahren versuchte sie, den Lehrer davon zu überzeugen, sie in die Schule aufzunehmen. Jahr für Jahr zog sie ihr im September das schmuckloseste Kleid an, das sie finden konnte, und ging mit ihr durch das Dorf zur Schule. Die Töchter der Klatschweiber hatten die Plätze ihrer Mütter übernommen, aber ihr Gerede war verstummt und sie beobachteten nur noch den Verrat, der in der Luft lag. Wenn Manuela an ihnen vorüberging, taxierten sie sie bloß von oben bis unten und pressten die Lippen zusammen.

Die Schule war ein zweigeschossiges, sonniges Haus mit Stockflecken auf dem abblätternden Putz und einem überwucherten Dach voller Katzendreck, auf dem sich die Tiere gewöhnlich schreiend im Mondlicht paarten.

»Ihre Tochter braucht keine Schulbildung, weil sie ihr schäbiges Leben dem gleichen Geschäft widmen wird wie Sie und man dafür nicht lesen und schreiben braucht«, erklärte der Lehrer mit Funken sprühenden grauen Augen jedes Jahr aufs Neue.

»Meine Tochter wird eine anständige Frau werden und muss zur Schule gehen«, widersprach Manuela Laguna

»Ich sage Ihnen, gehen Sie und kommen Sie nicht wieder. Solange ich diese Schule leite, vergeuden Sie Ihren Atem und nutzen Ihre Schuhsohlen vergeblich ab.«

Nach dieser Absage wandte sich Manuela ans Rathaus, um Beschwerde einzulegen. Meine Tochter hat ein Recht auf den Schulbesuch, trug sie dem Beamten vor, die Zeiten haben sich geändert. Ich weiß das, auch wenn ich nicht die Zeitung lesen kann.

»Unterschreiben Sie diese Eingabe hier mit einem X«, lächelte der Beamte, »ich fülle den Rest aus. Sie werden dann bald eine Antwort erhalten.«

Aber die versprochene Antwort traf nie in der alten Villa ein und auch nicht woanders, so als gäbe es die Lagunas gar nicht oder als wollte man nicht, dass es sie gab.

In Olvidos elftem Lebensjahr rissen im Sommer ein paar Männer aus dem Dorf die vor dem Rathaus flatternde Fahne der Republik herunter und verbrannten sie auf dem Platz, während anderen Männern in der Schenke der Wein im Hals steckenblieb, wie ein Blutgerinnsel und sie schweigend, mit verstohlenen Blicken, vom

Rauch ihrer filterlosen Zigaretten eingehüllt dasaßen. In Spanien war der Bürgerkrieg ausgebrochen.

Im September kamen nicht wie in anderen Jahren die stattlichen Jäger mit ihren Hundemeuten, und über dem Dorf hing der Geruch nach einem Pulver, das nicht etwa Hirsche oder Wildschweine tötete, sondern Nachbarn und Verwandte. Viele Männer meldeten sich als Freiwillige für die Front, darunter auch der Lehrer, so dass ein aufgeschlossenes Fräulein aus der Provinzhauptstadt geschickt wurde, um seinen Posten zu übernehmen. Als Manuela Laguna vom Weggang des Lehrers hörte, wurde sie bei der Schule vorstellig.

Sie wartete an der Tür, bis die Kinder draußen waren, die ihre weißen Handschuhe anstarrten. Bestimmt versteckte die Frau ihre Wolfsklauen darunter.

»Guten Tag, Señorita, ich wollte Sie bitten, in Ihrem Tempel des Wissens meine einzige Tochter aufzunehmen, sie ist elf Jahre alt und kann noch nicht lesen und schreiben.«

»Elf Jahre und Analphabetin? Das ist ja schrecklich«, rief die Lehrerin und fixierte die baumwollnen Krallen. »Da gibt es nichts weiter zu besprechen, kommen Sie gleich morgen früh mit ihr her, damit wir eine Lösung finden.«

Seit das Mädchen sechs Jahre alt war, hielt die Mutter alles für den ersten Schultag bereit. Die Buntstifte, das beste Papier, den Ranzen und als wichtigstes Zubehör eine weiße Baumwollmütze aus schimmerndem Häkelgarn, die sie mit den Jahren an den wachsenden Kopf der Tochter angeglichen hatte. Unter dieser Mütze sollte Olvidos Gesicht verschwinden, denn das Leben hatte Manuela gelehrt, dass grenzenlose Schönheit der Schande Tor und Tür öffnete, und es kamen schließlich auch heranwachsende Jungen in den Unterricht.

Am frühen Morgen rüttelte sie das Kind wach und nahm es mit in ihre Schlafkammer. Dort schnitt sie ihr mit ihrer Schneiderschere einen Pony bis über die Augen.

»Hör mir gut zu, wenn du dir das Haar aus dem Gesicht streichst, dann schlage ich dich mit der Rute«, ein violettes Licht drang aus dem Garten in Manuelas Schlafkammer.

»Ja, Mutter.«

Manuela setzte ihr die weiße Mütze auf den Kopf; unter dem Häkelrand, der ihr die Stirn einschnitt, kamen die glatten schwarzen Haare zum Vorschein.

»Jetzt geh dich waschen und zieh dich so an, wie ich es dir gestern gesagt habe.«

»Ja, Mutter.«

Olvido zog ein braunes Wollkostüm an, das ihr bis zu den Knöcheln reichte, und steckte die Füße in ein Paar Stiefel, die ihr mehrere Größen zu weit waren. Sie frühstückte geröstetes Brot mit Butter und trank eine Tasse Milch, dann ging sie in die Eingangsdiele und wartete auf ihre Mutter, die mit einem Lederband zwischen den behandschuhten Fingern auf sie zukam und sie erschauern ließ. Olvido verwarf augenblicklich den Gedanken an eine Liebkosung oder einen Kuss. Stumm nähte Manuela die beiden Enden des Lederbandes an die Häkelmütze und schlang es dem Mädchen um den Hals. Der Duft nach geröstetem Brot wachte noch über das Haus, und vom stillen Morgen aus dem Eichenwald herbeigetragen, waren der Schrei einer Elster und der Einschlag einer Granate zu vernehmen.

»Wenn du nach Hause kommst, trenne ich es wieder ab, dann kannst du die Mütze ausziehen.«

»Sieht aus wie der Helm, den die Soldaten im Krieg tragen.«

»Red keinen Blödsinn.«

Ein kühler Nebel bedeckte an jenem Septembermorgen die Erde. Sie gingen zum Stall, und Manuela verschwand darin. Das Mädchen sah nur noch, wie sie von einem geisterhaften Atem verschluckt wurde, und hatte Angst, dass dieser Tag nur ein Traum war. Sie wollte unbedingt zur Schule, um Freunde zu finden. Sie rieb sich die Augen unter dem schwarzen Pony und sagte mehrmals laut ihren Namen. Da tauchte aus dem Nebel der kohlschwarze Pferdekopf mit glasigem Blick und gelockter Mähne auf, dann die kantige Brust mit dem Geschirr und die kräftigen Beine mit den Hufeisen, deren Geklapper den Regen nachahmte. Dahinter erschien der angekuppelte Karren und auf dem Bock das blutrote Grinsen von Manuelas Schal, mit dem sie ihr Gesicht und die verbitterten Zügen verhüllte.

Am Dorfeingang war der Nebel verschwunden. Auf den gepflasterten Straßen wurde der Hufschlag des schwarzen Gauls zum Hagelschauer. Der Karren überquerte den Platz, einige mit Wäschekörben beladene Frauen blieben stehen und beobachteten, wie er in die Straße zur Schule einbog. Durch die offenen Fenster des Klassenraums waren Kinderstimmen zu hören, die im Chor die spanischen Flussnamen heruntersagten.

»Geh hinein, Kind, es wird alles gutgehen. Lesen und schreiben zu lernen ist sehr anständig.«

Olvido stieg vom Karren ab, die Mutter ließ die Peitsche knallen und fuhr wie ein donnerndes Gewitter davon. Das Mädchen legte die Hand auf die Klinke und drückte sie in den Abgrund. Langsam öffnete sich die Schultür. Olvido folgte den Kinderstimmen durch einen Flur zum Klassenraum, an dessen Wänden Landkarten hingen und vorn eine Schiefertafel. Ihre Kameraden saßen an ihren Pulten und starrten sie an. Sie lächelte und spürte die Augen aller auf ihrer Kleidung, auf ihrer Haut. Sie ging auf das Pult der Lehrerin zu, die gerade »die Neue« angekündigt hatte, aber jemand stellte ihr ein Bein, und sie fiel der Länge nach hin. Gelächter füllte die Klasse.

»Tollpatsch! Du bist ein tollpatschiges Ungeheuer, das weder lesen noch schreiben kann.«

Das Fräulein half ihr wieder auf die Füße und führte sie mit einer Hand am Arm zur letzten Sitzreihe. Anschließend schrieb sie, unfähig ihre Schüler zu bändigen, die spanischen Gebirgszüge an die Wandtafel. Olvido Laguna senkte den Kopf über ihr Pult und weinte still in sich hinein. Die Tränen fielen auf das Holz, während ein plötzlich einsetzender Regen an die Fensterscheiben prasselte.

»Ungeheuer können nicht weinen, du Esel, du weißt wohl gar nichts!«, schrien einige Kinder.

Hinter ihren geschlossenen Augen stellte sich Olvido vor, wie sie auf den misshandelten Rücken des schwarzen Gauls stieg, das Gesicht in seiner Mähne vergrub und ins Gebirge verschwand.

»Hast du denn nichts zu sagen, Analphabetin? Kannst du noch nicht mal reden? Antworte, Scheusal, Ungeheuer.«

Da stand ein großer Junge in der ersten Reihe auf. »Seid still und lasst sie in Ruhe!«

Die Klassenkameraden sahen ihn überrascht an. Es war der jüngste Sohn des Lehrers, der Junge, der es sich in den letzten Jahren zur Gewohnheit gemacht hatte, Olvido am Ausgang der Kirche zuzulächeln. Er hieß Esteban.

»Sei du selber still«, gab Olvido zurück und wischte sich die Tränen aus den Augen. »Ich brauche keinen, der mich verteidigt. Das kann ich selber.«

Der graue Blick des Jungen flog zur letzten Bankreihe, wo Olvidos zornige Augen auf ihn warteten, und als sie sich trafen, vergaß das Fräulein aus der Stadt für einen kurzen Augenblick die spanischen Gebirgszüge und die Schulkinder den Hass ihrer Eltern.

An jenem Abend dachte Esteban weder an Schützengräben noch an die Freiheitsschüsse aus den Gewehren oder an den Verrat, der den Tod unter den Pinien verrotten ließ; er dachte weder an seinen Vater noch an den Krieg, der wie ein Aasgeier über dem Dorf kreiste.

Er dachte nur an Olvidos Augen, wie sie ihn durch das dunkle Ponyhaar ansahen, und an den Moment nach der letzten Unterrichtsstunde, als sich seine Klassenkameraden auf die weiße Mütze gestürzt hatten, um sie dem Mädchen vom Kopf zu reißen, während sie eine Zimtschnecke aß. Er dachte nur an seine Angst, als er den anderen Kindern entgegengetreten war und sie angeschrien hatte: Feiglinge, Barbaren, man schlägt keine Mädchen. Er dachte nur an die Beschimpfungen, den Spott, die Stimmen, die damit drohten, ihn auszuschließen. Er dachte an ihren Körper, als sie sich an die von Stockflecken überzogene Wand drückte wie ein Tier, das sich in seine Höhle duckt, wo es hineinregnet; an den Zimt auf ihren Lippen. Er dachte nur daran, wie er diese Lippen berühren wollte und es nicht wagte; wie er ihr sagen wollte, hab keine Angst, ich werde dich immer beschützen, und wenn ich groß bin, dann ziehe ich in den Krieg meines Vaters. Aber er sagte nichts, er konnte ihr nur die Hand reichen, um ihr aufzuhelfen. Sie nahm sie nicht, sondern warf ihm stattdessen die Zimtschnecke ins Gesicht und lief davon: Ich brauche niemanden, der mich verteidigt, ich brauche niemanden, rief sie.

Olvido kehrte durch den Pinienwald zur roten Villa zurück. Sie hatten ihr auf der einen Seite das Lederband von der Mütze gerissen. Als sie ihre Mutter sah, die an dem Gittertor unter dem eisernen Schriftband stand und auf sie wartete, dachte sie an die grauen Augen jenes großen, tapferen Jungen und an seine Hand ohne Handschuh, die ihr wieder aufhelfen wollte. Und sie weinte nicht, als Manuela sie mit der Rute schlug, weil sie wusste, dass von nun an nur noch eines sie verletzten konnte: Esteban nicht mehr zu sehen.

Nach dem, was vorgefallen war, dachte das Fräulein aus der Stadt, dass Olvido nie wieder zur Schule käme, aber sie täuschte sich. In ihrer Kostümierung mit der Häkelmütze nahm sie weiter am Unterricht teil, saß an ihrem Pult in der letzten Reihe und füllte ihre Hefte erst mit Strichen, dann mit unsinnigen Sätzen wie »Meine Mama mag Mimi«. Die Beleidigungen der Klassenkameraden trafen sie immer weniger, weil sie, sobald jemand sich abfällig gegen sie äußerte, neben sich Estebans gewittergraue Augen spürte, seine Soldatenfrisur und sein erhobenes, jeden herausforderndes Kinn.

»Ich habe euch gesagt, ihr sollt sie in Ruhe lassen, ihr Angsthasen!«

»Lass du mich in Ruhe, ich kann mich selbst verteidigen.«

Der Blick des Jungen spiegelte seinen inneren Schiffbruch, er kräuselte die Lippen, gab aber nicht auf.

Eines Morgens im Mai 1937 wurde Estebans Vater im Pinienwald, auf dem Weg zum Dorf tot aufgefunden. Er war gerade auf dem Heimweg für ein paar Tage Fronturlaub. Jemand verhinderte das, indem er ihm mit der Flinte in den Bauch schoss. Eine Zeit lang wurde gemunkelt, es seien die aus dem anderen Lager gewesen, die ihn nicht nur erschossen, sondern ihm obendrein die Eingeweide herausgerissen hatten.

Mit gerötetem Gesicht gab das Fräulein aus der Stadt den Tod des Lehrers in der Schule bekannt.

»Unser lieber Esteban kommt heute nicht zur Schule, lasst uns ein Gebet sprechen für seine Eingeweide«, hüstelte sie, »Verzeihung, für seinen Vater, der als Kämpfer für sein Land in den Himmel gekommen ist.«

Olvido Laguna, die gerade zwölf Jahre alt geworden war, brauchte ein paar Minuten, um zu begreifen, was passiert war. Dann stand sie auf und verließ vor den überraschten Augen der Lehrerin und ihrer Mitschüler den Unterricht.

Sie ging zum Platz und nahm von dort den Weg zum Friedhofshügel hinauf. Sich hinter Grabsteinen und Steinkreuzen versteckend, näherte sie sich Stück für Stück dem Grab des Lehrers und sah gerade noch, wie der Sarg herabgelassen wurde. Die Trauergemeinde war eine schwarze Traube am Rand einer Grube. Die Witwe stand da, auf die Schulter der Tochter gestützt, die den mütterlichen Schmerz abfing und ihrerseits mit der vom Strümpfestopfen verformten Hand den Arm ihres jüngeren Bruders drückte. Hinter der Familie reihten sich dunkel die Dorfbewohner auf. Vorne versprengte Pater Imperio mit einem silbernen Stößel Weihwasser über der Grube und spuckte Latein. Erde schlug auf den Sarg auf, dann löste sich die Traube bis auf die Witwe und ihre Tochter auf. Auch Esteban entfernte sich von der vom Frühjahr und vom Tod besiegten Stätte. Er wollte sich als Freiwilliger für die Front melden, seine dreizehn Jahre hinter der Rache eines Sechzehnjährigen verbergen und die Verräter töten, die seinen Vater umgebracht hatten. Olvido folgte ihm, während das Zirpen der Grillen, das Brennen der Sonne und der Geruch von frisch erblühten Wicken und Margeriten geradezu unerträglich wurde.

»Hallo«, das Mädchen kam hinter einem steinernen Kreuz hervor, und Esteban rutschte das Herz vor Schreck auf den Grabstein von Paquita Muñoz, verstorben mit sechs Jahren.

»In der Schule haben sie erzählt, dass dein Vater gestorben ist.«

»Die Verräter haben ihn ermordet, das ist was anderes. Und was willst du hier?« Esteban trug einen braunen Tuchanzug mit einer schwarzen Binde um den Hals.

»Ich bin aus der Schule weggelaufen, weil ich noch nie eine Beerdigung gesehen habe.«

»Lügnerin«, er steckte eine Hand in die Hosentasche.

Olvido löste ihren Blick von den grauen Augen und heftete ihn auf die Einbuchtung, die dem Jungen ins Kinn gemeißelt war und in der er seinen Stolz verbarg.

»Ich bin auch gekommen, um dich zu trösten, weil ich dachte, dass du traurig bist.«

»Bald werde ich Soldat, und Soldaten können nicht traurig sein. Sie müssen tapfer sein, um an der Front zu kämpfen.«

»Ich glaube schon, dass du ein bisschen traurig bist.«

»Selbst wenn ich es wäre, würde ich deine Hilfe nicht wollen. Weil ich dich nie verteidigen darf.«

»Ich kann auch gehen, wenn du willst.«

»Nein. Der Friedhof ist für ein Mädchen gefährlich. Ich begleite dich nach Hause. Wir Soldaten müssen auf die Frauen aufpassen.«

Die Frühlingsluft des Pinienwaldes war geschwängert mit dem Duft von Pfingstrosen, von Thymian und Farnkraut und ließ ihn bis zu den Baumkronen aufsteigen. Esteban ging mit gesenktem Kopf, während Olvido ihm von den Geißblattstauden erzählte, die in ihrem Garten lebten, von dem schwarzen Gaul mit der längsten und lockigsten Mähne der Welt. Hin und wieder sah er sie aus dem Augenwinkel an, und jedes Mal ertappte er sie dabei, wie sie seine Hände betrachtete. Während ihm der Frühling, der rund um Olvido noch stärker auszubrechen schien, in jede einzelne Pore seines Körpers kroch, fragte er sich verunsichert, ob er einen Schmutzrand unter einem Fingernagel vergessen hatte. Plötzlich stolperte sie über einen Stein und stieß an seinen Arm.

»Entschuldige«, sagte sie und schob sich den Pony aus den Augen.

»Du hast mir nicht wehgetan. Magst du mir die Hand geben?«

Sie hatte sich schon oft die Berührung des Jungen vorgestellt und sogar von ihr geträumt, ein Hautkontakt ohne weiße Baumwollhandschuhe.

»Ich werde nicht mehr stolpern.«

»Du bist sehr stur.«

»Du auch.«

»Ich habe damit angefangen, weil du damit angefangen hast. Ein Soldat darf nicht zulassen, dass eine Frau beleidigt wird … Und du bist so anders als die anderen Mädchen.«

»Sieh mal, da ist mein Haus.«

Das Dach der roten Villa wurde zum Horizont. Sie gingen schweigend weiter, bis die von den häufigen Niederschlägen und den fruchtbaren Gartendünsten blätternde Hausfassade vor ihnen erschien. Ein Schauer überlief Esteban. Seine Eltern hatten ihm beigebracht, dass in diesem höllenfarbenen Haus böse Frauen lebten. Auch seine Freunde kamen ihm in den Sinn und das gemeinsame Spiel, bei dem sie Gänsehaut bekamen: Wenn du nicht zur roten Villa gehst und die Tür anfasst, dann bist du ein Angsthase, ein Feigling, ein Hosenscheißer. Er dachte daran, wie er atemlos hingerannt war, flüchtig die eisenbeschlagene Tür berührt hatte und dann schnell zum Pinienwald zurückgekehrt war, um sich von den Freunden für seine Tapferkeit feiern zu lassen.

»Du gehst jetzt besser. Wenn meine Mutter mich mit dir sieht, wird sie böse. Sie hat immer schlechte Laune.«

Durch ein Fenster der alten Villa drang der Duft des Schmorgerichts, das Manuela auf dem Herd stehen hatte.

»Wie gut das riecht.«

»Meine Mutter kocht das Mittagessen. Sie ist eine hervorragende

Köchin. Wenn sie nicht immer so griesgrämig wäre, würde ich sie fragen, ob du zum Mittagessen dableiben darfst.«

»Ich muss nach Hause zu meiner Mutter und meiner Schwester, danke.«

Eine Elster flog über ihre Köpfe hinweg und nach ihrem Krächzen vernahmen sie eine blecherne Stimme. »Olvido Laguna«, Manuelas Gestalt erschien hinter dem Gefängnisgitter des Gartentors. »Was tust du mit diesem Jungen?«

»Mutter, ich habe dich nicht kommen hören. Er, er …«, stammelte sie, »ist der Sohn vom Lehrer. Er heißt Esteban, ich war bei der Beerdigung seines Vaters und …«

»Du bist also der jüngste Sohn vom Lehrer«, unterbrach Manuela sie und musterte den Jungen. »Ja, du hast die gleichen grauen Augen.«

»Ich wollte gerade los, meine Mutter wartet zu Hause auf mich. Bis morgen, Olvido«, verabschiedete er sich und knetete dabei seine Hände.

»Warte, mein Junge, nicht so hastig. Möchtest du nicht einen Augenblick hereinkommen und mein Mittagessen kosten?«, Manuela grinste, »es ist ein ganz besonderes Gericht.«

»Danke sehr, aber ich werde zum Essen erwartet«, sagte er mit bebender Stimme.

»Olvido, sag deinem kleinen Freund, er soll ein wohlerzogener Junge sein und meine Einladung annehmen«, beharrte Manuela mit funkelnden schwarzen Augen.

»Komm mit rein, Esteban, bitte, du wirst sehen, wie köstlich das Essen meiner Mutter ist.«

Die weißen Baumwollklauen, die die Eisenstäbe umklammert hielten, öffneten das große Tor.

»Ich werde nur einen Löffel kosten, und dann gehe ich nach Hause.«

Esteban überquerte den Steinplattenweg mit den Margeriten. Er fühlte sich von diesem Garten belauert wie eine Beute, in die Hortensien, Wicken und Geißblatt ihre Zähne schlagen wollten, und traute sich kaum, einen näheren Blick zu riskieren. Er folgte Manuela und Olvido durch die Eingangsdiele mit den roten Tonfliesen, in der die Dünste von Kräutern und gebratenem Knoblauch hingen, in die Küche.

Sie kam ihm riesig vor. In der Mitte befand sich ein schmaler Tisch; daran nahm Manuela Laguna im Licht des Fensters die Hähne für ihre Gerichte aus. An den Wänden standen Wandschränke, deren Borde mit blau-weiß karierten Stoffen bedeckt waren. Darauf standen Körbe voller Gemüse und Früchte. Töpfe, Pfannen sowie Zwiebel- und Knoblauchzöpfe hingen von der Decke herab.

»Komm hierher an den Topf, du darfst mal riechen, köstlich, nicht wahr?«

»Ja, Señora«, ihm schwindelte.

Manuela nahm einen Holzlöffel und rührte genussvoll in ihrem Essen.

»Schweinekuddeln mit Kräutern und Knoblauch. Sei ein braver Junge und probier mal«, auf dem Löffel dampfte ein Stück Fleisch. Manuela blies ein paar Mal darüber, dann hielt sie ihm lächelnd den Löffel hin. Als er ihn in den Mund schob, sah Esteban Olvido an. Er kaute langsam, es war heiß.

»Kann ich noch mehr haben?«

»Natürlich, mein Junge, iss nur, iss, bis du satt bist«, erwiderte sie und reichte ihm den Löffel.

Esteban verschlang mehrere Fleischstücke.

»Der ist ja gieriger als eine Ratte«, murmelte Manuela, als der Junge die Sauce schlürfte.

»Ihre Tochter hat recht, Sie sind eine hervorragende Köchin«, sagte er mit vollem Mund, »aber jetzt muss ich wirklich gehen, sonst wird sich meine Mutter Sorgen machen.«

»Mein Junge, jetzt hör mir gut zu. Sag deiner Mutter, dass du in der roten Villa warst, und was du hier gegessen hast. Ach so, und komm nicht auf die Idee, hier noch mal aufzukreuzen. Untersteh dich, meine Tochter zu treffen«, sagte sie mit spitzer Nase. »Und jetzt verschwinde, wenn du nicht willst, dass ich dich ausweide wie einen Hahn.«

»Mutter!«

Esteban warf einen Blick auf die weißen Baumwollhandschuhe, dann floh er grußlos aus der Küche, durchquerte den Salon, den Flur, die Eingangsdiele mit den roten Tonfliesen, und schon war er draußen im Garten. In seinem Innern vernahm er die Stimme seines Vaters, die im würzigen Takt wiederholte: Flieh, mein Sohn, flieh und komm nie wieder in dieses Haus zurück, lauf, lauf … Er stieß das Eisentor auf und stürzte in den Pinienwald.

Kapitel 8

Esteban wohnte in einem Haus mit Steinmauern und Balkonen mit schwarzen Gitterstäben, in einem Sträßchen nahe der Schule.

»Ich habe keinen Hunger, mir tut der Kopf weh«, sagte er zur Mutter und zur Schwester, die ihn vor einer Suppenterrine aus Steingut im Esszimmer erwarteten, und schloss sich in sein Zimmer ein, einen aromatischen Schweif aus Kräutern und Knoblauch hinter sich herziehend. Er wollte für den Rest des Tages schlafen, wälzte sich aber mit der Erinnerung an Olvidos Augen in den Laken. Auch zum Abendessen stand er nicht auf. In der Nacht hatte er schweißgebadete Alpträume von Manuela Laguna, bis die Morgendämmerung den neuen Tag ankündigte und sich der Himmel in ein purpurfarbenes Knäuel verwandelte.

Irgendwo sah ein Schafhirte in diesem Naturschauspiel ein schlechtes Omen, und kurz nach Mittag explodierte in der Schule eine Bombe. Wenige Sekunden davor war in den Straßen das Surren einer Riesenfliege zu hören gewesen, und über den offenen Mündern der Dorfbewohner hatte sich ein silberfarbenes Flugzeug im Tiefflug entfernt. Die Frauen, die sich am Brunnen versammelten, diskutierten lustlos über die Herkunft jenes Flugzeugs, das mehr glänzte als all die anderen, und über die Schönheit seines Piloten; er trug ein blutrotes Halstuch und seine schwarzen Haare wehten im Wind, sein Kopf lag auf der Schulter und die Brillengläser waren zerbrochen. Als er den Platz hinter sich gelassen hatte, verlor der Apparat aus einer Luke voller Munition eine Bombe. Ein lauter Knall explodierte in der Luft, dann war die

Schule dem Erdboden gleichgemacht. Aber der Flieger setzte seine geisterhafte Reise fort, bis er am Horizont zerschellte und seine Flammen das schönste und flüchtigste Abendrot malten, das je gesehen wurde.

Lange Zeit machten die Trümmer der Schule dem Dorf noch zu schaffen – die des Fliegers schluckte dagegen der Berg –, denn die Frauen fanden in den Borsten ihrer Besen Reste des überwucherten Daches voller Katzendreck oder Brocken vom Putz mit den Stockflecken, und sie begannen, sich vor dem Kehren zu fürchten, weil sie jedes Mal an den Tod erinnert wurden.

Eines Morgens wurde Pater Imperio auf seinem Weg zu einer letzten Ölung von Durst geplagt und beugte sich über den Brunnenrand, um aus einem der Rohre zu trinken. Da packte ihn ein Entsetzen, wie er es nur aus jungen Jahren kannte. Er lief zur Kirche, stieg auf die Kanzel und verkündete, dass sich das Dorf unter der unermüdlichen Belagerung des Teufels befände, dessen blutiges Auge aus der Tiefe des Brunnentrogs sie alle bespitzele.

Angestachelt von Pater Imperios Predigt, fischte der Apotheker am Nachmittag etwas aus dem Brunnentrog, was er nach eingehender wissenschaftlicher Untersuchung als eins der höchsten Ehre würdiges Kriegsopfer bezeichnete. Es handelte sich nämlich ohne jeden Zweifel um das Auge der Lehrerin mit den glänzenden braunen Pupillen. Die Frau war mitsamt der Schule in die Luft gejagt worden, und ihr Körper regnete wie biblisches Manna über dem ganzen Dorf nieder.

»Wir sollten Gott danken, dass die Bombe erst nach Mittag aus dem Flieger gefallen ist, als kein Kind mehr in der Schule war«, urteilte Pater Imperio. »Der Tod ist weise und entscheidet, dieser Weisheit folgend, den rechten Zeitpunkt für den Angriff.«

Die Stelle, an der die Schule gestanden hatte, blieb für alle Zeiten vom Bombengeruch verseucht, und keine Katze wollte sich dort je wieder paaren. Jahrelang führten Väter und Großväter ihre Söhne und ihre Enkel dorthin, damit sie von klein an lernten, wie der

Krieg riecht. Und das Dorf entschied, die Schule an einem anderen Ort wieder aufzubauen.

Olvido Laguna durchquerte auf dem Rückweg von der Schule den Pinienwald, als die Bombe hochging. Als sie sah, wie die Wipfel der Nadelbäume und die Äste der Buchen bebten, warf sie sich auf die Erde und rechnete damit, dass der Krieg jetzt käme und sie tötete. Aber der Krieg war langsam und seine Ankunft zögerte sich hinaus. Gelangweilt betrachtete sie einen Pinienzapfen, der neben ihr auf den gelblichen Nadeln lag und dessen Hohlräume zwischen den Kernen wie Gräber ohne Tote aussahen. Dann meinte sie in der Ferne ihren Namen zu hören und fürchtete, jemand könnte sie an den Krieg verraten haben, der jetzt doch käme, um sie zu töten, und sie deshalb mit dem Schlund seines Gewehrs rief.

Olvido, Olvido. Ihr Name kam schnell näher. Sie überlegte, ob die Kugeln wehtaten, wenn sie einen durchbohrten, und ob der Krieg auch ihr die Eingeweide herausreißen würde wie Estebans Vater. Sie dachte an die Hähne, die ihre Mutter rupfte und ausweidete, an den schmierigen Geruch, der sich in den Ecken der Küche festsetzte, an die Farbe des Blutes auf dem Tisch und auf den Bodenfliesen; sie dachte an Manuelas Grinsen, wenn sie das Messer nahm und es dem Federvieh ins Fleisch stieß. Ihr wurde übel, da fasste ihr Name sie an der Schulter. Olvido. Durch die Bluse fühlte sie eine Hand und wusste, dass dies nicht die Berührung des Krieges war, sondern die des Jungen mit den grauen Augen. Ein paar Blutstropfen fielen auf den Pinienzapfen.

»Eine Bombe aus einem Flieger ist auf die Schule gefallen«, sagte er und reichte ihr die Hand, um ihr beim Aufstehen zu helfen. »Die Lehrerin war drin und ist mit in die Luft gegangen.«

Olvido hatte das Verlangen, ihn zu umarmen, ihr Leben an das schmutzige Hemd zu pressen, das er trug.

»Ich bin gekommen, um zu sehen, ob mit dir alles in Ordnung ist.«

»Du blutest am Ohr.«

»Ach das«, sagte Esteban und hob eine Hand zum rechten Ohr. »Kein Grund zur Sorge, das passiert vielen Soldaten, wenn in ihrer Nähe eine Bombe fällt. Das hat mir mein Vater mal in einem Brief geschrieben, weil er dachte, dass ich mich dann vielleicht doch nicht als Freiwilliger melden würde. Das Dumme ist nur, dass ich gerade etwas taub bin, aber das wird mit der Zeit schon wieder vergehen.«

»Warte, ich wisch es dir ab«, sagte Olvido und zog ein Taschentuch aus ihrer Rocktasche.

»Na gut.«

Der Wind trug die Klagen des Dorfes und den Gestank des Krieges herbei, aber für Esteban, der mit jedem Atemzug Olvidos Nähe einsog, hatte sich der Schrecken in reinste Wonne verwandelt.

»Bist du nicht verletzt?«, fragte er mit dem Hintergedanken, nun sie berühren zu können.

»Nein, ich bin nur erschrocken«, erwiderte sie mit lauter Stimme. »Ich habe mich auf den Boden gelegt, falls auch der Pinienwald bombardiert würde. So, fertig«, setzte sie dann hinzu und steckte das fleckige Taschentuch wieder weg. »Jetzt muss ich aber nach Hause, sonst macht sich meine Mutter Sorgen. Adiós.«

»Adiós«, Esteban rührte sich nicht von der Stelle, er hatte eisige Hände und Halsweh. Olvido ging ein paar Schritte. Dann blieb sie stehen und wandte sich um. »Ich dachte gerade, dass wir uns ja nicht mehr sehen werden, wenn die Schule in die Luft gegangen und die Lehrerin tot ist, weil meine Mutter mich nur aus dem Haus lässt, um zum Unterricht zu gehen.«

»Vielleicht geht der Unterricht woanders weiter, und wir bekommen eine neue Lehrerin«, lächelte Esteban.

»Und wenn nicht?«

»Dann sehen wir uns in der Kirche, wie beim ersten Mal«, lächelte Esteban.

»Ja. Aber wahrscheinlich werde ich nicht mehr lesen und schreiben lernen, wenn jetzt die Schule nicht mehr da ist und die Lehrerin auch nicht, außerdem ist Krieg. Wer soll mir da was beibringen?«, sie schob den Pony aus einem Auge.

»Ich könnte dich unterrichten. Wenn ich groß bin und aus dem Krieg zurückkomme, will ich Lehrer werden wie mein Vater«, auf seinen Lippen lag die Entschlossenheit eines Helden.

»Würdest du das tun?«

»Du wärst meine erste Schülerin.«

»Würdest du zu mir nach Hause kommen, um mich zu unterrichten?«

»In die rote Villa?«

Esteban hörte die schmackhaften Worte seines Vaters in seinem Innern: Geh nie wieder zu jenem Haus, mein Sohn, nie wieder.

»Natürlich in die rote Villa. Wohin sonst?«

»Ich glaube, nach der Drohung deiner Mutter sollte ich nicht mehr zu dir kommen.«

»Sie war neulich sehr grob zu dir. Dass du deshalb nicht mehr zu mir kommen willst, kann ich verstehen. Aber sie braucht ja nichts davon zu wissen. Donnerstags um fünf Uhr geht sie nämlich immer zu dem Anwalt mit dem schwarzen Auto in die Kanzlei und redet mit ihm über ihre Geschäfte, und danach geht sie einkaufen. Sie schließt mich dann ein und kommt frühestens um acht wieder«, das Mädchen strich sich die Haare auch aus dem zweiten Auge, und der Junge fühlte, wie sich eine blaue Schlinge um seinen Hals zog. »Wir hätten genügend Zeit für den Unterricht, und du würdest sie gar nicht treffen. Was meinst du?«

»Bist du sicher, dass sie nichts merkt?«

»Ja.«

»Und wenn sie früher zurückkommt?«

»Das macht sie nie, glaub mir.«

»In Ordnung.«

Als sie sich trennten, lauschte Olvido Estebans Schritten auf den Nadeln und dem Farn nach, bis sie am Eisentor mit dem geschmiedeten Schriftband war. Und er spürte die Erinnerung an sie im ganzen Körper, bis er beim Dorfeingang ankam, wo ihn das Elend wieder empfing. Die Trümmer der Schule lagen überall in den Straßen, und ein Ascheregen legte sich auf die Haare der Bewohner.

Esteban schloss sich in seinem Zimmer ein, bis der Donnerstag kam. An einer seiner Zimmerwände hing das Foto seines Vaters im Jackett und mit einer schwarzen Krawatte. Voller Stolz posierte er vor der Schultür.

»Ich habe ihr mein Wort gegeben, Vater«, sagte er, und der Schmerz stach ihm in der Brust wie ein Dolch. »Ich kann es nicht brechen, das tut ein Mann nicht. Ich verspreche dir, dass ich aufpassen werde«, er spürte ein Rumoren von Kräutern und Knoblauch im Magen und ein autoritäres Würgen im Hals. »Bestehe nicht darauf, Vater, ich muss hin.«

Er erbrach sich gegen das Foto und gab dem Drang einer langen Siesta auf seiner Flickendecke nach. Während er schlief, sah er sich inmitten der Hortensien, Wicken und Geißblattstauden im Garten der roten Villa, in deren wuchernder Pracht er vergeblich Olvido suchte. Er konnte sich weder den Umarmungen der Pflanzen entziehen, die nach seinem Geschlecht fingerten, um hineinzubeißen, noch konnte er fliehen, als plötzlich vor ihm aus einem Nebel Manuela Laguna mit ihren vom Hahnenblut befleckten Handschuhen auftauchte und seinen von den Blumen zerbissenen Schritt anstarrte.

Estebans Mutter führte die Wehmut, unter der ihr Sohn litt, auf die Ermordung ihres Gatten zurück. Während sie dasaß und mit der großen Tochter Strümpfe stopfte, überlegte sie, ob sie ihn vielleicht etwas im Laden besorgen oder die undichten Stellen im Dach ausbessern lassen sollte, um ihn von seinem Kummer abzulenken. Doch am Ende beschloss sie, sich nicht in die Stimmung des Sohnes einzumischen, und setzte mit kleinen Stichen ihr Leben fort.

Am Donnerstagnachmittag um fünf machte sich Esteban im Sonntagsanzug und mit einer Pappschale, die er sich zum Schutz gegen die Reißzähne der Pflanzen gebastelt hatte, auf den Weg und befolgte genau Olvidos Anweisungen. Er kletterte über die Steinmauer, die das Grundstück umgab, sah den Eingang zum Rosengarten, ging aber vorbei, ohne ihn zu betreten, überquerte die Wiese mit dem Geißblatt und dann den Gemüsegarten, bis er von einem Bienenschwarm verfolgt an der Veranda hinter dem Haus stand, dort, wo einst Bernarda von Clara Laguna rasiert worden war und wo nun ein paar Sofas und ein kleiner geflochtener Tisch vor sich hindösten.

»Bist du da?« Olvidos Stimme kam aus der Nähe eines Spaliers, das an der Fassade angebracht und von Efeu überwuchert war. »Ich hatte schon Angst, du würdest es dir anders überlegen.«

»Ein Soldat hält immer, was er verspricht.«

Esteban ging mit der Hand an seine Pappschale und keuchte. Obwohl er sein Ziel erreicht hatte, ohne von der Vegetation angefallen oder von Manuela Laguna entdeckt worden zu sein, die ihn dann mit ihren blutigen Handschuhen im Genick gepackt hätte, fühlte er sich noch nicht in Sicherheit. Das Mädchen trug weder die Häkelmütze noch den breitkrempigen Strohhut, den sie zum Kirchgang aufsetzte. Sie hatte die Haare aus dem Gesicht gestrichen, und ihre Augen bohrten sich wie Gewehrkugeln in die des Jungen.

»Lass uns hier heraufklettern bis zu meinem Zimmerfenster«, sagte sie und zeigte auf das Spalier. »Wenn mich meine Mutter zu Hause einschließt, komme ich auf diesem Weg in den Garten.«

Aber er hatte Mühe sich zu bewegen. Olvido reichte ihm die Hand. Der Junge ergriff sie wie gebannt von ihrer Schönheit, und da spürte das Mädchen zum ersten Mal diese junge, sonnengebräunte Haut, die sich so ganz anders anfühlte als die Berührung von weißer Baumwolle.

»Gefallen dir meine Hände?«

»Du hast sehr lange Finger …«

Sie sahen sich an und wussten nicht, was sie sagen sollten. Eine von Blütenpollen leuchtende Brise umfing ihre Körper. Überall im Garten war ein vibrierendes, pulsierendes Leben zu hören. Zikaden, Amseln, läufige Katzen. Esteban küsste sie auf eine Wange, und sie erwiderte ihm den Kuss auf die Lippen. In der Sonntagshose des Jungen krachte die Pappschale, und Olvido dachte, dass Küsse das gleiche Geräusch machten wie die knusprige Haut eines gut gebratenen Hähnchens.

»Wenn ich einen Topf Chrysanthemen ins Fenster stelle, dann weißt du, dass meine Mutter ihre Pläne geändert hat und du fliehen musst«, warnte sie ihn, während sie am Spalier hochkletterten.

»Ich hoffe, dass das nie passieren wird.«

Olvidos Zimmer war geräumig und schlicht. Ein blauer Teppich auf dem Dielenfußboden, ein silbernes Eisenbett an der Wand gegenüber dem Fenster, daneben ein kleiner Polstersessel mit einem Blumenbezug und ausgeleierten Federn, und in einer Ecke der Schreibtisch mit einem Stuhl und dem Hocker, den das Mädchen an jenem Nachmittag für ihren Lehrer geholt hatte.

»Hast du kein Foto von deinem Vater?«, wollte Esteban wissen.

Über dem Bett hing nur das Ölgemälde, das Manuela Laguna in Galizien erstanden hatte. Ein ruhiges Meer mit Schiffen und Möwen.

»Ich kenne meinen Vater nicht«, sie schämte sich, ihm zu erzählen, dass der einzige Vater, den sie je ins Herz geschlossen hatte, ein schwarzer Köter gewesen war, der vor ein paar Jahren an der Übermacht seiner Flöhe verendet war.

Esteban streichelte ihr das Haar. Er konnte nicht mehr schreiben und lesen, hatte das Einmaleins vergessen und die Nebenflüsse des Tajo, die sein Vater ihn hundert Mal in ein Heft abschreiben ließ; denn wenn Esteban bei Olvido Laguna war, konnte er nichts anderes mehr, als sie immer nur ansehen.

Im September wurde ein Raum im Rathaus mit Löchern in der Decke und Wanzen im Teppich als Schulzimmer hergerichtet. Während die Stadt eine weitere Lehrerin mit mehr Glück schicken wollte – die aber nie eintraf –, übernahm Pater Imperio die Aufgabe, den Kindern das Lesen und Schreiben beizubringen und ihnen ein paar Grundbegriffe der Geographie und der Mathematik zu vermitteln. Olvido Laguna saß also wieder mit im Unterricht, trotzdem setzte Esteban seine Nachhilfestunden an den Donnerstagen bei ihr zu Hause fort. Er besuchte den im Rathaus improvisierten Schulunterricht nicht, schließlich wusste er mit seinen dreizehn Jahren schon alles, was Pater Imperio den Kindern beibrachte. Er vertrieb sich die Zeit, indem er mit den wenigen Freunden, die ihm nach seiner Parteinahme für Olvido geblieben waren, durch die Berge streifte und nach verirrten Kugeln und Bombensplittern suchte. Mit seiner Zwille jagte er Tauben und Hasen, die seine Mutter anschließend zwischen ihrer Flickarbeit kochte, und er hatte gelernt, mit der Angst zu leben, dass Manuela Laguna unversehens in Olvidos Zimmer auftauchte und ihm mit den Handschuhen den Hals umdrehte. Diese aber setzte ihre regelmäßigen Treffen mit dem Anwalt fort.

Der Anwalt war einer der wenigen Männer unter fünfundsechzig und über fünfzehn, die dem Dorf geblieben waren, und hatte – neben Geld und Einfluss – eine chronische Lebererkrankung vorgeschoben und damit seine Ausmusterung erreicht, weil er für die Front untauglich war. Also fuhr er weiter in seinem küchenschabenschwarzen Automobil durch die Gegend, aber selbst die schwarz gekleideten Klatschweiber schluckten jetzt ihre Begeisterung herunter, wenn sie die röhrende Zukunftsmaschine nahen hörten, und blieben, Taschentücher oder Rosenkränze in den Händen drückend, in ihren Häusern sitzen. Sie konzentrierten sich nur noch auf die Hoffnung, dass ihre Söhne oder Enkel unversehrt aus dem Krieg zurückkehrten, und manchmal nutzten sie die nächtliche Dunkelheit, um in die Häuser der Nachbarinnen zu huschen und Kichererbsen gegen Zucker auszutauschen oder ihre Klagen und die Gerüchte, die über Schützengräben und Flüchtlinge in den Bergen kursierten.

Im Frühjahr 1939 fiel ein Trupp Männer, die in mehreren Lastwagen kamen und marineblaue Hemden trugen, im Dorf ein und brüllte das Wort »Sieg«. Der Bürgerkrieg war zu Ende, und sie ließen in der Schenke keinen Schnipsel Chorizo von der letzten Schlachtung übrig und keine Flasche Wein. Sie aßen restlos alles auf, was ihnen zwischen die Finger kam, dann legten sie sich auf Tische und Bänke und schnarchten von ihrem Sieg.

Esteban war inzwischen fünfzehn Jahre alt und seine Mutter hatte ihm in der Schreinerei eine Lehrstelle verschafft, damit er jeden Tag etwas dazuverdiente. Trotzdem versicherte er Olvido auch weiterhin, er werde Lehrer werden wie sein Vater. Dafür musste er aber seine Schullaufbahn beenden, die vom Krieg und von der Zerstörung des Schulgebäudes unterbrochen worden war, und anschließend in die Stadt ziehen, um mit einem Stipendium die Lehrerausbildung zu machen, weil weder seine Mutter – mochte sie mit ihrer großen Tochter auch Unmengen Strümpfe stopfen – noch er mit seinem Tagelohn als Lehrling dafür genügend Geld zusammenbrachte.

Esteban arbeitete von Montagmorgen bis Samstagabend um acht Uhr in der Schreinerei. Wenn donnerstags die Stunde seines Besuchs in der roten Villa näher kam, wurde der Junge so unkonzentriert, dass er sich beim Hobeln Holzsplitter in die Finger rammte und sich eine dicke Sägemehlschicht auf sein Herz legte. Manchmal sah er das Meer aus Olvidos Zimmer in der Schreinerei förmlich über die Wände schwappen, und er stellte sich die salzige Seeluft und das klatschende Geräusch der Brandung vor, um sich abzulenken und nicht in Tränen auszubrechen.

»Was ist mit dir los, mein Junge?«, fragte ihn der Meister. »Der Donnerstag ist nicht dein Glückstag, da gelingt dir rein gar nichts. Du hast die Bretter für den Kellermeister auf der falschen Seite geschmirgelt«, er gab ihm einen Klaps auf den Hinterkopf.

»Kann ich früher gehen?«

»Mach die Bretter fertig, dann kannst du los.«

Esteban stürzte sich kopflos in die Arbeit. Die Hände zitterten an der Feile, und er rieb anstatt des Holzes die Haut von seinem Daumen ab. Aber er war so blind vor Sehnsucht nach der Liebe, die ihn beim Zusammensetzen von Silben erwartete, dass er die Blutstropfen ablutschte und hastig weiterarbeitete.

Als er fertig war, zog er ein sauberes Hemd an und rannte durch die Straßen des Dorfes und durch den Pinienwald, bis er im Hintergrund die rote Villa auftauchen sah. Er war gerade dabei, über die Steinmauer zu klettern, als er in den Armen der Vegetation den Chrysanthementopf entdeckte, der seinen Triumph auf der Fensterbank sichtlich genoss. Geschlagen sank er im Garten nieder und befriedigte sich selbst zwischen den Geißblattstauden, die ihn von nun an jeden Donnerstag treu umringten, um sich mit der Wärme seiner jugendlichen Säfte zu vermehren, denn der Chrysanthementopf blieb, wo er war.

An anderen Wochentagen stieg er, sobald es dunkel war, gegen das Verbot seiner Mutter, tief ins Gebirge hinein und brachte einem Vetter, der sich mit anderen Soldaten der republikanischen Truppen dort vor der Guardia Civil versteckt hielt, Zigaretten, Wein und Desinfektionsmittel für die Verletzungen. Das gähnende Mondlicht lag auf den Flüchtigen wie ein offener Wolfsschlund. In den Nadelbäumen waren die schlaflosen Eulen zu hören und der Gott verfluchende Wind.

»Ich will mal dein Gewehr anfassen«, bat Esteban eines Abends den Vetter.

»Junge, spiel nicht mit dem Tod«, warnte dieser, ihm die Waffe weiterreichend.

Sie war groß, kalt und roch nach Pulver und Moos. Esteban legte sie an und stellte sich vor, damit über den Boulevard einer großen Stadt zu marschieren und nicht auf einem Berg zu stehen, in den der Mond seine Zähne schlug. In der jubelnden Menge am Straßenrand erschien ihm Olvido ohne Hut, er warf ihr eine Kusshand zu, und sie lächelte und klatschte ihm Beifall.

Der Schulunterricht fand zwar noch in dem dazu hergerichteten Zimmer des Rathauses statt, aber inzwischen hatten die Bauarbeiten für ein neues Schulgebäude begonnen. Dazu wurde ein Grundstück außerhalb des Dorfes ausgewiesen, weil die Bewohner in einer Vollversammlung beschlossen hatten, die neue Schule nicht auf den Trümmern der alten zu errichten; die Kinder sollten nicht an einem Ort lernen, wo es immer noch nach Bombe roch. Da die Schatztruhen der Gemeinde nach dem Krieg leer waren, hatte Manuela Laguna das erforderliche Geld dafür bereitgestellt, in der Erwartung, dass diese großzügige Spende dazu beitragen könnte, der Familie Laguna ihre Sünden zu vergeben, bis die Tochter, wie von der Mutter geplant, einen reichen, anständigen Mann heiratete.

Olvido hatte inzwischen das Lesen und Schreiben gelernt und wusste, wo der Tajo und wo Sevilla lag, weshalb Manuela beschloss, dass so viel Weisheit für ein ruhiges Leben mit Stickereien und Damenkränzchen genügen musste. Sie nahm sie also aus der Schule und schloss sie erneut in der alten Villa ein. Denn die atemberaubende Schönheit der Vierzehnjährigen schrie förmlich nach der Einsamkeit bei der Gartenarbeit oder in der Küche, wo Olvido lernte, wie man Gebäck und Torten machte, wie es der soziale Rang erforderte, den ihre Mutter für sie anstrebte und dank ihrer zahlreichen Schenkungen im Dorf schon sehr bald zu erreichen hoffte.

Immerhin nahm sie die Tochter sonntags weiterhin mit zur Kirche, wenn auch unter einem damenhaften Strohhut oder einer kleinen Stoffkappe versteckt. Bis das Kind das heiratsfähige Alter erreicht hatte, musste sie Vorsichtsmaßnahmen treffen, um die Schande von ihr fernzuhalten. Und sie wäre nie darauf gekommen, welche Qualen Olvido litt, wenn das wöchentliche Treffen mit Esteban ausfiel, und sie in der letzten Kirchenbank sitzend nur eins im Sinn hatte: anstatt das verfluchte Blut der Lagunas zu reinigen, ihre Liebe zu nähren. Sie suchte zwischen den Köpfen der Gottesdienstbesucher den bekannten Nackenwirbel und flehte gleichzeitig zum Christus über dem Altar, dass er ihnen die Leidenschaft ihrer Donnerstage zurückgab.

In den vordersten Bänken spürte Esteban, der still zwischen der Trauer tragenden Mutter und der Schwester saß, den Nacken in einer blauen Hitzewallung feucht werden. Dann sagte er anstelle des *Credo* die Verse von Johannes vom Kreuz auf, die er in den Büchern seines Vaters gelesen hatte, und verschlang bei der Kommunion die Hostie mit einer frevlerischen Gier, weil alles, was er in den Mund nahm, nach ihr schmeckte.

Beim Ausgang der Messe beschleunigte die frische Luft ihren vom Weihrauch eingeschläferten Puls. Ihr Kinderlächeln gehörte der Vergangenheit an, jetzt versuchten sie einander nahe zu kommen, eine Schulter, eine Hand, einen Schenkel des anderen zu streifen, ohne dass die erwachsenen Augen sie dabei ertappten. Und wenn sich ihre Blicke trafen, krank von einsamen Nachmittagen und aufgeschobenen Küssen, dann brachten sie mit ihrem übergroßen Verlangen die grünen Kirchenglocken zum Schwingen.

Das Dorf kehrte seine ahnungslosen Augen gen Himmel und gratulierte Pater Imperio zur soeben bewiesenen Meisterschaft des »Tolón«, der nach zwanzig Jahren Glockengeläut auf den Kordilleren der Taubenkacke ganz unerwartet eine Engelsmelodie schlug. Der Pastor lauschte diesen Lobreden, stammelte etwas Unverständliches und bekreuzigte sich, wohl wissend, dass der prostatakranke »Tolón« dazu verdammt war, sich an den Sakristeiwänden zu erleichtern, kaum dass der Gottesdienst zu Ende war.

Auch Manuela Laguna ging, dunkel gekleidet und mit seidenen Handschuhen, auf Pater Imperio zu, um ihn zu beglückwünschen, während sie jedem zunickte, der sich ihr zuwandte und ein »Buenos días« knirschte, nachdem sie zur Wohltäterin der Schule aufgerückt war. Mit dieser Anerkennung war sie derart beschäftigt, dass sie bei Olvidos Aufsicht nachlässig wurde und nicht bemerkte, dass die Tochter jemanden ansah oder gar anlächelte. Nach dem Kirchgang buk sie ihr in der roten Villa vor lauter Überschwang sogar ihre Lieblingsschnecken mit Zimt, anstatt sie mit dem Teppichklopfer zu vertrimmen.

Während Manuela dieses Glücksgefühl genoss, kam der Sommer. Im Garten der alten Villa begannen die Blüten am Geißblatt zu welken. Olvido besuchte die Stauden nicht mehr, wie sie es seit ihrer Kindheit jeden Nachmittag getan hatte. Jetzt blieb sie in ihrem Zimmer und las die Verse von Johannes vom Kreuz in einem Buch, das Esteban ihr bei seinem letzten Besuch vor Kriegsende geliehen hatte. Manuela hielt die Schwermut der Tochter für eine

Reaktion auf das Einsetzen ihrer Monatsblutung, denn Olvidos Körper entledigte sich gerade der letzten Reste ihrer Kindheit.

Abgesehen davon, fehlte ihr aber auch die Zeit, sich intensiver mit der Tochter zu befassen, weil sie dabei war, ein Kaffeekränzchen mit den vornehmsten Señoras in der roten Villa vorzubereiten, um ihre neue gesellschaftliche Stellung zu festigen. Die Frau des Bürgermeisters, die Frau des Apothekers, die Frau des Anwalts, die Frau des mächtigsten Großgrundbesitzers, die Witwe eines Notars aus der Stadt sowie ein paar Damen von geringerer Herkunft sollten sie für den Bau der neuen Schule entschädigen. Sie kaufte im Laden druckfrische, himmelblaue Kärtchen und befahl Olvido, die Kaffeeeinladung darauf zu schreiben; dann steckte sie diese in die dazugehörigen Couverts und warf sie, mit der Vorfreude eines Kindes auf seine erste Geburtstagsfeier, in die entsprechenden Briefkästen. Die Spezialitäten des Hauses, frisch gebrühter Kaffee und Zimtschnecken, wollte sie auf Silbertabletts und in feinem Porzellan servieren.

Eine Woche vor dem Ereignis begann Manuela, die gestickte Tischdecke aus Lagartera zu bügeln, eines der vielen Geschenke, mit denen der Diplomat Clara Laguna in den Zeiten des Bordells beglückt hatte. Am Morgen des Samstags, an dem das Kaffeekränzchen stattfinden sollte, breitete sie diese über den Esstisch im Salon und deckte ihn mit dem feinen Porzellan, dann stellte sie die Silbertabletts voller Hefeteilchen darauf und begann mit einer Generalprobe. »Setzen Sie sich doch, meine Damen, fühlen Sie sich ganz zu Hause. Kommen Sie doch hierher zum Lehnstuhl, Frau Bürgermeisterin, der wird Ihrem Rücken guttun«, dabei kippte sie in einem langen Schluck die erste Tasse Kaffee herunter. »Ja, danke, der Garten ist wirklich herrlich«, sie trank die zweite Tasse. »Nein, das ist doch schon lange her«, sie aß drei Schnecken, »wir üben den Beruf nicht mehr aus, wir sind jetzt Señoras, genau wie Sie«, ihr zitterten die Hände, als sie in die Küche ging und die Kaffeekanne neu füllte, dann goss sie sich eine weitere Tasse ein. »Eine Hure war meine Mutter, aus Liebeskummer übrigens«, sie schüttete auch die dritte Tasse auf einmal hinunter, dann wischte sie sich mit einer kleinen Serviette den Mund ab, »das habe ich alles verbrannt, um dieses fromme Heim zu läutern«, dabei schob sie sich das im Nacken zu einem Knoten gedrehte Haar zurecht. »Sperma! Sperma im Garten!«, gierig stopfte sie die nächste Schnecke in den Mund, »niemals! Das ist üble Nachrede«, sie trank und aß, »und meine Tochter wird eine Aristokratin, Sie werden schon sehen …«

Um sechs Uhr nachmittags, als das Kaffeekränzchen beginnen sollte, wurde Manuela von einem schwarzen Durchfall auf dem Abort festgehalten, so dass Olvido die Dienstboten empfing, die sich um die Tür scharten, um Nachricht von ihrer Herrschaft zu bringen, die sich wegen verschiedener unvorhergesehener Unpässlichkeiten für das gesellschaftliche Ereignis entschuldigte: Die Frau des Bürgermeisters hatte Rheuma, die Frau des Anwalts Zahnschmerzen, die Witwe Migräne, die Apothekersfrau Koliken vom Erdbeereis, die Frau des Großgrundbesitzers kalte Schweißausbrüche, dazu kamen die Leiden der Gäste niedrigeren Ranges.

Manuela behielt diese Schmähung für alle Zeiten im Gedächtnis, zusammen mit der Erinnerung an ihre nach Kaffeesatz stinkenden Ausscheidungen. Sie erwog im ersten Moment sogar, den Bürgermeister um die Rückzahlung ihres Geldes zu bitten, aber dann hatte sie doch Angst, die Entscheidung könnte ihr die Türen zum sozialen Leben endgültig verschließen. Vielleicht war ich zu voreilig, sagte sie sich, meine Mutter hat viel gesündigt, das braucht Zeit, um wiedergutgemacht zu werden, außerdem wäre es nicht besonders vornehm, das Geld zurückzufordern, es werden sich andere Gelegenheiten finden, mich für diese Kränkung zu entschädigen.

Zwei Tage später wurde die Frau des Apothekers tot zwischen den Felsbrocken des Pinienwaldes aufgefunden. Sie hatte Thymianzweige in der Hand, eine Pflanze, die sie für die Rezepturen ihres Gatten sammelte; ihre Kehle öffnete sich zu einem feuchten, roten Lächeln, und ein Teil des Gedärms briet in der Sonne. Die Guardia Civil war von Anfang an davon überzeugt, dass niemand anderer der Mörder sein konnte als einer der republikanischen Soldaten, die in den Bergen hausten, um dem Gefängnis oder dem Exekutionskommando zu entkommen. Wahrscheinlich hatte sich einer von ihnen zu nah ans Dorf herangewagt, um Essen oder Arzneien zu holen, und war von der Apothekersfrau überrascht worden, worauf er ihr den Hals aufschlitzte, damit sie ihn nicht verriet. Was sich die Guardia Civil allerdings nicht erklären konnte, war die Grausamkeit mit dem Gedärm der Verstorbenen.

»Überall wird gehungert«, flüsterte einer der Ermittlungsbeamten der Polizei.

»Mehr als man denkt«, erwiderte sein Kollege.

Sie forderten Verstärkung aus den Nachbardörfern an und organisierten eine Razzia in den Bergen oberhalb des Dorfes. Die Operation dauerte zwei Tage. In der Nacht des zweiten führten die Polizisten einen Gefangenen in Handschellen auf den Dorfplatz. Er hatte einen verfilzten Bart voller Flechten und in den Stirnfalten die Zähigkeit der Landbevölkerung. Der Verhaftete erklärte, er sei nicht der Mörder jener Frau. Daraufhin wollten die Polizisten ihn dazu bringen, dass er ihnen zeigte, wo sich seine Kameraden versteckt hielten; der Mann fuhr sich nur mit der Hand durch den Bart und spuckte aus. Tags drauf kam Befehl aus dem Hauptquartier: Wenn er sie nicht verrät, dann erschießt ihn.

Im Schein der ersten Sterne hallten drei Schüsse von der Landstraße. Esteban hockte indessen zwischen den Bäumen und dem Farn, weil er herausfinden wollte, ob es sich bei dem Gefangenen um seinen Vetter handelte. Als er erfuhr, was die Polizei plante, hatte er diesen warnen wollen, doch die Mutter hatte ihn kreischend in den Keller gesperrt. »Ich werde nicht zulassen, dass sie mir noch einen umbringen!«

Der Mann fiel mit dem Bart auf die Erde, es war einer der Soldaten, die sich mit seinem Vetter im Wald versteckten; bevor er starb, öffnete er ein letztes Mal die Augen und sah unter einem Farnstrauch das Gesicht des Jungen im Mondlicht schimmern, der neulich aus Spaß ein altes Gewehr angelegt hatte. Danach wurden die Ermittlungen im Mordfall der Apothekersfrau ohne weitere Nachforschungen geschlossen.

Für den Rest des Sommers sah man keine der schwarz gekleideten alten Frauen in den Gässchen sitzen; nicht einmal, wenn die Sonne geräuschlos den geordneten Rückzug in den Pinienwald antrat. Das wenige Gerede galt nur noch dem Eintopf, der immer wässriger wurde, und den Ohren des Feuers und der engsten Angehörigen. In der Schenke tranken die Männer verdünnten Wein und spielten lustlos Domino oder Karten. Es kam selten vor, dass einer auf dem Platz stehenblieb, um ein Schwätzchen zu halten, die meisten eilten vorüber, als wäre ihnen das Klappern der eigenen Absätze auf den Fersen. Nur an den Sonntagen, vor und nach der Messe, füllte sich der Platz.

Manuela Laguna spazierte dann vor der Kirchentür auf und ab und grüßte die vornehmsten Bewohner, um ihnen und sich selbst zu beweisen, dass sie den alten Groll vergessen hatte. Sie war von Angst und Hunger unbehelligt geblieben, denn sie hatte genügend Geld, um fast alles zu kaufen. Außerdem beugte sich der Garten der roten Villa weiterhin nicht dem allgemeinen Wechsel der Jahreszeiten. Im Oktober und den ersten Frostnächten verfügte sie immer noch über sehr viel mehr Obst und Gartengemüse, als sie mit Olvido verbrauchen konnte, auch nachdem sie der Vorschrift genügt und einen Teil für die Allgemeinheit abgeliefert hatte.

Erst als der Totennebel den Platz wieder belagerte, wagten sich die alten Weiber aus den Häusern. Im Schutz des Nebels sah man kaum die eigene Hand vor Augen, so dass sich die alten Frauen und ihre Töchter vorsichtig tappend ihren Weg suchten oder vom schwachen Licht einer Laterne bis zur Kirchentür geleiten ließen, wo sie mit Linsen, Speiseöl oder Weizenbrot Schwarzhandel trieben, denn sie waren es leid, sich von hartem Roggenbrot zu ernähren. Manchmal tauschten sie die Waren untereinander, aber meistens kauften sie sie für einen überhöhten Preis einander ab oder gaben dem Jungen aus dem Nachbardorf, der sich damals auf dem Schwarzmarkt eine goldene Nase verdiente, einen Hasen dafür.

»Linsen, leckere Linsen habe ich heute«, flüsterte der Bursche von seinem versteckten Stand an der Kirchentür, und der Wind übernahm es, die Botschaft durch den Nebel zu tragen.

Jedoch nicht nur die alten Frauen und ihre Töchter profitierten von der Buße der verstorbenen Seelen. Im Schutze der Dunkelheit kamen auch Flüchtlinge aus dem Gebirge herunter und warteten mucksmäuschenstill in einer Toreinfahrt, bis der Nebel den Platz erobert hatte, um dann loszustürmen und den Vater, die Mutter, die Braut zu umarmen, die ihnen außer ihrer Liebe eine Dauerwurst, einen Laib Brot oder ein Paar Strümpfe zusteckten, um den Frost in den Bergen zu überstehen.

Als dieses Treiben zunahm, wurden ungeschriebene Gesetze eingeführt: Wenn man mit einem anderen zusammenstieß, musste man ihm als Erstes an den Kopf fassen, um sicherzugehen, dass er nicht den Dreispitz eines Polizisten der Guardia Civil trug. Sobald man sich darüber Gewissheit verschafft hatte, fragte man ihn, wohin er im Totennebel wollte, und so halfen sie sich gegenseitig, die Auslagen vom Schwarzmarkt oder die Angehörigen zu finden. Niemand verriet seinen wahren Namen, weil sie einander an den Spitznamen erkannten. Auf diese Weise wurde der von den Dorfbewohnern seit Jahrhunderten respektierte und von vielen gefürchtete Nebel für ein paar Tage ihr Verbündeter im Kampf gegen den Hunger und auf der Suche nach ein wenig Liebe.

Da die Ritter in jenem Herbst nicht in Frieden ihre Sünden tilgen konnten, versuchten sie dann und wann die Eindringlinge mit ihrem metallischen Wind, den sie zu orkanartigen Böen verstärkten, zu vertreiben.

»Hört auf, ihr Idioten!«, hörte man jemanden in den dichten Totennebel hineinrufen, »geächtet sind wir doch hier allesamt.«

Pater Imperio, der durch die Beichten der Witwen, Ehefrauen und Mütter über das Treiben im Nebel Bescheid wusste, befahl in einer Anwandlung von Barmherzigkeit dem »Tolón«, das Totengeläut so lange wie möglich hinauszuzögern. Der Nebel hob sich deshalb an so manchen Tagen erst, wenn die roten Sonnenstrahlen schon verblassten. Dann musste der Pfarrer nicht nur für die Rückkehr der Seelen in ihre Grabstätten die Kirchentür sperrangelweit öffnen, sondern auch, um die Delinquenten und den jungen Schwarzhändler im Keller zu verstecken, bis die Nacht einbrach und ihr Fluchtweg durch die Finsternis und die Oktoberkälte gesichert war.

Auch Esteban hatte versucht, sich den Nebel zunutze zu machen und Olvido in einem von Manuela unbeachteten Moment nach der Messe vorgeschlagen, sie sollten sich im Nebel treffen. Aber das Mädchen fürchtete, dass ihr die Zeit zu knapp werden könnte, um vor Tagesanbruch wieder zu Hause zu sein, und die Mutter sie entdecken würde. Denn die hatte als Bernardas Schützling deren Gewohnheit beibehalten, beizeiten auf den Beinen zu sein, um sich den häuslichen Pflichten zu widmen, den Garten zu bestellen, die Tiere zu versorgen und Schmorgerichte oder Eintöpfe zu kochen.

»Komm Donnerstagabend zu mir«, lautete Olvidos Gegenvorschlag, »warte bis Mitternacht und klettere dann zu meinem Fenster hoch.«

Der Junge spürte ein Würgen am Hals, weiß wie Manuelas Handschuhe.

Am nächsten Donnerstag, als Mitternacht vorbei war, überfiel der Mond Estebans graue Augen, die gerade Stirn, die Lippen und verbarg sich im Grübchen auf seinem Kinn. Olvido erwartete ihn mit angelehntem Fenster. Der Junge sprang vom Fenstersims ins Zimmer, und schon umarmten sie sich.

»Du riechst nach Zedern«, sagte sie und streichelte das Sägemehl, das ihm hinter den Ohren hing.

»Aus denen habe ich heute einen Schrank gebaut. Und du riechst nach Zitronen«, sein Atem war gefroren.

»Ich habe mit meiner Mutter Marmelade gekocht.«

»Du bist gewachsen«, Esteban spürte ihren größeren, festeren Busen an seiner Brust.

»Meine Mutter sagt, dass ich schon eine Frau bin.«

»Das bist du.«

Olvido hatte den Geschmack von Schnee im Mund. Das Haar fiel ihr wie ein schwarzer Wasserfall über den Rücken, er tauchte die Hände hinein und ließ sie bis zum Gesäß hinuntergleiten.

»Ich hätte eher kommen sollen«, flüsterte er zwischen Küssen. »Wir dürfen nie wieder so lange getrennt voneinander bleiben, lieber sterbe ich«, Esteban dachte an Manuela Lagunas gelbliches Lächeln.

Sein Verlangen glitt durch den Pinienwald bis zu den von Grünspan überzogenen Glocken, die anfingen eine Engelsmelodie zu spielen wie beim Ausgang der Messe. Voller Entsetzen wachte Pater Imperio auf: Wer sollte einen solchen Lärm verursachen, wenn nicht der Glöckner des Teufels, der beschlossen hatte, die Ankunft seines Gebieters anzukündigen? Mehrere Dorfbewohnter gingen in Decken gehüllt und mit kleinen Augen auf die Straße und wankten schlaftrunken zur Kirche. Sie hämmerten gegen die Kirchentür und forderten, den *Glorias* und *Hallelujas* Einhalt zu gebieten, bis zwei Polizisten mit dem Gewehr im Anschlag auftauchten, um festzustellen, ob ein Delinquent an den Glockensträngen zerrte und mit dem Singsang zum Aufstand rufen wollte. Drei Skapuliere hatte der Pfarrer um den Hals hängen, als er die Kirchentüre öffnete, weil er Polizisten wie Christen mit dem Anrücken einer ganzen Teufelschwadron verwechselt hatte.

»Wer läutet die Glocken, Pater, und wozu?«, fragte ihn ein Hauptmann der Guardia Civil.

»Ein Gesandter des leibhaftigen Teufels«, erwiderte dieser.

»Gehen wir hinauf und sehen nach.«

Doch die Glocken wurden nur von der Liebe geläutet, die an der Kirchentür entsprungen war.

»Wahrscheinlich ist es der Wind, der doch ordentlich bläst«, sagte einer der Polizisten verwundert, »und die Glocken hängen lose und sind alt. Wir holen sie morgen herunter.«

»Was hier geschehen ist, bleibt unter uns«, befahl der Hauptmann Pater Imperio.

Kurz vor Sonnenaufgang kehrte Esteban nach Hause zurück, und das Dorf sank endlich in seine wohlverdiente Ruhe. Nicht ein einziger Bewohner war an jenem Vormittag imstande, seine Arbeit richtig zu tun, und eine außerordentliche Dorfversammlung im Rathaus fasste den Beschluss, die Glocken einzuschmelzen und daraus eine Büste von General Franco gießen zu lassen.

Esteban nahm also seine Donnerstagsbesuche in Olvidos Zimmer wieder auf, wenn auch nachts. Der Junge hatte noch nie etwas auf den Fluch gegeben, der angeblich auf der Familie Laguna lag, und genauso wenig auf das Unglück, das demjenigen drohte, der beschloss, ihm zuwiderzuhandeln; weder als er ein Knabe war und nichts davon verstand, noch jetzt, da er ein junger Mann war von fast sechzehn Jahren. Sie wird nie Liebeskummer haben, sagte er sich, weil ich sie nie verlassen werde, und die Schande ihrer Vorfahren ist mir einerlei. Ich werde sie heiraten, die Laguna mit dem Hut, wie sie im Dorf genannt wird, und nicht einmal die Handschuhe ihrer Mutter werden mich davon abhalten.

Wenn er von der Arbeit aus der Schreinerei kam, wartete er im Pinienwäldchen zwischen dem Farn, bis es Mitternacht war. Er erschauerte vor Ungeduld und Angst und spuckte ab und an salzig und schaumig aus, wie Meeresgischt. Beim ersten Eulenschrei verließ er seinen Unterschlupf, sprang über die Mauer und kletterte am Spalier hoch. Olvido erwartete ihn bei Kerzenschein, um mit ihm die Verse von Johannes vom Kreuz zu lesen: … Oh Nacht, die du den Geliebten und die Geliebte zusammenführst, Geliebte in den Geliebten verwandelst …

Die neuen Kirchenglocken, die Pater Imperio vor der Montage tagelang mit Exorzismen und Novenen bearbeitet hatte, läuteten nicht wieder, wenn sie sich küssten.

Während sich Esteban und Olvido trafen, lag Manuela Laguna in ihrer Schlafkammer im Erdgeschoss und schnarchte. Obwohl sie noch nicht alt war, litt sie an Arthritis und gab allabendlich bei Tisch einen ordentlichen Schuss Laudanum in ihren Wein, um die Gelenkschmerzen zu ertragen und Schlaf zu finden. Das Echo ihres Schnarchens hallte jedes Mal in Estebans Herz wider wie eine Drohung. Olvido hatte ihm erzählt, dass ihre Mutter zwar so tue, als habe sie die Kränkung der missglückten Kaffeeeinladung verwunden, seither aber mehr Hähne schlachte denn je, um ihrem Ärger Luft zu machen. Manchmal gehe sie mitten am Nachmittag in die Küche und rupfe das arme Federvieh bei lebendigem Leibe. Wie Geister schwirrten die Vogelschreie dann durch alle Zimmer, bis Manuela ihnen endlich den Gnadenstoß gebe, indem sie ihnen den Hals umdrehe. Anschließend koche sie die Tiere nicht einmal, sondern weide sich an dem Geruch nach Tod.

Eines Nachmittags Anfang Januar 1941 konnte Olvido den Todeskampf der Hähne nicht mehr mitansehen, und brach das mütterliche Verbot, das schönste Schlafzimmer in der roten Villa zu betreten. Nie wieder hatte jemand darin geschlafen seit dem Tod seiner einstigen Bewohnerin, jener Frau, die weder Manuela noch das Dorf zu vergessen imstande oder gewillt waren: Clara Laguna. Die Tür knarrte beim Öffnen, und Olvido hielt die Luft an. Eingehüllt ins Halbdunkel erhob sich das große Bett aus schwarzem Metall. Auf seinen Pfosten hing immer noch der zerzauste purpurne Musselinhimmel, der so lange im Rhythmus der Rache ihrer Großmutter getanzt hatte.

Doch in dem Zimmer roch es weder nach Sex noch nach Einsamkeit, Spinnweben oder Mottenkugeln, vielmehr strömte aus allen Winkeln ein Duft, den Olvido zunächst nicht einzuordnen vermochte; erst als sie die Tür schloss, erkannte sie, dass es nach Steineichen roch. Auf leisen Sohlen ging sie zu dem tönernen, mit blauen Arabesken verzierten Waschkrug. Darin hatte sich Clara Laguna die Tränen um den andalusischen Gutsherrn abgewaschen, und darin hatte die Köchin die neugeborene Olvido gewaschen.

Die Schreie eines Hahns in Todesängsten drangen bis ins Zimmer hinauf. Der Sonnenuntergang sprang ins Fenster des Schlafzimmers wie der Tod dem Vogel an die Gurgel.

Olvido näherte sich dem Frisiertisch der Großmutter. Auf einem Deckchen mit vergilbter Spitze lagen aufgereiht ein Spiegel, eine Bürste und ein Kamm mit kunstvoll gearbeiteten Silbergriffen. Das Metall funkelte verlockend. Das Mädchen nahm die Bürste und begann, sich damit die lange Mähne zu kämmen. Niemand hatte ihr Clara Lagunas Gesicht beschrieben, aber jetzt schaute die Großmutter sie aus dem ovalen Spiegel der Frisierkommode an; das rotblonde Haar voller Margeriten und die Augen zu goldenen Steinen erstarrt.

Olvido bürstete sich weiter. Von den Schlafzimmerwänden löste sich das Flüstern eines Flusses und durchströmte sie wie ein Rumoren. Augenblicklich wusste sie, dass dies kein beliebiger Fluss war, sondern jener, der quer durch den alten Eichenwald führte. Eine feste Stimme befahl ihr, ihre Zusammenkünfte mit Esteban dorthin zu verlegen, weil es keinen besseren Ort auf der Welt gebe, um sich zu lieben.

Als sie das dem Jungen in einer ihrer heimlichen Nächte vorschlug, wandte er ein, der Fluss werde beim ersten Schnee von einer Eisschicht bedeckt sein wie von geschmolzenem Zucker, und der Wind werde ihre Liebe peitschen, bis sie gefror. »Ich nehme eine Decke mit und werde dich noch fester küssen«, versicherte ihm das Mädchen unter Liebkosungen. In ihren Lippen verloren, dachte Esteban, dass es vielleicht keine schlechte Idee sei, sich im Eichenwald zu treffen, jedenfalls wären sie dort weit genug weg von Manuela Laguna. Und er fiel lieber dem Schnee mit einem Tod aus tausend süßen Nadelstichen zum Opfer als den blutigen Handschuhen jener Frau.

Am darauffolgenden Donnerstag um Mitternacht war es Olvido, die über das Spalier in den Garten hinunterkletterte. Sie ging an den schläfrigen Kürbissen vorbei durch die Gemüsebeete und machte einen Bogen um die Rosen, deren duftende Münder Manuela alles zutrugen, was sich in der Nähe ihrer Sträucher abspielte. Sie überquerte die Geißblattwiese und sprang über die Gartenmauer. Esteban erwartete sie in seinem Versteck im Pinienwäldchen.

»Olvido, wollen wir nicht lieber hier bleiben und uns in den Farn legen?«

Eine Eule schrie, und ein paar Sterne stürzten sich selbstmörderisch vom Himmel.

»Lass uns zum Eichenwald gehen, ich bitte dich.«

Hand in Hand legten sie den Weg zum Hügel zurück, den an einem Gewittermorgen vor langer Zeit ein Apfelschimmel mit dem andalusischen Gutsbesitzer und Clara Laguna auf dem Rücken hinaufgestiegen war. Von oben schienen die Eichen im Tal zu versinken. Die Nachtluft schmeckte nach Moos und nassen Steinen, und der Mond gab alles, um sein Licht im Fluss auszubreiten wie eine silberne Flüssigkeit.

Esteban lehnte sich an den Stamm einer Steineiche mit der alten Zeichnung eines eingeritzten Herzens, umarmte Olvido und wanderte mit den Lippen über ihren Hals. Ohne zu wissen warum, überkam ihn die Lust, ein Liebeslied zu singen, und sie hatte das Bedürfnis, sich die Haare des Jungen, die auf unerklärliche Weise nach Oliven rochen, um die Finger zu wickeln.

»Morgen gehe ich für dich Rebhühner jagen, ich werde sie dir bringen, damit du sie in Marinade kochst«, sagte er mit Sternen in den Augen.

»Ich werde sie für dich kochen, so köstlich, dass du dir die Finger danach leckst.«

Eine kalte Brise strich ihnen über Stirn, Lippen und Wangen; das Unterholz krachte, als bewegte sich jemand darauf.

»Glaubst du, dass sie uns belauert?«, fragte Esteban.

»Wer?«

»Deine Mutter.«

Olvido spähte zwischen den Stämmen der Steineichen hindurch in die Nacht.

»Dahinten bewegt sich etwas«, sagte sie und zeigte auf einen Schatten. »Sieht aus wie eine Frau.«

»Lass uns zum Pinienwald zurückgehen«, dem Jungen zitterte das Kinn, und er glaubte schon, im Fluss das Spiegelbild der blutigen Handschuhe zu sehen.

»Nein, warte.« Olvido spürte ein Rumoren, so ähnlich wie es sie tags zuvor in Claras Schlafzimmer durchströmt hatte. Ihre Augen wurden gelb, und in ihrem Mund breitete sich der Geschmack eines versteckten Grabes aus. »Morgen steige ich auf den Dachboden hinauf und suche die große Kiste, auf der dein Name steht.«

»Was für ein Dachboden? Was für eine Kiste?« Esteban starrte sie erschrocken an.

Anstatt zu antworten, ging sie zum Flussufer und legte unterwegs die Kleider ab, erst den Mantel, dann den Pullover und die Bluse, bis sie nur noch den Büstenhalter trug.

»Olvido, komm zurück, du holst dir eine Lungenentzündung!«

Esteban sah den nackten Rücken seiner Liebsten; er sah ihre weiße Haut und die narbigen Spuren der Binsenrute. Als er sie am Ufer einholte und ihr die Kleider gab, schien sie verwirrt. Doch während sie sich bebend anzog, kehrte nach und nach das gewohnte Blau in Olvidos Augen zurück.

»Schlägt sie dich immer noch?«, fragte er in das Flüstern des Flusses hinein.

»Manchmal. Aber wenn sie es macht, denke ich an dich, dann tut es nicht mehr so weh.«

In diesem Moment kam Esteban zum ersten Mal der Gedanke, Manuela Laguna umzubringen. Er würde so lange mit einem Stein auf ihren Schädel einschlagen, bis seine Hände schmerzten.

Kapitel 9

Der Dachboden stand voller Zeug, das nur nach den Launen der Nostalgie geordnet war. So hielt sich in einer Ecke ein ganzer Stapel Nachttöpfe aus weißem Porzellan mit Müh und Not im Gleichgewicht. Einst gehörten sie zum Inventar der von Prostituierten bevölkerten roten Villa, und wieso diese von Urin zerfressenen Gegenstände die Zerschlagung des Bordells überdauert hatten, wusste nur Manuela. Rechts neben den Nachttöpfen stank es nach Schießpulver. Denn an einer zusammengebrochenen Kommode französischen Stils lehnte immer noch das Jagdgewehr, das schon dagestanden und seine Triumphe ausgedünstet hatte, als der Gutsbesitzer Clara Laguna das Landhaus geschenkt hatte. Niemand wusste, aus welcher Zeit es stammte, wem es gehört und wie viele Tote es auf dem Gewissen hatte.

Gegenüber der Kommode wurden in einem Regal die Töpfe und Tiegel aufbewahrt, in denen die Hexe Laguna ihre Zaubertränke gegen den bösen Blick zubereitet hatte. In einem von ihnen klebten noch mumifizierte Reste der Briefe, die der Gutsherr einst an Clara geschrieben hatte und die sie Jahre später dazu einsetzte, ihn zur Rückkehr zu bewegen. Dem Staub in dem Regal trotzten außerdem der steife Sack mit den Katzenknochen, der Zwirn zum Flicken von Jungfernhäutchen des 19. Jahrhunderts und ein paar Gefäße mit magischen Zutaten.

In einer anderen Ecke des Dachbodens ragte ein metallener Gegenstand in die Höhe. Man musste ziemlich nah herangehen, um unter den vielen Spinnweben die Umrisse eines Kirchenleuchters zu erkennen, dessen Totenkerzen über den Salon der roten Villa gewacht hatten, als dort mit Huren und Luxus noch verschwenderisch umgegangen wurde. Bei ihm hatte sich Manuela vielleicht gedacht, dass es durch dessen fromme Bestimmung der Ehrbarkeit ihres Hauses keinen Abbruch täte, wenn sie einen der von Wachsbächen bedeckten Leuchter behielt. Früher hatte sie mit ihren Fingernägeln daran herumgepult, während sie ohne Herz und Schlüpfer auf die Ankunft eines Freiers wartete.

Auch die Wiege ihrer Tochter hatte Manuela aufgehoben. Sie stand zwischen verschiedenen mit Laken verhüllten und nach Mottenkugeln riechenden Möbeln. Auf der kleinen Wollmatratze mit Pipiflecken lag ein Kindernähkästchen, das jetzt den Motten als Zuhause diente, und an Tagen mit schlechtem Wetter sangen Regentropfen ihr Wiegenlied über dem Bettchen. Denn seit über einem Jahrhundert leckte das Dach über dem Speicher.

Einmal war ein Dachdecker aus einem Nachbardorf zur alten Villa gekommen, um den Schaden zu beheben. Mit seiner Werkzeugkiste kletterte er an einem Frühlingstag auf das Dach, die Sonne wärmte ihm den Rücken, und er begann ein Lied zu trällern, während er die kaputten Dachziegel auswechselte, damit es nicht mehr hineinregnete. Clara Laguna, die gerade zwischen den Margeriten auf dem Weg hockte und Wasser ließ, hörte, wie er in Fahrt kam und sich mit andalusischen Weisen die Seele aus dem Leib sang. Im ersten Augenblick dachte sie, die Hexerei ihrer Mutter habe ihr doch den andalusischen Gutsbesitzer zurückgebracht, wenn auch mit einer ungekannten Heiserkeit in der Stimme, die sie den Jahren zuschrieb. Aber als sie die Augen zum Himmel hob, um Gott zu danken, entdeckte sie ihren Irrtum und spürte, wie ihr der Hass die Waden bespritzte. Sie nahm den erstbesten Stein und warf ihn dem Handwerker an den Kopf, der nach hinten in den Garten fiel.

Drei Prostituierte vergruben den Leichnam des Mannes auf Geheiß ihrer Herrin unter einem Rosenstrauch, während die Köchin das Blut aufwischte. Den Werkzeugkasten versteckten sie auf dem Dachboden. Mehrere Wochen lang rechneten sie damit, dass die

Polizei kommen und sich nach dem Toten erkundigen würde. Alle Prostituierten hatten allerstrengste Anweisung zu leugnen, dass der Dachdecker jemals bei der roten Villa gewesen war. Clara stellte sich sogar auf ein paar Sonderdienste ein, um die Obrigkeit von ihrer Version zu überzeugen. Aber die Polizei kam nie, und je mehr Zeit verging und das Fleisch der Dirnen erschlaffte, desto mehr geriet der Dachdecker in Vergessenheit. Nur manchmal im Frühjahr fiel er ihnen wieder ein, wenn die Sonne auf die Margeriten des Weges brannte und oben in den Zimmern das leise Hämmern metallener Stimmen zu vernehmen war.

Das letzte Tageslicht sickerte durch eine runde Luke und beleuchtete einen Korb voller Schätze vom Meer: Muscheln, Schnecken, getrocknete Algen und Fischgräten. Das war die beste Tageszeit, um auf den Dachboden zu steigen, und die schönste. Allerdings konnte Olvido erst nach Mitternacht hinauf, wenn die Mutter mit ihrer Ration Laudanum zu schnarchen begann. Barfuß schlich sie mit einer Kerze die alte Stiege hinauf. Es war das erste Mal, dass sie diesen Teil des Hauses betrat, weil ihr die Mutter den Dachboden von klein an verboten hatte. Trotzdem kam ihr der Weg bekannt vor. Sie wusste, was sie suchte und wo sie es finden würde. Ein nach Eichen duftendes Lüftchen führte sie.

Als sie oben angekommen war, tummelten sich in der Luke die Sterne. Sie ging zu dem Turm aus Nachttöpfen und nahm einen nach dem anderen herunter. Jeder Nachttopf trug auf dem Henkel den Namen einer Prostituierten: Tomasa, Ludovica, Petri, Sebastiana … In Olvidos Augen funkelte es gelb. Als sie Petris Nachttopf vom Turm genommen hatte, purzelte ihr der Rest entgegen. Das weiße Poltern aus Porzellan begrub ihr die Füße, aber sie rührte sich nicht. Vor ihr lag eine kleine Truhe mit dem Namen »Clara« in Bronzebuchstaben auf dem Deckel.

In jenem Reliquienschrein vermoderten die letzten Besitztümer ihrer Großmutter, die Manuelas Anfall von Sittlichkeit überdauert hatten. Olvido hob den Deckel hoch, da schlug ihr in einem

Schwall der Geruch einer Frau entgegen und streichelte ihr das Gesicht; sie nahm das Höschen heraus, das Clara Laguna am Nachmittag getragen hatte, als sie sich dem andalusischen Gutsherrn zum ersten Mal hingegeben hatte. Als Nächstes nahm sie eine Spange aus Schildpatt mit silbernen Einlegearbeiten heraus, die ihre Großmutter am liebsten getragen hatte, dann ein ledergebundenes Buch. Als sie wieder dieses Rumoren im Bauch wahrnahm, wusste sie, dass diese letzte Entdeckung ihr Schicksal war. Sie strich vorsichtig über den Einband, da erschien in der Luke, in den Sternen und dem diesigen Mond, das Gesicht eines Freiers von Clara; ein kahlköpfiger Diplomat mit einem goldenen Zwicker. Sie schlug das Buch auf und fand auf der ersten seidigen Seite eine Widmung: »Für die exotischste Scham der Welt, Dein für immer, wo auch immer, meine Konkubine, meine Clara.«

Olvidos Hände leuchteten totenblass. Sie blätterte ein paar Seiten weiter und hatte den Eindruck, als wüchsen ihr Margeriten zwischen den Schenkeln, sie blätterte noch weiter. Das zu einer fremden Sprache verfasste Buch war illustriert mit erlesenen Zeichnungen, auf denen die nackten Körper eines Mannes und einer Frau in ockerfarbener Tinte zu sehen waren, die sich wieder und wieder in verschiedenen Stellungen vereinten. Die Brise des Eichenwaldes wehte sacht zum Dachboden herein, sie roch nach feuchten Steinen, nach silbrigen Erinnerungen. Die Kerzenflamme flackerte. Olvido schloss lächelnd das Buch und drückte es an den Leib. Sich an den Namen der Prostituierten orientierend, stapelte sie die Nachttöpfe wieder übereinander, dann kehrte sie mit dem geheimen Fund in den Falten ihres Nachthemds in ihr Zimmer zurück.

In den nächsten Nächten träumte Olvido von den Zeichnungen. Und als der Tag kam, an dem sie sich heimlich mit Esteban traf, legte sie ihm das Buch in die Hand und schielte aus dem Augenwinkel auf seine Hose; die Heimat eines Tinte versprühenden Organs.

»Ein Geschenk?«, fragte er.

»Ich kann es dir nicht schenken, weil es mir nicht gehört, es gehört meiner Großmutter Clara.«

»Aber die ist doch tot, oder?«

»Manchmal.«

Der Fluss trug das Flüstern eines spitzenbesetzten Strumpfbandes herbei.

»Wie kann man denn nur manchmal tot sein?«, wollte der Junge wissen.

»Keine Ahnung. Wirf mal einen Blick in das Buch.«

»Geht es um Tote?«

»Nein.«

»Sind es Gedichte?«

»Nein.«

»Ein Roman?«

»Schau einfach mal hinein.«

Esteban las den Buchtitel, der auf der zweiten Seite in gotischen Lettern stand, laut vor.

»Ka-ma-su-tra. Von Shakespeare?«

»Keine Ahnung. Blätter ein paar Seiten weiter.«

Als der Junge die Bilder entdeckte, küsste Olvido ihn auf den Mund. Sie kauerten sich in das Lehmbett am Flussufer. Er streichelte unter der Bluse die Narben auf ihrem Rücken und sie seine kräftige Schreinerbrust, bis ihre Leidenschaft dem Winter die Stirn bot und sie halbnackt, vor Kälte und Liebe schlotternd unter den Mantel des Jungen schlüpften. Als der Morgen seinen blutroten Schleier über den Himmel zog, gelang es ihnen, noch erschöpft vom Schnee und ihrer Unerfahrenheit, ihre Körper in die erste Position zu bringen, und die Lust brachte den morgendlichen Raureif um sie herum zum Schmelzen.

Von Januar bis Mitte März praktizierten sie neun Stellungen. Im Schutz einer riesigen Steineiche zündeten sie ein Lagerfeuer an und hüllten sich in eine Decke. Sie beschnupperten und küssten sich, um das Eis an ihren Geschlechtern zu verflüssigen. Das Gras war abgestorben, das Raunen im Fluss festgefroren, und ihr Verlangen wurde zur Dauererkältung.

Eines Nachmittags, bevor sie die Stellung Nummer zehn ausprobierten, traf Esteban eine Entscheidung, ohne Olvido davon zu unterrichten. Den ganzen Tag hatte er, niesend und von Fieberschüben geschüttelt, in der Schreinerei darüber nachgegrübelt. Als dann die Sonne hinter die Pinien sank, hängte er Hammer und Säge an den Haken, wusch sich Gesicht und Achseln, um auch noch den letzten Sägespan zu entfernen, der seinem guten Eindruck schaden könnte, wechselte die schmutzige Arbeitskleidung gegen ein vom Vater geerbtes Hemd und einen von der Mutter neu gestrickten Pullover und machte sich auf zur alten Villa. Unterwegs erinnerte er sich an den Tag, als Manuela Laguna ihn eingeladen hatte, ihr Essen zu kosten. Und wieder stieg ihm der Kräutergeschmack in den Mund, der ihn nach diesem Besuch gepeinigt hatte, und er vernahm die milde und tiefe Stimme seines Vaters, der ihn bat, den größtmöglichen Abstand zu dem verfluchten Haus und den Frauen zu halten, die darin wohnten. Er hob einen spitzen Stein auf und steckte ihn in die Hosentasche.

Manuela Laguna war dabei, auf dem Küchentisch einen Hahn auszunehmen, als Esteban an die Tür klopfte.

»Einen guten Abend wünsche ich Ihnen, Señora.«

Von den weißen Baumwollhandschuhen triefte das Blut.

»Kennen wir uns, junger Mann?«, fragte sie, das Gesicht des Jungen erforschend.

»Ja, Señora«, das Blut aus den Handschuhen tropfte auf die roten Tonfliesen. »Vor einigen Jahren haben Sie mich eingeladen, Ihr Essen zu kosten. Ich bin der Sohn vom Lehrer.«

»Ja, stimmt, wie hätte ich deine Augen vergessen können. Du bist gewachsen, aber was willst du?«

»Nun, verzeihen Sie die späte Stunde …«, begann er zögernd und steckte die Hand in die Hosentasche, um den Stein zu ergreifen, »ich komme gerade von der Arbeit und habe beschlossen, zu Ihnen zu gehen und Sie um die Hand Ihrer Tochter zu bitten.«

Manuela kniff die Augen zusammen: »Beruf?«

Ein scharlachroter Fleck bedrohte den Jungen vom Fliesenboden.

»Bist du taub?«

»Ich …«, er fühlte den Stein in der Hand, »bin siebzehn und Schreinerlehrling, aber wenn ich Olvido heirate, dann ziehen wir in die Stadt und ich werde Lehrer.«

»Du willst in die Fußstapfen deines Vaters treten und ein elendes Leben führen wie er?«

»Mein Vater war ein ehrbarer Mann und starb für sein Vaterland«, der Nachgeschmack des damaligen Kräutergerichts vergiftete dem Jungen den Mund.

»Woher willst du denn wissen, wie er gestorben ist, du warst doch damals noch eine erbärmliche Rotznase, und das bist du bis heute!«

»Da täuschen Sie sich, ich bin schon ein Mann, und ich liebe Ihre Tochter«, er ballte die Faust mit dem Stein in der Tasche.

»Dass ich nicht lache! Du liebst meine Tochter? Du hast doch noch nie ihr Gesicht ohne Hut gesehen. Das Einzige, was du willst, ist eines Tages ihr Vermögen erben«, ein Haarbüschel löste sich von ihrem Kopf und segelte in die Blutlache.

»Das stimmt nicht. Ich habe sie schon oft ohne alles gesehen. Und nur dass Sie es wissen: Ich habe mit ihr die Stellungen aus dem Buch Ihrer Mutter geübt, da werde ich sie ja wohl kennen«, er ließ den Stein in der Hosentasche los, während ihm das Geständnis die Kehle durchbohrte.

»Hör mal, Junge, wenn du nicht sofort dorthin verschwindest, wo du hergekommen bist, dann reiße ich dir das Gedärm heraus wie einem Hahn, und das hätte ich schon tun sollen, als du zum ersten Mal mein Haus betreten hast«, die weißen Handschuhe leuchteten im Mondlicht.

So schnell seine Füße ihn tragen konnten, floh Esteban in den Pinienwald und schmeckte seinen Vater, wie beim ersten Mal.

Im Dämmerlicht der Eingangsdiele holte Manuela die Rute aus dem Wäscheschrank. Der Lavendelduft stieg bis zu Olvidos Zimmer hinauf. Das Mädchen döste in ihrer fiebrigen Erkältung vor sich hin und hatte weder das Klopfen an der Tür vernommen noch den Wortwechsel zwischen ihrem Liebhaber und ihrer Mutter. Da stürzte Manuela in ihr Zimmer und schlug mit der Rute auf ihren Rücken ein. Als sie fertig war, begutachtete sie mit der Lupe vom Schreibtisch wie eine Insektenkundlerin das Jungfernhäutchen der Tochter.

»Ich werde eine Heilerin kommen lassen, damit sie es dir flickt. Wenn doch nur die Hexe Laguna noch am Leben wäre, ließe sich das leichter regeln. Du bist scheinbar als Hure zur Welt gekommen, genau wie deine Großmutter. Dieses Zimmer wirst du nicht mehr verlassen, bis du zwanzig bist, und was den jungen Wüstling angeht, der bei mir um deine Hand angehalten hat und mir unter die Nase gerieben hat, welche Stellungen du mit ihm praktizierst, dem reiße ich das Gedärm heraus, verlass dich drauf.«

Ein anderer Junge wäre sicher nicht mehr zurückgekehrt, aber Esteban in seiner Verliebtheit schon. Die Nacht war inzwischen stahlgrau und fast sternenlos. Er kletterte über das Spalier zum Obergeschoss und merkte nicht, wie der Mond dabei war, sich an seinen weißen Strahlen zu erhängen. Esteban hockte auf der Fensterbank und klopfte an die Scheibe, während sich hinter ihm der Erdtrabant in den Selbstmord stürzte. Olvido hörte das Pochen, zögerte aber. Es ging Wind, und die Holzläden schlugen gegen Estebans Körper. Olvido, Olvido. Das Mädchen spürte, dass er sie rief. Sie ließ ihn ein und gab ihm eine schallende Ohrfeige.

»Entschuldige. Ich weiß nicht, was mich gepackt hat, vielleicht der Fieberwahn oder die Kälte oder, dass ich dich nur einmal die Woche im Schnee küssen darf. Entschuldige«, wiederholte er. »Hat sie dich geschlagen?«

Olvido verdrehte die Augen.

»Ich bringe sie um. Wenn du willst, bringe ich sie jetzt sofort um, und dann ziehen wir beide in die Stadt«, als er das sagte, spürte er die raue Oberfläche des Steins in seiner Hosentasche, dann Olvidos Finger auf seinen Lippen und ihren Kuss.

In der Ferne hörte man zum ersten Mal die neuen Kirchenglocken in der eisigen Luft läuten; aber es war keine frohe Melodie, es war ein Totengeläut. Kurz darauf vernebelte eine Wolke aus Staub und Pulvergestank das Zimmer. Die Brüste hingen ihr bis zum Bauchnabel, als Manuela Laguna mit der Jagdflinte vom Dachboden auftauchte.

»Bist du zurückgekommen, um die Ehrbarkeit meines Hauses weiter in den Dreck zu ziehen, hä? Na bitte, wenn es das ist, was du willst, dann tu es bis zur letzten Konsequenz«, sie hatte frische Handschuhe an.

Olvido starrte das krause Schamhaar der Mutter an.

»Ich verspreche Ihnen, wenn Sie ihn jetzt laufen lassen, dann werde ich ihn nie wieder sehen«, flehte sie und schob sich vor den Geliebten.

Der Junge umklammerte den verborgenen Stein, der ihm mit seinen scharfen Kanten in die Finger schnitt.

»Halt du den Mund! Du hast Clara Lagunas Verdorbenheit geerbt, und das wird dich teuer zu stehen kommen«, sie entriegelte die Flinte und legte sie sich an die Schulter. »Weg da.«

»Mutter, bitte, lassen Sie ihn gehen.«

»Kommt nicht in Frage.«

Manuela schlug ihrer Tochter mit dem Gewehrkolben gegen die Stirn. Im Gebirge war das Heulen eines Wolfes zu hören, während Olvido auf den Teppich sank. Sie spürte das Murmeln ihres Blutes wie ein Sturzbach, der ihr die Sicht nahm und das Schlafzimmer unwirklich werden ließ. Es ist alles nur ein Traum, dachte sie, ich liege im Garten auf der Wiese bei meinen Geißblattstauden. Estebans Stimme fiel über Manuela her, ich bring dich um, du Hexe, ich bring dich um. Ein Schuss fiel, das Pulver verdunkelte das Meeresbild an der Wand, vielleicht eine Seeschlacht zwischen zwei Piratenschiffen, sagte sich Olvido, alles ist nur ein Traum, morgen küssen wir uns wieder im Eichenwald auf dem Schnee.

Die ausgeleierten Sprungfedern des Polstersessels in ihrem Zimmer krachten, die Mutter hatte sich mit gespreizten Schenkeln darauf fallen lassen und verkündete ihr Urteil: Fick mich oder ich töte meine Tochter.

Der am Arm verletzte Junge ließ die Hose herunter. Heute habe ich einen Zitronenkuchen gebacken und anbrennen lassen, weil ich an dich gedacht habe, flüsterte Olvido, morgen backe ich einen Apfelkuchen und bringe dir ein Stück in die Schreinerei. Er rieb sich mit einer von Brechreiz überwältigten Hand das Geschlecht. Du bekommst eine Kostprobe und ich werde dir die Krümel von den Lippen küssen.

Der Junge ging zitternd auf Manuela zu. Morgen haben wir alles vergessen, komm, küss mich, morgen gehen wir im Fluss baden, auch wenn er eisig ist, flehte Olvido. Das Jagdgewehr lud eine Kugel ins Magazin, ihre Mutter schoss, die Kugel durchbohrte die Zimmerdecke. Ich habe gesagt, ficken, Junge. Er erbrach sich und entfernte sich von Manuela, indem er rückwärts auf das Fenster zutaumelte.

Keine Angst, Liebster, morgen werden die Kirchenglocken eine freudige Melodie schlagen, komm, dass ich dir das Sägemehl hinter den Ohren ablecke, dass ich dir die wunden Stellen von den Holzsplittern lecke. Er öffnete das Fenster, und die Kälte der letzten Märztage schluckte den Pulverstaub. Komm, dass ich dir den Wirbel im Nacken küsse, das Grübchen auf dem Kinn. Der versteckte Stein fiel dem Jungen aus der Hose und polterte auf den Boden. Manuela lachte, und damit wolltest du auf mich losgehen, ich werde dich das Töten lehren. Eine weitere Kugel wurde ins Magazin geladen und schoss ihm in den Bauch. Komm, komm, rief Olvido.

Manuela näherte sich dem Jungen und zielte mit der Flinte auf seine Brust, als sie ganz dicht an ihm dran war, ließ sie das Gewehr auf den Teppich fallen und gab Esteban im geöffneten Fenster einen Stoß, sein Schädel schlug im Garten auf einen Stein auf.

Morgen …, wimmerte Olvido, … im Eichenwald wirst du mich wieder mit deinen grauen Augen anschauen …

Kapitel 10

Der Himmel wurde von krachendem Donner durchzogen, die Wolken stapelten sich übereinander, und die Nacht schloss sich finster. Olvido sah aus dem Fenster. Der Regen klatschte ihr ins Gesicht, und ein eisiger Windstoß strich ihr über die Wangen. Als sie den Geliebten im Garten liegen sah, reglos und um den Kopf ein roter Heiligenschein aus Blut, begann sie zu beben. Voller Wut und Schmerz zog sie die Stirn kraus, und eine Falte grub sich für immer zwischen ihre Brauen. Jene Falte machte eine erwachsene Schönheit aus ihr. Ihr war schwindelig. Sie schloss das Fenster und betrachtete durch die Scheiben den mondlosen Himmel und Estebans Leichnam, den die Sterne mit Trauer übergossen. Sie blutete aus der Stirn, und das Blut tropfte ihr über das Kinn auf das Kleid. Als der nächste Blitz den Himmel zerriss und der Donner dröhnte, brach sie wieder auf dem Teppich zusammen und fiel in Ohnmacht.

Ihre Mutter war aus dem Zimmer gegangen und hatte triumphierend die Tür hinter sich zugeschlagen. Sie machte sich auf den Weg in ihre Kammer, um sich in aller Ruhe schlafen zu legen, denn jetzt gab es keine grauen Augen mehr im Dorf, die ihre Zukunftspläne vereiteln könnten. Aber vorher putzte sie noch eine Küchenschabe heraus, die sie in ein Aromabad gelegt hatte, bevor sie sich nackt auszog und mit dem Jagdgewehr in Olvidos Zimmer platzte, um deren Ehre zu retten. Sie wickelte ein rotes Band um die Insektenleiche und zog am Fenster die Vorhänge zu. Als sie in ihr Bett mit den gestärkten Laken stieg, spürte sie zum ersten

Mal, wie etwas über Bauch und Brüste an ihr hoch krabbelte, es war der Geruch nach männlichem Geschlecht, der Geruch nach Angst.

Es wurde früher hell als sonst in jenem Winter, der schon bald zum Frühling werden sollte. Vielleicht weil die Sonne die Erde nach dem Selbstmord des Mondes nicht so lange verwaist lassen wollte. Ein orangefarbenes Licht lag, von dunklen Lücken unterbrochen, über dem winterlichen Gebirgszug am Horizont. Als es die rote Villa erreichte, war es schon weiß und deckte Estebans Leichnam zu, der bereits dem Garten gehörte. Eine Blutlache schimmerte unter seinem Bauch, und das gefrorene Gehirn breitete sich wie der Raureif über das Moos. In den offenen Augen des Jungen spiegelte sich noch der peitschende Regen der vergangenen Nacht.

Als Olvido aufwachte, spürte sie einen starken Schmerz auf der Stirn. Eine trockene Blutspur führte ihr über das Gesicht bis zum Hals. Ihre Lippen zitterten, und sie klapperte im Takt der Erinnerung mit den Zähnen. Das eisige Grabeslicht des neuen Tages ergriff ihr Herz. Sie stand wankend auf und sah aus dem Fenster. Auf dem Steinplattenweg kam die Mutter im Karren mit dem schwarzen Gaul angefahren und walzte Clara Lagunas Margeriten nieder. Dahinter näherte sich ein weiterer, größerer Wagen dem Haus, dessen Insassen beide schmal und schwarz gekleidet waren.

Jenes Trauergeleit durchbrach den frühen Morgen und hielt vor Estebans Leichnam. Manuela stieg vom Kutschbock und zeigte den Männern mit hassverzerrter Miene die herabgelassene Hose des Jungen. Einer von ihnen machte ein paar Aufzeichnungen in ein Buch, während der andere den Leichnam betrachtete, den der Garten bereits zu verschlingen begann. Zwischen den Beinen des jungen Liebhabers wuchs eine Margerite. Es vergingen Minuten, ehe die Männer es wagten, den Toten in eine Decke von der Farbe ihrer Maulesel zu hüllen.

Heute werde ich einen Zitronenkuchen backen und an dich denken, Olvido weinte, und dir eine Kostprobe in den Eichenwald bringen. Ein paar Sonnenstrahlen liebkosten ihr das Haar. Ich werde dir die Krümel von den Lippen küssen, sie spürte den Geschmack ihres Liebsten im Mund, und du wirst mich mit deinen grauen Augen ansehen. Mit hölzernem Gerumpel verließ Esteban den Garten, aber das Moos behielt noch lange die abstrakten Umrisse seines Todes.

Der Vormittag nahm bleich seinen Lauf. Olvido rückte sich einen Stuhl ans Fenster, hockte sich auf die Knie und wachte über die Abwesenheit des Jungen, während ihr die Kälte in die Knochen stieg. Sie lauschte dem heiseren Rauschen der Pinien und erinnerte sich an den ersten Spaziergang mit Esteban unter ihrem Nadelschirm. Sie verspürte weder Hunger noch Durst, nur den Drang zu urinieren, dem sie einfach nachgab. Der Urin verklebte ihr das Gesäß und die Schenkel mit einem lauwarmen Wohlgefühl, während der Wind im Garten an Obstbäumen und wilden Rosen rüttelte und eine Elster Olvidos Tränen auflauerte.

Gegen Nachmittag begann sie zu frösteln; das durchnässte Hemd war mit ihrer Haut verwachsen. Sie wollte vom Stuhl aufstehen und etwas Trockenes anziehen, aber nach all den vielen Stunden in derselben Stellung gehorchte ihr trauriger Körper ihr nicht mehr. Als es ihr endlich gelang aufzustehen, beschloss sie, in den Garten hinunterzugehen, niemand würde sie daran hindern können. Sie zog das Hemd aus und hüllte ihren Körper in ein Wollkleid und einen Mantel. Im Flur vernahm sie das Knistern vom Feuerholz im Kamin. Mit den Stiefeln in der Hand schlich sie die Treppe hinunter und ging in den Garten hinaus.

Sie kniete neben dem Flecken Moos mit dem dunklen Abdruck ihres Geliebten nieder, und die Erde weinte mit ihr in bitterer Trauer. Nach einer Weile holte sie eine Schere aus der Manteltasche und schnitt sich den Pony und die Haare, die ihr bis zur Taille reichten, ab. Die Strähnen fielen auf das von Frost überzogene Moos mit den roten Flecken. Wieder war das Heulen eines Wolfes zu hören und jene metallene Kälte zu spüren. Die Wolken drängten sich vor das letzte Tageslicht, und Olvido wusste, dass es aussichtslos war, den Mond zu suchen. Sie gab ihrer Erschöpfung nach, legte das Gesicht auf das Moos, und der Tod kniff sie in die Wange. Ich werde dich niemals vergessen, dachte sie und presste den Leib noch enger an den Boden, ich werde nie wieder leben.

Manuela Laguna erzählte der Guardia Civil, dass sie Geräusche und Schreie im Zimmer ihrer Tochter gehört habe und deshalb mit der Jagdflinte nach oben gegangen sei. Dort habe sie den Jungen entdeckt, der das Kind zu gewissen Handlungen nötigen wollte. Der Junge sei kräftig gewesen und habe sie mit einem Stein bedroht. Sie habe zweimal geschossen, um ihr Leben und die Ehre ihrer Tochter zu verteidigen. Dann habe er das Fenster geöffnet, um zu fliehen, und sei in den Garten gestürzt. Um ihre Version der Ereignisse zu verbürgen und zu erreichen, dass die Polizisten Olvido nicht vernahmen, die schließlich minderjährig war, musste sie der Bürgermeisterei für die öffentliche Schatztruhe eine hübsche Summe spenden.

Doch obwohl ihre Mutter sie eingeschlossen hatte, entkam Olvido und machte sich eines frühen Morgens auf den Weg zur Polizeiwache, in einer Straße unweit des Dorfplatzes. Sie hatte ihr Nachthemd an, eine Wolljacke und ihre Stiefel mit offenen Schnürsenkeln.

»Meine Mutter hat ihn umgebracht«, sagte sie zum diensthabenden Polizisten, »sie hat ihn umgebracht, weil er mich geliebt hat und ich ihn.«

Der Beamte schaute das Mädchen an und dachte, sie sei die schönste Frau, die er in seinem Leben erblickt hatte, obwohl ihre blauen Augen unstet waren und ihre Haut blass.

»Hat der Junge nicht versucht, Ihnen etwas anzutun? Sie verstehen schon, Sie zu gewissen Dingen zu nötigen?«

»Er war mein Geliebter«, erwiderte sie und verließ schlurfend die Polizeiwache.

Nach dieser Erklärung musste Manuela noch mehr Geld in die öffentliche Kasse investieren, damit Estebans Tod zu einem Unfall reduziert wurde. Laut Polizeibericht hatte sie den Jungen mitten in der Nacht mit herabgelassener Hose in Olvidos Schlafzimmer angetroffen und dachte, er wollte die Tochter zu bestimmten Handlungen nötigen. Als er sie mit dem spitzen Stein bedrohte, hatte sie sich gezwungen gesehen, zu schießen.

Das Dorf erfuhr von der heimlichen Liebe zwischen der Laguna mit dem Hut und dem Sohn des Lehrers, aber der Name des Jungen wurde nicht besudelt, und man begrub ihn in einem christlichen Grab neben seinem Vater.

Der Winter ging zur Neige und das friedhöfliche Totenbett mit seinen Grabsteinen der Kriegsgefallenen ruhte im Schnee. In den Zypressen hockten die Elstern und warteten auf den nächsten Trauerzug. Je intensiver ihr Gefieder schimmerte, so hieß es in einer Legende aus jener Gegend, desto größer war das Leid, das ihre Augen sahen.

Wie die Vögel wartete auch Olvido seit zwei Tagen auf die Ankunft des letzten Trauerzuges. Obwohl die Mutter sie nach ihrem Ausflug zur Polizeiwache mit der Binsenrute verdroschen hatte, weil dabei obendrein das ganze Dorf erfahren hatte, dass die unter einem Strohhut vor der Schande gehütete Laguna einen Liebhaber im Schlafzimmer versteckt hatte, entkam das Mädchen im Morgengrauen und lief zum Friedhof. Sie verbrachte den ganzen Tag zwischen Grabsteinen, Steinkreuzen und Grüften, aß Schnee und las Johannes vom Kreuz. Wenn die Sterne am Himmel funkelten, kehrte sie zur roten Villa zurück und schlief eingerollt in Clara Lagunas Bett, damit ihr wenigstens der Eichengeruch Gesellschaft leistete.

Als sie drei Tage auf diese Weise zugebracht hatte, tauchte am Eingang des Friedhofs endlich der Trauerzug auf. Olvido beobachtete aus dem gleichen Versteck wie einst bei der Bestattung des Lehrers die kleine schwarze Traube, die sich um das Grab scharte. Wieder bildeten die Mutter und Estebans Schwester eine feste Einheit. Nur fehlte daneben der in seinem Anzug gefangene Junge mit dem Trauerflor am Arm. Er lag jetzt in der Holzkiste, die in das Loch hinabgelassen wurde, während der betagte Pater Imperio mit zittrigen Händen den silbernen Weihwasserstößel schwang und Latein spuckte.

Als bis auf die Elstern alle gegangen waren, kam Olvido hinter dem Stein hervor und betrachtete die Margeriten auf dem Grab. Am Himmel beschien die Sonne das Ende eines weißgesichtigen Winters und die bemoosten Grabsteine. An die Feuchtigkeit des ewigen Lebens würde sich Esteban wohl gewöhnen müssen. Die Elstern segelten über den Grüften, und ihre Flügel sahen aus wie Spiegel. Olvido warf sich auf das Grab und blieb viele Stunden reglos liegen, sie spürte nur das Pochen der Erde und das Wispern der Regenwürmer. Erst als die Sonne unterging, nahm sie mehrere Margeritenstängel und kehrte zur roten Villa zurück.

Manuela Laguna saß vor dem Kamin und stickte, da hörte sie die Tochter mit hartgefrorenen Schritten über die Fliesen in der Eingangsdiele zu Clara Lagunas Schlafzimmer hinaufgehen. Ihr erster Impuls war, die Rute zu holen und das Mädchen von dem verbotenen Ort zu vertreiben. Da krachte ein Stück Holz im Feuer, und Manuela nahm die schwarzen Zöpfe der galizischen Prostituierten neben sich wahr, ihr Eukalyptusherz, ihre Geschichten. Sie kuschelte sich auf das Sofa. Später, dachte sie.

Derweil legte Olvido die Margeritenstängel auf Claras Bett. »Großmutter, ich bringe Ihnen Blumen von Estebans Grab.«

Im Garten hatte es zu schneien begonnen. Olvido löste ihre Knöpfe und ließ die feuchten Kleider einfach an sich zu Boden gleiten. Sie setzte sich unter den Purpurhimmel und öffnete das Fenster, an dem Clara auf den andalusischen Gutsherrn gewartet hatte.

»Ich bin gekommen, um mit Ihnen zu sterben.«

Ein eiskalter Wind erfasste den nackten Leib und wehte Schneeflocken ins Zimmer. Olvido legte sich gehorsam auf die Margeriten. Dieser letzte Schneesturm des Winters würde sie in die Arme des Geliebten zurückbringen. Die Minuten vergingen, der purpurne Musselinhimmel führte einen wilden Tanz auf, wie in den Zeiten des Bordells, und sie schlotterte. Von Clara Lagunas Frisiertisch kam das Geräusch eines seidenen Morgenmantels, und die gelben Augen funkelten im Wind, der durch das Zimmer fegte, dann flog das Fenster mit einem Schlag zu.

Wie Gelächter flutete das Flussrauschen aus dem Eichenwald von den Wänden. Olvido richtete sich auf, sie spürte ein heftiges Rumoren im Bauch. Bis zu diesem Moment hatte sie nicht bemerkt, dass ihre Menstruation seit zwei Monaten ausgeblieben war. Du erwartest eine Tochter von Esteban. Sie hörte Claras Stimme in sich eindringen, und im Eichenzimmer explodierte ein Wort: Rache. Clara Lagunas Spiegel zerbrach über dem Frisiertisch. Olvido schob die Brauen zusammen, so dass die Falte erschien, die sich dort eingerichtet hatte. Sie musste für das Kind leben, das sie erwartete, dieses Kind würde dafür sorgen, dass Manuela nie vergaß, was sie Esteban zugefügt hatte.

Olvido zog sich die Bettdecke über den nackten Körper. So ist es recht, bereite dich auf deine Rache vor, befahl ihr die Großmutter aus ihrem Innern. Deine Schwangerschaft wirst du im Dorf zur Schau tragen, hinauf und hinunter, hinauf und hinunter, ohne den Hut, der die wahre Schönheit deiner Augen, Wangenknochen und Lippen verschleiert, damit sich die schwarz gekleideten Klatschweiber und ihre Töchter zuflüstern, dass der Fluch weiter wirkt. Da, ihr seht es doch, die nächste schwangere Laguna mit Liebeskummer.

Olvido kuschelte sich ins Kissen. Sie haben recht, Großmutter, die Hoffnungen, die sich Manuela für meine Zukunft gemacht hat, werden nicht in Erfüllung gehen. Es wird weder eine Hochzeit mit einem Aristokraten geben noch Kinder ohne den Nachnamen Laguna. Die Legende unserer Familie wird auch diesmal von Mund zu Mund gehen, ganz wie Sie es wünschen.

»Wieder eine unverheiratete Laguna schwanger«, wird eine Alte zu ihrer Tochter sagen und sich das Schultertuch unter den Achseln festklemmen.

»Bestimmt trägt auch die eine Tochter aus.«

»Und der Vater ist der Sohn vom Lehrer.«

»Der Tote.«

»Genau, der Vater tot, der Sohn tot.«

»Vielleicht werden sie ja umgebracht, wenn sie sich mit denen einlassen.«

»Aber es heißt doch, sie wären zum Liebeskummer verteufelt.«

»Der macht Huren aus ihnen.«

»Genau, weil die Manuela – mag sie jetzt auch noch so sehr im Dorf die Señora spielen, hier lächeln und da spenden, um ihre Schande zu verdecken – vor zwanzig Jahren doch auch für ein paar Kröten die Beine breit gemacht hat.«

»Also, teuer waren Sie aber.«

»Das behaupten die Leute, und dass das Haus von Luxus strotzte …«

»So was von böse, diese Frauen …«

»Aber ich frage mich, wer wohl der Vater von Olvido ist.«

»Das weiß die Manuela wahrscheinlich selber nicht.«

Ein goldenes Lachen hallte in der Nacht wider. So werden die Tratschweiber und ihre Töchter reden, sagte die Großmutter im Bauch der Enkelin. Ja, erwiderte diese mit Gänsehaut, so werden sie reden.

Und genau so redeten sie, als erst der Winter zur Neige ging, dann der Frühling und sich der Juli als sechster Monat um Olvido Lagunas gewölbtem Bauch drehte, genauso wie er sich um die Fenster der verputzten Steinhäuser und die niedrigen Stühle drehte, die wieder auf die Straße in die Sonne gestellt wurden, zwei, maximal drei nebeneinander, um ja nicht den Verdacht des Schwarzhandels oder des Verrats zu wecken. Das Mädchen trug ein malvenfarbenes, an den Hüften eng anliegendes Kleid, ihre Schuhe mit den kleinen Absätzen klapperten auf dem Pflaster, und ihr offenes Haar wehte in der Brise, die den Platz und die nachmittäglichen Gassen erfrischte.

Indessen stand Manuela Laguna mit der Rute bewaffnet in der Eingangsdiele und wartete auf die Rückkehr der Tochter. Das Licht der Dämmerung fiel auf ihren Hausmantel, ihre weißen Handschuhe, ihren Mund mit dem Insektengeschmack. Seit Monaten teilten sie und Olvido die rote Villa in einem hartnäckigen Schweigen. Eine unsichtbare Grenze verlief in ihren Räumen und verhinderte, dass ihre Gefühle zusammenstießen.

Als Olvido sich auf dem Steinplattenweg näherte, Augen und Wangen erfüllt vom jungen Sommer, sah sie die Mutter, die auf sie wartete, im Abendrot glühen. Gib mir deine Hände, gib mir deine Hände, trällerte sie ohne Rhythmus, wie sind sie so kräftig, so kräftig. Da sah sie, wie die weißen Handschuhe die Zuchtrute schwangen. Untersteh dich, ich verbiete es dir. Ihre Schritte wurden langsamer, ihre Füße klammerten sich an die Steinplatten, an die Margeriten, an Clara Lagunas Bernsteinblick.

Sie sah den Schatten der Rute ihren Körper bedrohen, sah die trüben Augen der Mutter und durchbohrte sie voller Verachtung. Die Rute sauste auf ihren Bauch zu, aber bevor sie ihn erreichte, riss Olvido sie der Mutter aus der Hand, spuckte darauf und schleuderte sie in den Garten, wo die Waffe auf dem Boden liegen blieb.

Manuela hatte sich noch nie so einsam gefühlt wie in diesem Augenblick, nicht einmal als ihr vierzehnjähriger Schoß unter dem Gewicht des Butterhändlers aus Burgos Todesqualen litt; sie hatte ihre Macht verloren an ein graues Augenpaar, das sie verfluchte.

Olvido ging in die Küche. Seit Manuela ihre Schwangerschaft entdeckt hatte, fürchtete sie, dass die Mutter versuchen könnte, ihr Kind abzutreiben, indem sie Gift in das Essen tat, das sie jeden Tag für die Tochter auf dem Herd stehen ließ. Aus diesem Grund beschloss sie, sich selbst die Mahlzeiten zuzubereiten. Die Mutter hatte sie einige Rezepte gelehrt, denn sie fand, dass eine achtbare Hausfrau nicht nur Zimtschnecken und Zitronenkuchen für ihren Mann backen, sondern auch die schmackhaftesten Schmorgerichte beherrschen sollte. Mit ihren fünfzehn Jahren hatte Olvido zwar noch nicht die Zeit gehabt, sich die hohe kulinarische Weisheit einer Bernarda anzueignen, aber sie hatte genug gelernt, um nicht hungers zu sterben.

Außerdem fand sie in der Küche den perfekten Ort, um Estebans Körper wieder zum Leben zu erwecken. Sie wollte seiner gedenken, und so wurde aus ihrem Bedürfnis, sich zu ernähren, bald das Verlangen zu genießen. Der Knoblauch und die Zwiebeln aus den Zöpfen an den Wänden, die Kartoffeln, die Tomaten und die Paprikaschoten aus den Strohkörben auf den Küchenborden, das Lorbeerblatt, die Pfefferminze, der Salbei und andere Kräuter, das blutige Hühnerfleisch, die Flussforellen ... alle Zutaten, die Olvido in ihre Schmortöpfe gab, unterzog sie zuerst einer liebenden Behandlung. Sie wusch sie, küsste sie, sie beschnupperte und streichelte sie, hinterher zerteilte sie sie weinend und wärmte sie zwischen den Händen oder auf der Herdflamme, bis sie ihren Höhepunkt erreichte.

Eines Nachmittags bereitete sie gerade voller Freude einen Hammel zu, als eine Flüssigkeit ihr die Beine herablief. Ihre Tochter wollte auf die Welt kommen. Sich mit beiden Händen den Bauch haltend, verließ sie die Küche und stieg mit Mühe die Treppe nach oben. Sie wollte in Claras Schlafzimmer entbinden. Dort war schon alles vorbereitet. Auf dem Frisiertisch lagen frische Handtücher bereit und die Schere, mit der sie sich nach Estebans Tod die Haare abgeschnitten hatte. Je näher die Geburt einer weiteren Laguna-Frau gerückt war, desto stärker war der Geruch geworden, den das Zimmer ausdünstete, so dass der erste Atemzug in den Lungen des Säuglings mit dem Aroma der Familie imprägniert sein würde.

Mehrere Stunden lag Olvido nackt auf dem Bett in den Geburtswehen, während sich die Sommersonne im Fenster abmühte und ihr Haare und Gesicht durchnässte. Als der Horizont vor der Dunkelheit kapitulierte, ging Olvido auf dem Boden in die Hocke. Der purpurne Baldachin führte in der nächtlichen Brise einen orientalischen Tanz auf. Ströme von Urin und Blut ausscheidend, schrie sie den Namen ihres Liebsten und zog sich eine Tochter mit grauen Augen aus dem Leib. Sie trennte mit der vorbereiteten Schere die Nabelschnur durch, während Manuela ein Stockwerk tiefer die ihre nahm, um die Fäden an der Handarbeit abzuschneiden. Olvido ging zum Waschkrug, tauchte das Neugeborene in die dazugehörige Schüssel und wusch es unter den neugierigen Blicken bernsteinfarbener Augen.

Im Dorf läuteten die Kirchenglocken eine genießerische Melodie. Seit dem Tod des Lehrersohns riefen sie nur noch sonntags zur Kirche sowie zu Dorffesten und den Hochzeiten der Großgrundbesitzer. Über die Holzdielen breitete sich eine scharlachfarbene Lache, und das kleine Baby begann zu weinen. Olvido hüllte es in ein Handtuch und dachte, ich will sie Margarita nennen, Margarita Laguna. Sie wankte zum Bett zurück und ließ sich darauf fallen. Der Säugling hing schon an ihrer Brust.

Kapitel 11

Als Margarita Laguna sechs Monate alt war, begann es in der Küche der roten Villa nach Babybrei zu duften. Es ließ sich nie mit Sicherheit sagen, ob die Sinnlichkeit, die das kleine Mädchen schon vom ersten Tag an zeigte, auf den Kummer und das Verlangen zurückging, mit denen die Mutter den Brei auf kleiner Flamme kochte, oder dem orientalischen Einfluss des Kamasutra geschuldet war, das zu ihrer Zeugung beigetragen hatte. Margarita besaß schon in zartem Alter die Brustwarzen einer Afrikanerin, gegart in den Dünsten der Eintöpfe, und sie hatte die Angewohnheit, sich jedes Kleidungsstück sofort wieder vom Körper zu reißen. Erst waren es die Windeln, dann die Hemdchen und später die gehäkelten Schlüpfer und die Rüschenkleidchen. Alles auf der Haut war ihr lästig, bis auf den Wind. Sie friert nie, dachte Olvido, weil sie von einem Mantel aus Liebe eingehüllt ist.

Aus den Ecken oder wenn das Kind im Garten war, hinter den Fensterläden, spionierte Manulea ihrer nackten Enkelin nach. Der Hass hatte schon in ihr gekeimt, lange bevor die Kleine auf die Welt gekommen war, doch als sie eines Tages einen unachtsamen Moment von Olvido nutzte und sich über das Körbchen beugte, hatte sie Margaritas graue Augen entdeckt. Und die Wut, die sie empfand, als sie diese grauen Augen sah, von denen sie dachte, sie für alle Zeiten ausgelöscht zu haben, konnte nur durch eine sofortige Hahnenschlachtung gebändigt werden.

Seitdem war jedes Mal, wenn sie die grauen Augen sah, eine Metzelei fällig. Das lange Schlachtermesser für die Hähne in der

Hand, köpfte sie dann die größten Rosen und ertränkte alle Schaben und Tausendfüßler im Aromabad, mit dem sie sie behandelte. Trotzdem war ihr bewusst, dass nur eines ihre Rage wirklich abkühlen konnte: den zarten Körper der Enkelin so lange mit der Rute zu vertrimmen, bis er nicht mehr da war. Das würde sie vielleicht von dem quälenden Gestank erlösen, der seit der Nacht, als sie den Sohn des Lehrers aus dem Fenster gestoßen hatte, in ihr festsaß wie der Tod.

Olvido blieb das alles keineswegs verborgen, sie kannte die Gedanken und Wünsche ihrer Mutter nur zu gut. Denn noch bevor sie bei der verstorbenen Lehrerin lesen und schreiben geübt hatte, hatte sie gelernt, den mütterlichen Hass im Schimmer ihrer Augen oder der angespannt ein Lavendelsträußchen umklammernden Hand zu lesen. Daher wachte sie Tag und Nacht über ihr Kind, wenn es zwischen den Geißblattstauden und Margeriten im Garten spielte oder seine Siestas im Eichenschlafzimmer hielt. Und wenn sie doch einmal gegen ihren Willen, von Müdigkeit überwältigt einschlief, dann erschienen ihr im Traum weiße Kindersärge und die Fotos kleiner Mädchen auf sonnenverbrannten Grabsteinen.

Eines Tages Mitte August 1942, als Margarita etwa ein Jahr alt war und Olvido mit ihr im Eichenwald spazieren ging, entdeckte sie hinter einem riesigen Granitblock Pater Imperios Maulesel mit den Satteltaschen voller klirrender Fläschchen mit heiligen Ölen. Daneben lag der Priester ausgestreckt im Farn und blutete aus der Stirn. Olvido hob ihn an den Schultern hoch und legte seinen Kopf in ihren Schoß. Mit seinen über siebzig Jahren hatte der Mann nicht mehr die athletische Konstitution wie damals, als er direkt aus den Kolonien ins Dorf gekommen war; jetzt war er ein alter Mann mit brüchigen Knochen. Sie zog ein Taschentuch heraus und wischte ihm die Wunde ab, während das Kind anfing, Piniennadeln vom Boden aufzusammeln. Es war früher Nachmittag und die Sonne schmolz Pater Imperios Ängste. Das Skapulier drückte ihn, so dass

Olvido es ihm abnahm und auch die obersten Knöpfe an der Soutane öffnete; die Narbe kam zum Vorschein, die ihm die faltige Kehle zerschnitt.

»Wir müssen Widerstand leisten, Gott vertrauen. Sie saßen oben auf den Palmen, diese Idioten. Hinterhalt! Hinterhalt!«, schrie der Pater im Delirium, und das Blau der Karibik färbte wieder seine Augen.

»Ich bringe Sie ins Dorf, dann kann der Arzt Sie versorgen«, Olvido riss sich einen Streifen vom Kleid ab und verband dem Alten damit notdürftig den Kopf.

»Überlassen Sie mich Gottes Barmherzigkeit, Kamerad, und bringen Sie sich schnell in Sicherheit, die roten Ameisen greifen uns an.«

Margarita Laguna piekste den Pater mit den Piniennadeln in die Hand und ließ sich lachend in den Farn plumpsen, als Olvido sie rügte. Pater Imperio griff sich währenddessen, verirrt im Dschungel seines Deliriums, an die Kehle, die ihm gerade ein Kubaner mit pfeifender Machete aufgeschlitzt hatte, und tastete seine Soutane nach der Feldflasche ab, die zur Soldatenuniform gehörte. Er fand den unsichtbaren Gegenstand und glaubte, dass ihm das Weihwasser wie damals vor fast vierzig Jahren die Wunde wusch und wie ein Wundermittel die Blutung zum Stillstand brachte. Eine goldene Schwüle drängte sich durch die Pinienzweige, legte sich über die Felsbrocken und entfachte die von Zikaden und duftendem Thymian bevölkerte Landschaft.

»Können Sie mir einen Arm um die Schultern legen, Pater?«

Aber der Pfarrer briet zwischen Lianen in den Sümpfen, bis ihn eine Heilkundige fand, mit Yuccamarmelade aufpäppelte und ihm den Hals mit gelben Auflagen bestrich, die seine verworrene Erinnerung erleuchteten. Als Olvido ihn aufhob, um ihn auf den Maulesel zu setzen, schaute Pater Imperio sie zum ersten Mal an. Er sah aber nicht sie, sondern ihre Großmutter und glitt in diesem Moment vom Delirium in die Alpträume, die ihn jahrelang gequält hatten: von dem Mädchen, das im bernsteinfarbenen Feuer der eigenen Augen brannte.

Clara, flüsterte er mit welken Lippen. Da erhob sich im Eichenwald eine stille Brise, zauste den beiden die Haare und löschte das Insektenfeuer. Olvido setzte ihn rittlings auf den Maulesel. Als er den Grabesgeruch roch, richtete er sich einmal kurz auf, und Olvido streichelte ihm mit Fingern, die nicht ihr gehörten, über die rote Narbe; da tauchte Pater Imperio noch tiefer in die Vergangenheit ein, spürte seine breiten Schultern, das dunkle Haar und in den Augen den Glanz der Entschlossenheit. »Werft Euer Leben nicht fort für eine Rache. Helft mir, Euch zu retten«, sagte er, dann brach er über dem Hals seines Esels zusammen.

Olvido nahm das Kind auf den Arm und rückte es auf ihrer Hüfte zurecht. »Halten Sie sich am Esel fest, so gut Sie können, und sprechen Sie nicht, das kostet Sie zu viel Kraft«, sie nahm das Halfter und führte das Tier ins Dorf. Klimpernd schaukelten die Satteltaschen. Die Brise legte sich, und die Nachmittagshitze nahm zu.

Zwei Tage später erlag Pater Imperio einem Schlaganfall, und im Dorf herrschte eine Woche lang offiziell Trauer. Aus der Stadt kam ein Priester, um die Bestattung vorzunehmen und die Totenwache zu halten. Er war ein Mann um die dreißig, dick und mit einer rosa Gesichtsfarbe. Er hieß Rafael Arizpicoitea.

Am Tag der Beerdigung stieg Manuela Laguna morgens auf den Kutschbock ihres Karrens und wartete auf Olvido und die Kleine. Seit der Nacht, in der Esteban ums Leben gekommen war, hatten sie zwar kein Wort mehr miteinander gewechselt, aber die Gewohnheit beibehalten, gemeinsam zum Gottesdienst zu fahren. Aufgrund ihrer großzügigen Spenden nahm Manuela dann in einer der vordersten Bänke Platz, während Olvido es vorzog, mit der kleinen Margarita in der letzten Reihe zu bleiben.

Pater Imperio hat uns verlassen, flüsterte es im dichten Gedränge von Schleiern und schwarzen Mantillen vor der Kirchentür, er hat uns verlassen, keiner wird mehr von der Kanzel zu uns sprechen und unseren Glauben stärken wie er mit seinen Tränen, Krokodilen und ausgebreiteten Armen.

Manuela suchte die Nähe der vornehmsten Einwohner und nahm deren Begrüßungen mit der Würde einer Königin entgegen. Olvido dagegen hielt in jedem Gottesdienst Ausschau nach Estebans grauen Augen, damit die Glocken noch einmal ihre Engelsmelodie spielten. Aber ihr begegneten nur die vorwurfvollen Blicke der Frauen, als wäre sie es, die den Tod des Pfarrers verschuldet hätte, weil man gesehen hatte, wie sie den zugerichteten Körper des Alten auf dem Eselsrücken ins Dorf gebracht hatte; und ihre übernatürliche Schönheit, die hatte sie ohnehin verschuldet. Im Dorf hieß sie übrigens nicht mehr die Laguna mit dem Hut, sondern die Laguna von dem toten Jungen.

Während die Frauen mit ihrer Abneigung nicht hinterm Berg hielten, musterten die Männer sie mit unverhohlenem Verlangen, und wenn sie sich nach der Messe für ein Gläschen Rotwein in die Schenke verzogen, bedauerte so mancher, dass sie sich nicht genauso verkaufte wie einst die Prostituierte mit den goldenen Augen.

Nach Pater Imperios Bestattung frischte der August mit einem Regen auf, der sich in der Nacht zu einem Hagel steigerte. In einigen Mägen des Dorfes wuchs der Hunger, und die Menschen weinten im Takt der Eiskügelchen, ohne zu wissen, ob sie um den Verlust ihres wundervollen Paters weinten oder aus lauter Trostlosigkeit ob der Zeiten, die ihnen nicht viel mehr zu bieten hatten als Kornwürmer und Schwarzbrot.

Als der Mond aufgegangen war, sah man den jungen Schwarzmarkthändler über die Friedhofsmauer springen, und einige beteuerten sogar, den einen oder anderen Flüchtling gesehen zu haben, der aus den Bergen kam, um sich im Schutze der Dunkelheit und des unwirtlichen Wetters vom Pfarrer zu verabschieden, schließlich hatte er sie im Keller unter der Kirche vor der Polizei versteckt.

Während der ganzen Woche nach seiner Bestattung lag Pater Imperio selten einsam in seinem Grab. Tagsüber strömten die Gottesdienstbesucher vom Sonntag herbei und nachts stahlen sich die Geächteten auf den Friedhof, bis die Guardia Civil eine Abordnung auf dem Gottesacker postierte. Da kamen nur noch die

Elstern, um auf seinem Grabstein ein kühles Schlafplätzchen zu finden.

Dieser Hochbetrieb auf dem Friedhof erschwerte Olvidos Besuche an Estebans Grab, der neben seinem Vater lag. GELIEBTER SOHN UND BRUDER RUHE IN FRIEDEN betete die gemeißelte Inschrift auf einem Stein, der wie ein Haarkamm in der Erde steckte. Sobald der Friedhofswärter nach sechs Uhr abends die Kette ans Tor gelegt hatte, kam Olvido mit der Kleinen aus ihrem Versteck in der Gruft einer wohlhabenden Familie. Am Anfang schrien die Elstern und zerrissen sich die Schnäbel, um den Friedhofswärter, der in einem nahe gelegenen Häuschen wohnte, auf die Eindringlinge aufmerksam zu machen. Aber Olvido warf Steine nach ihrem spiegelnden Gefieder, bis die Vögel begannen, sie zu dulden.

Nachdem der Friedhof geschlossen war, suchten die Elstern die Friedhofswege nach glänzenden Fundstücken ab, die eine Trauergesellschaft in ihrem Kummer verloren haben könnte, während sich Olvido auf das Grab des Geliebten setzte, und zwar direkt auf die von den vermodernden Küssen noch warme Erde. Den Kopf an den Grabstein gelehnt, las sie in der geisterhaften Kühle, mit ausgestreckten Beinen und lauter Stimme die Verse von Johannes vom Kreuz vor, während Margarita mit den Händen Steinchen zusammenrechte und Häufchen aus Erde baute und wieder einebnete.

Manchmal legte Olvido das Buch beiseite und spielte mit der Tochter, denn mit ihren siebzehn Jahren steckte auch in ihr noch ein Kind. Das Grab verwandelte sich dann zu lauter kleinen Hügeln voller Erinnerungen. In einem steckte der Geruch nach Sägemehl, das Esteban hinter den Ohren hing, in einem anderen die eisigen Umarmungen unter den Steineichen. Und wenn die Sonne unterging und sich der Gottesacker der Abendstimmung hingab, dann leuchteten im Beinhaus die Knochen der Toten wie Riesenglühwürmchen, die Grabsteine sprühten purpurne Funken, und die Schatten der Zypressen übernahmen mit ihren Lanzen die

Wege. Dann legte sich Olvido bäuchlings auf das Grab, drückte eine Wange in die Erde und erzählte Esteban von den ersten Zähnchen ihrer Tochter, von den Schmorgerichten, die sie in Gedanken an ihn in der Küche zubereitete, und versprach ihm unter Tränen, dass sie ihn niemals vergessen würde.

Wenn Margarita sich beschwerte, sie habe Hunger und wolle ihr Abendessen, dann strich Olvido die Erde auf dem Grab wieder glatt und legte die Blumensträuße zurück, damit niemand ihre Anwesenheit bemerkte. Im Schutz der Dunkelheit kletterte sie an der niedrigsten Stelle über die Mauer, während sich die Kleine an ihrem Hals festhielt. Einmal wurde sie nach dem Gottesdienst vor der Kirche von Estebans Schwester bedroht, sie werde Olvido die Haare ausreißen, wenn sie dahinterkäme, dass sie es sei, die zu nachtschlafender Stunde das Grab aufwühlte.

»Du hast nichts mit ihm zu tun, und dein Bastard auch nicht«, wetterte sie mit einem verstohlenen Blick auf die Kleine, während die Mutter ein Stück abseits stand, ein schwarzes Taschentuch in den Händen zerdrückte und ihnen zusah.

Aber Olvido ging weiter zum Grab, weil dieses Fleckchen Erde, das ihr Erinnerungen zuraunte, sie am Leben erhielt – das Fleckchen Erde, die Liebe zu ihrer Tochter und die Rache an Manuela Laguna. Nie würde sie zulassen, dass ihre Mutter vergaß, was sie Esteban angetan hatte. Trotzdem begann nach vielen schlaflosen Nächten, in denen sie über das Kind wachte, in ihrem Kopf die Idee Gestalt anzunehmen, die rote Villa und das Dorf zu verlassen. An so manchem Morgen kamen ihr Pater Imperios Worte auf dem Esel in den Sinn, und sie packte ihre Kleider und die der Tochter in einen Koffer, den sie unter dem Staub vom Dachboden ausgrub. Doch am Vormittag packte sie alles wieder aus, nachdem sie Manuela in der Küche ihren Kalbsbries zum Frühstück hatte verzehren sehen. Solange sie uns vor Augen hat, dachte sie, wird sie sich ewig daran erinnern, dass die von ihr gehätschelten Zukunftspläne nie in Erfüllung gehen werden, wir sind das Angesicht ihres Scheiterns.

Der einzige Mensch, der Olvido und Margarita je auf dem Gottesacker entdeckte, war Pater Rafael. Nachdem er die Beerdigung seines Vorgängers vollzogen hatte, übernahm er die Pfarrstelle im Dorf. Die alten Weiber in Schwarz nannten ihn den Riesenpater, denn er war nicht nur dick und hatte unermesslich breite Schultern – sie mussten seine Soutanen nach Maß schneidern –, sondern war außerdem riesengroß. Von baskischer Herkunft, mit hellen Augen und blondem Haar, wäre Pater Rafael bei seiner ersten Sonntagspredigt um ein Haar mitsamt der Kanzel abgestürzt, deren Boden bedrohlich unter seinem ungeheuren Gewicht krachte. Er musste mit Eisenplatten verstärkt werden, doch selbst dann waren die Gottesdienstbesucher weniger mit seinen Predigten beschäftigt als mit der Frage, ob sich der Mann wohl auf den Fliesen des Kirchenbodens den Schädel aufschlagen würde, weil bereits mehrere Nägel aus dem Holz vorstanden und es hörbar ächzte.

Seine Predigten waren, neben seinem Gemüt, das einzig Ruhige an Pater Rafael. Denn sein Gang durch die Welt glich einem wahren Tumult aus Geräuschen und Erschütterungen. Die Felder, das Straßenpflaster, die Fußböden in den Häusern, alles hallte vom schweren Gang des Pfarrers wider. Nie konnte er sich nähern, ohne dass sich sein Kommen mit einem elefantenartigen Gepolter ankündigte. Es war, als würde die Erde das Echo seiner Schritte wieder auswürgen.

Als er für den Beerdigungsgottesdienst von Pater Imperio erstmals die Kirche betrat, glaubten in der Trauergemeinde einige, das Dorf werde von einem Erdbeben geschüttelt. Nicht nur die granatfarbene Bibel auf dem Altar zitterte, sondern mit ihr die heiligen Hostien im Kelch, die an den Bänken befestigten Trauerschleifen, und auf dem Messwein bildete sich ein schwindelnder Wirbel.

Obwohl die Leute sich redlich bemühten, das Dorf gewöhnte sich nie ganz an den Lärm, der mit Pater Rafaels Dasein einherging. »Da kommt der Riese«, sagten die alten Frauen in den Gassen, und die wenigen Zähne, die sie noch im Mund hatten, begannen ihnen im Zahnfleisch zu schaukeln.

»Er kommt«, riefen die Frauen in den Häusern und liefen, die Tontöpfe in den Küchenregalen festzuhalten.

Als sich alle davon überzeugt hatten, dass die Kanzel dem Gewicht des neuen Pfarrers standhielt und dem Dorf kein Erdbeben drohte, merkten die Gemeindemitglieder, dass sie Pater Imperios lebendige Predigten vermissten. Vor allem diejenigen, die ihm mehr als vierzig Jahre gelauscht hatten, holten sich Nackenzerrungen, wenn sie bei Pater Rafaels allzu ruhigen und ganz und gar durchschaubaren Ansprachen einnickten.

Das polternde Auftreten des Paters stand in starkem Gegensatz zu seiner sanften Art. Er war ein langsamer und praktischer Mann, der die Wissenschaften liebte und jede körperliche Aktivität verabscheute. Niemals hätte er sich wie Pater Imperio auf einem Maultier ins Gebirge gewagt – abgesehen davon, dass dies sein Gewicht nicht hätte befördern können –, um Schäfern oder Gemeindemitgliedern in abgelegenen Gehöften die Letzte Ölung zu bringen.

Als der Herbst und mit ihm der Totennebel kam, schlug der Tolón die Glocken exakt zur Stunde und die Kirchentür blieb verschlossen. Die Legende der Ritter hielt der neue Pfarrer für ein klimatisches Phänomen, so dass nach dem Verschwinden der unruhigen Seelen der junge Schwarzmarkthändler die Alten mit ihren Tauschgeschäften von Linsen und anderen Lebensmitteln und die Flüchtlinge mit ihren Küssen und Umarmungen woanders Zuflucht suchen mussten.

Am Tag, an dem Pater Rafael nach sechs Uhr auf dem Friedhof erschien, kündigten ihn seine Schritte an wie ein wellenartiges Vorbeben, das die Gräber aufwühlte, die Gebeine der Toten in den Särgen und im Beinhaus mit einem tristen Klappern aneinanderstoßen ließ und den Spätnachmittag verfinsterte. Margarita Laguna, die bis dahin friedlich in der Erde gewühlt hatte, unter der sich ihr Vater zersetzte, fing jetzt untröstlich an zu weinen. Die Zypressen schwankten, die Elstern flatterten orientierungslos umher, die Grabsteine wackelten.

Olvido erkannte in jenem Aufruhr den nahenden Pater Rafael,

nahm das Kind auf den Arm und lief davon, um sich in der Gruft zu verstecken. Aber, vom Schreien der Kleinen geleitet, stand der Pater nach ein paar Riesenschritten vor ihnen.

»Der Friedhof ist geschlossen, mein Fräulein«, sagte er mit der allergrößten Ruhe.

»Wir sind gekommen, einem Angehörigen Blumen zu bringen, und ich habe die Zeit aus den Augen verloren, Gott sei Dank haben Sie uns gefunden.«

»Die Gräber zu berühren, wird Schändung genannt, das ist etwas sehr Schlimmes, junge Frau«, der Pastor starrte auf Olvidos schmutzige Fingernägel.

»Hier ruht, was von ihrem Vater übrig ist«, sagte sie und streichelte dem Kind über das Haar.

Margarita hatte zu weinen aufgehört, und ihre feuchten, erschrockenen Augen wanderten an Pater Rafales Gestalt herauf und herunter.

»Was von ihrem Vater übrig ist, gehört jetzt Gott und der Erde. Ich will dich nicht mehr zu Unzeiten hier antreffen, sonst muss ich die Polizei rufen.«

Er begleitete Mutter und Kind zum Ausgang und kehrte auf den Friedhof zurück, um nachzuschauen, welche Gruftdächer von den letzten Regenfällen beschädigt worden waren, ohne sich klarzumachen, dass seine Anwesenheit einen weitaus größeren Schaden verursachen könnte.

Nach Pater Rafaels Warnung blieb Olvido eine Zeitlang dem Friedhof fern, wenn der Wärter das Tor geschlossen hatte. Doch das Bedürfnis, Esteban nahe zu sein, ließ sie dorthin zurückkehren, auch wenn sie fürchtete, von der Polizei aufgegriffen zu werden und dann ihre Tochter in Manuela Lagunas Obhut geben zu müssen. Diese Vorstellung machte ihr solche Angst, dass sie die heimlichen Friedhofsbesuche auf einen im Monat beschränkte.

Je größer Margarita wurde, desto größer wurde auch Manuelas Hass auf das Mädchen. Daher beschloss Olvido, die Tochter aus dem Dorf fortzubringen. Sie war inzwischen fast sechs Jahre alt und ihre Mutter mürbe vor Angst und Schlafmangel. Im Übrigen hatte Margarita das Schulalter erreicht, und Olvido fürchtete, dass sie, wie einst sie selbst, unter den Klassenkameraden leiden würde. Auch wenn die neue Schule mit einer Spende ihrer Mutter errichtet worden war, als Familie waren sie nach wie vor geächtet.

Um ihr Vorhaben zu verwirklichen, bat sie den Anwalt, der das Vermögen der Lagunas verwaltete, um Hilfe. Dieser kutschierte jetzt in einem silbergrauen Auto des neuesten Modells durch das Dorf, und wenn er die Hupe betätigte, machten die Esel vor Schreck einen Satz und die Hühner bekamen Durchfall. Olvido hatte ihn bereits persönlich kennengelernt, kurz nachdem Margarita auf die Welt gekommen war. Damals kam er einmal unangemeldet zur roten Villa, um ein dringendes Geschäft mit Manuela zu besprechen. Olvido hatte ihm die Tür geöffnet. Sie trug einen Morgenmantel mit Blumenmuster, aus dem ihre prallen Milchbrüste hervorsahen, das offene Haar bedeckte ihr die Schultern und ihre blauen Augen erinnerten an Gewitterstürme.

Von dieser ersten Begegnung an hatte der Anwalt nicht aufgehört, sie mit Briefen zu überschütten, in denen er seiner Bewunderung für sie und dem Wunsch nach einem verschwiegenen Stelldichein Ausdruck verlieh. Er schickte ihr auch Geschenke – Margeriten- und Rosensträuße, Korallenkettchen, silberne Fingerhüte – und fand allerlei Vorwände, um die rote Villa aufzusuchen und sich immer wieder am Anblick dieser Göttin zu erfreuen.

Olvido beantwortete keinen seiner Briefe, gab ihm die Geschenke bei seinen Besuchen zurück und zeigte ihm stets die kalte Schulter. Am sechsten Geburtstag ihrer Tochter setzte sie sich jedoch an ihren Schreibtisch, flehte den lieben Gott um Regen an und darum, die Welt zu überschwemmen, und schrieb folgenden Brief:

Sehr geehrter Herr Anwalt,
ich bitte Sie, meiner Mutter mitzuteilen, dass ich meine Tochter Margarita Laguna in ein Internat in die Hauptstadt schicken wer-

de, wo sie das ganze Jahr bleiben wird, bis auf die Ferien an Weihnachten und im Sommer. Ich bitte Sie auch, dass Sie mir helfen, eine Schule zu finden, wo meine Tochter eine gute Erziehung bekommt.
Vielen Dank im Voraus
Olvido Laguna

Ein paar Tage später erhielt der Anwalt, inzwischen ein gebeugter Mann in den Sechzigern, morgens früh ihren Brief. Die Hausangestellte legte ihn auf das Silbertablett, mit dem sie ihm das Frühstück servierte. Nachdem er sich ein geröstetes Brot mit Öl und Knoblauch in den Mund gestopft hatte, überflog er die Zeilen und griff sich, von seinen Trieben übermannt, unverzüglich in den Schritt. Dabei schmierte er sich Fett auf den seidenen Morgenrock, er schnaubte wütend und rang, vom Knoblauchdunst halb erstickt, nach Luft.

»Nimm diesen Dorffraß weg und bring mir Toast mit Butter und Zitronenmarmelade!«, brüllte er das Dienstmädchen an.

Dann wandte er sich, selig vor Glück, wieder der anmutigen Schrift zu; die Farbe Blau ging ihm durch den Sinn, Hüften wie Gebirgsbäche, Brüste wie reife Riesenfeigen … Seine Hand wanderte zurück in seinen Schritt, und er verschmierte sich den seidenen Morgenrock ein zweites Mal.

Nach einigen Stunden und nun im Anzug schrieb er an Olvido zurück, dass er mit dem größten Vergnügen die von ihr erbetene Aufgabe übernähme, in herzlichster Verbundenheit, Ihr ergebenster wie oben – im goldenen Briefkopf – Unterzeichnender.

Das Internat, das der Mann für die jüngste Laguna wählte, war eine Klosterschule der Augustinerinnen in der Umgebung von Madrid. Manuela teilte er das Vorhaben bei einer ihrer Donnerstagssitzungen mit, worauf sie sich grinsend die weißen Handschuhe rieb; damals wünschte sie sich nichts mehr, als dass die grauen Augen der Enkelin aus ihrem Blickfeld verschwanden und Olvido von der Schande, eine ledige Mutter zu sein, befreit wurde. Sie hatte die Hoffnung noch nicht verloren, wieder die Herrschaft über ihre Tochter zu bekommen, und nun bot sich ihr eine einzigartige Gelegenheit.

»Es freut mich, dass Sie den von mir unternommenen Schritten zustimmen«, auch der Anwalt sah Margaritas Abschied freudig entgegen. Denn insgeheim stellte er sich die junge Mutter nackt auf seinen Satinlaken vor, dankbar und mit freier Zeit im Überfluss.

Seit diesem Auftrag und seiner so zuverlässigen und raschen Erledigung gingen Manuela und Olvido dazu über, den Anwalt einzuschalten, sobald sie sich etwas Wichtiges zu sagen hatten. Dieser las der Geschäftspartnerin dann die Briefe der Tochter vor, und wenn sie eine Antwort ausspuckte, bat er Olvido zu einem Termin in seine Kanzlei auf der Hauptstraße – stets gegen Abend und durch die Hintertür – und genoss das Vergnügen, verehrte Freundin, Ihnen persönlich den Willen Ihrer Erzeugerin zu überbringen, stets der Ihre, herzlich gern zu Ihren Diensten, Ihr ergebenster wie oben – im goldenen Briefkopf – Unterzeichnender. Postskriptum: Seien Sie sich meiner zuverlässigsten Verehrung gewiss …

In ein weißes Hemd und eine italienische Krawatte gezwängt saß er hinter seinem Mahagonischreibtisch und trug Olvido Manuelas Entscheidungen in einem Ton vor, als handelte es sich um die Verse von *Don Juan,* während Glatze und Nasenflügel vor Verlangen glänzten.

»Allerliebste Olvido, nun möchte ich mich Ihnen noch auf eine besondere Weise empfehlen«, er zog eine Schublade auf. »Dieses bescheidene Geschenk müssen Sie von mir annehmen«, ein Lederetui lag auf dem Tisch.

»Mein Freund, mir genügen all die Gefälligkeiten, die Sie mir bereits erwiesen haben«, Olvidos Augen verdunkelten sich.

Der Anwalt erhob sich aus seinem ehrwürdigen spanischen Sessel und legte eine weiche fleckige Hand auf einen bezaubernden Unterarm.

»Bitten Sie mich, was Sie wollen, Liebste, bitten Sie mich, ich erfülle Ihnen jeden Wunsch«, murmelte er.

»Wenn Sie so freundlich wären, einen Teil des Geldes meiner Mutter abzuzweigen und auf ein Konto mit meinem Namen einzuzahlen, wäre ich Ihnen ewig dankbar, ich bin ja schon volljährig«, Olvidos Lippen waren ganz nah, und ihre Worte liebkosten sein Ohr.

»Aber, meine Liebe, bitte verstehen Sie, dass ...«

Mit einem heißen Zischeln bat sie weiter.

»Ja, meine Olvido, ich kann mich nicht länger sperren, ich werde Ihnen helfen. Nein, Ihrer Tochter wird es an nichts fehlen. Ja, Sie werden es mir zu entgelten wissen«, dabei tropfte ihm der Geifer aufs Revers, und wie aus einer Höhle hörte er die Stimme seiner Frau zum Abendessen rufen.

Das Internat der Augustinerinnen befand sich in einem ehemaligen Jagdschloss mit massiven Steinmauern und gotischen Fenstern, das einst einem Minister von König Phillip II. gehört hatte. Es erhob sich einsam auf einem Hügel unweit von Madrid, und seine Silhouette erinnerte von der Landstraße aus an ein mittelalterliches Kloster. Das Grundstück war von einer Mauer umgeben, an der Margeriten, Disteln und Flieder wuchsen und wo am Abend die Hunde aus der Nachbarschaft zusammenliefen, um sich jaulend zu paaren. Das Eingangstor – das die Nonnen vom späten Nachmittag bis nach der Morgenmesse verschlossen hielten – war mit großen, eckigen Nägeln beschlagen, als handele es sich um ein Foltergerät.

Hinter der Mauer lag ein weitläufiger, sehr sonniger Park mit einem Rosengarten, einem Gemüsegarten mit Tomaten, Salat und Steckzwiebeln im rückwärtigen Teil und einer Wiese mit Trauerweiden, wo die Mädchen Seilhüpfen spielten oder unter der Melancholie jener Bäume ihre Handarbeiten erledigten. Außerdem gab es ein Sportfeld für Wetthüpfen und Staffelläufe.

Vom ersten Augenblick an war der Garten Margarita Lagunas Lieblingsplatz, denn immer wenn sie in der Mittagspause hinausging, um seinen Geruch tief einzuatmen, fühlte sie sich in die rote Villa zurückversetzt. Aber als in der Stadt der Herbst anbrach, verstummte der blumenlose Park, und zum ersten Mal im Leben wurde das Mädchen von Traurigkeit überwältigt. Sie musste viele regnerische Nachmittage mit Lesefibeln und Schreibübungen abwarten, bis der Frühling kam und sie wieder den heimatlichen Duft schnuppern konnte.

Als es endlich April war, feierte Margarita Laguna die neu erblühten Wicken, Geranien und Hortensien, indem sie den grauen Rock und den marineblauen Pullover der Schuluniform auszog. Mit geschlossenen Augen hatte sie sich in die alte Villa zurückversetzt und die Sonne auf ihrem Körper tanzen lassen, bis ihre Mitschülerinnen sie entdeckten und auslachten und bis sich eine Nonne mit Flügelhaube auf sie stürzte und ihr die kratzige Decke überwarf, an der sich die Katze in der Sakristei die Krallen schärfte. Die Nonne führte sie durch einen langen Korridor voller Spott und Hohngelächter zum Zimmer der Direktorin. Mit diesem unzüchtigen Verhalten habe sie einen schwerwiegenden Verstoß gegen die Schulordnung verübt, wenn das noch einmal vorkäme, müsse sie des Internats verwiesen werden.

Als ihr die Sonnenstrahlen am nächsten Tag übers Gesicht streichelten und die Blumen ihr Parfüm versprühten, musste Margarita das Bedürfnis unterdrücken, sich auszuziehen und auf die feuchte Erde zu legen. Den ganzen Tag kratzte sie sich überall am Körper und hatte den Eindruck, in der Uniform umzukommen, aber als der Abend kam, hatte sie eine Idee. Die Nonnen hatten ihr verboten, die Schulkleidung abzulegen, aber sie hatten ihr nicht verboten, die Unterwäsche auszuziehen.

Von diesem Moment an beschloss Margarita Laguna, keine Baumwoll- oder Nylonschlüpfer mit Schleifchen mehr zu tragen. Ihr Geschlecht konnte in aller Freiheit wachsen, Wind und Sonne ausgesetzt, die frech unter die Uniform krochen und ihren ganzen Körper überfluteten.

Als die Sommerferien anbrachen, kehrte Margarita in die rote Villa zurück. Der Anwalt hatte eine Anstandsdame beauftragt, das Mädchen auf der Heimfahrt zu begleiten, und Olvido erwartete sie am Bahnhof, der wenige Kilometer außerhalb des Dorfes lag. Kaum war Margarita aus dem Zug gestiegen, da rannte sie über den Bahnsteig, der Mutter in die Arme. Die von Clara Laguna geerbte rotblonde Mähne war zu zwei Zöpfen gebändigt, und ihre grauen Augen glänzten voller Erwartung auf die Erde, in der sich ihr Vater zersetzte.

»Wie sehr habe ich dich vermisst!« Olvido weinte.

Die Anstandsdame stieg mit dem Koffer des Mädchens aus, erstattete Olvido in allen Einzelheiten von der Reise Bericht und setzte sich dann auf eine Bank, um auf den Zug zu warten, der sie zurück in die Stadt brachte.

»Mama, Mama, darf ich mich dieses Jahr nackt ausziehen und im Garten sonnen?«

»Klar, auf der Wiese mit dem Geißblatt, so wie du es gern hast.«

»Prima!«, klatschte das Mädchen in die Hände. »In der Schule lassen sie mich nämlich nicht die Uniform ausziehen und mich in die Sonne legen.«

»In der Schule darfst du das auch niemals tun, nur zu Hause.«

»Ich weiß. Am Anfang hat mich das traurig gemacht, aber dann hatte ich die Idee, dass ich ohne Schlüpfer gehen könnte, und niemand hat es gemerkt«, sagte sie und hob den Rock der Uniform ein Stück. Eine stramme, rosa Pobacke schimmerte auf dem Bahnsteig.

»Du bist eine kleine Rebellin«, sagte Olvido lächelnd, »das hast du von deinem Vater. Sie hat zu ihm gesagt, komm nie wieder, und er ist doch wiedergekommen.«

»Wohin ist er wiedergekommen, Mami? Und wer hat das zu ihm gesagt?«

»Ach, Geschichten von früher.«

Das Kind ging an der Hand der Mutter den Bahnsteig entlang.

»Und wie geht es Großmutter?«

»Jeden Tag schlechter, sie leidet unter einer schrecklichen Arthritis.«

»Ar-thri-tis. Was für eine schwierige Krankheit die Großmutter hat. Glaubst du, dass sie dieses Jahr mit mir redet?«

Sie verließen den Bahnhof. Ein Schwarm Schwalben flog über den Himmel. Der alte Karren wartete mit einem Apfelschimmel davor, denn der schwarze Gaul war inzwischen an Altersschwäche gestorben.

»Es ist mit lieber, wenn sich die Großmutter von dir fernhält, und du solltest dich auch von ihr fernhalten, sonst bricht sie dir das Herz. Ihr seid nicht füreinander geschaffen.«

»Aber wenn sie so böse ist, warum wohnst du dann immer noch bei ihr?«

Aus den umliegenden Feldern hörte man das Zirpen der Zikaden.

»Um sie am Vergessen zu hindern.«

Olvido und Margarita verbrachten die Sommerferien damit, im Nachmittagslicht auf den Sesseln der Veranda zu sitzen und Märchen und Gedichte zu lesen. Anfangs las Olvido der Tochter vor, aber als diese selbst lesen konnte, bat die Mutter sie immer öfter, ihr vorzulesen – vor allem Johannes vom Kreuz. Sie genoss es, der Stimme des Kindes zu lauschen, die sie an das Rauschen eines Flusses erinnerte, und dabei den Blick ihrer blauen Augen Richtung Friedhof zu wenden.

Sie buken auch Kuchen und Plätzchen zusammen, unternahmen Spaziergänge zum Eichenwald, flochten einander Zöpfe und steckten sich Margeriten oder Geißblatt ins Haar, als wären sie Waldfeen; sie pflanzten Tomaten, Salat und Kürbisse im Gemüsegarten, und natürlich sonnten sie sich nackt auf der Wiese im Garten, obwohl die männlichen Dorfbewohner sich fast die Knochen brachen, wenn sie heimlich auf die Mauer stiegen, um einen Blick auf die schönste Frau der Welt zu erhaschen, die sich neben ihrem unehelichen Kind bräunte.

Währenddessen beobachtete die ihrer Macht enthobene Manuela Laguna das Treiben aus der Ferne, um bloß keinen Verdacht zu erregen. Sie veranstaltete weiter ihre Hahnenschlachtungen, die, seit Margarita wieder in der roten Villa war, brutaler denn je ausfielen. Die anderen Opfer von Manuela – Tausendfüßler, Küchenschaben und Rosen – hatten es etwas besser, weil ihre Exekutionen nicht so blutig waren wie die der Hähne, waren sie nämlich seltener an der Reihe. Doch was die von der Arthritis aufgezehrte Frau eigentlich wollte, war, die Herrschaft über ihre Tochter zurückzugewinnen. Schließlich war Olvido keine dreißig und hatte damit noch Chancen, einen reichen Mann zu heiraten.

Die Ferien der Tochter vergingen für Olvido wie im Fluge. Und wenn der Tag von deren Abreise näherrückte, überlegte sie jedes Jahr aufs Neue, Margarita nicht ins Internat zurückzuschicken. Doch dann wurde sie nachts wieder von ihren Alpträumen mit den kleinen weißen Särgen und den Fotos toter Mädchen auf den Grabsteinen gepeinigt. Lass sie nach Madrid zurückgehen, redete sich Olvido selber zu und stopfte in der Küche eine Zimtschnecke nach der anderen in den Mund, sie ist bei den Nonnen in Sicherheit, da kann ihr niemand etwas tun.

Wenige Tage darauf brachte sie die Tochter zum Bahnhof und gab sie in die Obhut der Anstandsdame, die sie zurück zur Schule begleiten würde. Die Lokomotive stieß einen weißen Pfiff aus, und der Zug ruckte an. Adiós, meine Kleine, murmelte sie mit Zimtatem, sei glücklich. Die Schienen seufzten und die Waggons blickten mit ihren verglasten Augen auf Olvidos Abschiedsschmerz.

Mit einem Mal roch der ganze Bahnhof nach Moder, nach Regen, nach Lavendel … und Olvido lief so schnell sie konnte zum Friedhof. Dort versteckte sie sich in der Gruft und legte sich, nachdem es sechs Uhr geschlagen hatte, flach auf Estebans Grab, bis die Schreie der Elstern sie am nächsten Morgen weckten. Den Mund voller Erde und die Finger von Blüten verschmiert, kehrte sie zur roten Villa zurück.

Manuela hatte sich in der Küche verschanzt und rupfte Hähne, als sie die Tochter kommen und ins Eichenschlafzimmer hinaufgehen hörte. Sie hat sie wieder weggebracht, freute sie sich, während sie das Schlachtermesser wetzte. Gut gemacht, mein Kind, vielleicht habe ich in den nächsten Ferien die Gelegenheit, mich um sie zu kümmern, raunte sie und leckte sich das spritzende Hahnenblut von den Lippen.

Als Magarita Laguna dreizehn Jahre alt war, machte Manuela ihre Drohung wahr. In jenem Sommer kam das Kino ins Dorf, wie vor dem Krieg. Die Rationierung der Lebensmittel hatte aufgehört, die Polizei durchkämmte das Gebirge nicht mehr nach Flüchtigen, und die jungen Leute hatten ein paar Peseten für den Kinobesuch übrig. Es gab eine einzige Freilichtvorstellung am Samstagabend auf dem Dorfplatz. Ein armer Teufel, der kürzlich aus der Haft entlassen worden war, reihte damals die Klappstühle auf dem Platz auf; und das bisschen, das er verdiente, vertrank er sofort wieder, um sich den Geschmack nach Munition und Gefängnismauern aus dem Mund zu waschen.

Manuela entdeckte ihn eines Morgens, als er am Brunnen saß und eine Flasche Wein leerte. Sie wartete bis zum Abend, dann stieg sie auf ihren Karren und fuhr zum Dorf. Diesmal fand sie ihn schlafend in einer Gasse liegen, halbnackt und sabbernd. Das ganze Dorf stand unter dem Bann der flimmernden Dunkelheit, man zeigte *Bienvenido Mr Marshall.* Manuela stieß ihn mit dem Fuß an, um ihn zu wecken, und als er die haselnussbraunen Augen aufschlug, warf sie ihm ein Bündel Geldscheine auf die Brust.

»Zertrümmere ihr den Schädel mit einem Stein«, sagte sie.

»Wem, Señora?«, mit zitternden Händen tastete der Mann nach dem Geld.

»Zertrümmere ihn ihr«, wiederholte sie, »ich will wissen, ob bei ihr die gleiche Scheiße drin ist wie bei ihrem Vater.«

»Aber was reden Sie denn da für schreckliche Sachen, Señora? Ich bin vielleicht ein Unglücksrabe, aber ein Mörder bin ich nicht.«

»Morgen Nachmittag wirst du es sein«, erwiderte Manuela und

warf ihm noch mehr Geld ins Gesicht. »Dieses Geld reicht für eine Menge Wein, sogar für Whiskey. Du wirst sie ohne Widerrede morgen umbringen, und jetzt sage ich dir, wer es ist und wo du sie finden kannst.«

Der Mann nahm einen großen Schluck Wein aus seiner Flasche und steckte das Geld in die Hose zu den Flöhen.

Ein glühender Sonntag brach an, der August legte sich den Menschen klebrig auf die Haut. Um die Mittagszeit sammelten sich in den Baumwipfeln die Spatzen auf der Suche nach Schatten, und auf den Rosen fielen die Bienen vor Hitze in Ohnmacht. Margarita Laguna lag in der Geißblattwiese und sonnte ihren jugendlichen Körper.

Der Mann fand das Tor offen, starrte die Buchstaben auf dem eisernen Schriftband an – Willkommen in der roten Villa –, und obwohl er es nicht lesen konnte, überfiel ihn ein kalter Schauer. Immer wieder die frisch entkorkte Flasche ansetzend, schlich er durch den Garten. Dabei versuchte er, sich Manuelas Anweisungen ins Gedächtnis zu rufen. Den Steinplattenweg mit den Margeriten ließ er hinter sich. Niemand sah ihn. Je näher er seinem Ziel kam, desto mehr Wein war nötig, um sein Gemüt zu beruhigen, und er musste mehrmals vor dem Haus haltmachen.

Nachdem er den Gemüsegarten durchquert hatte, entdeckte er schließlich eine Wiese, deren Duft nach Geißblatt ihn benommener machte als ein guter Kognak, und mitten in jenem Paradies diejenige, die er zu töten hatte. Er sah den langen rosafarbenen Rücken, er sah im Profil, was eine Brust werden würde, er sah ein Gesäß überschattet vom Spiel der Waden und Füße, er sah eine rotblonde Mähne, er sah die Spitze einer kleinen Zunge die Feder begleiten, die sich auf einem Zeichenblock bewegte … Und anstatt den spitzen Stein aus der Hirtentasche zu holen, steckte er die Flasche hinein und näherte sich dem Mädchen, an den Knöpfen seiner Hose fummelnd.

Eine Wolke verdunkelte die Sonne, und ein ekliger Geruch breitete sich aus. Margarita hörte ein Rascheln im Laub und drehte sich um. Der Schatten aus bräunlichem Flaum am Ende ihres Bauches wurde sichtbar, und sie entdeckte den Unbekannten mit der bis zu den Knöcheln herabgelassenen Hose. Ohne die Feder wegzulegen und ohne Angst betrachtete sie den fettigen Haarschopf, das vom Wein fleckige Hemd und das, was sich zwischen den Beinen des Mannes aufbäumte. Zwei Schüsse knallten, und der Mann fiel auf die Knie. Er sah Margarita mit den Augen eines Neugeborenen an, streckte den Arm aus, um ihre Haut zu berühren, die ihm samtig vorkam wie das Glas einer Flasche, doch er starb, ohne sie angefasst zu haben, auf der Zeichnung des Mädchens – einem Bauernhof mit Enten und Kühen.

Olvido Laguna hielt das Jagdgewehr in der Hand. Außer Atem und mit Feuer spuckenden Schläfen kam sie angerannt. Sie hatte von ihrem Fenster den Mann zur Wiese torkeln sehen.

»Er ist auf mein Bild gefallen«, das Mädchen betrachtete neugierig den nach Wein riechenden Tod.

»Dann malst du eben ein neues.«

In der Abenddämmerung schaufelte Olvido ein Loch unter dem Birnbaum und begrub den Leichnam. Sie war schweißgebadet, die Arme und der Rücken taten ihr weh, aber sie war noch nicht fertig.

Manuela zog den Morgenmantel aus, als sie ihre Tochter die Rute zur Hand nehmen sah. Sie presste die Lippen zusammen und gab keinen Laut von sich – der Stolz hinderte sie daran, als Erste ein Jahrhunderte währendes Schweigen zu brechen –, sie sah Olvido in die schwertblauen Augen, sah die Rute in neuen Händen aufscheinen und wartete. Der Schlafzimmervorhang war zur Seite gezogen, und das Mondlicht drang violett ins Zimmer. Sie spürte die Rute auf der Schulter, nur ein Mal, und erschrak über das trockene Krachen der Binsen, als sie ihre beschädigten Knochen trafen. Sie schrie nicht. Olvido ließ die Rute zu Boden fallen, ihr wurde übel von dem heulenden Laut jenes Instruments, und als sie ins Eichenschlafzimmer ging, konnte sie nur an eins denken: den Tod.

Mehrere Angestellte des Kinos suchten den Mann, den sie für das Aufstellen der Klappstühle mitgebracht hatten, in der Schenke und in den Gassen.

»Der wird seinen Rausch ausschlafen, in dem erstbesten Bett, das er kriegen konnte«, vermutete einer.

»Ohne den ist es ohnehin einfacher«, urteilte der Inhaber. »Wenn der einen über den Durst trinkt, stellt er die Reihen krumm und schief auf und belästigt die Besucher.«

Noch am selben Abend brach das Kino wieder auf, der Mann verweste unter dem Birnbaum, und nur Olvido dachte an ihn. Und zwar jedes Mal, wenn sie mit vom Schießpulver schwarzen Händen aus einem Alptraum aufschreckte. Seit sie ihn getötet hatte, war ihr Entschluss noch fester, Margarita von der roten Villa fernzuhalten. Deshalb fuhr sie in den Weihnachtsferien nach Madrid, um die Tochter zu besuchen, und wohnte in einer Pension, wo sie beruhigt schlafen konnte. Sie ließ Margarita nur noch in den Sommerferien ins Dorf kommen. Aber auch dann stellte sie die Rute gut sichtbar neben den Kamin im Salon, bevor sie zum Bahnhof aufbrach. Ihre Mutter sollte begreifen, dass ihr jetzt das Binsengerippe gehörte und mit ihm die Macht über ihr verfluchtes Heim.

Kapitel 12

In dem Sommer, in dem Margarita Laguna achtzehn wurde, beendete sie ihre Schullaufbahn im Internat der Augustinerinnen. In jeder Hand einen Koffer kam sie an einem Morgen Ende Juni mit ihren großen stürmischen Augen und rosa glänzenden Lippen die Treppe herunter, die von den Schlafräumen der Schülerinnen bis zur Eingangshalle mit Bildtafeln von Heiligen und Kreuzigungen gesäumt war; ihr offenes Haar hatte hier und da Wellen von einem Lockenstab. Sie trug eine weiße Bluse mit spitzenbesetzten Ärmeln, einen breiten elastischen Gürtel mit einer Schnalle aus Schildpatt über einem Glockenrock in Beige, wie sie damals Mode waren, und spitze Schuhe mit Absätzen. Sie erreichte zwar nicht die Schönheit ihrer Mutter, war aber eine sehr attraktive junge Frau.

Als Olvido sie in der Eingangshalle sah, lehnte sie sich mit dem Rücken an eine Bildtafel der heiligen Lucia und spürte, wie ihr die Tränen aufstiegen.

»Du siehst wundervoll aus, und so groß, mein Kind.«

»Mama, ich habe mich so auf dich gefreut.« Margarita verschränkte ihre Hände mit Olvidos. »Außerdem will ich dich um etwas bitten, ich kann es kaum erwarten, ich freue mich schon so, es ist etwas sehr Wichtiges für meine Zukunft.«

Der Blick des Mädchens wurde feurig, und ihre Mutter erkannte Estebans Eigensinn.

»Worum geht es?«

»Vorher sollst du wissen, dass ich sterbe, wenn du nein sagst«, sie kräuselte die Lippen.

Durch eins der Fenster der Empfangshalle fiel ein Lichtstrahl, hob die Falte zwischen Olvidos Brauen hervor und traf die Engelskrone der heiligen Lucia.

»Dann komme ich dich auf dem Friedhof besuchen und esse auf deinem Grab deine Lieblingsschnecken, damit du dich ärgerst.«

»Mama, ich meine es ernst. Mein ganzes Leben hängt von dieser Entscheidung ab.«

Ein Schauer überlief die Narben auf Olvidos Rücken.

»Wenn dein Leben davon abhängt, trage ich eine große Verantwortung«, sagte sie mit schwacher Stimme.

»Es geht um Paris«, verkündete das Mädchen endlich, »ich will nach Paris an die Uni und Malerei studieren, nur in Paris kann man Malerei studieren. Da haben die großen zeitgenössischen Meister gelebt, jeder Atemzug in Paris ist Malerei, verstehst du, was ich meine, Mama?«

Die hölzerne Wandverkleidung in der Eingangshalle verbreitete einen warmen Lackgeruch. In den Anblick des kopfüber gekreuzigten Petrus versunken, wiederholte Olvido Laguna den Namen der Stadt. Paris, Paris, Paris ist sehr weit weg. Umso besser, dachte sie. Seit mehreren Monaten konnte sie nicht mehr richtig schlafen, denn die Sorge, dass Margarita nach Beendigung der Schule zu ihr in die rote Villa zurückziehen wollte, quälte sie. Und dieser Sommertag machte alle ihre Befürchtungen mit nur einem einzigen Wort zunichte: Paris. Weder Manuelas Klauen noch die Verachtung des Dorfes oder der Fluch der Lagunas würden bis dorthin reichen.

Sie ist dann sehr weit weg, und ich werde sie nicht oft sehen, klagte Olvido still dem verletzten Körper des heiligen Petrus, aber bei ihrem Studium der Malerei ist sie in Sicherheit. Sie lächelte und im Gesicht des Heiligen zeigte sich der tiefe Frieden, für einen geliebten Menschen zu sterben.

»Geht es dir gut? Sag was, bitte!« Margarita hatte eben erst bemerkt, dass ihre Mutter vollkommen eingetaucht war in die Betrachtung der Bildtafel. »Schwester, bringen Sie mir bitte ein Glas Wasser, meine Mutter scheint in Ekstase geraten zu sein!«

Die Augustinerin, die im Pförtnerhäuschen mit den angeschlagenen Messen und Rosenkränzen ihren Dienst tat, sah Olvido Laguna an und entdeckte in ihren Augen weniger göttlichen Glanz als einen Blick voller Wehmut und Nostalgie.

Ich muss mit meinem lieben Freund, dem Anwalt, reden, dachte Olvido, dem, was um sie herum geschah, vollkommen entrückt, ich werde eine Menge Geld für die Universität des Mädchens benötigen, die Wohnung, das Essen und all die anderen Ausgaben.

»Mama, hier trink!« Margarita nahm das Glas Wasser, das ihr die Augustinerin reichte.

»Paris«, stieß Olvido plötzlich aus, »ist eine gute Idee, mein Kind, geh nach Paris und studiere Malerei.«

Margarita ließ das Glas fallen und schmiegte sich in die Arme der Mutter.

Zwei Jahre lang schrieben Olvido und ihre Tochter sich jede Woche. Um das Meeresbild in ihrem Schlafzimmer hängte sie die Postkarten an die Wand, vom Eiffelturm, von Notre-Dame und Sacré-Cœur, vom Invalidendom und den Brücken über die Seine. Auf vielen entschuldigte sich Margarita, dass sie nicht in den Weihnachts- oder Sommerferien in die rote Villa zurückkam, aber immer kam ihr ein Seminar oder eine Studienreise dazwischen.

Es ist gut so, mein Kind, komm nicht, hier würdest du niemals glücklich sein, komm nicht, genieße deine Freiheit in Paris, flüsterte Olvido, deren Leben so langsam verstrich wie ein tödlich verletzter Fluss. Auch wenn der Winter eine Hülle aus Schnee um ihr Herz legte, verbrachte sie die Vormittage im Garten und pflegte die Tomaten, den Salat und die Kürbisse, deren Aromen immer stärker in ihre Haut eindrangen, sie kehrte den Steinplattenweg und las Johannes vom Kreuz neben dem modrigen Stein, der einst Estebans Schädel gespalten hatte. Der einzige Ort, den sie niemals betrat, war der Rosengarten, denn dieser von Blumen mit riesigen Blättern und Dornen überwucherte Ort gehörte ihrer Mutter.

Um die Mittagszeit schloss sie sich in der Küche ein, um auf ihre besondere Weise zu kochen, obwohl Manuela immer noch Töpfe mit Essen für sie auf dem Herd stehen ließ. Anfangs hatte dieses Essen nur aus angebrannten Resten bestanden, doch im Laufe der Jahre verwandelte es sich in wahre Leckerbissen, mit denen Manuela versuchte, das Herz ihrer Tochter zu erweichen. Manchmal fand Olvido sogar ein kleines Geschenk daneben, goldene Ringe oder silberne Armbänder und kleine Glaskugeln, in der Regel mit einem Begleitschreiben vom Anwalt: Wenn du heiratest, bekommst du noch mehr Schmuck, aber Olvido nahm die Gaben nie an. Stattdessen verbrachte sie Stunden damit, die sorgfältig ausgewählten Zutaten ihrer Gerichte wie Reliquien ihrer Lust zu verarbeiten und sich Estebans Züge – das Grübchen im Kinn, den Wirbel im Nacken, die grauen Augen – und seinen jugendlichen Körper – die festen Schenkel, die gebräunten Hände, die Soldatenbrust – in Erinnerung zu rufen. Das Einzige, was sie dabei störte, war der frische Blutgeruch der Hahnenschlachtungen, die auf dem Holztisch zelebriert wurden, ein Möbelstück, dem sie voller Ekel auswich. Manuela erinnerte dieser Geruch an ihre Kindheit, deshalb reinigte sie den Opferaltar ihres Federviehs nie. Dafür war es ihr verboten, die Eingeweide der Hähne auf die Gipsablage zu legen, wo Olvido die Zubereitung ihrer Gerichte zelebrierte. Diese Grenzen und die Tatsache, dass sie die Küche zu unterschiedlichen Zeiten nutzten, waren Teil der stillschweigenden Übereinkunft zwischen Mutter und Tochter.

Ein- bis zweimal im Monat musste Olvido jenes kulinarische Paradies verlassen und sich in die Kanzlei des Anwalts begeben. Dann küsste der in Flanell und Seide gekleidete Mann ihr den Ausschnitt und beteuerte, dass ihr laufendes Konto über genügend Peseten verfügte, um Margaritas Kosten zu decken. Mit der Zeit und je mehr ihm das Alter zusetzte, wurde er allerdings fordernder.

»Liebste«, er leckte den Einschnitt zwischen ihren Brüsten, »wenn Ihre Mutter merkt, dass ich von ihrem Vermögen für Sie und Ihre Tochter so viel abzweige, dann bekomme ich Schwierigkeiten. Ich fürchte, wenn Sie beim nächsten Besuch nicht ohne …«, er ging mit der Hand unter Olvidos Rock und stieß auf ein eisenhartes Unterkleid, »nicht leichter gekleidet kommen, Sie verstehen, also es fühlt sich an, als würden Sie einen Keuschheitsgürtel tragen, dabei wissen wir doch alle, dass Sie ein Kind haben, und die Kinder, meine Liebste, werden gemacht …«, er kniff ihr in den Oberschenkel, »na ja, Sie wissen, was ich damit sagen will, entweder Sie kommen leichter bekleidet, oder ich drehe den Geldhahn zu.«

»Mit wie viel Geld für Margaritas Ausgaben ist meine Mutter einverstanden?«

»Mit einem Viertel dessen, was sie braucht. Ihre Mutter ist mit ihrem Vermögen nicht gerade großzügig und ihrer Enkelin gegenüber schon gar nicht. Wenn Sie also vermeiden wollen, dass die Kleine in die Armut sinkt, dann kommen Sie am nächsten Montag ohne diese Rüstung und unser privates Geschäftchen läuft ungehindert weiter.«

Auf der Straße zog Olvido ein Taschentuch aus der Handtasche und wischte sich den Ausschnitt ab. Es wurde langsam Herbst, und die Jäger waren ins Dorf zurückgekehrt. Wie immer lagen ihre Hunde auf dem Platz neben dem Brunnen und hoben das Bein, um gegen den steinernen Trog zu pinkeln, während ihre Herrchen mit den Jagdflinten auf dem Rücken in der Schenke beim Wein saßen und ihre grünen Anzüge den Duft der Berge verströmten. Es war fast halb acht, als Olvido sich auf dem Platz auf eine Bank setzte. Pater Rafael hatte im Rausch der am Ende der fünfziger Jahre anbrechenden Moderne in der Kirche eine Anlage installieren lassen, die mit mehreren an der Fassade der Kirche, des Rathauses und an einigen Straßenlaternen der Hauptstraße montierten Lautsprechern verbunden war und um diese Uhrzeit ein Programm ausstrahlte, in dem es um Fragen der Religion, der Kultur und soziale Belange ging.

Als die Lautsprecheranlage zum ersten Mal mit voller Kraft durch das Dorf hallte, verkrochen die Hunde und Katzen sich in die Hauseingänge, und die alten Weiber dachten einen Augenblick lang, der Allmächtige stiege vom Himmel herab, um mit ihnen zu sprechen, obwohl sie dabei zugeschaut hatten, als Lautsprecher und Kabel montiert wurden, und die Einführung der Erfindung in der Messe angekündigt worden war.

Pater Rafael war begeistert von den neuen Zeiten und saß mit dem Mikrofon in der Hand reglos auf einem Stuhl – um die Radiowellen nicht zu stören, wenn er sein Programm ausstrahlte. Er erinnerte an Termine zur Katechese, für die Messe und Beerdigungen, kommentierte den Film *Marcelino Pan y Vino* oder verwöhnte die Zuhörer mit Kassetten gregorianischer Gesänge. Einmal an die metallische Stimme des Pfarrers gewöhnt, steckten die Hunde die Schnauzen zwischen die Pfoten und schlummerten bei den heiligen Klängen ein.

Auch Olvido war eine Liebhaberin der Programme, weil sie Abwechslung in die Einsamkeit ihrer Existenz brachten, und sie versuchte, sowohl um zwölf Uhr mittags als auch am Nachmittag im Dorf zu sein, um beide Sendungen des Tages zu hören.

»Gestatten Sie mir, Ihnen zu sagen, dass Sie die schönste Frau sind, die ich je gesehen habe«, sprach sie an jenem Tag ein Jäger an.

Sie saß auf der Bank und betrachtete seinen vom feuchten Wind durchweichten Umhang, die Patronen im Gürtel, die in den hohen Stiefeln steckende Hose, das schwarze Haar und die farngrünen Augen, als sie im Bauch eine Sehnsucht spürte, die nicht ihre war. Sie bedankte sich beim Jäger für das Kompliment und ging zur roten Villa zurück, die Tasche an die Brust gepresst, um die Angst zu unterdrücken, die ihr durch die Speiseröhre nach oben stieg, während Pater Rafaels Worte in der nassen Herbstluft verhallten.

Bei ihrem nächsten Besuch in der Anwaltskanzlei hatte sie weder den Hüftgürtel noch überhaupt Unterwäsche angezogen. Er wartete hinter dem Mahagonischreibtisch in einem Anzug mit Jacquardmuster.

»Bitte, nehmen Sie Platz, meine gute Olvido«, sagte er und kratzte sich zwischen den Beinen. »Sie haben sich hübsch angezogen, dem Anlass entsprechend.«

Sie legte den Mantel ab, setzte sich auf den Stuhl vor seinen Schreibtisch, spreizte die Beine und hob den Rock bis zur Taille. Der Anwalt klemmte sich den silbernen Zwicker auf die Nase.

»Ihr Geheimnis ist fast genauso schön wie Ihr Gesicht, und das ist gar nicht so einfach«, sagte er mit zitternden Händen. »Meine gute Olvido, wie oft habe ich diesen Augenblick herbeigesehnt.«

Die rosanen Hügel von Olvidos Geschlecht bildeten sanfte Auf- und Abwärtslinien und waren umgeben von einem krausen Flaum wie die Mähne eines Vollbluts. Jeden Morgen wusch sie ihre Vulva mit Brunnenwasser und rieb sie mit einer Essenz aus Feldmohn und Orangenblüten ein, um ihre strotzende Vitalität zu erhalten. Jene Hügel waren glatt und strahlend wie der Teint einer Braut. Angesichts dieses saftigen Universums, das sich da vor ihm auftat, ließ der Anwalt seine Hosen und die mit Rosenwasser geplättete Unterhose herunter; aber weiter geschah nichts, denn sein Glied war von so viel Schönheit eingeschüchtert.

Sieben Mal versuchte der Anwalt in den nächsten Wochen mit Olvido Laguna zu schlafen; und sieben Mal erlitt er bei der Konfrontation, mit seinem Alter und jenem göttlichen Körperbau, einen solchen Anfall von Impotenz, dass er sich flach aufs Sofa legen und Kräutertee trinken musste.

Olvido war dagegen sehr erleichtert. Was ihr jedoch längerfristig den Anwalt vom Hals halten sollte, waren die Alpträume, unter denen sie litt. Seit ihre Tochter in Paris lebte, träumte sie von Estebans Blut. Kürbissäfte ausschwitzend schrak sie aus dem Schlaf und zog zitternd die Decke über den Kopf. Manchmal erbrach sie eine Flüssigkeit, hell wie das Mondlicht, in die Toilette.

Eines Sonntagabends riss ein nach totem Laub, sprießenden Pilzen und feuchter Erde riechender Sturm erst die von Pater Rafael an der Fassade der Kirche befestigten Lautsprecher herunter und stieß dann das Küchenfenster der roten Villa auf, als Olvido gerade Zimtschnecken backen wollte. Das Zimtglas zersprang auf dem Fußboden und das Gewürz breitete sein Aroma mit der Erinnerung an Margarita im ganzen Raum aus. Es war Jahre her, dass Olvido die Tochter geküsst oder im Arm gehalten hatte, und in dem Moment wusste sie, dass sie nach Paris fahren und sie besuchen musste, ehe die Alpträume sie endgültig verschlungen hatten.

Während das Dorf am nächsten Morgen die Sturmschäden beklagte, schrieb sie an den Anwalt:

Lieber Freund,
bitte teilen Sie Manuela Laguna meine unverzügliche Abreise nach Paris mit, um meine Tochter zu sehen. Ich hoffe Ihre Freundschaft und Ihr Vertrauen nicht zu missbrauchen, wenn ich Sie um Ihre Hilfe bei der Regelung der wirtschaftlichen Seite dieser Reise bitte. Sie verstehen mich.

In Dankbarkeit verbunden,
Ihre
Olvido Laguna

»Sie können mich doch jetzt nicht verlassen, wo wir gerade angefangen haben, uns näherzukommen«, protestierte der Anwalt hinter dem wuchtigen Schreibtisch in der Kanzlei.

»Ich komme bald wieder, versprochen. Meine Tochter ist in Schwierigkeiten und braucht mich, verstehen Sie mich, die Pflichten einer Mutter.«

»Nun, ich habe am gestrigen Donnerstag mit Ihrer Mutter gesprochen, sie ist mit Ihrer Abreise nicht einverstanden. Und wenn sie nicht zustimmt, dann gibt es auch kein Geld, ich kann Ihnen nämlich nichts geben, ohne dass sie von unserem finanziellen Geheimnis erfährt.«

»Sagen Sie meiner Mutter, wenn sie mir das Geld gibt, dann heirate ich nach meiner Rückkehr den Mann, den sie für mich aussucht.«

»Was sind das denn für verrückte Ideen, meine Olvido? Wer wird denn eine Frau Ihres Rufes heiraten wollen …«

»Meiner Mutter wird es gelingen, jemanden für mich zu finden. Irgendeiner wird mich schon wollen.«

»Verstehen Sie mich bitte nicht falsch. Ich vergöttere Sie, aber Sie wissen ja, dass mich eine über fünfzigjährige Ehe bindet, abgesehen von meinen sieben Kindern und zehn Enkeln.«

»Ich weiß, ich dachte auch nicht an Sie. Überbringen Sie meiner Mutter mein Angebot und bitte, setzen Sie sich für mich ein. Ich werde Sie nach meiner Rückkehr dafür entschädigen.«

Drei Wochen nach dieser Unterredung in der Anwaltskanzlei flog Olvido nach Paris. Als sie aus dem ovalen Fenster jener faszinierenden Maschine schaute, die sie durch die Lüfte trug, dachte sie daran, wie ihre Mutter beim Abschied gelächelt hatte. Ich erwarte dich zur Hochzeit, schien Manuela sagen zu wollen, ich werde mich bis dahin in meine Handarbeiten vertiefen, meine gigantischen Rosen pflegen, meine Hähne schlachten und natürlich einen Ehemann für dich suchen. Komm bald wieder.

Am Flughafen von Paris stand Margarita und erwartete sie. Diesmal war es Olvido, die mit einem Koffer in jeder Hand eine Treppe herunterkam; sie war sechsunddreißig und verspürte zum ersten Mal seit Estebans Tod den Wunsch zu leben.

»Mama! Nun trennen wir uns aber nicht mehr. Du bleibst jetzt hier bei mir!«, rief Margarita und fiel ihr um den Hals.

»Wie du willst, mein Liebling, ich kann nicht mehr so weitermachen und werde das tun, was du möchtest.«

»Dann bleibst du also?!«, sie küsste die Mutter auf beide Wangen. »Sag mal, wie geht es denn der Großmutter?«

»Die Arthritis ist schlimmer geworden.«

»Arthritis. Ich weiß noch, wie ich bei den Nonnen im Internat dieses Wort abends immer so lange vor mich hingesagt habe, bis ich eingeschlafen bin. Meine Mitschülerinnen dachten, ich würde beten … Mama, sag mal, kann Großmutter eigentlich schreiben?«

»Nein, sie ist Analphabetin.«

»Bist du dir sicher?«

»Natürlich, sie kann weder lesen noch schreiben.«

»Und hat sie jemanden, der für sie Briefe schreibt?«

»Wahrscheinlich ihr Geschäftspartner, der Anwalt im Dorf. Aber warum fragst du? Du hast doch nicht etwa einen Brief von deiner Großmutter erhalten?«

»Ach was, ich habe dir doch schon oft gesagt, dass mir die Großmutter einfach leidtut. Und ich frage mich eben, wie man zurechtkommt, ohne lesen und schreiben zu können«, gab sie zurück und blieb nachdenklich. »Außerdem wollte ich dich fragen, ob du mir in diesen Tagen mal was von meinem Vater erzählen kannst.«

»Was ist denn los, mein Kind?«, fragte Olvido und streichelte ihr über das Haar. »Ich bin kaum gelandet, da ...«

»Na ja, ich will einfach etwas mehr über meine Familie erfahren, das ist alles, Mama, und du erzählst mir gar nichts, so als hättest du was zu verbergen.«

Olvido stieg der Geruch von Schießpulver in die Nase. Wie könnte sie Margarita die Wahrheit über den Tod ihres Vaters erzählen? Wie könnte sie ihr erzählen, dass sie zu einer Familie gehörte, auf der ein Fluch lastete, der ihr die Knochen zu Eis gefrieren ließ?

Auf der Fahrt in die Pariser Innenstadt bestaunte Olvido durch das Taxifenster die Schönheit der herbstlich daliegenden Stadt und die Sorgen, die sie noch vor wenigen Minuten überfallen hatten, verflogen. Auf Manuelas Geheiß hatte der Anwalt ein erstklassiges Hotel gewählt. Sie wollte, dass Olvido zufrieden war und nichts den Plan, die Tochter zu verheiraten, durchkreuzte. Der Fußboden des Foyers bestand aus weißem und rosa Marmor, und das Licht eines Kronleuchters aus Bergkristall wurde von Spiegeln und Bildern vervielfältigt. Drei Frauen polierten die Fliesen im Soldatenschritt mit ihren Wischmopps.

Margarita regelte an der Rezeption die Formalitäten auf Französisch, worauf ihrer Mutter das reservierte Zimmer zugewiesen wurde. Ein Hotelpage nahm die Koffer und führte sie hinauf. Es war ein großes, klassisch eingerichtetes Zimmer mit grünen Vorhängen, allerdings ein wenig dunkel. Margarita gab dem Pagen eine Münze, und er verschwand.

»Mama, kann ich dich denn jetzt etwas über meinen Vater fragen?«

»Natürlich.«

»Hast du ihn sehr geliebt? Ich meine, hast du ihn so geliebt wie die im Film?«

»Ja, mein Kind, ich habe ihn geliebt wie die im Film und noch viel mehr. Dein Vater war für mich alles.«

»Und dann ist er aus dem Fenster gefallen …«

»Es war ein Unfall«, in Olvidos Kopf hallte das Heulen eines Wolfes wider.

»Glaubst du, dass er nur gestorben ist, weil er dich geliebt hat?«

»Natürlich nicht.«

»Ich werde mich niemals verlieben«, Margarita setzte sich auf das Doppelbett, »das habe ich beschlossen.«

»Das wäre aber schade. Außerdem müsstest du in deinem Alter schon wissen, dass man so was nicht unbedingt beeinflussen kann, es geschieht einfach.«

»Aber du hast kein Glück gehabt mit der Liebe, und ich bin sicher, dass ich auch keins haben würde.«

»Was du da sagst, klingt aber traurig«, sie nahm das Gesicht der Tochter zwischen die Hände, »es gibt keinen Grund dafür, dass dir dasselbe passiert wie mir, dein Leben verläuft völlig anders, als meins gewesen ist. Im Übrigen war es für mich ein großes Glück, deinen Vater kennenzulernen. Er hat mir lesen und schreiben beigebracht, weil damals Krieg war und eine Bombe die Schule zerstört hat. Aber vielleicht geht dir das alles durch den Kopf, weil dir ein Junge gefällt, könnte das der Grund sein?«

»Nein«, Margarita seufzte und sah auf die Uhr. »Ich muss los, Mama, ich habe einen Termin in der Uni. Ruh dich aus, ich komme in ein paar Stunden wieder, dann essen wir zusammen zu Abend.«

Als die Tochter das Zimmer verlassen hatte, stellte sich Olvido unter die Dusche. Sie drehte den Hahn mit dem heißen Wasser auf und ließ es über ihre Erinnerungen rieseln. In der Ferne glaubte sie, eine Bombe explodieren zu hören.

Abends um halb zehn klingelte das Telefon.

»Ja?«

»Mama, hast du schon geschlafen?« Margaritas Stimme klang gehetzt.

»Nein, ich habe nur auf dem Bett gelegen.«

»In der Uni ist mir was dazwischengekommen, ich kann nicht mit dir zu Abend essen. Es tut mir leid.«

»Mach du nur, was du zu tun hast, mein Kind, ich werde hier im Hotel essen. Bis morgen.«

»Adiós.«

Olvido hatte keinen Appetit, also blieb sie im Zimmer und schaute aus dem Fenster, wo sich hinter den Gardinen die Umrisse des Vollmonds abhoben. Mit seinem milchigen Hof erhellte er den Pariser Himmel, und Olvido überlief ein kalter Schauer. Jener Mond war nur ein Hirngespinst, das wusste sie. Er konnte sie nicht täuschen, mochte er mit seiner melancholischen Fettleibigkeit auch Schornsteine und Dächer bescheinen. Für mich bist du in einer eisigen Nacht gestorben, flüsterte sie, in einer Nacht, als der Wind das Geheul der Wölfe herbeitrug. Mit halbgeschlossenen Lidern erinnerte sie sich an Estebans letzten Kuss und seinen Geschmack nach Angst. Dieser Mond, dachte sie, müsste längst auf dem Sternenfriedhof liegen und verrotten.

Olvido musste sich damit abfinden, wieder allein zu sein, weil Margarita viel Zeit in der Universität verbrachte. Also ging sie jeden Tag die Champs-Élysées auf und ab, spazierte durch die Straßen um den Eiffelturm und am bedrückenden Invalidendom vorbei, mit einer Zeitung unter dem Arm, deren Sprache sie nicht verstand. Die Sehnsucht nach Estebans Grab führte sie zum Friedhof Père-Lachaise, wo sie von der Öffnung bis zur Schließung die gepflasterten Wege hinauf und hinunter schritt. Die Familiengräber und die schmückenden Skulpturen an den in einer üppigen Vegetation eingebetteten Grabstellen faszinierten sie. Sie setzte sich auf ein Grab, wo ein steinerner Soldat kniete und seine entblößte Brust unsichtbaren Kugeln hinhielt. Sie stopfte sich Erde vom Père-Lachaise in die Taschen ihres Übergangsmantels, deren Totengewicht verhinderte, dass der Pariser Wind sie fortfegte, als hätte es sie nie gegeben.

Außerdem vertrieb sie sich die Zeit mit dem Besuch des Louvre und der Kunstgalerien, die ihr Margarita empfahl, und nachmittags setzte sie sich in irgendein Café am Montmartre, in die Nähe des Fensters, um die Kuppeln von Sacré-Cœur zu bewundern oder die Werke der Maler, die ihre Staffeleien auf dem Platz aufbauten. Sie spürte, wie die Blicke der Stadt den ihren trafen, trank zwei, drei, vier Gläser Wein und verfluchte seine blutrote Farbe, während in ihrem Mund das Moos aus dem Garten der roten Villa wuchs.

An einem Tag Ende Februar zog der Morgen mit einer dichten Wolkenmähne auf, die einen Gebirgsregen über der Stadt ausgoss, und Olvidos Schicksal wendete sich. Margarita rief im Hotel an und bat sie, zu einem Fest bei einem ihrer Universitätsdozenten mitzukommen. Olvido notierte die Adresse, dann legte sie sich ins Bett und wartete, bis es dunkel wurde.

Der Dozent wohnte in einem Apartment in der Nähe von Notre-Dame und mit Blick auf den Fluss. Als Olvido aus dem Taxi stieg, kamen ihr die Türme der Kathedrale wie zwei riesige Gespenster vor. Über die Seine breitete sich ein schimmernder Dunst, und es war eisig kalt. Als sie die alte Treppe zur Wohnung hochging, dachte sie, dass dies ihr allererstes Fest war. Bevor sie klingelte, strich sie sich noch mal die Haare glatt; sie trug sie offen, und in der dunklen Pracht schimmerten die ersten grauen Fäden. Margarita öffnete ihr mit einem Glas Wein in der Hand die Tür.

»Mama, das ist ja wunderbar, dass du gekommen bist«, sie küsste sie auf beide Wangen. »Ich will dich gleich meinen spanischen Kommilitonen vorstellen, damit du dich mit jemandem unterhalten kannst, der dich versteht.«

Sie zog den Mantel aus und folgte der Tochter in ein Wohnzimmer voller Rauch und intellektueller Jugend. Von einem Plattenspieler tönte französische Musik, zu der mehrere blasse junge Mädchen mit Zigarette in der Hand, Hornbrille im Gesicht und geschlossenen Augen in der Zimmermitte tanzten.

»Als Erstes«, erklärte ihr Margarita, »muss man auf einer Feier in Paris – oder eigentlich überall – in Stimmung kommen«, dann schenkte sie ihr ein Glas Wein ein.

»Ich werde dir jetzt Juan Montalvo und Andrés García vorstellen, die studieren an meiner Fakultät.«

Zwei junge Männer mit geröteten Augen streckten ihr die Hand entgegen.

»Viel Spaß, Mama.«

Daraufhin verschwand Margarita durch einen Flur.

»Wenn doch nur alle Mütter wären wie Sie«, sagte einer der beiden Studenten mit verführerischer Stimme. »Ich hoffe, Sie gestatten, dass ich Ihnen das sage, ich würde Sie nämlich gerne näher kennenlernen.«

»Danke«, Olvido trank das Glas in einem Zug aus und ließ die beiden Studenten unter dem Vorwand stehen, sich ein weiteres zu holen. Aus der Musikanlage ertönte jetzt ein langsames Lied und mehrere Paare begannen eng umschlungen zu tanzen. Olvido griff nach einer Rotweinflasche, die sie Glas um Glas in einer Ecke neben einem knutschenden Pärchen leerte. Sie hörte die schmatzenden Lippen, und ihr Herz pochte wie wild. In der Wohnung hing der Duft nach Holz und Schreinerei wie ein Gespenst aus ihrer Vergangenheit. Auf einem Sofa saß, von zwei jungen Französinnen mit knallroten Lippen belagert, der Gastgeber und schnitzte an einem Holzfigürchen. Zu seinen Füßen häuften sich Sägespäne. Olvido konnte die Augen nicht von ihm wenden. Die grünen Augen des Mannes erwiderten interessiert ihren Blick, während sein Werk Formen annahm. Er hieß Jean und besaß die schönsten Arme ganz Frankreichs, wollte man den Studentinnen seines Fachs Glauben schenken. Er war Dozent für Bildhauerei an der Universität, und wenn er keine Seminare hielt, dann zog er sich gewöhnlich zum Schnitzen in seine Wohnung zurück.

Das Lied ging zu Ende, und während ein Student die Schallplatte wechselte, hörte man die Glocken von Notre-Dame eine Totenmelodie schlagen. Olvido verließ das Wohnzimmer, ihr war schwindelig. Sie folgte den Duftspuren nach Holz und kam in einen Flur, der in die Küche mündete, wo auf dem Kühlschrank ein geschnitzter Männerfuß stand. Dann setzte sie ihre Suche fort und stellte fest, dass der Handtuchhalter im Badezimmer aus Zedernholz war und den Oberkörper eines griechischen Helden darstellte.

Als sich der Gastgeber vom französischen Rouge befreit hatte und Olvido suchen ging, war sie bereits im Schlafzimmer. Er näherte sich ihr wie ein Jugendlicher der ersten Liebe, nahm ihr Flasche und Weinglas aus der Hand und ersetzte sie durch eine lange Champagnerflöte. Sie trank einen Schluck jener Flüssigkeit, die sie an Clara Lagunas Augen erinnerte, und streichelte den Dozenten hinter dem Ohr, wo sie fand, was sie erwartet hatte: Sägemehl.

Olvido küsste den bleichen Belag auf der Haut des Gastgebers, und er gab ihr den Kuss zurück, jedoch auf die Lippen. Sein Mund strich über sie hinweg, als wäre er ein Schnitzmesser, das den ersten Schnitt setzte, um die Festigkeit des Holzes zu prüfen und es anschließend langsam zu modellieren. Nach einer Weile trennte er sich von seinem Werk und sagte:

»Jean, c'est mon nom.«

Olvidos Mund war eine glänzende Skulptur.

Am nächsten Morgen nahm sie neben sich den Geschmack nach Holz wahr, den Geschmack eines männlichen Körpers. Für einen Augenblick kam es ihr vor, als hätte es die eisige Nacht mit dem Wolfsgeheul und dem Selbstmord des Mondes nie gegeben, nicht das Schießpulver und nicht die grinsende Genugtuung ihrer Mutter. Sie dachte, er wäre am Leben und gleich würde sein bleigrauer Blick, der beim Aufwachen dunkler war, auf ihr ruhen, dann würde er ihr den Rücken streicheln.

Als sie begriff, dass seitdem über zwanzig Jahre vergangen waren und die Lippen, die an ihrer Schulter lagen, nicht Esteban gehörten, schrak sie auf. Sie konnte sich nicht entsinnen, wer der Mann neben ihr war. Der Kopf tat ihr weh, und in ihrem Magen blubberten noch die Champagnerbläschen. Sie glitt aus dem Bett, bemüht, ihn nicht aufzuwecken. Dann las sie ihre Kleider von dem mit Sägespänen bedeckten Fußboden auf und zog sich leise im Badezimmer an.

Diesmal nahm sie kein Taxi, sondern zog es vor, zu Fuß zu gehen. Dem Raureif ausweichend, der auf dem Pflaster schlief, folgte sie dem Seineufer bis zu ihrem Hotel, während ein Wort wie eine Litanei auf ihrer Zunge lag: Jean.

Er wachte auf, als der Wecker klingelte; es war acht Uhr morgens, und Jean musste zur Universität, eine Vorlesung halten. Er suchte den Körper der Frau, mit der er die Nacht verbracht hatte, um ihn noch einmal zu umarmen und zu küssen, fand aber das Bett leer. Enttäuscht stellte er sich unter die Dusche und schamponierte seinen verkaterten Kopf. Der heiße Wasserdampf bemalte die Kacheln mit dem Schamhügel und dem schwarzen Kraushaar, die aus seiner Wohnung verschwunden waren. Er kehrte ins Schlafzimmer zurück, um sich anzuziehen, als ihn plötzlich aus dem Kleiderschrank zwischen den Hemden der Anblick eines Rückens mit den Peitschenstriemen einer Sklavin ansprang.

In der Metro versuchte er sich an ihren Namen zu erinnern, doch er wollte ihm partout nicht einfallen. Als er bei der Fakultät für Bildende Kunst angekommen war, ging er die Treppe hinauf, und auf jeder Stufe erschien ihm der Körper jener Frau. Nachdem er den Vorlesungssaal mit den unausgeschlafenen Studenten betreten und ihnen einen guten Morgen gewünscht hatte, öffnete er die Aktentasche und sah anstelle der ledernen Trennwände die rosafarbenen Hügel, welche ihre perfekte Spalte säumten. Er wischte sich die Augen und begann seinen Vortrag über die Zeichentechniken der Perspektive. Die Champagnerbläschen der vergangenen Nacht lösten sich von seinen Lippen. Ein Busen mit zerfließenden Brustwarzen wie Kerzen überflog den Saal. Er unterbrach seine Ausführungen und schluckte. Wenige Minuten später setzte er sie unter den verwunderten Blicken seiner Studenten an der Tafel fort, ohne dass die Visionen nachließen. Über die grüne, von Kreide zerkratzte Oberfläche glitten zwei Pobacken. Jean stellte sich hinter das ehrwürdige Professorenpult, doch er hatte den Faden verloren und wusste nicht mehr, wo er stehengeblieben war, er wusste nichts mehr über die Zeichentechniken der Perspektive, denn zwei Schenkel näherten sich ihm mit wiegenden Hüften.

Er brach die Vorlesung ab und ging hinunter in die Cafeteria. Während er seinen Tee trank, wand sich der Körper jener Frau in verschiedenen Stellungen. Er musste sie wiedersehen, also machte er sich auf den Weg, um Margarita nach dem Ende ihrer Vorlesung abzupassen, sie nach dem Namen ihrer Mutter zu fragen und wo er sie finden konnte. Sie stutzte. Einerseits freute sie sich, dass Olvido mal aus der roten Villa herauskam und sich amüsierte, andererseits wurmte es sie, dass sie schon in der ersten Nacht den begehrtesten Dozenten der ganzen Uni herumgekriegt hatte.

»Olvido Laguna. Hotel La Madeleine«, sagte sie schließlich mit finsterem Blick.

»Merci.«

Als Jean an die Zimmertür klopfte, las Olvido Johannes vom Kreuz. Sie lag mit nacktem Bauch da und hatte ein Häufchen Sägemehl auf dem Nabel, das sie mit der Nagelfeile von einem der Nachttische abgeraspelt hatte.

»Kind, bist du es?«

Sie hörte eine Männerstimme etwas auf Französisch sagen und dachte, es wäre ein Hotelangestellter.

»Je suis Jean«, sagte der Dozent mit glühenden Wangen vom Pariser Frost und einem gepeinigten Gesichtsausdruck.

Sie wiederholte jenes Wort: Jean.

»Depuis que je me suis réveillé, je n'ai pensé qu'á toi«, sagte der Dozent zu ihr.

Sie ließ ihn eintreten.

»Partout j'ai vu ton corps et tes yeux«, hungrig wie eine Termite fixierte er ihre Lippen.

»Ich verstehe nicht, was du mir da sagst. Ich kann kein Französisch.«

»Olvido.«

»Du weißt, wie ich heiße? Vielleicht habe ich dir ja meinen Namen gesagt, ich kann mich nicht erinnern. Ich fürchte, dass ich zu viel Wein und zu viel Champagner getrunken habe.«

Jeans Augen zielten ihr direkt aufs Herz, »Champagner«, gab er zurück und lächelte.

»Ja, Champagner«, Olvido nahm seinen Geruch wahr, eine Mischung aus Holz und Rasierwasser, und küsste ihn auf die Lippen.

Er ließ die Hände über jenen Körper gleiten, der ihn verfolgt hatte, und liebkoste sie, als würde sie ihm schon bald entzogen werden.

Zur Mittagszeit verließen sie untergehakt das Zimmer. Sie sagten einander Worte, die der andere nicht verstand, aber auf den Trottoirs eines Paris, das nach Frühling lechzte, kümmerte das wenig. Sie küssten sich und beschlossen, in ein Bistro zu gehen und ein paar Sandwichs zu essen, um wieder zu Kräften zu kommen. Jean bestellte zwei und Olvido weitere zwei, indem sie mit dem Finger auf die Speisekarte tippte, während er ihr liebevoll am Nacken knabberte. Danach tranken sie Kaffee und Jean brachte ihr bei, wie man eine Zigarette rauchte, eine Gauloise. Sie sog daran und machte den Mund auf, damit der Rauch daraus entwich. Am späten Nachmittag kehrten sie ins Hotel zurück, aber Olvido ließ ihn nicht mit aufs Zimmer kommen.

»Ich muss mit Margarita sprechen«, sagte sie.

»Margarita, oui, demain je viendrai te chercher.«

Margarita Laguna kam gegen acht ins Hotel. Wie in ihrer Kindheit trug sie keine Unterwäsche.

»Ich habe den ganzen Tag an die rote Villa denken müssen«, sagte sie zu Olvido, »und habe plötzlich gemerkt, wie sehr ich sie vermisse. Ich glaube, ich sollte mit dir zurückfahren.«

»Aber was redest du denn da, mein Kind? Dein Studium und deine Freunde sind doch hier in Paris.«

Bedrückt ließ sich Margarita auf das Bett sinken.

»Diese Entscheidung hat doch wohl nichts mit dem zu tun, was gestern Abend auf dem Fest deines Dozenten passiert ist? Bevor du antwortest, möchte ich dir sagen, dass es mir sehr leidtut. Es tut mir leid, dass ich mich gestern Abend betrunken habe. Ich habe sehr viel Champagner getrunken, und dieser Mann …«, ein Lächeln entschlüpfte ihren Lippen, »ich konnte nicht anders, der Geruch hat mich allzu sehr an deinen Vater erinnert.«

»Wirklich?«

»Ja, er roch immer nach Holz und hatte Sägemehl hinter den Ohren. Weißt du, dein Vater war als Lehrling in einer Schreinerei, bis er Lehrer werden konnte.«

»Und nur deshalb hast du was mit Jean angefangen?«

»Er hat mir gefallen, außerdem, wie gesagt, habe ich zu viel Wein getrunken und diese gelbe Flüssigkeit, Champagner, habe ich zum ersten Mal probiert.«

»Meine spanischen Freunde haben mir erzählt, dass du sehr viel getrunken hast und ihnen gegenüber sehr unhöflich warst. Du hättest sie einfach stehen lassen, obwohl sie sich nur bemüht hätten, nett zu sein.«

»Tut mir leid, Kind, es war das erste Fest meines Lebens, ich war zu aufgeregt. Habe ich dich irgendwie in Schwierigkeiten gebracht, so dass du dich meiner schämen musst?«

Margarita antwortete nicht sofort.

»Ach was, es ist mir egal, was sie reden. Das einzig Wichtige ist, dass du glücklich bist.«

»Es wird nicht wieder vorkommen. Ich verspreche es dir.«

»Egal. Wenn wir zusammen zur roten Villa zurückkehren, dann brauche ich mich auch nicht mehr zu schämen.«

Tags darauf packte Olvido Laguna ihre Koffer. Sie zog ein dunkelgraues Kostüm an und rief die Hotelrezeption an, damit sie ihr ein Taxi bestellte.

Es war ein sonniger Morgen, auf der Straße roch es nach Margeriten und frisch gebrühtem Kaffee, das Taxi wartete schon.

»Aeroport, bitte.«

»Oui, Madame.«

Sie zog das Briefpapier des Hotels aus der Handtasche und schrieb im holpernden Wagen mit krakeliger Schrift:

Liebe Tochter,

ich bin nach Hause gefahren, weil ich heute Morgen eine Nachricht vom Anwalt vorgefunden habe, dass es Deiner Großmutter mit ihrer Arthritis wieder schlechtergeht. Bleib Du in Paris, hier ist Dein Platz, und sei glücklich. Sag Jean, dass ich mich sehr freue, ihn kennengelernt zu haben.

In Liebe,

Deine Mama

Kapitel 13

Als Olvido Laguna zur roten Villa zurückkehrte, erwartete die Mutter sie bereits mit einem Hochzeitskandidaten, damit sie endlich unter die Haube käme. Es handelte sich um einen Freund des Anwalts aus einem Nachbardorf, und er erfüllte sämtliche Erwartungen, die Manuela an ihn hatte. Er besaß nicht nur einen tadellosen, völlig skandalfreien Ruf, sondern auch Geld und Güter in Hülle und Fülle. Er war seit etwa vier Jahren verwitwet und suchte eine heiratswillige Person, die ihm die Beschwerlichkeit und Einsamkeit seines Ruhestands annehmlicher machte.

Der Kandidat war achtundsiebzig Jahre alt, aber der Anwalt und Manuela Laguna fanden das Alter zweitrangig, solange die beiden anderen Voraussetzungen erfüllt waren. Olvido würde von ihm vielleicht keine Kinder mehr bekommen, doch das kümmerte den Mann wenig, denn seine verstorbene Ehefrau hatte ihm elf Kinder geschenkt und diese inzwischen siebenundzwanzig Enkel. Im Grunde war also das Letzte, was er brauchte, ein weiterer Sprössling.

Der Anwalt war in der Dorfschenke der Nachbargemeinde mit ihm zusammengekommen und hatte ihm nicht nur Olvidos Schönheit, sondern auch ihre Kochkünste und ihre Freude an einer angeregten Unterhaltung in den höchsten Tönen angepriesen. Als der Bewerber ihn fragte, wie es denn käme, dass eine so außergewöhnliche Frau ledig sei, nutzte der Anwalt die Gelegenheit ihm zu erzählen, dass Olvido eine Tochter von über zwanzig Jahren hatte, das Ergebnis einer Vergewaltigung, der sie noch als halbes Kind zum Opfer gefallen sei. Seitdem habe sie ihre ganze Kraft dafür eingesetzt, diese Tochter großzuziehen. Doch inzwischen lebe die in Paris, so dass die Mutter einen anständigen Ehemann suche, der sie mit dieser Vergangenheit akzeptiere und bei ihr bliebe.

Mit dem Anwalt neben sich auf der Rückbank fuhr der Heiratskandidat an einem regnerischen Nachmittag in einem luxuriösen Auto mit Chauffeur bei der roten Villa vor. Er hatte eine gelbliche Gesichtsfarbe und stützte sich auf einen Gehstock mit silbernem Knauf.

Olvido hatte die Nacht weinend auf Estebans Grab zugebracht und ihm seufzend und die Erde küssend geschworen, dass sie dies alles nur Margarita zuliebe tue, und jenen Ehemann, ganz gleich wer er sei, hassen würde. Doch als sie den Heiratswilligen hinter ihrer Mutter durch die Eingangsdiele der roten Villa schlurfen sah und seinen nach Medizin stinkenden Atem stoßweise gehen hörte, hatte sie Mitleid.

Manuela Laguna führte ihn durch das alte Haus und würzte die Besichtigung der einzelnen Zimmer mit allerlei aristokratischen Märchen. Das tödliche Ende ihres angehenden Schwiegersohnes überging sie dabei ebenso wie das angespannte Zittern ihrer weißen Handschuhe, die seit mindestens zwei Wochen keinen Hahn mehr geschlachtet hatten. Denn sie hatte beschlossen, dass die Küche bei dem Treffen auch nicht den kleinsten Hauch von frischem Blut ausdünsten dürfte, damit der Kandidat nicht am Ende auf die Idee kam, dass in ihrem Haus der Tod ein häufiger Gast war.

Während des Kaffeetrinkens im Wohnzimmer wurde vereinbart, dass die Hochzeit in einem Monat stattfinden sollte und dafür in den nächsten Tagen eine Fahrt in die Stadt anstand, um Verschiedenes zu erledigen, wie den Kauf des Brautkleides, die Besorgung der Aussteuer und die Formalitäten der Eheschließung. Der Anwalt stopfte sich nervös den Kuchen in den Mund und kippte den Kaffee hinterher. Er war sicher, dass die Ehe, wegen der schlechten Gesundheit des Verlobten, nur wenige Monate dauern würde, doch erst in diesem Moment wurde ihm klar, dass Olvido als Erbin ihres Gatten dann nicht mehr auf seine Dienste angewiesen sein würde, um Margaritas Aufenthalt in Paris zu finanzieren. Seine Macht über Olvidos Schönheit war mit dieser Verbindung also gefährdet.

Als der Heiratsanwärter die rote Villa verließ, fühlte er sich lebendiger denn je. Er hatte sich auf den ersten Blick in Olvido Laguna verliebt. Während der Rückfahrt zu seinem Dorf schwor er Gott, dass er sie immer beschützen würde. Er hatte den aufrichtigen Wunsch, sie glücklich zu machen, weshalb er wenige Tage nach dem Besuch beschloss, in ein Bordell zu gehen, um mit dem Training zu beginnen. Irgendwann hatte er aufgehört, die Jahre zu zählen, seit er das letzte Mal mit einer Frau geschlafen hatte, und nun wollte er alles tun, damit seine Zukünftige in der Hochzeitsnacht ihre traumatische Erfahrung aus der Vergangenheit vergaß und zum ersten Mal erfuhr, wie viel Zärtlichkeit und Leidenschaft ihr ein Mann beim Liebesspiel zu geben vermochte.

Leider machte seine Gesundheit den Plan zunichte, denn wenige Stunden nach seiner Ankunft im Bordell fand man ihn tot in einem der Betten liegen. Er hatte einen »alles aufrichtenden« Trunk zu sich genommen, der die letzten Funktionen seiner Leber in einem einzigen Orgasmus zum Erliegen brachte.

Der Anwalt überbrachte Manuela und Olvido die Nachricht, wobei er seine heimliche Freude darüber so gut es ging verbarg und sich dafür aussprach, die Suche nach einem anderen Ehemann aus Gründen der Pietät gegenüber dem Verstorbenen um mindestens ein Jahr zu verschieben. Olvido äußerte ihr Bedauern über den Tod jenes ebenso liebenswürdigen wie gelben Mannes, erklärte aber, sie habe keine weiteren Heiratspläne und sei nicht gewillt, sämtliche siechen Greise aus der Provinz kennenzulernen.

Nach dieser Absage ihrer Tochter bekam Manuela einen derartigen Wutanfall, dass sie sich erbarmungslos gleich an zwei jungen Hähnen mit orangefarbenen Kämmen vergriff und die Beziehung zwischen den beiden Laguna-Frauen sich wieder merklich verschlechterte. Manuela ließ der Tochter wieder angebrannte Essensreste auf dem Herd stehen, statt ihr Leckerbissen zu kochen, und kürzte die Unterhaltszahlung für Margaritas Studium in Paris, wagte aber nicht, sie ganz zu streichen, damit der Bastard bloß nicht auf die Idee käme, ins Dorf zurückzukehren. Doch nach einem weiteren Jahr voller Einsamkeit, Schmorgerichten und Schweigen sollte Manuelas Befürchtung trotz allem wahr werden.

Das erste Anzeichen für Margarita Lagunas Heimkehr war ein Rascheln in den Geißblattstauden an einem von Spatzen und Wespen bevölkerten Julimorgen. Denn die Pflanzen erkannten die Haut der jungen Frau schon, als sie vor dem Tor mit dem eisernen Schriftband ankam. Im achten Monat schwanger, lief Margarita über den Weg und die Blumen, die mit ihr den Namen teilten, auf das Haus zu und klopfte an die Tür. Ihre rotblonde Mähne brach vor lauter Sommerglück aus, ihre Wangen glänzten vom Schweiß und ihre Augen waren wie Flusssteine.

»Mama, Mama, komm und umarme mich, wenn du kannst.«

Olvido brachte kaum den Namen der eigenen Tochter heraus.

»Ich weiß, ich habe in meinen letzten Briefen gar nicht erwähnt, dass ich ein Baby erwarte. Ich wollte zurück in die rote Villa und es bei dir bekommen. Als Überraschung. Freust du dich nicht?«

»Wenn du nur froh bist, mein Kind, dann bin ich es auch«, erwiderte sie und schloss Margarita in die Arme.

In dem Moment sah sie ihn zum ersten Mal. Hoch aufgeschossen und gut gebaut, kam er mit zwei Koffern den Weg auf das Haus zu und trat dabei Clara Lagunas Margeriten nieder.

»Wer ist das?«

»Pierre Lesac, mein Freund und der Vater von meinem Baby.«

Zwei große schwarze Augen trafen Olvidos Gesicht wie eine Katastrophe.

»Sehr erfreut, Señora«, sagte er mit französischem Akzent und gab ihr die Hand.

Der junge Mann, nicht älter als fünfundzwanzig Jahre, besaß eine geradezu gotische Attraktivität. Er hatte einen schmalen, über die Mundwinkel hinausragenden Schnurrbart, der in einen sorgfältig gestutzten Kinnbart mündete. Olvido zog ihre Hand weg, aber Pierres Berührung blieb daran haften; eine Berührung, die sie plötzlich in ihrem Körper spürte, wie einen Parasiten.

»Mama, sagst du nichts zu Pierre?«

»Herzlich willkommen bei uns zu Hause.«

»Merci.«

Er trug Hemd und Hose in Beige. Die Sonne schien ihm auf das kurz geschnittene dunkle Haar. Seine Lippen waren breit, vielleicht hatte er seine Kindheit betend verbracht.

In der Eingangsdiele war ein Räuspern zu vernehmen.

»Großmutter?«, fragte Margarita.

Aus dem Wäscheschrank mit den geflochtenen Türen drang Lavendelduft.

»Heiratsurkunde«, knurrte Manuela und streckte ihr die behandschuhte Rechte hin.

Es war das erste Wort, das sie an die Enkelin richtete, dann wartete sie grimmig auf die Antwort; denn wenn die junge Frau mit den grauen Augen geheiratet hatte, konnte das für die Lagnuas der Anbruch einer neuen Ära sein.

»Ich bin nicht verheiratet, Großmutter, und habe auch nicht die Absicht, jemals zu heiraten, das ist so altmodisch. Aber ich habe den Vater meines Kindes, Pierre, mitgebracht.«

»Ihr seid doch alle gleich«, presste die Großmutter zwischen den Zähnen hervor und ging erleichtert in ihr Zimmer: Sie durfte die Enkelin ungehindert weiterhassen.

»Sie wird sich nie ändern, nicht wahr, Mama?«

»Dafür ist es zu spät. Ärgere dich nicht.«

Sie umarmten sich noch einmal. Olvido fühlte, wie Pierre sie mit Blicken durchbohrte. Und im Garten ertönte der Schrei einer riesigen Elster.

Olvido bestand darauf, dass die Tochter sich von Antonino Montero untersuchen ließ, einem Gynäkologen, der in der Hauptstraße eine Praxis eröffnet hatte.

Eine schwüle Hitze lag auf dem Gebäude mit der Praxis und die

Sonne flimmerte auf dem weißen Arztschild, das dadurch aussah wie eine Luftspiegelung. Der Himmel würde mit der Erde huren, hätte er nur ein Glied, lang genug, um sie zu erreichen, dachte Antonino Montero und stellte sich die sexuelle Naturkatastrophe vor, wenn die Menschheit in den feuchten Hautfalten der Schöpfung umkäme. Mit seiner schwarzumrandeten Brille, die zwei Fernsehern glich, wandte er sich einer fünfzigjährigen Vagina zu und hob plötzlich den Kopf, als er die Sprechstundenhilfe keifen hörte. »Ich habe Ihnen doch gesagt, wenn Sie keinen Termin haben, dann kann er Sie nicht drannehmen! Gehen Sie jetzt, und belästigen Sie uns nicht weiter!«

Der Gynäkologe kam aus dem Sprechzimmer und ging zur Anmeldung. »Was ist denn hier los?«, fragte er seine Sprechstundenhilfe.

Diese schob sich rasch die Frisur zurecht und puderte sich das Gesicht, als sie die kräftige Gestalt ihres Chefs näher kommen sah.

»Die hier, Doktor«, sie zeigte verächtlich auf Olvido und Margarita, »wollen von Ihnen drangenommen werden, aber sie haben keinen Termin. Ich habe ihnen schon gesagt, dass das nicht geht, die Sprechstunde ist voll.«

Aus dem Wartezimmer drang Geflüster.

Antonino Montero musterte Olvido. Ihre Brüste waren wie die reifen Mangos, die er bei einem Kongress über Mammatumoren in einer karibischen Stadt genossen hatte – allerdings lag das schon eine Weile zurück, genauer gesagt bevor ihm die Verletzung seiner ärztlichen Pflichten vorgeworfen wurde, weil in seiner Madrider Praxis eine Patientin verstarb, so dass er genötigt war, sich in dieses dreckige Nest abzusetzen. Hüftschwung und Taille dieser Frau glichen der kurvigen Landstraße, die damals zum Strand hinunterführte, und die sich unter dem gepunkteten Seidenkleid abzeichnenden festen Schenkel erinnerten ihn an die Wolken dort, die ähnlich geformt gewesen waren.

Neben ihr wartete die Tochter mit verschränkten Armen über dem Bauch. Antonino Montero stieß ein rätselhaftes Hüsteln aus.

»Es ist meine ärztliche Pflicht, das Mädchen zu behandeln, zumal im Zustand ihrer fortgeschrittenen Schwangerschaft, mit oder ohne Termin.«

»Aber Herr Doktor …«

»Ich habe den hippokratischen Eid geleistet, vergessen Sie das nicht! Ich bitte die wartenden Damen um Verständnis, schicken Sie die beiden ins Behandlungszimmer, sobald ich mit der Patientin, die jetzt drin ist, fertig bin.«

Das Geflüster im Wartezimmer schwoll zur Sintflut an.

»Danke, dass Sie uns drannehmen«, sagte Olvido, sobald sie im Sprechzimmer den vierzig ledigen und jetzt kahlen Jahren des Gynäkologen gegenübersaßen.

»Es ist meine Pflicht, da brauchen Sie sich nicht zu bedanken«, Antonino lächelte, und der Speichel sickerte ihm durch die zu Deichen gewordenen Zahnreihen.

»Meine Tochter ist im achten Monat schwanger und ich hätte gerne, dass Sie sie untersuchen, um festzustellen, ob alles in Ordnung ist.«

»Kaum zu glauben, dass das Ihre Tochter ist, ich dachte, es handelt sich um Ihre Schwester.«

»Ich war noch sehr jung, als ich Mutter wurde, es waren andere Zeiten.«

»Und Sie beide leben in dem hübschen Landhaus ein Stück außerhalb, das die rote Villa genannt wird, wenn ich mich nicht täusche? Ich bin erst seit kurzer Zeit im Dorf, deshalb kenne ich noch nicht alle Einwohner.«

»Ja, Herr Doktor, da wohnen wir.«

Antonino dachte an die Geschichte über Olvidos Großmutter, die ihm der Apotheker bei einer Partie Karten in der Schenke erzählt hatte: Eine Prostituierte mit Augen wie Gold, die Clara Laguna hieß, tanzte in einem riesigen Bett, über dem ein purpurner Himmel gespannt war.

»Dürfte ich Sie nach Ihrem Alter fragen?«, der Speichel des Arztes sammelte sich jetzt in dessen Mundwinkeln.

»Achtunddreißig.«

»Hab ich's mir doch gedacht, dass Sie noch sehr jung sind, und sagen Sie, wie alt waren Sie, als Ihre Tochter auf die Welt kam?«

»Herr Doktor, ich bin nicht gekommen, um von mir zu erzählen, sondern wegen Margaritas Schwangerschaft.«

Antonino ging über den Einwand hinweg. Er weidete sich zum wiederholten Mal an den Geschichten, die ihm in der Schenke über die Familie zu Ohren gekommen waren, und sah vor seinem geistigen Auge, wie sich Olvido Laguna beim Schein einer Kerze in der alten Schreinerei des Dorfes entblößte. Die junge Schwangere war also die Frucht der verbotenen Liebe ihrer Mutter mit dem Schreinerlehrling, einem Jungen, der mit gespaltenem Schädel und herabgelassener Hose im Garten der roten Villa aufgefunden wurde. Sie war zweifellos »die Laguna des toten Jungen«.

»Da Sie schon mitgekommen sind, biete ich Ihnen eine Gratisuntersuchung an. Ich bin sicher, dass Sie seit der Entbindung Ihrer Tochter keine frauenärztliche Kontrolle mehr hatten.«

»Das ist nicht nötig, ich sagte doch, ich komme nur, damit Sie meine Tochter untersuchen.«

»Erlauben Sie mir bitte, dass ich darauf bestehe.«

Inzwischen war Antonino Montero gedanklich im Garten der roten Villa angekommen, wo Olvido Laguna, von einer diabolischen Fruchtbarkeit umgeben, auf dem übel zugerichteten Körper des Schreinerlehrlings ritt. Der Gynäkologe war wie verhext von der Vorstellung der kreisenden Hüftbewegungen und des glatten schwarzen Haars, das sich über ihren Rücken ergoss und mit dem Auf und Ab der Liebe zur Schlingpflanze wurde, während der Wind die Lust bis zu den höchsten Gipfeln der Berge trug.

»Wenn Sie möchten, dass ich Ihre Tochter untersuche und bei der Entbindung dabei bin, dann muss ich zuerst Sie untersuchen, um sicherzugehen, dass es keine erblichen Beeinträchtigungen gibt«, die Worte wurden ihm von seiner Fantasie diktiert.

»Verstehe.«

»Gehen Sie dort in die Kabine und machen Sie sich obenherum frei. Als Erstes muss der Zustand Ihrer Brüste untersucht werden.«

Olvido streichelte ihrer Tochter über das Haar, die in einem Sessel döste, die Zugfahrt von Paris hatte sie erschöpft. »Ruh dich aus, ich bin gleich wieder da«, sagte sie zu ihr.

Die Wände des Zimmers, in dem Antonino Montero die Frauen untersuchte, waren in einem sanften Apricot gestrichen, um die Patientinnen zu beruhigen. Eine Liege mit sauberen Laken stand da und davor ein Hocker und eine Lampe, um die weiblichen Genitalien auszuleuchten. Olvido zog die Bluse und den Büstenhalter aus und setzte sich auf das eine Ende der Liege. Der Gynäkologe kam herein, die Augen der Patientin waren wie eine Welle der tropischen See, er näherte sich deren Brüsten und tastete sie mit fiebrigen Fingern ab.

»Entschuldigen Sie mich«, Antonino zog den Bauch ein und lief hinaus auf den Gang zur Toilette, wo er seine Lust auf die grünen Kacheln spritzte. Die Hitze machte ihm zu schaffen. Er kühlte sich den Nacken mit kaltem Wasser und leckte sich, von einem ungewöhnlichen Durst gepackt, die kristallnen Reste von den Fingern.

Als er ins Sprechzimmer zurückkam, hatte sich Olvido wieder angezogen und wartete mir ihrer Tochter auf ihn. Während seiner Abwesenheit hatte sich nun Margarita ihrer Kleidung entledigt und wartete ungeduldig, denn sie wollte nach Hause, um endlich in Ruhe ihre Siesta zu halten. Antonino Montero bat sie, sich auf die Liege zu legen, und untersuchte sie unter Olvidos Aufsicht.

»Die ganze Familie ist bei bester Gesundheit, Señora«, erklärte er mit Schweißperlen auf der Stirn, »hier haben Sie meine Privatnummer für alle Fälle, aber bitte rufen Sie mich erst in ein paar Tagen an.«

Am Nachmittag zog sich Olvido in die Küche zurück, um das Abendessen vorzubereiten. Sie küsste ihre Erdbeeren, wusch und zerstieß sie in einer Schüssel und tat sie in einen Topf, in dem bereits auf schwachem Feuer Wasser, Zucker, Milch und Zimt köchelten. Während sie alles verrührte, warf sie einen Blick aus dem Fenster und entdeckte Pierre Lesac, der vorgab, im Garten spazieren zu gehen. Sein schwarzes Haar glänzte in der Sonne. Sie versuchte, sich auf ihre Sauce zu konzentrieren, deren Geblubber sie an das Rauschen des Flusses im Pinienwald bei der Schneeschmelze erinnerte. Sie stieß einen Seufzer aus, drehte die Flamme ab, nahm den Topf vom Herd, damit die Sauce ziehen konnte, und begann einen Hammel zu zerlegen. Als sie damit fertig war, hackte sie, mit ein paar kleinen Blutspritzern auf den Wangen, die Zwiebeln. Der beißende, übelriechende Knollendunst trieb ihr Tränen in die Augen.

Aus dem Gemüsegarten beobachtete Pierre, wie sie zunächst die kleingehackte Zwiebel und dann die Hammelstücke in eine Kasserolle aus Ton gab und diese auf den Herd stellte. Er sah, wie sie das Fleisch anbriet; er sah, wie sie sich mit einer Zunge über die Lippen fuhr, deren Textur er sich, seidig vorstellte; er sah, von der Dämmerung geschützt, die schon den Pinienwald erreicht hatte, wie sie sich vom Herd abwandte und ihr Trägerkleid bis zur Taille herabließ. Beim Anblick ihrer Brüste wurde Pierre ganz schwach, wie Pfirsiche in Sirup, dachte er.

Von diesem Augenblick an war nichts mehr, wie es einmal gewesen war. Der Horizont begann an der Sonne zu knabbern, während Olvido, in violettes Licht getaucht, das Aroma der inzwischen abgekühlten Erdbeersauce einsog und sich davon erst auf die linke, dann auf die rechte Brustwarze eine Kostprobe schmierte.

»Die Konsistenz ist perfekt«, sagte sie daraufhin laut, »und die Temperatur ist genau richtig.« Diesen kulinarischen Trick wandte sie bei vielen Gerichten an, und noch nie hatte er sie im Stich gelassen, denn die Brustwarzen waren zum Abschmecken hervorragend geeignet. Sie nahm die Sauce und gab sie in die Kasserolle. Dann verließ sie die Küche, und Pierre Lasac passte diesen Augenblick ab, um die Finger in die Sauce zu tunken und abzulecken, so dass sich sein Verlangen hineinmischte. Als Olvido die Sauce über die Hammelstücke goss, war schon alles zu spät.

Als das Abendessen auf dem Tisch stand, hüllte das Mondlicht das Esszimmer in eine kosmische Stille. Auf der Tischdecke, die der Diplomat einst Clara Laguna geschenkt hatte, stand eine Porzellanschüssel mit dem dampfenden Schmorbraten. Olvido tat Margarita vier Scheiben Hammelfleisch auf. Diese machte sich mit Messer und Gabel darüber her, und als sich die letzten Fleischstücke nicht von den Knochen lösen wollten, pulte sie diese kurzerhand mit den Fingern ab. Sie betrachtete die Fleischfasern, bevor sie die Bissen in den Mund schob, und mit einer fast mittelalterlichen Gefräßigkeit verschlang.

»Mama, tu mir noch ein paar Scheiben auf«, sagte sie und hob mit halbvollem Mund ihren Teller hoch.

»In deinem Zustand solltest du am Abend nicht so viel essen, du wirst Jahrhunderte brauchen, bis alles verdaut ist«, bemerkte Olvido und warf Pierre einen verstohlenen Blick zu.

»Ich habe einen Pferdemagen«, versicherte die Tochter und tunkte ein Stück Brot in die Sauce, »stimmt's, Pierre?«

Er nickte.

»Kannst du nicht wenigstens ja sagen? Du wirst wohl kaum sterben, wenn du den Mund aufmachst und einen Ton von dir gibst.«

Pierre nickte noch einmal.

»Sag mal, kannst du diesen Blödsinn mit dem Kreis der Inspiration vielleicht mal lassen und dich auf die Geburt konzentrieren? Es macht mich krank, dass du nicht mit mir redest. Ich brauche dich!«

Pierre Lesac kaute seelenruhig seinen Bissen weiter.

»Ich habe dir gesagt, du sollst mit mir reden!«

Er machte mit dem Zeigefinger eine verneinende Bewegung.

»Reg dich nicht auf, das bekommt dir in deinem Zustand nicht«, versuchte Olvido zu vermitteln und tat ihr noch zwei Scheiben Braten auf.

»Mama, gib mir mehr, noch zwei.«

»Das wird dir nicht bekommen, Liebling, sei vernünftig.«

»Entweder du gibst mir noch zwei oder ich schnappe mir selbst die Schüssel.«

Olvido gab sie ihr, und die Tochter zerpflückte sie mit den Fingern und schlang sie herunter, ohne richtig zu kauen. Dann nahm sie einen halben Laib Brot und fing an, damit die Sauce aus der Schüssel zu stippen.

»Sie ist göttlich, einfach göttlich«, ein Erdbeerbärtchen hatte sich auf ihrer Oberlippe gebildet.

Bevor ihre Tochter auch das letzte Fleischstück verspeiste, das noch in der Schüssel lag, beschloss Olvido, diese in die Küche hinauszubringen.

»Wo gehst du hin, Mama?«

»Liebling, iss nicht noch mehr, bitte. Lass uns das letzte Stück Pierre geben.«

Wieder machte der Franzose die verneinende Geste mit dem Zeigefinger, die Olvido für immer verhasst bleiben würde.

»Du hast jetzt nur deinen verdammten Inspirationskreis im Kopf. Morgen, da willst du dann wieder mit mir reden, du wirst mich darum anflehen, aber da werde ich dich mit Schweigen strafen«, schimpfte Margarita.

»Dann esse ich es eben«, sagte die Mutter, »ich bin noch nicht satt.«

»Kommt nicht in Frage, das ist für mich«, Margarita fischte die letzte Scheibe Hammelbraten aus der Schüssel und stopfte sie sich in den Mund. »Und jetzt gib mir die Schüssel, ich will noch die Sauce aufstippen.«

»Ich bitte dich, Mädchen, das ist zu viel!«

»Unsinn, los gib her.«

Olvido ließ die Schüssel zu Boden fallen.

»Das hast du extra gemacht«, schnauzte Margarita sie an und stand mit hochrotem Kopf vom Tisch auf. »Ich brauche frische Luft.«

»Soll ich mitkommen?«

»Danke, ich bin lieber allein. Bleibt ihr beiden nur hier. Du«, dabei funkelte sie Pierre an, »mit deinem Inspirationskreis, der hoffentlich in dir verrottet, und du«, dabei sah sie die Mutter an, »mit deinen kindischen Tricks.«

Margarita schleppte sich nach Luft ringend auf die Veranda.

Pierre Lesac hatte gemalt, seit seine Finger kräftig genug waren, einen Stift zu halten. Er hatte die seidenbespannten Wände im Schlafzimmer seiner Mutter bemalt, die Beine der Dienstmädchen, den Schreibtisch des Bankiers, der seine Vaterschaft anerkannt hatte. Er bemalte die Tischdecken aus Brüsseler Spitze, die im Zimmer mit den bespannten Wänden versteckten Hosen seines Stiefbruders, die Rückseite der Damastsofas und die Kacheln im Keller, wo ihn der Bankier einsperrte, wenn er etwas angestellt hatte. Er bemalte die Bänke in Notre-Dame, während seine Mutter aus Reue über ihre verbotene Liebe in Tränen aufgelöst betete. Er bemalte seine Hände, wenn er aus der Kathedrale kam, um nicht zu den grässlichen Wasserspeiern hinaufzuschauen. Er bemalte sein von Einsamkeit umgebenes Kinderbett und lauschte dabei zum wiederholten Mal den wollüstigen Schreien seiner Mutter.

Erst als ihm der Bankier an einem Sommermorgen verkündete, dass seine Mutter mit dem Stiefbruder durchgebrannt sei und sie verlassen habe, fing Pierre Lesac an, auf weißes Papier zu malen. Damals war er neun Jahre alt und seine Augen waren zwei schwarze Sühnen.

Gegen Ende seiner Jugendzeit tauschte Pierre Stifte und Papier gegen Ölfarben aus. Er kehrte dem Haus des Bankiers den Rücken und mit ihm der Vorliebe für tote Dinge – Krüge, Obstschalen, Tische –, fortan verlegte er sich immer mehr auf Porträts. Das erste verdankte er der Magie seines Gedächtnisses. Er schwieg einen vollen Tag, um die Gesichtszüge seiner Mutter aus seinem Innern ans Licht zu holen. Als er sie in einer Ecke seiner Kindheit entdeckte, war er nicht imstande, ihr zu vergeben. Er bannte sie auf eine Leinwand, kolorierte sie und verkaufte das Bild schließlich für mehr Geld als erwartet an eine Galerie.

Seit er sich diesem Exorzismus unterzogen hatte und damit erfolgreich war, beschloss er, es sich zur Regel zu machen, vierundzwanzig Stunden vor Beginn eines Porträts zu schweigen. Pierre Lesac ließ ab diesem Tag Augen, Nase, Mund, Brüste, Schlüsselbein, Taille, Hände, Profil, Unterarme, Brauen und viele andere Merkmale und Formen seines Modells durch seinen Körper und seine Seele wandern und tränkte sie mit Inspiration. Ausgangspunkt und Ziel dieser Rundreise lagen in seinem Herzen, dem Organ, das die Finger des Künstlers führen würde, weshalb Pierre seine Vorbereitung »Kreis der Inspiration« nannte.

Als er Margarita kennenlernte, hatte er ihr diesen außergewöhnlichen Prozess geschildert, und das Mädchen war fasziniert von der Exzentrik, die Pierre von andern Pariser Malern unterschied. Sie hatte jenes Schweigen stets geachtet, aber in dieser Nacht, in der ihre achtmonatige Schwangerschaft alle Mühe hatte, das Fleisch eines vom Verlangen vergifteten Hammels zu verdauen, gingen ihr bei seinem Schweigen die Nerven durch. Wie eine Bergsteigerin keuchend, kehrte sie von der Veranda zurück.

»Mama, mein Bauch tut so weh!«, rief sie.

Olvido, die gerade in der Küche den Abwasch machte, kam herausgelaufen.

»Mama, es tut so weh!«

»Tief atmen«, sie strich ihr über das Haar. »Lass uns in den Salon gehen, damit du dich auf das Sofa legen kannst.«

Margarita setzte schwerfällig einen Fuß vor den anderen. »Wo bist du, Pierre? Pierre, ich brauche dich«, winselte sie und ließ sich dann mit gespreizten Beinen auf das Polster sinken. In der Tür zur Küche erschien Pierre Lesac, hoch aufragend wie eine Turmspitze und mit versteinerten Lippen.

»Setz dich zu mir.«

Mit all seinen schwarzen Attributen näherte er sich den Laguna-Frauen.

»Du musst tief atmen, mein Kind, ganz tief«, Olvido rang die Hände.

»Pierre, ich habe Angst, rede mit mir. Ich muss deine Stimme hören, rede Französisch mit mir, sag mir, dass alles gut wird.«

Er liebkoste ihr sanft die Wange und setzte sich zu ihr, sagte aber kein Wort.

»Rede mit mir, verflucht noch mal, rede mit mir!«

Pierre konnte den Kreis der Inspiration unmöglich durchbrechen. Er würde nicht zulassen, dass er ihm durch die Lippen entwich. All das eingeschlossene Verlangen, all die Nächte voller Sehnsucht nach jenen Augenblicken. Vierundzwanzig Stunden der Intimität mit ihrem Körper, den er ein ums andere Mal durchmaß, durchtränkte. Darauf hatte er gewartet, seit er eines Abends in Paris ihr Foto auf Margaritas Nachttisch hatte stehen sehen und ihre Schönheit zu seiner Obsession wurde.

»Dieser verfluchte Kreis macht dich wohl auch noch taub! Ich befehle dir, mit mir zu reden!«, eine klebrige Flüssigkeit lief Margarita über die Beine.

»Die Fruchtblase ist geplatzt! Mein Gott, die Kleine kommt auf die Welt!«, schrie Olvido auf.

Von Pierre und ihrer Mutter gestützt, ging Margarita nach oben. Olvido führte sie bis zu dem Zimmer, in dessen Mitte ein Eisenbett auf die Geburt einer weiteren Laguna-Frau wartete. Seit Estebans Tod hatte sie es Woche für Woche gereinigt, und manchmal verbrachte sie ganze Nachmittage mit dem Eichengeruch im Herzen unter dem Purpurhimmel.

»Warum gehen wir denn ins Zimmer von Urgroßmutter Clara?«, frage Margarita keuchend.

»Hier bist du auch auf die Welt gekommen, außerdem riecht es hier nach unserer Familie.«

»Ich werde ein Mädchen bekommen, nicht wahr? Das ist der Fluch. Die Großmutter hat mir alles geschrieben in einem Brief, den sie wahrscheinlich dem Anwalt diktiert hat. Ich wollte es dir nur nicht sagen, als du in Paris warst, damit du nicht noch wütender auf sie werden würdest.«

Olvido spürte den Geschmack der Angst im Mund.

»Ich werde eine Tochter kriegen, und dann wird Pierre sterben wie mein Vater; wir sind zum Liebeskummer verdammt und dazu, nur Mädchen zu gebären, denen dann dasselbe passiert.«

Olvido warf einen Blick auf den Franzosen; die Nachricht seines nahen Todes schien ihn nicht sonderlich zu beeindrucken.

»Ich hätte mich nicht verlieben dürfen, die Großmutter hat mich in ihrem Brief gewarnt. Bleib unberührt, meine kleine Enkelin, hat sie geschrieben, bleib unberührt und pflanze dich nicht fort, weil dein Blut verflucht ist und du dem Mann, den du liebst, den Tod bringen wirst. Ich habe es versucht, Mama, wirklich, aber bei Pierre ging es nicht, ich konnte ihm nicht widerstehen, Mama, ich konnte einfach nicht. Je t'aime, Pierre«, sie streichelte dem Freund über das Gesicht, aber alle Sinne des Franzosen galten seinem Inspirationskreis, den er erfolgreich beenden wollte.

Eine Wehe warf Margarita auf das Bett. Olvido zog die Decke weg, und darunter kamen nach Lavendel duftende Laken zum Vorschein.

»Ich gehe den Arzt rufen. Pierre, ich flehe dich an, pass auf sie auf.«

Das Aroma, das jenes Zimmer verbreitete, stieg ihm in die Nase, während er ihre Lippen fixierte, bis sie ihm durch die Venen strömten.

Auf der untersten Treppenstufe stieß Olvido auf Manuela, als sie gerade mit dem Handschuh die Flüssigkeit auftupfte, die der Enkelin die Beine herabgelaufen war. Die Alte saugte an den Baumwollfingern und erkannte den Geschmack des Lebens. Olvido drängte sich an ihr vorbei, nicht ohne ihr einen drohenden Blick zuzuwerfen, ehe sie in den Salon ging.

Es war ungefähr vor einem Jahr gewesen, als der Anwalt Manuela überzeugt hatte, in der roten Villa ein Telefon installieren zu lassen, damit er anstehende geschäftliche Dinge mit ihr besprechen konnte, ohne dass sie jeden Donnerstag den Weg in die Kanzlei machen musste. Sie hatte sich zunächst gegen die Neuerung gesperrt, nicht zuletzt, weil sie den kommunikativen Fähigkeiten eines Apparats misstraute, dessen Form sie allzu sehr an die Genitalien eines Esels erinnerte. Aber schließlich hatte Manuela klein beigegeben, denn es wurde tatsächlich immer beschwerlicher für sie, das Haus zu verlassen und ihre Arthritis ins Dorf zu schleppen.

»Doktor Montero, ich bin es, Olvido Laguna«, Tränen fielen auf das schwarze Bakelittelefon. »Bei meiner Tochter ist die Fruchtblase geplatzt. Bitte kommen Sie schnell.«

»Olvido Laguna?«, der Name war für den Frauenarzt gleichbedeutend mit zwei Brüsten, die ihn fast um den Verstand gebracht hatten.

»Ich bitte Sie inständig, kommen Sie zur roten Villa, ich brauche Sie.«

»Ist in Ordnung, Señora, wenn Sie mich so bitten, dann kann ich es Ihnen unmöglich abschlagen. Ich mache mich sofort auf den Weg.« Er legte den Hörer auf die Gabel. Dann nahm er einen Läusekamm und glättete sich das Schamhaar; er schaffte es einfach nicht, sich attraktiv zu fühlen, wenn es verknotet war. Dann griff er nach dem Arztkoffer und machte sich auf den Weg zur roten Villa, ohne einen Gedanken daran, was die Leute sagen würden.

Kaum auf der Welt, schmeckte das Baby die Süße von Margaritas Brüsten im Mund. Antonino Montero fasste es bei den Füßen, ließ es kopfüber hängen und gab ihm einen Klaps auf den Po. Ein wütendes Schreien war zu vernehmen.

Olvido wischte der Tochter die Stirn ab. »Herr Doktor, das Schreien bedeutet doch, dass mit dem Mädchen alles in Ordnung ist, oder?«

»Mädchen?« Antonino Montero hob die Brauen. »Meine Liebe, tun Sie mir den Gefallen und schauen Sie sich an, was dem Mädchen zwischen den Beinen baumelt.«

Das erste Licht des Morgens fiel durch das Balkonfenster ins Zimmer und färbte die Geschlechtsteile des Neugeborenen.

»Es ist ein Junge«, erklärte Antonino, »mit zwei schönen runden Hoden.«

»Zweifellos, ein Junge«, sagte Olvido überrascht, nachdem sie sich das Kind angeschaut hatte und sicher war, dass sich in keiner Körperfalte eine vererbte Vagina verbarg.

»Margarita, du hast einen Jungen, einen Laguna-Jungen, wie wunderbar! Und wie schön er ist!«

»Mama, ich will einfach nur schlafen.«

»Waschen Sie ihn, während ich Ihre Tochter nähe«, bat Antonino Montero sie.

Wie einst Margarita, wusch Olvido das Neugeborene in der Waschschüssel mit den blauen Arabesken. Sie dachte an Esteban, an den Wirbel im Nacken, an seine Regenwetteraugen, an sein von den Erinnerungen stets feuchtes Grab.

Sie küsste den Kleinen auf die Lippen, die dieser genüsslich leckte, und wickelte ihn in ein Handtuch. Dann legte sie ihn Margarita in den Schoß und ging zu dem Zimmer, in dem Pierre Lesac mit seinem unversehrten Inspirationskreis lag und schlief. Dabei übersah sie die weißen Handschuhe, die hinter der Badezimmertür auf genau diesen Moment lauerten, und auch, dass sie das Binsengerippe umschlossen hielten. Das Sonnenlicht stürzte über die Balkone ins Haus. Die Handschuhe verließen ihr Versteck und bahnten sich ihren Weg über den Flur. Olvido klopfte an Pierres Tür.

»Kann ich eintreten? Bist du wach?«

Die Handschuhe fanden die verhasste Enkelin auf dem Bett ausgestreckt liegen.

»Pierre, du hast einen wunderschönen Sohn.«

Der Franzose träumte noch. Er malte gerade ein Porträt auf die Hauptfassade von Notre-Dame, zwischen die gotischen Reliefs und Rosetten.

»Pierre«, sie streichelte seine Schulter, so dass er die Augen aufschlug.

»Heute fange ich an, es zu malen. Der Kreis der Inspiration ist vollständig.«

»Dein Sohn ist auf die Welt gekommen.«

Pierre richtete sich im Bett auf, noch umflattert von den Traumbildern der gefürchteten Wasserspeier.

»Es ist ein Junge?«

»Ja, der erste männliche Laguna.«

»Willst du, dass er meinen Namen trägt?«

»Das muss Margarita entscheiden«, erwiderte sie und verließ rasch sein Zimmer.

»Olvido …«

Als er die Tür ins Schloss fallen hörte, bedrohten ihn wieder die grauenerregenden Wasserspeier, und er zog sich die Decke über den Kopf. Bevor er aufstehen konnte, musste er den Drang beherrschen, mit einem Buntstift draufloszukritzeln, auf Möbel, Tischdecken, Wände …

Der Morgen rückte im Garten der roten Villa vor. Olvido machte die Balkontüren weit auf, damit der Geruch der Geißblattstauden bis zum ersten männlichen Nachkommen der Familie hereinströmte. Aber die Sommerbrise trug einen Schwall Rosenduft herbei.

»Mama, Mama.«

Jemand hatte die Tür zu Clara Lagunas Schlafzimmer angelehnt, so dass Olvido vom Flur aus nur das halbe Gesicht und das halbe Nachthemd von Margarita sehen konnte, und auf dem Schlafzimmerboden den Griff der Binsenrute.

»Mama, Mama!«

Hastig lief sie zur Tochter. Sie spürte, wie ihr der Hass das Gesicht kühlte. Neben dem großen Eisenbett stand Manuela mit dem Baby auf dem Arm. Antonino Montero hielt sich mit schmerzverzerrtem Gesicht den Kopf.

»Was haben Sie?«

»Diese verrückte Alte ist hereingekommen und hat mit einer Rute auf mich losgeschlagen.«

»Tut mir leid. Sie ist meine Mutter. Sagen Sie ihr bitte, dass sie auf der Stelle meiner Tochter das Baby zurückgeben soll, wenn sie nicht will, dass ich sie mit der Rute windelweich prügle.«

»Mama, was sagst du denn da für schreckliche Sachen?« Margarita schien wieder bei Kräften zu sein. »Lass doch die Oma Santiago im Arm halten.«

»Die Oma? Santiago?«

»Ja, die Oma«, als sie das Wort aussprach, schwang eine seit Jahren fällige Genugtuung in ihrer Stimme, weil sie sich immer nach der Liebe ihrer Großmutter gesehnt hatte. »Die Oma hat mich gebeten, ihn Santiago zu nennen, wie den Apostel, und ich bin einverstanden.«

Auf Manuela Lagunas Antlitz schimmerten Tränen, kindliche Tränen. Olvido sah sie zum ersten Mal weinen.

»Margarita, sag deiner Mutter, dass der Fluch gebrochen ist«, Manuelas Stimme klang anders; die von Jugend an für sie kennzeichnende bittere Heiserkeit war daraus verschwunden; sie hörte sich an, als hätte ihr jemand eine Seele geborgt. »Ein Mann ist in die Laguna-Familie hineingeboren«, sie streichelte Santiagos Genitalien, »er ist der Retter für diese Frauensippe, die zu Liebeskummer und Sünde verdammt war«, bei diesen Worten bebte ihr Kinn und in ihrem Gesichtsausdruck lag die Liebe der ganzen Welt.

»Mama, weißt du, wenn der Fluch zerbrochen ist, dann bedeutet das, dass Pierre nicht sterben muss und dass ich ihn endlich ohne Gewissensbisse lieben darf.«

»Sterben bräuchte er ohnehin nicht, es würde genügen, wenn er dir das Herz bricht, wie es deiner Urgroßmutter Clara passiert ist«, erklärte ihr Olvido.

»Sag deiner Mutter, dass die Vergangenheit, zum Wohle dieses Kindes, sterben muss«, Manuela hatte einen Handschuh ausgezogen und liebkoste mit ihren welken, weichen Fingern die Haut des Neugeborenen.

»Redet endlich direkt miteinander. Ich bin es leid, die Vermittlerin zu spielen. Pierre! Pierre!« Sie hatte ihren Freund entdeckt, der im Türrahmen lehnte. »Komm, küss mich, Pierre, komm, schau dir unseren Sohn an.«

»Olvido, geht es dir gut?«

Die Stimme des Franzosen drang nicht bis zu ihr durch; die Worte ihrer Mutter – die Vergangenheit muss sterben, die Vergangenheit muss sterben – hämmerten in ihrem Herzen, das sie mit dem Kochen von Gartengemüse getröstet hatte. Sie spürte, wie Esteban sie im Eichenwald unter den brennenden Sternen küsste, spürte sein eisiges Gesicht in der Nacht, als der Mond starb. Sie sah das Taumeln des Fensters, die hundertjährigen Augen ihres Liebsten, das Adiós, den roten Brei auf dem Moos. Sie sah das traurige Grab des Mannes unter dem Birnbaum und roch ihre mit Schießpulver bedeckten Hände. Sie sah, wie sich Margaritas grauer Blick hinter dem Fenster des Zugabteils entfernte. Sie spürte die hungrigen Lippen des Anwalts. Sie roch den nach Medizin stinkenden Atem des gelblichen Heiratsanwärters … Viele Jahre lang hatte sie nur für diese Erinnerungen gelebt, und jetzt sollten sie sterben? Sie legte sich ans Fußende des Bettes und wandte den Blick einem unsichtbaren Fegefeuer zu.

»Mama, was hast du?«

Aber Olvido antwortete nicht, rollte sich auf den Lavendellaken zusammen und schlief ein.

Kapitel 14

Nach der Geburt ihres Urenkels warf sich Manuela Laguna eine Mantille über, in der Insektenpanzer steckten, und zog los, um den Dorfbewohnern – diesmal ohne zwischen arm und reich zu unterscheiden – die frohe Botschaft zu bringen, dass der Fluch über die Laguna-Frauen an jenem Morgen voll blühender Lilien seine Macht verloren hatte; endlich habe die Vorsehung dieser zu unehelichen Bastarden verdammten Sippe einen männlichen Spross geschenkt und dieser trüge obendrein den Namen des Apostels, der den Weg bis nach Spanien gefunden habe. Das ganze Dorf wurde eingeladen, sich selbst von dem wunderbaren Ereignis zu überzeugen.

Gegen Nachmittag trafen die ersten Besucher in der roten Villa ein, den Hass wie ein verrotztes Schnupftuch in den Taschen gefaltet. Manuela ließ sie ein paar Minuten in der Eingangsdiele warten – ihr schmerzte schon der Kiefer vom vielen Wiederkäuen ihres Glücks –, bevor sie die Neugierigen in das Zimmer führte, wo Santiago schlummerte. Da sie schon mal im Obergeschoss waren, zeigte sie ihnen auch gleich das Badezimmer. »Wie Sie sehen können, haben wir sogar eine Badewanne mit Löwenfüßen.«

Ein Raunen erhob sich, dann setzten sie ihren Weg zum Schlafzimmer fort.

»Stellen Sie sich bitte um die Wiege herum«, wies sie die Besucher an.

In aller Ruhe knüpfte sie Santiagos Windel auf und hob sein Geschlechtsteil mit einem kleinen Stäbchen in die Höhe, damit alle es sehen konnten. Das Baby schlief währenddessen ungestört weiter.

»Er hat viel zu runde Eier«, ließ sich eine männliche Stimme vernehmen.

»Weil es französische sind, Señor, sein Vater ist ein direkter Nachkomme von diesem Napoleon.«

Nachdem sie das Wunder des Laguna-Sprösslings begutachtet hatten, lud Manuela die Gäste zum Kaffee ein, aber niemand nahm an. Einige erklärten, sie hätten die Linsen auf dem Feuer stehen, andere, sie hätten Migräne. Allein in der Küche nahm die Alte einen Schluck Kaffee, und der alte Groll stieg wieder in ihr auf.

Der Sommer war sehr heiß. Manuela Laguna stand im ersten Morgengrauen auf, aß zum Frühstück ihr geschmortes Kalbsbries nach Bernardas Rezept und schlich dann zur Wiege ihres Urenkels, um ihn in den Garten zu entführen; dazu baute sie ihm zwischen ihrer Brust und dem Morgenmantel eine Höhle. Draußen führten ihre Schritte sie zum Rosengarten, dessen Pfade von haushohem, wie Lawinen abrutschendem Rankengestrüpp beherrscht wurden, so dass sie im Laufe der Jahre andere Verläufe und Biegungen genommen hatten, durcheinandergeraten waren und das Labyrinth in ein einziges, undurchschaubares Gewirr verwandelt hatten.

Außer Manuela war niemand in der Lage, bis zur Mitte des Rosengartens vorzudringen. Und niemand kannte sein Geheimnis: ein Grab mit Rosen überhäuft, die so schwarz waren wie die Zöpfe einer Toten. Über die von Lichtstrahlen wie Lanzen durchstoßenen Trampelpfade brachte sie ihren Urenkel zu jenem Grab. Dort holte sie den Jungen aus seiner Höhle, entblößte das männliche Glied, stieß einen von Herzen kommenden und nach Knoblauch riechenden Rülpser aus – als Lob auf ihre Liebe und das Kalbsbries – und bat mit ihrem Akzent des Nordens die galizische Prostituierte, sich doch diesen Knaben anzusehen, der ihre Familie erlösen würde.

Als sie einen Tausendfüßler entdeckte, der über den Boden huschte, schwollen ihre Lippen an vor Lust, und für Augenblicke war sie versucht, Santiago auf das Rosengrab abzulegen und das Insekt einzufangen, um es einer Schönheitskur zu unterziehen. Nein, entschied sie und leckte sich die sündigen Lippen, sie würde Santiago im Arm halten und im Eukalyptusgeruch wiegen, den das Grab verströmte.

Um den Rosengarten zu erreichen, musste Manuela durch den Gemüsegarten hinter der Küche; Olvido, die dort das Frühstück zubereitete, entdeckte die gebückte Silhouette ihrer Mutter. Sie sah die Alte die Gemüsebeete überqueren und achtlos auf die Pflanzen trampeln, während sie sich nach allen Seiten umsah, weil sie sogar dem Flügelschlag der Schmetterlinge misstraute; jemand könnte sie entdecken und den verborgenen Schatz von ihr einfordern. Olvido schlich durch die Hintertür in den Garten und folgte ihr in einiger Entfernung.

»Ich werde nicht zulassen, dass du dem Kind etwas zuleide tust. Diesmal werde ich unerbittlich sein, ich wäre sogar imstande dich umzubringen, Mutter. Obwohl offenbar ein Wunder geschehen ist und du ihn wirklich magst. Ich habe dich noch nie so glücklich gesehen, ich habe dich noch nie jemanden so berühren sehen wie ihn, niemals habe ich die leiseste Liebkosung von dir erfahren«, sie wischte sich mit den Fäusten die Tränen aus den Augen. »Aber ich habe trotzdem kein Vertrauen. Ich werde dich auf Schritt und Tritt beaufsichtigen, Mutter, immer. Nicht eine Sekunde werde ich dich mit meinem Enkel unbeobachtet lassen, und schon gar nicht an diesem verfluchten Ort, wo dein Hass Rosen speit, so groß wie Kalbsköpfe.«

Als Olvido den Rosengarten betrat, hatte sie bereits bemerkt, dass ihr jemand wie ein Jagdhund nachstellte, Pierre Lesac. Was sie jedoch nicht ahnte, war, dass hinter dem Franzosen nackt und verliebt ihre Tochter, Margarita Laguna, herlief.

Pierre hatte am Tag von Santiagos Geburt angefangen das zu malen, was er für sein Meisterwerk hielt. Er stellte eine Staffelei mit einer riesigen Leinwand auf die Veranda, um darauf das Gesicht und den Körper zu bannen, die ihm seinen Seelenfrieden geraubt hatten.

Nachdem er nächtelang davon geträumt hatte, sich mit seiner Muse in poetischem Genuss herumzuwälzen, erwachte er mit den blauen Lippen eines Ertrinkenden und einer Blase unter dem aufgebäumten Glied, aus der beim ersten Hahnenschrei eine Flüssigkeit wie Meeresschaum spritzte. Danach pilgerte er heimlich in die Küche. Ein Sturm aus Licht, in dem die Staubkörnchen tanzten, beschien sein Haar und zeichnete ihm den Weg auf die Tonfliesen.

Olvido, die seit der Ankunft ihrer Tochter auch morgens die Küche für sich beanspruchte, bemerkte die Schritte sowie die schwarzen Blicke des Franzosen.

»Guten Morgen, Pierre. Ich bringe dir das Frühstück gleich ins Esszimmer. Setz dich an den Tisch, ich bin sofort da.«

Doch er blieb reglos stehen und betrachtete sie. Seine Muse kochte Kaffee und röstete Brot; das volle Haar floss ihr über Schultern und Arme, ihr Hals pulsierte wie der Ozean, die Augen waren blicklos, der Morgenmantel klaffte unter der Julihitze.

»Du weißt, ich muss dich ansehen. Ein Künstler muss so viel Zeit wie möglich in der Nähe seines Modells verbringen, und du willst nicht für mich posieren; aber das ist egal, mein Werk wird genauso vollkommen werden, wie du es bist.«

Pierres Oberkörper war nackt, an seinen Hüften hing nachlässig eine mit Farbe bekleckste Hose, so dass sich der Ansatz seiner jugendlichen Schenkel zeigte, die Olvido an Estebans Beine erinnerten.

»Mach einfach weiter, ich schaue dich nur still an, ich will dich nicht stören.«

Er legte eine Hand an die Lippen, dann nahm er sie wieder weg. »Versprochen.«

Sie mied den Anblick seiner gebräunten Haut, die langen, kräftigen Finger, die glatten Handflächen. Aber sie scheute sich nicht, ihm in die Augen zu schauen, denn sie waren nicht grau, sondern dunkel und melancholisch wie ein Requiem.

»Möchtest du außer Brot auch Hefeschnecken?«

»Nein.«

»Dann geh und setz dich.«

»Das geht nicht.«

»Schläft meine Tochter noch?«

»Weiß nicht.«

»Geh jetzt.«

Doch statt ihrem Wunsch zu folgen, trat er noch näher an sie heran und beobachtete jedes Detail ihrer in Erinnerungen schwelgenden Miene. Seine zum Pinsel gewordene Zunge bedeckte ihm den Gaumen mit Skizzen, während er dachte: Heute Nachmittag setze ich noch etwas Zinnober in die Halskuhle und einen Tupfer Granatrot ans Ende des rechten Wangenknochens.

Keiner von beiden ahnte, dass Margarita hinter der Tür stand und sie belauschte. Im Gesicht der jungen Frau spiegelte sich ihre Schlaflosigkeit, die Lider waren geschwollen und unter den Augen lagen zwei schlammbraune Furchen. Sie war nach der Entbindung in dem Zimmer mit dem großen Bett wohnen geblieben, wo einst Clara Laguna die orientalische Exotik des Kamasutra praktiziert hatte, um sich an ihrem andalusischen Geliebten zu rächen.

Margarita machte es nichts aus, das Baby nachts alle drei Stunden an die Brust zu nehmen, und ebenso wenig störte es sie, dass sie, wenn sie endlich eingeschlafen war, vom Lachen einer Frau mit gelben Augen geweckt wurde, und auch nicht, dass in dem Zimmer ein Geruch nach Wein hing, der vor über einem Jahrhundert dort getrunken worden war, oder dass die Wände stöhnten und Triumphschreie ausstießen. Das Einzige, was ihr ernsthaft zusetzte, war die Abwesenheit eines nach Kathedrale duftenden Franzosen. Aber Pierre Lesac gab vor, allein sein zu wollen, um sich auf sein Meisterwerk zu konzentrieren.

»Du liebst mich nicht mehr, du küsst mich nicht mehr wie früher«, beschwerte Margarita sich.

»Je t'aime, mon amour, je t'aime.«

»Seit unser Sohn auf der Welt ist, ekelst du dich vor mir, ja, das ist es ...«

»Ich arbeite an einem Meisterwerk, meine Liebste, das ist alles. Sobald ich damit fertig bin, schlafe ich wieder bei dir.«

Pierres Haut dünstete einen feinen Kerzengeruch aus.

»Du lügst, denn du riechst nach Kirche.«

»Unsinn … ich rieche nach Farbe, nach blauer Ölfarbe, so rein wie die Augen deiner Mutter.«

»Meine Mutter, meine Mutter, ich habe euch alle beide satt, dich und sie … dazu dieses Haus … und dein blödes Meisterwerk! Ich will wieder nach Paris und mit dir schlafen … Pierre, hörst du mir überhaupt zu?«

Aber der Franzose hatte nur Augen für das Gemälde seiner Muse.

»Pierre …«, die Überbleibsel eines Nachmittags eroberten die Veranda, »ich liebe dich, ich werde dich immer lieben, bis ich sterbe, ich würde für dich sterben, Pierre …«

»Soll ich noch ein wenig Rosa in die Furche zwischen den Lippen legen? Nein, so ist es gut. Merci, mon amour, du hilfst mir sehr mit dem Meisterwerk.«

»Ich hasse dich! Hörst du mich, Pierre? Ich hasse dich!«

Auch an jenem Morgen hatte Margarita Laguna wieder ungeduldig darauf gewartet, dass ihr Freund sich aus dem Bett erhob. Als Santiago zu weinen anfing, flüsterte sie ein im Nonnenkloster erlerntes Gebet und wiegte den Kleinen dabei in den Armen. Sobald sie Pierres Schritte aus dem Gästezimmer kommen hörte, legte sie ihren Sohn in die Wiege und trat auf den Flur hinaus, um hinter ihm herzugehen.

Sein Haar ist ganz zerzaust, weil er noch eine Nacht ohne mich verbracht hat, dachte Margarita. Seine Augen sind von Träumen verschleiert, in denen ich nicht mehr vorkomme, klagte sie. Seine glatte Brust sieht so köstlich aus wie die gebratenen Eier meines amerikanischen Frühstücks in Paris, sie fuhr sich mit der Zunge über die Lippen, und seine Unterhose ist voller feuchter Sprenkel. Wen er wohl mit diesen verräterischen Ergüssen begehrt, fragte sie sich und schlug mit der Faust an die Wand.

Durch die Fenster sickerte die Erinnerung an die Geißblattstauden. Für Sekunden dachte sie daran zurück, wie glücklich sie war, als sie dort gelegen, sich in der Sonne gebräunt und gemalt hatte. Dann folgte sie Pierre in die Küche, wo sie ihn und ihre Mutter belauschte, bis Manuelas gebeugte Gestalt den Gemüsegarten durchquerte, sich Olvido an ihre Fersen heftete und Pierre an die seiner Muse. Margarita folgte ihnen und hinterließ auf dem Küchenfußboden ein paar Milchtropfen, während ihr Busen argwöhnisch auf und nieder ging.

Manuela unterbrach hin und wieder ihr Zwiegespräch mit der galizischen Prostituierten, weil sie meinte, hinter den Dornen Geflüster zu hören. Dann horchte sie auf, den Urenkel im Arm, setzte die Unterhaltung aber nach wenigen Minuten in der Überzeugung fort, das Geräusch sei nur das Knistern der Julihitze auf dem Rosenlaub gewesen. Indessen rissen die stacheligen Stängel die Haut derer auf, die ihr heimlich nachgeschlichen waren, und zeichneten lauter scharlachrote Kratzer darauf.

Bevor sie den Rückweg zum Haus antrat, machte Manuela das Kreuzzeichen über der Stätte und stieß dabei eine laute Warnung gegen die galizische Prostituierte aus. »Du kommst hier nicht heraus. Ich habe dich fortgeschickt, aber du bist gestorben, also wirst du es auch bleiben. Und lass dir ja nicht einfallen, mir mit deinem modrigen Eukalyptus näher zu kommen als bis zur letzten Rose. Ich muss jetzt über den Ruf meines Urenkels wachen. Ja, ich habe die Kastanie eingehen lassen, an der du dich erhängt hast, drei Flaschen Waschlauge habe ich ihr ins offene Maul geschüttet. Mir ist klar, dass du das weißt, aber ich erzähle es dir trotzdem, dann weißt du auch, dass ich dich im Auge behalte.«

Zum Mittagessen versammelten sie sich um die köstlichen Gerichte, die Olvido für alle kochte, und entdeckten die eigenen Kratzwunden auch an den anderen, aber ein undurchdringliches Schweigen hatte sich zwischen ihnen breitgemacht.

Die Nachmittage vergingen ruhiger. Manuela Laguna setzte sich an den Kamin und machte Handarbeiten, während sie die Geschichten der galizischen Prostituierten aus ihrem Gedächtnis hervorholte. Demnächst würde Santiago in den Genuss dieser Erzählungen kommen.

Olvido las meistens in ihrem Zimmer Gedichtbände; die Ausgabe von Johannes vom Kreuz, die ihrem Geliebten gehört hatte, legte sie sich bisweilen wie einen Grabstein auf die Brust und stellte sich vor, dass ihr Körper von feuchter Erde umgeben war. Anschließend schloss sie sich in die Küche ein. In keiner anderen Phase ihres Lebens kochte sie so vielseitig und so kreativ wie damals. Mittags und abends kam ein reichhaltiges Menü auf den Tisch: Kürbiscremesuppe, Lauchsoufflé mit Kochschinken, Hühnermousse mit Zwiebeln, gefülltes Brathähnchen mit Gänseleber und Pinienkernen, Rohkostsalate mit Rosinen, gedünstete Seezunge mit Gewürzbutter, Cremespeisen wie Bayrische Creme mit Trüffeln oder in Honig getränkte Zimtpfannkuchen … eine geradezu biblische Schöpfungskraft hatte von Olvido Besitz ergriffen.

Zum Abendessen versammelten sie sich wieder alle um den Tisch.

»Fantastisch, Olvido, dein Essen ist einfach fantastisch«, Pierre leckte sich den Schnurrbart, »ein Bankett ist das, wie für eine große Hochzeit.«

»Also ich finde, dass du nicht mehr so gut kochst wie früher, Mama. Es ist zwar viel, aber die Qualität lässt zu wünschen übrig. Außerdem ist das Huhn versalzen«, Margarita spuckte den Bissen auf ihren Teller, »und das Brot ist zu hart geworden. Du hast dich darauf verlegt, französische Rezepte zu kochen, und die gelingen dir einfach nicht, sie schmecken überhaupt nicht so, wie wir in Paris zu essen gewohnt sind, nicht wahr, Pierre?«

»Du bist wirklich grausam, mon amour. Hör nicht darauf, Olvido, deine französische Küche ist exzellent wie alles, was du …«

»Nein, Pierre, meine Tochter hat recht, ich habe keine Ahnung von der französischen Küche, da kann ich mich bemühen, wie ich will, und es stimmt auch, dass zu viel Salz am Huhn ist.«

»Mama, wieso lässt du eigentlich nicht die Oma kochen?«

Manuela Laguna hob die Zähne aus einem Hähnchenschenkel.

Seit Santiago auf der Welt war, nahm sie ihre Mahlzeiten nicht mehr allein in der Küche ein, obwohl es Olvido immer noch Überwindung kostete, sie in Margaritas Nähe zu wissen. Eines hatte die Geburt des Laguna-Jungen allerdings nicht bewirken können: dass das Schweigen zwischen den beiden gebrochen wurde. Keine war bereit es aufzugeben, keine wollte diejenige sein, die es als Erste mit ihrer Zunge aus der Welt schaffte.

»Ich würde euch gebratenes Kalbsbries mit Paprika und Knoblauch kochen und Bregen mit Reis, dass ihr euch die Finger danach leckt«, sagte sie und verzerrte den Mund zu einem holpernden Lachen.

Olvido sah, dass ihre Mutter im Oberkiefer nur noch drei Zähne hatte, die allerdings imstande schienen, einen Ochsen zu zerlegen.

»Aber eins sollte euch klar sein, Saukram, wie den französischen hier, kann ich euch nicht kochen. Wenn die Köchin, die mich wie ein Kalb großgezogen hat, dieses … wie heißt das … Klusché? … gesehen hätte.«

»Soufflé, Oma, Soufflé«, lächelte Margarita.

»Na ja, also dieses Flusché, wenn sie so was auf dem Esstisch gesehen hätte, dann hätte sie dem Pferd eine Tracht Prügel verabreicht, weil es hingemacht hat, wo es nicht hinmachen darf.«

Margarita brach in schallendes Gelächter aus.

Mitte August erhob sich ein gewaltiger Gewittersturm. Erst wollte es nicht dunkel werden. Nach zehn Uhr abends stand die Sonne noch taghell am Himmel, und in ihrem Licht aßen die Dorfbewohner zu Abend. Die meisten bekamen allerdings kaum etwas herunter, weil sie mit leeren Gabeln zum Fenster hinausstarrten, das Brot auf dem Tisch zerbröselten oder verstohlen auf die Uhr schauten. Die zahnlosen Greise trösteten sich mit dem Wiederkäuen der eigenen Zunge. Vielleicht hatte die Natur eine Pause eingelegt.

Dann sackte die Sonne mit einem Mal ohne die kleinste Vorwarnung am Horizont hinter die Pinien, und viele Tiere flohen erschrocken in den nahen Eichenwald. Der Himmel war pechschwarz. Lustlos tauchte, des Wartens auf seinen Aufgang überdrüssig, ein halber Mond auf.

Die Stunden vergingen, gewaltige Wolken türmten sich am Himmel zusammen. Die Dorfbewohner waren inzwischen zu Bett gegangen. Ein, zwei Blitze zuckten, Sterne gab es nicht. Da erhellte wieder ein Blitz den Himmel und schlug im Rosengarten der roten Villa ein, und bald roch der ganze Garten nach verbranntem Planeten. Der Halbmond verkroch sich hinter einer Wolke und nahm seinen in jener Nacht ohnehin schwachen Hof gleich mit. Die Brise, die um diese Jahreszeit das Dorf ab nachmittags durchwehte, geriet ins Stocken und räumte einer Stille das Feld, die so vollkommen war, dass sie den Bewohnern den Schlaf raubte. Aber niemand machte Licht. Die Leute lagen reglos hinter den finsteren Fassaden, die Augen weit geöffnet, der Nacken kalt, der Körper fest ins Laken gewickelt, eingesperrt in ein Gefängnis, das zunehmend feuchter wurde. Ein weiterer Blitz schlug strahlend im Pinienwald ein, und unmittelbar darauf setzte der Regen ein. Eine wahre Sintflut stürzte vom Himmel herab und bedeckte Häuser, Gärten und Berge. Stundenlang war das laute Geprassel des Regens das einzige Geräusch in der Nacht. Niemand wagte es aufzustehen, die Hände eisig vom Schweiß, die Augen unverwandt zum Fenster oder Balkon gerichtet. Jenes Unwetter war ein zäher Tod und drosch auf alles ein.

Margarita Laguna glaubte, das Fenster ihrer Großmutter Clara würde jeden Augenblick in Scherben gehen, die sich ihr dann ins Gesicht gruben, und sie sah sich blutüberströmt unter dem von der Tragödie bespritzten Purpurhimmel liegen. Sie spürte Pierre Lesacs enormes Verlangen, das Verlangen seiner schwarzen Augen, seines nach Kirche riechenden Fleisches, aber sie schluckte es stillschweigend hinunter. Santiago drückte den Schnuller zwischen den Fingern.

Im Erdgeschoss der roten Villa roch es nach feuchtem Kalk. An der aufgeweichten Wand von Manuela Lagunas Zimmer rann breitflächig der Regen herab. Die Alte hatte Mühe zu atmen und hielt diese Bedrängnis für den lieben Gott. Mit steifen Handschuhen auf dem Laken betete sie und hoffte, wenn sie sich nicht rührte, würde das Unglück an ihr vorüberziehen. Ein blauer Blitz flammte auf, dann krachte ein Donner. Die Mondhälfte verdunstete über bestellten Feldern und den Wipfeln der Pinien.

Olvido lag bäuchlings auf ihrer Matratze und litt unter den juckenden Narben, die die Kindheit auf ihrem Rücken hinterlassen hatte. Sie biss ins Kopfkissen. Den Garten vor ihrem Fenster konnte sie nicht mehr sehen, nur das Antlitz der Sintflut.

An einer Stelle stürzte das Kirchendach auf den Altar. Einen Moment lang war die polternde Stimme der Trümmer zu vernehmen, dann schluckte das Wasser sie, und der Regen gewann wieder bis zum letzten Winkel des Dorfes die Oberhand. So wie es nicht hatte Nacht werden wollen, wurde es auch nicht wieder Tag. Die Wetterfahne auf der roten Villa, ein steifer Hahn auf einem Bein, spielte verrückt und zeigte erst nach Norden und dann nach Süden. Es ging ein eisiger Wind.

Pierre Lesac lag mit verknäulten Laken im Bett eingerollt und lauschte den Wassermassen, die aus der Regenrinne vom Dach fielen, und versuchte, sich sein ungeschütztes Meisterwerk auf der Veranda vorzustellen. Er wollte aus dem Bett springen und es vor dem Gewitter in Sicherheit bringen, aber er war gefangen in seinen kindlichen Ängsten vor den Wasserspeiern von Notre-Dame und nicht imstande, sich zu bewegen. Die Schlünde und die Füße mit den gegliederten Zehen und den messerartigen Krallen tauchten vor ihm auf. Sie könnten ihm den Kopf abreißen und das Herz auffressen.

Unwillkürlich dachte er an seine Mutter, an die finstere Kathedrale und das Wort Sünde, das sie ihm so oft wiederholt hatte; an die Hosen des Stiefbruders, den Toast mit Pflaumenmarmelade, zu dem der Bankier ihn an dem Tag nötigte, als seine Mutter von zu Hause ausriss. Ihm war danach, sich zu übergeben, aber er blieb reglos liegen, und der aufgestoßene Mageninhalt blieb ihm in der Speiseröhre stecken. Für den Rest der Nacht hatte ihn der Gewitter spuckende Wasserspeier fest in seiner steinernen Hand.

Kurz vor Morgengrauen endete die Sintflut so, wie sie gekommen war: auf einen Schlag. Es war kalt für August. Auf der ertrunkenen Wiese waren hier und da Reifränder zu sehen. Der junge Kerl, der die Stelle des »Tolón« übernommen hatte, läutete die Kirchenglocken, und die Sakristei hallte unter Pater Rafaels besorgten Schritten wider. Draußen roch es nach Wasserleichen. Die Sonne zeigte sich nur zögernd. Die Landstraße vom Dorf in die Stadt sowie die gewundenen Wege zwischen den Pinien und im Eichenwald waren völlig überschwemmt. Auch auf den krummen Pfaden des Rosengartens war das Wasser zu Bächen angeschwollen, auf denen Tausende von Rosenblättern in Gelb, Weiß, Rot, Blau, Schwarz schwammen wie ein bunter Friedhof.

Wie alle Tage stand Manuela als Erste auf. An jenem Morgen ließ sie das Frühstück ausfallen und lief hinaus zum Rosengarten. Das Wasser reichte ihr bis zur Wade und beim Gehen versank sie im Schlamm. Hunderte von Grillenleichen schwammen in den Fluten, einige fischte sie heraus und betrachtete sie auf der Fläche ihres Handschuhs. Sie waren steif, hatten die Beinchen angewinkelt und dicht an die toten Panzer gezogen. Nach einer Weile warf sie sie ins Wassergrab zurück und schaute zum Himmel. Die Sonne wärmte noch nicht, sie kämpfte gegen die Wolken, kämpfte darum, mit ihren Strahlen die Oberhand zu gewinnen.

Als Manuela den überschwemmten Rosengarten erreichte, ging sie auf einem der Wege in die Knie. Die Sintflut hatte die Rosenstöcke herausgerissen, ihre Körper waren aufgeschwemmt. Der Leichnam eines Tausendfüßlers blieb an ihr hängen. Sie zerdrückte das Tier, und es fiel auseinander. Nachdem sie sich bekreuzigt hatte, setzte sie ihren Weg zur Mitte fort. Der Anblick der in tote Gebeine verwandelten Rosenstöcke war ihr kaum erträglich, und sie fürchtete, den abtreibenden Überresten der galizischen Prostituierten zu begegnen, die durch irgendeinen Abfluss flutschen und für immer aus ihrem Leben verschwinden könnten.

Manuela wollte unbedingt das Eukalyptusgrab erreichen. Aber sie verlief sich im Labyrinth, nahm den verkehrten Weg, einen

Weg, in den sie sonst nie einbog, einen verbotenen Weg, dessen Geheimnis nur sie allein kannte. Sie suchte verzweifelt nach dem Leichnam eines Tausendfüßlers. Es trieben so viele tote Grillen und Zikaden unter der Sonne, als wären die Kanäle des Rosengartens Nebenflüsse des Ganges. Aber keiner jener Körper besaß die bernsteinfarbene Kälte, nach der ihr ganzes Sein lechzte. Sie beschloss, einen Finger mit den Überresten des Tausendfüßlers zu beschmieren, den sie kurz zuvor zerdrückt hatte, und lutschte ihn ab. Stets hatte sie peinlich darauf geachtet, dass niemand sie bei diesem kannibalischen Tun ertappte, denn sie schämte sich dafür, dass sie die von ihr herausgeputzten Tausendfüßler manchmal verzehrte, weil sie einen Quittengeschmack in ihrem Mund hinterließen.

Sie war dem Weinen nahe, als sich vor ihren Augen das Kreuz erhob, das sie beim Alteisenhändler für das Grab ihrer Mutter erstanden hatte. Sie hatte die Mutter auf diesem unzugänglichen Pfad begraben, um Clara Laguna für alle Zeiten in jenen Erdhaufen zu verbannen. Sie wollte nicht, dass jemand das Grab besuchte und die Knochen der Prostituierten mit dem Gewicht einer Erinnerung belud.

Sie fiel auf die Knie, nun stieg ihr das Wasser bis zur Taille. Die Sonne beschien das Grab, und ein Strahl traf wie ein anklagender Finger die Buchstaben auf einem Arm des Kreuzes. Manuela wurde übel. Sie hatte nie gewollt, dass der Name »Clara Laguna« auf dem Grab stand. Denn die galizische Prostituierte hatte ihr erzählt, dass Verstorbene, die ohne Namen beigesetzt würden, nicht wagten, ihr Grab zu verlassen, aus Angst, dass ihr Geist nicht mehr den Weg zurückfände und für alle Zeiten ruhelos umherirren würde. Zwischen den Rostflecken war jedoch auf dem Eisenkreuz eine ungelenke Schrift zu erkennen. Jemand hatte den Namen ihrer Mutter dorthin gekrakelt. Sie konnte zwar nicht lesen und schreiben, aber diese beiden Worte, die sie in der Kanzlei des Anwalts auf vielen Schriftstücken gesehen hatte, erkannte sie eindeutig. Es waren zwei Worte, die in ihrem Gedächtnis überlebt hatten: CLARA LAGUNA.

Wie ein Felsbrocken hockte Manuela im Schlamm. Ein Felsbrocken, umspült von gewundenen Bachläufen voller Rosenblätter. Der Geist ihrer Mutter konnte also durch den Garten streifen, durch das Dorf, durch den Eichenwald und anschließend in sein mit Namen versehenes Grab zurückkehren.

Die Feuchtigkeit der Sintflut begünstigte die Plage der Zwergveilchen, die sich seit Juli in der roten Villa breitmachten. So streckte die kleinwüchsige Staude ihre Köpfchen aus den Ecken von Matratzen, aus der Kalkwand in Manuelas Schlafzimmer und wuchs am Treppengeländer, auf dem Meeresbild in Olvidos Zimmer, auf dem Teppich im Salon, auf dem Purpurhimmel, auf der Matratze von Santiagos Wiege … und die alte Villa roch von oben bis unten nach zartem Wildwuchs.

Pierre Lesac stand schlecht gelaunt auf. Er fühlte sich, als wäre er in seinem Kinderbettchen im Haus des Bankiers aufgewacht. Und wenn ich jetzt in die Küche hinuntergehe und dort von Pflaumenmarmelade triefende Toastbrote vorfinde? Er umklammerte einen blauen Buntstift mit den Fingern der rechten Hand und versuchte, dem Drang zu widerstehen, die Wände anzumalen, die Sofas, die Tischdecken … Pierre Lesac hatte das dringende Bedürfnis, alles vollzumalen. Und als wäre das nicht schlimm genug, entdeckte er in der buschigsten Region seiner Männlichkeit ein kleines sprießendes Veilchen. Er schloss sich im Badezimmer ein. Mehr als fünfzehn Minuten vergingen.

Als der Franzose die Tür wieder öffnete, war der Stift aus seiner Hand verschwunden und das Veilchen lag auf den Badezimmerfliesen. Allerdings nicht allein. Daneben lagen ein Büschel Schamhaare und drei dicke Lustspritzer. Die Gelegenheit nutzend, dass er ohne Juckreiz und ohne eiternde Blase aufgewacht war, hatte er masturbiert wie ein Mann, und die Wasserspeier waren aus seinem Leben verschwunden. Erst jetzt fühlte er sich in der Lage nachzusehen, was die Sintflut von seinem Gemälde übriggelassen hatte. Er streifte sich die Hose mit den Farbklecksen über und ging hinunter.

Aus der Veranda war eine vielfarbige Lagune geworden, darin schwamm sein Meisterwerk als Begräbnisbühne für Grillen und Zikaden. Pierre schob mehrere Insekten beiseite und erkannte die schwungvolle Linie von Olvidos Lippen, das Zinnoberrot war unversehrt. Die Augen seiner Muse rangen dafür in dem Sumpfgelände mit dem Tod, und der Franzose erbrach den aufgestoßenen Mageninhalt, der ihm seit der letzten Nacht in der Speiseröhre steckte. Die Sonne brannte ihm auf das schwarze Haar. Der August hatte begonnen.

Olvido, noch habe ich dich, dachte er, du Wahre, du Schöne. Olvido, noch kann ich dir beim Kochen zusehen, noch kann ich essen, was deine Finger und dein Mund zuerst berührt haben, noch kann ich dir durch die Windungen des Rosengartens folgen. Noch kann ich … Er verließ die Veranda und lief zum Schlafzimmer seiner Muse. Die Spuren seiner nackten Füße, an denen Farbreste und Matsch hingen, blieben viele Jahre auf den roten Tonfliesen in der Eingangsdiele.

Olvido, in diesen Namen wollte sich Pierre verwandeln, wollte, dass ihn dieser Name aufaß. Olvido. Das Schlafzimmerfenster seiner Muse war beim Unwetter aufgeflogen, und der feuchte Atem des Gartens strömte herein.

Pierre sah Olvido auf dem Bett liegen. Bäuchlings, das Laken auf Kniehöhe verknäult, nackt. Wie hypnotisiert von der Macht, die ihr Fleisch auf ihn ausübte, stand er da und betrachtete sie, aber nicht als Frau, sondern als ein umwerfendes, wellenförmiges Objekt. Ihr Gesäß bildete den Ausgangspunkt für eine olivfarbene Endlosigkeit.

Ein Vogelschwarm zog durch den Garten und flog sehr tief. Ihr Krächzen brachte die enge, von Olvidos Gesäß flankierte Schlucht sacht in Bewegung. Sie seufzte. Die schwarze Mähne umspielte ihr Gesicht und deutete zwischen verschlafenen Augen einen halboffenen Mund an. Doch dann entdeckte Pierre den Sklavinnenrücken, und die Tatsache, dass Olvido das Kissen wie einen Geliebten im Arm hielt und ihr Hals vom Schweiß ihrer Träume schimmerte, wurde völlig nebensächlich. Für ihn gab es nur noch die Narben, die wie Schlangen über ihren Rücken krochen.

Pierre befeuchtete seine Lippen mit der Zungenspitze und setzte sich auf die Bettkante. Er wollte die Narben berühren, küssen, sie mit der Zunge nachzeichnen. Er streckte den Arm aus und folgte mit der Hand der scharlachroten Kontur einer Narbe. Olvidos Körper gab ein Murmeln von sich. Plötzlich waren ihre Schenkel weit geöffnet, und ihre Taille folgte dem Wellengang eines unsichtbaren Meeres. Pierres Berührung ruhte verliebt auf ihr. Hoffentlich war jene Narbe ihr Herz gewesen.

Ein Poltern war zu hören, und Pierre glaubte, das Unwetter kehre zurück. Die Augustsonne, die das Schlafzimmer noch vor wenigen Minuten durchflutet hatte, verschluckte die eigenen Strahlen und hätte sie am liebsten durch schwächere, bleichere Winterstrahlen ersetzt. Ein welkes Blatt kam durch das Fenster geweht. Es war mit dem Wind gereist, der kein Vergessen kannte. Pierre hinterließ auf einer anderen Narbe einen Kuss. Der Mond verließ sein Bett und tauchte hinter einer Wolke auf. Ein kleiner Mond, farblos wie ein Gespenst. Jemand stieß die Tür auf, die Pierre beim Hereinkommen nur angelehnt hatte. Der Körper seiner Muse hatte ihn augenblicklich in Bann geschlagen, so dass ihm die Kraft gefehlt hatte, sie nachträglich zu schließen. Was war schon eine Türklinke gegen die Explosion jener Gesäßbacken, fragte er sich, als er Jahre später im Schatten von Notre-Dame kauerte.

Das offene, rotblonde Haar auf die Schultern gebettet, der Blick wie ein Gewitter, die Milchbrüste auseinandergerissen, ertappte Margarita Laguna Pierre, als er gerade eine Narbe ihrer Mutter ableckte, deren Form ihr wie eine Schaum spritzende Welle erschien. Sie sah, wie sich seine Zunge auf der Narbe vorwärtsschob und wie sich die Nacktheit ihrer Mutter in Pierres Gesicht spiegelte, als dieser zusammenfuhr, den Kopf von der deformieren Köstlichkeit hob und der Mutter seines Kindes furchtlos ins Gesicht sah.

Margarita wusste, dass sie ihn töten würde. Sie spie ihm einen französischen Fluch ins Gesicht, dann trat sie ans Bett. Olvido wachte auf und rief den Namen der Tochter. Auf dem Rücken bemerkte sie eine feuchte, klebrige Spur, und neben ihr saß Pierre Lesac mit glänzenden Lippen. Ihr wurde kalt. In Olvidos Herz hielt der Winter Einzug, ihre Beine fühlten sich an wie Eis. Margarita gab Pierre eine Ohrfeige.

»Das ist Kunst, meine Liebe, nur Kunst«, erwiderte der Franzose mit Grabesaugen.

Ein Wachsduft durchzog das Zimmer. Margaritas Nasenflügel blähten sich wie Segel auf hoher See. Und sie wusste, dass er log. Dass er ihre Mutter liebte, dass er sie begehrte.

»Seit wann? Seit wann?«, schrie sie und hämmerte dabei mit den Fäusten an seine Brust.

»Seit ich ihr Foto gesehen habe, sie ist der Traum eines jeden Malers«, gestand Pierre und sein Blick suchte die blauen Augen seiner Muse. Er hatte noch den Geschmack ihrer Narbe auf der Zunge.

Margarita ließ von ihm ab. Sie ging auf die Knie. Die Milch floss ihr in einem Schwall aus einer Brust und hinterließ mehrere große Flecken auf dem Teppich. Olvido erinnerte sich, dass sie nachts von Piratenschiffen geträumt hatte. Sie stand auf, bedeckte sich mit einem Laken und legte den Arm um die Tochter, die sich steif und eiskalt anfühlte.

»Es ist nichts passiert«, flüsterte sie in ihr Haar, »heute könnten wir zur Geißblattwiese gehen und uns sonnen.«

Margarita stieß sie weg, sie hatte auf dem Schreibtisch einen Brieföffner entdeckt. Mit einem raschen Handgriff hatte sie ihn und suchte damit Pierres Herz, aber die Spitze traf Pierres Hand. Das Blut tropfte auf den Teppich.

»Genug, Kind, genug!«

Sie versuchte, ihr den Brieföffner abzunehmen. Margarita schlug der Mutter mit dem Griff an die Stirn. Olvido hob die Hand zur Wunde und fühlte, wie damals in jener eiskalten Nacht, das Rinnsal ihres Blutes.

»Genug, Kind, genug!«, wiederholte sie.

Aber Margarita rang am Rande des geöffneten Fensters mit Pierre.

Olvido wollte zu ihnen, sie vor der Leere schützen, die einst ihren Liebsten verschluckt hatte, doch sie kam zu spät. Margarita hatte ihm einen Stoß versetzt, und er stürzte aus dem Fenster.

»Schau nicht hinaus«, bat Olvido sie, »du wirst den Anblick nie mehr vergessen können, er wird dich bis in deine Träume verfolgen.«

Man hörte ein gespenstisches Wolfsgeheul, dann sprang Margarita hinter dem Geliebten her in den Garten der roten Villa.

Das Zimmer füllte sich mit Stille und der Bitterkeit der Tragödie. Olvido schlug die Hände vors Gesicht, da strich ihr jemand übers Haar. Es war eine feste Hand, und sie brachte den süßen Geruch des Efeus von der Hausfassade herein. Olvido hob den Kopf, um ihrer Todessehnsucht ins Auge zu sehen, sich ihr anzuvertrauen, doch sie erblickte die Gestalt eines Mannes, lang wie eine Turmspitze. Es war Pierre Lesac, der im letzten Moment am Rankgitter aus Holz Halt gefunden hatte und wieder zum Schlafzimmer hinaufgeklettert war. Olvido sah aus dem Fenster.

»Nein«, sagte Pierre, »nicht sie.«

Margarita Laguna lag auf dem Mahnmal ihres Vaters, sie hatte sich an einem Stein im Garten den Schädel eingeschlagen.

Kapitel 15

Olvido Laguna ging mit schnellen, kummervollen Schritten den schlammigen Weg durch den Pinienwald zum Dorf. Sie trug Trauer, dicke schwarze Strümpfe, ein am Hals mit einer Sicherheitsnadel aus ihrem Nähzeug fest verschlossenes Kleid, das Haar mit einem Kopftuch bedeckt. Es war Sonntagmorgen und die Eichhörnchen, die die Sintflut überlebt hatten, saßen schläfrig auf den Zweigen der Pinien. Immer noch hing der Geruch nach Regen in der Luft. Zahllose tote Ameisen und Heuschrecken schwammen in den Pfützen. Olvido trat achtlos darauf. Dann und wann wandte sie sich mit beruhigendem Gemurmel an Santiago. Sie trug ihn im Arm, wo er eine Brust suchte. Der Knabe vermisste die Wärme und den Duft des mütterlichen Körpers und dessen Herzschlag.

Manuela Laguna wollte zunächst aus Margaritas toten Brüsten eine letzte milchige Ausbeute pressen, aber dann wagte sie es doch nicht, aus Angst, Olvido könnte sie dabei entdecken und ihr vorwerfen, den Leichnam ihrer Tochter zu schänden; aus Angst, dass ihre Knochen anschließend nach Lavendel stanken; aus Angst, ihren Urenkel zu verlieren.

Am Horizont erschienen die Dächer der ersten Häuser des Dorfes und der Kirchturm. Olvido beschleunigte ihre Schritte, der Säugling weinte. Sie wusste, was das Kind brauchte, knöpfte ihr Kleid auf und entblößte eine Brust. Als sie diese dem Enkel hinhielt, hörte sie den Schrei einer Riesenelster genau wie bei Pierre Lesacs Ankunft. Sie spürte Santiagos Mund gierig an ihrer Brust nuckeln und schloss die Augen. Es war Margarita, die sie auf dem

Schoß wiegte. Es war ihre Tochter, die an ihren Erinnerungen saugte, und in ihrem Bauch breitete sich ein verloren geglaubtes Glück aus. Ein heißer Wind fuhr durch die Wipfel der Pinien. Santiago hatte zu weinen aufgehört. Die Brust seiner Großmutter spendete zwar keine Milch, aber sie besaß den Geschmack, der seine Geburt in Gang gebracht hatte.

Nachdem sie ihr Trauerkleid wieder zugeknöpft hatte, ging Olvido weiter. Im Dorf stach ihr der Geruch nach feuchtem Gips in die Nase, nach aufgeweichten Möbeln und Anziehsachen. Niemand röstete weiches Brot auf dem Herd. Niemand zog saubere Kleider an und wusch sich mit duftenden Seifen. Die Kirchturmglocken schlugen neun Uhr. Es war das Unglück, das an ihren Strängen zog, nicht der junge Mann, der inzwischen ebenfalls »Tolón« genannt wurde und den Rausch der Sintflut ausschlief. An jenem Sonntag würde keine Messe gehalten werden, denn der Christus vom Altar lag halbtot unter einem morschen Dachbalken. Die Kirche war ein Haufen vor Nässe triefender Altardecken, Kerzen und Schutt. Pater Rafael klagte in der Sakristei über das Ende seiner Lautsprecheranlage. Wer an diesem Morgen die Kommunion empfangen wollte, musste ins Nachbardorf gehen, dessen Gotteshaus den Fluten vom Himmel standgehalten hatte.

Olvido ging eine Gasse hinunter und erreichte den Dorfplatz. Er war menschenleer. Nur das Plätschern aus den Brunnenrohren war zu hören. Sie ließ das Rathaus liegen und lief weiter zu dem Viertel mit den ärmeren Behausungen. Eine alte Frau schöpfte Wasser aus einem Eingangsflur. Als Olvido Lagunas Trauerkleidung der ihren begegnete, ließ die Alte augenblicklich den Eimer stehen und lief die Straße hinauf, um den Tratschweibern zu erzählen, dass eine der bösen Frauen ihre Scham und ihre Schönheit in die Farbe des Todes gehüllt hatte.

Olvido erreichte einen verschmutzten Vorbau. Die Petunien in den Töpfen davor fielen in der Mitte auseinander. Sie klopfte an die Tür.

»Herein«, forderte sie eine traurige Stimme auf.

Das Zimmer war von Stille erfüllt und stank nach Winter, obwohl sich schon der August des Dorfes und seiner Umgebung bemächtigte. Es war nur spärlich möbliert, zwei Korbstühle, ein Sofa mit fadenscheinigem Bezug und ein Kohleofen. Beherrscht wurde der Raum von einem Tisch mit Wachstuch, auf dem sich ein Berg aus Socken und Strümpfen türmte. Dahinter war der kahle Kopf einer alten Frau zu erkennen, auf deren Nasenspitze eine Brille mit dicken Gläsern klemmte. Sie machte keine Anstalten aufzusehen, wer da zu Besuch kam. Gleichgültig fuhr sie mit ihrer Stopfarbeit fort, denn seit etlichen Jahren bestand ihr Leben nur noch aus einer Reihe perfekter Stiche. Auch in dieses Zimmer war das Wasser eingedrungen und weichte die Füße der Alten bis zu den Knöcheln ein.

»Legen Sie die Strümpfe auf den Tisch und kommen Sie übermorgen oder, wenn Sie möchten, schon morgen wieder. Heute arbeite ich bis zum Nachmittag, obwohl Sonntag ist, weil keine Messe stattfindet.«

»Ich bringe nichts zum Stopfen. Ich komme, um über ein Grab zu sprechen.«

Die Alte nahm die Brille von den weitsichtigen Augen und erkannte unter dem schmucklosen Kopftuch Olvido Laguna; die blauen Augen, die Schönheit, die ihren Sohn mitten in seiner Jugend das Leben gekostet hatte, lebten im Gesicht jener Besucherin fort. Sie wollte ihr auf der Stelle befehlen, ihr bescheidenes Heim zu verlassen, das sie nach der Ermordung ihres Gatten hatte beziehen müssen, aber dann weckte Olvidos Trauerkleidung ihre Neugier.

»Wer braucht ein Grab?«, fragte sie.

»Ihre Enkelin.«

»Ich habe nie eine Enkelin gehabt, Sie müssen sich irren«, erwiderte die Stimme mit unüberhörbarer Grausamkeit.

»Sie hieß Margarita Laguna und hatte die gleichen grauen Augen wir Ihr Sohn, das wissen Sie.«

Die Greisin saugte an ihren Lippen.

»Was haben Sie da im Arm?«

»Ihren Urenkel, er heißt Santiago, Santiago Laguna.«

»Das weiß ich, Manuela ist gekommen und hat es im ganzen Dorf herumposaunt, als hätte der Thronfolger das Licht der Welt erblickt. Aber wir sind nicht daran interessiert, zu Ihrer Familie zu gehören, selbst wenn Sie Geld haben«, als sie das sagte, bebten ihr Hände und Lippen, aber die Stimme war ein einziger Stachel. »Das ganze Dorf weiß doch, wo das herkommt.«

»Möchten Sie ihn sehen?« Olvido löste den Knaben von ihrem Busen.

Ein kindliches Seufzen war zu vernehmen.

»Kommen Sie näher, ich will ihn lieber selber halten, um festzustellen, ob es wirklich stimmt, dass Ihre Frauensippe einen Jungen hervorgebracht hat. Ohne ihn anzufassen, kann man mir viel erzählen.«

Sie nahm Santiago in die Arme, der räkelte sich schläfrig. Das Herz der Alten spürte das anschmiegsame Gewicht der weichen Knochen, die Wärme des Neugeborenen, die Liebkosung des Puders.

»Ich bin nur gekommen, um Sie zu bitten, meine Tochter in Estebans Grab beerdigen zu dürfen. Zur letzten Ruhe sollte sie neben ihrem Vater liegen.«

»Nicht im Traum«, gab eine fremde, raue Stimme zurück.

Olvido drehte sich um, es war die Stimme von Estebans älterer Schwester. Sie war stark gealtert, seit ihre magere Gestalt auf dem Friedhof am offenen Grab den mütterlichen Kummer gestützt hatte.

»Sie werden Ihren Bastard nicht neben meinen Bruder legen«, ungeachtet des Wassers, das den Boden bedeckte, durchquerte sie das Zimmer, »und ich will Ihnen noch etwas sagen: Wenn ich noch einmal mitbekomme, dass Sie die Nacht auf Estebans Grab verbringen und wie eine Kannibalin die Blumen essen, dann werde ich dafür sorgen, dass Sie ins Irrenhaus oder ins Gefängnis gesperrt werden.«

»Ich kann Sie auch gerne auf Knien darum bitten, wenn es das ist, was Sie wollen«, sagte Olvido unbeirrt.

»Nehmen Sie Ihre Trauer und Ihren neuen Bastard, und verschwinden Sie aus meinem Haus.«

»Kind ...«, der alten Frau glühten die Wangen.

»Mutter, geben Sie ihr das Baby zurück. Es gehört nicht zu uns.«

Olvido nahm Santiago aus den altersschwachen Armen in Empfang.

»Lassen Sie mich mal sehen«, die Tochter ergriff das Gesichtchen des Neugeborenen mit einer von Nadelstichen und Frostbeulen zerschundenen Hand. »Wenn nicht das Alter wäre, das Sie inzwischen haben müssen, dann würde ich schwören, dass es Ihr eigenes ist«, sagte sie verächtlich. »Er hat Ihre diabolischen Augen geerbt.«

Obwohl Sonntag war, hatte der Anwalt den Maskenbildner eines Bestatters aus der Provinzhauptstadt davon überzeugen können, zur roten Villa zu kommen und Margarita Lagunas entstelltes Gesicht zu richten. Sie hatten die Tote im Esszimmer aufgebahrt, in einem weißen Sarg mit einem blutüberströmten Kruzifix auf dem Deckel.

»Besorgen Sie mir ein Grab, wo sie so nah wie möglich bei Esteban liegt, Sie wissen schon, wen ich meine«, bat Olvido den Anwalt. »Dann wird sich meine Tochter nicht so einsam fühlen. Ganz gleich, was es kostet.«

Manuela nickte, als er sich nach ihrer Zustimmung umsah.

»Seien Sie unbesorgt, sie wird genau dort beerdigt, wo Sie es wünschen«, gab er zurück und bedauerte insgeheim das Kopftuch, die Sicherheitsnadel am Hals und die dicken Strümpfe der Frau, die er nach wie vor begehrte.

Olvido nahm neben dem Sarg Platz und wachte darüber, wie der Mann aus der Stadt mit Pinseln und Farbtuben die Wahrheit von Margaritas Tod aus deren Gesicht verschwinden ließ. Hinter ihr stand Pierre Lesac und fertigte mit der Zungenspitze Skizzen an. Von niemandem bemerkt, hatte er einen Dolch auf den Sarg gezeichnet.

Als der Abend kam und der Anwalt und der Maskenbildner die rote Villa verließen, schloss sich Olvido in ihr Zimmer ein und mauerte mit ein paar Backsteinen das Fenster zu, aus dem erst ihr Geliebter und dann ihre Tochter gefallen waren. Jenes Zimmer mit dem Meeresbild an der Wand sollte nie wieder von der Sonne beschienen werden, ebenso wenig wie der Abdruck der auf dem darunterliegenden Moos verstorbenen Menschen, die sie am liebsten gehabt hatte, je wieder würde zu ihr dringen können. Sie ließ nur einen kleinen Schlitz zwischen zwei Backsteinen frei, durch den der unheilvolle Raum künftig mit Frischluft versorgt würde. Das Zimmer würde für immer im Dämmerlicht bleiben.

Sie mussten noch drei Tage warten, ehe Margarita bestattet werden konnte. Der Friedhof war überschwemmt, Grabsteine und Gebeine bewegten sich nachtwandlerisch im Schlamm. Außerdem war die Erde aufgeweicht und bot frisch Verstorbenen keinen Halt.

Olvido fand auf dem Dachboden einen alten Wedel vom Palmsonntag und begann, wie eine Sklavin im alten Ägypten, dem Leichnam Luft zuzufächeln, denn die Augusthitze beschleunigte die Verwesung der jungen Frau. An die Anwesenheit des Todes gewöhnt, arbeitete Manuela Laguna unbekümmert weiter vor dem Kamin an ihrer Stickerei, aber Pierre Lesac wanderte rastlos durch das Haus, eine Wäscheklammer auf der Nase und in der Hand einen blauen Stift. Manchmal stand er auch in einer schattigen Ecke und murmelte Gebete auf Französisch, oder er stopfte sich in der Küche mit süßen Pfirsichen voll, damit die Fäulnis seiner Freundin sich nicht für alle Zeiten auf seinem Gaumen festsetzte.

Am Abend des dritten Tages floh er vor ihrem Gestank und seinen Gewissensbissen hinunter in den Garten. Er bereute, Margarita betrogen zu haben, aber noch mehr schmerzte ihn, dass seine Muse ihn seitdem mit Nichtachtung strafte. Mehrfach hatte er versucht, ihre Hand zu ergreifen oder ihr die Wange zu küssen und ihr dabei seine Reue und seine Liebesschwüre ins Ohr zu wispern. Doch sie entzog sich jedem Hautkontakt, seinem Atem, seinen Worten. Nun lag er wie ein Schiffbrüchiger auf der feuchten Veranda und sah Olvido barfuß herbeikommen.

»Geh«, forderte sie ihn auf, »fahr nach Frankreich zurück.«

»Und l'amour?«

»Die einzige Frau, die dich geliebt hat, liegt in einer Kiste.«

»Vielleicht mit der Zeit …«, er spürte in seiner rechten Hand wieder das Verlangen nach einem Stift.

»Selbst wenn tausend Jahre vergingen, ich würde bei jeder Berührung von dir meine tote Tochter sehen. Geh! Ich werde Santiago zu mir nehmen.«

Über Stunden hallten französische Schluchzer durch den Garten, doch bei Sonnenaufgang waren von Pierre Lesac in der roten Villa keine anderen Spuren mehr verblieben als ein Stift auf den Tonfliesen – wie ein schutzloses Kind.

Als der Abend aufzog und es etwas kühler wurde, begruben sie Margarita Laguna. Sie lag nackt im Sarg, umgeben von den Blüten des Geißblatts. Aus Furcht vor dem Dorf kamen weder Pater Rafael noch der Anwalt und kein einziger Dorfbewohner; nur der Totengräber war da, in Gummistiefeln und mit seinen letzten drei Zähnen, die Schaufel für Schaufel auf einer Kugel Tabak herumkauten. Als der letzte Spatenhieb den Sarg bedeckt hatte, spürte Olvido eine ungekannte Wärme auf der Schulter. Sie wandte sich um und entdeckte einen Baumwollhandschuh auf ihrem Trauerkleid. Er war blütenrein, nicht der kleinste Spritzer Hahnenblut war darauf zu sehen. Sie hielt einen Moment die Luft an, um dann die Bedeutung dieser mütterlichen Geste voll auszukosten.

Von da an erlebte die rote Villa eine Zeit des Friedens. Olvido und Manuela verbrachten die Nachmittage zusammen auf der Veranda. Sie kauften sich Sessel und einen Tisch und verbrannten, was nach der Überschwemmung von den alten Möbeln übrig geblieben war, auch Pierre Lesacs Zeichnungen. Manuela machte

Handarbeiten, während Olvido sich ihren Gedichten widmete oder Santiago beaufsichtigte.

»Der Herbst scheint schon anzubrechen«, sagte Manuela eines Tages, nachdem sie über zwanzig Jahre kein Wort an die Tochter gerichtet hatte, »er wird kühler werden als im letzten Jahr.«

»Wir müssen mehr Holz hacken«, erwiderte Olvido und setzte ihre Lektüre von Johannes vom Kreuz fort, als läse sie ihn zum ersten Mal.

Santiago Laguna hatte von seiner Mutter die Leidenschaft geerbt, sich in die Blumenwiese zu legen, von seinem Vater die Manie, mit seinen Buntstiften alles vollzumalen, was ihm in die Quere kam – mit vier Jahren schenkten sie ihm einen blauen Stift mit französischem Aufdruck –, von Olvido die atemberaubende Schönheit, von Esteban die Liebe zur Dichtung und von seiner Urgroßmutter Manuela die Lust am Geschichtenerzählen und am Tod.

Er lernte sehr früh zu kochen, denn er genoss es, sich mit Olvido in die Küche einzuschließen, und half ihr, die Rezepte zuzubereiten, die sie im Laufe vieler, langer Jahre voller Wehmut erdacht hatte. Durch sie entdeckte Santiago die Liebe zum Blubbern des kochenden Wassers, das wie ein Fluss bei Tauwetter gluckerte, die Liebe zum Duft der Bucheckern und zur Farbe der Kohlenasche, in der sie Kastanien rösteten, und die wie die Augen seines Großvaters und seiner Mutter war. Olvido lehrte ihn auch, dass gut trainierte Brustwarzen die besten Chefköche der Welt sein können, und dass ihr ältestes Familienrezept Zimtschnecken waren, getunkt in frisch gebrühten Kaffee.

Am Ende jener Tage voller Liebe und Spiele setzte sich Santiago in die Emaillebadewanne mit den Löwenfüßen, und seine Großmutter schrubbte ihm das Mehl und die Pflanzensäfte vom Rücken. Manchmal stieg Olvido mit hinein. Dann streckte Santiago die Füßchen aus und ließ sie langsam über ihre Haut trippeln, um sie zu kitzeln.

Zusammen mit Manuela aßen sie im Esszimmer zu Abend und

ließen sich schmecken, was sie gemeinsam gekocht hatten. Manuela hatte das Kochen inzwischen aufgegeben; denn neben ihrer Arthritis hatte sie nun auch Parkinson in den Händen und war außerstande, auch nur einen Topf zu halten, ohne seinen Inhalt zu verschütten, oder eine Kartoffel zu schälen, ohne sich in die Finger zu schneiden. Manuelas Krankheiten führten zu einer unverhofften Langlebigkeit im Hahnengehege und dazu, dass der Schlachtmief aus allen Winkeln der Küche verschwand. Und, weil sie auch kaum noch selbständig essen konnte, schob ihr der kleine Santiago mit der Geduld eines Heiligen das Essen in den Mund.

Nach dem Abendessen versammelte sich die Familie dann vor dem Kaminfeuer und lauschte den Geschichten, die Manuela aus ihrem intakten Gedächtnis hervorkramte:

»In einem anderen Land erzählte man sich, dass vor vielen Jahrhunderten ein Geisterschiff an den Küsten des Nordens entlangsegelte, es versetzte Matrosen und Schiffskapitäne in Angst und Schrecken. Damals bedeckte ein kalter Nebel, dick wie das Haar vieler Toten, Himmel und Meer, und man konnte nichts erkennen, ja man wusste nicht einmal, ob man bei Tag oder Nacht unterwegs war. Nur wenige wagten es, jene Meere zu befahren, aber wer es doch tat und mit dem Leben davonkam, erzählte, mitten im Nebel seien vor ihnen plötzlich die abscheulichen Umrisse einer Galeone mit Sirenenkanonen erschienen. Vor ihr teilte sich die Gischt mit einer Verbeugung und es herrschte ein tiefes Schweigen. Alle wussten, was jetzt passieren würde, und hielten sich vergeblich die Ohren zu, um die schreckliche Drohung nicht zu hören. Ein Gespenst berührte die feuerrote Schiffsglocke, die am Hauptmast hing, und nannte dabei den Namen eines Matrosen. Der Kapitän hatte keine andere Wahl, als dem Gespenst jenen armen Mann auszuliefern, so sehr dieser auch weinte und mit den Zähnen klapperte, wenn ihm nicht auch das gleiche Schicksal widerfahren sollte. Denn jenes Geisterschiff nahm Kurs auf die Hölle, sobald es den Frachtraum mit Opfern vollgeladen hatte«, Manuela grinste und bleckte dabei die Zähne. »Eines Tages oder eines Nachts, das konnte man nie so recht unterscheiden, kam ein Junge mit Stiefeln, die mit Eisen beschlagen waren wie Eselshufe, an die Küste im Norden. Er trug die Liste seiner Heldentaten und Siege in verschiedenen Meeren auf die Zunge tätowiert. Um diesen eine weitere hinzuzufügen, beschimpfte er sie alle als Feiglinge und prahlte, er werde die Schiffsleute gegen drei Fässer voll Gold von der Bedrohung jenes Geisterschiffs befreien. Man braucht doch nur die rote Glocke herunterzuholen, behauptete er. Wenn sie das nächste Mal läutet, so fuhr er fort, und den Namen eines Pechvogels verkündet, dann werde ich an dessen Stelle hingehen und sie an mich bringen. Und das tat er. Es war tatsächlich nicht schwer, die rote Glocke herunterzuholen, aber kaum hatte er sie in der Hand, da verwandelte sich der junge Mann vor den erschrockenen Augen der ganzen Mannschaft in eine schöne Galeone und trat an die Stelle des Geisterschiffs. Sein Hals streckte sich so lang, bis er zum Hauptmast wurde, und daran hing die rote Glocke wie an einem Schaf. Man erzählte sich, dass sich mit einem Mal der Nebel hob und der zum Schiff gewordene junge Mann den Horizont ansteuerte, seine Zunge flatterte dabei wie eine Fahne im Wind. Erst hundert Jahre später wurde er wieder gesehen. Seither erzittern die Matrosen, wenn sie in den Sturmnächten das Scharren von Eselshufen hören, weil sie wissen, dass auch er die Glocke läuten muss und einem von ihnen die Seele rauben wird.«

Als er sechs Jahre alt war, sollte das Dorf den ersten männlichen Spross der verfluchten Frauen kennen und akzeptieren lernen. Damit begann Santiago Lagunas gesellschaftliches Leben. Sonntags ging er mit zur Kirche und saß neben Manuela in der ersten Bank, während Olvido seit ihrer Kindheit in der letzten Reihe sitzen geblieben war. Es waren einige Jahre vergangen, seit dem von einem Dachbalken zertrümmerten Christus der Rücken wieder gerichtet worden war und er eindrücklicher denn je über dem Hauptaltar prangte. Eine goldene Plakette auf dem Sockel erinnerte noch an die katastrophale Sintflut und die schweren Beschädigungen, die sie der Kirche zugefügt hatte.

Auch die dank Manuela Lagunas großzügigen Spenden außerhalb vom Dorf neu errichtete Schule besuchte Santiago nach seiner Einführung in die Gesellschaft regelmäßig. Es war ein Backsteinbau mit Schieferdach, auf dem sich nun keine Katze mehr paarte, wenn ihr das Mondlicht in den Magen fuhr, und auch kein Unkräutchen mehr gedieh.

An seinem ersten Schultag begleitete ihn seine Großmutter. Gemeinsam durchquerten sie am Morgen den Pinienwald; sie hatte ihm ein Paar Stiefeletten gekauft, einen Ranzen aus Segeltuch und ein weißes Hemd mit einer gestreiften Kinderkrawatte. Der Junge trug weder eine gehäkelte Nylonmütze auf dem Kopf, noch musste er seine Augen hinter einem schwarzen Pony verbergen. Allerdings zählte ihm seine Großmutter auf dem Weg alles auf, was er in der Schule nicht tun durfte. Unter anderem verbot sie ihm, sich auf dem Schulhof nackt auszuziehen, selbst wenn die Kleidung juckte, sie ermahnte ihn, weder die Pulte anzumalen noch Wände oder Stühle mit Filzstiften zu bekritzeln und sich nicht mit seinen Klassenkameraden zu prügeln, wenn die ihn beschimpften.

Olvido sah ihn erwartungsvoll durch das Schultor gehen. Sie trat jedoch nicht sofort den Rückweg zur roten Villa an, sondern wartete, bis die Mütter der anderen Kinder zu ihren häuslichen Pflichten aufgebrochen waren, um einen verstohlenen Blick durch das Fenster zu werfen und festzustellen, ob er genauso empfangen wurde wie sie damals.

Santiago hatte sich in die zweite Bankreihe gesetzt, neben den kleinen Sohn des Obstverkäufers, und war gerade dabei, ihm ein Eichhörnchen auf die Hand zu zeichnen. Ich hätte ihm sagen sollen, dass er auch seine Mitschüler nicht anmalen darf, dachte Olvido. Als er mit dem Eichhörnchen fertig war, streckte ihm das Mädchen, das vor ihm Platz genommen hatte, kokett den Arm hin, weil sie auch eins wollte. Es war die Enkelin des Apothekers.

In der Pause, als Santiago die Zimtschnecken essen wollte, die er mit seiner Großmutter gebacken hatte, wurde er von mehreren Mädchen aus seiner Klasse umringt. Er malte Hunde, Hühner,

Katzen, und als er mit Olvido zur roten Villa zurückging, tanzte ein Lächeln auf seinen Lippen.

»War dein erster Schultag schön?«

»Ja, meine Klassenkameraden sind sehr nett, vor allem die Mädchen.«

»Und die Jungen?«

»Einer hat mich zornig angesehen und gesagt, ich würde aussehen wie ein Mädchen.«

»Und hast du dich mit ihm geprügelt?«

»Dazu kam ich gar nicht, Großmutter, die ganzen Mädchen haben mich verteidigt. Sie haben gesagt, er wäre ja nur neidisch, weil er so hässlich ist.«

»Morgen fragst du ihn, ob er dein Freund sein will.«

»Auf keinen Fall. Da muss er schon kommen.«

Nachmittags setzte sich die Familie Laguna auf die Sofas in die Veranda. Santiago füllte die Linien seines Schulhefts mit Vokalen, während Olvido Kartoffeln schälte und Manuela über seine Schreibkünste wachte. »Mach die Buchstaben alle schön gerade, mein Sohn. Du musst Klassenbester werden. Und dann gehst du zur Universität und wirst Ingenieur oder Arzt, das Achtbarste, was es gibt. Du bist der Messias unserer Familie, das darfst du nie vergessen. Deine Geburt stand unter göttlichen Vorzeichen.«

Im nächsten Jahr wurde das Dorf von einem Winter heimgesucht, der einfach zu lange dauerte. So lag der Pinienwald noch Ende März unter einer dicken Schneedecke. Die Wipfel der Pinien bildeten weiße Dächer, und die Buchen sahen im morgendlichen Nebel aus wie Gespenster aus Eis. Auch das duftende Baumharz lag noch im Geäst im Winterschlaf und träumte von der ersten lauen Frühlingsluft. Bei dieser Witterung war Santiagos Schulweg nicht begehbar, und der Junge musste zu Hause bleiben. An einem dieser Tage kehrte Olvido abends mit glühenden Wangen aus dem Stall zurück, denn der Apfelschimmel lag im Sterben.

»Ich will versuchen, ob ich es zum Haus des Tierarztes schaffe, das ist nur einen Kilometer entfernt. Vielleicht kann der noch etwas tun.«

»Lass das Pferd doch sterben, es taugt ja nichts mehr«, bemerkte Manuela, die am Kamin saß und döste.

»Wenn doch wenigstens das Telefon ginge, aber dieser Schnee bringt alles zum Erliegen.«

Sogar Clara Lagunas Margeriten waren zum ersten Mal auf dem Steinplattenweg erfroren.

»Geh nur, wenn du drauf bestehst, Kind. Ich passe auf unseren kleinen Schatz auf.«

Olvido warf sich einen Umhang über die Schultern und machte sich auf den Weg zum Pinienwald. Aber sie merkte schon bald, dass sie das Haus des Tierarztes nie erreichen würde. Ein eiskalter Wind blies ihr ins Gesicht und machte es fast unmöglich, einen Schritt vor den anderen zu setzen. Wenn es mit dem Pferd schlimmer wird, dann erschieße ich es mit dem Jagdgewehr, damit es nicht so lange leiden muss, dachte sie und kehrte wieder um. Der Schnee klebte an ihren Lippen, sie fröstelte.

Bei ihrer Ankunft lag die Eingangsdiele mit den roten Tonfliesen im Halbdunkel, einem Halbdunkel, in dem ein süßlicher Geruch hing, der Olvido an ihre Kindheit erinnerte. Die Türen des Wäscheschranks standen offen und die Lavendelsäckchen lagen unordentlich darin verstreut.

»Mutter, Mutter!«

Umgeben vom Schein des Kaminfeuers erschien Manuela Laguna im Flur. Sie sah ihre Tochter an und versuchte ein Lächeln. In einem der Handschuhe entdeckte Olvido die Binsenrute.

»Du hast bei diesem Hundewetter das Haus des Tierarztes nicht erreichen können, nicht wahr, mein Kind?«

»Hast du ihn geschlagen, Mutter? Hast du gewagt, ihn zu schlagen?«

Nachdem es mehrere Jahre mit Bettwäsche, Tischdecken und Handtüchern eingesperrt gewesen war, strahlte das Binsengerippe in der Klaue seiner Herrin förmlich vor Glück.

»Mir ist nichts anderes übriggeblieben, er hat die Buchstaben krumm und schief geschrieben, und er weiß doch, dass er sich für die Schule anstrengen muss, um unser Erlöser zu sein«, erwiderte die Alte und grinste, wobei sie ihre gelben Zähne entblößte.

»Wo ist er?«

»Er ist hochgegangen in sein Zimmer, um die schiefen Buchstaben richtig zu schreiben. Keine Sorge, mein Kind, er wird das schon noch lernen.«

Santiago bewohnte das Gästezimmer, in dem Pierre Lesac während seines Aufenthalts im Haus der Laguna-Frauen untergebracht gewesen war. Es war kleiner als das seiner Großmutter und natürlich auch als das prunkvolle Schlafzimmer seiner Ururgroßmutter Clara Laguna, dafür schien aber länger die Sonne bei ihm herein. Als Olvido eintrat, lag der Junge auf dem Bauch und war in sein Heft vertieft.

»Lass die Hausaufgaben jetzt, du hast für heute genug getan«, sagte sie und streichelte ihm über das Haar.

»Ich muss üben, damit die Urgroßmutter nicht wieder böse auf mich wird. Morgen ganz früh zeige ich ihr diese Seite hier, die ich gerade geschrieben habe, die Schrift ist kerzengerade.«

»Mach dir nichts aus der Schrift, es kommt nicht darauf an, ob sie gerade oder krumm ist.« Sie hatte ihn auf den Schoß genommen und wiegte ihn wie ein Baby.

»Der Urgroßmutter kommt es aber drauf an.«

»Um die Urgroßmutter werde ich mich kümmern, ich werde dafür sorgen, dass sie nicht mehr böse wird auf dich«, versprach sie und gab ihm einen Kuss auf die Stirn.

»Und haut sie mich dann auch nicht mehr?«

»Nie mehr, weil sie es nicht mehr kann. Versprochen.«

Der Schnee fiel in dicken Flocken von einem mondlosen Himmel. Olvido nahm Santiago mit in ihr Zimmer und versorgte seinen wunden Rücken. Der Wind rannte gegen die Backsteinmauer an, die das Fenster verschloss, und trug die Erinnerung an den Tod auf dem vereisten Moos herbei. Nachdem Olvido ihrem Enkel ein Märchen erzählt hatte und er in ihrem Bett eingeschlafen war, kämpften ihr Körper und ihr Gedächtnis gegen die Schlaflosigkeit. Mit weit geöffneten Augen lag sie da und wärmte ihre Seele am Atem ihres Enkelsohns.

Die Stunden voller Schatten vergingen, und im ersten Morgenschimmer glaubte sie, auf der Backsteinmauer ein Gesicht aus der Vergangenheit zu erkennen. Sie hatte es einmal in der Kirche gesehen; dunkelhaarig, stolz und mit grauen Augen, es war das Gesicht von Estebans Vater. Nach und nach breitete sich auch ein Essensgeruch im Zimmer aus, den sie sofort erkannte. Schweinekutteln mit Kräutern und Knoblauch, flüsterte sie, ein Rezept, das Manuela liebte, und auf ihrer Zunge breitete sich der kräftige Geschmack der mit Thymian, Rosmarin und Knoblauch gewürzten Innereien aus. Sie verhüllte Santiago, der immer noch auf ihrem Schoß schlief, um ihn vor jenem gespenstischen Schmortopf und dem Gesicht des Lehrers zu schützen, das vor der Backsteinmauer schwebte, bis es beim ersten Sonnenstrahl durch den Fensterschlitz verschwand.

Olvido fragte sich, weshalb ihr jener Mann wohl erschienen war, der ihr, wenn sie ihrer Mutter glauben wollte, nicht erlaubt hatte, zur Schule zu gehen, solange er dort Lehrer war.

Sie fragte sich ebenfalls, woher er das Rezept kannte, das er ihr mit seiner Erscheinung in Erinnerung zu rufen gedachte. Manuela hatte es oft gekocht, zum ersten Mal, als Esteban noch ein Junge war und gerade seinen Vater zu Grabe getragen hatte. Olvido erinnerte sich, dass Manuela ihn damals aufgefordert hatte, das Essen zu kosten, er hatte ein paar Löffel davon gegessen und war dann auf und davon.

Es hatte zu schneien aufgehört. Ein klarer heller Wintermorgen breitete sich über die rote Villa. Aber der Sturm, der schon nachts geweht hatte, fuhr fort, Margeriten und Rosen zu zerlegen.

Manuela schlug in ihrem Schlafzimmer mit den feuchten Kalkwänden die Augen auf. Gelenkiger als in den letzten Tagen, vielleicht gar seit Monaten oder Jahren, stieg sie aus dem Bett. Die

Handschuhe zitterten nicht mehr so arg. Zweifellos war es der erneuten Begegnung mit der Binsenrute zu verdanken, dass sich ihr Gesundheitszustand gebessert hatte. Sie zog ihren Morgenmantel an und ging in die Küche, um Olvido aufzufordern, ihr zum Frühstück Kalbsbries mit Knoblauch zu machen.

Als sie die Küche betrat, war die Tochter dabei, die Jagdflinte zu reinigen, die auf dem Dachboden wohnte. Im ersten Augenblick dachte sie, Olvido wolle auf sie zielen und ihr mit einem Schuss die Brust sprengen. Ihr wurde schwindelig, und sie fühlte sich, als stürzte sie ins Loch ihres eigenen Grabes.

»Ich habe gerade das Pferd erschossen«, die Stimme der Tochter klang rau.

»Ich habe gar keinen Schuss gehört.«

»Ich habe ihm den Lauf an den Kopf gesetzt und abgedrückt.«

»Der alte Klepper taugte ohnehin nichts mehr, besser, er ist tot.«

»Genau, da er nichts mehr taugte, ist es besser, er ist tot«, wiederholte Olvido, den dunklen Blick ihrer Mutter suchend.

»Ich will zum Frühstück Kalbsbries mit Knoblauch«, sagte diese und wehrte die blauen Augen mit einem Blinzeln ab.

»Wir haben kein Kalbsbries mehr, ich mache dir Röstbrot mit Olivenöl. Und zum Mittagessen ein paar Schweinekutteln mit Kräutern und Knoblauch, die magst du doch.«

Ein Windstoß öffnete das Küchenfenster und wirbelte einen Schwall schwarzer Blütenblätter herein und um Manuela herum.

»Das Wetter bringt mir noch die Rosen um«, brauste diese auf und drohte dem Wind mit den Fäusten. »Dieses Jahr haben Schnee und Sturm sie zum ersten Mal besiegt.«

»Der Winter ist lang und hart, viele werden darin umkommen.«

Olvido schloss das Fenster. Die Blütenblätter fielen zu Boden und lagerten sich um Manuelas Füße ab.

»Hör mal, haben wir denn frische Kutteln im Haus, die du mir heute Mittag kochen kannst?«

»Nein, aber der Bauernhof neben dem Tierarzt hat welche zu verkaufen. Und wenn ich den Arzt bei der Gelegenheit sehe, werde ich ihn bitten, herzukommen und die Pferdeleiche mitzunehmen.«

»Das ist eine sehr gute Idee«, die Alte rieb sich frohlockend die Handschuhe. »Komm recht bald wieder und koch mir dann die leckeren Kutteln, das Gericht ruft mir gute Zeiten in Erinnerung. Ach so, nimmst du unseren Kleinen mit?«

»Ja, ein Spaziergang in der Sonne wird ihm guttun.«

»Du verwöhnst ihn zu sehr. Gestern Nachmittag hatte er schon verstanden, dass in diesem Haus hart gearbeitet wird«, dabei klopfte sie mit den Fingerknöcheln auf den Holztisch, an dem sie früher ihre Hahnenschlachtungen zelebrierte.

Als Olvido und Santiago von ihrem Kuttelneinkauf zurückkehrten, war es fast Mittag. Beim Durchqueren der Eingangsdiele stach dem Jungen das Aroma der gestrigen Tracht Prügel in die Nase, das durch die geflochtenen Schranktüren sickerte.

»Mach dir keine Sorgen, ab heute ist es damit ein für alle Mal vorbei.«

»Womit ist es ein für alle Mal vorbei, Großmutter?«

»Mit dem Lavendel, mein Herz, mit dem Lavendel.«

Sie bereiteten das Mittagessen vor. Gemeinsam wuschen sie die Kutteln, hackten die Zwiebeln und füllten sie gemeinsam mit den frischen Kräuterstängeln und dem Knoblauch in einen großen Tontopf, den sie anschließend dem Herdfeuer überließen. Als das Schmorgericht fertig war, füllte Olvido drei Teller damit, machte aber einen voller als die beiden anderen und schloss sich damit in die Speisekammer ein. Santiago hörte Porzellan und Glas klirren. Seine Großmutter kramte in den Fläschchen, die sie ihm anzufassen verboten hatte. Fläschchen, die für die Arme eines kleinen Jungen ohnehin unerreichbar waren. Während er wartete, was nun geschehen würde, strich er liebevoll mit der Handfläche über den Schlachttisch der Hähne. Ihm gefielen die raue, unerbittliche Oberfläche und die Kerben, die die Messer im Holz hinterlassen hatten. Ein paar Wolken verdüsterten den Himmel, und Regen zog auf, als Olvido aus der Speisekammer zurückkam, eine ihrer Wangen war weiß gepudert und ihr Handgelenk zitterte. Santiago lief, ihr den Teller abzunehmen, damit die Sauce nicht verschütte-te, und wischte ihr mit einem Tuch die Wange ab.

»Ich hoffe, es schmeckt so, wie es riecht«, sagte Manuela, als der Junge mit dem dampfenden Teller im Esszimmer erschien.

»Ganz bestimmt, Urgroßmutter.«

Er setzte sich neben die Alte und zerkleinerte ihr lächelnd die Kutteln, tunkte sie in die Sauce und steckte sie ihr in den Mund. Nach dem Mittagessen erzählte Manuela ihm eine Geschichte, dabei sah er ihr in die Augen und wartete auf das Schweigen.

Mit zunehmender Dämmerung wurde der Regen aus schwarzen Blütenblättern dichter und klopfte an das Wohnzimmerfenster. Das Knistern des Holzes im Kamin verschluckte Manuela Lagunas Stimme. Ihre Hände hörten zu beben auf. Und von ihrem Geschlecht löste sich die Erinnerung an den toten Jugendlichen, als würde ihr in jenem allerletzten Augenblick alles verziehen. Sie zog einen Handschuh aus und streichelte die vom Warten gespannte Wange des Urenkels, bis ihr nach einem Eukalyptusseufzer die Stimme versagte. Nur noch das heisere Knistern des Feuers war im Zimmer zu vernehmen. Santiago dachte: Fertig. Ein Giftfaden, blau wie das Meer ihrer Geschichten, rann aus Manuela Lagunas Mundwinkel und über ihren Hals.

Tags drauf ging Olvido zur Polizeiwache und meldete, dass sie ihre Mutter tot aufgefunden habe. Um die Todesursache zu klären, musste eine Autopsie durchgeführt werden, und man stellte fest, dass sie an einer Überdosis ihrer schmerzstillenden Mittel verstorben war, die der Arzt ihr gegen die Arthritis verschrieben hatte.

In ihrem Magen wurden auch Spuren von Laudanum und Rosendünger gefunden. Aber im Dorf war keiner gewillt, den Fall weiter zu verfolgen. Daher stand im Polizeibericht, dass die Einnahme dieser Substanzen aus Versehen geschehen sei. Niemanden interessierte es, wer die alte Prostituierte auf dem Gewissen hatte, die seit einem halben Jahrhundert wie eine Markgräfin durch das

Dorf stolziert war. Niemanden kümmerte es, ob sich die Lagunas gegenseitig umbrachten. Außerdem hatte Manuela nach der Geburt ihres Urenkels testamentarisch verfügt, dass die Bürgermeisterei aus ihrem Nachlass eine bestimmte Summe erhalten sollte, um einen Sportplatz anzulegen, der nach ihrem Urenkel benannt werden sollte. Dies war der Hauptgrund, weshalb der Bürgermeister den Fall abschließen wollte – er wollte so bald wie möglich an den Nachlass heran. Das Einzige, was ihn interessierte, war die Höhe des Betrages, der seine Gemeindekasse füttern sollte, und die Frage, ob es sich verhindern ließ, dass der verfluchte Name ein öffentliches Gebäude schmückte.

Olvido richtete ihrer Mutter die Bestattung einer Königin aus. Sie bestellte eine Begräbniskutsche, die von zwei Rotfüchsen mit Federbüschen auf den Köpfen, Seidenquasten an den Sattelgurten und mit Silberfäden durchflochtenen Mähnen gezogen wurde. Der Mahagonisarg, in dem Manuela Lagunas sterbliche Überreste ruhten, wurde in dieser Kutsche durch die Straßen des Dorfes gefahren, ihm voran die örtliche Blaskapelle mit einem Requiem im Rhythmus von Trompeten und Saxophonen.

Als der Trauerzug vorüberkam, streckten die Hunde ihre Schnauzen aus den Hauseingängen, und die Alten stocherten mit ihren Stöcken in den Himmel. Auf dem Dorfplatz drehte der Zug mehrere Runden um den Brunnen mit den drei Rohren, während die Kirchenglocken der Toten gedachten. Dann erschien ein blonder Junge, der Sohn eines Stadtrats, auf dem Balkon des Rathauses und verlas eine Lobrede für die Neugierigen, die sich auf dem Platz versammelt hatten und nach der Bedeutung jener Worte fragten, welche der Engel mit eisiger Zunge zerhackte, so dass sie augenblicklich im Wind des frostigen Morgens zerfielen.

Um zwölf Uhr mittags begann der Trauerzug den Aufstieg zum Friedhofshügel. Pater Rafael, der ein Messgewand aus malvenfarbenem Brokat trug, kündigte sein Kommen wie immer mit donnernden Schritten an. Dann sprengte er ziemlich stumm mit einem silbernen Wedel Weihwasser über den Sarg. Auch zwei Messdiener waren dabei, der Bürgermeister, der Apotheker, der Anwalt und weitere illustre Persönlichkeiten. Olvido hatte sogar ein halbes Dutzend schwarz gekleideter Klageweiber aus den umliegenden Dörfern geholt, damit sie sich zeternd heiser schrien und an Manuelas Grab die Haare rauften, als hätte jemand sie gemocht.

Während der Mahagonisarg ins Loch hinabgelassen wurde und die Erde wie ein Hagelschauer darauf trommelte, machte ein Steinmetz Skizzen für den Bau eines Mausoleums aus rosa Marmor.

Als die Trauergesellschaft den Friedhof verlassen hatte, legte Olvido eine Handvoll Eukalyptusblätter auf das Grab. Am Horizont wartete ein weiterer Nachmittag voller Schnee.

Kapitel 16

Dank dessen, was Manuela Laguna ihren Urenkel immer wieder gelehrt hatte, wuchs Santiago in der Gewissheit auf, dass auf seiner Geburt der Heiligenschein des Erwählten lag. Als er eines Tages aus dem Katechismusunterricht von Pater Rafael nach Hause ging, wäre er um ein Haar in einer gestauten Stelle des Flusses, der den Pinienwald durchquerte, ertrunken. Überzeugt von seinen messianischen Fähigkeiten, hatte er Olvido nämlich vorführen wollen, wie er über das schwarze Wasser lief. Aber der Herbstwind fuhr durch das steife Eichenlaub, und das Kind sank ein, um mit den Armen um sich schlagend wieder ans Ufer zu rudern, von dem es sich zu seinem Glück nicht weiter als einen Meter entfernt hatte.

»Wenn du noch mal so einen verrückten Einfall hast, dann darfst du nicht mehr mit mir kochen«, warnte ihn die Großmutter, sobald er sich prustend auf dem Moos in Sicherheit befand. »Ein Laguna-Junge zu sein, ist etwas Besonderes, aber mehr auch nicht.«

Obwohl Olvido damals glaubte, ihr Enkel besitze keinerlei göttliche Eigenschaften, keimte mit den Jahren in ihr doch der Verdacht eines Wunders. Santiago war nämlich genau mit den Fähigkeiten ausgestattet, die der Familie schließlich die Türen zum gesellschaftlichen Leben öffnen würden. Dazu kam seine Freundschaft zu Pater Rafael seit dem zarten Alter von zwei Jahren, die ihm zu erfüllen half, was zunächst seine Bestimmung zu sein schien.

Der Pfarrer mochte den Jungen mit den blauen Augen, der nie zusammenschrak, wenn die Erde bebte und die Bäume schwankten, weil er mit schwerem Schritt daherkam. Die anderen Kinder des Dorfes fingen zu weinen an und liefen sich hinter ihren Müttern verstecken, solche Angst flößte ihnen der rotblonde Riese ein. Santiago dagegen schenkte ihm ein Lächeln und zupfte an seiner Soutane, dabei brabbelte er unverständliche Worte, damit sich der Pfarrer, für einige Augenblicke ausgesöhnt mit seinem lärmenden Körper, zu ihm herunterbeugte und ihm mit einer Hand, die das kleine Gesichtchen vollständig bedeckte, den Kopf tätschelte.

Als Santiago acht Jahre alt war, hörte Pater Rafael ihn zufällig singen und entdeckte seine Engelsstimme. Ohne einen Gedanken an einen Fluch zu verschwenden, der sich ja unmöglich auf eine begnadete Kehle wie diese beziehen konnte, zog er ihm eine weiße Tunika über den Kopf und ließ ihn auf einem Podium im Altarraum das »Gloria« und das »Ave Maria« singen.

Am ersten Sonntag bekreuzigten sich die alten Frauen in den schwarzen Schultertüchern, kaum dass sie den Jungen sahen, dem die Schönheit der Großmutter ins Gesicht gemalt war, und rutschten unruhig in den Kirchenbänken hin und her, als würden sie von Ameisen gebissen, während ihnen die Feindseligkeit schleimig die Kehlen hochkroch. Aber die himmlische Melodie, die der Junge anstimmte, ließ die Erinnerung an die Schande verblassen, und nach mehreren Messen waren sie derart gerührt von seinem Gesang, dass einige ihn beim Ausgang der Kirche sogar anlächelten, andere klopften ihm auf die Schulter und beglückwünschten ihn. Die einzige Frau, die sich nicht in Santiagos Stimme verliebte, war seine Großtante, Estebans Schwester. Sie knetete in der Kirchenbank die von Frostbeulen und Druckstellen geschundenen Hände, dabei flüsterte sie Gotteslästerungen in ihren Schal und spie ihm ihren Hass entgegen.

In der Karwoche stimmte der Junge die österlichen Klagegesänge an, und sein Gesicht verzerrte sich vor Schmerz und Hingabe an das Leid dieser Lieder. Pater Rafael standen die Tränen in den alten Augen und der Gemeinde stellten sich die Nackenhaare auf und gruben sich in die Übergangskleidung aus Leinen oder Wolle.

Nach dem Ende der Messe umarmte der Pfarrer den Jungen stürmisch in der Sakristei; dabei spürte Santiago eine Beklemmung in der Brust, die ihm den Atem nahm.

»Wo hast du nur diese Begabung her? Du bist doch durch und durch kastilisch, du Lausbub«, sagte der Pater und zauste ihm das Haar.

»Ich weiß es nicht, Pater.«

Niemand im Dorf erinnerte sich mehr daran, dass Santiago der Nachfahre jenes andalusischen Jägers war, der einst Claras Herz mit einer Kehle voller Liebeslieder und Klagegesängen erobert hatte.

Aber Santiagos künstlerische Begabung bezog sich nicht nur auf den Gesang. Als der Junge im Katechismusunterricht mit lauter Stimme das Gleichnis der Zwietracht aus dem Matthäusevangelium vorlas, bemerkte Pater Rafael seine rezitatorischen Fähigkeiten. Der Pfarrer, der sich in seiner Leidenschaft für die Moderne und die Technik nicht geschlagen gab, hatte die Lautsprecheranlage, die in der Sintflut untergegangen war, durch eine Radiostation ersetzt, mit der er aus einem kleinen Nebenraum der Sakristei inzwischen das ganze Dorf beschallte. Er beschloss, den Jungen zweimal in der Woche nach der Schule an einer seiner religiösen Nachmittagssendungen zu beteiligen. Seitdem las Santiago zweimal die Woche nach der Schule Passagen aus dem Matthäusevangelium, die Paulusbriefe an die Römer oder an die Korinther oder auch die Gedichte von Teresa von Ávila, während das Dorf vor Milchkaffee und Zwieback saß oder sich eine Schnitte Brot mit Speck genehmigte. Niemand nannte ihn mehr den Laguna-Jungen, sondern sie sprachen von ihm nur noch als »der außergewöhnliche Laguna«.

Während das Programm lief, lauschte Olvido in der Küche ihrem Enkel, und das Leben um sie herum stand still, die Töpfe in den Schränken, das Gemüse in den Körben, die Messer in den Schubladen und ihre Hände im Schoß, so dass nichts jene Kinderstimme mit dem Lob Jesu Christi stören konnte.

»Hast du mich gehört, Großmutter, habe ich es gut gemacht?«, fragte Santiago, als sie in der Küche standen und wie immer das Abendessen gemeinsam vorbereiteten.

»Mehr als gut, wenn ich nicht schon an Gott glauben würde, dann würde ich jetzt damit anfangen, alleine indem ich dir zuhöre.«

»Du musst mir immer zuhören, denn wenn ich lese, dann denke ich nur an dich, und wenn ich singe auch.«

Santiago tauchte die Hände in eine Porzellanschüssel voller Mehl. Es fühlte sich warm an, als er es in den Händen drückte und wieder losließ. Er betrachtete seine Großmutter, die an der großen Arbeitsplatte aus weißem Gips vor dem Fenster stand. Olvido köpfte die Seezungen, streichelte ihre Haut und küsste ihre Fischschwänze, die rau waren wie der Backenbart eines jungen Mannes. Sie trug das mit grauen Fäden durchzogene Haar zu einem Knoten gesteckt, und ihre Augenringe glichen zwei am Strand liegenden Booten, die sich klein gegen den blauen Horizont ihrer Augen abhoben. Sie war Mitte vierzig, besaß aber immer noch ihre übernatürliche Schönheit, der die Zeit ebenso wenig etwas anhaben konnte wie einst Manuela Lagunas Salben und Mittelchen.

Santiago streute ihr Mehl auf das Haar.

»Ich mache es dir noch weißer, Großmutter.«

Sie zog die Stirn in Falten, nahm eine Seezunge in die Hand und drohte ihm damit.

»Aber das muss Ihnen erst mal gelingen, junger Mann.«

Sie packte das Kind und kitzelte es ordentlich durch.

»Ich ergebe mich, ich ergebe mich«, rief Santiago lachend.

Nach dem Abendessen setzten sie sich an den Kamin, Santiago in den Sessel seiner Urgroßmutter und Olvido auf einen Stuhl ganz dicht bei ihm. Das Feuer prasselte und rötete ihnen die Wangen. Jetzt war es Santiago, der die Geschichten von Manuela Laguna erzählte. Hand in Hand befuhren sie das Meer, welches das Wohnzimmer überschwemmte, lauschten den heiseren Stimmen der Fischer, den blubbernden Gesängen der Sirenen. Sie zitterten in den Stürmen und vor den Rachefeldzügen der Pottwale, sie schlummerten bei Romanzen aus Sand und Teer ein.

Wenn die Nacht über sie herfiel und die Dunkelheit sich an ihre Rücken schmiegte, unterbrach Santiago die Geschichte. Er küsste Olvidos Hand, und stets war sie es, die das Ende erzählte.

In dem Sommer, als Santiago Laguna zwölf Jahre alt wurde, kam mit der Post ein ein mal zwei Meter großes Paket in der roten Villa an. Es war mit sieben oder acht Kordeln verschnürt, eine dicker als die andere, und steckte in einem Karton, der mit dem Schimmel und dem Dreck halb Europas bedeckt war. Seine Aufkleber stammten aus den Postämtern von London, Lissabon, Paris, Brüssel und Amsterdam sowie aus weiteren Städten und Dörfern, deren Namen aber vom Regen, von der Reise oder vom Schweiß der Träger verwischt worden waren. Es stank nach Katzenpisse, Tulpen, Pommes-Mayonnaise, ranziger Schokolade und schmuddeligen Boulevards.

»Unterschreiben Sie hier, Señora«, bat der Postbote Olvido Laguna.

»Was hast du gekauft, Großmutter?« Santiago betrachtete neugierig das Paket.

»Gar nichts«, erwiderte sie achselzuckend.

Der Junge ging die Schere holen, mit der sie die Bäume beschnitten, und löste damit die Schnüre. Einige waren so steif und speckig, dass er sie kaum durchbekam, während sich andere, von Wind und Wetter morsch geworden, wie Butter zerteilen ließen. Als Santiago sie alle entfernt hatte, nahm er ein Messer, um das Klebeband aufzuritzen, das die Kartonverpackung zusammenhielt. Olvido half ihm, die verklebten Ecken zu öffnen. Zum Vorschein kam das Gemälde einer wunderschönen Frau. Es war in Öl gemalt, mit schmerzlichen Strichen, in Pastelltönen, aus einem von Liebe und Verlassenheit entzündeten Gedächtnis.

»Das bist du, Großmutter.«

Olvido Lagunas Wangen glühten vor Zorn bei der Erinnerung. Am unteren Rand des Bildes, in der rechten Ecke, befand sich eine Signatur aus schwarzen Buchstaben, wie eine tote Grille.

»Gefällt es dir nicht?«

Sie blieb ihm die Antwort schuldig, zu ihren Füßen hatte sie einen Brief entdeckt, der war vermutlich auf den Boden gefallen, als sie das Paket geöffnet hatten. Mit zitternden Händen schlitzte sie das Couvert auf.

»Von wem ist der, Großmutter?«

»Von deinem Vater.«

»Ich hab es gewusst«, Santiago lächelte zufrieden.

Das Briefpapier war wellig, es hatte gelbe Flecken und roch nach Limonade.

»Was steht drin?«, fragte der Junge.

»Ich kann es nicht lesen«, sie presste die Lippen zusammen, »es ist wohl nass geworden und die Schrift ist verwischt. Nur am Ende, da steht der Name deines Vaters, Pierre Lesac, und das Datum.«

»Darf ich mal sehen?«

Olvido übergab ihm den Bogen. Das Datum von vor zwei Jahren stand darauf. Das Bild war die ganze Zeit kreuz und quer durch Europa gereist.

»Es ist das erste Bild, das ich von meinem Vater sehe. Ich finde es großartig, er scheint ein begabter Künstler zu sein. Kann ich den Brief behalten, auch wenn er ganz verwischt ist? Ich will ihn zu den anderen legen.«

Jedes Jahr zu Weihnachten schickte Pierre Lesac seinem Sohn nämlich einen Gruß aus Paris, gelegentlich sogar mit einem Foto. Manchmal erinnerte er sich auch an Santiagos Geburtstag und schickte eine Glückwunschkarte. Küss deine Großmutter, stand jedes Mal im Postskriptum, und pass gut auf sie auf.

»Glaubst du, in dem Brief steht, dass er mir das Bild zum Geburtstag schenkt? Also nicht zu diesem, sondern zu meinem zehnten Geburtstag, aber weil es unterwegs verloren gegangen ist, kommt es jetzt erst an.«

»Ich bin sicher, dass er es dir zum Geburtstag schenkt«, erwiderte Olvido und streichelte ihm über die Wange.

»Wo wollen wir es hintun?«

»Vielleicht stellen wir es auf den Dachboden, damit nichts drankommt.«

»Nein, Großmutter, wir hängen es ins Wohnzimmer, du siehst so hübsch darauf aus.«

Von diesem Tag an leistete ihnen Pierre Lesacs Bild an ihren Abenden beim Geschichtenerzählen Gesellschaft. Olvido vermied es hinzuschauen, damit ihr das Ende der Märchen nicht im Halse steckenblieb oder die Erinnerungen wie Efeu auf der Zunge zu wuchern begannen.

In jenem Sommer begann Santiago Laguna noch eine seiner verschiedenen künstlerischen Begabungen zu entwickeln. Er hatte zwar von klein an immer gerne gezeichnet und war darin auch ganz gut, aber schon jetzt ließ sich erkennen, dass er kein derart begnadeter Maler wie sein Vater werden würde. Santiagos Welt waren eher die Verse. Er lag auf der Wiese zwischen dem Geißblatt, hatte nichts weiter an als eine Unterhose und sonnte sich mit seiner Großmutter. Sie las immer wieder Johannes vom Kreuz, während er die Rohbauten seiner ersten Gedichte in ein Heft schrieb. Sie handelten von einer Sehnsucht, die er selbst noch nicht kennengelernt, aber schon in der Natur beobachtet hatte. Die Zweige des Geißblatts, die artig übereinander ruhten, schienen etwas zu vermissen, schienen auf eine Wiederkehr zu warten, die sie welken und erneut erblühen ließ. Sie lebten und starben in dieser Erwartung, immer und immer wieder, blieben gefangen in dieser Verdammnis, vom Frühjahr bis zum Herbst, in einem endlosen Kreislauf aus Schnee, welkem Laub und Sonnenanklagen.

Santiago war dagegen ein Junge, der auf nichts wartete, der alles hatte, was er wollte. Seit er eingeschult worden war, hatte er Freunde, wenn er sich auch keinem enger anschloss. Er spielte gerne mit ihnen Kronkorken schnippen, die er mit verschiedenen Farben bemalte, oder sie lieferten sich Fußball-Matchs. Manchmal spielten sie auch auf dem Dorfplatz Verstecken oder Völkerball auf irgendeinem Gelände draußen. Einmal wagte der Sohn des Bestatters es,

Santiago während eines Spiels als »verflucht« zu bezeichnen. Aber dieser stemmte nur die Hände in die Hüften, lachte ihm ins Gesicht: »Der Pechvogel bist du, ich bin nämlich der Einzige im Dorf, der im Licht der Engel zur Welt gekommen ist!«

»Aber meine Mutter sagt, dass deine Urgroßmutter eine Hure war und deine Großmutter auch.«

Santiago holte aus und verpasste ihm eine Rechte auf das Auge, dann einen Tritt gegen das Schienbein. Mit schmerzverzerrtem Gesicht versuchte der Junge zurückzuschlagen, Santiago kam ihm zuvor und schubste ihn, so dass er auf dem Hintern landete. Keiner der Jungen, die einen Kreis um sie gebildet hatten, verteidigte den Sohn des Bestatters, keiner wagte es, gegen Santiago Laguna anzutreten, den größten von allen und den einzigen mit einer übernatürlichen Vorgeschichte.

Unter den Mädchen war es die Enkelin des Blumenhändlers, die ihn »verflucht« nannte und abfällig über seine Familie redete. Doch Santiago biss sich auf die Zunge und ging. Seit frühester Kindheit war ihm bewusst, welche Macht er mit seinem blauen Blick über das andere Geschlecht hatte, und er war entschlossen, sie mit diesen Waffen zu strafen. Ab sofort blinzelte er ihr regelmäßig zu, wenn er in der Kirche sang; er schenkte ihr auch Blumen vom Wegesrand und machte für sie die Hausaufgaben in den naturwissenschaftlichen Fächern. Als sie vor lauter Verliebtheit zu schmachten begann, bat sie ihn um Verzeihung. Aber er entgegnete nur von oben herab: »Die Verfluchte scheinst diesmal du zu sein.«

Es war das einzige Mal, dass er mit einem Mädchen aneinandergeriet, denn die meisten seiner Schulkameradinnen hätten alles darum gegeben, mit ihm befreundet zu sein. Schließlich war er nicht nur der hübscheste Junge im Dorf, er war auch der amüsanteste und sang wie ein Engel.

Santiago hatte sich bisher für keine entschieden. Aber er verstand sich gut mit der Enkelin des Apothekers, ein zartes Mädchen mit blonden Locken und Augen, die ihn an die Rinde eines Baumes erinnerten. Sie hatte einen Narren an ihm gefressen, seit er ihr als

Sechsjähriger ein blaues Eichhörnchen auf den Unterarm gemalt hatte, und tat so, als verstünde sie nichts von Literatur, Naturwissenschaften und Chemie, damit er ihr in seinen Lieblingsfächern Nachhilfe gab. Wenn das Radioprogramm ausfiel, trafen sie sich deshalb manchmal nachmittags in der Stube hinter der Apotheke. Doch er überzeugte sie rasch, die Bücher beiseitezulegen und mit ihm Pasten zuzubereiten, die den Hunden die Räude kurierten, oder aus Anis und Rosenwasser Spülungen für verstopfte Katzen zu kochen.

Die ganze Hinterstube wurde mit dem Kräuterdampf der Elixiere eingenebelt, während das Mädchen im Sud rührte und dabei nur Augen für Santiago hatte. Doch für ihn zählte nur die Liebe seiner Großmutter, und Olvido lebte ausschließlich für ihn.

Mit dreizehn Jahren hatte Santiago die Technik seiner Dichtung so weit vervollkommnet, dass er begann, seine Verse im Kulturprogramm vom Samstagvormittag zu lesen, worauf Pater Rafael mächtig stolz war. Seine Zuneigung zu dem Jungen war riesig, wie seine Schritte in der Welt, und ersetzte diesem ein wenig den leiblichen Vater, der weit weg war und nie zu Besuch kam.

Der Priester war alt geworden, auch wenn er zehn bis fünfzehn Jahre jünger aussah, als er tatsächlich war. Wie die meisten Männer in seiner Familie machte ihm seit kurzem eine quälende Harninkontinenz zu schaffen, zerrte an seinen Nerven und zwang ihn bei jedem Husten, Niesen oder Lachen Zuflucht auf der Toilette zu suchen. Deshalb hatte er Santiago in die Abläufe seines Radiosenders eingewiesen, so dass nun häufig der Junge den Knopf für die gregorianischen Gesänge drückte oder die religiösen Tipps vorlas, die der Pater in seinen schlaflosen Nächten seitenweise zusammengefasst hatte.

Santiago verbrachte so viel Zeit in der Kammer neben der Sakristei, dass er anfing, seine Großmutter zu vermissen. Daher schlug er dem Pfarrer vor, das Kulturprogramm durch eine Sendung mit Kochrezepten zu erweitern, die von Olvido Laguna betreut würde.

Der fand die Idee ausgezeichnet, und die erste Sendung wurde an einem Samstagmorgen ausgestrahlt. Olvido hatte nur eingewilligt, weil sie nicht in der Lage war, Santiago etwas abzuschlagen.

Als sie vor dem Mikrofon saß, steckte ihr eine Aubergine in der Kehle und sie begann über Panaden zu sprechen. In ihrer stockenden Stimme lag die Einsamkeit all ihrer, nur von stummem Fleisch, Fisch und Gemüse begleiteten Jahre, doch sie wurde fester, je weiter sie in den Erläuterungen ihrer Rezepte fortschritt. Tränen, Rachegelüste, Wehmut und Gelächter verließen die Küche der roten Villa, brachen in der Kammer neben der Sakristei aus ihr heraus und verschwanden über die Radiowellen für immer in der Welt. Olvido war auf den Geschmack der Kommunikation gekommen, sie war nicht mehr zu bremsen, und ihre Stimme überflutete das Mikrofon wie ein Wasserfall.

Die Hausfrauen der vornehmen Familien saßen in ihren Wohnzimmern mit Spitzendeckchen und Milchkaffee, kühlten sich mit kalten Händen die glühenden Wangen und verdrehten die Augen. Sie leckten sich die Lippen und kauten auf den rasch herbeigeholten Bleistiften, um die Rezepte zu notieren. Wogegen die Witwen im Dorf, die das Kofferradio der wohlhabendsten unter ihnen umringten, bei dem Geschwätz harte Blicke bekamen, mit der Zunge schnalzten und voller Bosheit nickten.

Olvido Lagunas soziales Leben, das, seit Santiago in der Kirche sang, zaghaft begonnen hatte, indem einige Kirchgänger sie nach der Messe grüßten, wurde jetzt zu einem Sprudeln kulinarischer Unterhaltungen. Die Köchinnen der vornehmen Familien und manch andere Frau hielten sie auf dem Dorfplatz, in den Gassen und in der Apotheke an, um ihr zur Kochsendung zu gratulieren und ihr Fragen zu einem Braten oder einem Hasen mit Zwiebeln zu stellen. Der Gemüsehändler warb neuerdings für seine Kürbisse und Kohlköpfe mit einem Schild, worauf zu lesen stand: Zu empfehlen für Olvidos Rezepte.

Die Leute schienen ihr auf rätselhafte Weise ihre Schönheit verziehen zu haben. Ihr Fluch verflüchtigte sich zwischen Paniertem und Seehecht-Köstlichkeiten. Sie wurde bei der Familie des Bestatters zum Kaffeetrinken eingeladen und ins Haus des Bürgermeisters zu einer Schlachtung. Und bald war sie für die Leute nicht mehr die Laguna des toten Jungen, sondern die Köchin Laguna. Selbst die schwarzen Stuhlreihen der alten Frauen begannen sie beim Vorübergehen zu grüßen und nickten, als verstünden sie ihre Geschichte jetzt. Und während Manuela Laguna sich vor lauter sozialer Genugtuung in ihrem Mausoleum aus rosa Marmor herumdrehte, saß Estebans Schwester giftig und wütend zwischen gestopften Strümpfen.

Um jene Zeit wurde der durch Manuelas letzten Willen finanzierte Sportplatz fertiggestellt. In einem Erlass, den fast alle Dorfbewohner befürworteten, beschloss die Gemeindeversammlung, den Wunsch der Verstorbenen zu achten, so dass die Anlage den Namen »Santiago Laguna« bekam. Zur Feier des Tages und für diese Ehre, die nur wenigen Jungen seines Alters zuteilwurde, küsste die Enkelin des Apothekers Santiago auf den Mund, als er gerade dabei war, einen Breiumschlag gegen Bremsenstiche aus Rosmarin und Minzcreme herzustellen.

Santiago gefiel die Wärme ihres kleinen Mundes, er kostete ihn wie das Fruchtfleisch einer Aprikose, teilte ihn mit der Zunge, als öffnete er einen Kürbiskern, und erforschte neugierig sein Inneres, indem er seine Zunge um die des Mädchens schlang. Augenblicklich vergaß er den Breiumschlag, und seine mit Minzcreme verschmierten Hände umfassten ihre jugendliche Taille. Er spürte ihre blonden Locken in seinem Gesicht und die Nähe ihres Begehrens, das sich auf den weiblichen Wangen ausbreitete.

»Ich liebe dich«, sagte sie zu ihm, »seit langem.«

An den Kacheln der Hinterstube kondensierte die Liebe des Mädchens. Santiago küsste sie noch einmal, er zog sie fester an sich und fühlte ihre Brüste, hart wie die Schalen der Miesmuscheln, die seine Großmutter sonntags in die Paella tat.

»Schreibst du mir ein Gedicht?«, flüsterte sie ihm ins Ohr.

Als Santiago an jenem Abend nach Hause kam, erzählte er Olvido nicht, was geschehen war, aus Angst, sie könnte sich von ihm hintergangen fühlen. Er schloss sich in sein Zimmer ein und schrieb ein Gedicht, aber nicht für seine Schulfreundin mit den blonden Locken, sondern für den Kuss, der als eigenständiges Wesen durch sein Zimmer schwebte.

Kapitel 17

Obwohl Santiago Laguna glaubte, ohne das Stigma des Fluchs geboren zu sein, lernte auch er das Gefühl kennen, dass seine Knochen wurden wie flüssiges Eis, und zwar an dem Tag, als er beim Ausgang der Messe zum ersten Mal auf Ezequiel Montes traf. Ein Duft nach Lavendelseife und Schafssüße umwehte den Mann und setzte sich in Santiagos Stirn- und Nackenfalten fest, ohne sich wieder daraus entfernen zu lassen, so sehr er sich auch wusch. Santiago reichte ihm die Hand, eine raue Hand, kalt vom Oktoberreif, und Ezequiel schenkte ihm ein Lächeln. Er trug einen schwarzen Anzug, steif wie eine Rüstung, dazu ein weißes Hemd ohne Kragen. Sein dichtes, rotblondes Haar war an den Schläfen gelockt, obwohl er es sehr kurz trug. Santiago war größer als er und mit seinen sechzehn Jahren ein hinreißender Jüngling, dessen Figur der Turmspitze einer Kathedrale glich, wie die seines Vaters.

»Ich freue mich sehr, dass ihr euch endlich kennenlernt«, sagte Olvido, nachdem sie die Vorstellung übernommen hatte. Ezequiel Montes sah sie mit Augen, so grün wie die Weiden, über die er tagein, tagaus ging, an, und sie antwortete ihm mit einem liebevollen Blick.

In diesem Augenblick entdeckte Santiago, dass ihm anstelle der Knochen Flüsse durch den Leib strömten, und er verfluchte den Brombeerkuchen, die Brombeersträucher und die Glocken der Schafe. Zum ersten Mal im Leben fühlte er sich wie der unglücklichste Junge auf der ganzen Welt. Denn eines Vormittags, Mitte September, während Santiago in der Schule saß, war Olvido in die

Berge gegangen, um Brombeeren zu pflücken, weil sie ihm einen Kuchen backen wollte. Das Schicksal oder ein Stein, über den sie stolperte, ließ sie das Gleichgewicht verlieren und sie war in einen Graben gefallen, in dem die Sträucher mit den herrlichsten Brombeeren des Spätsommers wuchsen.

Voller blauer Flecken und blutiger Kratzer sah sie oberhalb des Grabens ein Schaf mit einer Glocke um den Hals auftauchen, dann noch eins und noch eins mit runden Augen, ganz vertieft ins Wiederkäuen des Grases. Dahinter erschien die kräftige Gestalt von Ezequiel Montes. Sie kannte ihn von flüchtigen Begegnungen in der Kirche oder im Lebensmittelladen, hatte ihn aber nie weiter beachtet, bis er breitbeinig über ihrem Kopf an der Grube stand und sie anschaute. Durch seine ländliche Einsamkeit war er etwas verwahrlost. Die Feldflasche quer über der Brust, streckte er ihr eine Hand entgegen, um ihr herauszuhelfen, und stützte sie, weil ihr das Gehen schwerfiel. Er nannte ihr seinen Namen und, verfolgt von bauschigem Geblöke, nahm er sie mit zu seiner Hütte, um ihre Wunden zu versorgen.

»Ich werde Ihnen auf die Kratzer eine Salbe tun«, die Stimme aus seiner Kehle war die eines heiseren Wolfes.

Die Hütte war klein, mit Wänden aus Feldsteinen, darauf ein Schieferdach. Ezequiel Montes beschloss, sie nicht hineinzuführen, denn es war nur eine ungemachte Pritsche darin, ein Tischchen und ein kleiner Herd für die kalten Nächte und damit er sich etwas zu essen warm machen konnte. Er bat sie, sich auf das Gras neben der Tür zu legen und nahm den Trinkbeutel ab, den er ihr unter den Kopf schob. Hoch am Himmel beschien die Sonne den Mittag. Ezequiel Montes ging in die Hütte und kam kurz darauf mit einem Fläschchen, einem sauberen Tuch und einer Tasse Milch wieder.

»Trinken Sie, das wird Ihnen guttun.«

Sie richtete sich auf und trank die Tasse in einem Zug leer. Danach streckte sie sich wieder in die Wiese.

»Ich werde Ihnen die Dornen aus den Beinen herausziehen.«

»Ja, danke«, Olvido hob den Rock bis über die Knie und schloss die Schenkel. Sie spürte, wie Ezequiels grobe Finger sich mühten, ihr die Dornen herauszuziehen und die brennenden Wunden zu behandeln. »Es ist das erste Mal, dass mir so was passiert, wissen Sie? Mein ganzes Leben lang bin ich hier über die Weiden spaziert.«

»Die Grube ist gefährlich, mir ist vor kurzem ein Schaf da hineingefallen, es kam mit zerrissenen Beinen wieder heraus. Ich meine«, verbesserte er sich, »Sie sind natürlich viel schöner als ein Schaf … ich wollte das nicht vergleichen.«

»Schon gut«, Olvido lächelte.

Der Schäfer säuberte ihr die Wunden mit dem Tuch und strich eine Thymiansalbe drauf.

»Jetzt sind da noch die Schrammen auf den Armen und im Gesicht.«

Ezequiel Montes beugte sich über sie, seit Wochen war ihm nur die freie Natur begegnet, und er spürte ein Flattern im Magen. Er mied den Augenkontakt mit ihr, wich mit den Blicken auch ihrem Mund aus und konzentrierte sich allein auf die Wunden. Die Brust des Schäfers verströmte eine duftende Wärme, die Olvidos Schmerzen linderte.

»Könnten Sie die Ärmel ein wenig hochkrempeln?«

»Klar.«

Als er ihre nackten Arme sah, begann seine Haut zu glühen.

»Wohnen Sie weit weg von hier?«

»In dem Haus an der Landstraße, das die rote Villa genannt wird. Verzeihen Sie, ich habe mich gar nicht vorgestellt, obwohl Sie so freundlich zu mir sind, ich heiße Olvido Laguna.«

»Ich bringe Sie nach Hause.«

»Ich habe Sie schon lange genug aufgehalten«, wehrte sie ab und richtete sich langsam auf. Dann kam sie wieder auf die Füße.

»Können Sie gehen?«

»Ja«, sie machte ein paar Schritte, das Bein schmerzte, deshalb humpelte sie leicht.

»Ich komme mit.«

Ezequiel Montes führte die Schafe in den Pferch und überließ sie der Obhut von zwei Hirtenhunden. Dann bat er Olvido, sich bei ihm einzuhängen, damit er sie stützen konnte, und so begannen sie den Abstieg über die von lila Glockenblumen und Klatschmohn übersäten Weiden. In der Ferne hörte man das Blöken und blecherne Gebimmel anderer Herden, das zwischen dem staubigen Riedgras und den Elfenpfaden verhallte. Adler überflogen die Schattenrisse der Gebirgsketten, die um sie herum aufragten. Ezequiel schwieg, wie er es gewohnt war, er war Anfang vierzig und seit frühster Jugend Schäfer. In der Ferne, jenseits der Wiesen und des Hohlwegs, der in den Pinienwald führte, waren für einen Augenblick die Umrisse zweier brünftiger Hirschkühe zu erkennen, die leidenschaftliche Luftsprünge machten.

»Heute werde ich meinen Brombeerkuchen nicht mehr backen«, sagte Olvido, »außerdem ist der Korb, in dem ich sie gesammelt hatte, unten im Gestrüpp liegen geblieben.«

»Ich pflücke Ihnen morgen einen ganzen Korb voll, dann brauchen Sie nicht auf Ihren Kuchen zu verzichten.«

Santiago kam am frühen Nachmittag nach Hause, und seine Großmutter erzählte ihm, was passiert war. Der Junge kümmerte sich um die Wunden, er wusch und desinfizierte sie, bevor er zu Bett ging. Aber er verschwendete keinen weiteren Gedanken an den Schäfer, der seiner Großmutter zu Hilfe geeilt war. Denn er glaubte, es handle sich um Saturnino, einen großen, sechzigjährigen Kraftprotz, der sich sonntags zu betrinken pflegte und dann anfing, auf dem Platz herumzuschimpfen.

Am nächsten Tag wollte Santiago zu Hause bleiben, um sie zu pflegen, aber Olvido beharrte darauf, dass das nicht nötig sei, und dann ging er schließlich doch zur Schule. Gegen elf Uhr machte sich jemand an der Haustür bemerkbar. Sie spürte den Türklopfer in ihrem Magen und wusste, dass es Ezequiel Montes war. Er war frisch rasiert, seine grobe Haut unterstrich die Zärtlichkeit seiner grünen Augen. Sein Haar glänzte, und er stand da und knetete die vom Melken im morgendlichen Raureif geröteten Hände. Sie bat ihn herein.

»Ich habe Ihren Korb gefunden«, der Schäfer gab ihn ihr bis oben mit Brombeeren gefüllt.

»Sie haben aber viele gepflückt, die werden für zwei Kuchen reichen«, sie stellte den Korb in der Küche auf die Arbeitsplatte. »Darf ich Ihnen einen Kaffee anbieten?«

Er nickte und beobachtete im Stehen, wie sie ihn zubereitete. Er kannte die Geschichte dieser hinreißend schönen Frau, die Geschichte ihrer Familie und des prunkvollen Bordells, das Anfang des Jahrhunderts in diesem Haus betrieben worden war. Da er jedoch seinen Geist seit fast vierzig Jahren an der frischen Bergluft kühlte, gab er nichts auf das Gerede, sondern hörte nur auf sein verwildertes Herz.

»Sind die Wunden schon ein wenig abgeheilt?«

»Sie tun fast nicht mehr weh, und das Bein hat sich auch über die Nacht etwas gebessert. Ich will noch mal betonen, wie freundlich Sie zu mir waren«, sie reichte ihm eine Tasse Kaffee, dann setzten sie sich an den weißen Tisch, der das Möbel ersetzte, an dem Manuela früher die Hähne geköpft hatte.

»Bewirtschaften Sie den Hof alleine?«

»Mein Enkel hilft mir, er ist schon ein Mann, sechzehn Jahre alt.«

»Ich bin verwitwet. Meine Frau ist an einer Lungenentzündung gestorben, ehe sie mir Kinder schenken konnte«, er trank einen bitteren Schluck Kaffee.

»Ich weiß, wie es sich anfühlt, einen geliebten Menschen zu verlieren. Das tut mir sehr leid für Sie, ich weiß, dass man nicht mehr derselbe ist …«, eine Handvoll Friedhofserde breitete sich in ihrem Mund aus, und sie senkte den Blick.

Ezequiel Montes stellte die Kaffeetasse ab, am liebsten hätte er ihr über Haar und Wangen gestrichen, aber er begnügte sich damit, ihr die Hand zu drücken.

»Ein Schaf wird vom Wolf gerissen, aber die anderen wollen auch gehütet werden.«

Sie sah dem Schäfer in die Augen, genoss dankbar den Hautkontakt mit ihm und sog die unsichtbare Wärme ein, die von seiner Brust ausging.

»Ich muss los, danke für den Kaffee und die Unterhaltung, manchmal vergehen Wochen, ohne dass ich eine Menschenseele sehe«, er ließ ihre Hand los und stand auf.

»Kommen Sie wieder, wann Sie wollen.«

Ezequiel schien es eilig zu haben. Olvido begleitete ihn zur Tür und sah ihm nach, als er sich auf dem mit Margeriten bedeckten Weg entfernte.

Als Santiago aus der Schule kam, stand ein frisch gebackener Brombeerkuchen auf dem Tisch. Er tadelte sie in der Annahme, sie sei wieder in die Berge gegangen, ohne sich richtig von dem Sturz zu erholen.

»Der Schäfer hat sie mir gebracht«, erwiderte sie und ging nicht auf ihn ein.

»Wie sich dieser Saturnino um dich bemüht.«

»Es war nicht Saturnino, der mir geholfen hat, es war ein anderer Schäfer. Der ist nur selten im Dorf zu sehen, er heißt Ezequiel Montes.«

Santiago erinnerte sich dunkel: ein schweigsamer, kräftiger Mann, dem nachgesagt wurde, den Blick und den Instinkt eines Wolfes zu besitzen.

»Ich hatte mir für heute Nachmittag vorgenommen, für dich Brombeeren zu pflücken«, sagte er stirnrunzelnd. »Es war wirklich nett von ihm, aber wenn er wiederkommt, dann richte ihm bitte aus, dass auf diesem Hof schon ein Mann ist«, er verließ die Küche und stieg, zwei Stufen auf einmal nehmend, die Treppe zu seinem Zimmer hinauf.

Olvido wusch sich den Brombeersaft von den Händen und ging hinterher. »Sag mal, was hast du?«

Er lag auf dem Bett und starrte ins Leere. »Ich will nicht, dass dir etwas passiert, verstehst du? Ich will, dass wir immer zusammenbleiben.«

Sie setzte sich zu ihm, streichelte ihm über das Haar.

Santiago legte den Kopf auf ihren Bauch und drückte sie fest an sich.

Als Santiago am nächsten Morgen zur Schule gegangen war, kochte Olvido das Mittagessen, erledigte die Gartenarbeit und ging Ezequiel suchen. Es war ein nebliger Morgen, die Weiden schienen Sinnestäuschungen zu sein und die Erinnerung an den Schäfer nur ein Traum.

Da sie ihn nicht in der Nähe der Grube fand, schlug sie den Weg zu seiner Hütte ein. Sie ging auf einen Stock gestützt und passte auf, dass ihr der Kuchen nicht herunterfiel. Als sie den Pferch erreichte, riss allmählich der Himmel auf. Sie erblickte Ezequiel, der auf einer Holzbank vor seiner Unterkunft saß und in die Lektüre eines Buches vertieft war. Er hob den Blick, legte das Buch ins Gras, und ein freudiges Lächeln erhellte sein Gesicht. Ein Windstoß aus den Bergen zauste ihr das Haar und ließ ihren Rock aufflattern.

»Diesen Kuchen habe ich Ihnen gebacken, mit den Brombeeren, die Sie mir gebracht haben.«

Ihre Wangen waren von der Anstrengung leicht gerötet und ihr Rücken feucht vom Schweiß. Doch als Ezequiel Montes mit dem Glanz des Unbeugsamen in den Augen auf sie zukam, begann sie zu frösteln.

»Ist Ihnen kalt?«

»Ein wenig«, sie fürchtete, rot zu werden, und wandte den Blick ab. Dann gab sie ihm den Kuchen.

Er bedankte sich und ging in die Hütte, um ihn auf den Tisch neben den Herd zu stellen. Als er wieder herauskam, brachte er ein Lammfell mit, das er Olvido um die Schultern legte.

»Der Wind ist schon recht kühl.«

»Was lesen Sie?«, fragte sie und setzte sich zu ihm auf die Bank.

»Die Bibel.«

Das Buch hatte einen schwarzen Ledereinband, und die Seiten waren gegerbt vom Wetter, von einsamen Händen und dem nächtlichen Geheul wilder Tiere.

»Die war von meinem Vater.«

»Lesen Sie gerne?«

»Nur die Bibel, etwas anderes kann ich nicht lesen. Mit ihr habe ich lesen gelernt, und dabei bin ich geblieben.«

»Und haben Sie schon mal versucht, andere Bücher zu lesen, wenn Sie mir die Frage erlauben?«

»Ich verstehe Ihre Neugier. Wenn ich es getan habe, sind die Buchstaben durcheinandergeraten, und ich konnte nichts verstehen. Aber die Bibel habe ich mindestens zwanzig Mal von vorn bis hinten ohne Schwierigkeiten gelesen.«

Ezequiel setzte sich ins Gras, pflückte einen Halm und nahm ihn zwischen die Lippen. Er erzählte Olvido, dass sein Vater in jungen Jahren Priester mit einer kleinen Pfarrei in Soria gewesen sei, die Soutane aber an den Nagel gehängt hatte, als er sich in ein junges Mädchen verliebte. Sie ging beim örtlichen Schneider in die Lehre und kam jeden Morgen zur Kirche, um für ihre verstorbenen Eltern eine Kerze anzuzünden. Dieses Gesicht, auf dem die Flammen der kleinen Votivlichtchen huschten und in dem die Augen einer Bergkatze funkelten, war der Grund dafür, dass sich sein Vater für die körperliche Liebe und die Gründung einer Familie entscheiden sollte. Ezequiel erinnerte sich nicht an ihre Katzenaugen, denn der Tod hatte seine Mutter durch eine ansteckende Tuberkulose hinweggerafft, als er gerade vier Jahre alt war. Nach ihrer Bestattung war sein Vater in das Dorf zurückgezogen, wo er geboren war, und Schäfer geworden, um im Gebirge seinen Sohn, seine Schafe und seinen Kummer zu hüten.

Ezequiel war nie zur Schule gegangen und hatte als Spielkameraden nur Lämmer und Hirtenhunde gekannt. Die Buchstaben hatte er aus der Bibel gelernt und das Rechnen durch die Herde – die neugeborenen Lämmer zählte er dazu und die von den Wölfen gerissenen Schafe zog er ab. Seinen Vater hatte Ende der vierziger Jahre die Guardia Civil hingerichtet, nachdem man ihn angeschwärzt hatte, auf dem Schwarzmarkt Milch und Käse zu verkaufen. Sie erschossen ihn an einer Wegbiegung, wo jetzt Klatschmohn und Disteln im saftigen Gras wuchsen. Eine Zeitlang trug der Sohn die Patronenhülsen, die er an der Stelle aus dem Schlamm gefischt hatte, in einem kleinen Ledersäckchen bei sich, als könnten sie ihm das Verlorene zurückgeben; wäre er nicht so jung gewesen, er hätte sich niemals auf die Suche danach begeben.

Er hatte sich das Säckchen nachts unter das Kopfkissen gelegt, und die Patronenhülsen krachten in seinen Träumen und füllten die Hütte mit Pulver und Angst, während die Wölfe seine Schafe rissen, ohne dass er etwas dagegen unternommen hätte. Bis die Patronenhülsen eines Nachts zu krachen aufhörten und Ezequiel wie ein Mann mit einem Gewehr seinen ersten Wolf erlegte. Als es hell wurde, war er zur Wegbiegung zurückgekehrt und hatte das lederne Beutelchen unter dem Klatschmohn begraben.

Der Schäfer räusperte sich, seit vielen Jahren hatte er nicht mehr so viel gesprochen; seit vielen Jahren hatte ihm keine Frau mehr zugehört und ihm ein Lächeln geschenkt. Als sie sich verabschiedeten, war es schon nach zwölf Uhr. Das ruhige Gebimmel der Herde, das Blöken der Milchschafe, die Weiden, die in einem anderen Grün als das von Ezequiels Augen erstrahlten, inspirierten ihn, sie zu bitten, an einem anderen Morgen wiederzukommen. »Ich werde einen Käse für Sie machen.«

Aber die Natur selbst stellte sich ihnen in den Weg. Es regnete tagelang leidenschaftlich. Ezequiel Montes' Käse vergor vom Warten in seiner Hütte. Die Milch wurde vor lauter Ungeduld sauer, und auf der Rinde bildete sich Schimmel. Der Schäfer stand am Fenster und hielt im Unwetter nach einer Frauengestalt Ausschau, bis er den Käse eines Nachmittags mit dem Gewehrkolben platt schlug und sich daranmachte, einen neuen herzustellen. Als dieser fertig war, warf er sich ein Regencape über, drückte den Laib ans Herz und verließ die Hütte. Er nahm den Abstieg über die Weideflächen, durchquerte das Riedgras und kam zum Pinienwald, dahinter sah er die Umrisse der roten Villa auftauchen.

Das rostige Gittertor quietschte in den Angeln, die Margeriten neigten ihre Köpfe und starben unter den Stiefeln eines Verliebten. Der goldene Türklopfer in Form einer weiblichen Faust ließ sich ganz leicht betätigen, und als Olvido öffnete, entdeckte sie unter einem alten Lederhut mit breiter Krempe das Gesicht des Schäfers.

»Der Käse hat nicht länger warten können«, er holte ihn unter dem Cape hervor und hinterließ nasse Stiefelspuren auf dem Weg in die Küche.

Olvido nahm das Geschenk mit beiden Händen und spürte ein Pochen in den Fingern. »Danke«, sagte sie, sonst nichts. Sie wagte nicht, ihm zu erzählen, dass sie die letzten Nächte im Halbschlaf und mit dem Geruch von Schießpulver verbracht hatte und nicht wusste, ob er von der Flinte kam, die Manuela in einer Winternacht abgefeuert hatte, oder von den Patronenhülsen, auf denen der Schäfer früher zu schlafen pflegte. Sie wagte nicht, ihm zu erzählen, dass sie sich in das Himmelbett legte, wenn der Mond aufging, und dort ein goldgelbes Augenpaar über ihr neu erwachtes Interesse an Weiden und Herden lachte. Sie wagte nicht, ihm zu erzählen, dass sie morgens die Augen auf die Wolken heftete, während ihre Gummistiefel in der Eingangsdiele bereitstanden und der Regenmantel auf dem Bügel sein Schicksal kaum erwarten konnte. Sie wagte nicht, ihm von den Kürbissen zu erzählen, die ihr vor Gewissensbissen in den Fingern verdarben, weil sie an ihn dachte, ohne wirklich zu verstehen, was passiert war. Sie wagte nicht, ihm von der Melancholie zu erzählen, mit der sie die Regentropfen beobachtete, von der Melancholie, nach der ihr Enkel sie fragte, und dass sie ihn zum ersten Mal belogen hatte.

Ezequiel Montes legte das Regencape ab und trank Kaffee. Olvido plauderte darüber, wie lästig schlechtes Wetter sein konnte, über ihren Gemüsegarten und dessen wundersame Fruchtbarkeit, über ihre Kochsendungen im örtlichen Sender. Sie drehte sogar das Radio an, damit er Santiago hören konnte, der gerade mit rauer Stimme ein Gedicht von Fray Luis de León aufsagte.

»Werden Sie mich in der Hütte besuchen, wenn sich das schlechte Wetter gelegt hat, damit wir weiterreden können?«, wollte der Schäfer wissen und fixierte sie mit seinem Wolfsblick.

»Sehr gerne.«

Im Kohleherd sackte hörbar die Glut zusammen, die Abenddämmerung erlosch am Himmel, und die Dunkelheit streckte zögernd eine Zunge voller Sterne aus. Ezequiel legte sein Cape über die Schultern und setzte den breitkrempigen Hut wieder auf. Draußen regnete es immer noch.

»Auf bald«, lächelte er.

Olvido blieb in der Tür stehen und sah zu, wie ihn die Schatten verschluckten.

Bis der Himmel eine Woche später endlich trocken blieb, widmete sich Ezequiel Montes der Bibellektüre. Er las zum hundertsten Mal die Geschichte vom Paradies aus dem 1. Buch Mose und dann, beim Schein einer Kerze, die Wanderung des auserwählten Volkes durch die Wüste, bis die Nacht über ihn hereinbrach und er schlaflos im Haar einer Frau gefangen blieb.

Am ersten Tag, als sich der Regen verzogen hatte, ging Olvido den Berg zum Pferch hinauf; es war früh am Morgen, am Horizont verliefen noch die Kratzspuren der Morgenröte. Santiago hatte in der Kirche übernachtet, um Pater Rafael zu versorgen, dessen krankhafte Inkontinenz in den letzten Jahren zugenommen hatte. So brauchte sie nicht zu warten, bis er zur Schule gegangen war. Die Hirtenhunde kündigten mit Gebell ihr Kommen an und liefen ihr schwanzwedelnd entgegen. Sie hatte ein Buch unter dem Arm, die Legenden von Bécquer. Ezequiel Montes melkte gerade die Schafe, er war unrasiert, das Hemd hing ihm aus der Hose. Als er sie erblickte, stieß er aus Versehen den Napf mit der Milch um.

»Ich bin früh dran, aber der Tag ist so schön, dass ich Lust hatte spazieren zu gehen, kaum dass ich aufgewacht bin«, sagte sie zu ihm.

»Hier sind Sie immer willkommen, ganz gleich um welche Uhrzeit«, der Schäfer strich sich mit der Hand über die Wangen, wegen des Bartansatzes, der ihn verdüsterte, und beeilte sich, das Hemd in die Hose zu stecken.

»Ich habe Ihnen ein Buch mitgebracht, falls Sie versuchen möchten, es zu lesen.«

»Ah … danke. Haben Sie schon gefrühstückt?«

»Ein wenig Obst.«

»Dann bekommen Sie jetzt ein Stück geröstetes Brot mit Käse und eine Tasse Milch. Sie ist frisch gemelkt.«

Sie frühstückten auf den Bänken, die vor der Hüttentür standen. Olvido hatte zwar angeboten, ihm zu helfen, aber Ezequiel bestand darauf, dass er sich um alles kümmern würde. Denn im Innern der Hütte herrschte der Geruch einsamer Männer, das Schlaflager war wie immer zerwühlt, und das Geschirr vom Vortag stand ungespült auf dem Tischchen neben dem Herd.

Nach dem Frühstück unterhielten sie sich ein wenig über die Jäger, die schon im Dorf angekommen waren, über die Krankheit, die dem Pfarrer die Nieren zersetzte, obwohl er die Stärke eines Dinosauriers besaß, und über den Domino-Wettbewerb, der in einigen Wochen im Casino ausgetragen werden sollte und zu dem Ezequiel sich anmelden wollte, denn seit sein Vater ihm das Spiel als kleiner Junge beigebracht hatte, gehörte es zu seinen Leidenschaften.

»Wenn Sie wollen, können wir eine Partie spielen, ich spiele manchmal mit meinem Enkelsohn«, schlug sie ihm vor.

»Warum lesen Sie mir nicht ein paar Seiten aus dem Buch vor, das sie mitgebracht haben?«

Olvido reichte ihm das Buch, das immer noch auf ihrem Schoß lag, aber anstatt es zu lesen, streichelte Ezequiel Montes nur den Deckel, als berge er die Zartheit der Frau, die ihn erwartungsvoll anblickte. Wenn ihm auch bei anderer Gelegenheit die gedruckten Buchstaben wie Ameisen vorgekommen waren, die von einer Zeile zur anderen wechselten, vereinten sich die Ameisen in Olvidos Nähe zu einer Mähne, die über einen nackten Rücken fiel. Er wurde verlegen, seine Lippen bebten, und er rezitierte aus dem Gedächtnis einen Vers aus dem 1. Buch Mose: »Das ist doch Bein von meinem Bein und Fleisch von meinem Fleisch; man wird sie Männin heißen, darum dass sie vom Manne genommen ist.«

»Ich werde es Ihnen jetzt vorlesen.«

»Nein, bitte, ein anderes Mal, ich kann jetzt gar nicht zuhören«, bat er und legte das Buch ins Gras.

»Was haben Sie?«

Sie spürte Ezequiels Hand in der ihren und als Nächstes einen Mund voll grüner Augen. Sie küssten sich, erst zaghaft, dann in einem anhaltenden Sprudeln, als sollten jene Küsse währen, bis sie einschliefen, bis sie tot waren. Sie umarmten sich und sanken dabei wie zwei Büßer auf die Knie. Die Küsse rannen ihnen über die Kleider, über sein Hemd und ihren Pullover, über Rock und Hose, tropften auf die Wiese und bildeten erst eine Lache, dann einen Fluss, an dessen Ufern Glockenblumen ihre Köpfe hoben, Schafe grasten, Frösche hüpften und dessen Oberfläche von der Sonne in zuckende Spiegel zerlegt wurde.

Sie atmeten keinen Sauerstoff, sie atmeten Lippen. Ihre Berührungen waren nicht so, als hätten sie sich schon gefunden, ihre Berührungen waren, als lägen Tausende von Kilometern zwischen ihnen. Sie verloren das Gleichgewicht und rollten den Hang hinunter, ohne voneinander abzulassen, die Hirtenhunde sprangen kläffend um sie herum, aber sie küssten sich weiter, versanken in einer Flut aus Küssen, bis Olvido keine Luft mehr bekam. Sie machte sich los, klopfte den Rock aus und ergriff dann, wie ein junges Mädchen, die Flucht vor ihren eigenen Küssen. Sie rannte zum Pinienwald, während Ezequiel das Gefühl hatte, jeden Augenblick könnten ihm die Hoden platzen und sein Sperma würde zu Schneeflocken.

Als sie den Dorfplatz erreichte, hatte sie den Eindruck, dass ihr das Herz in der Brust zersprang. Die Stirnfalte grub sich tief zwischen ihre Brauen, und sie ging hinauf zum Friedhofshügel. Der Wärter jätete gerade Unkraut auf den Gräbern, damit ihre Wurzeln die Toten nicht pieksten, als er sie mit bleicher Miene und einem Keuchen, das dem Krächzen der Elstern in nichts nachstand, vorübereilen sah.

»Ist etwas nicht in Ordnung, Señora?«, rief er.

Sie blieb ihm die Antwort schuldig und hastete zwischen den Reihen verstaubter Kreuze und Kronen weiter bis zum alten Teil des Friedhofs, wo sich Estebans Grab befand. Seit sie Santiago großzog, hatte sie es aufgegeben, sich in der Krypta zu verstecken, aber sie kam nach wie vor jede Woche während der Öffnungszeiten, auch um am Grab ihrer Tochter zu beten, den Stein zu säubern und ihr frische Blumen hinzustellen.

Margarita Laguna, ruhe in Frieden, las sie und bekreuzigte sich, bevor sie sich auf Estebans Grab kniete. Dann hob sie ein paar Hände voll Erde auf und knetete sie zwischen den Fingern. Sie öffnete sie wieder und hielt die Erde an die Lippen. Die Elstern hörten sie Erklärungen stammeln, den Boden mit der Zartheit der Ewigkeit küssen, darüber Tränen vergießen, bis sich der Duft des Regens über den Friedhof legte. Olvido warf sich auf das Grab und schloss die Augen.

Am nächsten Tag entdeckte sie im Küchenfenster die Gestalt von Ezequiel Montes, der um ihr Grundstück herumstrich. Wie ein Gespenst, das sich die Stofflichkeit der Lebenden bewahrt hatte, erschien er zwischen den rostigen Gitterstäben. Geschäftig befreite sie die Paprikaschoten von ihren Kernen, dünstete eine Zwiebel, begann ein Huhn zu zerlegen, bis Ezequiels Gestalt verschwunden war. Sie aß allein in der Küche, dabei sah sie aus dem Fenster und schwor sich, ihm das nächste Mal entgegenzugehen. Sie verzichtete auf den Nachtisch. In ihrem Magen war nur noch Platz für das, was sich am Vortag zwischen ihnen abgespielt hatte. Sie wischte sich das Hähnchenfett von den Lippen, warf ein Tuch über die Schultern, schlüpfte in die groben Stiefel und ging hinaus.

Sie sah ihn auf der ansteigenden Weide zwischen dem Hohlweg und seiner Hütte auf einem Felsbrocken sitzen. Das Buch von Bécquer in seiner Hand wirkte irgendwie nutzlos. Es war Anfang Oktober und ein strahlend schöner Nachmittag.

»Ich habe befürchtet, dass du nicht mehr wiederkommst«, sagte der Schäfer und erhob sich.

»Ich auch«, erwiderte sie, seinen Blick suchend, seine Arme, seinen Mund.

Ein Adler kreiste am wolkenlosen Himmel, das Buch von Bécquer blieb im hohen Gras liegen, über seinen Einband ergoss sich die Flut ihrer Küsse. Dann gingen sie in die Hütte. Im Ofen lag noch die Glut, die in der vorangehenden Nacht Ezequiels Schlaflosigkeit gewärmt hatte. Sie küssten sich an der Wand lehnend, dann zogen sie sich auf der zerwühlten Pritsche aus, bis diese unter dem Gewicht der gleichfalls zerwühlten Körper und der Liebe zu quietschen begann und der einsame Männergeruch aus der Hütte verschwand.

Kapitel 18

Das kastilische Dorf war auf Santiago Lagunas Unglück nicht vorbereitet. Seine Bewohner hatten ihn auf einem Podest im Altarraum der Kirche heranwachsen sehen, wo er *Glorias* und *Ave Marias* mit der Stimme eines Engels sang, die zwar beim Eintritt in die Pubertät an Reinheit verlor und an Tiefe gewann, ihnen aber nach wie vor an die frommen Herzen ging und die Härchen aufstellte, die sich in die Sonntagskleider gruben. Einige erinnerten sich sogar daran, wie selig er als Säugling in der Wiege geschlummert hatte, während Manuela Laguna mit einem Stöckchen seine Genitalien anhob, um das Außergewöhnliche seiner Geburt zu bezeugen.

Sie hatten sich daran gewöhnt, dass er ihnen in ihren Radioapparaten Ausschnitte aus dem Evangelium oder Gedichte von den Heiligen vorlas, während sie mit fettigen Fingern und weißen Milchkaffeebärten beim Nachmittagsimbiss saßen. Niemand trug wie er die Termine für Messen, Katechesen und Gemeindeaktivitäten vor. Wie klar der Junge spricht, sagten sie, und diese Fröhlichkeit und Überzeugungskraft – unglaublich. Sie hatten sich an seine Verse über Geißblatt, Geranien und Wicken am Samstagvormittag gewöhnt, die Mädchen leckten Lutscher und dachten an Blütenblätter, die jungen Frauen verwechselten ihre Nähnadeln mit den winterlichen Zweigen, die auf die Wiederkehr einer ungewissen Liebe warteten, die Alten kochten ihre Suppen und blühten wieder auf.

Sogar an seine Schönheit hatten sie sich gewöhnt und waren so stolz darauf, als hätte Santiago sie dem Dorf zu verdanken. Sie bedauerten, dass der Landkreis nur Wettbewerbe für die schönsten Kälber ausschrieb, gäbe es auch welche für Knaben, dann würden wir sie mit unserem Santiago allesamt gewinnen, so sagten nachmittags in den Stuhlreihen die alten Weiber, wenn er in den Gassen vorüberging und sie anlächelte. Dass er seine Schönheit von Olvido geerbt hatte, spielte keine Rolle mehr, seit diese das Dorf mit Kochrezepten versorgte, die die Sehnsucht nach den Toten linderten. Es spielte auch keine Rolle mehr, dass der Knabe hinter dem Apostelnamen einen vom Fluch befleckten Nachnamen mitschleppte. Zweifellos war er geboren, um diesem ein Ende zu setzen und die Familie mit seinen wunderbaren Gaben für alle Zeiten von der Schande zu befreien. So jedenfalls lautete die von Pater Rafael verkündete Meinung, der ihn liebte wie einen Sohn.

Als Santiago jedoch an jenem Sonntag im Oktober entdeckte, wie seine Großmutter und Ezequiel Montes sich ansahen, da legten sich Kummer und Zorn wie ein Schleier über seine *Glorias* und *Ave Marias* und trübten die andächtige Freude der gläubigen Herzen. Der Junge war gekränkt, und diese Wunde schmerzte jeden Sonntagnachmittag neu, wenn Ezequiel Montes im Wohnzimmer der roten Villa zwischen ihm und Olvido saß und gebrühten Kaffee mit Zimtschnecken verzehrte. Der Schmerz wirkte sich auch auf seine Rezitationen und Gedichte aus. Lustlos las er die Evangelien, als handle es sich um Gebrauchsanweisungen, ordnete die Verse des Matthäus dem Lukas zu und dessen Kapitel einem frei erfundenen Evangelisten. Die Gedichte der Heiligen trug er stockend und mit der Betonung eines Todgeweihten vor und verwechselte unentwegt die Zeiten von Messen, Katechesen und Seniorenabenden.

Der Nachmittagsimbiss begann das Dorf zu langweilen, der Milchkaffee hielt nicht, was er versprach, und die Speckschnitten waren ein Reinfall. Die alten Leute kamen zum Katechismusunterricht für die Erstkommunion und die auf den heiligen Keks gespannten Kinder landeten bei Vorträgen über den christlichen Umgang mit Tod und Trauer.

Die Gedichte, die Santiago für das Samstagvormittagsprogramm verfasste, handelten nicht mehr von der Sehnsucht der Natur, sondern wurden zu Klageliedern über ein verflossenes Glück und ungehobelte Eindringlinge, die die Liebe stahlen und mit Laudanum und Rosendünger vergiftet wurden. Pater Rafael griff zu einer nie da gewesenen Maßnahme und zensierte Santiagos Poesie, bis diesem nichts mehr zu lesen blieb, ja bis gar nichts mehr blieb als seine zusammengepressten Lippen vor einem stummen Mikrofon. Weil den Pfarrer seine Liebe und seine Inkontinenz schmerzten, schaffte er schließlich eine umfangreiche Sammlung religiöser Musik für seinen Sender an, bis Santiago den Zustand, den der Geistliche als pubertären Wutanfall deutete, überwunden hatte.

Der Oktober schwächelte schon in den Bergen, auf den Ackerfluren und in den Pinienwäldern. Nachts begann es nach Nebel zu riechen, der Wind trug ganze Teppiche von welkem Laub herbei, und die Felder verhärteten sich unter dem ersten Frost.

Die Übeltäter, die Santiagos Gedichte bevölkerten, tauchten auch in Manuela Lagunas Geschichten auf. Wenn sich nach dem Essen der Abend auf das Wohnzimmer der roten Villa senkte und Pierre Lesacs Gemälde an seinem Platz gegenüber vom Kamin in dessen Widerschein errötete, dann schäumte der Ozean zwischen Olvido und Santiago wilder denn je, die Schoner brachen in Stücke, die Brandung hinterließ Pfützen in ihren Augen, und die von dem Jungen erfundenen Verräter waren die Urheber allen Übels, all der Not von Matrosen auf hoher See und sämtlicher Verluste dieser Welt, als wären sie imstande, gar die Natur zu beeinflussen. Als Santiago endlich schwieg, damit seine Großmutter das Ende erzählte, war sein Gesicht von Kummerfalten überzogen, aber Olvido ging nicht auf die Verräter ein, sie behandelte sie wie Luft. Nichts ist zwischen uns anders geworden oder kann sich je verändern, war die Botschaft an den Enkel, während sie den Schluss der Geschichten genauso erzählte, wie ihre eigene Mutter ihn ihr vor vielen Jahren erzählt hatte.

Santiago wurde krank und ging nicht mehr zur Schule. Morgens erbrach er das Abendessen, das er am Vortag mit der Großmutter – inzwischen ohne Gelächter und Spiele – zubereitet hatte, Essen aus schweigenden Kürbissen, aus bedrücktem Thunfisch und bitteren Kartoffeln, Essen, dessen Würze in ein und derselben Frage – Ist er dein Liebster? – sowie ein und derselben Antwort bestand – Zurzeit ist er nur ein guter Freund. Damit log sie jedoch, wenn auch, um ihn nicht zu verletzen, weil er sich langsam daran gewöhnen sollte, dass Ezequiel Montes Schritt für Schritt in ihr Leben trat.

Der Junge entlarvte Olvidos Lüge, weil ihre Augen leuchteten, sobald sie vom Schäfer sprach, und zuvor immer nur dann geleuchtet hatten, wenn von ihm die Rede war. Er wickelte die Decke fest um den Körper, während er unter Magenkrämpfen litt. Die waren aber wenigstens dafür gut, dass er zu Hause bleiben musste und seine Großmutter Ezequiel weder in der Hütte besuchen noch mit ihm im Wald spazieren gehen konnte, der immer nur ihnen beiden gehört hatte. Olvido brachte ihm einen Kamillentee ans Bett, den sie ihm löffelweise verabreichte. Als sie ihn zum Schluss auf die Stirn küsste, strahlte er vor Glück, wie an den Tagen, als sich noch niemand ihren Blicken in den Weg gestellt hatte. Wusste denn Ezequiel Montes nicht, dass er der Auserwählte war, um die Familie zu retten? Wusste Ezequziel Montes denn nicht, mit wem er es zu tun hatte?

Schon einmal hatte ein Verehrer seiner Großmutter den Hof gemacht, seit die Kochsendung ihr die Türen zum gesellschaftlichen Leben geöffnet hatte. Er wusste, dass Agustino, der verwitwete Inhaber des Stoffgeschäfts, sie einmal ins Freilichtkino eingeladen hatte, aber sie hatte ihm mit der Begründung abgesagt, dass sie bereits verabredet sei. Dann hatte Agustino von einer Ecke des Dorfplatzes aus, wo er ein Glas Rotwein trank, wutschnaubend zugesehen, wie sie sich am Arm hielten und über den Film schieflachten.

Er hatte auch mit angesehen, wie der Sohn des Anwalts, der die väterliche Kanzlei übernahm, als dieser an Prostatakrebs verstarb, versuchte, Olvidos Hand zu tätscheln, während er ihr zeigte, wo sie ein Dokument unterschreiben sollte. Als sie sich mit dem Füllfederhalter dem Papier näherte, erwarteten sie dort schon seine Finger. Doch sie zog ihre Hand wie unabsichtlich weg und verließ die Kanzlei, dachte Santiago fiebernd, während sie meine liebkoste und drückte, um mich zum Mitwisser des Zwischenfalls zu machen.

Der neue Dorfarzt, ein junger Blonder, mit Haarausfall und einer erstaunlichen Kurzsichtigkeit geschlagen, so dass sich seine Augen hinter der Drahtbrille duckten, kam zur roten Villa, um Santiagos Krankheit zu diagnostizieren. Mit langen Fingern untersuchte er seinen Bauch und fand ihn verkrampft, als wollte er sich seiner Berührung entziehen. Er untersuchte auch seine Mandeln, die hellrot waren wie der Gallapfel des Seehechts, und die Ohren, in denen er einen Schmalzpfropfen entdeckte, den er mit einem silbernen Röhrchen und einem kleinen Einlauf entfernte.

»Der Junge ist kerngesund«, sagte er schließlich zu Olvido, »das Erbrechen hat nervöse Ursachen. Er soll aufstehen und spazieren gehen. Aber wenn die Symptome anhalten, dann verabreichen Sie ihm alle acht Stunden ein Glas Natron mit drei Tropfen Zitrone. Sollten sich seine Nerven auch dann nicht beruhigen, muss man mit stärkeren Abführmitteln nachhelfen.«

An jenem Abend gab es keine Geschichten am Kamin, es gab Natron-Spülungen. Olvido ging beizeiten zu Bett und wählte das Eichenzimmer, weil sie den Anblick des zugemauerten Fensters in ihrem Zimmer nicht mehr ertrug. Außerdem dachte sie, dass ihr Clara Laguna vielleicht einen Rat geben könnte, damit der Junge ihre Freundschaft zu Ezequiel Montes verstand. Sie stellte sich den Schäfer die Bibel lesend in seiner wölfischen Einsamkeit vor, appetitlos, unrasiert und verliebt; der Kerzenstumpf schmolz auf seinem Nachttisch dahin, während er tatenlos auf der Eisenpritsche lag und auf sie wartete.

Es war über eine Woche her, seit sie sich das letzte Mal gesehen hatten und Santiago zu brechen anfing. Das Kaffeetrinken am Sonntag war genauso ausgefallen wie Ezequiels Besuche unter der

Woche, um ihnen Käse oder Frischmilch zu bringen und in der Küche einen Kaffee zu trinken.

Unter dem Eindruck von Natron mit Zitrone, das ihm eine neue Dimension seines Magens eröffnet hatte, wo sich die Sehnsucht nach Olvido staute, ging Santiago zu ihrem Schlafzimmer, und als er sie dort nicht fand, setzte er seinen Weg zu Clara Lagunas Zimmer fort. Er betrachtete einige Augenblicke die Umrisse seiner Großmutter unter dem Purpurhimmel, ehe er sich wortlos zu ihr legte, ihre Taille umschlang und einschlief. Da löste sich von einer der Wände das Rascheln eines Morgenrocks aus Spitze.

Feuer. Es war die erste Nacht, in der Santiago von Flammen träumte, sie waren um ihn herum, würgten ihn am Hals, aber der Traum endete da. Er erwachte in einem Geheul aus Schweiß, die Augen verloren in Purpur. Er umklammerte den Leib seiner Großmutter noch fester und diese beruhigte ihn mit Küssen und schaukelte ihn wie früher in den Schlaf, wenn er als Kind aus seinen Alpträumen aufgeschreckt war, in denen er Manuela Laguna das giftig blaue Meer sabbern sah, das sie ins Grab gebracht hatte.

Mehr als eine Stunde blieben sie so liegen und flüsterten sich eng umschlungen ihre geheimen Gedanken zu, bis ein stiller Morgen im Fenster graute. Später, als sie beim Frühstück saßen, war Santiago überzeugt, dass die Flammen der Hölle entstammten, die Pater Rafael stets von der gegen sein prähistorisches Gewicht gepanzerten Kanzel aus schilderte. Er hatte Gewissensbisse, weil er den Pater mit seiner Inkontinenz, seinen theologischen Abhandlungen der frühen Morgenstunden und seinen Langspielplatten gregorianischer Gesänge, Requiems und heiliger Messen sich selbst überlassen hatte. Der Junge weigerte sich, die nächste Dosis Wasser mit Natron und Zitrone einzunehmen, behielt aber trotzdem sowohl das Essen des Vorabends als auch das Stück Brot vom Frühstück bei sich.

»Ich gehe zur Kirche, Großmutter«, sagte er nach dem letzten Schluck Milch. »Pater Rafael braucht mich. Es war nicht richtig, ihn einfach seinem Schicksal zu überlassen.«

»Er wird es dir nachsehen, so lieb wie er dich hat.«

»Und morgen gehe ich wieder zur Schule.«

Santiago zog seinen Regenmantel und die Gummistiefel an, weil der Himmel an diesem Morgen grau verhangen war. Er ging sich von Olvido verabschieden, die in der Küche stand und einem Hasen für das Mittagessen das Fell abzog, und sah sie auf das Blut und die Hautfetzen herablächeln.

Er nahm die ungepflasterte Landstraße ins Dorf. Ihm war klar, dass Olvido zu Ezequiel Montes gehen würde, und das gab ihm einen Stich in die Brust. Er hatte wieder dieses Gefühl, als würden seine Knochen zu einem kühlen Gebirgsbach, aber er musste mit Pater Rafael reden und seine Fragen über die Hölle mit ihm klären.

Als die ersten Regentropfen fielen, begann er an die Enkelin des Apothekers zu denken, seine Freundin mit den melancholischen Locken, deren Brüste sich von Miesmuscheln in ihren Schalen, wie sie in die Paella gehören, zu Madalenas mit einer Zuckerkruste gewandelt hatten. Sie küssten und berührten sich immer noch an den Nachmittagen, wenn sie zwischen Salben, Porzellandosen und medizinischen Abkochungen in der Apotheke Hausaufgaben machten, allerdings hatte er nie den Mut, jemandem davon zu erzählen, weder Pater Rafael noch seiner Großmutter. Santiago stellte sich vor, auf jene Nachmittage, die seine Hose schwellen ließen, zu verzichten, wenn der liebe Gott im Gegenzug Olvido von Ezequiel Montes trennen würde. Letzten Endes, so sagte er sich, während ihm das Wasser auf die Stirn prasselte, muss das alles ein Irrtum sein, weil ich nicht zum Unglücklichsein geboren bin.

In seiner Wiedersehensfreude musste Pater Rafael als Erstes auf die Toilette laufen. Der Kirchenraum hallte von seinen schnellen Schritten wider, jedoch nicht wie früher, denn er hatte durch die Krankheit abgenommen und sein Gang durch die Welt verursachte nicht mehr den gleichen Aufruhr. Santiago wartete in der Kammer mit dem Radiosender auf ihn, die aufgeräumter war, als er es sich vorgestellt hatte. In einer Ecke ragte ein neues Regal auf mit der Schallplattensammlung geistiger Musik, die Pater Rafael angeschafft und nach Chören oder Komponisten sortiert hatte.

»Wie geht es dir, mein Junge?«, fragte er, als er in seiner geflickten Soutane von der Toilette zurückkam.

»Ich möchte Ihnen wieder beim Radio und in der Messe helfen, wenn Sie mich gebrauchen können. Ich habe zwar im Moment keine Lust, die Sendungen selbst zu gestalten, aber ich könnte die Platten auflegen.«

»Mein Sohn, welche Freude, ich war schon drauf und dran, einen anderen Jungen als Ersatz für dich zu suchen, nur bis du gesund bist natürlich.«

»Sie brauchen keinen anderen zu suchen, Pater, ich bin wieder da. Aber ich muss Ihnen was erzählen. Ich glaube, ich habe heute Nacht von der Hölle geträumt.«

»Für diesen Ort bist du nicht geschaffen, mein Junge«, erwiderte der Pfarrer und zauste ihm liebevoll das Haar.

Als er zum Mittagessen nach Hause ging, traf er Olvido mit geröteten Wangen an, die Füße steckten noch in ihren groben Stiefeln.

»Du hast die Gelegenheit genutzt, um zum Pferch hinaufzugehen und deinen Freund, den Schäfer, zu besuchen«, stellte Santiago fest.

»Wenn in ein paar Tagen der Totennebel kommt, dann muss er mit den Schafen nach Extremadura ziehen und kommt erst im Frühjahr zurück.«

Eigentlich wusste Olvido, dass die Hirten ihre Herden zum Überwintern auf die Weidenflächen nach Extremadura führten, wo die Kälte nicht so streng war wie bei ihnen in den Bergen, und erst nach dem letzten Frost zurückkehrten. Trotzdem war es ihr nicht bewusst gewesen, bis Ezequiel Montes es ihr an jenem Morgen angekündigt hatte. Sie würde die Gespräche vermissen, die sie vor der Hüttentür führten, die Spaziergänge über die Wiesen und auch seine Arme und Küsse auf der zerwühlten Eisenpritsche.

»Lade ihn am Sonntag zum Kaffeetrinken ein, damit wir uns von ihm verabschieden können«, schlug Santiago vor. Er war überwältigt vor lauter Glück bei dem Gedanken, wie rasch Gott seine Bitte erhört hatte und Ezequiel Montes von seiner Großmutter trennte; ein halber Herbst und ein ganzer Winter schienen ihm lang genug, damit sie ihn vergaß. Nun hatte aber auch er keine andere Wahl, als seinen Teil der Abmachung zu erfüllen und Schluss zu machen mit den Spielereien mit der Enkelin des Apothekers.

Ezequiel Montes kam in seinem steifen Anzug, das Haar mit Kölnischwasser zurückgekämmt, zur roten Villa. In seinen grünen Augen schimmerte schon der Abschied, während er Olvido beim Ausschenken des Kaffees und Herumreichen der Porzellanteller mit Zimtschnecken beobachtete. Er sprach von seiner Wanderung durch das Riedgras, vom saftigen Land, wo die Weiden nicht von einer Schneedecke überzogen waren und die Eichenwälder bei Einbruch der Dunkelheit die Landschaft in eine Welt voller Riesenschatten verwandelten. Santiago gab sich an jenem Abend liebenswürdig, fragte, wie viel Zeit er benötigen würde, um nach Extremadura zu gelangen, welche Dörfer er unterwegs durchqueren würde und nach weiteren Einzelheiten, die ihn eigentlich gar nicht interessierten.

Nach acht Uhr abends sagte Ezequiel, er werde nun aufbrechen. Santiago verabschiedete sich im Salon von dem Gast und ließ seine Großmutter mit ihm zur Tür gehen. Er blieb aber hinter der Ecke stehen, wo der Flur in die Eingangsdiele mündete, und sah, wie sie sich verstohlen küssten. Sie umarmten sich in der Dunkelheit, die ihre Gestalten in der halbgeöffneten Tür messerscharf umriss, und tasteten einander die Gesichter ab, als wären die Hände ihr Gedächtnis und könnten die Erinnerung speichern.

Santiago hatte Mühe, dieses Bild, das ihn verletzte, wieder loszuwerden, und als sich seine Großmutter und er nach dem Abendessen zum Geschichtenerzählen an den Kamin setzten, musste er mächtig an sich halten, um nicht in eine von ihnen den für die ärgsten Seelenschmerzen verantwortlichen Eindringling einzuführen.

Als tags drauf die Kirchglocken ihr Totengeläut anstimmten, brach Ezequiel Montes mit der Herde und den Hirtenhunden auf und ließ das Dorf hinter sich, wie eine Wolke, die in den aufziehenden Morgen hineinragt.

Der November hielt Einzug in Berg und Wald. Der Wind blies und in ihm sangen die Linden, die Jagd entzündete mit Vogelbeeren ihr Laub, die Buchen wurden gelb, der Farn braun, im Pinienwald roch es nach Pilzfleisch. Der bunte Herbst nahm seinen Lauf, bis der Winter kam.

Santiagos Knochen waren wieder Knochen. Er sang wieder auf dem Podest in der Sonntagsmesse, mit einer geheilten, aber dunkleren Stimme, die den Leuten noch mehr ans Herz ging, er las wieder nachmittags Bibeltexte und Gedichte der Heiligen im Radio und gab die Zeiten für Messen, Katechesen und Gemeindeveranstaltungen bekannt, ohne sie durcheinanderzubringen. Nur das Dichten wollte ihm nicht gelingen, weder über die Natur noch über die Verräter. Er hatte seine Großmutter gebeten, ihn mehrmals in der Woche von der Schule abzuholen und bei ihm in der Kammer neben der Sakristei zu bleiben, wenn er dort seinen Dienst tat. Sie saß dann auf einem Stuhl und beobachtete ihn aufmerksam, während er Texte ins Mikrofon sprach. Doch ab und an spürte Santiago, dass ihre Augen in die Ferne schweiften, zu anderen Orten, auch wenn sie auf ihn gerichtet blieben, und die Vorstellung, dass sie bis Extremadura reisten, zu jenem rauen, auf fremden Weideflächen verlorenen Mann, schmerzte ihn.

Abgesehen davon versuchte Olvido, sich ihre Sehnsucht nach dem Schäfer nicht anmerken zu lassen. Die einzige Veränderung in ihrem Leben war, dass sie wieder häufiger zum Friedhof ging. Dort besuchte sie stets die Gräber von Esteban und ihrer Tochter, aber nur gelegentlich das im neuen Teil des Friedhofs für Manuela errichtete Mausoleum. Es wirkte wie ein sechseckiger Tempel aus rosa Marmor und ruhte auf ionischen Säulen, in seiner Mitte thronte eine Göttin mit Handschuhen, und das Gerede im Dorf fand, Manuela habe das Grab derjenigen, die sie gewesen sei: kleiner Leute Kind, zu Geld gekommen durch die Schwächen des Fleisches.

Zu dieser Jahreszeit lag das Grab einsam da, aber im Frühjahr und Sommer wurde das Mausoleum von Entomologen aus der ganzen Provinz und sogar aus der Hauptstadt aufgesucht, weil dann Tausende von Insekten dorthin pilgerten – vor allem Tausendfüßler und Grillen. Die Wissenschaftler hatten für dieses Phänomen noch keine einleuchtende Erklärung gefunden. In schier endlosen Prozessionen krabbelten die Insekten mit einer geradezu religiösen Beharrlichkeit den Friedhofshügel hoch, auch wenn die Dorfkinder sich einen Spaß daraus machten, sie mit Steinen zu bewerfen, um ihre Marschformationen zu zerstören, und streunende Hunde sie mit ihren feuchten Schnauzen beschnüffelten oder sommerliche Totengeleite sich an den Insekten für ihren Schmerz rächten und sie wütend zertraten.

Als der erste Schnee fiel, bemerkte Santiago, dass seine Großmutter immer zerstreuter wurde. Manchmal brannte ihr das Essen an, weil sie es auf dem Herd vergaß, andere Male verwechselte sie die Zutaten für den Nachtisch mit denen von Vorspeise oder Hauptgang und kochte kastilische Suppe mit Zucker und Zimt oder Kichererbsen mit Zitronencreme. Dann begann sie dem Enkel aus Ezequiel Montes' Leben zu erzählen, von seiner Kindheit, als er die Lämmer zur Herde addierte und aus den Reißzähnen der Wölfe subtrahierte, von seiner außergewöhnlichen Begabung, die Bibel zu lesen, obwohl er sich bei jedem anderen Buch als Analphabet erwies, von dem Beutelchen, in dem er die Patronenhülsen aufbewahrte, nachdem sein Vater erschossen wurde, und das er sich jahrelang nachts unter das Kopfkissen legte.

Santiagos Knochen litten erneut und seine morgendliche Übelkeit kehrte zurück, ebenso die Verräter in Manuela Lagunas Geschichten und das Feuer in seinen Träumen. Diesmal fürchtete Santiago jedoch nicht, die Flammen könnten aus der Hölle stammen, auch wenn sie ihn umzingelten wie beim ersten Mal und unversehens wieder erloschen, wenn ein Strahl des Mondlichts sie traf. Das Licht jenes Gestirns entfachte einen farblosen Brand, in dessen lodernden Flammen ihm das Gesicht einer Frau erschien. Mehrere Nächte lang vermochte er nur ihre rotblonden Haare zu erkennen, die sich in eine gelockte Mähne ergossen.

Doch als der Traum in seinem Körper Wurzeln zu schlagen begann, gelang es ihm in einer weiteren Nacht eine glatte Stirn auszumachen und in der nächsten ein Paar schwarzer Augen voller Sehnsucht. Am folgenden Tag war er ganz versessen auf die Kohle im Ofen, aß wie ein Süchtiger schwarze Oliven und Calamares in der eigenen Tinte, die Olvido ihm zubereitete, ohne das plötzlich erwachte Bedürfnis des Enkels zu verstehen, sich all die Schwärze einzuverleiben, die seinen Weg kreuzte.

Es vergingen Tage, ehe ihn der Traum erneut überkam, obwohl er überall zu schlafen versuchte – auf dem Pult in der Schule, beim Hören der gregorianischen Gesänge und Requiems, die er im Radio auflegte, oder wenn seine Großmutter den Schluss der Geschichten erzählte. Das Feuer, das zuerst kam, konnte ihn nicht mehr schrecken, er sehnte sich nach dem Gesicht der dahinter auftauchenden Frau, er sehnte sich danach zu erkennen, was hinter ihren Augen lag, die ihn gefangen hielten.

Als er sich eines Nachmittags nach Beendigung des Radioprogramms auf eine Bank in der Seitenkapelle der heiligen Pantolomina de las Flores setzte, fiel der Schleier des Mondes von den schwarzen Pupillen der Frau und offenbarte eine kleine, gerade Nase. Also machte er es sich zur Gewohnheit, eine Weile dort auszuruhen, und als er eines Abends wegen Schneegestöbers bis zum Morgen nicht in die rote Villa zurück konnte, schenkte ihm ein Nickerchen ihre kantigen Wangenknochen und ihre Ohren.

Je mehr Gesichtszüge er von ihr sah, desto unbekannter kam die Frau ihm vor und desto schöner. Als ihm nur noch Kinn und Lippen fehlten, fasste Olvido den Entschluss, Ezequiel Montes vor Anbruch des Frühjahrs nicht mehr zu erwähnen und sich wieder mit ungeteilter Liebe dem Enkel zuzuwenden, wie sie es all die Jahre seines Lebens getan hatte. Das Spielen und Scherzen hielt wieder

Einzug in ihre Küche und die mit Saucen bestrichenen Brustwarzen. Sie nahmen wieder ihre Spaziergänge durch die schneebedeckten Berge auf und die Nachmittage, in denen sie sich in der Kammer neben der Sakristei ansahen, während der Schäfer, allein auf Extremaduras Weiden, die Tage zählte, bis er nach Kastilien zurückkehren konnte, und das Mädchen mit den melancholischen Locken zwischen den Mixturen in der Hinterstube der Apotheke herzzerreißend schluchzte, weil Santiago in der Schulpause mit einer Zimtschnecke im Mund zu ihr gekommen und ihr auf den Kopf zugesagt hatte:

»Wir können uns nicht mehr küssen und anfassen, noch nicht mal die Hausaufgaben zusammen machen. Ich musste das alles für eine größere Sache opfern, aber das kannst du ohnehin nicht verstehen.«

Die Feuerträume hörten augenblicklich auf, und so sehr Santiago sich auch bemühte, sie zurückzuholen, es war vergeblich. Ihm blieb nur das unvollständige Antlitz der Frau, das sich in seinem Herzen versteckte.

Nichts konnte die Sonnenstrahlen daran hindern, dem winterlichen Schnee den Garaus zu machen, nichts die Zweige des Flieders davon abhalten, sich mit Knospen zu füllen, nichts die Schwalben bremsen, sich mit irrem Gezwitscher in die Welt zu stürzen, und die Hummeln, zwischen den Rosen zu summen, als sängen sie den Toten Schlaflieder. Und nichts konnte Olvido Laguna inmitten dieser unentrinnbaren Frühlingsboten daran hindern, eines Nachmittags zum Pferch hinaufzugehen und Ezequiel Montes zu treffen, dessen Körper noch nach Riedgras duftete. Sie begrüßten sich langsam, als kennten sie sich kaum, Monate des Schweigens schoben sich zwischen ihre Blicke.

»Wie war die Reise?«

»Ich musste an dich denken, da wurde sie mir lang.«

Es war gerade sieben Uhr, als hinter den Wipfeln der Pinien, von Wolken umgeben der schlanke Mond aufging. Ein drückendes Gewitter zog den Himmel zu. Die Monate des Schweigens verschwanden, Ezequiel umfasste Olvidos Taille und küsste sie auf den Mund, während ein Blitz sie erhellte. Arm in Arm gingen sie in die Hütte. Im Herd brannten ein paar Holzscheite, der Raum lag da wie ins Licht eines Sonnenuntergangs getaucht, und der Schatten der Pritsche zuckte über die Wand. Schon bald war ihnen die Kleidung im Weg. Ezequiel schien kräftiger geworden, seine Brust roch nach Wanderschaft und Schafswolle.

Im Gebirge zerflossen die Wolken zu einem Frühlingsgewitter. Doch bevor es alles aufweichte, kehrte Santiago von seinem Radioprogramm heim und machte sich, als er seine Großmutter nicht vorfand, auf den Weg zum Pferch. Mit kaltgefrorenen Händen durchquerte er den Pinienwald. Er stieg die Hänge mit den Wiesen hinauf und gab nichts darauf, dass ihn der Himmel bespuckte, bis er oben die Umrisse der Hütte auftauchen sah, den schwarzen Qualm im Schornstein und den Widerschein des Feuers im Fenster.

Sein Haar war triefnass, die Kleidung klebte mit einer verfluchten Kälte an seiner Haut, aber er nahm trotzdem das letzte steile Wegstück, das ihn von seinem Verdacht trennte. Bebend stieß er die Tür auf, und der eindringende Wind und Regen trafen die nackten Körper, die sich auf der Pritsche liebten, wie ein Messer. Bebend vernahm er den Heiratsantrag, den Ezequiel Montes seiner Großmutter genau in diesem Augenblick machte und den Rücken krümmte, um sich von einem Busen zu lösen, dessen Brustwarzen ausbrachen wie zwei Schmetterlinge.

Der Junge wurde leichenblass, die Nacht sank auf seine Kehle und auf das wilde Gebirge. Die Hirtenhunde schlugen an, sie bellten, weil sie einen Wolf witterten; Santiago ließ die Tür offen stehen und rannte über die mit Pfützen bedeckte Wiese davon.

Als Olvido wieder bei der roten Villa ankam, war die Nacht erfüllt von der Brutalität einer verbotenen Liebe. Eine Eule schrie und ein Hund, der sich seit dem letzten Jahrhundert im Rosengarten versteckte, bellte. Das Haus lag da wie ausgestorben, Olvido ging durch die dunkle Eingangsdiele und stieg die Treppe hoch, die unter ihren Schritten knarrte. Im Obergeschoss fielen Schatten über die Balkone in den Flur hinein, und die Stille war wie Schnee. Sie fand Santiago im Eichenzimmer und konnte ihn zunächst nur durch den Nebel eines gelben Augenpaars erkennen: Er lag gekrümmt, in der Haltung eines Embryos, auf dem Bett, reglos, vor Kummer vergangen.

Sie behielt den Namen des Enkels auf den geschlossenen Lippen, bevor sie näherging und seinen glasigen Blick sah, seine glänzende Haut, wo die Feuchtigkeit des Regens kristallisiert war, das glatte, schrecklich kalte Gesicht, die ins Fleisch eingesunkene Kleidung. Sie hatte Mühe, ihm alles auszuziehen, seine Glieder waren steif, er phantasierte, und sein Atem ging wie Feuer. Die Decke, mit der sie ihn bedeckte, begann zu zittern, die blauen Lippen kräuselten sich, die Lider wurden schmal.

Olvido entblößte sich selbst und legte sich zu ihm, zog ihn an sich und drückte ihn fest, um ihn mit ihrer Haut zu wärmen. Die Tränen liefen ihr wie Schlangen aus den Augen, und sie dachte daran, was aus ihr werden sollte, wenn sie ihn in diesem Moment verlor, denn der Herzschlag des Jungen ging holpernd und unruhig. Sie sah ihren Enkel tot, vom Regen ausgeschieden, und sich im Angesicht dieses neuerlichen Verlusts auf einem weiteren Grab sitzen, wo sie mit den Würmern reden konnte.

Sie fand sich grausam, denn sie hatte ihn verletzt und nun lag er zu einem Eiszapfen gefroren da. Sie begann sein Gesicht mit Küssen zu bedecken und versank in der Verzweiflung jener lauen Nacht, küsste ihn noch mehr, verlor die Beherrschung und den Verstand. Und in der Umarmung, die ihre Leiber vereinte, entrang sich ihr ein Seufzen und ein Singsang, du brauchst nicht mehr zu leiden, mein Kind, während er mit Lippen, auf denen die Liebeslast zweier Generationen lag, aus dem Delirium aufwachte und diese ein ums andere Mal in die ihren tauchte, sich dann ins Delirium zurücksinken ließ und von einem Feuer ohne Mondschein träumte, sich an der Wucht versengte, mit der sich sein Verlangen aufrichtete, und seine Großmutter in der Liebkosung erkennend, erneut erwachte und weinte. Aber sie weinte noch mehr, und sie trösteten sich gegenseitig mit dem Schmatzen ihrer Küsse, mit dem Klatschen ihrer Leiber, die sich nie hätten finden dürfen; und schmolzen schäkernd dahin mit ihren ich kann nicht ohne dich leben und ich auch nicht ohne dich, ihren Erkundungen jeder Hautfalte und sich in ihnen allen liebend.

Die Sterne fielen ins Zimmer und beleuchteten ein Vorzeichen, der purpurne Himmel tanzte wie in den Zeiten des Bordells, und in einer goldenen Zimmerecke lachte Clara Laguna und rückte sich auf dem unsichtbaren Schenkel ein Strumpfband zurecht.

Um sechs Uhr früh erwachte Santiago mit aufgesprungenen Lippen, vom Fieberwahn, von der Liebe und vom Regen, aber das Bett neben ihm war leer. Sein nackter Körper brach in sich zusammen, als er seine Großmutter im Spiel aus Schatten und Licht rief, das er für das Morgenrot hielt; es kam keine Antwort. Plötzlich packte ihn die Angst, Brandgeruch stieg ins Zimmer und legte sich auf seine Kehle. Er sah aus dem Fenster, und der Traum, den er zu träumen glaubte, wurde zum Alptraum.

Der Stall brannte lichterloh, ein riesiges Feuer bäumte sich auf und schien die Wolken verschlingen zu wollen. Santiagos Augen wurden blind vor Angst. Er suchte Olvido in den Zimmern des Obergeschosses, er rief sie und schrie sich fast die Seele aus dem Leib. Er fand sie nicht, das Schweigen im Haus wurde zu einem schwarzen Qualm, der verzweifelt in alle Ritzen einzudringen versuchte. Zwei Stufen auf einmal nehmend, sprang er die Treppe hinunter, stolperte über den letzten Absatz und rollte auf die Fliesen der Eingangsdiele. Er verletzte sich am Knie, achtete aber nicht auf die Wunde und humpelte zur Tür; er versuchte, sie zu öffnen, doch sie war zugeschlossen.

So gut er konnte, lief er in die Küche, schob den Riegel der Gartentür zurück und sah auf Kohlköpfen und Kürbissen ein filigranes Netz aus Blut. Bei den Stallmauern war ein mächtiges Krachen zu vernehmen und das Wiehern des Pferdes, das jemand aus dem Stall gelassen hatte und das mit brennender Mähne im Garten herumtrabte. Mehrmals schnitt es dem Jungen den Weg ab, während er keuchend zum Brandherd hinkte, als hätte es Anweisungen, ihn daran zu hindern, die Flammen zu erreichen.

Santiago wich ihm aus und ging rauchgeschwärzt und mit glühendem Fleisch weiter. Neben der Stalltür sah er im Gras Olvidos Morgenmantel und ihre Hausschuhe liegen, als habe sie sich dem Tod unbekleidet hingeben wollen. Er hob beides auf und presste es an die Brust, dann sah er vier Schafe Reißaus nehmen, die aus den Ställen ausgebrochen waren und mit apokalyptischem Blöken das Weite suchten. Als die Stallwände Funken sprühend vor ihm einbrachen, fiel Santiago nach hinten auf den Boden, wo er liegen blieb, bis die Feuerwehr anrückte, um zu verhindern, dass nach dem Stall auch das Haus, der Rosengarten oder gar der ganze Berg in Flammen aufging.

Tagelang saß er an derselben Stelle in eine Decke gehüllt, die man ihm umgelegt hatte, ohne die kleinste Spur des Mondstrahls zu entdecken, der die Brände in seinen Träumen löschte. Er sah das ganze Dorf in einer Prozession an seinem Kummer vorüberziehen, ihm Beileid bekunden und das Grab in Augenschein nehmen, wo die schönste Frau der Welt wohl ruhen musste, denn so viel sie auch suchten, sie fanden weder den Leichnam noch einen einzigen verkohlten Knochen von ihr. Pater Rafael gab ihm zu essen und zu trinken und wischte ihm den Jammer aus den Wunden, er hielt auch Nachtwache bei ihm und gab sich zum Wasserlassen mit dem Hortensienbusch zufrieden, während er geduldig wartete, bis der Junge so weit war, zu ihm umzuziehen.

Nun war keine Laguna-Frau mehr da, die man hätte retten können, nur ein junger Mann, der auf der weichen Erde saß, ein Häuflein Elend, das den Frühling durchkreuzte und auf dem die Grillen herumkrabbelten, um sich in den wärmsten Nächten zu paaren, wenn es nach zerstörten Feuern und feuchter Asche roch.

Kapitel 19

Man erzählt, ein junger Mann mit Namen Esaín habe das Meer herausgefordert und für hundert Tage an einen Eukalyptusbaum gefesselt. Man erzählt, das sei passiert, weil es seit Urzeiten einen Bund zwischen dem Meer und den Menschen eines großen Dorfes gegeben habe. Einmal im Jahr legte nämlich im Monat August der Dorfvorsteher bei Vollmond die Kleider eines Fischers auf den goldenen Strand. Nach Mitternacht brandete das Meer mit einer riesigen Welle bis dorthin, durchnässte die Kleider und nahm menschliche Gestalt an. In Flanellhosen und einem weißen Fischerhemd spazierte es dann durch die Straßen und über die Plätze des Ortes, trank Wein aus den Fässern, die es unterwegs fand, und schlief mit den schönsten Frauen.

Wenn sich der erste Sonnenstrahl zeigte, kehrte es zum Strand zurück, legte die magischen Kleider ab und löste den von Wein und Liebe noch trunkenen Leib in einer Welle auf. Im Gegenzug schenkte das Meer jedem Menschen ein paar Tränen, die er weinen konnte, wenn er traurig war, weil nichts ihren Kummer mehr linderte, und verpflichtete sich, das Leben der Fischer zu schonen.

Eines unseligen Jahres starb aber der Dorfvorsteher und Esaín, sein erstgeborener Sohn, trat seine Nachfolge an. Er war unbestritten ein tapferer Junge, der sich von klein auf durch Geschick und Kraft im Nahkampf hervorgetan hatte und dazu ein edles Herz besaß. Esaín hatte eine jüngere Schwester, und als der Vater starb und der Mutter ins Grab folgte, sorgte er für sie. Das Mädchen hatte einen Namen, der in vier verschiedenen Sprachen gleich lautete, besaß schon mit elf Jahren eine unvergleichliche Schönheit und vermochte mit ihrer Stimme selbst die Sirenen aus dem Meer zu bezirzen. Jeden Tag im ersten Schimmer der Morgenröte ging sie hinaus, um auf dem goldenen Strand zu singen und mit Schellen an den Füßen und Bändern an den Handgelenken auf den Dünen zu tanzen. Das Meer beobachtete sie mit seinen Wellen, sah ihre anmutige Gestalt, ihr schwarzes, wie eine Piratenflagge im Wind flatterndes Haar, hörte sie lachen und mit ihren dunklen, stets auf es gerichteten Augen träumen.

Wenn das Mädchen nachmittags heimkehrte in das steinerne Haus im Eukalyptushain auf einem Hügel, trat das Meer über die Ufer, ergoss sich durch Straßen und Plätze und flutete mit seiner feuchten, stummen Zunge bis zu ihrer Tür, schwappte dann die Mauer hoch und bis zu ihrem Fenster, um sie im Bett schlafen zu sehen. Das Dorf verstand, dass sich das Meer zum ersten Mal verliebt hatte. Da auch Esaín das erkannte, fürchtete er, es würde in menschlicher Gestalt die Schwester besitzen und dann in seine unergründlichen Tiefen mitführen wollen, so dass er sie nie wieder zu Gesicht bekäme.

Als der August kam und die Vollmondnacht anbrach, legte er deshalb die Lumpen eines Landstreichers an den Strand. Wie immer durchnässte das Meer im Schutze des Mondes die Kleider, nur diesmal behielt es seinen flüssigen, kalten Leib. Aus Zorn über den Verrat, der ihren Bund zerbrach, zerstörte es mit einer Flutwelle Häuser, Straßen und Felder, während es die Dorfbewohner mit schaumiger Kehle nach dem Grund für den Betrug nach all den Jahrhunderten des friedlichen Zusammenlebens fragte. Diese gestanden verschreckt, wer der Betrüger war und wo er lebte, wagten aber nicht, ihm weitere Auskünfte zu erteilen, um seinen Zorn nicht noch mehr herauszufordern, so dass es am Ende mit seiner Brandung alles kurz und klein schlug.

Dann erkannte das Meer im Haus des Verräters das Heim des vergötterten Mädchens und stieg diesmal mit einer gewaltig tosenden und Algenfetzen spuckenden Welle bis auf den Hügel hinauf.

Esaín und seine Schwester waren in den Eukalyptushain geflohen, als sich dicke Wolken über den Himmel schoben und Haufen bildeten und der Mond erblasste wie ein Toter. Das Meer folgte ihnen in den Wald, so dass Muscheln, Gischt und Fische mit offenen Mäulern in den Wipfeln der Eukalyptusbäume hängenblieben. Ohne Mühe kam es den Flüchtigen auf die Spur; das Mädchen weinte erschrocken, und das Meer erkannte den Geruch der Tränen, die von ihm selbst stammten, seine Wasser waren. Es holte die beiden in der Nähe des Steilufers ein, wo der Wald endete. Esaín versteckte seine Schwester hinter den Felsen und trat dem Ungeheuer entgegen, dessen Geheul einem Wirbelsturm glich.

›Wenn du ein Mann sein willst, dann kämpfe wie ein Mann‹, forderte er das Meer heraus und warf ihm die magischen Kleider hin, die er in einem Beutel mitgebracht hatte.

Der Vollmond wurde noch bleicher, als die Wellen mit aufpeitschender Gischt die Kleider durchnässten und das Meer zu einem stattlichen Mann mit eisigem Blick wurde.

›Hier bin ich, junger Mann. Jetzt werde ich dir heimzahlen, dass du mich daran hindern wolltest, euren Wein und euer warmes Fleisch weiter zu genießen.‹

Sie stürzten sich aufeinander und kämpften verbissen. Und obwohl der Junge stark war und kampferprobt, besiegte ihn das Meer, in dessen Armen die Macht der Stürme wohnte. Es warf ihn auf den Rücken und drückte ihm die Kehle zu, um ihn zu erwürgen, da kam die Schwester des Jungen aus ihrem Versteck und sah das Meer mit dunklen Augen an. Das Meer spürte, wie ihm vor lauter Liebe die Kraft aus den Armen wich; diesen Moment nutzte Esaín, warf sich auf es und drückte es seinerseits zu Boden.

›Tanz!‹, befahl er der Schwester.

Das Mädchen tanzte wie jeden Morgen bei Sonnenaufgang auf den Dünen. Da fing das Fleisch des Meeres zu glühen an, wie ein Schmiedeeisen. Esaín ließ augenblicklich von ihm ab, um nicht zu verbrennen, und befahl der Schwester, mit dem Tanz innezuhalten. Dann redete er in der Sprache der Bäume zu einem hundertjährigen Eukalyptusbaum, worauf dieser seine Wurzeln aus der Erde zog und den Leib des Meeres an seinen Stamm fesselte. Tags drauf legte Esaín ihm noch Hände und Füße in Ketten und das Meer blieb, Sonne und Wind ausgesetzt, gefangen. Aber die Menschen im Dorf begannen schon bald unter den Folgen zu leiden.

Die Tage vergingen und die weite Fläche, die zuvor das Meer eingenommen hatte, verschwamm am unwirklichen Horizont und wurde zu einer Wüste, in der kein Hälmchen wuchs. Die Fischerboote lagen wie Gerippe aus Holz und Salz in der Einöde und die Menschen vergaßen ihr Leben, je ferner ihnen der Geschmack nach Fisch rückte. Ihr Kummer wog noch schwerer als zuvor, weil obendrein ihre Tränen eintrockneten. Die ältesten Dorfbewohner ließen sich nicht mehr blicken und eine Hungersnot, silbrig wie der Augustmond, traf die Häuser und die Herzen derer, die darin wohnten. Als hundert Tage vorüber waren, versammelten sich die Menschen auf dem Hügel vor Esaíns Haus und baten ihn, den Gefangenen freizulassen. Der junge Mann, der genauso litt wie sie, willigte ein.

Als er zur Steilküste kam, sah er seine Schwester um das Meer herumtanzen und singen, während dies Salzkrusten weinte und die glühenden Ketten ihm das Menschenfleisch versengten. All die hundert Tage hatte sich außer dem Mädchen niemand darum gekümmert, es am Leben zu erhalten. Sie war es, die das Meer löffelweise speiste, wie einen Kranken, sie war es, die ihm zu trinken gab und es mit einem Strohhut vor der stechenden Sonne schützte.

›Geh nach Hause‹, befahl ihr Esaín. ›Ich werde es jetzt freilassen.‹

Sie betrat den Eukalyptushain, tat aber nicht wie ihr der Bruder geheißen, sondern stellte sich hinter einen Baum. Von dort aus sah sie, wie Esaín dem Meer die Ketten abnahm und wie die Wurzeln es losließen. Ein milder Winternachmittag schmiegte sich zögernd an die Steilküste. Das Mädchen sah, wie der Körper des Meeres erschöpft auf die Knie sank, und wollte hinzueilen und ihm aufhelfen, aber sie fürchtete, der Bruder könnte böse werden, und harrte in ihrem nach Eukalyptus duftenden Versteck aus.

›Du bist frei‹, sagte Esaín, ›du kannst gehen.‹

›Deine Unverfrorenheit wird dich teuer zu stehen kommen‹, murmelte das Meer und sah ihn ein letztes Mal an wie ein Mensch.

Das Meer zog die Hose und das weiße Fischerhemd aus, und als kein Fädchen der magischen Kleider mehr an ihm war, schwoll es zu einem riesigen Ozean an und stürzte die Steilküste hinab. Esaín glaubte, nun wäre alles vorbei, da vernahm er die Schreie seiner Schwester aus dem Wald.

›Vorsicht, Esaín! Hinter dir, hinter dir!‹

Er drehte sich um und entdeckte das Meer, das still und heimlich die Felsen hinaufgeschwappt war, um ihn aus Rache mit sich in die Tiefe zu reißen. Ohne einen Augenblick zu zögern, schlüpfte Esaín in Hemd und Hose und verwandelte sich vor den staunenden Augen seiner Schwester in eine schäumende Welle, die sich mit dem Meer von der Steilküste stürzte.

»Man erzählt, das Mädchen sei bis zur äußersten Kante gelaufen und habe die Welle gegen den Strom all der anderen schwimmen sehen. Man erzählt, das Meer habe den Menschen die Tränen wiedergegeben, aber nur, weil es den Kummer seiner Liebsten lindern wollte; und dass die Fischer ohnehin nie mit ihnen hinaussegeln, sie lassen ihre Tränen lieber zu Hause in der Obhut von Müttern und Ehefrauen, damit das Meer ihnen nicht auf die Spur kommt und ihre Boote kentern lässt. Aber man erzählt auch, wenn es sie trotz dieser Vorkehrung findet, dann bricht vom Horizont eine Welle auf und trägt sie unbeschadet bis zum Strand.«

Santiago Laguna stand auf der schwach beleuchteten Bühne eines Madrider Cafés und nahm den Beifall entgegen. Der Zigarettenrauch vernebelte die Gesichter der jungen Leute an den Tischen und stieg bis zur Decke des Lokals, wo zwei Ventilatoren ihn zerhackten. Es roch nach Bier und Irish Coffee.

Erzähl der Welt die Geschichten deiner Urgroßmutter, hatte Pater Rafael auf dem Sterbebett zu ihm gesagt und ihm die Hand getätschelt. Du bist als Künstler auf die Welt gekommen. Und Santiago hatte auf ihn gehört. Während der Pfarrer im Sterben lag, seine

Niereninsuffizienz ihn für Monate ans Lager fesselte und beinah auf die Normalgröße eines Mannes schrumpfen ließ, waren Manuela Lagunas Geschichten das Einzige, was ihm die Schmerzen erträglicher machte. Santiago hielt Tag und Nacht bei dem Geistlichen Wache, der sein Schlafzimmer in der Kirche behalten hatte, obwohl inzwischen ein frischgebackener junger Priester sein Amt bekleidete; dieser war aber einfühlsam genug, in ein Häuschen neben der Kirche zu ziehen, Pater Rafael hatte sich nämlich in den Kopf gesetzt, in seinem eigenen Bett zu sterben, und weder die Empfehlung des Arztes, er solle ins Krankenhaus gehen, noch die Einwände seiner Kirchenvorgesetzten konnten ihn davon abbringen. Der Pater fand, dass die Schande, mit fünfundsiebzig zu sterben, schon groß genug sei, schließlich erreichten in seiner Familie die Männer leicht die Hundert und die Frauen das Alter von Schildkröten, ohne je ein Krankenhaus von innen gesehen zu haben.

Als er sich nicht mehr auf den Beinen halten konnte und damit der lärmende Beweis, dass ein Riese im Anmarsch war, verschwand, kam der Arzt regelmäßig zu ihm, hörte ihn ab und fühlte ihm den Puls, während er Santiago mit Blicken zu verstehen gab, dass jede Hoffnung zu spät war. Wenn der Arzt wieder gegangen und sie, wie die ganzen letzten Jahre, wieder allein waren, dann saß der junge Mann auf einem Stuhl am Bett und erzählte dem Pater eine Geschichte. Das Meer hielt tosend Einzug im Schlafzimmer der Pfarrei, und der Pater hörte die Kantabrische See seiner Kindheit rauschend kommen und gehen, er hörte die Möwen krächzen und schmeckte die salzige, fischige Luft von der Markthalle am Hafen. Das erste Mal enthielt Santiago ihm das Ende der Geschichte vor, indem er plötzlich verstummte, die Augen tränenblind von Erinnerungen.

»Erzähl weiter, ich will wissen, wie es ausgeht«, bat ihn der Kranke.

»Ich weiß es selbst nicht, Pater.«

»Wie, in Gottes Namen, kannst du das nicht wissen, na, dann erfinde etwas, aber lass mich nicht mit dieser ungelösten Sache sitzen«, sagte er, wälzte sich im Bett und spürte die Hundebisse der Krankheit in den Nieren.

»Schön ruhig bleiben, sonst geht es Ihnen noch schlechter.«

Santiago begann eine neue Geschichte, die er ebenfalls unvollendet ließ, dann schloss er eine weitere an und noch eine, alle ohne Schluss. Verwirrt von all den Stürmen, Fischern und Sirenen, schlief Pater Rafael schließlich ein. Als Santiago ihn am nächsten Tag nach dem Frühstück fragte, ob er eine Geschichte hören wolle, wehrte er ab, außer, er erzähle sie ihm vom Anfang bis zum Ende. »Ich habe mich die halbe Nacht im Bett gewälzt und in Alpträume verstrickt, um herauszufinden, wie die von gestern ausgehen.«

Sein Gesicht war von einem Schmerz verzerrt, dem mit Tabletten nicht beizukommen war.

»Das tut mir leid, Pater, wissen Sie«, begann er zögernd, »es ist nämlich so, dass sie, also meine Großmutter, verstehen Sie … Ich habe immer vor dem Ende angehalten, und sie hat den Schluss erzählt, so ist es immer gewesen«, er schloss die Augen und spürte ein Feuer in seinem Herzen brennen.

»Geh beten, mein Sohn, geh beten«, der Pastor suchte die Hand des jungen Mannes und drückte sie.

»Wenn ich zurück bin, erzähle ich Ihnen eine vollständige, damit Sie sich nicht so quälen müssen, Pater.«

Er verließ das Schlafzimmer und wandte sich zur Sakristei. Doch anstatt zu beten, trank er den Messwein bis zum letzten Tropfen und auch den Wein, der nicht für die Messe vorgesehen war, während sich der Pfarrer stöhnend im Bett aufrichtete und in den Schlauch urinierte, der an einem Beutel hing. Dabei krümmte er sich vor Schmerzen, die nichts mit der Krankheit zu tun hatten, sondern mit einem Beichtgeheimnis, das ihm seit der Brandnacht wie ein Schatten auf der Seele lag.

An jenem Tag erzählte Santiago mit dem Nachgeschmack von Käse und Brot auf der Zunge, die er gegessen hatte, um den Weingeruch zu überdecken, Pater Rafael eine vollständige Geschichte, stockte aber für ein paar Minuten, ehe er den Schluss anfügte, als erwarte er Olvidos Wiederkehr aus den Gefilden des Todes.

Jenes Schweigen, das von nun an stets dem Schluss vorangehen sollte, verkürzte sich zwar im Laufe der Wochen und Monate, aber ganz verschwand es nie. Sogar nachdem Pater Rafael eines Abends, Ende August, nach dem Gesicht des Jungen getastet und es in Händen haltend sein Leben ausgehaucht hatte, indem er die Bitterkeit eines Geheimnisses mit dem letzten Atemzug in sich begrub, und Santiago, den Rat des Pfarrers befolgend, begann, sich seinen Lebensunterhalt als Geschichtenerzähler zu verdienen, hing kurz vor Schluss in den Cafés und Veranstaltungssälen jenes Schweigen zwischen ihm und dem Publikum – manchmal nur für die wenigen Sekunden, eine Blume auf ein Grab zu legen.

Nach dem Feuer verlor Santiago seine Stimme. In den Tagen, als er, vom Unglück wie versteinert, in die Betrachtung der rauchenden Stallreste versunken dagesessen hatte, zog er sich eine schwere Grippe zu und lag über eine Woche im Schüttelfrost, geplagt von obszönen Wahnvorstellungen mit Insekten. Pater Rafael, der ihm Hustensaft einflößte, ihn Menthol inhalieren ließ und ihm die Stirn mit feuchten Weihwasserwickeln kühlte, kam zu der Überzeugung, dass der Junge nicht kräftig genug war, diesen Kummer mit seinen sechzehn Jahren zu überleben. Doch eines Tages wachte Santiago fieberfrei auf und der blonde Arzt mit dem schütteren Haar versicherte dem Pater, dass er das Schlimmste überstanden habe. Seine Genesung galt geradezu als Wunderheilung. Allerdings erhob er sich aus dem Bett und stank wie das Land nach dem Regen – ein Geruch, den er nie mehr loswurde.

Als der Sonntag kam, stellte er sich auf sein Podest, um das *Gloria* zu singen, doch sein Bariton wurde von einem mechanischen Trällern unterwandert, ähnlich dem Zirpen von Grillen. Ohne das Lied zu beenden, stieg er vor den erwartungsvollen Augen des Dorfes, das zum ersten Mal Mitgefühl für einen Laguna empfand, vom Podest und kehrte nie wieder dorthin zurück. Pater Rafael bat den

Arzt, seinen Hals zu untersuchen: Die Mandelentzündung war verschwunden, so dass es keinen medizinischen Grund für das Trällern gab. Da ging Pater Rafael auf, dass wohl ein seelisches Problem den Jungen seiner Nachtigallenstimme beraubt hatte.

Santiago zog in die Besenkammer ein, wo Clara Laguna einst ihren Morgenmantel und die Maurenhosen ausgezogen hatte, um in die Kleider des Dienstmädchens zu schlüpfen, während Pater Imperio in der Seitenkapelle der heiligen Pantolomina de las Flores auf sie wartete. Einen anderen Raum gab es in der Pfarrwohnung nicht, die bloß aus einer Küchenecke, einem Bad, dem kargen Schlafzimmer des Pfarrers und der Kammer neben der Sakristei bestand, wo der Krimskrams der Radiostation untergebracht war. Die Seniorennachmittage und die Katechesen wurden in einem kleinen Saal im Rathaus abgehalten.

Der Pater hatte Santiago vorgeschlagen, den Sender zu schließen, die Geräte zu verkaufen und dort sein Zimmer einzurichten; er sollte sich wohlfühlen und an einem Ort sein, wo er einen Teil seiner Kindheit verbracht hatte. Aber der Junge wollte nur ungern auf die Ablenkung der Radiosendungen verzichten und zog es vor, in jene Besenkammer zu ziehen, die sich nach einer Grundreinigung, einem neuen Anstrich und der Einrichtung mit einem schmalen Bett, einem Stuhl und einem Klapptisch zum Lernen in eine zwei mal zwei Meter große Zisterzienserklause verwandelte. Seine Kleidung wurde auf Pater Rafaels Schrank und den Sakristeischrank mit den sakralen Gewändern für hohe Anlässe verteilt.

Santiago übernahm wieder die Bibellesung im Radio und die Rezitation der frommen Dichtung, und zwar mit einer fast mystischen Inbrunst und solchem Eifer, dass die alten Weiber, wenn seine Stimme in ihren Kofferradios ertönte, die Überzeugung äußerten, er werde bestimmt eines Tages zum Priester geweiht – trotz seiner Herkunft mit Puff und Verfluchung.

Die jungen Mädchen im Dorf zweifelten jedoch an dieser Berufung. So wie sich seine Großmutter Olvido die Wunden der Sehnsucht geleckt hatte, indem sie das Andenken an ihren Liebsten kochte, und seine Urgroßmutter ihren Zorn beschwichtigte, indem sie Hähnen die Gurgeln durchschnitt, verdrängte Santiago Schuld und Einsamkeit, indem er in einer Krypta unweit des Friedhofs – der Legende zufolge eine alte Grabstätte der Templer – wild herumvögelte. Der Ort erwies sich als großartige Spielwiese, weil er rund ums Jahr die stabile Temperatur vom Herzen der Erde hatte. Man erreichte ihn über einen unterirdischen Gang, dessen Eingang, eine Bodenklappe, in der Seitenkapelle der heiligen Pantolomina de las Flores lag. Kurz nachdem er ins Pfarrhaus gezogen war, hatte Pater Rafael sie ihm gezeigt, um ihn auf andere Gedanken zu bringen.

Seit der Brandnacht umgab Santiago die Aura eines vom Schicksal Geschlagenen, was seine Attraktivität und auch das Blau seiner Augen nur noch intensivierte. Als ob das nicht genügte, nahmen seine Bewegungen allmählich die französische Anmut seines Vaters an und unterschieden ihn damit von den anderen Jungen im Dorf. Auf seine Eroberungen sprach er mit einer tiefen, in Ungnade gefallenen Stimme ein, was sogleich eine gewisse Intimität erzeugte. Und wenn er sich in seiner Kindheit dagegen gewehrt hatte, als »verflucht« zu gelten, bezeichnete er sich nun selbst so. Aus diesem Grund, so erläuterte er den Mädchen und jagte ihnen mit seinen Worten wohlige Schauer über den Rücken, würden sie, wenn er sie liebte, zu Liebeskummer und gesellschaftlicher Schande verdammt sein.

Doch die Aussicht auf ein solches Schicksal trieb sie erst recht an, in der geheimen Krypta ohne Sinn und Verstand mit ihm zu schlafen, nur vom Knistern der Grablichter und Kerzenstummel vom Altar begleitet, die Santiago aus der Kirche gestohlen und auf Zinktellerchen um das Lager der Leidenschaft herumgestellt hatte, das aus ein paar Strohsäcken bestand mit Clara Lagunas Bettdecke darüber. Diese Decke verströmte einen vertrauten Geruch im felsigen Oval der Krypta, und es war die Enkelin des Apothekers, die ihn als Erste roch.

Nachdem sie Santiago verziehen hatte, dass er sie in der Hinterstube sitzengelassen hatte, begann sie ihn mit einem Eifer zu trösten, wie er nur glühender Liebe entspringen konnte. Mit ihren siebzehn Jahren war sie, zu jeder Verdammnis bereit, solange ihre Brüste nur in den Händen des Jungen lagen, in denen sie gereift waren, ihr Mund von seinen Lippen umschlossen wurde und sich ihre Haut in seinen blauen Augen spiegelte, die ihren nackten Körper betrachteten und dabei an eine andere dachten.

Die Krypta kochte von der Wehmut zerstörter Jungfernschaften und von der Wollust derer, die sich wie Rosenzungen in den Rausch des Erinnerns und Vergessens stürzten. Und bald fand die Enkelin des Apothekers heraus, dass sie nicht die Einzige war. Sie ohrfeigte ihn, kratzte ihn, zog ihn an den Haaren, kehrte dann aber zu ihm zurück, weil ihr Herz nicht anders konnte. Sie lernte ihn zu teilen, und sei es nur wegen der kurzen Augenblicke, in denen sich Santiago nach dem Liebesspiel ihre goldenen Locken um den Finger wickelte und sie wie zwei alte Geliebte über die Abenteuer ihrer Kindheit sprachen. Dann lachten sie als Verbündete über die Nachmittage, an denen sie Salben und Heiltränke für verstopfte Katzen hergestellt hatten, so dass sie sich einbildete, er könne das mit keiner anderen.

Später, in der mönchischen Stille seiner Kammer, wünschte Santiago sich inständig, er wäre fähig sie zu lieben, und warf sich unter Tränen vor, keine tieferen Empfindungen für sie aufzubringen als eine Zärtlichkeit, die sich beim ersten Morgenschimmer verflüchtigte.

Er hatte nicht mehr von dem Feuer geträumt, das unter den Mondstrahlen erlosch, und auch nicht von der Erscheinung der Frau dahinter. Gleichwohl ließ er nichts unversucht, um sie zur Rückkehr zu bewegen. Noch einmal verrenkte er sich den Magen mit einem Übermaß an schwarzen Oliven und probierte es sogar mit Pfefferkörnern und Bitterschokolade, weil er um jeden Preis jene Dunkelheit anlocken wollte, die er in den Augen keiner anderen Frau finden konnte. Er hielt endlose Siestas auf einer Bank in der Seitenkapelle der heiligen Pantolomina de las Flores; er ging mit dem Gedanken an sie zu Bett und setzte die bekannten Teile ihres Gesichts wie ein Puzzle zusammen, in der Hoffnung, seine Träume würden ihm die fehlenden Stücke liefern: die Lippen, das Kinn, den Hals …

Eines Nachts flüchtete er in den Eichenwald und betrank sich mit Schnaps im Flutlicht des Vollmonds, dabei rief er sie an wie eine heidnische Göttin. Im Rausch riss er sich die Kleider vom Leib, entfachte ein Feuer und war kurz davor, sich im Andenken an Olvido selbst darin zu opfern, als ihn ein Schäfer entdeckte und ihm mit Stockschlägen den Rausch austrieb. Aber Santiago beklagte nur, dass nicht die Frau ihn gerettet hatte, nach deren Lippen er sich verzehrte.

Nach diesem Vorfall beschloss er, sie zu malen. Obwohl ihm nie jemand von Pierre Lesacs Inspirationskreis erzählt hatte, teilte er Pater Rafael am Tag, bevor er mit dem Porträt begann, mit, er sei krank und könne weder zur Schule gehen noch dem Pfarrer beim Radioprogramm helfen. Er schloss sich in seine Kammer ein und dachte stundenlang an sie, spürte, wie ihre Züge durch seine Adern strömten, und erfand Zaubertränke, um sie im Traum zu erblicken. Als die Dunkelheit anbrach, stellte er ein Glas Wasser auf die Fensterbank, genau an die Stelle, wo das Mondlicht einfiel, und trank es tags drauf bis zum letzten Tropfen. Dann legte er sich wieder ins Bett, um auf einen Traum zu warten, der nicht kam.

Im Gegensatz zu seinem Vater malte er das Porträt mit Kohle. Die Mähne rotblond und gewellt, die Augen schwarz und traurig, die Wangenknochen markant, die Nase klein; er ließ das Porträt unvollständig, versteckte es zwischen seinen Büchern, betrachtete es viele Wochen lang vor dem Schlafengehen und stellte es ins Licht des Mondes – doch alles vergeblich.

Auf diese Weise vergingen zwei Jahre und mehrere Monate zwischen dem Frühjahr mit dem Brand und dem Zeitpunkt, als Pater Rafael sich unheilbar krank ins Bett legte. Das geschah in den ersten Sommertagen, als Santiago fast neunzehn war und die Schule mit guten Noten abgeschlossen hatte. Der neue Priester kam ins

Dorf, schmallippig und mit Pomadenhaar, schloss den Radiosender, und der technische Schnickschnack sowie die Langspielplatten mit der sakralen Musik verschwanden in einem Kleinbus mit unbestimmtem Ziel aus Santiagos Leben. Er ging auf den Platz hinaus und beobachtete, wie sich der Wagen in einem Sträßchen entfernte und das Rattern des epileptischen Motors das Wenige mit sich fortnahm, das seiner Seele noch geblieben war.

Er zog sich in die Kirche zurück, um den ganzen Sommer über in der drückenden Hitze der Hundstage, die das Dorf einschläferten, Pater Rafael zu pflegen. Das Herumtollen in der Krypta fand ein Ende, und die Enkelin des Apothekers musste sich damit zufriedengeben, ihn sonntags nach der Messe zu sehen. Dann schlich sie sich in seine Kammer und wartete ungeduldig, bis er kam und sie umarmte, weil er Ezequiel Montes' bohrende Blicke abzuschütteln versuchte, die fest auf ihn gerichtet waren, wenn sie sich begegneten.

Indessen wurde die rote Villa, ohne von einem lebendigen Laguna bewohnt zu werden, allmählich von den Geistern erobert. Der Garten unterwarf sich dem allgemeinen Klima. Die Hortensien und die Wicken vertrockneten in jenem wütenden Sommer, die Kastanie erblasste, die Rosenblüten verkümmerten, die Geißblattstauden ließen traurig die Zweige hängen, die Kürbisse, die Tomaten, die Salatköpfe verfaulten in den Gemüsebeeten und kamen nicht wieder. Die Fruchtbarkeit des Gartens erlosch mit Santiago. Nur die Margeriten sprühten weiter vor Hass.

In den Stunden am Krankenbett, wenn er über den Schlaf des alten Pfarrers wachte, begann Santiago wieder zu dichten, während er die von Arzneien, Schwüle und dem Schnarchen des Paters verpestete Luft mit diesem teilte. Die Stille wurde nur unterbrochen, wenn Pater Rafael aus einem Alptraum oder einer Wahnvorstellung aufschreckte und stockend auf Lateinisch oder Baskisch die Bitterkeit jenes Beichtgeheimnisses von sich gab, weil ihm seine Gelübde verboten, klarere Worte zu formulieren.

»Ganz ruhig, Pater.«

Santiago kühlte ihm die Stirn mit Wasser.

»Du verstehst es jetzt, sie dachte, sie hätte keine andere Wahl«, beharrte er in der Sprache seiner Träume.

»Wer?«

»Sie, sie«, der Schmerz vernebelte ihm den Blick.

»Sie sollen sich nicht so quälen, bitte!«

»Morituri te salutant«, stieß er mit einem Mal lachend aus, die Geheimnisse vermengten sich mit Szenen aus den Filmen über das alte Rom, die er so liebte, und dem eigenen Sterben.

Wenn er sich wieder beruhigt hatte, nutzte Santiago die Gelegenheit, um in der Sakristei den Wein zu trinken, den der neue Priester anschließend vermissen würde.

Eine Zikadenplage fiel über das Dorf her, sie kam auf der senffarbenen Luft geritten wie auf einem fliegenden Teppich. Wenn Santiago die Insekten in den Ecken des priesterlichen Schlafzimmers herumschwirren sah, erschlug er sie mit dem Besen; dann setzte er sich wieder ans Krankenlager und vertiefte sich in seine Gedichte, deren Zeilen von der Sehnsucht nach einem Leib und einem von grünen Verräteraugen befleckten Namen handelten. Bisweilen schläferte der Wein ihn ein. Dann träumte er von Hunderten Zikaden, die ein Requiem anstimmten, und erwachte schreiend und in Tränen aufgelöst, Pater Rafaels Leib umklammernd, als wäre er noch der Alte, dick und kraftstrotzend, und nicht das hinfällige Häuflein Elend, das aus ihm geworden war. Schlaftrunken tröstete der Pastor ihn auf Lateinisch, bis sich der Kummer des jungen Mannes gelegt hatte und sie die Nachmittagsgebete sprechen konnten.

An einem schwülen Mittag Ende August sah Pater Rafael den Geist seiner Mutter am Fenster stehen und die Zikaden totschlagen, die sich auf dem Sims gesammelt hatten. Er wusste, dass Gott ihm damit ankündigte, ihn bei Einbruch der Dunkelheit zu sich zu nehmen. Also bat er Santiago, der nicht gesehen hatte, wie die Baskin in den Holzpantinen die Insekten zerdrückte, einen Umschlag mit roten und blauen Luftpoststreifen aus der Schublade in seinem Schrank zu holen. Bevor er ihn dem Pater aushändigte, erspähte er die Worte »Paris« und »France« darauf, und das Herz schlug ihm höher.

»Santiago, ich werde sehr bald von dir gehen, und wenn Gott will, in der himmlischen Herrlichkeit wohnen. Aber um dich mache ich mir noch Sorgen, obwohl du inzwischen erwachsen bist und ohne finanzielle Not vom Erbe deiner Familie leben kannst.«

»Sie werden doch noch bei mir bleiben.«

»Das würde ich gerne, mein Sohn, das würde ich gerne. Aber hab keine Angst, selbst wenn ich gegangen bin, bist du nicht allein auf der Welt. Der Brief, den ich hier in der Hand halte, ist von deinem Vater, Pierre Lesac, der, wie du weißt, in Paris lebt. Er möchte, dass du zu ihm kommst, um an der Universität zu studieren, wonach dir der Sinn steht, wie es einst deine Mutter getan hat.«

Santiago starrte Pater Rafael an, während seine Haut jenen Geruch nach feuchten Bergen ausschwitzte.

»Ich habe Kontakt mit ihm aufgenommen, bevor mich die Krankheit ans Bett gefesselt hat«, fuhr der Pater fort. »Er bereut sehr, dass er dir in den letzten Jahren kaum geschrieben hat. Aber Gott, der allmächtig ist – vergiss das nie –, hat seine Wege zum Guten gewendet, denn dein Vater ist jetzt Priester in der Kathedrale von Notre-Dame.«

»Er hat nie auf meine Briefe geantwortet, deshalb habe ich schon als Kind aufgehört, ihm zu schreiben. Aber ich habe jedes Mal an Weihnachten und manchmal zum Geburtstag seine Glückwünsche bekommen. Und einmal hat er mir sogar eins seiner Bilder geschickt, ein Porträt meiner Großmutter, das mich sehr glücklich gemacht hat. Mein Vater war ein Künstler und ich war so stolz auf ihn. Aber ich habe seit meinem fünfzehnten Geburtstag nichts mehr von ihm gehört.«

»Inzwischen bereut er das und ist, wie gesagt, in den Priesterstand eingetreten. Du solltest ihm eine zweite Chance geben.«

»Wie haben Sie ihn denn ausfindig gemacht?«

»Deine Großmutter hat mir die letzte Adresse gegeben, die sie von ihm hatte«, er vermied es, den Namen Olvido zu nennen.

»Wann?«, auf seinen Wangen brannte das Feuer des Stalls.

»Vor vielen Jahren hat sie mich gebeten, mich um dich zu kümmern, falls ihr etwas zustößt und sie nicht mehr in der Lage ist, alles zu tun, um deinen Vater ausfindig zu machen. Sie hat mir auch einen Brief für Pierre Lesac gegeben, den habe ich abgeschickt.«

»Wissen Sie, was in dem Brief stand?«

»Natürlich nicht, mein Junge, für gewöhnlich lese ich keine fremden Briefe.«

»Egal.«

»Wirst du denn nach Paris gehen, wenn ich nicht mehr bin? Sag ja, damit ich in Ruhe sterben kann. Das wird gewiss das Beste sein, schließlich ist er dein Vater.«

»Sie sind der einzige Vater, den ich habe«, antwortete er und brach in Tränen aus, »Sie sind der einzige Vater, den ich je geliebt habe, und wenn Gott Sie zu sich nimmt, dann bleibt mir nichts mehr, nichts …«

Der Pater richtete sich mit einem Ruck auf, dass die Harnsonde abrutschte, und umarmte Santiago mit der Kraft dessen, der einst mit seinem Gewicht das Holz der Kanzel zu zerbrechen drohte.

Zur Mittagszeit brachte ihnen die für Putzen und Kochen zuständige Frau ein Tablett mit Essen und fand sie ins Gebet vertieft. Danach erzählte ihm Santiago eine Geschichte von Manuela Laguna, bei der er einschlummerte. Der Nachmittag lag schon in seinen letzten Zügen, als der Junge ihm die Hand hielt und aus den Augenwinkeln Pierre Lesacs Brief auf dem Nachttisch ansah.

Als im Abendrot die ersten Sterne blinkten, kam die Mutter des Paters wieder und schlug am Fenster die Zikaden tot, dann war alles vorbei. Der blonde Arzt stellte den Totenschein aus, und das Bestattungsinstitut nahm den Leichnam mit, um ihn für die Beerdigung schön zu machen. Diese ließ aber drei Tage auf sich warten, genau die Zeit, die man brauchte, um einen Piniensarg mit speziellen Maßen anzufertigen, ehe die Verwesung einsetzte, denn Pater Rafael nahm als Verstorbener völlig unerwartet wieder die Größe seiner besten Jahre an; der Tod fegte die Krankheit fort und gewährte ihm die letzte Gnade: als der ins Grab zu steigen, der er gewesen war – ein riesiger Baske, unter dessen Schritten die Welt erbebte.

In jenen Tagen sah der neue Pfarrer Santiago wie ein nachtwandelndes Tier durch die Kirche und das Pfarrhaus streichen. Jeder Winkel stank dort nach regenfeuchter Erde. Der Mann schaute zum Himmel oder hielt die Hand aus dem Fenster und erwartete, dass sie nass würde, aber die senfgelbe Luft umfing ihn mit trockener Hitze. Er wurde bald verrückt, als er der Gewitterspur durch die Seitenkapelle folgte, durch die Sakristei und die Kammer mit dem einstigen Sender und am Ende jedes Mal auf Santiago traf, der, die blauen Augen kummervoll verdreht, auswendig Gedichte der heiligen Teresa von Ávila aufsagte und in den offenen Händen, wie Opfergaben, ganze Haufen mit Wachs einbalsamierter toter Zikaden hielt. Er vereinbarte mit seinen Vorgesetzten, dass der Junge das Pfarrhaus verlassen sollte, sobald Pater Rafael bestattet war. Als er ihm dies an einem Spätnachmittag in der einstigen Besenkammer mitteilen ging, traf er bei ihm ein Mädchen mit blonden Locken an, halbnackt, der er mit einem blauen Filzstift Waldtiere auf die Haut malte und dazu ein Kapitel aus der Offenbarung aufsagte.

Viele Jahre lang konnte er dieses Bild nicht vergessen.

»Morgen nach der Beerdigung verschwindest du von hier und hörst auf, dieses Haus zu entweihen«, sagte er mit zorniger Stimme.

»Morgen gehe ich für immer hier weg, keine Sorge.«

Um die senffarbene Schwüle zu überlisten, fand Pater Rafaels Begräbnis zur letzten Nachmittagsstunde statt, und da der Sarg nicht in den Leichenwagen passte, brachte man ihn mit einem von zwei schwarzen Gäulen gezogenen Karren zu seiner letzten Ruhestätte. Das ganze Dorf kam. Es wurden dreizehn Männer benötigt, um die Kiste ans Grab zu heben – da geht er von uns, der riesige Pfarrer, flüsterten die Witwen, wenigstens wackelt uns jetzt nicht mehr das Gebiss und das Porzellan –, und ebenso viele Männer, um die Seile zu halten, an denen er in die Grube gelassen wurde. Der Nachmittag ging in einem Horizont unter, der ganz rot war von den vielen Vaterunsern, und das Dorf verließ den Friedhof, weil es sich von einem Regenschauer bedroht fühlte. Doch bei Einbruch der Dunkelheit war noch kein einziger Tropfen gefallen, und der Wind war noch trockener als zuvor.

Santiago beschloss, dass dies der richtige Augenblick war, zu sterben. Er trickste die Wachsamkeit des neuen Pfarrers aus, der in Pater Rafaels Zimmer eingezogen war, und begab sich in die Seitenkapelle der heiligen Pantolomina de las Flores. Dort entzündete er zwei Altarkerzen vor dem Bildnis der Heiligen und verbrannte Pierre Lesacs Briefe. Das Feuer spiegelte sich in seinen Pupillen und versetzte ihn zurück in jene Nacht. Der Geschmack von Asche breitete sich in seinem Mund aus, und er ging zur Sakristei, um ihn mit Wein wegzuspülen. Von dort schlich er auf leisen Sohlen wieder in die Seitenkapelle. Ein Wolfsmond sickerte wie flüssiges Silber durch die Fenster und Mauerrisse und hinterließ auf dem Boden steinerne Pfützen.

Er hatte beschlossen, wie ein verfluchter Mann, der er inzwischen zu sein glaubte, der Tradition seiner Vorfahren gemäß, in der Kirche zu sterben, auch wenn Manuela Laguna ihn gelehrt hatte, ihr keine Bedeutung mehr beizumessen. Der geweihte Wein drehte sich in seinem Kopf und ließ ihn unwillkürlich lächeln. Unter dem Bildnis der heiligen Pantolomina lag in einem gläsernen Reliquienschrein der rechte Mittelfinger der Heiligen ohne eine Faser Fleisch, nur aus zwei Fingerknochen, die im göttlichen Licht perlmuttfarben schimmerten. Er bekreuzigte sich, bevor er den Schrein an sich nahm und das winzige Schloss mit einem Schlüssel öffnete, den er in der Sakristei geholt hatte. Er holte den Finger heraus und legte sich auf eine Bank.

Die Reliquie endete in der Schneide eines elfenbeinernen Dolches, denn die Heilige war von den Ungläubigen zerstückelt und ihre Knochen zerbrochen worden, um ihr den Glauben auszutreiben. Einzig jener Finger war von ihr erhalten geblieben, dem seit der Antike wundersame Kräfte zugeschrieben wurden. Santiago schnitt sich kurzerhand damit die Pulsader auf, und das Blut begann hervorzuquellen. Als er im Begriff war, sich auch den anderen Arm aufzuritzen, traf ein Mondstrahl die Wunde und ließ das Blut zu silbrigen Blasen gerinnen, um dann seinen Weg fortzusetzen und auf eine Steinmauer zu fallen, wo das Antlitz einer Frau erschien.

Anfangs war das Bild noch verschwommen, und er dachte, es handle sich um die heilige Pantolomina de las Flores, die sich ihm mit der Blässe eines Wunders offenbarte. Doch je deutlicher das Gesicht wurde, desto mehr merkte er, dass sie es nicht war. Die Märtyrerin hatte mit Lilien geschmücktes blondes Haar, weiß glühend wie ihre Gottesliebe, und sehr helle Augen, in denen die Auferstehung von den Toten durchschien. Die Frau, die in der Morgendämmerung der Mauer schwebte, war dagegen rotblond, hatte traurige Augen wie schwarze Oliven und eine kleine Nase, genauso wie sie Santiago im Traum erschien.

Ein Schauer ließ ihn auf die Knie sinken, als er die Züge erkannte, die er so inständig gesucht hatte: die vollen Lippen, das ovale Kinn, der schlanke Hals und die runden Brüste wie zwei Planeten. Ein dunstiger Geruch nach Tinte, nach hundertjährigem Pergamentpapier entströmte dem Glanz des Mondes, die Lippen der Frau öffneten sich, und er vernahm die Worte: Nimm mich mit zur roten Villa. Danach verschwand die Frau und ihm war, als erwachte er aus einem Traum. Die Mauer war wieder von Melancholie beschattet, das Blut floss weiter und tropfte auf seine Hose und die Bodengräber, während sein Kopf den Dusel des Weines abschüttelte und in seinem Herzen die Frage brannte, ob er wohl eingeschlafen war.

Kapitel 20

In dem Madrider Café wurde der Qualm bei der Julihitze dichter und stieg in Schwaden bis zu den Deckenventilatoren hinauf. Die Musik der Gruppe Mecano heizte die Unterhaltungen an, und die Kerzen auf den Tischen ließen die grellen Farben auf den Lidern mancher Mädchen aufscheinen. Santiago war unter Beifall und »Gut gemacht«-Rufen von der Bühne abgetreten, um sich auf einen Hocker an die Theke zu setzen. Er trank einen Whiskey mit Cola unter den bewundernden Blicken der Bedienung, einer jungen Frau von kaum zwanzig Jahren, blond mit einer zur Surfwelle auftoupierten Haartolle.

»Wollen wir nach unten gehen?«, fragte er, nachdem er das Glas bis zum letzten Tropfen geleert hatte.

Die Bedienung rief einen jungen Mann in einem hautengen schwarzen Hemd herbei, der an den Tischen servierte, und bat ihn, sie hinter der Theke zu vertreten. Hinter einer mit Graffiti bedeckten Tür neben den Toiletten gingen sie die Treppe hinunter. Eine unterirdische Welt kühlte ihre Haut, und das Dämmerlicht einer Glühbirne beleuchtete einen Keller, der als Vorratslager für die Kneipe diente. Sie liebten sich zwischen Pepsi-Cola- und Mirinda-Kisten auf einem riesigen Sack Erdnüsse, die von der Leidenschaft zerdrückt wurden, während in den Regalen die Salzgurken und Oliven vibrierten. Im Gegensatz zur Romantik von Eichenduft und Templerknochen in der Krypta, wo Santiago sich mit den Dorfmädchen vergnügt hatte, stank es in diesem Keller aus allen Winkeln nach Insektenvernichtungsmitteln und fluoreszierendem Rattengift.

Die Kellnerin klemmte sich ein Paar Schulterpolster aus Polyester unter die BH-Träger und zog ihr T-Shirt an. Das Meeresblau ihres Lidschattens und die militärisch steifen Schultern des Mädchens erinnerten Santiago an die Zeit seines Wehrdienstes in Valencia. Er hatte den Brief mit dem Einberufungsbefehl erhalten, als er gerade ins Hotel des Dorfes gezogen und besessen davon war, seine Tage in der Seitenkapelle der heiligen Pantolomina zuzubringen, um die Mauer anzustarren, wo ihm die rotblonde Frau erschienen war, und sich nachts in die unbefleckte Reinheit der weißen Laken zu hüllen und sie im Gestrüpp seiner Träume zu suchen.

Als das Blut an jenem Morgen auf seine Hose zu tropfen begann, band er sich das Hemd um das Handgelenk, damit die Blutung zum Stillstand kam, und suchte den blonden Arzt auf, der ihm die Wunde nähte, ohne viel zu fragen. Er konnte sich unmöglich das Leben nehmen, nachdem sie sich ihm endlich mit ihrem vollständigen Gesicht, Hals und Brüsten offenbart hatte. Santiago glaubte, die zerstückelte, wunderkräftige heilige Pantolomina habe jene Frau aus seinen Träumen erlöst, damit er sie in der Welt suchen ging, denn so viel stand fest: Es handelte sich um eine Frau aus Fleisch und Blut. Er war ganz verrückt danach, sie endlich vor sich zu haben und anfassen zu können. Bis es so weit war, würde er sich aber damit begnügen müssen, von ihr zu träumen, denn sie vermochte aus seinem Handgelenk aufzusteigen wie der Dunst des Mondes, wie ein Geist aus der Flasche. Nur ihre Worte beunruhigten ihn: Nimm mich mit in die rote Villa.

Den Brief mit dem Einberufungsbefehl deutete er als Zeichen, das ihm zeigte, wo er mit der Suche beginnen sollte. Außerdem glaubte er, dass er in Valencia Gelegenheit haben würde, das Meer seiner Geschichten kennenzulernen. Bei diesem Gedanken kräuselte sich eine Welle in seiner Brust und er spürte die Frische eines weiteren Motivs, am Leben zu bleiben.

Er ließ sich die Haare kurz schneiden, packte ein paar Garnituren zum Wechseln in einen Seesack, steckte die Kohlezeichnung dazu, die er inzwischen beendet hatte, und machte sich am Tag vor seiner Abreise auf den Weg zur roten Villa. Als er das Eisentor mit dem Totenband erreichte, regte sich im Garten die wiederauferstehende Fruchtbarkeit: Die Hortensien und Wicken erwachten, das Geißblatt streckte seine Zweige nach ihm aus, eine Rosenknospe seiner Augenfarbe öffnete sich, und im Gemüsebeet lebte ein Kürbis auf.

Doch er schaffte es nicht, das rostige Gitter zu durchschreiten, die Asche des Stalls durchbohrte ihm das Herz. Die Flammen jener Nacht brannten ihm wieder im Gesicht, die Schafe liefen mit ihrem grauenerregenden Blöken in alle Richtungen, und das freigelassene Pferd trabte halbverrückt im Kreis. Wie schon so oft, stellte er sich seine Großmutter vor, nackt mit ihrem Kürbisduft und schöner denn je, wie sie in den Stall ging, mit einem Streichholz das Stroh entfachte, sich dann auf ein Bündel setzte und wartete, bis die Flammen seine Liebkosungen verbrannten, sie in Bläschen verwandelten und aufplatzen ließen.

Er fiel auf die Knie, das Eisengitter des Tors fest umklammernd, und weinte vor Scham, Reue, Wut und Kummer. Er erbrach seinen Körpergeruch nach Erde und Regen und hätte sich am Totenband »Willkommen in der roten Villa« erhängt, wenn ihn nicht die Nacht überfallen hätte und mit ihr die Erinnerung an den Mond, an die rotblonde Frau und seine Reise zum Meer. Mit zwei Grillen auf dem Rücken, die sich in seiner Kleidung festgekrallt hatten, trottete er die Landstraße zurück ins Dorf, der Garten ging wieder ein, und erneut begannen die Geister darin zu leuchten.

Tags drauf ging er in aller Frühe zum Friedhof und verabschiedete sich von Pater Rafael, indem er an seinem Mammut-Grab betete – dem bevorzugten Treffpunkt der Elstern. Danach ging er zur Kirche. Er hatte die Absicht, den Finger der heiligen Pantolomina zu stehlen, besann sich aber im letzten Augenblick eines anderen, aus Respekt vor Pater Rafaels Andenken, der ihn über ein derartig niederträchtiges Vorhaben, als er noch lebte, vor Scham hätte erröten lassen, und aus Respekt vor dem Dorf, das seine Heilige verehrte und ihn geliebt hatte. Viel Glück, hübscher Santiago, wünschten ihm die schwarz gekleideten Alten, als sie ihn mit dem Seesack auf dem Rücken den Weg zum Bahnhof einschlagen sahen, Möge es dir bekommen, das Vaterland, du außergewöhnlicher Laguna; die senffarbene Hitze sorgte dafür, dass sie sich im Zikadengezirp auflösten und aus der Entfernung den Eindruck von zahnlosen Gespenstern erweckten.

Von Anfang an nutzte Santiago den militärischen Drill, um sich von seinem Elend zu befreien. Unermüdlich kehrte er sein Inneres nach außen, indem er mit einer G3 auf dem Rücken in der Mittelmeerlandschaft vierzig Kilometer marschierte und dabei einen Rucksack trug, der ihm leichter vorkam als die Felsbrocken seiner Erinnerungen; indem er sich zu Bereitschaftsdiensten meldete und neben seiner Machete dem jugendlichen Schnarchen, den Blähungen und Träumen der Rekruten lauschte; und indem er bei den Manövern auf den Hügeln ganze Heerscharen unsichtbarer Feinde mit seinem Bajonett erstach. Wann immer es möglich war, erbot er sich als Freiwilliger für den Wach-, Stuben- oder Küchendienst, er brachte die Latrinen auf Hochglanz und riss sich die Finger auf beim Tischewischen, beim Scheuern von mannshohen Töpfen, beim Einsammeln von Müllsäcken.

Als der Winter kam, stand er in Wollponcho und Regencape im Wachhäuschen, das nicht größer war als ein Taubenschlag, und zitterte vor Kälte, die so ganz anders war als in Kastilien, trocken und hart, eine Kälte, die einem mit der Scheu des Meeres in die Knochen kroch. Weil er darauf aus war, in den Vollmondnächten Wache zu schieben, zahlte er tauschwilligen Kameraden einen ordentlichen Batzen Pesetas und bekam bald den Beinamen »Wolfsmensch«. In diesen Nächten hielt er dem Himmelskörper die Narbe seines Handgelenks entgegen und betete zur heiligen Pantolomina, sie möge ihm die Rotblonde an die abblätternde, schmutzige Wand des Wachhäuschens projizieren, aber nichts geschah.

Fast monatlich kam ein Brief von der Enkelin des Apothekers mit welligen Blättern von ihren Tränen, Lippenstiftmündern und Fotos ihrer blonden, modisch wilden Lockenmähne. Als seine Kameraden ihn fragten, ob sie seine Braut sei, verneinte er. Sie wussten, dass er keine Eltern mehr hatte und im Urlaub nicht nach Hause fuhr wie sie, um mit Schnüren von Chorizos und Blutwürsten zurückzukommen. Sie wussten, dass er ganz versessen war auf rotblonde Frauen mit schwarzen Augen und beim Freigang an den Wochenenden, wenn sie in die Stadt gingen, nur Blicke hatte für diesen Typ, aber trotzdem mit seinen Eroberungen nie zufrieden war. Keine Frau schien die Gesuchte zu sein, alle waren sie nur deren Platzhalterinnen und schnell wieder vergessen. Sie wussten auch von seiner Leidenschaft für das Meer. Als er es zum ersten Mal zu Gesicht bekam, war ihm auf Anhieb bewusst, wie groß die Gemeinsamkeiten von seiner Großmutter Olvido und dieser blauen Weite waren – stark, schön, hypnotisch. Er saß stundenlang in seinen Anblick vertieft am Strand, im Winter halberfroren, im Sommer geröstet von der Hitze eines Himmels, der sich in seinen Wassern auflöste.

Obwohl seine Kameraden annahmen, dass er fromm war, weil an der Tür seines Spinds das Heiligenbildchen der Pantolomina de las Flores hing, das er mit fünfzehn aufgequollen und schmutzig in der Speisekammer hinter den Pfirsichkonserven gefunden hatte, und auf ihren Märschen mit der Stimme einer Grille das Ave Maria und das Gloria sang, bis der Feldwebel brüllte: Kompanie schweigen, wusste niemand von seiner jüngst erwachten Liebe zu Reliquien. So nutzte er den Militärdienst, um sich in der Kathedrale den Arm des heiligen Vinzenz anzuschauen, eine Dorne der Krone Christi, den Heiligen Gral, den Schleier der Jungfrau Maria, den unzersetzten Leichnam eines heiligen Innozenz, den Herodes köpfen ließ, sowie weitere Knochen und Hinterlassenschaften von Märtyrern und Heiligen, die er mit Penetranz um ihre Hilfe bei seiner Suche bat. Er kaufte jedes Reliquienbildchen, das zu kriegen war, und verwahrte sie alle in einem Geheimfach, das er sich in den Seesack nähte.

Als er seinen Dienst beendete, beschloss er, dass die Feuchtigkeit seinem Körper lang genug zugesetzt habe und er das strenge Klima Kastiliens besser vertrug. Zunächst fuhr er aber nach Ávila, angelockt von den zahlreichen Reliquien der heiligen Teresa, die dort zu besichtigen waren. In den ersten Monaten wohnte er in einem Hotel in der Nähe der Stadtmauer, schlug sich den Bauch mit Hammel und Eidottern voll, berauschte sich am Rotwein und an jeder Rotblonden, die ihm über den Weg lief und der er auswendig die Gedichte der heiligen Teresa aufsagte.

Ein Lokal in der Innenstadt bot ihm den ersten Auftritt als Geschichtenerzähler an, und der war so erfolgreich, dass der Inhaber ihm vorschlug, nach Madrid zu gehen und in einem größeren Lokal für ihn zu arbeiten. Auf diese Weise kam er in die Hauptstadt, mit einem Seesack voller Wäsche, einem von Reliquienbildchen überquellenden Seitenfach und der Entschlossenheit, die Suche nach der Frau fortzusetzen, deren Kohlezeichnung er bei den Bildchen aufbewahrte.

Das Madrider Lokal war erfüllt von Stimmengewirr, Qualm, Popmusik und Bierdunst.

»Morgen habe ich keine Vorstellung, dann bis übermorgen«, sagte Santiago zur Bedienung, als sie aus dem Keller kamen.

Er verabschiedete sich mit einem Kuss von dem Mädchen und ging auf die Straße. Die Straßenlaternen schienen in der Nacht zu atmen. Es war Donnerstag, Santiago ging die Calle de las Huertas hinauf. Ab und zu ging eine Kneipentür auf, und die Musik drang nach draußen, als würde jemand einen Schrei ausstoßen, daneben ein Asiat mit Leuchtbändern und Rosen. Seine Schritte hallten auf den Betonplatten des Gehwegs wie auf dem sonnenverbrannten Asphalt.

»Hast du was zu rauchen?«, fragte ein Junge und kam, die Flamme eines Gasfeuerzeugs schwingend, auf ihn zu.

Er gab ihm eine Zigarette, während das Feuer in seinen Augen schaukelte. Er ging weiter die Straße hoch, sein Schatten sah aus wie eine nostalgische Pissespur. Auf der Plaza de Matute empfing ihn das Dröhnen eines Müllwagens; hastig überquerte er den Platz und bog in die Calle de Atocha ein, wo er eine Wohnung gemietet hatte, nachdem er die ganze erste Zeit im Hotel übernachtet hatte.

Kaum hatte er vor wenigen Monaten die Stadt betreten, da überkam ihn auch schon eine große Sehnsucht nach der Natur, deshalb hatte er ein kleines Hotel gegenüber vom Botanischen Garten genommen, wo in dieser Jahreszeit der Frühling überbordete. Er ging regelmäßig zwischen den exotischen Bäumen, den Treibhäusern mit den tropischen Pflanzen und dem kleinen Platz mit dem Ententeich spazieren. Es war das erste Mal, dass ihm die Stille des Gartens der roten Villa und besonders das Sonnenbaden, Lesen und Dichten auf der Geißblattwiese fehlten, seit er seinem Dorf den Rücken gekehrt hatte. Obwohl Madrid ein Paradies für rotblonde Frauen und Kirchen mit Reliquien war, bescherten ihm der Verkehrslärm, die ständig Bürgersteige aufreißenden Pressluftbohrer und das rasende Leben der Stadt eine Unruhe, der er sich zu entziehen versuchte, indem er in die Natur abtauchte.

Im Botanischen Garten lernte er auch den einzigen Freund kennen, den er in der Stadt hatte. Eines Nachmittags Mitte Mai schlich er bei Schließung in eins der Gewächshäuser und kam nicht mehr aus seinem Versteck hervor, bis er die Pflanzen in der Stille der Nacht atmen hörte. Er ging zu einem Blumenbeet mit langen Reihen von Dahlien, trank dort Whiskey aus einem Flachmann und rauchte, dabei kritzelte er Verse in ein Notizbuch und wartete, bis ihn die Sterne in den Schlaf sinken ließen.

Kurz nach Tagesanbruch kam der Wächter mit seinem Feldwebelschnurrbart und entdeckte ihn.

»Aufstehen, junger Freund, oder ich rufe die Polizei«, sagte er, die Arme in die Hüften gestemmt.

Santiago räkelte sich, ein gelbes Blütenblatt hing an seinen Lippen, die Augen waren trüb von den herumschwirrenden Pollen.

»Wenn Sie die Blumen zerstört haben, gibt's ein Bußgeld, damit

Sie Bescheid wissen. Aufstehen, hören Sie? Und heben Sie den Flachmann da auf, ich hab's mir doch gedacht, hier stinkt es nach Whiskey.«

»Ist es schon lange Tag?«

»Also die Sonne steht schon eine ganze Weile am Himmel, sie wird Ihnen noch den Rausch austreiben.«

Santiago lächelte ihn an.

»Was hast du überhaupt nachts hier zu suchen, jung wie du bist? Und nach einem Landstreicher siehst du auch nicht aus.«

»Ich bin erst seit kurzem in der Stadt und vermisse mein Zuhause, ich habe mich einsam gefühlt ...«

»Und deshalb übernachtest du in einem Garten? Schläft man denn da, wo du herkommst, in den Blumenbeeten?«

»Ich komme aus einem Dorf in Kastilien.«

»Mach keinen Scheiß! Soweit ich weiß, schlafen die Leute in Kastilien genau wie wir in Betten, dazu in ziemlich harten«, sagte er und schnalzte mit der Zunge.

»Würden Sie gerne eine Geschichte zum Frühstück hören?«

»Mein Sohn, ich habe schon vor Stunden gefrühstückt.«

»Meine Geschichte wird Ihnen sicher gefallen, ich bin nämlich Geschichtenerzähler, wissen Sie?«

»Na fein, du erzählst mir doch schon eine Geschichte, eine Lügengeschichte. Komm, mein Junge, steh auf, gleich öffnet der Garten, und heute kommen zwei Schulklassen zur Besichtigung. Ich will nicht, dass die Kinder einen besoffenen jungen Mann hier vorfinden, ist kein gutes Vorbild.«

»Sie werden sehen, bei meinen Auftritten erzähle ich meistens die Geschichten vom Meer, die meine Urgroßmutter mir erzählt hat, als ich klein war, aber für Sie habe ich mir eine ausgedacht. Sie ist wirklich spannend, es kommen lauter verdorbene Frauen darin vor ...«

Der Wächter, ein Liebhaber von Seifenopern und Hintertreppenromanzen, kratzte sich am Kopf.

»Na schön, mein Sohn, ich werde mir deine Geschichte anhören, während ich dich zum Ausgang begleite, und wenn sie mir gefällt, dann lasse ich die Polizei vielleicht aus dem Spiel.«

»Sie werden begeistert sein, meine Geschichten sind fantastisch.«

Sie gingen die belaubten Wege entlang, die Bäume aus den fremden Ländern neigten zahm die Kronen zu ihnen herunter, um Santiagos plätschernden Worten folgen zu können; der Wächter, mit Namen Isidro und um die fünfzig, ging immer langsamer, je weiter Santiago die leidenschaftlichen Intrigen entfaltete, sie umrundeten mehrmals den Ententeich und gingen dreimal in den Gewächshäusern ein und aus, ehe das tragische Ende kam. Der Wächter schnäuzte sich geräuschvoll ins Taschentuch, wischte sich, einen Allergieschub vorschützend, die Tränen ab und drückte dem jungen Mann zum Abschied die Hand.

»Komm wieder, wenn du eine auf Lager hast, aber bitte zu einer erträglichen Uhrzeit.«

Von da an ging Santiago ihn oft vor Schließung des Gartens besuchen. Er begleitete ihn auf seinen Rundgängen und verwob die Aufsicht mit Meereswogen und Eukalyptusbäumen, die wie das Herz einer Prostituierten dufteten. Sie begannen sich auch außerhalb des Botanischen Gartens zu treffen. Isidro war alleinstehend und kinderlos, und sein Leben erschöpfte sich in Fernsehen, der Leidenschaft für Fußballtoto und dem Atlético de Madrid.

Da Isidro der letzte in einer langen Ahnenreihe von »Isidros« war, zu seinem Namenspatron betete und auch noch einen Vetter hatte, der in der gleichnamigen Kathedrale das Priesteramt versah, freute er sich besonders, in Santiago einen jungen Mann gefunden zu haben, der – neben dem Whiskey und den Gärten – dem Gebet zusprach, wie ein Berufener die Evangelien rezitierte und liebend gern Kirchen nach Reliquien durchkämmte, um davor niederzuknien und die Erfüllung seines Wunsches zu erbitten.

Isidro wusste, dass Santiago jemanden finden wollte, und auch wenn er sich nicht entschließen konnte, dessen Identität preiszugeben, vermutete der Wächter, dass sich die Seele des jungen Mannes nach diesem Jemand verzehrte, wie der Liebhaber in der venezolanischen Seifenoper. Zumal Santiago fast alle Voraussetzungen für diese Rolle mitbrachte: Er war mit einer sagenhaften Schönheit gesegnet, hatte, wie er Isidro glaubhaft versicherte, das Schicksal eines vermögenden Waisen, arbeitete im Rampenlicht der Boheme und brach rotblonden Frauen mit Augen wie geröstete Kürbiskerne – sie konnten ihm nicht dunkel genug sein – reihenweise die Herzen. Das hatte Isidro an einem denkwürdigen Tag im Juni selbst miterlebt.

Weil ihm sein Vetter, der Priester, eine Gefälligkeit schuldig war, begann jener Tag mit der Besichtigung des unverwesten Leichnams des heiligen Isidro, nahm seinen Fortgang im Fasten auf der Plaza de Oriente, wo sie einfach nur dasaßen, damit die Gnade der erlebten Reliquienschau in ihre Mägen absackte, und endete mit einem Abend in den Innenstadtkneipen, wo sie auf Wunder anstießen und schließlich mit ein paar andalusischen Touristinnen ein wildes Saufgelage veranstalteten.

Manchmal begleitete Santiago den Wächter zu den Fußballspielen des Atlético. Isidro war überzeugt, dass einen das Freizeitvergnügen, »Tor« zu brüllen, Tortilla-Brötchen zu futtern und Schieds- wie Linienrichter zu beschimpfen, wenigstens für ein paar Stunden jeden Kummer vergessen ließ, der sich einem im Gemüt festgesetzt hatte. Aber als er Santiago bei seinen Auftritten erlebte, wurde ihm klar, dass dieser niemals mit den Buhrufen eines Elfmeters oder einem Tor aus der Feldmitte so mitgehen würde wie mit den Geschichten, die er auf der Bühne erzählte. Wenn er auftrat, fühlte sich Santiago wie auf dem Podest der Dorfkirche in jenen messianischen Zeiten, als sich bei seinen Lobgesängen den Gemeindemitgliedern die Armhärchen aufstellten und in die Sonntagskleider bohrten, und er noch dachte, sein Glück würde ewig währen.

Ihre Freundschaft festigte sich im Laufe der Monate, und als im Haus der Calle de Atocha, wo Isidro wohnte, eine Wohnung frei wurde, ließ sich Santiago dazu überreden, sie zu mieten.

»Wenn man zu lange im Hotel wohnt, dann ist man am Ende

ganz entwurzelt«, fand der Wächter, »und da du beschlossen hast, nicht in dein Dorf zurückzugehen, musst du dir hier ein Heim schaffen.«

»Das Heim, das ich haben will, gibt es nicht mehr, Isidro. Ich ziehe nur aus dem Hotel aus, weil ich schon eine Weile eine Küche vermisse, wohin ich mich zurückziehen kann, um die Rezepte meiner Großmutter nachzukochen.«

Das Müllauto beendete seine Runde auf der Plaza de Matute und bog in die Calle de Atocha ein. Es fuhr vor Santiago her, auf der Suche nach weiteren Mülleimern für seine Pressroute. Der volle Mond schwebte, wie vom Himmel abgehängt, über den Dächern der Stadt. Die Fassaden der Gebäude wirkten wie mit Milch übergossen, und die Fledermäuse stießen gegen die Laternenschirme. Als Santiago den Eingang des Hauses erreichte, wo er am Morgen eingezogen war, blühten vor Aufregung Lilien auf seiner Brust. Die Tür bestand aus zwei schweren Holzflügeln, dahinter lag eine gepflasterte Einfahrt, einst für die Kutschen angelegt, denn das Wohnhaus war mehr als zweihundert Jahre alt. Hinter einer Glastür befand sich die Pförtnerloge, und gegenüber lag eine Reihe rostiger Briefkästen, die den Eindruck erweckten, nur darauf zu warteten, dass ein Postbote ihnen den Gnadenstoß gab.

Santiago stieg die vom Ablaugen gräuliche Holztreppe hoch. Ihr frisch lackiertes Geländer war mit den Stufen durch Eisenstäbe verbunden, die je in einem Löwenkopf endeten. Wie das Eis in der Kindheit hatten die Wände zwei Geschmackssorten: von der Decke bis zur Mitte Vanille und von da bis zum Boden Schokolade. Auf dem Treppenabsatz im ersten Stock machte er vor einer Tür mit einem rosettenförmigen Spion aus Messing einen Augenblick halt. Da wohnte Isidro. Er überlegte zu klingeln, mal sehen, ob er noch wach war und sie ein Glas trinken konnten, aber dann sah er auf die Uhr: es war schon spät. Er setzte seinen Aufstieg bis ins dritte Stockwerk fort, wo seine Wohnung lag.

Vom ersten Moment an hatte er sich darin wohlgefühlt. Sie hatte eine geräumige Diele mit einem honigfarbenen Fußboden. An der Decke war ein Blumenrelief aus Stuck, ähnlich wie in einigen Zimmern der roten Villa. Und es gab noch mehr Gemeinsamkeiten: Fenster und Balkone hatten weißlackierte Fensterläden, die Toilette einen Badeofen von der Jahrhundertwende und die unvermeidlichen Wurzelbürsten, um ihn zu reinigen. Das Badezimmer mit seiner Wanne aus weißem Emaille auf Löwenfüßen weckte Erinnerungen an glückliche Nachmittage mit Seifenschaum und der Haut seiner Großmutter.

Durch einen knarrenden Flur gelangte er von der Diele ins Schlafzimmer. Da die Wohnung möbliert war, hatte er nur seinen Seesack mit den Bildchen und der Wäsche aus dem Hotel zu holen brauchen. Der lag jetzt auf dem Fußboden neben dem mit weißen Spiralen verzierten Ehebett aus Eisen. Santiago machte kein Licht, er genoss den Mond im Fenster, der alles überflutete. Er streichelte die Narbe am Handgelenk und legte sich in Unterwäsche aufs Bett.

Die Nacht schloss sich wie ein Mausoleum über seinem Herzen. Es begann nach feuchter Erde zu riechen, und die Übelkeit eines unsichtbaren Vorzeichens stieg in ihm auf. Zähneklappernd erhob er sich, um das Fenster zum Innenhof zu öffnen. Als er mit zitternder Hand den Griff drehte, pinkelte ihm der Mond weiß darauf, und er sog die Nachtluft ein.

Im engen Schacht zwischen den Abzugsrohren sah er die Reihen der dumpf schlafenden Fenster, bis auf eins, direkt gegenüber. Dort leuchtete eine kleine Lampe auf einem mit Büchern und Papieren überladenen Tisch, daran saß eine Frau mit einem Federkiel und schrieb etwas, das Santiagos Magen als die Hieroglyphen seines eigenen Schicksals erkannte.

Im quälenden Geratter des in seinen Venen entgleisenden Zuges betrachtete er das Profil der Frau und die rotblonden, auf einen türkisenen Morgenmantel fließenden Locken. Ein Duft von Tinte und Pergament stach ihm in die Nase und war wie der rote Faden von Leben und Tod. Sie ließ die Feder sinken, steckte eine Zigarette in eine lange Spitze, und ihr Gesicht verschwamm für Momente hinter dem Qualm wie im Dunst des Mondes.

Santiago stürzte zum Seesack und zerrte seine Kulturtasche mit den Rasierklingen heraus, dann schnitt er sich in die Fingerkuppe, bis das Blut hervorquoll. Als er den Blick von jener roten Spur seiner Erinnerungen löste und wieder verstohlen zum Fenster sah, stand die Frau ihm gegenüber und hielt eine Hand zum Himmel, auf der Suche nach dem nicht vorhandenen Regen. Der von den Dachantennen aufgespießte Mond ergoss sich über ihr Gesicht und verwandelte es in eine Kamee aus Perlmutt.

Er konnte sie ansehen, ohne von ihr gesehen zu werden, in Ekstase, krank vor Zärtlichkeit und vor Schreck, weil sie dastand wie in seinen Träumen, mit diesen von Traurigkeit schwarzen Augen, die er so gesucht hatte, der kleinen Nase, den eckigen Wangenknochen, dem schlanken Hals, den planetarischen Brüsten, die sich unter dem halb geöffneten Morgenrock abzeichneten. Er war wie erstarrt, seine Glieder gelähmt, sein Blut ging nur noch tropfenweise, seine Knie, seine Liebe, seine Unterhose, alles erlag der Schönheit jener Wirklichkeit, bis die Frau vom Fenster wegtrat, sich neben dem Schreibtisch auf die Kissen eines Diwans streckte und anfing, mit einem Fächer aus Pfauenfedern die schwüle Luft wegzuwedeln.

Kapitel 21

In ihren Anblick versunken, schlief er im Stehen ein und erwachte auf Knien, mit dem Kopf in einer getrockneten Blutlache. Der Schnitt im Finger verschaffte ihm Gewissheit über die Ereignisse des vergangenen Abends. Er beschloss, die Glieder zu strecken, sich aufzurappeln, und stützte sich lächelnd an der Wand ab, um auf die Beine zu kommen, während seine Knochen und Gelenke wie Nussschalen knackten. Er fürchtete sich, ans Fenster zu gehen und ihr zu begegnen. Zunächst wollte er das Gesehene alleine auskosten, es in seiner Fülle auf sich wirken lassen und, wenn nötig, an jenem roten Morgen mit den brennenden Schwalben sterben.

Er rief sich ihr Bild in Erinnerung, rauchend, zum Himmel sehend, sich Luft zuwedelnd. Er legte sich aufs Bett und rollte sich ein, in der Wonne dessen, was ihm schon gehörte, in der Wonne von Erwartung und Begegnung; er betete leidenschaftlich zur heiligen Pantolomina, überschüttete sie mit Huldigungen, Dank und Edelsteinen, betete ihre jungfräulichen Lilien an, ihre Augen des Jüngsten Gerichts, er betete zum gebenedeiten Leib San Isidros, zu den Splittern vom Kreuz Christi und schlief mit Vaterunsern auf den Lippen erneut ein.

Um drei Uhr nachmittags ließ ihn unversehens ein gellender Schrei in die Höhe fahren. »Mari, Telefon, Paco ist dran!«, die Frauenstimme kam aus dem Innenhof.

Im ersten Augenblick wusste er nicht, wo er war. Flackernde Stichflammen durchzuckten seine Gedanken, er sah sich in seinem Kinderbett der roten Villa liegen, eingekuschelt in das Pochen des

Gartens, der die Rankgitter emporkletterte. Er sah sich in seiner Kirchenzelle mit klebrigen Fingern von Pater Rafaels Arzneien. Er sah sich in seiner Koje beim Militär, benommen von fremden Blähungen und Ausdünstungen, und im Madrider Hotel mit Dahlien aus dem Botanischen Garten unter dem Kopfkissen. Erst als er sich in den zerwühlten Laken aufsetzte, erkannte er die Wohnung und das offene Fenster zum Paradies.

Er überlegte, ob das ihre Stimme war, obwohl sie in der Seitenkapelle der heiligen Pantolomina ganz anders geklungen hatte und sich die hier hart anhörte, als klagte sie die Ungerechtigkeit der Welt an. Er überlegte, ob sie wohl alleine lebte, mit Freunden, mit Angehörigen, ob sie verheiratet war oder gar Kinder hatte, und spürte die stechende Ungeduld in der Brust, den Drang zu wissen. Er kroch zum Fenster, das immer noch offen stand, und spähte wie ein Gauner in den Innenhof. Die Schreibtischlampe war erloschen. Um sie herum waren die Bücher, die ihm wie Nachschlagewerke und Lexika vorkamen, zu einer Pyramide angewachsen, doch die losen Blätter auf dem Tisch behielten die Oberhand. Auf dem Diwan hielt der Fächer seine Siesta, und daneben lag der in Ohnmacht gefallene türkisene Morgenrock und traf Santiago im Bauch wie die Wahrheit.

Die Kehle brannte ihm vor Durst. Er ging in die große Küche mit den vanillefarbenen Möbeln, drehte den Hahn am Spülbecken auf und ließ das Wasser laufen, dann füllte er ein Glas. Er öffnete ein Fenster, suchte voller Verlangen die Fremde in der gegenüberliegenden Fensterreihe und fand sie in der Küche, hinter einer Fensterbank voller Petunientöpfe, wo sie gerade in ein Sandwich biss, das so aussah, als sei es mit Huhn und Salat belegt.

Die Freude festzustellen, dass sie das Bedürfnis hatte, sich zu ernähren wie jeder Mensch, ihre Cola mit einer fast jugendlichen Gier zu trinken, ließ ihn die Vorsicht vergessen und sich zeigen. Er lächelte zurück, als sie es tat, nachdem ihre Zunge einen Mayonnaisenklecks aus dem Mundwinkel gefischt hatte. Die Unterhose spannte unter dem exotischen Feuer seiner Genitalien und sein Körper wurde zu einem schweißüberströmten, nach Regen riechenden Morast.

Sein knurrender Magen holte ihn in die Wirklichkeit zurück, er verließ das Fenster, stolperte über ein Möbelstück und fiel laut lachend auf den Hintern. Da er nichts zu essen im Haus hatte, kehrte er ins Schlafzimmer zurück und begnügte sich zum Frühstück mit einer Zigarette und den Kaugummis, die er lose in den Tiefen seines Seesacks entdeckte. Eigentlich hatte er am Vormittag einkaufen gehen wollen, aber inzwischen löste sich schon der Nachmittag vom Himmel, und er konnte sich nicht vorstellen, das Haus zu verlassen und sie aus den Augen zu verlieren, solange er am Leben war.

Diese Ausdauer war schon fast krankhaft. Stundenlang spionierte er ihr vom Schlafzimmer oder von der Küche aus nach, allerdings achtete er darauf, dass sie ihn nicht entdeckte. Er belauerte sie wie eine Beute, indem er barfuß und keuchend von einem Zimmer ins nächste lief. Er sah sie mit der langen Zigarettenspitze rauchen, mit dem Federkiel und violetter Tinte schreiben, in den Büchern auf dem Tisch blättern, auf dem Diwan die Hitze mit wehenden Pfauenfedern vertreiben und mit ausgebreiteten Armen, wie Schwanenhälse, ihren Körper wellenartig in einem Tanz bewegen, der ihn in seinen triefnassen Laken fast um den Verstand brachte.

Er fand es großartig, dass sie Shorts trug und ein Hemdchen, das den Bauchnabel frei ließ, und sogar, dass sie auf die Toilette musste. Ihr Badezimmerfenster stieß an seins, und obwohl er sie nicht sehen konnte, spürte er durch die Wand ihren kräftigen Zug an der Kette, pinkelte gleichzeitig und lachte. Wenn ihn Schwäche überkam, überwand er sie rauchend, die weiblichen Bücher der Bibel oder heilige Gedichte aufsagend, deren Verse er sich, um den Hunger zu vertreiben, mit einem Kugelschreiber auf die Arme schrieb.

Bevor es ganz dunkel war, klingelte es an seiner Tür. Er vermutete, dass es Isidro war, und beschloss, nicht hinzugehen, niemand sollte sein Glück stören. Morgen gehe ich ihn besuchen, sagte er sich. Nach einer Weile kam ihm aber der Gedanke, dass der Wächter die Nachbarin womöglich kannte. Das löste in ihm eine neue Freudenwelle aus, und etwas Alltägliches, wie der Umstand, dass sie einen Namen hatte, kam ihm vor wie ein ans Übernatürliche grenzendes Ereignis. Einen Namen, mit dem er in Gedanken bei ihr sein konnte, einen Namen, deren ganzer Inhalt sie war.

Mit einem Mal erschienen ihm seine Träume fade, langweilig, seelenlos gegenüber dem Leben mit offenen Augen. Trotzdem ging er nicht zu Isidro hinunter. Er verbrachte auch die zweite Nacht damit sie anzusehen, weil sie bis zum Morgengrauen arbeitete, und sich für sie Namen auszudenken, die er mal lachend verwarf, mal auf der Zunge zergehen ließ, als wäre der Geschmack der Silben die Antwort.

Sie hieß Ursula Perla Montoya und widmete sich dem Scheiben von Liebesromanen. Bei ihrer ersten Buchveröffentlichung hatte sie ihrer Großmutter zu Ehren deren zweiten Namen angenommen. Diese war eine persische Dichterin gewesen, um die Jahrhundertwende einem spanischen Archäologen in die Arme gelaufen, der Ausgrabungen unweit von Persepolis leitete und sie Jahre später, als Verlobte und konvertierte Christin, in sein Heimatland entführte.

Die Großmutter brachte eine Truhe voller Geheimnisse und orientalischen Krimskrams mit nach Spanien und das in schwarze Augen eingeschlossene Heimweh nach der Wüste, das nur Linderung erfuhr, wenn sie die Ferien in Almería verbrachte. Sie war es, die Ursula großzog, bis das Mädchen zwölf Jahre alt war, dann hatte der Tod sie hinweggerissen wie ein Sandsturm und ihr das Herz mit einer endlosen Düne versiegelt, welche die Europäer unbedingt als Angina Pectoris bezeichnen wollten.

Nur die Enkelin bekam die Wirklichkeit dieses Verlusts zu spüren, der sie nach Valladolid ins Nonneninternat verfrachtete, während ihre Eltern, zwei Schauspieler klassischer Stücke, weiter mit ihrer Truppe durch die Welt zogen. Als sie die Totenwache bei der Großmutter hielt, lenkte sich Ursula mit dem Gedanken ab, das letzte Geheimnis der Verstorbenen zu teilen, deren Lippen halb geöffnet waren und unter melancholischen Seufzern ein unendlich feines Sand- und Salzgemisch ausstießen, das die Anwesenden zum Niesen reizte und Hitzewallungen von Wechseljährigen verursachte.

Seitdem legte sich Ursula Perla Montoya, beileibe keine Frau, die sich leicht vom Wirbelsturm der Wehmut erfassen ließ, dennoch allabendlich mit dem Singsang des Muezzin schlafen, der die Gläubigen zum Gebet ruft. Die Großmutter hatte ihn ihr, als sie klein war, zum Einschlafen gesungen, unter dem Eindruck ihrer zerstörten Seele, die nie aufgehört hatte moslemisch zu sein, weshalb sie ihren Kummer einem eiförmigen Stein anvertraute und, wenn sie Unruhe verspürte, einen tausendjährigen persischen Tanz aufführte. Von ihr hatte sie auch Persisch gelernt, die Sprache, in der sie stets miteinander kommunizierten, und die Ursula ins Spanische übertrug und umgekehrt, wenn sie nicht Romane über die Liebe schrieb – eine Emotion, die sie übrigens als Arbeitsutensil ansah.

Als sie Santiago Laguna am Samstagmorgen auf dem Treppenabsatz des dritten Stockwerks traf, erkannte sie in ihm den jungen Mann, den sie am Vortag am Fenster gegenüber gesehen hatte, während sie ihr Hühner-Sandwich aß. Aber als er vor ihr stand und sie seine Augen aus der Nähe betrachtete, kam ihr ein Gedicht ihrer Großmutter in den Sinn, in dem ein Jüngling in einem heiligen See badet und von einem Geist dafür bestraft wird, der ihm die Last des türkisfarbenen Wassers in die Pupillen legt. Sie lächelte steif, während es in ihrem Magen rumorte, als bahne sich darin ein Zyklon an, weil der schönste Mann, den sie je gesehen hatte, vor ihr stand.

»Ich bin Santiago Laguna, dein neuer Nachbar«, seine Stimme klang schüchtern, die tiefe Tonlage, mit der er seine Eroberungen sonst zu betören pflegte, war verflogen. In seinem Herzen war nur noch Platz für sie, die Frau im Trägerkleid.

Ursula kam er vor wie ein bezaubernder Vogel, allerdings mit einem gequälten Ausdruck im Gesicht, als hätte er zu lange in der Gefangenschaft eines Käfigs gelebt.

»Dann werden wir uns jetzt öfter sehen.«

Santiagos Narbe am Handgelenk begann zu pulsieren und ihre Stimme pochte an seine Schläfen und bat ihn, sie mitzunehmen in die rote Villa. Er war noch von der Erinnerung eingenommen, als sich Ursula ihrer Tür zuwandte und mit dem Schlüsselbund klapperte.

»Warte, kannst du es mir signieren?« Santiago zog hastig *Leidenschaften auf dem dämmrigen Diwan* aus seiner Einkaufstüte, Ursulas letztes Buch, und hielt es ihr hin. Er hatte es am Morgen gekauft, nachdem er mit Isidro gefrühstückt, dem erstaunlich flüssigen Blut des heiligen Pantaleón gehuldigt und erreicht hatte, dass der Wächter ihm die Identität der Nachbarin offenbarte, deren Namen er zum ersten Mal in Gegenwart der wundertätigen Reliquie hörte.

»Hast du auch andere Bücher von mir gelesen?«

»Nein, aber ich habe von dir gehört, ich meine, ich habe dich schon mal gesehen.«

»Wirklich, wo denn?«

»Ich werde dir einen Kuchen backen, ich kann sehr gut kochen und backen, und wenn er fertig ist, bringe ich ihn dir, dann erzähle ich es dir«, plötzlich war da wieder der Anflug einer Selbstsicherheit, die Santiago aus seinen messianischen Zeiten kannte.

»Möge sich der Geist niemals deiner Augen erbarmen«, schrieb ihm Ursula ins Buch und sah ihn dabei schief an.

»Was für ein Geist?«

»Das erfährst du, wenn du mir den Kuchen bringst.«

Kurz darauf versanken Santiagos Hände in einer Schüssel voller Eier. Er machte das Fenster weit auf. Seit Olvido nicht mehr da war, hatte er nie wieder gekocht. Zu den Eiern kamen Mehl, Zucker, eine Prise Salz; seine Finger mischten die Zutaten und verarbeiteten sie zu einem Teig, in den er nun Zeige- und Mittelfinger der rechten Hand tauchte, um ein wenig davon auf seine Brustwarze zu streichen und die Konsistenz zu prüfen. Sie war perfekt. Er küsste den Teigklecks und tat ihn in die Schüssel zurück. Er wusste, dass ihm Ursula von gegenüber zusah, ohne sich zu verbergen.

Zunächst hatte sie ihn nur amüsiert beobachtet, dann wurde sie aufmerksam auf die Wellenbewegung seiner Hände, auf seine vollen Lippen, auf seine Stirn mit den Schweißperlen, deren Anatomie sie mit einem Blick auf Schläfen, Wangenknochen und Kinn intuitiv erfasste. Und sie schwitzte auch. Es war Ende Juli, und die Hitze stand förmlich im Innenhof mit den schweigenden Abflussrohren und den stockigen Leberflecken. Sie spürte die Geschmeidigkeit des Teiges.

Santiago riss ein Netz mit Zitronen auf und raspelte die Schale einer Frucht zu einem Häufchen, so borstig und einsam, dass er den Eindruck eines goldenen Schamhügels erweckte. Er genoss den Anblick der Zitronenraspel wie den einer Landschaft, die man durch die Finger rieseln lassen, lecken, riechen kann. Was er auch tat. Anschließend gab er die Zitrone in den Teig, rollte diesen mit einem Nudelholz auf der Arbeitsplatte aus und malte mit einem Ei Ursulas Gesicht darauf.

Sie hatte noch nie jemanden auf diese Weise backen sehen, es war ein Ritual, das ihr den Wunsch in den Magen pflanzte, anstelle des Kuchens den Koch zu verspeisen. Sie hatte noch nie jemanden mit so viel Liebe backen sehen, einer Liebe, deren Stofflichkeit fest, flüssig und gasförmig war, den Innenhof durchquerte und das Wachstum der Petunien anregte, bis die Fensterbank einem Urwald glich, der sich seinen Weg ins Unvermeidliche bahnte.

Als er am Abend zum Lokal unterwegs war, um aufzutreten, war es Santiago, als weinte jemand an einem nicht sehr weit entfernten Ort heiße Tränen um ihn. Das ungeahnte Drama war ihm unangenehm, und in der drückenden, von Fledermäusen bevölkerten Hitze des Madrider Himmels zog sich seine Haut zusammen und wurde kalt. Als er die Calle de las Huertas hinunterging, dachte er darüber nach, ob es wissenschaftlich möglich war, dass die Toten mittels eines chemischen Zersetzungsprozesses oder etwas Ähnlichem weinten. Er spann den Gedanken weiter: Konnten die Verstorbenen nur kurz nach ihrem Tod weinen oder behielten sie diese Fähigkeit bei, so dass sich unter den Friedhöfen in aller Stille unterirdische Sümpfe ausbreiteten? In diese Überlegungen versunken erreichte er immer noch mit eisiger Haut das Lokal. Die Bedienung stellte ihm einen Whiskey hin und küsste ihn auf den Mund. Er nahm ein paar Schlucke, bis ein Flackern der Bühnenbeleuchtung seinen Auftritt ankündigte.

Er stieg aufs Podium, erzählte eine Geschichte vom Meer, und zwar so hastig wie noch nie. Er beschleunigte die Stürme, ließ die Sirenen leichtfertig handeln und die Matrosen ohne große Umstände ertrinken, er führte sogar einen Verräter ein – wie in der Zeit, als Ezequiel Montes in sein Leben getreten war –, um ihm alles Übel in die Schuhe zu schieben, und kürzte die Geschichte ab. Am Handgelenk spürte er die Narbe ungeduldig in der Mondwärme des Bühnenscheinwerfers brennen, denn er wollte nur nach Hause und Ursula den Kuchen bringen.

Während er im Ofen buk, hatte Santiago Siesta gehalten, dann geduscht, ein Hemd angezogen, um auszusehen wie ein Mann, nicht wie ein Junge, und war hinübergegangen. Er hatte geklingelt, ohne dass jemand antwortete. Er hatte eine Weile gewartet und noch einmal geklingelt, doch hinter der verschlossenen Tür war nur die schmerzhafteste Stille zu vernehmen, die er sich vorstellen konnte. Dann hatte er sie am Fenster gesucht und war bloß auf die Wirklichkeit jener zur Wildnis gewordenen Fensterbank gestoßen. Die Vorstellung, sie könnte unversehens wieder aus seinem Leben verschwinden, hatte ihn derart in Angst versetzt, dass er immer wieder in Versuchung gewesen war, sich zu ritzen, zur Bestätigung, dass es kein Traum war.

Von der Bühne aus entdeckte er Isidro, der auf einem Barhocker saß und ein Bier trank. Er sah aus wie der gutmütige, einsame Mann, der er war. Seine Augen hatten sich im Laufe der Jahre vom Fernsehen geweitet und sein Herz von den vielen Seifenopern einen karibischen Zug angenommen. Santiago hatte den Verdacht, dass der Wächter eine verunglückte Jugendliebe in der Welt seiner Erinnerungen versteckte, denn seine Haut wurde scheckig, wenn er Romanzen hörte – das eindeutige Zeichen einer Melancholie, die nur verschwand, wenn er bei den Spielen des Club Atlético ordentlich brüllen konnte.

Neben dem Wächter hatte eine Frau Platz genommen, die ihr Haar mit einem weißen Kopftuch bedeckte und der Bühne den Rücken zuwandte. Es störte Santiago, dass sie ihn nicht ansah, als interessierte seine Geschichte sie nicht die Bohne, und einen kurzen, von ihm selbst kaum wahrgenommenen Augenblick lang schwitzte seine Brust Erde.

Er brachte die Geschichte zu Ende und hielt nur die nötigen Sekunden inne, um eine Blume auf ein Grab zu legen. Zwischen den klatschenden Händen, die Rauchfäden und Alkoholdünste zerteilten, stieg er von der Bühne und strebte direkt auf die Theke zu. Die Frau trank ihre Orangenlimonade in einem Zug leer und stand genau in dem Moment überstürzt vom Barhocker auf, als Santiago da war. Als sie aus dem Lokal lief, stieß sie an seinen Arm, drehte sich jedoch weder um, noch bat sie ihn um Verzeihung; die Tür fiel mit einem lauten Knall ins Schloss, und Santiago stand da und sah durch die große Scheibe, wie die leicht gebeugte Gestalt in die Madrider Schwüle eintauchte. Wieder überlief es ihn eiskalt und seine Haut versuchte, ihn mit diesem reptilartigen Omen vor etwas zu warnen, ohne dass er verstand wovor.

»Wie die Ärmste geweint hat«, sagte Isidro in Mitgefühl aufgelöst, »die Tränen sind ihr wie Perlen aus den Augen gerollt.«

»Kennst du sie?«

»Ich konnte sie von der Seite kaum erkennen, aber nein.«

Die Bedienung kam, sich das toupierte Haar zurechtschiebend, auf Santiago zu.

»Soll ich dir was bringen, Liebster?«

»Nein, ich will gleich nach Hause.«

»Wie langweilig du manchmal sein kannst, Mann«, versetzte sie und ging ein paar Jungs mit Rockband-T-Shirts bedienen, die am anderen Ende der Theke lehnten.

»Kommst du mit?«, fragte er den Wächter.

»Klar, ich werde heute auch nicht alt.«

Am Abend gab er sich wieder seiner Schwäche für Ursula hin, weil sie ihn alles andere vergessen ließ. Sie war für ihn eine Art Damm geworden, der ihn vor jedem Ansturm aus der Vergangenheit schützte. Isidro hatte ihn vor dem Blut des heiligen Pantaleón beben sehen, als er ihren Namen aussprach; anschließend hatte er miterlebt, wie er Ursula Perla Montoyas Agonie in seine Gebete einflocht, dabei waren seine Lippen so bleich geworden, dass der Wächter ihn am Arm nahm und unter Bekreuzigungen zum Ausgang der Kirche führte, weil er fürchtete, der Höllenschlund könnte den jungen Freund an Ort und Stelle verschlingen, weil er sich versündigte. Ein sorgenvoller Schatten legte sich auf die Miene des Wächters. »Diese Frau ist zu alt für dich«, sagte er, als sie die Calle de las Huertas hinaufgingen.

»Sie hat mir nur elf oder zwölf Jahre voraus, das ist nichts.«

»Mit deinen einundzwanzig ist das schon etwas, du bist ein Junge und sie eine altkluge Frau. Sie ist nichts für dich, das sage ich dir auch, weil ich mehr über sie weiß als du, Dinge, die ich nicht wissen dürfte, die ich aber weiß, weil unsere Hausgemeinschaft ziemlich klein ist und der Innenhof ein einziges Fenster der Schande.«

»Es ist mir egal, was du weißt.«

»Sie ist eine Art Gottesanbeterin, zugegeben, sie ist sehr schön, aber sie lockt ihre Beute bewusst an, man sagt ihr nach, dass sie für jeden Roman, den sie schreibt, einen Mann verbraucht, und wenn das Buch fertig ist, lässt sie ihn sitzen.«

»Mit mir wird sie ihre restlichen Bücher schreiben und, wenn sie es erst weiß, wird sie mich nicht sitzenlassen.«

»Wenn sie was weiß, mein Junge, dass du wie ein Hund in sie vernarrt bist, seitdem du sie das erste Mal am Fenster gesehen hast?«

»Wenn sie weiß, dass ich sie seit fünf Jahren suche, dass sie mir seit fünf Jahren beim Wachen und beim Schlafen erscheint.«

Das letzte Stück Weg bis zum Haus von Atocha legten sie schweigend zurück. Isidro begriff, dass Santiago all die vielen Male in glühender Andacht vor den Reliquien von Heiligen und Märtyrern in die Knie gesunken war, um sie anzuflehen, dass er Ursula fand; dass er in Kirchen betete, damit sie mit dem gleichen wundersamen Flügelschlag in sein Leben trat, mit dem sie ihm im Traum oder in Visionen erschienen war. Ein Schauer überlief ihn und inmitten eines Arsenals von Argumenten, die er in seinen Telenovelas über die magische Vorherbestimmung der Liebe gesammelt hatte, fühlte er sich ratlos.

Als sie sich auf dem Treppenabsatz im ersten Stock eine gute Nacht wünschten, legte der Wächter ihm die Hand auf die Schulter. »Hier findest du mich, mein Junge«, er seufzte, »wenn du in Venezuela auf die Welt gekommen wärst …«

Das Treppenlicht erlosch, aber Santiago hatte nicht die Absicht, es erneut anzuknipsen. Er ging, zwei Stufen auf einmal nehmend und die durch die geöffneten Fenster wie Messerklingen fallenden Mondstrahlen kreuzend, nach oben. Als er in seiner Wohnung ankam, ging er entschlossen zum Fenster, um Ursula Perla Montoya durch den Innenhof zu erspähen. Das fiel ihm nicht schwer, denn sie befand sich mit einem Mann um die vierzig in ihrer Küche; er entkorkte gerade eine Flasche Wein, während sie in ihrem türkisen Morgenmantel die Gläser aus dem Schrank holte, dabei unterhielten sie sich – wie es Santiago vorkam – mit einer Vertraulichkeit zerwühlter Bettlaken. Er nahm ein Messer und öffnete die noch frische Wunde an der Fingerkuppe, aber es war nicht das Blut, das ihm bestätigte, dass es kein Traum war. Ihm brannten die Ohren, der Nacken, die Brust. Seine Gedanken drehten sich wieder um grünäugige Verräter, bis sein Blick auf den Kuchen fiel, der auf der Anrichte einen weißen Porzellanteller krönte, und er beschloss, ihn hinüberzubringen.

Sie öffnete die Tür in einem rotblonden Lockenmeer, das ihr

über Rücken und Schultern flutete. Einen Moment lang sahen sie sich wortlos an und spürten die Wärme des anderen.

»Sagst du mir jetzt, welcher Geist sich nicht meiner Augen erbarmen soll und warum?«

»Ich bin beschäftigt, aber danke für den Kuchen«, sagte sie und nahm diesen eilig entgegen. »Gute Nacht.«

Ursula Perla Montoya ging den Flur entlang zur Küche und ihre Hände krampften sich, bebend vor Gier, um den Teller.

»Was ist das?«, fragte der Mann sie, als sie den Kuchen hereintrug.

»Den hat mir ein Nachbar gebacken, der ist sehr nett.«

»Er riecht lecker. Schneid mir ein Stück ab, ich habe Lust darauf.«

»Nein«, ihre Wangen glühten auf, »den kann man noch nicht essen, er hat gesagt, er müsse bis morgen abkühlen, damit er genießbar ist.«

»Dann komme ich eben morgen wieder«, er umfasste ihre Taille und flüsterte ihr etwas ins Ohr.

»Warte im Wohnzimmer auf mich und nimm den Wein mit. Ich komme gleich nach, ich will ihn nur einpacken, damit er nicht austrocknet.«

»Komm aber schnell«, er küsste sie auf den Mund.

Als sie mit dem Kuchen allein war, ließ Ursula im Geiste Revue passieren, wie Santiago die Zutaten, die Eier, das Mehl, den Zucker, die geraspelte Zitronenschale liebkost hatte, wie er daran gerochen, sie geküsst und mit bloßen Händen verknetet hatte; der Teig an der Brustwarze, die halb geöffneten Lippen, die Schweißperlen auf seiner Stirn. Der Gedanke, mit welcher Liebe er den Kuchen gebacken hatte, erregte sie; und der Gedanke, dass diese Liebe mit hineingebacken war, sie durchströmen würde und von ihr verspeist werden konnte, erregte sie noch mehr. Sie bröselte ein paar Krumen ab und aß sie ganz langsam, zerdrückte sie mit der Zunge am Gaumen und hatte Santiagos Geschmack im Mund. Sie brach ein größeres Stück ab und dann noch eins, schmeckte einen Hauch frischen Zimt, fest, lebendig, und ein kaum wahrnehmbarer süßer Regenduft entzündete ihre Brüste.

Die Stimme des Mannes, der sie aus dem Wohnzimmer rief, unterbrach die Verkostung. Sie bedeckte den Kuchen mit einem sauberen Tuch und verließ die Küche.

»Du hast lange gebraucht«, er saß auf einem Zweier-Sofa.

»Ich habe kein Gefäß gefunden, wo er hineinpasst.«

Sie setzte sich neben ihn und nahm das Glas Wein, das er ihr hinhielt, trank aber nicht. Der Mann zog sie an sich und begann, von einem Buch zu sprechen, das er gerade aus dem Griechischen übersetzte. Aber seine Schwierigkeiten mit Verben, Strophen und Sprachmelodie interessierten sie nicht im Geringsten. Sie hatte ihn aufs Geratewohl gewählt. Ihr letzter Roman *Leidenschaft auf dem dämmrigen Diwan* war endlich ein Erfolg, und ihr Verleger lag ihr nun in den Ohren, bald einen zweiten zu schreiben. Dafür brauchte sie ein Liebesabenteuer.

Es traf sich, dass ihr dieser Kommilitone von der philosophischen Fakultät, den sie seit dem Studienabschluss nicht mehr gesehen hatte, in der Bibliothek über den Weg lief. Sie fand ihn attraktiv. Er lebte schon fünf Jahre in Griechenland, die letzten beiden auf einer kleinen Insel, wo er sich der Zucht von Biotomaten und der Poesie widmete. Sein Gesicht war braungebrannt, sein Profil das eines Adonis, und Ursula rechnete sich aus, dass es sie zu einer griechisch-römischen Passion inspirieren könnte, mit Amorpfeilen und Liebhabern wie Halbgöttern. Aber in diesem Augenblick war der Nachgeschmack ihres Nachbarn als einziger imstande, ihre Leidenschaft zu wecken, und sei es eine kannibalische.

»Du gehst gar nicht auf mich ein«, beschwerte er sich, »du bist in Gedanken woanders.«

»Verzeih mir, ich habe bis heute Nachmittag Ferdosi übersetzt und bin müde.«

Er streichelte ihr das Haar, trug ein paar Zeilen aus der Odyssee vor und wollte sie küssen, traf aber auf ein zusammengepresstes Lippenpaar wie eine undurchdringliche Mauer.

»Ich habe doch schon gesagt, ich bin müde. Wir können uns ein anderes Mal verabreden, ich muss jetzt ins Bett.«

Sie gab ihm zum Abschied zwei flüchtige Küsse auf die Wangen und ging dann mit dem Gefühl, es könnte in der Nacht regnen, ins Schlafzimmer. Ein Geruch nach Schlamm und feuchten Kräutern erfüllte das Haus. Er wehte durch die offenen Fenster herein und nahm mit unsichtbaren Schritten alles ein. Ursula stellte sich vor den Spiegel der Schranktür, betonte den Ausschnitt des Morgenmantels noch ein wenig mehr, lockerte den Gurt, so dass ein Streifen Haut zum Vorschein kam, hob die Arme, legte die Handflächen aneinander und schwang den Oberleib, wie ihre Großmutter es sie gelehrt hatte; sie war bereit, ihn holen zu gehen.

Santiago Laguna stützte nackt die Ellbogen auf den Fenstersims seines Schlafzimmers, wo ihn die Nacht mit ausbrechenden Sternen und dem zerfließenden Mond betrog, und zuckte wütend zusammen, als er sie auftauchen und sich mit ihren Pfauenfedern Luft zufächeln sah. »Schläfst du nicht?«, fragte sie ihn und stützte sich in der Pose einer Herrscherin ihrerseits auf den Sims.

»Ich will nicht träumen.«

»Ich kann auch nicht schlafen«, sie fuhr sich mit der Zunge über die Lippen, worauf sich in Santiagos Körper eine Prozession in Gang setzte.

»Ich dachte, ich hätte gesehen, dass du Besuch hast.«

»Ja, ein alter Freund, er musste schon gehen«, sie klappte den Fächer zusammen und stützte die Hand darauf. »Ich habe ihm nicht erlaubt, von deinem Kuchen zu essen.«

»Der ist ja auch nur für dich«, sagte er mit einem Kratzen im Hals, wobei seine Wut und seine Knie weich wurden.

»Dachte ich mir. Er schmeckt mir sehr gut.«

»Morgen backe ich dir Zimtschnecken aus Blätterteig, das ist die Spezialität meiner Familie.«

»Kommst du aus einer Bäckerfamilie?«

»Nein«, lächelte er, »ich bin der einzige Mann aus einer Familie verfluchter Frauen.«

»Und die Männer sind nicht verflucht?«

»Doch, schon.«

»Und was treibt ein verfluchter Mann so im Leben?«

»Ich erzähle Geschichten in Kneipen.«

»Dann hast du also einen Beruf aus Tausendundeiner Nacht.«

»Soll ich dir eine Geschichte erzählen?«

»Lieber wäre mir, wenn du mir von deiner Familie erzählst, was für ein Fluch liegt denn auf euch?«

»Ich werde dir erzählen, wie das Ganze anfing, damit du es verstehst.«

»Aber komm doch dafür zu mir rüber, wir setzen uns hier aufs Sofa, das ist gemütlicher.«

Der Mond war vom Himmel herabgestiegen, balancierte nun auf den Wäscheleinen im Hof und beschien dabei ihr Gesicht. Der spitz zulaufende Ausschnitt ihres Morgenmantels kam dem jungen Mann vor wie ein Dolch, der direkt auf's Delirium zielte.

»Rühr dich nicht«, bat er sie. »Ich erzähle sie dir lieber hier.«

»In Ordnung.«

»Ende des 16. Jahrhunderts lebte in einem Bauernhaus an der Lagune von Valencia ein Ehepaar, das sich glühend Kinder wünschte. Mann und Frau flehten schon lange zu Gott, sie doch mit dem Geschenk eines Kindes zu segnen, aber die Frau war inzwischen über vierzig Jahre alt und hatte immer noch keines empfangen. Die Nachbarn bedauerten das Ehepaar, weil sie niemanden hatten, der ihnen bei der Feldarbeit half und ihr Heim mit Spiel und Fröhlichkeit erfüllte.

Eines Frühlingsmorgens verschwand die Bäuerin, ein stämmiges, gutgelauntes Weibsbild, spurlos aus dem Bauernhaus. Nach mehreren Tagen kehrte sie zurück und erzählte dem Mann, sie sei an einem Strand gewesen, wo ihr eine Alte einen Zaubertrank verkauft habe, damit sie schwanger würde. Neun Monate später bekam die Bauersfrau eine bildhübsche Tochter.

Die Nachbarn reagierten auf die Nachricht mit Neid und fragten sich, ob es mit rechten Dingen zuging, wenn eine reife, nicht gerade hübsche Frau einem Kind von solch ungewöhnlicher Schönheit das Leben schenkte. Aber keiner konnte sich dazu entschließen, den Fall der Heiligen Inquisition zu melden, bis die Kleine ein Jahr alt war. Ihre vollendete Schönheit sollte zur Katastrophe führen. Man warf der Bauersfrau vor, in einem satanischen Ritual dem Meer beigewohnt zu haben. Die Beweise seien unwiderlegbar, weil das Mädchen über sämtliche Merkmale des Vaters verfüge: Ihre Augen waren von der Farbe des Wassers, ihr Haar schwarz wie der Meeresgrund, ihre Haut makellos wie die Gischt auf den Wellen und ihre Lippen rot wie ein Korallenzweig.

Die Bäuerin wurde als Hexe gebrandmarkt und auf dem Scheiterhaufen verbrannt, dann kam der Mann vor Gericht, wurde aber für unschuldig erklärt. Der Richter urteilte, er sei von den schwarzen Künsten seiner Frau in Mitleidenschaft gezogen worden, die ihm mit einem Naturelement Hörner aufgesetzt habe. Dann kam die Frage auf, was mit dem Kind geschehen sollte. Sie brauchten es nur anzusehen, da verloren sie den Mut anzuordnen, dass auch mit der Tochter kurzer Prozess gemacht würde, obwohl sie die Frucht der Hexerei war. Schließlich kam man überein, das Mädchen in ein Kloster zu schicken, wo es unter der strengen Aufsicht von Nonnen aufwachsen sollte, doch war kein Orden bereit, ein Kind von solch übernatürlicher Herkunft aufzunehmen. Also wickelte man die Kleine in ein Skapulier und schickte sie dem Bauern zurück. Dieser war inzwischen dem Alkohol verfallen und sperrte seine Tochter zu den Kälbern in den Stall.

Einige Monate später wurde ein Edelmann in prächtigen Gewändern bei dem Bauern vorstellig. ›Wenn Ihr mir die Tochter des Meeres zeigt, bezahle ich Euch eine Silbermünze‹, sagte er zu dem Bauern. Da staunte der Mann nicht schlecht, ging unverzüglich in den Stall und machte die Tochter vom Pflock los, wo sie angebunden war, wusch ihr das Gesicht und führte sie dem Edelmann vor.

Der Anblick der blendenden Schönheit des Mädchens, die ohne Zweifel mit der Zeit noch zunehmen würde, gefiel ihm so sehr, dass der Edelmann dem Bauern zwei anstelle einer Münze zahlte. Fortan kamen zahlreiche Männer und Frauen zu dem Bauernhof an der Lagune, mit dem einzigen Ziel, jenes halb menschliche, halb vom Meer stammende Geschöpf anzuschauen. Der Bauer brachte das eingenommene Geld für Wein und im Puff durch, während das auf den Namen Olvido getaufte Mädchen, von den Schaulustigen ›Mar‹, also Meer, genannt, zwischen den Tieren im Stall völlig wild aufwuchs. Eines Nachmittags, als eine Herzogin kam, um das Kind anzuschauen, deutete dieses, inzwischen zwölfjährig, auf ihr prächtiges gelbes Seidenkleid und sagte ›Lami ursala‹. Und die Herzogin gab dem Bauern eine Münze mehr als vereinbart, weil das Meereskind mit der Sprache der Wellen zu ihr gesprochen hatte.

Um diese Zeit bereiste ein junger Sprachforscher aus Kastilien die Gegend und traf in einer mondhellen Nacht auf das Mädchen, das sich im hohen Gras versteckte.

›Ich suche den Bauernhof mit dem Mädchen, das die Sprache des Meeres beherrscht‹, sagte er sanft zu ihr, um sie nicht zu erschrecken.

›Mar‹, das Mädchen zeigte mit dem Finger auf die eigene Brust.

›Weißt du, ob ich auf dem richtigen Weg bin?‹

›Ursala‹, sie streckte den Arm aus und wies auf den größten Stern, der am Firmament leuchtete.

Ihr Gesicht war mit einer trockenen Dungschicht verklebt; ihre Kleidung bestand aus ein paar nach Mist stinkenden Lumpen, und ihre Beine waren aufgerissen und blutig, als wäre sie in eine Tierfalle geraten. Der Linguist hatte Mitleid mit dem Geschöpf, zog das Taschentuch aus dem Gehrock und wischte dem Kind im Schein des Mondes das Gesicht sauber. Sie genoss die Berührung, selbst durch das seidene Taschentuch.

›Du bist ja das Meereskind‹, sagte der Sprachforscher verwundert, als er ihre Schönheit sah.

Noch einmal deutete sie auf sich und wiederholte ihren Namen.

›Sprich in der Sprache der Wellen zu mir‹, bat er sie.

›Saluma‹, das Mädchen zeigte auf den Mond.

›Saluma?‹, wiederholte der junge Mann verwirrt, worauf das Mädchen ein Lächeln andeutete und noch einmal auf den Mond wies.

In diesem Augenblick erkannte der Sprachforscher die Wahrheit: Das Kind redete nicht wie die Wellen, sondern eine selbst erfundene Sprache, weil es sich mit den Menschen verständigen wollte, aber keiner da war, der ihm eine zivilisierte Sprache beigebracht hätte. Und so machte er es sich zur Aufgabe, sie mehr als vier Jahre lang in die Sprache und die Gebräuche der Menschen einzuweisen, derweil sich der Bauer weiter in Schenken und Freudenhäusern herumtrieb.

Am Nachmittag ihres sechzehnten Geburtstags stand der Kapitän eines Piratenschiffs vor der Tür des Bauernhauses. Er wolle, so brachte er vor, das Geheimnis ergründen, wie man die Stürme besiegt. Das Mädchen antwortete ihm in perfektem Spanisch und sagte, leider könne sie ihm dabei nicht behilflich sein, weil sie nicht die Sprache der Wellen spreche, denn ihr Vater sei nicht das Meer, sondern jener Bauer da, der sie zu täuschen versucht hatte.

Daraufhin stürzte sich der Kapitän auf den Bauern und verabreichte ihm eine schreckliche Tracht Prügel. Das Mädchen rührte keinen Finger, sie versorgte nicht die Wunden des Bauern, half ihm nicht ins Bett, gab ihm nicht zu trinken und beantwortete auch nicht die Frage, die er im Todeskampf hervorpresste: Wer hat dir das Sprechen beigebracht, du treulose Hündin? Sie ließ ihn einfach sterben.

Als der Sprachforscher zum Bauernhaus kam, um sie zu unterrichten, erzählte sie ihm, was vorgefallen war, und die beiden fassten den Entschluss, sofort nach Kastilien zu gehen. Als sie sich dort niedergelassen hatten, begann der Sprachforscher als Lehrer in einer Schule zu unterrichten, und das Mädchen lernte Nähen und Klavierspielen.

Bei ihrer Volljährigkeit überstieg die Schönheit des Mädchens, das unter ihrem wahren Namen in die Gesellschaft eingeführt worden war, alle Vernunft und alles Begehren. Der Sprachforscher schenkte ihr das gelbe Seidenkleid, das sie sich wünschte, und erhielt durch seine Kontakte die Einladung, ihren Geburtstag auf einem Frühjahrsball zu feiern, der im Palast des Herzogs von Monteosorio gegeben wurde. Geblendet von den luxuriösen Möbeln und Lampen im Palast und dem Schmuck der im Saal tanzenden Damen, der glitzerte wie die Sterne, sagte Olvido sofort ja, als der Sohn des Herzogs, Don Alonso Laguna, sich auf den ersten Blick in sie verliebte und um ihre Hand anhielt.

Kaum erfuhr der verzweifelte Sprachforscher davon, erklärte er ihr seinerseits seine Liebe. Sie warf sich ihm schluchzend in die Arme und küsste ihn fiebrig auf die Lippen. Sie liebten sich die ganze Nacht, aber als er sie am nächsten Morgen bat, ihrem Heiratsanwärter zu schreiben, dass sie ihr Versprechen zurücknähme, lehnte sie ab. Ich werde ihn heiraten, und du wirst bei uns wohnen, auf diese Weise können wir uns weiterlieben und sind obendrein reich.

Die Hochzeit fand wenige Wochen später im Herzogspalast mit einem großen Bankett und einem majestätischen Ball bis in die frühen Morgenstunden statt. Die berühmtesten Männer der Stadt, Adlige und sogar ein Gesandter des Königs kamen, um dem Brautpaar zu gratulieren. Doch während des Festes vermochte Olvido an nichts anderes zu denken als an die dunklen Haarsträhnen, die ihrem Lehrer in die Stirn fielen, an seine feste Brust unter dem Rüschenhemd, an seine vom Kognak feuchten Lippen beim Abschied. Sobald das Fest zu Ende war, schlüpfte sie aus dem Brautbett und ritt zum Haus, das sie mit dem Sprachforscher bewohnt hatte. Doch dort empfing sie nichts als dunkle Nacht, denn er war für immer fortgezogen.

Die Zeit, der Henker des Lebens, schenkte Olvido zehn Jahre voller Bälle, Bankette und Kleider, dazu eine Tochter, die sie, wahrscheinlich auf Empfehlung ihrer Sehnsucht, Maria del Mar nannte. Es mag dieselbe Sehnsucht gewesen sein, die sie eines Morgens im Frühling, als ihr Mann auf Geschäftsreisen war, dazu trieb, sich auf den Weg zum Bauernhaus an der Lagune zu machen, wo sie geboren war. Aus der sicheren Kutsche betrachtete sie hinter der Gardine die nebligen Reisfelder bei Morgengrauen, die kräftigen Bauern und das blaue, mit Gischt gekrönte Antlitz ihres Vaters. Als die Kutsche vor ihrem Elternhaus hielt, ging sie zum Stall. Sie vermisste das Gefühl der feuchten Kälberschnauzen an den Beinen und das sanfte, leise Muhen. Obwohl der Stall am frühen Abend im Dämmerlicht lag, entdeckte sie in einer Ecke die zusammengerollte Gestalt eines Mannes. Um ihn herum standen Kognakflaschen. Er trug Bauernhosen, und seine Brust war mit Geschwüren und Parasiten übersät.

›Verlasst auf der Stelle mein Eigentum‹, befahl sie ihm.

›Salima ursala‹, erwiderte der Mann heiser.

Zwischen den fettigen Haarsträhnen, die ihm ins Gesicht fielen, suchte sie die Augen des Landstreichers und fand die des Sprachforschers.

›Was habe ich dir nur angetan? Was habe ich dir nur angetan, mein Liebster?‹, klagte sie und schloss ihn in die Arme.

›Salima ursala‹, erwiderte er mit glasigem Blick.

Olvido Laguna riss sich die Kette mit dem Kreuz vom Hals und warf sie zu Boden. ›Ich‹, sagte sie mit Grabesstimme, ›Tochter des Meeres, schwöre dem Gott ab, der mir meine Mutter genommen hat, und bitte den Teufel, meinen Namen und den meiner ganzen Sippe zu verfluchen. Meine Tochter soll ihre Ehre und ihr Herz an einen Mann verlieren, der sie unglücklich macht, und ebenso ihre Tochter und die Töchter ihrer Töchter. Eine verfluchte Sippe von Frauen soll jahrhundertelang das sühnen, was ich dir, mein Geliebter, an Leid zugefügt habe, und dieses Unglück soll bis zum letzten Tropfen Laguna-Blut währen.‹

Olvido kehrte nie mehr nach Kastilien zurück. Einige Jahre später fanden die Fischer am Stand den Leichnam des Sprachforschers; das Gesicht war vom Wein aufgedunsen, aber seine zu Lebzeiten dunklen Augen waren auf unerklärliche Weise blau geworden. Olvidos Leichnam fand man nie, manche sagen, ihr Vater, das Meer, habe ihn an sich genommen und ihr ein Korallengrab bereitet, andere dagegen behaupten, den hätte der Teufel geholt, damit sie ihr Verbrechen an der Liebe mit Leib und Seele büßt.«

Ursula hatte beim Zuhören ihre Herrinnenpose abgelegt, und in ihren Augen schwamm ein träumerischer, selbstvergessener Ausdruck. Santiagos nackte Haut schimmerte in der Nacht, und in seinem verhüllten Blick duckte sich ein Gespenst, das er geweckt hatte, ohne es zu wollen. Aber für Ursula, die das Haar in einem französischen Zopf trug, schmeckte alles nach ihm, ihr Mund, der Mond, das Echo seiner Worte im Innenhof.

»Und so fing alles an. Wenn dir die Geschichte gefallen hat, kann ich dir morgen eine andere erzählen, und übermorgen noch eine und überübermorgen … dann erzähle ich dir immer weiter.«

»Ab heute bist du meine Scheherazade, aber denk dran, wenn sie mir nicht mehr gefallen, dann schlage ich dir den Kopf ab.«

»Das Risiko nehme ich auf mich.«

»Jetzt muss ich aber an die Arbeit, gute Nacht.«

Ursula hatte den Eindruck, als hätte sich beim Zuhören Schicht um Schicht von ihr gelöst und die Inspiration läge jetzt nackt vor ihr; während sie ihn ansah und seiner Geschichte lauschte, schwebten die Romanepisoden wie spiralförmige Schalen vor ihr im Innenhof.

»Darf ich dir beim Schreiben zusehen, bis mir die Augen zufallen?«

»Heute bittest du mich um Erlaubnis?«

Er wurde rot.

»Leg dich nur hin, ich werde dir ein Wiegenlied singen, das mir meine Großmutter beigebracht hat.«

Sie sah ihn vom Fenster wegtreten, das Gesäß mit Sternen besät, und sich auf den Laken ausstrecken. Dann durchbrach der leise Gesang eines Muezzin, der zum Gebet rief, die Stille im Hof und drang in einem melancholischen Flüstern bis zu Santiago. Er schloss die Augen. Nach zwei durchwachten Nächten schlief er sofort ein.

Ursula Perla Montoya dagegen ruhte in dieser Nacht keine Sekunde. Ihr Gedächtnis vergaß, was Schlaf war, und sie ließ sich hellwach von ihrem rasenden Federkiel mitnehmen; noch ehe sie ihn zwischen den Fingern hielt, schrieb ihr Herz schon. Beim Schreiben entblößte sie sich und genoss Santiago, ohne ihn auch nur zu berühren. Ihr Geist wurde von Gefühlen überschwemmt, die sie zu höchsten literarischen Ekstasen trieben, wie sie ihr noch nie ein Mann verschafft hatte; Stunde um Stunde zogen sie sich hin und erinnerten an den Orgasmus eines Mammuts im Quartär.

Sie schrieb, bis der Tag anbrach und darüber hinaus; sie verbrauchte drei violette Tintenfässer, verschmierte sich damit Gesicht und Finger, während die Leidenschaft in ihrer Brust kratzte wie die Feder auf dem Papier, und erst als die Sonne den Madrider Himmel erobert hatte, war sie imstande aufzuhören. Sie ging in die Küche und aß zum Frühstück von dem Kuchen, um ihn wieder in sich zu spüren. Dann rief sie, obwohl es Sonntag war, ihren Verleger an und teilte ihm mit, dass sie endlich mit dem Roman begonnen habe und ihn auch demnächst fertigstellen würde. Es wird der beste, den ich je geschrieben habe, kündigte sie ihm an.

Euphorisch legte sie den Hörer auf die Gabel und dachte an ihren künftigen Erfolg, bis sie plötzlich, als sie schon im Bett lag und, eingelullt in den Singsang des Muezzin, den Fuß auf die Schwelle der Träume setzte, ein flaues Gefühl im Magen hatte, der sich leer anfühlte, als hätte sich der Kuchen in Luft aufgelöst und hinterließe ihr nur den unangenehmen Nachgeschmack seines Verlusts.

Kapitel 22

Santiago Laguna träumte von einem Sturm. Als er aufwachte, sah er die dicken grauen Wolken rasch über den Sonntagshimmel ziehen, und ihm wurde eisig ums Herz. Die Wunde an der Fingerkuppe war aufgeplatzt und bildete einen Riss mit veilchenblauen Rändern, die eiterte wie die Galle eines Insekts. Er schob die Hand unter das Kopfkissen, aber sie schmerzte weiter. Mit der Erinnerung an Ursula Perla Montoyas unverständliches Wiegenlied sang er sich wieder in den Schlaf. Nach einer Weile hatte er den Eindruck, als werde der Himmel noch finsterer, dann durchzuckte ein Blitz das Firmament von einem Ende zum anderen. Er hörte den Regen wie tausend Messerspitzen auf die Dächer, die Zinkterrassen und den Asphalt prasseln. Das Prasseln wurde zum Hämmern, bis sich daraus ein Donner löste, der drohte die Welt zum Einsturz zu bringen.

Doch mehr als das und mehr als der Whiskeygeschmack, der heute an die Stelle des schalen Belags getreten war, der sonst morgens seine Zunge bedeckte, beunruhigte Santiago, dass Zigarettenrauch und der Dunst von Bier und Irish Coffee seine Nase bedrängten, während er im Scheinwerferlicht auf der Bühne stand, Dutzende Gesichter ihn erwartungsvoll anstarrten, ohne dass er die leiseste Ahnung hatte, warum. Erst als mit einem weiteren Donnerschlag einer der gläsernen Kaffeebehälter zersprang und sich ein Riesengeißblatt des Lokals bemächtigte, merkte er, dass er sich wieder in dem Alptraum befand, der ihn bereits in der Nacht mit Angst erfüllt hatte.

Er bemühte sich aufzuwachen. Der Himmel war noch immer grau, aber kein Tropfen war gefallen. Der Sonntagvormittag war damit zufrieden, sich vorerst das Wasser des Gewitters im Munde zusammenlaufen zu lassen. Santiago zündete eine Zigarette an, lehnte sich ins Kissen zurück und wartete, bis der Wunsch verging, Pater Rafael zu umarmen, ihm Arzneien einzuflößen, seinen Schlaf zu hüten und ihm mit dem Geschmack von Messwein im Mund Geschichten zu erzählen. Er wartete fünf Minuten, zehn, bis er die Wehmut unter Kontrolle hatte und gegen das Verlangen austauschte, das Ursula Perla Montoya in ihm weckte. Das Zimmer füllte sich mit ihr. Der Dolch ihres Ausschnitts und der Gedanke an das, worauf seine Spitze zeigte, zermalmten ihm die Genitalien, und allein bei der Vorstellung, sie zum ersten Mal zu berühren, entzündete sich die verletzte Fingerkuppe. Er krümmte sich und hielt die Luft an, die Qualen, sich für sie aufzusparen, verschafften ihm mehr Lust, als sich wie ein Mann in die Laken zu ergießen.

Sobald er sich wieder in der Gewalt hatte, suchte er sie in den Fenstern, doch sie waren allesamt mit weißen Holzläden fest verschlossen. Also legte er sich in die lauwarme Badewanne, bettete den Kopf auf ein Handtuch und begann *Leidenschaften auf dem dämmrigen Diwan* zu lesen.

Die Seiten des Buches beförderten ihn in einen Palast des alten Persien. Dort hatte eine junge Schönheit darunter zu leiden, dass sie ein böses Geistwesen als Geliebten abgewiesen hatte. Um ihre Herzenshärte zu bestrafen, hatte dieses Wesen die Jungfrau in einen Diamanten verzaubert, in ihr Schlafgemach eingeschlossen und der Obhut einer Sklavin anvertraut, die sie, zur Freude des bösen Geists, allmorgendlich rieb und auf Hochglanz brachte. Doch die Sklavin, die unter Schleiern und goldenen Ohrringen ihre Zauberkunst verbarg, erbarmte sich ihrer. Eines Tages brachte sie einen Diwan ins Schlafgemach und stellte ihn an ein Fenster, von wo aus man die Klagelaute einer Quelle vernahm. Dem Damast dieses Diwans wohnte die Macht inne, im dämmrigen Licht des Nachmittags jeden Zauber zu brechen. Als also das Gemach in purpurnes

Licht getaucht war, legte die Zauber-Sklavin den Diamanten auf den Diwan, und die Jungfrau nahm wieder menschliche Gestalt an. Dann öffnete sie eine kleine Geheimtür, um einen bis auf die Augen verhüllten Mann aus der Wüste hereinzulassen, der vom Herumirren in den unterirdischen Gängen des Palasts ganz erschöpft war. Denn nur die Lyrik seines Verlangens und das Drängen seiner Lenden hatten dem Geliebten den Weg gewiesen.

Sie mussten erst lernen, sich unter Beachtung der magischen Architektur zu lieben, denn wenn ein Körperteil der Jungfrau über den Diwanrand herausragte, wurde sie wieder zum Diamanten. Dann liebte der Mann aus der Wüste plötzlich einen Stein und flehte schier verzweifelnd zu seinem Gott, dass er ihm die Dämmerung des nächsten Tages schickte. Nachdem ihre Glut wochen-, ja monatelang beim Schimmern des Edelsteins erloschen war, wurden sie zu Meistern der wohlkalkulierten Liebe und des vorsichtigen Herumtollens auf dem Diwan. Eines Abends jedoch stellte die Sklavin mit den Zauberkünsten, die stets hinter dem Wandschirm stand, fest, dass die Tollerei der Liebenden aufgehört hatte und einer solchen Traurigkeit gewichen war, dass sie nur noch Arm in Arm auf dem Diwan lagen.

Santiago stieg aus der Badewanne, ohne die Lektüre beendet zu haben. Während er sich abtrocknete, stellte er sich vor, was er täte, wenn Ursula Perla Montoya in der Dämmerung auf ihren Diwan sinken und sich in einen Diamanten verwandeln würde. Es wäre mir egal, sagte er sich, ich bin bereit sie zu lieben, ganz gleich, welche Form sie annimmt, tot, lebendig oder im Traum.

Er hatte mit Isidro verabredet, zur Ein-Uhr-Messe in die Kirche Cristo del Olivar zu gehen, und traf den Wächter an der Kirchentür, wo er ihn mit ernster Miene erwartete.

»Heute gibt es ein Unwetter, mein Junge, der Himmel ist kurz davor aufzubrechen, er weiß nicht wohin mit sich.«

»Das fürchte ich auch.«

Mit ihrem bleiernen Übergewicht trieben die Wolken Madrid in die Enge. In jeder Straße lauerten sie dem wasserscheuen Herzen der Stadt auf und ertränkten den Sonntag in ängstlichem Warten. Die Leute saßen in den Bars, aßen Kartoffeln mit scharfer Sauce und Sardellen in Essig, während sie zum Fenster hinaussahen und den Himmel begutachteten. Die Baumkronen bogen die dicht belaubten Rücken unter dem Gewicht des Himmels, noch geht es nicht los, noch nicht, stellten sie mit Bierschaum auf der Oberlippe fest, aber wenn es losgeht, dann gnade uns Gott.

In der Messe der Kirche Cristo del Olivar sang eine Gruppe junger Leute und spielte Gitarre dazu. Santiago erhob sich, um Kerzen für seine Toten zu entzünden, eine für seine Ururgroßmutter, die er nur vom Eichengeruch her kannte, eine für seine Mutter mit dem blumigen Namen, eine für Manuela Laguna, ohne kindliche Gewissensbisse aus Rosendünger, eine mit zitternder Hand für Olvido und die letzte für Pater Rafael, der ihm Frieden geschenkt hatte. Er nahm wieder neben dem Freund Platz und sang mit tiefer Stimme, in die sich die Heiserkeit einer Grille mischte und ihn an sein Schicksal eines verfluchten Mannes erinnerte. Er ging andächtig zur Kommunion, wenn auch mit dem Weingeschmack anderer Zeiten im Magen, und betete, von Isidro scharf bewacht, der fürchtete, Santiago könnte sich in seiner Fürbitte auf das falsche Evangelium einer Ursula Perla Montoya berufen.

Anschließend gingen sie einen Aperitif trinken. Santiago hatte mit einem Mal einen unbändigen Hunger, was er dem Regen, der sich nicht entschließen konnte, endlich zu fallen, zuschrieb. Er war ein schlanker Mann von französischer Konstitution und erinnerte sich nicht daran, je so viel gegessen zu haben wie an jenem Mittag. Bei den ersten vier Portionen lobte Isidro den Appetit des Jungen, den er für ein Zeichen von Gesundheit hielt. Aber als er satt war und Santiago weiter gegrillte Garnelen, Knoblauchchampignons, Kartoffelomelettes und andere Köstlichkeiten bestellte, die er mit eiskaltem Bier begoss, fing er an, sich ernsthaft Sorgen zu machen.

»Vielleicht hast du einen Schmarotzer im Bauch, dass du so viel isst und gar nicht satt wirst.«

»Sobald der Himmel aufklart, habe ich wahrscheinlich auch keinen Hunger mehr, oder wenn es regnen und alles endlich passieren würde.«

»Und was, bitte schön, hat dein Magen mit dem Wetter zu tun?«, versetzte Isidro. »Ist es nicht eher die Liebe, die dich von innen auffrisst?«

»Die Liebe auch.«

Er aß weiter, bis ein Blitz den trüben Himmel zerriss. Genau in diesem Moment schloss sich sein Magen.

»Lass uns gehen«, sagte er zu Isidro.

Er zahlte die Rechnung und sie gingen hinaus. Aber nach dem Blitz blieb alles wie zuvor. Die Wolken pressten die Schenkel zusammen, damit bloß kein Tropfen auf die Stadt fiel, und überließen diese wieder ihren besorgten Vorhersagen. Und so blieb es, während Isidro auf seinem Sofa Siesta hielt, eingelullt von Dokumentarfilmen, und Santiago Zimtschnecken aus Blätterteig buk.

Gegen fünf Uhr nachmittags öffnete Ursula Perla Montoya ihre Fensterläden. Die frische Brise vom Sonnenaufgang hatte sich aufgeheizt und glich der drückenden Schwüle eines Backofens. Von Schwindel erfasst, suchten die Schwalben die Dächer nach Schlupflöchern ab, um sich ihrer Ohnmacht zu ergeben, während sich die Tauben schnabelwärts auf schmutzige Brunnen stürzten.

An jenem lethargischen, selbstmörderischen Sonntag berührte Santiago Laguna zum ersten Mal die Haut der Frau, die er seit fünf Jahren suchte. Es passierte, als er ihr den Teller mit den Zimtschnecken brachte. Sie kam gerade aus der Dusche und trug einen weißen Bademantel, bis kurz über die Knie, auf dem Kopf einen Handtuchturban. Die Wohnung roch noch nach Schlaf und nach den Häutungen ihrer schriftstellerischen Leidenschaften.

Zunächst streifte er nur leicht ihre Hand, als Ursula den Teller entgegennahm, dehnte den Augenblick aber zu einer Berührung aus, kostete ihre Haut und verweilte so lange dabei, dass sich sein Gefühl, zu sterben und gleichzeitig wiederaufzuerstehen, auf sie übertrug.

»Er fällt mir noch aus der Hand«, sagte sie und schenkte ihm ein Lächeln.

Da ließ er sie los und folgte ihr durch einen halbdunklen Flur in die Küche.

»Das sind die Schnecken, von denen ich dir gestern erzählt habe, meine Großmutter hat mir beigebracht, sie zu machen.«

In Ursulas Augen glänzten noch einzelne Absätze ihres Romans, und ihr Blick sprühte violette Funken. Sie stellte die nachbarlichen Schnecken auf den Tisch, denn sie wusste, wenn sie auch nur eine probierte, war sie verloren. Sie hatte von seinem Kuchen gefrühstückt und Santiagos Geschmack nahm ihren ganzen Rachenraum ein.

»Magst du einen Kaffee oder eine Cola?«, fragte sie.

»Nichts, danke.«

»Dann erzähl mir noch eine Geschichte oder erzähl mir von dir und deiner Familie.«

»Ich erzähle dir, was du willst, selbst auf die Gefahr, dass du mir den Kopf abschlägst, weil es dir nicht gefallen hat.«

»Dann gehe ich mich erst mal umziehen, ich kann dein Todesurteil doch nicht im Bademantel verkünden!«

»Du siehst hinreißend aus mit dem Handtuch auf dem Kopf.«

Die schwüle Hitze raubte ihnen die Sinne. Ursula wurde alles zu schwer, das Handtuch, der Bademantel, die Arme, die Knie. Sie wollte Santiago ins Wohnzimmer führen, wo er auf sie warten sollte, während sie ein Kleid anzog, doch er bat sie, ihm das Zimmer zu zeigen, in dem sie arbeitete.

»Das kennst du doch schon.«

»Von innen ist es aber anders.«

Es war kleiner, als es von gegenüber aussah. Zwei Kübel mit Drachenbäumchen hüteten die Ecken, die Santiago von seiner Wohnung aus nicht sehen konnte. Kaum hatte er das Zimmer betreten, schon regten sich daran neue Triebe. Das Mobiliar bestand nur aus dem Tisch, dem Stuhl, dem Diwan und einem Regal, auf dessen Brettern ein paar Pergamentrollen zwischen den zahlreichen Büchern lagen.

»Darf ich mir die mal anschauen?«

Ursula nahm eine heraus und entrollte sie mit einer Andacht, die sie in ihre Kindheit zurückversetzte.

»Das sind die Gedichte meiner Großmutter. Sie hat nur auf Pergament geschrieben und mit dem Federkiel, den ich von ihr geerbt habe. Sie meinte, trotz der modernen Zeiten habe sie eine alte Seele die sich nur auf diese Weise inspirieren ließ.«

Eine gestreckte Schrift mit vielen Spitzen ergoss sich über das Pergament und verströmte beinah eine Todessehnsucht.

»In welcher Sprache ist das geschrieben?«

»Auf Persisch. Meine Großmutter ist im Iran geboren, in der Stadt Shiraz, der Stadt der Dichter. Sie hat mich großgezogen.«

»Lebt sie noch?«

»Nein, und meine Eltern auch nicht, sie sind als Schauspieler durch die Welt gereist und vor einigen Jahren bei einem Flugzeugunglück gestorben.«

»Ich bin auch eine Waise.«

Ursula streichelte ihm über die Wange. Die Pergamentrolle schnappte wieder zusammen, und im gleichen Moment versank Santiagos Herz in wilder Raserei.

»Darf ich dich fragen, was passiert ist?«

»Ich habe doch gesagt, ich erzähle dir, was du willst. Meine Mutter hat sich aus dem Fenster gestürzt, als ich gerade auf die Welt gekommen war, aus Liebeskummer. Das ist das Risiko, wenn man in eine Familie geboren wird, auf der ein Fluch liegt. Mein Vater ist vor einigen Jahren an einer Nierenerkrankung verstorben.«

»Das tut mir leid, du bist noch so jung.«

»Ich bin einundzwanzig«, er sah sie mit seinem französischen Ausdruck an.

Ursula öffnete die Pergamentrolle noch einmal, um ihre Bestürzung zu verbergen.

»Kannst du Persisch?«

»Meine Großmutter hat es mir beigebracht.«

»Übersetzt du mir das Gedicht?«

»Natürlich, zumal es um einen Geist geht, der kein Erbarmen mit den Augen eines Jungen hat.«

Ursula Perla Montoya begann, die persischen Verse zu rezitieren, und verlor sich in unverständlichen Reimen. Jeder Hexameter, so undurchschaubar er für Santiago auch war, heizte seine Sinne an und ließ ihn in der brütenden Nachmittagshitze und im Glück, am Leben zu sein, dahinschmelzen.

Als sie am Ende angelangt war, rollte sich das Pergamentpapier wieder auf und Ursula begann, das Gedicht noch einmal aufzusagen, aber diesmal auf Spanisch und auswendig, während ihre Finger mit Santiagos Haaren spielten, sie ein- und ausdrehten. Er hielt es nicht bis zum Schluss aus, sondern entweihte die Hexameter mit einem Kuss auf ihren Mund. Die Narbe an seinem Handgelenk öffnete sich wie eine Lilienblüte, deren Duft das ganze Zimmer erfüllte. Die Pergamentrolle rutschte ihr aus der Hand, das Handtuch vom Kopf, und sie versanken in einem schlaflosen Nachmittag.

Santiago betrachtete den Dolch ihres Ausschnitts, folgte ihm mit den Lippen vom Schaft bis zur Spitze, löste den Gürtel ihres Bademantels und stürzte über Ursulas Bauch ab ans andere Ende der Welt. Die Rohre im Innenhof spielten verrückt und schickten das Wasser herauf und herunter, bis den Nachbarn die Siesta zur Qual wurde und die Stockflecken von den Wänden abblätterten. Jedes Möbelstück im Zimmer wurde zu ihnen. Ursula zog ihn aus, er umfasste ihre Taille und setzte sie auf den Tisch, dass der Roman durch die Luft flog und das Tintenfass bei einer Umarmung umkippte. Santiago übergoss ihre Brüste mit violetter Lava, schrieb Verse darauf, malte Tauben, bis er Alphabet und Fauna vergaß, bis er seinen Namen und seine Träume vergaß. Sie liebten sich in akrobatischen Gleichgewichtsposen auf dem Stuhl und am Regal mit den Pergamentrollen, die Wüstensand schnaubten und jahrhundertealte, den Sterblichen entfallene Zauber ausstießen, und sanken schließlich, von der Liebe gefällt, auf den Diwan, wo Ursula, Pfauenfedern zerdrückend, in der Gewalt der außergewöhnlichen Kreatur, mit der Santiago Laguna ausgestattet war, satt wurde, ohne vom Kuchengeschmack ihres Geliebten genug zu bekommen. Sie beteuerte, die Inspiration sei ein Witz dagegen, während die Drachenbäumchen in einer sagenhaften Fruchtbarkeit zu ausgewachsenen Mangroven heranwuchsen und der Innenhof in einem Spätnachmittag verging, der sie zweifellos zu Diamanten verwandeln würde.

Um neun Uhr abends hing an Madrids Himmel immer noch eine dichte Wolkendecke, die auch weiterhin den Verdacht eines kurz bevorstehenden Gewitters verbreitete. Santiago verabschiedete sich mit einem Kuss auf jedes Schlüsselbein von Ursula. »Ich muss gehen, um zehn ist mein Auftritt in der Kneipe.«

»Komm zu mir rüber, wenn du wieder da bist. Ich warte auf dich.«

Als er zum Lokal unterwegs war, bildete der Himmel eine Wolkenwand, die die Welt vom Universum abschirmte und den Mond nur noch als gespenstischen Fleck durchschimmern ließ. Obwohl er geduscht und frische Kleider angezogen hatte, war das Einzige, was er roch, Ursula, daher merkte er nicht, dass die Spur des Regens schon zwischen Autos und Ampeln, Straßenlaternen und alten Häusern hing. Die ersten Tropfen trafen ihn, kurz bevor er das Lokal betrat. Erst da fiel ihm sein Alptraum wieder ein, und ihn erfasste die Angst vor dem Trommeln des Regens, vor der Monotonie der Tropfen, vor zuckenden Blitzen und ohrenbetäubendem Donner.

Das Sonntagabendpublikum war etwas älter als sonst, trank teure Cocktails und ausländische Biermarken aus der Flasche. Fast alle Tische waren besetzt, Gläser mit flackernden Kerzen standen darauf. Ansonsten war das Licht gedimmt, es lief Musik von Nacha Pop, und die Deckenventilatoren zerhackten die Hitze, als wäre sie Gelatine.

»Du kommst spät«, sagte die Thekenbedienung zu ihm und stellte ihm wie üblich vor dem Auftritt einen Whiskey hin. »Nur dass du es weißt, heute kann ich nicht mit dir in den Keller gehen, wie du es magst, der Boss ist da. Und damit du das auch weißt, ich würde ohnehin nicht mit dir runtergehen, auch wenn er nicht da wäre, weil du mich den ganzen Tag nicht besucht hast und gestern so schlecht drauf warst.«

»Ich bin jetzt mit jemandem zusammen, der für mich sehr wichtig ist«, erwiderte er, sein Glas in zwei Zügen leerend.

»Ihr seid doch alle Arschlöcher«, versetzte sie und warf den Wischlappen ins Becken, »je netter ihr tut, umso mehr.«

Die Bühnenbeleuchtung flackerte, und Santiago wusste, dass er an der Reihe war. Als die Musik verstummte, stellte der Inhaber des Lokals ihn als einen jungen Mann vor, der zwar aus der kalten Bergregion stammte, aber besser als jeder andere vom Meer erzählen konnte. Dann überließ er ihm die Bühne und den Applaus. Ein weißlicher Scheinwerfer nahm Santiagos Gestalt in Augenschein.

»Es wird erzählt, dass vor vielen Jahrhunderten ein Geisterschiff an den Küsten des Nordens segelte und Matrosen und Schiffskapitäne in Angst und Schrecken versetzte. Damals bedeckte ein kalter Nebel, dick wie das Haar von vielen Toten, Himmel und Meer, und man konnte nichts erkennen, nicht mal, ob man bei Tag oder Nacht unterwegs war«, er musste die Geschichte unterbrechen.

Der Himmel von Madrid stürzte ein wie in seinem Traum und eine schier unerträgliche Erleichterung brach sich Bahn, als der Regen an die Scheiben des Lokals, auf den dampfenden Asphalt und die Dächer fiel. Die Zuschauer betrachteten für Momente das Naturschauspiel.

»Nur wenige wagten es, jene Meere zu befahren«, fuhr er fort, »aber wer es doch tat und mit dem Leben davonkam«, ein Donner krachte, »der erzählte, dass mitten im Nebel vor ihnen plötzlich die abscheulichen Umrisse einer Galeone mit Kanonen erschienen. Sie wussten alle, was jetzt passieren würde, und hielten sich vergeblich die Ohren zu, um die schreckliche Drohung nicht zu hören: Die feuerrote Schiffsglocke am Hauptmast«, ihm versagte die Stimme. Er hatte auf einem Barhocker die Frau mit dem weißen Kopftuch vom Vortag entdeckt. Er hätte schwören können, dass sie noch nicht dasaß, als er gekommen war. Doch wo auch immer sie herkam, sie wandte der Bühne wieder den Rücken zu.

Eine Abfolge von Blitz und Donner erhellte den Himmel und ließ die Fensterscheiben des Lokals klirren.

»Ein Gespenst berührte die Glocke und nannte dabei den Namen eines Matrosen. Der Kapitän hatte keine andere Wahl, er musste dem Geist den armen Kerl ausliefern, so sehr der auch weinte und um sein Leben flehte, denn jenes Geisterschiff nahm Kurs zur Hölle, sobald genügend Opfer in seinem Frachtraum saßen. Eines Tages … oder eines Nachts … kam ein Junge … mit Stiefeln … die mit Eisen beschlagen waren wie Eselshufe«, er musste innehalten, weil in seiner Kehle ein Geißblatt wuchs.

Im Lokal schwoll das Geflüster der Zuschauer an.

»Er hatte die Liste seiner Heldentaten und Siege … auf die Zunge tätowiert … und beteuerte allen … dass er sie gegen drei Fässer voll Gold … von der Bedrohung … durch das Geisterschiff … erlösen könnte. Man braucht sich doch nur … der roten Glocke … zu bemächtigen«, er war kreidebleich. »Und das tat er. Er hat sich der roten Glocke bemächtigt … doch dann verwandelte er sich selbst in eine Geister … Galeone …«

Er konnte nicht weitersprechen. An den Tischen breitete sich ein dichtes Schweigen aus, dann drehte sich die Frau, die an der Theke saß, um und blickte Santiago mit seinen eigenen Augen an, nur lag in ihren ein Grab voller Tränen. Er wurde von der Vergangenheit geschluckt, und ein süßlicher Duft nach Gartengemüse hüllte alles ein. Sie stand auf, zog das Tuch vom Kopf und ging zur Bühne, wo sie das Ende der Geschichte erzählte.

»Der Hals des jungen Mannes streckte sich so lang, bis er zum Hauptmast wurde, und daran hing die rote Glocke wie an einem Schaf. Man erzählt, dass sich der Nebel mit einem Mal hob und der zum Schiff gewordene junge Mann den Horizont ansteuerte, während seine Zunge als Fahne im Wind wehte. Er wurde erst hundert Jahre später wieder gesehen. Seitdem erzittern die Matrosen, wenn sie in den Sturmnächten das Scharren von Eselshufen hören, weil sie wissen, dass auch er die Glocke schlagen muss und einem von ihnen die Seele rauben wird.«

Der Applaus brach los, als gehörte der Wechsel zum Programm, doch Santiago stand da, stocksteif und mit vor Schreck und Vergnügen verzerrtem Gesicht.

Kapitel 23

Nicht weinen.«

Das Gewitter war vorüber. Die Wolken verzogen sich vom Himmel, bis der Grundriss der Sternbilder zum Vorschein kam. Aber in der Stadt roch es mehr denn je nach Regen. Die Erdringe um die Bäume waren überschwemmt, von den Dachziegeln tropfte das Hicksen eines Weinkrampfs und über den Asphalt ergossen sich Sturzbäche wie die Tränen über Santiagos Wangen.

»Umarme mich.«

Die Straßenbeleuchtung funkelte in den Pfützen der Calle de las Huertas.

Sie drückte ihn an die Brust. Die rote Villa keimte in Santiagos Bauch auf und wuchs immer weiter, bis ihn ein Urwald aus Erinnerungen zu ersticken drohte. Er kehrte in die Seligkeit der Küche zurück, zum rauchig süßen Geruch, zu den Küssen der wehmütigen Kürbisse, zu den von Marmeladen und Teig keuchenden Brustwarzen, zu den Mehlspielen; er kehrte zurück zu den Tagen voller Malereien, Geißblatt und Gedichten, während er in der Sonne briet; er kehrte zur Lektüre von Johannes vom Kreuz zurück, zu den Giftmorden mit Rosen, damit sie allein blieben, zu den Neckereien in der Badewanne, zu den Abenden am Kamin und zum Lauschen von Geschichten.

»Verzeih mir.«

Die Umarmung wurde fester und Santiago kehrte zum Gestank feuchter Berge zurück, zum Verrat der Schafe, zu durchnässten Kleidern und Knochen aus Eis, zur Entdeckung der Liebe im

Eichenzimmer und wurde Feuer, Flamme, Asche, und aus seinem Hals löste sich das klagende Zirpen einer Grille.

»Ich hätte niemals einfach so gehen dürfen«, sie sah ihm in die Augen.

Die wenigen Autos, die auf der Straße unterwegs waren, hinterließen eine Kielspur aus Schlamm und Schaum. Er lehnte den Rücken an eine Haustür und dankte der feuchten Brise, dass sie ihm das Atmen erleichterte. In der stickigen Luft des Lokals hatte er plötzlich Atemnot bekommen.

»Warum hast du mich verlassen?«

»Nach dem, was passiert war, dachte ich, dass Pater Rafael besser für dich sorgen würde als ich. Er hat dich geliebt wie einen Sohn. Ich habe ihm das Versprechen abgenommen, dass er dich mit zu sich in die Kirche nimmt, damit du nicht alleine in der roten Villa bleibst oder auf den Sohn des Anwalts oder sonst jemanden angewiesen bist.«

»Wusste Pater Rafael, dass du noch lebst?«

»Am Morgen jenes Tages, als du wie ein Kind geschlafen hast, habe ich den Stall angezündet und bin zur Kirche gelaufen. Ich habe den Pater geweckt und ihm unter dem Beichtgeheimnis alles erzählt. Er fand meinen Plan völlig verrückt, und er hatte recht. Er bat mich, das Ganze zu überdenken, und sagte immer wieder, wir können einen anderen Weg finden, aber ich war so verzweifelt, ich wollte dich um jeden Preis aus der Sache befreien. Der Stall brennt schon, Pater, sagte ich zu ihm, versprechen Sie es mir, wir haben keine Zeit, und gehen Sie ihn retten«, Flammen loderten in ihrem Blick. »Er machte sich Sorgen wegen seiner Erkrankung, er fürchtete, bald zu sterben und dich dann allein zurückzulassen. Auch dafür hätte ich vorgesorgt, versicherte ich ihm. Ich gab ihm die Anschrift deines Vaters in Paris, damit er sich mit ihm in Kontakt setzen konnte, sobald er den Tod nahen fühlte, und ich gab ihm einen Brief an Pierre, in dem ich ihm schrieb, dass ich ihm verziehen hätte, und ihn bat, dich aufzunehmen.«

»Was hattest du ihm verziehen? Wieso musstest du ihm was verzeihen? Haben sich denn mein Vater oder meine Mutter dir gegenüber falsch verhalten?«

Olvido Lagunas Stirnfalte versank im Abgrund zwischen ihren Brauen.

»Ich konnte dir nicht weiter schaden, ich musste dich freigeben. Mein Drang, dich zu beschützen, hätte dein Leben zerstört.«

»Meine Mutter hat sich umgebracht, weil ihr verfluchtes Blut bewirkt hat, dass mein Vater sie nicht liebte.«

Sie wurde vom Schmerz übewältigt, das Haar weiß, die Augen von den Gräben vieler Tränen zerfurcht.

»Weil er mich liebte, Santiago, mich. Deine Mutter hat es entdeckt und konnte es nicht ertragen.«

Ohne Vorankündigung brach er zur Calle del Prado auf. Olvido folgte ihm. Nach wenigen Schritten blieb er stehen, stützte den Fuß an eine alte Fassade mit rosa Mauern und raufte sich die Haare.

»Und du, hast du ihn auch geliebt?«

»Nein, ich habe immer deinen Großvater geliebt. Mit seiner Jugend hat mich Pierre an ihn erinnert, aber sonst auch nichts, ich habe ihm nie Hoffnungen gemacht. Aber dennoch habe ich lernen müssen, mit der Schuld für den Tod deiner Mutter weiterzuleben. Was mich gerettet hat, warst du. Ich habe dich in dem festen Entschluss großgezogen, alles aus dem Weg zu räumen, was uns trennen oder was dich verletzen könnte.«

»Warum bist du zurückgekommen?«, fragte er unter Tränen.

»Ich konnte die Vorstellung nicht ertragen, dass du dich an meinem Tod schuldig fühlst. Mir ist klargeworden, dass ich dich zu dem gleichen Schmerz verdamme, wie ich ihn beim Verlust deiner Mutter erlitten habe.«

»Du hast fünf Jahre gebraucht, um mir die Wahrheit zu sagen.«

»Als ich wieder zu mir kam und Zeit hatte, über alles nachzudenken, war es schon zu spät. Ich habe mit Pater Rafael telefoniert, wir haben uns auch geschrieben, und er hat mir versichert, dass es dir gutging, du wärst ein wenig traurig, würdest aber weiter lernen, es würde dir an nichts fehlen, weil du das Geld der Familie hattest. Da habe ich zu zweifeln angefangen und mich all die Jahre gefragt, was dir weniger wehtun würde: festzustellen, dass ich am Leben war, als du gerade anfingst über meinen Tod hinwegzukommen, oder zuzulassen, dass das Gespenst der Schuld weiter über dir schwebte. Dann ist Pater Rafael gestorben. Ich habe es von dem neuen Pfarrer erfahren und ihn gefragt, ob der Junge, der bei ihm lebte, in Frankreich sei. Er hat mir gesagt, dass du zum Militärdienst gegangen wärst. Da habe ich dich aus den Augen verloren, ich dachte, ich würde verrückt werden …«

»Wie hast du mich gefunden?«

»So wie es in der Stadt manchmal passiert. Eine Kollegin aus dem Restaurant, wo ich als Köchin arbeite, hat mir empfohlen, einen Privatdetektiv zu beauftragen, und das habe ich getan. Als der mich darüber aufgeklärt hat, dass du in Madrid bist, so nah bei mir, und dass du außerdem Geschichtenerzähler wärst, da habe ich gedacht, es sollte so sein«, sie sah ihn voller Entzücken an. »Du bist so hübsch und so erwachsen.«

»Und was hat dich veranlasst, jetzt aufzutauchen?«, er zündete sich eine Zigarette an.

»Santiago, ich werde ins Dorf zurückkehren, in die rote Villa. Ich muss zum Friedhof und die Erde vom Grab deines Großvaters berühren, ich muss sie in die Hand nehmen, liebkosen. Ich muss wieder die Bergluft atmen, zu den Pinien und in den Eichenwald, sehen, wie sich im Herbst die Buchen verfärben. Ich muss die Hirsche vor Liebe röhren hören, den Geruch von Schwarzpulver aus den Jagdgewehren riechen, ich muss in meine Küche zurück, in unsere Küche, zu unseren Gemüsebeeten und all die Gartendüfte atmen, beobachten, wie die Hortensien dick und rund werden, wie die Wicken aufblühen, die Margeriten, das Geißblatt, ich muss das alles nochmal riechen, nochmal fühlen. Und dich habe ich auch gebraucht, ich hatte das Bedürfnis, dich zu umarmen, dir in die Augen zu schauen, dich um Verzeihung zu bitten und zu erfahren, ob du mir verzeihst, in dem Wissen zu gehen, dass du glücklich bist, dass du dich für nichts schuldig fühlst, weil die Liebe, wenn man zu viel liebt, aus dem Ruder laufen kann, trotzdem ist und bleibt es Liebe, und sie kann wieder in ihre Fahrrinne zurück. Ich werde dich immer lieben«, sie streichelte mit den Händen sein Gesicht, »du bist mein Kind, mein Enkel, mein Kleiner, und ich bin deine Großmutter«, sie holte tief Luft, ihre Wangen glühten. »Ich werde in der roten Villa auf dich warten, falls du kommen und mich besuchen möchtest.«

»Was können wir machen«, er nahm einen tiefen Zug von seiner Zigarette, »letzten Endes sind wir alle verflucht.«

Sie lächelte traurig.

»Hast du mich in diesen Jahren irgendwann gehasst, mit aller Kraft gehasst?«

»Seit ich auf der Welt bin, habe ich für dich immer nur Liebe empfinden können«, der Zigarettenrauch verflüchtigte sich in der Nacht.

»Du bist der großartigste aller Lagunas, der einzige Mann, der Einzige, dem es gelungen ist, vom Dorf akzeptiert und sogar geliebt zu werden. Deinetwegen haben sie angefangen, mich beim Ausgang der Messe anzulächeln, deinetwegen haben sie mich zum Kaffeetrinken eingeladen, durch dich hatte ich Gelegenheit, dem Dorf und der Welt meine Rezepte weiterzugeben, und habe mich sogar manchmal verstanden gefühlt. Du bist ohne Zweifel ein außergewöhnlicher Laguna, du hast weder Rachegefühle kennengelernt noch je einen anderen Laguna gehasst. In den Jahren, seit ich nicht mehr in der roten Villa lebe, habe ich verstanden, dass unser wahrer Fluch darin bestand, dass wir uns gegenseitig gehasst haben, dass wir nicht vergessen konnten. Wir haben unser Leben der Rache geweiht. Deine Urgroßmutter hatte recht, du bist der Auserwählte, mit dir wird der Hass und der Fluch der Lagunas aussterben.«

Santiago zertrat den Zigarettenstummel, sein Herz erschauerte, und er spürte die gleiche Verlustangst wie in seinen Träumen.

»Bist du krank?«

»Lass uns ein wenig gehen«, sie hakte sich bei ihm ein. »Ich liebe es, um diese nächtliche Uhrzeit den Paseo del Prado hoch und wieder herunter zu gehen, vor allem sonntags. Dann ist das Licht matt, und die Gehsteige sind von den Reinigungsfahrzeugen frisch gesprengt. Die Bäume sehen aus wie Riesen, es fahren fast keine Autos, und man fühlt sich irgendwie anders, als würde die Traurigkeit von einem abfallen, wenn man an den ehrwürdigen Gebäuden vorübergeht. Mir kommt es dann jedes Mal so vor, als könnte die Großstadt sprechen, wie es die Berge tun, und als wären dies die einzigen Stunden des Tages, in denen man sie hört.«

»Großmutter, du wirst sterben, deshalb willst du in die rote Villa zurück, und deshalb hast du dich auf die Suche nach mir gemacht«, das Feuer einer Vorahnung versengte ihm die Lippen.

»Rede nicht vom Tod, ich fange gerade an, wieder zu leben«, sie drängte sich dichter an ihn, »endlich lebe ich wieder.«

Sie spazierten von Neptuno bis Cibeles, von Cibeles bis zum Bahnhof von Atocha und wieder zurück nach Neptuno. Olvido erzählte ihm, dass sie all die Jahre in Madrid gelebt und in verschiedenen Restaurants als Köchin gearbeitet habe, um zu überleben. Sie wohnte in einer Pension in der Calle Echegaray, die sie in wenigen Tagen verlassen wollte, um nach Hause zu fahren, in die rote Villa. Er vermied es, ihr von seiner Selbstmordepisode mit dem wundertätigen Finger der heiligen Pantolomina de las Flores zu erzählen. Als seine Großmutter die Narbe bemerkte, log er, um ihr nicht noch zusätzlich wehzutun, und schob die Verletzung auf einen Unfall beim Militärdienst, als er an einem Leichtfeuergewehr das Bajonett gereinigt habe.

Gemeinsam tauchten sie ein in die Schilderung seiner ersten Begegnung mit dem Meer in Valencia, und er beteuerte, dass er, als er jenem Wesen, das aussieht wie eine Tuschelinie am Horizont, sich in Wellen auflöst und über den Strand ergießt, gegenüberstand hatte, nur an sie gedacht habe. Er schlug ihr eine Reise vor, damit sie es kennenlernte, ehe sie ins Dorf zurückkehrte. Aber das einzige Meer, das Olvido zu diesem Zeitpunkt ihres Lebens sehen wollte, hing an der Wand ihres Schlafzimmers, das, was sie von klein auf mit den Geschichen ihrer Mutter eingeatmet hatte.

Er erzählte ihr auch von Isidro und den Fußballspielen des Club Atlético, wo sie mit ihren belegten Brötchen in den Rängen saßen und brüllten, von ihren Spaziergängen durch die Dahlien des Botanischen Gartens, die er mit Geschichten begoss, bis er mit einem Mal – er war selbst überrascht – von Ursula anfing. Er beschrieb Olvido ihre rotblond herabflutende Lockenmähne und wie ihre persischen Augen aussahen, wenn sie den Federkiel zur Hand nahm und ihren orientalischen Liebesgeschichten Leben einhauchte. Ursula, die ihm die Pergamentrollen ihrer Großmutter vorlas, Ursula, die ihm Gedichte auf Spanisch vortrug, Ursula, die sich im Mondlicht auf den Fenstersims stützte und seiner Geschichte lauschte, Ursula, die ihn mit verzauberten Wiegenliedern in den Schlaf sang, Ursula, die sich auf einem Diwan mit Pfauenfedern Kühlung zufächelte.

Es war fast drei Uhr morgens, als Santiago seine Großmutter in ihrer Pension in der Calle Exhegaray abgesetzt hatte und nach Hause kam. Er holte die Sammlung von Heiligen- und Märtyrerbildchen aus dem Geheimfach seines Seesacks und presste sie an die Brust. Er betete, während ihm die Tränen übers Gesicht liefen, bis aus seinem gequälten Ausdruck ein Lächeln aufstieg. Dann verwahrte er die Bilder wieder in ihrem Fach und steckte sich nur die heilige Pantolomina in die Brusttasche. Mit einem Blick aus dem Fenster stellte er fest, dass Ursula genauso dasaß wie beim ersten Mal: in einen türkisen Morgenmantel gehüllt und schreibend.

»Kann man noch vorbeikommen?«, fragte er quer über den Hof.

»Ich habe nicht damit gerechnet, dass es bei dir so lange dauern würde, ich arbeite«, sie steckte eine Zigarette in die lange Spitze und nahm einen kräftigen Zug.

»Ich habe dir noch nicht erzählt, wo ich dich gesehen habe, bevor ich hier eingezogen bin.«

»Wahrscheinlich in einer Zeitung oder einer Literaturbeilage oder auf dem Einband meiner Bücher, irgendwo eben«, sie nahm einen weiteren Zug, als inhalierte sie nicht die Zigarette, sondern die Augen des jungen Mannes.

»Es war woanders, aber du weißt ja, wenn dir nicht gefällt, was ich dir erzähle, dann lasse ich mich von dir köpfen.«

»Ich hoffe, du setzt dein Leben nicht leichtfertig aufs Spiel«, sagte sie schmunzelnd und erhob sich, um ihm die Tür zu öffnen.

Als sie sich in der Diele begegneten, begannen sie sofort, sich zu küssen. Sie führte ihn ins Schlafzimmer, an dessen Wänden große gerahmte Fotos von Wüsten, tausendjährigen Ruinen und Salzseen hingen. Auf der Kommode stand das Foto einer Frau und trug dem Betrachter die Rätsel von Schwarz und Weiß und vielen Perlenketten auf. Sie ließen sich aufs Bett fallen, schon nackt, in einem Rausch von Zärtlichkeiten, der Sandstürme auslöste und antike Palastsäulen zum Einsturz brachte. Er flüsterte ihr ins Ohr, er habe sie in seinen Träumen gesehen und seitdem nicht aufgehört, nach ihr zu suchen, aber sie wusste nicht, ob das die Wahrheit war oder eine List, um ihr unermessliches Verlangen noch weiter zu schüren.

Als wieder Ruhe eingekehrt war, stand Ursula auf, um eine Zigarette zu holen, und entdeckte zwischen den kreuz und quer auf dem Boden verteilten Kleidungsstücken ihres Geliebten das Bildchen der heiligen Pantolomina de las Flores, das ihm aus der Hemdtasche gerutscht war.

»Wer ist das?«, fragte sie und hielt sie ihm vors Gesicht.

»Die Schutzpatronin meines Dorfes, mit dem wundertätigen Finger.«

Dann legte Santiago Ursulas Kopf auf seinen Schoß und erzählte ihr zum ersten Mal von seinem in den kalten Bergen gelegenen Dorf, seinem Dorf, wo es im Herbst nach Pilzen roch, während sich die Hirsche in ihrem Liebesrausch die Geweihe zerbrachen; vom tiefen Schnee, der auf den Gebirgskämmen blau schimmerte; vom Frühling mit seinen Explosionen aus Blumen und vom Sommer voller Zikadengezirp. Er erzählte ihr von der roten Villa und von der einzigen Laguna-Frau, die noch am Leben war, seine Großmutter Olvido.

Kapitel 24

Die rote Villa lag verlassen und von Geistern umkämpft da. Die Landstraße war inzwischen asphaltiert worden und zerschnitt den Pinienwald wie eine verkohlte Narbe. Der Willkommensgruß in Goldlettern, der in den Zeiten des Bordells und während der Herrschaft von Manuela Laguna am Tor prangte, hatte seinen Glanz eingebüßt, und der Blick durch das Eisengitter in den verwilderten, unfruchtbaren Garten tat weh. Von Zweigen und Gestrüpp überwuchert lag er da, zerzaust vom unbarmherzigen Wind und der trockenen Hitze. Von den Geißblattstauden war nur noch eine Ahnung übrig, die Kastanie, wo sich Pater Imperio in den Schatten zu setzen pflegte, sah aus wie ein altes Gerippe, und die von Käfern und geflügelten Ameisen bevölkerten Beete glichen einem Gemüsefriedhof; jede Hortensie und jede Wicke sang das Lied der Verwahrlosung. Nicht zu vergessen die zerstörten Hühnergehege und der Stall, der dastand wie ein reuend eingesacktes Gebirge aus Asche. Nur die Margeriten am Steinplattenweg hatten die Barbarei überlebt und streckten aus zahllosen Zungen welker Blätter die Köpfe wie Stielaugen empor; und in der Mitte des Rosengartens stand ein Eukalyptusbaum, der eine merkwürdige Stimmung ausstrahlte, eine dichte, durchsichtige Melancholie dessen, was gewesen und jetzt nicht mehr war.

Doch die große Schlacht wurde im Innern des Hauses ausgetragen: Der Eichenduft hatte Clara Lagunas Schlafzimmer verlassen und belagerte das ganze Obergeschoss, ja, er setzte sich sogar über die Treppe nach unten bis in die Eingangsdiele fort, mit dem Ziel, auch noch das Erdgeschoss zu vereinnahmen. Dort herrschte indes ein feiner Mief nach Hahnenblut, gemischt mit einem eukalyptusartigen Rosenduft, deren Zweige vom Labyrinth bis zu Manuela Lagunas Zimmer ausgeschlagen waren und dort an der Mauer emporrankten, das Fenster eingedrückt hatten und in den Salon reichten. Diese geruchliche Verbindung aus Eichen, Hähnen und Rosen drehte einem vor Übelkeit den Magen um.

»Jede zurück an ihren Platz«, befahl Olvido Laguna und schlug in die Luft, als sie die Diele betrat. »Ab sofort habe ich hier wieder das Sagen, und ich will in Frieden sterben.«

Santiago, der beschlossen hatte, sie nach Hause zu begleiten und eine Woche im Dorf zu bleiben, damit er ihr bei ihrer Rückkehr zu den Lebenden beistehen konnte, stellte fest, dass ihm der Kampf der Geister die Luft zum Atmen nahm.

Olvido bezog ihr altes Schlafzimmer. Alles war noch da, das silberne Eisenbett, der Schreibtisch der jugendlichen Nachhilfeschülerin, das Bild vom Meer, der ausgeleierte Polstersessel, das zugemauerte Fenster. Santiago nahm das Zimmer, in dem er von klein auf geschlafen hatte und das vor ihm, in der Zeit der Sintflut, von seinem Vater Pierre Lesac bewohnt worden war.

Während der ersten Tage nahmen sie eine Grundreinigung vor. Sie verdrängten die Geister mit Putzlappengefuchtel und Überschwemmungen aus Lauge und Schmierseife, bis die Eichen den geordneten Rückzug in Clara Lagunas Schlafzimmer antraten, Hähne und Rosen dafür mit ihrem angestammten Terrain von Manuelas Zimmer neben der Küche vorliebnahmen. Sie setzten das Fenster instand und beschnitten den Rosenstock, den sie zur Rückkehr ins Labyrinth zwangen. Doch die Geister nutzten den Schlaf der Lebenden und setzten ihre Revierkämpfe noch mehrere Nächte lang fort, indem die Rosen sich wieder zum Fenster vorarbeiteten und an die Scheiben stießen, während durch die Luft wirbelnde Strumpfbänder die Treppe herabschwebten und angriffslustige Hahnenhälse nach oben wollten.

»Ihr wisst doch, dass in diesem Haus jede ihren Platz hat, und ich entscheide, wo der ist«, schimpfte Olvido mit gedämpfter Stimme, um den Enkel nicht zu wecken. »Ihr habt mir das Leben schon schwer genug gemacht, ich werde nicht zulassen, dass ihr mir jetzt auch noch den Tod vermiest.«

Nach und nach beschränkte sich der Kampf auf wenige Geruchsscharmützel, meistens ausgetragen, wenn Olvido im Garten zu tun hatte und die Gemüsebeete in Ordnung brachte, denen sie eine ähnliche Auferstehung angedeihen ließ wie sich selbst.

Als die alten Weiber in Schwarz draußen auf ihren Stühlen, wo sie sich frische Luft zufächelten, sie zum ersten Mal an Santiagos Arm vorbeigehen sahen und unter dem weißen Haar und in den Falten die schönste Frau der Welt erkannten, flohen sie in ihre Häuser und bekreuzigten sich, die einen, weil sie ein Wunder geschaut hatten, die anderen, weil sie den Belzebub erblickt hatten, der seelenruhig in ihrem Dorf spazieren ging.

Olvidos Besuch im Lebensmittelladen, von der Moderne in einen kleinen Supermarkt verwandelt, erregte die Gemüter derartig, dass die Dämmerung des Augusttages ins Stocken kam und wie ein Purpurschock am Himmel hängen blieb. Aus Gewohnheit lagen in der Gemüseabteilung immer noch die Auberginen und Kürbisse für Olvido Lagunas Rezepte aus, wo die Umstehenden, kaum dass sie die Frau erkannt hatten, sofort Abstand nahmen, als haftete auch dem Gemüse etwas Gespenstisches an.

»Erschrecken Sie sich nicht«, sagte Olvido lächelnd, »stellen Sie sich einfach vor, ich sei schon vor der Zeit wieder auferstanden.«

Da die Bemerkung tagelang an den Ecken des Platzes, in den Nischen der Gassen, in Wohnzimmern und Küchen wiederholt und aufgebauscht wurde, erreichte sie schließlich auch geweihtes Terrain, so dass sich der neue Pfarrer, ein junger Lackaffe mit pomadigem Haar, verpflichtet sah, die Sache in seiner Sonntagspredigt zur Sprache zu bringen, als Olvido mit ihrem Enkel in der Messe saß.

»Liebe Brüder, wir, die wir uns heute in diesem Gotteshaus versammeln, sind und waren immer ganz und gar lebendig, alles andere sind die Lügengeschichten der Sterblichen«, hüstelte er mit piepsiger Stimme.

Santiago rutschte unruhig in der letzten Bankreihe hin und her, gequält von seinen Erinnerungen an Pater Rafael, an das magische Podest und den Finger der heiligen Pantolomina.

Von jenem Sonntag an kamen unzählige Geschichten darüber in Umlauf, wo Olvido die letzten Jahre verbracht hatte und warum sie sich für tot erklären ließ. Sie machte sich nicht die Mühe, diese richtigzustellen, vielmehr nahm sie sie alle amüsiert zur Kenntnis. Es hieß, beim Anblick des Feuers habe sie eine plötzliche Amnesie in die Berge getrieben, wo sie sich bei Mondschein von Wurzeln und kleinen Tieren am Leben erhielt, bis ihr Haar weiß wurde und sie eines frühen Abends, als die Wölfe sie reißen wollten, zur Vernunft kam und das Gedächtnis wiedererlangte. Die weibliche Dorfbevölkerung bevorzugte die Version, der zufolge Olvido den Tod vortäuschte, um dem Dorf zu entkommen und die Welt als Geliebte eines spanischen Adligen zu durchstreifen, der zwar betagt, aber dafür reich war, in Logroño residierte und die Marotte hatte, sich mit den Nachfahren berühmter Prostituierter zu schmücken.

Der Sohn des Anwalts, der für Santiago das Erbe der Lagunas verwaltete und sich vor Jahren um Olvidos Totenschein gekümmert hatte, bat sie in seine Kanzlei, um ihre Rückkehr ins Leben amtlich zu machen. »Machen Sie sich keine Mühe«, wandte sie ein, »es lohnt sich nicht. Sobald die neuen Papiere fertig sind, stimmen sie wieder nicht mit den Tatsachen überein. Lassen Sie einfach alles, wie es ist, es wird sich von selbst regeln.«

Wie bei ihrer eigenen Auferstehung war Olvido Laguna bei der Wiederbelebung ihres Gemüsegartens alles andere als zimperlich. Mit Stumpf und Stiel riss sie verrottete Kürbisse und Tomaten aus, nahm ein Insektenvertilgungsmittel, das rosa Wolken spuckte, um mit Ameisen und Käfern kurzen Prozess zu machen, bis die toten Insekten überzuckert waren, wie Süßigkeiten für Kinder. Dann düngte sie die Erde, päppelte sie auf, säte und setzte sich nachmittags hin, um auf den Wind des Wachstums zu warten. Währenddessen räumte Santiago den restlichen Garten auf. Er harkte die herbstlichen Laubverwehungen weg, zerlegte die Pflanzengerippe mit einer elektrischen Heckenschere, jätete Unkraut, und als er es geschafft hatte, die Spuren der Verwahrlosung aus dem Garten zu verbannen, blühte in der Gegenwart eines lebendigen Laguna die verloren geglaubte Fruchtbarkeit wieder auf. Hortensien und Wicken bildeten Knospen, das Geißblatt grünte wieder, die Kastanie brach in weiße Blüten aus, und auch der Rosengarten ließ sich vom ewigen Frühling wiederbeleben.

Santiago bemerkte, dass seine Großmutter jedes Mal weinte, wenn sie ihm begegnete. Er verlängerte seinen Aufenthalt um eine Woche, obwohl er immerzu an Ursula denken musste und ihn die Sehnsucht umtrieb, sie wieder in den Armen zu halten. Er ließ sich den Rücken vom Augustfeuer wärmen, während er die Asche Schippe um Schippe zu einer Schubkarre trug, um sie von der roten Villa wegzuschaffen, half dann, sie auf einen Lastwagen zu kippen, der sie mitnahm, so dass nichts zurückblieb als eine Staubwolke, die sich in den hintersten Winkeln seiner Seele einnistete.

Während der Wochen, die mit der Instandsetzung von Haus und Garten und der Befriedung der Geister vergingen, gestattete ihnen die Müdigkeit kaum einen Gedanken an den einstigen Groll und die verbotene Liebe. Mehrere Abende lang versuchten sie, die Märchenstunde am Kamin wieder aufzunehmen, schliefen aber bei der ersten Welle ein und schnarchten bis zum nächsten Morgen. Sie brachten auch Olvidos Krankheit nicht zur Sprache, bis zu dem Tag, als Santiago endlich nach Madrid aufbrach und sie einen derart heftigen Schub erlebte, dass all ihre Bemühungen, die Symptome zu verstecken, umsonst waren.

»Ich bleibe hier«, sagte er und trug die Koffer in die Diele zurück.

»Das Mädchen wartet doch auf dich«, murmelte Olvido mit aschfahlem Gesicht.

»Jetzt habe ich das Sagen, und ich habe beschlossen, dich zu pflegen.«

Er versorgte sie mit Medizin, deckte sie zu und kühlte ihr die Stirn mit Umschlägen, als das Fieber stieg. Sie bekam Halluzinationen, in denen sie in ihre Jugend zurückversetzt wurde und mit Esteban im Pinienwald spazieren ging, er mit gesenktem Blick auf seine Fingernägel starrend, sie vom schwarzen Pferd erzählend, ohne die kräftigen, braungebrannten Hände des Jungen aus den Augen zu lassen.

Santiago bereitete auch das Essen zu, wenn seiner Großmutter zum Aufstehen die Kraft fehlte, und es waren diese Momente, wenn er Kürbisse küsste und Paprikaschoten streichelte, da ihm das Herz vor Wehmut zerspringen wollte. Manchmal glaubte er, in der Küche den Schafsgeruch des Verräters Ezequiel Montes wahrzunehmen oder seine vom Gebirgsleben gemeißelte Gestalt über den Margeritenweg kommen zu sehen. Er wusste jedoch, dass das nicht sein konnte, weil die Leute erzählten, es sei schon drei Winter her, seit der Schäfer seine Herden nach Extremadura geführt habe und ihn niemand mehr gesehen hatte. Entweder er hatte in Extremadura eine Frau gefunden, die er auf der Viehkoppel lieben konnte, oder er war in eine Schlucht gestürzt.

Wen er vermisste, das war seine Freundin aus den Zeiten der kindlichen Mixturen und der wilden Liebe, die Enkelin des Apothekers, die an der Universität der Provinz Pharmazie studierte.

Genau wie bei Pater Rafael setzte er auch bei seiner Großmutter neben den Beruhigungsmitteln das Geschichtenerzählen ein, um die Schmerzen zu lindern. Und wenn Olvido mit Medikamenten und Erinnerungen einschlief, dann setzte er sich auf die Veranda und dachte an Ursula, schrieb ihr Verse oder las ihre Bücher. Gewöhnlich rief er sie abends an, nachdem er das Telefon der roten Villa wieder angemeldet hatte; und wenn sie nicht abnahm, was häufig vorkam, stellte er sich vor, wie sie verhüllt vom Wüstenstaub der Pergamentrollen schrieb. Bis er eines Morgens, nach eineinhalb Monaten in der roten Villa, weinend aufwachte und wusste, dass es so weit war.

Am Vormittag trug er seine Großmutter auf den Armen zur

Geißblattwiese und schrieb, in der Sonne liegend, für sie die letzten Gedichte über die Leidenschaft der Natur, während sie Johannes vom Kreuz las. Dann brachte er sie in die Küche – Olvido glich inzwischen einem Spatz mit den Flügeln des Todes – und sie verbrachten die Zeit damit, spielerisch Zimtschnecken zu backen und einen Hasenbraten mit Zwiebeln zu kochen, obwohl ihre Verdauung schon verschlossen war und sie das Essen nicht mehr kosten konnte. Sie hielten ihre Siesta in den Sesseln der Veranda, wo das fruchtbare Flüstern des Gartens sie in den Schlaf wiegte. Nach Sonnenuntergang machten sie Feuer im Kamin, und er erzählte ihr Geschichten, die sie mit dem Schluss versah. Aber der Schluss kam nicht und Santiago klammerte sich an die Hoffnung, dass ihn seine Träume zum ersten Mal getäuscht hatten.

»Warum lächelst du?«, fragte ihn die Großmutter.

Er umschlang sie und drückte sie fest, da sah Olvido ihr Leben rückwärts gehen bis zu dem Sonntag, an dem er im matschigen Pinienwald nach der Sintflut an ihren leeren Brüsten gesaugt hatte.

Sie gingen früh zu Bett. Aus Angst, es könnte sich um Mitternacht ereignen, blieb er bei der Großmutter sitzen und wachte im kleinen Polstersessel, den Manuela Laguna einmal geschändet hatte, über ihren Atem. Er betete zur heiligen Pantolomina de las Flores und flehte mit dem Glauben der Verzweifelten zu ihrem Lilienhaar. Nach zwölf Uhr nachts kehrte er in sein Schlafzimmer zurück und setzte seine Gebete fort, bis ihn die Müdigkeit überwältigte.

Am Morgen hatte sich Olvidos Zustand auf wundersame Weise gebessert. Sie konnte ohne Schmerzen aus dem Bett aufstehen, war fieberfrei und hatte die rosigen Wangen der Bergluft.

»Du kannst jetzt zu dem Mädchen gehen«, teilte sie dem Enkel mit, während sie das Frühstück zubereitete.

Er wartete vorsichtshalber noch eine Woche, ob sie einen Rückfall erlitt, der aber nicht kam. Ungeachtet der Warnung in seinem Traum, war Olvido eine Schonfrist unter den Lebenden gewährt worden. Ihre Augen sollten noch ein allerletztes Wunder schauen.

Kapitel 25

Der Oktober hatte Ursula Perla Montoya blass gemacht. Madrid glich einer Sturzflut aus Eile und Milchkaffee. Der Morgenhimmel war blau mit dicken Wolken. Santiago roch nach Zug, als er in der Stadt und bei Ursula ankam, der beim Empfang die Übelkeit ins Gesicht geschrieben stand, dazu hatte sie für den beginnenden Winter ungewöhnliche Schweißausbrüche.

Sie wirkte durchsichtig, als sie in ihrem weißen Nachthemd, das unbedingt ins Bett wollte, vor ihm stand, und er stellte fest, er hätte sie immer geliebt, wie in diesem Augenblick, auch wenn sie ihm nie im Traum erschienen wäre, auch wenn sie nie in einem orientalischen Nebel seinem Handgelenk entstiegen wäre. Er hätte sich auf alle Fälle in sie verliebt, als er sie zum ersten Mal mit dem Federkiel schreiben und sich halbnackt Luft zufächeln sah, als er sie beim Verzehr eines Hühner-Sandwichs lächeln sah, als er sie lustvoll das Gesicht ins Mondlicht strecken und die Verse ihrer Großmutter aufsagen sah. Und wenn er sie nicht haben könnte, so dachte er, während er ihre Hüften umschlang, dann würde er sie in platonischen Ekstasen weiterlieben, gegen die nicht einmal der Tod etwas ausrichten könnte.

»Ich habe dich so vermisst«, sagte er.

Aber Ursula machte sich von ihm los und gab ihm eine Ohrfeige. Santiago wandte die gerötete Seite mit der brennenden Haut ab und hielt ihr, seiner biblischen Erziehung gemäß, die andere Wange hin. Sie war von oben bis unten mit Tinte bekleckst, die Lippen, der Hals, die Hände, als hätte sie seine Abwesenheit in einem violetten Schlammloch durchlitten; ihr taten noch die Finger weh vom fiebrigen Schreiben jener Nacht und vieler anderer Nächte, in denen die Federspitze, gebeugt vom Verlangen nach seiner Rückkehr, über das Papier gehetzt war.

Sie hatte mit wilder Zähigkeit geschrieben und aus der Inspiration geschöpft, die er ihr in den Leib gepflanzt hatte, weil sie für nichts anderes mehr lebte; sie hatte dafür gebrannt, sich seiner zu erinnern, ohne ihn zu haben, ihn zu erwarten, ohne dass er kam. Sie hatte sinnlos Hunderte von Seiten voll geschrieben, die besten ihrer literarischen Laufbahn, und sie, wenn das Morgenrot drohte, für den Irrsinn zerrissen, sie am nächsten Tag noch einmal zu schreiben und ihn noch mehr zu spüren, wenn das überhaupt ging. Sie hatte die Blätter zerrissen, weil sie süchtig war nach der Raserei, und aus Angst, ihn zu verlieren und einen Schlusspunkt unter den Roman zu setzen, den der Verleger von ihr verlangte, weil die anschließende Leere auch eine Entleerung von ihm sein könnte, so dass er wie all die anderen auf dem Dachboden der vergessenen Romane und der vergessenen Männer landete, und sie mit ihrer Routine der Leidenschaft fortfuhr, die kam und ging, sie in-spirierte und starb.

Denn ein Teil von Ursula wünschte sich auch, diese ausgewogene Routine wieder aufzunehmen, die ihr bis dahin den nötigen Nervenkitzel geliefert hatte.

Zu spät, dachte sie, als sie Santiagos Augen sah, und verfluchte das gute Aussehen des jungen Mannes, seine unverschämte Jugend, seine erotische Gefräßigkeit, die sie aus der Bahn warf und deren Erinnerung ihr den Schlaf geraubt hatte, und die Zärtlichkeit nach geschlagener Schlacht.

Sie verfluchte diese Qual, die Lust war, diese Lust, die Angst war, diese Angst, die sie vor Hass Funken sprühen ließ. Dann küsste sie ihn auf den Mund und drückte ihn wild an sich, riss sich mit den Händen den Schlaf herunter, das Nachthemd, das Bewusstsein, während das Laguna-Kind, das in ihrem Leib schwamm, seinen Vater erkannte.

Ursula schrieb während der Schwangerschaft weiter, webte mit Worten einen Penelope-Umhang und zerriss ihn am Morgen, wenn sie ihn auf ihrem Bett schlafen sah, nackt, wie ein exotisches Tier. Sie schrieb und zerstörte weiter, als er anfing, ihr kleine Waldtiere auf den immer runderen Bauch zu malen, als er ihn mit Küssen übersäte, glücklich wie in seinen messianischen Zeiten. Sie schrieb und zerstörte weiter, nach den Winterspaziergängen in einer klaren Kälte, die sie zu ihren Balgereien ins Schlafzimmer zurücktrieb. Sie schrieb und zerstörte weiter an jenem verschneiten Tag, als Santiago sie von hinten umarmte und ihr ins Ohr flüsterte, heirate mich, worauf sie lachte und ihn an die Geschichte ihres letzten Romans erinnerte. »Die Liebe wird ohne Freiheit traurig, sieh doch, was mit den Geliebten des Diwans passiert ist, sie mussten ihre Liebe genau berechnen, um auf dem Diwan zu bleiben, und diese Gefangenschaft hat ihrer Liebe am Ende den Garaus gemacht.«

Sie schrieb und zerriss weiter, als er mit dem Ende der Geschichte den Gegenangriff startete. »Du hast vergessen, dass der Mann aus der Wüste bereit war, das Schicksal seiner Geliebten zu teilen, als sie einsahen, dass sie die Bosheit des Geistes nicht überwinden konnten. Du hast vergessen, dass die Sklavin den Geist eines Nachmittags ins Schlafzimmer führte, und dass er wütend wurde und die Jungfrau noch mal verfluchte, als er sie in ihrer wundervollen Nacktheit auf dem Diwan liegen sah, da kam der Mann aus der Wüste herein und wurde auch zum Diamanten. So teilten sie bis in alle Ewigkeit ihr Schicksal als Edelsteine.«

Sie schrieb und zerriss weiter, während sie ihrem Verleger versprach, den Roman in ein paar weiteren Monaten fertig zu haben, und sich schwor, ihn nie wieder zu zerreißen, während Santiago nachmittags mit Isidro die Spiele des Club Atlético anschaute, während er abends in den Kneipen auftrat.

Aber es half nichts. Ursula Perla Montoya kämpfte inzwischen mit einer fast achtmonatigen Schwangerschaft und schrieb und zerriss weiter, sogar an jenem Nachmittag im Frühjahr, als sie über den Pergamentrollen einschlief und von einem Gittertor zu träumen begann, über dem ein Totenband mit einem Willkommensgruß prangte. Dahinter lag ein rot gestrichenes Haus, umgeben von einem ungewöhnlichen Garten. Sie träumte von einer Frau, die Santiago sehr ähnlich sah, in einer Eingangsdiele mit Tonfliesen stand und sie erwartete. Sie sah auch, wie in ihrem Bauch Unmengen von Margeriten, Rosen, Geißblatt wuchsen, und wachte mit dem Geschmack nach Eicheln im Mund auf.

Der Traum kehrte immer wieder, in jeder Nachmittagssiesta und sogar in ihren Nächten, als sie dauernd auf die Toilette laufen musste, und sie wurde von einer solchen Unruhe ergriffen, dass sie eines strahlenden Morgens die noch von den Trugbildern verhüllten persischen Augen aufschlug und zu Santiago sagte: »Nimm mich mit in die rote Villa.«

Und sie schrieb und zerriss weiter, als er, zutiefst berührt von der Weisheit der heiligen Pantolomina und Gottes Gnade, ihre Bitte erfüllte, um das Schicksal nicht herauszufordern. Auf diese Weise sah sie eines Nachmittags Ende März, während das Baby am Ort seiner Ursprünge in ihrem Leib Purzelbäume zu schlagen schien, aus dem Fenster eines Taxis den Platz und den Brunnen mit den drei Rohren, die Kirche mit ihren mittelalterlichen Grabstätten, wo ihr Geliebter einst gewohnt hatte, und den von der Asphaltnarbe durchstoßenen Pinienwald. Ihre Träume verfestigten sich zur Wirklichkeit des Eisengitters mit dem Totenband, des Hauses, der Frau in der Diele, die mit Santiago in einer Umarmung verschmolz und sie dann sanft auf die Stirn küsste.

»Ursula Perla Montoya, was für ein wunderschöner Name. Willkommen in der roten Villa.«

»Vielen Dank. Darf ich mich einen Moment hinlegen? Die Reise war schrecklich anstrengend.«

»Ich zeige dir das größte Bett, das wir hier im Haus haben. Das soll jetzt dein Platz sein«, sagte Olvido und nahm sie am Arm.

Seit Santiago sie angerufen und ihr Kommen angekündigt hatte, wusste Olvido, dass jene Frau ins Dorf kam, um dort, wo es sich gebührte, ein weiteres Laguna-Kind zur Welt zu bringen. Und so war es. Kaum setzte Ursula einen Fuß ins Eichenzimmer, erkannte sie den Geruch, den sie immerzu im Mund hatte. Olvido zog die dicke Decke weg und half ihr sich hinzulegen, während Santiago die beiden von der Türschwelle aus beobachtete. Sofort krampfte sich ihr Bauch zusammen und warf sich in den Todeskampf der Wehen. Das Kind war nicht gewillt, länger zu warten. Kreidebleich schrie Perla auf und wand sich auf der Matratze der Rache. Sie spreizte die Beine und entließ einen Sturzbach aus Fruchtwasser. Santiago, der bei der ersten Wehe an die Seite seiner Freundin geeilt war, fragte Olvido bestürzt, was mit ihr geschehe.

»Ruf den Arzt, sie kriegt das Kind. Du bekommst ein ungeduldiges und ziemlich kluges Kind. Es hat den Platz, an dem es zur Welt kommen muss, sofort erkannt. Als es gemerkt hat, wo es ist, konnte es den Drang, die Welt kennenzulernen, nicht mehr unterdrücken. Es hat uns nicht einmal die Zeit gelassen, das Lamm mit der Erdbeersauce zu essen, das ich für Euch vorbereitet habe.«

Der blonde Arzt, den es noch gab und der in den Geheimfächern seines Arztkoffers Natronspülungen mit Zitrone gegen die Eifersucht und Nadel und Faden für selbstmörderische Handgelenke aufbewahrte, war zwei Stunden später da. Von der Gewalt der Wüstenstürme mitgerissen, presste Ursula Perla Montoya mit aller Kraft, während Santiago ihre Hand umklammerte und ihr den Schweiß von der Stirn wischte. Mit jeder Presswehe, die den Zeitpunkt der Geburt näherrückte, wurde Olvido schwächer. Sie hatte dem Arzt assistiert, ihm die verlangten Utensilien gereicht, Handtücher, heißes Wasser und saubere Tücher geholt. Als jedoch der Kopf des Kindes austrat, begann ihr Puls zu stolpern, ihre Wangen wurden fiebrig, und die Schmerzen zermalmten ihr wieder die Glieder. Sie entschuldigte sich, sobald es ging, trat in den Flur hinaus und holte tief Luft, bis sie Santiago hörte. »Großmutter, Großmutter, es ist schon da!«

Das letzte Licht des sinkenden Tages war schon erloschen, als der Zauber eines Mädchens geboren wurde. Sie hatte weit geöffnete, wache Augen, hellsichtig wie die Träume ihres Vaters, aber von der Farbe des Bernsteins, wie die Buchen im Herbst, die das Schlafzimmer mit dem Jubel von Maurenhosen erfüllte. Der Arzt nahm sie an den Füßen und klopfte ihr auf den Po, damit sie zu schreien begann. Doch das Mädchen gab keinen Ton von sich. Sie war damit beschäftigt, den Duft nach Hahnenblut zu schnuppern, der durch die Tür kam, und lächelte, als sie in der Sprache der Geister die Beschwerde über eine weitere uneheliche Laguna vernahm.

»Geht es dem Baby gut?«, fragte Santiago.

»Es könnte ihm nicht besser gehen, es weint nicht, weil es nicht will«, erwiderte der Arzt überrascht.

Er wickelte das Kind in ein Handtuch und legte es der Mutter in den Schoß. Mit einem von der Anstrengung noch ganz roten Kopf sah Ursula sie lange neugierig an und stellte fest, dass jene Träume niemals die ihren gewesen waren, sondern die ihrer Tochter, die endlich da war, wo sie unbedingt hin wollte. Jetzt würde sie wieder schreiben können, ohne ein einziges Blatt zu opfern, vielleicht würde sie jetzt einen ewigen Roman schreiben, so wie der Frühling im Garten.

Santiago ging zu den beiden und küsste sie behutsam. »Das ist ein wunderschönes Laguna-Mädchen, und sie wird nicht leiden wie wir«, sage er Olvidos Blicke erforschend.

Diese hatte inzwischen die Waschschüssel mit den blauen Arabesken mit warmem Wasser gefüllt, nahm ihre Urenkelin aus Ursulas Armen entgegen und badete sie. Als sie dabei ein altbekanntes Rumoren durchströmte, regte sich ein Zweifel in ihr, aber ihre Kraft reichte nicht für mehr, jetzt war Santiagos Zeit gekommen. Sie übergab ihm das Kind und floh in ihr Zimmer. Sie kam auch nicht heraus, um den Arzt zu verabschieden, als er die rote Villa verließ, derweil die Welt schon in der Dunkelheit erloschen war. Sie legte sich auf das Bett und wartete, dann schlief sie ein.

Um drei Uhr früh weckten sie die Kirchenglocken, die eine ungestüme Ruhmesmelodie anstimmten. Sie stand auf und trat ans Fenster, das sie offen gelassen hatte, damit der Nachttau durch das Loch eindrang und das Unglück belüften konnte. Die Melodie wurde intensiver, Olvido schlug mit dem Stuhl gegen die Backsteinmauer, bearbeitete sie mit einem Stuhlbein, brach sich dabei die Nägel ab, schürfte sich die Finger auf, bis die Mauer endlich nachgab. Ein Windstoß aus dem Pinienwald fuhr ihr durchs Haar, und die Stimme der Glocken wurde zum Dröhnen der Liebe. Sie ging im Nachthemd zu Clara Lagunas Schlafzimmer, wo Santiago mit Ursula und dem Baby schlief.

»Auf Wiedersehen, Großmutter, pass gut auf sie auf. Das Mädchen hat deine Augen geerbt, gebe Gott, dass sie nicht auch deinen Fluch geerbt hat.«

Ein goldenes Lachen schüttelte sacht den Himmel über dem Bett.

Olvido ging durch den Flur und die Treppe hinunter. Das Licht der Sterne sickerte durch die Ritze unter der Tür.

»Lebe wohl, Mutter«, sagte sie in der Eingangsdiele mit den Tonfliesen. »Wir rechnen noch miteinander ab.« Sie bemerkte, wie sich der Lavendel regte und dem Schrank entströmte, aber sie schenkte ihm keine Beachtung.

Sie betrat den Steinplattenweg mit den Margeriten und sah, dass zwischen Hortensien und Wicken ein Busch jungfräulicher Lilien gewachsen war. Sie ließ das Totenband hinter sich und folgte der Landstraße auf dem unbefestigten Randstreifen, dabei lauschte sie den freudigen Glocken. Als sie den Pinienwald durchquerte, nahm er von ihr Abschied, die Eulen schrien, die Zweige von Pinien und Buchen pfiffen, die mächtigen Felsen ließen ihre Flechten knarzen.

Sie hatte fast das Dorf erreicht. Ihre nackten Füße hatten die Krankheit abgeschüttelt und bewegten sich mit der Leichtigkeit eines fünfzehnjährigen Mädchens. Auf dem Dorfplatz mit den plätschernden Brunnenrohren traktierten mehrere Männer und Frauen die Kirchentür, um sich über den Glockenlärm zu beschweren, der sie aus ihren Träumen gerissen hatte. Mit der Aura der Auferstandenen ging Olvido an ihnen vorüber. Einige erkannten sie, obwohl ihr Haar wieder schwarz war, das Gesicht jugendlich, die Figur eine Ähre; und wer es tat, der sollte sich daran erinnern, bis er vom Grab geschluckt wurde.

Sie stieg den Hang zum Friedhof hinauf, die Steine schimmerten wie Perlen unter einem Mond, der einer Hochzeitskrone glich. Als sie ankam, fand sie das Tor angelehnt. Zitternd stieß sie es auf und ging mit der Aufregung einer Braut, die zum Altar schreitet und weiß, dass ihr alles verziehen ist, zum alten Teil des Gottesackers. Die Sterne schmückten ihre Hände mit Orangenblüten, die Zypressen standen im Schattenfrack Spalier, die Elstern besetzten mit glänzendem Gefieder das Chorgestühl von Grüften und Gräbern. Dann sah sie ihn, wie er neben seinem Grabstein auf sie wartete, Esteban, fest wie der Jüngling, der er immer geblieben war, das Haar kurz, die Gewitteraugen von Ewigkeit leuchtend. Er rief sie beim Namen, und bevor sie ihr Jawort gab und ihn küsste, bemerkte sie den Duft von Sägespänen und Holzwolle. Sie war trunken vor Glück.

Am nächsten Morgen fand sie der Friedhofswärter tot auf dem Grab ihres Geliebten, mit dem Körper einer Frau von über fünfzig, aber mit einem Lächeln, das nicht einmal die Nüchternheit des Totenhemds von ihren Lippen zu tilgen vermochte.

Danksagung

Ich danke Clara Obligado für alles, was sie mir beigebracht hat, und für ihre Unterstützung bei der Entstehung dieses Romans. Und meinem Verleger Alberto Marcos für die Hilfestellung und die Ermutigung bis zum Schluss.

Ich danke auch Belén Cerrada und Miguel Ángel Rincón, die mich mit auf die Jagd genommen und aus meinem Computerchaos gerettet haben und immer für mich da waren. Und meinen Mitschülerinnen in der Schreibwerkstatt für all die Nachmittage voller Geschichten und Pommes frites.

Vanessa Diffenbaugh

Die verborgene Sprache der Blumen

Roman

Aufgewachsen in einer lieblosen Umgebung, ohne Familie und ohne Zuhause, hat die junge Victoria vor allem eines gelernt: von Menschen Abstand zu halten. Ihr Herz öffnet sie einzig den Blumen. Mit ihrer Hilfe teilt sie sich einer Welt mit, die ihr nicht zuhört. Bis sie dem Mann begegnet, der ihre Sprache versteht …

DROEMER